Céline Denjean est toulousaine. Ses grands-parents, libraires, lui ont transmis le goût des livres. Après avoir travaillé dans le domaine social, elle se consacre à l'écriture. Elle est l'autrice de *Voulez-vous tuer avec moi ce soir ?* (Nouvelles Plumes, 2015), *La Fille de Kali* (Marabout, 2016), *Le Cheptel* (Marabout, 2018 ; Prix des Mordus de thrillers 2019, Prix Polar du meilleur roman francophone de Cognac et Prix de l'Embouchure 2018) et *Double amnésie* (Marabout, 2019). Plus récemment, elle a publié *Le Cercle des mensonges* (Marabout, 2021 ; Prix de *L'Alsace/DNA*), et *Matrices* (Marabout, 2022). Son dernier roman, *Précipice*, a paru en 2023 aux Éditions Michel Lafon.

CÉLINE DENJEAN

DOUBLE AMNÉSIE

ÉGALEMENT CHEZ POCKET

VOULEZ-VOUS TUER AVEC MOI CE SOIR ?
LE CHEPTEL
DOUBLE AMNÉSIE
LA FILLE DE KALI
LE CERCLE DES MENSONGES
MATRICES
PRÉCIPICE
CHÂTIMENT

CÉLINE DENJEAN

DOUBLE AMNÉSIE

Le Code de la propriété intellectuelle n'autorisant, aux termes de l'article L. 122-5, 2° et 3° a, d'une part, que les « copies ou reproductions strictement réservées à l'usage privé du copiste et non destinées à une utilisation collective » et, d'autre part, que les analyses et les courtes citations dans un but d'exemple et d'illustration, « toute représentation ou reproduction intégrale ou partielle faite sans le consentement de l'auteur ou de ses ayants droit ou ayants cause est illicite » (art. L. 122-4).
Cette représentation ou reproduction, par quelque procédé que ce soit, constituerait donc une contrefaçon, sanctionnée par les articles L. 335-2 et suivants du Code de la propriété intellectuelle.

© Hachette Livre (Marabout 2019)

ISBN 978-2-266-31085-7
Dépôt légal : janvier 2021

*Pour ma mère qui m'a transmis
l'amour du livre noir.*

PRÉAMBULES

Lundi 28 juin 1999

La route déserte à cette heure matinale sillonne la campagne sous l'œil poché d'un ciel fatigué. Rosetta Florès remonte le col de son ciré. Tu parles d'un début d'été ! Seize degrés ce matin et un vent chargé d'humidité qui augmente encore la sensation de froid. La jeune femme baisse la tête et plaque sur ses jambes le pan de son imperméable soulevé par une nouvelle rafale. Avec ce vent fou qui tourbillonne et transperce ses vêtements, la promenade de santé jusqu'à l'usine de chaussures se transforme en parcours du combattant. Rosetta laisse échapper un soupir à l'idée du chemin restant à faire. Les contours du vieil abattoir à l'abandon se dessinent sur la droite. En suivant la route qui le contourne, elle en a encore pour vingt bonnes minutes de marche. Mais si elle coupe par l'abattoir, elle peut rejoindre la fabrique en moitié moins de temps. Elle l'a déjà fait une ou deux fois parce qu'elle était en retard. Rosetta Florès hésite, elle répugne à prendre ce raccourci qui l'oblige à traverser la zone désaffectée. Les infrastructures de béton sont lugubres avec leurs vitres brisées, leurs tags obscènes et la végétation grimpante qui ajoute au caractère sinistre du lieu. Sans parler des relents de viande froide qui émanent encore de l'endroit, du moins lui semble-t-il... La mitraille d'une bourrasque constellée d'eau met fin à ses atermoiements – elle a l'impression d'être giflée par des graviers – et Rosetta se résout à obliquer vers les vieux bâtiments.

Elle s'engage sur la route qu'empruntaient jadis les camions transportant les porcs, puis sur une longue sente piétonne écrasée entre deux blocs parallèles. Le ciel bas et gris s'étrangle dans ce morne goulot de ciment, au contraire du vent qui s'épanouit dans la brèche en hurlant. Le corps penché en avant, Rosetta avance d'un pas qu'elle voudrait rapide mais qui peine. Au coin de ses yeux, deux larmes fuitent sous l'assaut continu des rafales. Regrettant déjà son choix, la jeune femme relève la tête, estime la distance à parcourir pour être libérée de ce sinistre étau, et repart de plus belle pour mettre fin au calvaire. Elle entrevoit l'étendue du terrain vague au bout du chemin quand une stridence la stoppe net. Figée entre les murs balafrés de graffitis, elle tend l'oreille, mais le sifflement persistant du vent dans ses tympans couvre tout autre son. Impossible, elle n'a pas pu entendre quoi que ce soit ! Elle s'immobilise pourtant quelques secondes, tous les sens aux aguets. Une sourde inquiétude se fraye un chemin jusqu'à son cerveau. Le lieu est mal famé. Malgré les accès condamnés du rez-de-chaussée, des junkies squattent régulièrement les six mille mètres carrés de plateaux disséminés autour d'elle, et il se dit même que des satanistes investissent la salle d'abattage certaines nuits pour s'adonner à des rituels macabres avec sacrifices d'animaux… Rosetta n'a jamais prêté qu'une oreille distraite à ces commérages, mais en ce moment précis, avec en tête l'écho de ce cri qui a tout du braillement du porc qu'on saigne, elle n'en mène pas large. Elle scrute nerveusement derrière elle, puis devant et reprend sa progression avec un empressement qui ressemble à une fuite.

Trente secondes plus tard, elle parvient avec soulagement au bout de la sente qui s'ouvre sur le vaste terrain vague. C'est un pré jonché de ferrailles rouillées et creusé de ravines, mais au moins offre-t-il une vue dégagée sur le dos familier de la fabrique de chaussures. Libérée de l'oppression qui lui comprimait la poitrine, la jeune femme quitte le couloir venteux et se réfugie sous une corniche pour s'abriter un peu. Elle retire ses gants, extirpe une cigarette de sa poche et l'allume sous son ciré. La brûlure dans sa gorge finit de la détendre. Elle s'apprête à repartir quand un braillement la cloue sur place. Cri aigu. Strident. Éraillé. Semblable au miaulement déchirant des chattes en chaleur. Cette fois-ci, elle ne rêve pas ! Le vent souffle toujours, mais l'espace ouvert l'empêche de siffler à ses oreilles. Rosetta se crispe. Le beuglement s'élève vers le ciel comme un requiem dysharmonique. Ça vient de pas très loin, songe-t-elle. Et ça flanque les jetons. L'image d'un animal à l'agonie s'impose immédiatement à son esprit et la jeune femme lutte pour résister à son instinct qui lui hurle de déguerpir. Elle jette sa clope à peine consumée et se dirige vers la source du mugissement, attentive à chaque détail devant elle. Une flopée de vieux cartons éventrés claquent au vent. Quelques planchettes de bois pourrissent dans une flaque d'eau. Et, à une dizaine de mètres, des conteneurs en fer qui servaient autrefois à réceptionner les déchets d'équarrissage s'alignent le long du mur arrière de l'abattoir. Rien de plus. Pourtant, chaque pas la rapproche du cri entêtant, désespéré, animal… Elle doit se rendre à l'évidence : la plainte vient de là !

Rosetta sonde les environs à la recherche d'un bâton, d'une barre de fer, d'une perche… de quoi que ce soit susceptible de l'aider à soulever les couvercles à distance. Après tout, si un animal blessé agonise au fond d'une poubelle, il peut fort bien réagir en l'agressant… Elle finit par distinguer le manche d'une pelle à moitié enfouie dans le sol herbu. Les yeux toujours rivés sur les conteneurs, elle s'accroupit et l'extirpe du sol, ignorant la boue et l'herbe sous ses ongles. Puis, prenant son courage à deux mains, elle s'approche. Il y a trois poubelles, colossaux cubes de fer noir sur roulettes. Malgré le vent qui brouille son ouïe, Rosetta est à peu près certaine que le hurlement provient de celle de droite. D'un geste lent, elle tend la pelle en avant et commence à soulever le couvercle. Subitement délivré de sa tombe de fer, l'affreux meuglement gagne en intensité. Rosetta attend mais rien ne se produit. Elle avance encore d'un pas, augmentant l'entrebâillement en même temps que le volume du cri. Là encore, aucun mouvement, aucune réaction. Alors, n'y tenant plus, la jeune femme fait basculer le couvercle d'un coup sec, recule prestement et lève devant elle son manche pour se protéger. Quelques secondes passent, tourmentées par les rafales et les relents nauséabonds de pourriture. Le cri s'interrompt un instant, puis reprend de plus belle.

Rosetta hoquette. S'imagine un porc monstrueusement mutilé, suffoquant dans son sang, rendant son dernier souffle. Se prépare mentalement à l'horreur de ce qu'elle va découvrir. Elle ose un pas, puis deux. Au troisième, elle entrevoit la bouche sombre d'où monte l'épouvantable plainte. D'instinct, elle se déporte sur le côté et laisse pénétrer la lumière falote de cette morne journée. Quand elle est suffisamment près et qu'elle commence à distinguer les détails de l'amas pestilentiel, ses yeux s'écarquillent. Elle réprime un haut-le-cœur, plaque ses mains sur sa bouche pour juguler un hurlement.

Baignant dans un mélange visqueux, la bouche craquelée par la sécheresse, un nouveau-né écarlate s'époumone sur le tas de déchets qui fait sa couche. Le cordon ombilical pendouille de son ventre, serpentant tel un ver translucide géant.

Lundi 23 décembre 2013

Ma mère pleure. Là, devant la tombe fraîchement creusée qui fait une escarre dans la chair de la terre. Elle a pleuré avant aussi, quand le curé a officié. Elle a pleuré tout au long du chemin entre l'église et la tombe. Elle pleure depuis trois jours, de toute façon. Je la regarde, qui se mouche discrètement et s'essuie le coin des paupières. Elle a l'air malheureuse. Elle est malheureuse et je lui donne le bras. Maman a toujours été malheureuse. Plus ou moins. Aujourd'hui, c'est plutôt plus que moins. Elle sait ce qui l'attend. Une fin de vie morne, avec une retraite dont elle ne pourra pas profiter. À l'image d'une vie dont elle n'a guère profité non plus.

Le ciel soupire, chassant quelques nuages gris, et un rayon de soleil – c'en est presque indécent – perce et arrose le cercueil laqué. Subitement, à la faveur de cette trouée là-haut, il fait presque chaud. Le curé marmonne une dernière prière sous l'œil baissé du parterre clairsemé des âmes qui ont fait le déplacement. Moi-même, je regarde mes chaussures lustrées dépassant de mon pantalon de costume gris. Mais ce n'est pas tant mon malheur que je rumine… Non. Je songe que papa n'a pas réfléchi en se faisant mourir un 20 décembre, cinq jours avant Noël, et que la somme des absents au jour de son grand départ est une injustice supplémentaire, l'ultime et cruel pied de nez d'une existence besogneuse qui n'aura jamais connu ni répit ni récompense. Un long chemin de croix, une vie sans éclat, une bataille de pauvre perdue d'avance… À l'heure où la France entière s'affaire aux préparatifs des fêtes, mon père, lui, tire sa révérence. Le couillon s'est encastré dans un arbre à cent dix kilomètres à l'heure. Aucune trace de frein sur le bitume, les gendarmes ont conclu qu'il s'était endormi. Pas moi. Moi, je sais… Quoi qu'il en soit, fidèle à l'insignifiance qui a marqué sa vie, l'humble trimard a choisi de partir quand personne n'a le loisir de le pleurer !

Ma mère qui se tient à ma gauche réprime un haut-le-cœur quand les hommes basculent le cercueil en terre. Voilà, c'en est fini. Quelques minutes encore, et la dizaine de gens présents s'éparpille après avoir transmis ses condoléances. On ne s'attarde pas, même si ce départ prématuré et violent, c'est bien du malheur tout de même ! Demain, c'est le réveillon et il y a encore bien des choses à faire, les chambres à préparer pour les invités, ou la route à prendre, sans parler des cadeaux à emballer, des dernières touches décoratives pour le repas, des huîtres ou des fruits de mer à aller chercher sur le port, des pains spéciaux de chez Carrère qui ne désemplit plus depuis qu'il a été nommé meilleur ouvrier de France… Dans le vide qui nous entoure, on n'entend plus guère que le bruit des pelletées de terre, en haut de l'allée, qu'on jette sur le cercueil pour combler la béance de la mort.

— Ils ne sont même pas venus, tu te rends compte !

C'est sorti comme ça. D'un coup. Comme un rot libérateur qui échappe à tout contrôle. Ma mère tourne vers moi son visage abîmé par le temps et la rudesse de sa vie. Ses yeux clairs sont délavés, presque illisibles, mais il me semble y déceler une lueur d'offense. Pourtant, c'est sur un ton compassé – celui qui a toujours tout expliqué et accepté – qu'elle me répond :

— Ethan et Alicia ont atterri hier soir seulement, et M. et Mme Le Guen ont cer...

— Rentrons maintenant, la coupé-je, agacé, en lui prenant le bras.

Dans l'auto fatiguée de ma mère qui avance poussivement entre les champs d'artichauts, je sens la colère monter. Une colère aussi vieille que moi. Une colère comme une condition de vie. Je me retiens de parler, comme toujours. Ce que j'ai à dire, personne ne veut l'entendre. Je jette un œil sur ma mère, assise côté passager, les yeux embués fixés sur un point invisible de l'horizon, son sac à main râpé posé sur ses genoux. Je note la voûte de son dos, les nœuds de ses mains gercées, la résignation qui semble l'avoir engloutie tout entière et depuis si longtemps qu'elle en est toute ratatinée. Mes mains se crispent sur le volant, je voudrais hurler.

— Tu restes combien de temps ? me demande-t-elle soudain.

Je suis pris de court. Je n'ai pas vraiment de projet.

— Je vais rester.

— Tu veux dire...

— Je vais trouver du travail et m'installer avec toi dans la maison.

— Et ton poste à Besançon ?

— Besançon ou ici, l'essentiel, c'est que je travaille, non ?! dis-je, crispé, pour couper court à cette discussion.

Je ne peux décemment pas lui balancer que je suis au chômage depuis huit mois et que mes maigres économies ont déjà fondu comme neige au soleil. Je serre les mâchoires devant ce nouveau revers. Humiliation supplémentaire d'un système redoutable, machine à broyer de l'humain, qui vous abuse et vous essore jusqu'à vous vider de toute énergie et de toute *rentabilité*. Et qui vous recrache alors sur le trottoir... Rien que d'y penser, j'ai des envies de meurtre. Évidemment, je n'ai pas protesté, je me suis tu. Les gens comme moi, comme mon père, comme ma mère, on est juste bons à fermer nos gueules. Je sens le regard appuyé de ma mère sur moi, mais je maintiens les yeux loin devant, dissimulant mon émoi. Bientôt, la maison se découpe en haut de la côte. Bigouden défraîchie. Toit d'ardoises ternies par les années. Il ne manquerait plus qu'il faille refaire la toiture...

— Arrête-toi à la boîte aux lettres.

Je m'exécute. Il y a dans la voix de ma mère comme une pointe d'espoir qui m'agace au plus haut point. Je sais à quoi elle pense, la trimarde ! Elle tend le bras par la fenêtre baissée et vide la boîte. Je repars alors sur le chemin vers la maison, il est truffé de nids-de-poule qu'il faudra combler. Je note que le chêne est mort, bouffé par les capricornes. Sales bestioles. Et pendant tout le temps où je roule, ma mère sépare les prospectus des courriers – factures pour la plupart – avec l'air de celle qui n'attend rien. Mais je sais sa déception mêlée de culpabilité. C'est exactement la même que celle du gamin qui espère secrètement un gros chèque de son parrain le jour de son anniversaire... De près, je me rends compte que tout le bas de la façade est entamé par le salpêtre. Les boiseries des fenêtres, elles, ont besoin d'être poncées et repeintes. Pareil pour la porte d'entrée. J'en suis là de mon inspection quand je repère un rectangle blanc posé sur le paillasson. Elle l'a vu aussi, je le comprends à la manière qu'elle a de se presser au dehors. En silence je l'observe qui ramasse l'enveloppe et l'ouvre en essayant de ne pas y mettre trop de précipitation. Puis elle se retourne et, à la lueur dans son œil, je déchiffre un contentement réprimé.

— Tu viens, oui ? me lance-t-elle comme je ne bouge pas.

Je sors de la voiture et la rejoins dans la maison. Rien n'a changé, absolument rien. Et ça me fout le bourdon. Je hais cette baraque, je l'ai toujours haïe. Ma mère est dans la cuisine, elle a posé l'enveloppe sur la toile cirée, bien en évidence. Elle espère que je lui demande ce que c'est, ça lui éviterait de devoir trouver le ton juste pour faire elle-même l'annonce. Elle fait mine de s'occuper devant la gazinière.

— J'ai prévu une soupe au chou avec du lard. Ça te va ?

— Oui.

Je pose mes yeux sur le rectangle blanc et elle le voit, elle en profite.

— C'est les Le Guen, lance-t-elle comme si de rien n'était. Une très jolie carte.

J'attrape l'enveloppe.

— Ils… ils nous ont joint un chèque aussi… pour… pour nous aider… vu les circonstances…

Je voudrais hurler. Avoir la force de déchiqueter ce bout de papier. De mépriser cette aumône que j'abhorre mais qui fait partie de ma vie depuis ma naissance.

— Ils ont été très généreux, ajoute-t-elle. Comme toujours. Je les appellerai après manger pour les remercier.

Les remercier ? Mais les remercier de quoi, bordel ! De n'avoir pas même fait le déplacement aux obsèques de papa ? De maintenir sur notre famille – ou, désormais, ce qu'il en reste – la tyrannie de leur incommensurable noblesse ? Mon sang bouillonne. Cette vassalité m'insupporte. Pour un peu, je pourrais coller une baffe à ma mère. À cause de sa servilité, de son obséquiosité, de son aveuglement et de tout ce que nous avons toujours supporté comme les petites gens que nous sommes !

Mais je ne dois pas penser à ça. Chaque fois, ça transforme ma colère en fureur et ma hargne en haine.

— On aura de quoi voir venir, un petit peu. Et puis, il faut changer les plaquettes de freins de la voiture, sans parler de…

La boule dans ma gorge enfle encore. Si seulement elle pouvait se taire ! Ravaler son dégueulis complaisant ! Et relever la tête ! Une fois, une seule fois ! Je n'y tiens plus :

— Je vais monter mes affaires et m'installer.

*

Ça sent le renfermé. J'ouvre la fenêtre malgré le froid. La plaine s'étire à perte de vue. Je sais qu'en me penchant contre le garde-corps, si je regarde du côté gauche, je verrai le sommet de la tourelle du manoir des Le Guen, niché entre la forêt et le bord de l'océan. Combien d'heures ai-je passées, gamin, à lorgner vers là-bas ? À rêver à cette vie que je désirais et que – je le sais maintenant – je n'aurai jamais ? À songer à Alicia ? À son calvaire secret ? À Ethan ? À l'argent qui me manquait tant et qui coulait à flots dans cette famille d'enfoirés ?

Ça y est, je la vois. La tourelle. Je me suis donc penché contre le garde-corps. Malgré moi, sans y penser. Comme par réflexe. Que se passe-t-il désormais derrière ces murs de pierres de taille ? Près de la piscine ? Dans le pool-house ? Dans la dépendance où Alicia avait pris ses quartiers ?... Le cahier rouge est-il toujours dissimulé dans le cottage ?... Ai-je encore le trousseau de clefs que j'avais dérobé à ma mère ? Cette pensée m'électrise, je n'avais guère songé à tout ça depuis des années. Je soulève le matelas de mon lit et enfouis ma main dans l'entaille, au niveau de la tête. Je sens le contact du métal et j'ai l'impression de revenir quinze ans en arrière. Quand je n'étais encore qu'un adolescent qui croyait pouvoir prendre sa revanche. Qui s'imaginait revenir au pays avec des liasses au bout des doigts, dans une BMW décapotable surboostée...

Rien n'est arrivé. Rien de tous ces rêves, en tout cas. Je suis un petit, né de petits, eux-mêmes nés de petits. À l'étroit, confinés dans des existences exiguës, sans autre ambition que de garder la tête hors de l'eau ! Mes poings se serrent. Ma gorge se noue de nouveau.

Il l'a eue pourtant, cette chance, mon père ! Cette foutue chance qui aurait enfin pu changer le cours de notre existence ! Mais voilà… Il l'a saisie du bout des doigts, avec la crainte des *minus habens* qui redoutent de jouer dans la cour des grands. Parce qu'ils n'ont pas les codes. Parce qu'ils sont complexés. Parce qu'ils se sentent redevables, toujours, de leurs maîtres. Parce qu'ils sont malaisés aux rapports de force. C'est que la force, chez les petits, on n'en use que pour besogner, voyons ! Je tremble de tous mes membres, c'est la rage, encore elle. Elle me rendra fou ! Les dents serrées, je retire le tiroir le plus bas de ma commode. Le petit dossier est toujours là, dans un transparent scotché dessous. J'arrache le plastique et les documents s'éparpillent au sol. Les articles de presse me sautent alors aux yeux avec leurs titres effroyables : « Près de Carnac, un bébé retrouvé dans la poubelle d'un abattoir abandonné », « Le bébé des poubelles sauvé *in extremis* par le Samu », « Le bébé des poubelles avait 1,8 gramme d'alcool dans le sang ! », « La police enquête du côté des junkies »… *Des junkies, tu parles ! N'importe quoi*… Si je n'étais pas furieux, je pourrais en rire ! Parce que j'y étais ce jour-là, au manoir, et que j'ai tout vu. Sous leurs grands airs princiers, les Le Guen ont les mains sales, très sales… Et que dire de Manon ?… Une idée surgit subitement et me percute. Je ne suis pas revenu ici depuis mes dix-huit ans et j'ai le sentiment aussi étrange qu'intense que le temps n'a pas coulé. Comme s'il m'attendait… Comme si cette vieille histoire sordide exigeait d'être extirpée du fond des âges. Les images remontent, toujours aussi vivaces, toujours aussi crues. Si je ferme les yeux, je suis sûr de réentendre la sonnerie du téléphone qui fit basculer la vie de mon père...

27 juin 1999. 20 h 45. Je suis presque prêt. J'entends par la fenêtre ouverte de ma chambre la fête qui bat déjà son plein. La musique du DJ s'élève depuis le pool-house et surfe sur les arbres. Les coups sourds des basses rythment les secondes de cette soirée indolente. Il a fait chaud toute la journée et l'air est presque tiède. La jeunesse dorée de la côte doit s'éclater autour de la piscine. Et lorsque la fraîcheur tombera pour de bon, les braseros seront allumés. Les Le Guen ne se refusent rien : ce soir, Ethan fête son baccalauréat, obtenu avec mention très bien dans un lycée français à Londres. Il va intégrer une grande université anglaise dont j'ai oublié le nom. Moi, je n'aurai pas cette chance ! Malgré mon bac avec mention bien, je dois me faire une raison. Parce que mon rêve à moi, ça aurait été de faire une école de commerce. Pour avoir un bel avenir. À part que c'est trop cher. Mes vieux, eux, sont déjà fiers comme des paons parce qu'ils ont un fils bachelier. Les gueux... Quand je pense à Ethan et Alicia... à tous ces jeunes nés avec une cuillère d'argent dans la bouche... aux soirées de dingues qu'ils enchaînent... je le sais parce que j'ai travaillé au Blue Bird, l'été dernier. Plongeur. Un complexe « restau-boîte de nuit » huppé de Perros-Guirec. Rouan, le patron, était assez sympa avec moi. Après le service, il me laissait traîner dans la boîte. J'ai passé les meilleures soirées de toute ma vie là-bas, à regarder les autres discrètement, depuis le bar. La pire soirée aussi, d'ailleurs... Mais ça, je ne veux pas trop y repenser, j'ai encore la honte du siècle en me rappelant le râteau que j'ai pris...

Je me regarde rapidement dans le miroir. Ça ne sert à rien, vu que je vais encore devoir être invisible. Mais bon, être invisible, ça a ses avantages. Comme mater, par exemple. J'aime bien me glisser dans la forêt qui sépare notre baraque minable du manoir des Le Guen. J'ai même trouvé un chemin discret pour rejoindre le cottage d'Alicia en huit minutes. En courant, bien sûr. Ça fait des années que j'épie les Le Guen. Faut dire que mes vieux bossent tous les deux là-bas. Alors, bon, moi, je tue le temps comme je peux... Quand j'observe les Le Guen, je m'imagine que je suis eux. J'aurais adoré vivre leur vie. Être plein aux as et avoir de l'allure. Être respecté. Ce rêve-là ne me quitte pas !... Mais bon, c'est mal engagé, il faut dire ce qui est... Jusqu'à l'an dernier, je passais beaucoup de temps à espionner Alicia. Elle vivait encore au cottage. Alicia, c'est le genre de fille hyper-mignonne mais... sale. Trop sale pour moi. Quand elle faisait tous ces trucs avec les mecs, c'était bizarre, ça m'excitait et en même temps ça me dégoûtait. Bien sûr j'aurais bien aimé faire ces trucs aussi avec elle, mais après, je crois que j'aurais eu honte d'elle. À l'époque où elle était encore là, j'y allais tous les soirs. Je ne pouvais pas m'en empêcher. Quand je rentrais après mes virées, j'avais des images bien dégueulasses dans la tête et j'étais obligé de... de me masturber, assez violemment, en fait. Et puis, son bac en poche, elle est partie en Angleterre, suivie d'Ethan qui a saisi l'occasion pour fuir le manoir et faire sa terminale là-bas. Ils ont leurs grands-parents à Cambridge, je crois... Je sens l'excitation monter en moi parce que ça fait presque un an maintenant que je ne les ai pas revus... Alors ce soir, c'est un peu la fête pour moi aussi ! Je vais aller épier la soirée des Le Guen, les jeunes gavés de fric, les filles en maillot qui sourient tout le temps avec leurs dents parfaites et d'un blanc éclatant.

Je referme la fenêtre, impatient, et je sors de ma chambre. C'est à ce moment-là que le téléphone sonne. Chez nous, quand le téléphone sonne, c'est soit qu'il y a un décès dans la famille, soit les Le Guen. Des fois que la mère Le Guen aurait oublié un vêtement au pressing ou un truc dans le genre. Du coup, c'est toujours maman qui décroche. À part que là, maman, elle est chez Le Guen, justement. À faire la trimarde pour quelques heures sup à la soirée d'Ethan... J'attends sans bouger. Parce que ça n'est pas pour moi, c'est sûr. Je n'ai aucun ami dans ce trou rempli de ploucs dans mon genre. J'entends le son de la télé qui diminue au rez-de-chaussée. Et les pas lourds et traînants de mon père qui est revenu des champs, il y a une demi-heure à peine. Sûr qu'il n'a pas enlevé ses bottes, ça va gueuler demain midi à table. J'hésite une fraction de seconde, puis je me décide. À pas de loup, je file dans la chambre des parents. C'est là qu'il y a le second combiné. Quand le téléphone s'arrête de sonner, je décroche de mon côté. Avec délicatesse, pour éviter de me faire repérer. Et j'écoute. À l'autre bout, c'est Yohann Le Guen. Je le reconnais tout de suite. Sa voix est nerveuse. Le ton, abrupt pour quelqu'un qui dérange si tard. « Octave ? J'ai besoin de vous. Tout de suite... Une... une affaire urgente. Rappliquez au cottage d'Alicia immédiatement, je vous prie. Et passez par l'entrée de service. Soyez discret, mon vieux, je compte sur vous ! »

Est-ce que mon père a seulement répliqué quoi que ce soit ? Je ne saurais le dire... Le doigt sur la couture du pantalon, le vieux a filé tout droit là-bas. Je me souviens de la porte d'entrée qui a claqué quelques secondes après l'appel. Alors moi, j'ai dévalé les escaliers, j'ai traversé le potager derrière la baraque et je me suis engagé sur le petit chemin à travers bois. Je détalais comme un lièvre ! Moins de huit minutes plus tard, j'arrivais au cottage. Et ce que j'ai vu ce soir-là m'a mis un pied dans l'âge adulte. D'un coup, j'ai mesuré la puissance écrasante des riches.

Je referme la fenêtre d'un geste nerveux. Autour de moi, les sarabandes de voitures bleues et rouges qui ornent le papier peint jauni de ma chambre d'enfant me renvoient le reflet d'une existence chiche, d'une existence que je ne méritais pas. Une fois encore, je rêve de briser la malédiction de ma famille. Je devrais me venger. Détruire les Le Guen. Révéler tous leurs infâmes petits secrets... Je m'assois sur le lit. La tête me tourne un peu parce que l'idée veut me convaincre qu'elle est bonne. À bien y réfléchir, maintenant que mon père est mort de ses remords, il serait peut-être temps de sortir les cadavres du placard...

Nuit du samedi 29 août
au dimanche 30 août 2015

Éloïse entrouvrit les yeux quelques instants pour s'imprégner des images du réel et refouler celles de ses rêves où les souvenirs déformés de Jean-Marc se superposaient aux réminiscences lointaines de sa vie de famille. D'une vie chaotique dont la seule empreinte persistante aujourd'hui consistait en un arrière-goût amer. Les contours du ruban d'asphalte se dessinèrent devant ses yeux. La nuit devait être bien avancée car voitures et poids lourds se faisaient rares. Ce retour dans la réalité ne provoqua pas le soulagement escompté, loin de là. Éloïse se trouvait dans la voiture de sa sœur et, ce faisant, elle remontait malgré elle le cours d'un temps passé qu'elle avait mis toute une vie à oublier. Elle secoua lentement la tête. Par quel foutu tour de force sa sœur était-elle encore parvenue à ses fins ? Une vague de colère enfla en elle, chargée de bribes de souvenirs où les frasques incessantes de Manon le disputaient à sa légendaire tyrannie. Manon et ses colères. Manon et ses fugues. Manon et ses lubies. Manon et l'insupportable égocentrisme à partir duquel elle composait sa partition du monde... Éloïse se crispa en se rendant à l'évidence : elle avait mis des années, du silence et des kilomètres entre son passé et sa vie d'adulte, mais elle n'avait pas dressé le moindre rempart émotionnel. Les images qui ressurgissaient telles des petites bulles crevant la surface de l'eau étaient encore pleines de ressentiment.

— Ça y est, tu es réveillée, Élo ?
— Ne m'appelle pas Élo ! croassa-t-elle.
— Mais enfin, comment veux-tu que je t'appelle ?!
— Éloïse... Éloïse, c'est mon prénom.

Manon secoua la tête en levant les yeux au ciel *pour marquer l'incommensurable ineptie de l'autre – de tous ces autres, qui n'ont pas l'heur de voir le monde de la bonne manière !* Éloïse voulut lui clouer le bec :

— Élo, c'était le diminutif que me donnait Jean-Marc.

Elle se mordit les lèvres après avoir parlé. Elle venait de se justifier...

— Mmm... À cela près que c'est aussi celui que tout le monde t'a toujours donné.

— Et alors ! éclata Éloïse. Du coup, c'est différent ! Tu peux le comprendre, ça ?!

Manon tressaillit légèrement sous l'assaut verbal, mais ne répondit pas. Elle fixait la route, les mains serrées sur le volant. Un silence lourd s'installa dans l'habitacle et Éloïse eut subitement le sentiment d'être complètement à côté de la plaque. Elle cherchait à régler ses comptes indirectement, en ne parlant surtout pas de ce qui faisait problème, de ce qui avait toujours fait problème. Malgré elle, elle revit défiler les images du drame qui avait précipité son départ du giron familial. Sa mère – avec une tête de zombie – assise à côté du téléphone durant des jours entiers, espérant un appel de Manon, redoutant un appel de la police. Son père, drapé dans une dignité de façade, passant sa main dans le dos de son épouse et lui portant bouteilles d'eau et sandwichs pour qu'elle ne dépérisse pas. Et elle, juste après les épreuves du bac, otage de ce mauvais film, tentant de se faire discrète... et y parvenant, comme la jumelle invisible et invincible qu'elle avait toujours été. Elle, la sœur qui n'avait jamais posé aucun problème, qui n'avait jamais appesanti les affres subis par ses parents. Parce que c'était bien un enfer qu'ils avaient traversé avec Manon. Un enfer long de dix ans qui avait dû commencer à partir de ses douze ans. Un enfer pour elle-même aussi, bien qu'elle ne s'autorisât jamais à le revendiquer...

La voiture ralentit et Éloïse sortit de ses songes. Manon était en train de bifurquer vers une aire d'autoroute marquée « La Grassinière Est ». Juste au-dessus, un panneau signalétique indiquait la sortie à suivre, « Nantes Sud ».

— Nantes ? Mais qu'est-ce qu'on fout à Nantes ? Je croyais qu'on allait chez toi.

— On va chez moi, lui répondit laconiquement sa sœur.

— Comment ça ? Vous avez quitté Paris ?

— J'ai quitté Paris.

— Hein ?! Tu veux dire que Charles et toi...

— On fait un break. Depuis quelques mois.

— Oh !... Et tu comptais me le dire quand ?

— Tu as dormi tout le trajet, Éloïse, lui rétorqua Manon d'un ton pincé. D'ailleurs, si tu veux mon avis, tu devrais arrêter tous ces médicaments...

Éloïse pointa sur sa sœur un œil ahuri.

— Non mais attends, Manon, de quoi tu me parles, là ?

— Des dizaines de pilules que…

— Manon, bon sang ! coupa vivement Éloïse. Ne change pas de sujet ! On parlait de ta situation maritale, pas de mon traitement !

— Il n'empêche. Tous ces trucs que tu ingurgites ne te vaudront rien de bon, crois-moi.

C'est tout elle, ça ! Un sujet qui la dérange, et hop, voilà que je te sors un lapin du chapeau ! Éloïse lança un regard assassin à sa sœur. Mais les années de pratique remontèrent rapidement à la surface et l'empêchèrent *in extremis* de réagir comme elle l'aurait fait avec n'importe qui d'autre.

— OK, OK, Manon, tu as raison, capitula-t-elle dans un souffle, ces cachets sont mauvais pour ma santé… Maintenant, est-ce qu'on peut revenir au sujet, s'il te plaît ?

— Je t'écoute, lui répondit sa sœur en arrêtant la voiture devant l'enseigne lumineuse et criarde de la station-service.

— Comment ça, tu m'écoutes ? C'est moi qui t'écoute.

Manon tourna vers elle une tête légèrement étonnée.

— Je ne comprends pas.

Éloïse plaqua ses mains sur son visage et se massa vivement les tempes. Elle n'était pas faite pour ça. Pour ce jeu du chat et de la souris. Pour ces intrigues voilées, ces semi-vérités, ces faux-semblants en demi-teinte. Elle n'avait pas mis les bouts à dix-huit ans pour rien. Elle laissa échapper un long soupir las et d'un ton qu'elle espérait maîtrisé, elle asséna :

— Récapitulons, tu veux ? Tu viens me chercher au fin fond du Tarn alors qu'on ne s'est pas vues depuis quinze ans et que je traverse un véritable cauchemar. Tu m'expliques que tu es en danger. Que ta famille est menacée. Que tu as peur pour Julie et Maxence parce qu'une personne nuisible te harcèle et prend le contrôle de ton existence. Bref, que ta vie est en train de devenir un enfer. Mais tu oublies de me préciser que tu as quitté Charles.

— C'est inexact.

— Quoi, qu'est-ce qui est inexact ?

— Je n'ai pas quitté Charles. Les circonstances font que je trouve préférable de faire un break, ça n'est pas la même chose.

Éloïse souffla bruyamment. Bon sang de bonsoir ! elle avait l'impression de faire un bond temporel de deux décennies en un instant. Sa sœur et la rhétorique !

— Soit ! Tu as décidé de faire un break… Manon, est-ce que tu te rends compte de la portée que peut avoir cette information, oui ou merde ? s'énerva-t-elle.

Sa sœur lui jeta un œil circonspect. Apparemment, non, cette information ne lui semblait guère primordiale.

— Comment votre séparation se déroule-t-elle ? Quels sont les enjeux sous-jacents ? Concernant votre patrimoine ? Concernant la garde des enfants ? Leur éducation ? Leur lieu de vie ? Y a-t-il une amante sous le tapis ? Un amant ? Autant d'éléments qui font que neuf fois sur dix les histoires de menaces, de chantage et de passage à l'acte sont le fait d'un proche ! cria Éloïse sans se rendre compte qu'elle hurlait.

Un silence total fit suite à cette déclaration. Puis Manon ouvrit sa portière, posa un pied à l'extérieur et, d'un ton glacial, lança :

— Ta vulgarité intellectuelle me sidère. Pas étonnant que les flics soient taxés de salopards... Tu parles comme ça à chacune de tes victimes ou j'ai droit à un traitement de faveur ?

Sur quoi, elle claqua la portière et se dirigea d'un pas vif vers la station.

*

Éloïse but d'un coup la moitié de la bouteille d'eau. Son traitement lui asséchait la bouche en permanence. *Et si ce n'était que ça !* La gendarme ferma les yeux. Elle trouvait dans les pilules l'engourdissement nécessaire pour se rendre la vie supportable. Pas agréable ni légère. Juste supportable. Chaque nuit depuis le fiasco de la prise d'assaut dans les montagnes, elle revoyait cet instant fatidique où elle avait volontairement envoyé Jean-Marc vers le pénitencier[1], pensant le mettre à l'abri. Alors que, ce faisant, elle avait signé son arrêt de mort... Les pilules qu'elle ingurgitait depuis atténuaient l'horreur de sa culpabilité et de sa douleur – *tu as tué l'homme que tu aimais* – et floutaient les images du corps de Jean-Marc, ensanglanté, la peau grisée, quitté par la vie. Mais Éloïse savait aussi que le traitement l'empêchait d'entamer le processus de deuil. Elle ne reprendrait jamais pied si elle s'obstinait à poursuivre ainsi.

— Je nous ai pris de quoi manger un peu, lança Manon en posant une poche en plastique sur la table. C'est loin d'être équilibré, mais ça chassera la faim.

---

1. Voir *Le Cheptel* (Marabout, 2018 ; Pocket, 2020), du même auteur.

— Je n'ai pas faim.

— Peut-être, mais tu vas avaler quelque chose, affirma sa sœur avec le ton qui sied aux évidences. Si tu voyais ta mine, Élo...

Élo. La gendarme se crispa mais décida de ne pas relever. Ça ne servait à rien. Sa sœur n'en faisait qu'à sa tête.

— Et il va aussi falloir te sevrer... L'air marin te fera le plus grand bien.

— L'air marin ?

— Ben oui, notre bon air breton !

Éloïse sentit son cœur faire un bond. Elle jeta un œil soupçonneux sur Manon.

— Où va-t-on exactement ?

— À Lannion, chez papa et maman.

— Lannion ?! C'est une blague, rassure-moi !

En guise de réponse, Manon désopercula un sandwich triangle qu'elle lui tendit :

— Tiens, mange ça.

— Manon !

— Quoi ?

— Tu vis là-bas, c'est ça ? Tu... tu as élu domicile dans l'ancienne maison de nos parents ?

Sa sœur lui lança un regard qui signifiait clairement qu'elle ne voyait pas où était le problème.

— Incroyable ! Mais tu as toujours détesté la vie là-bas !

— Tu exagères... Mais peu importe. J'avais besoin de me ressourcer.

— Te ressourcer ? Bon sang, tu es pleine aux as, tu as le monde entier pour toi ! Et tu choisis Lannion pour te ressourcer ?

— Revenir aux sources, si tu préfères, expliqua sa sœur dans un haussement d'épaules.

— Je vois... Et tu ne t'es pas demandé si *moi*, j'avais envie de ça ?

Manon leva un sourcil d'incompréhension :

— C'est l'affaire de quelques semaines, Élo. Le temps pour toi de remonter à la surface et de mettre la main sur la personne qui menace mes enfants et me persécute.

Je ne vois vraiment pas où est le problème, tel était bien le sous-entendu évident de sa sœur. À cet instant précis, Éloïse réprima une furieuse envie de mettre les points sur les « i ». Non, elle n'avait absolument aucun désir de retourner dans cette maison qui l'avait vue grandir, qui l'avait vue souffrir, qui était, jusqu'au moindre lé de tapisserie, gorgée de souvenirs de famille et hantée par le fantôme de ses parents... Mais la simple idée de tout ce qu'elle allait devoir expliquer, du menu entier qu'elle allait devoir dérouler pour témoigner de son calvaire passé, mit un terme immédiat à toute velléité. Après tout, le meilleur moyen d'en finir une bonne fois n'était-il pas de résoudre cette affaire ? Après quoi, elle reprendrait le chemin du Sud et s'empresserait d'oublier cette parenthèse, sa sœur et le cortège de souvenirs néfastes qu'elle drainait à elle seule...

— Tu as d'autres « surprises » de ce genre ? demanda-t-elle en mimant les guillemets. De nouvelles révélations qu'il serait bon que j'apprenne maintenant ?

Manon tourna ses grands yeux verts du côté de la baie vitrée donnant sur le parking. Éloïse nota son port altier, la finesse de son cou, de son grain de peau, l'élégance de sa coiffure et le raffinement qui émanait de son être tout entier. Indubitablement, et indépendamment de leur gémellité, Manon semblait taillée dans le diamant d'une race supérieure et mystérieuse, affranchie des basses contingences de l'humanité crasse. Même la peur lui allait bien.

— Puisque tu en parles... Sache que Charles n'est pas au courant des menaces qui planent sur ma vie. Et que je ne veux pas qu'il le soit.

— Tu ne lui as rien dit ?

— Non.

— Mais enfin Manon, il a le droit de savoir, tu ne crois pas ? Il s'agit aussi de ses enfants !

Manon leva une main autoritaire.

— Je n'ai pas besoin d'un directeur de conscience, Élo. Je sais ce que je fais. Si je te dis que Charles n'a pas à savoir, c'est qu'il n'a pas à savoir.

Le ton n'était ni cinglant, ni défensif. Il était juste pétri de la certitude qui s'imposait à tous. Éloïse n'en ressentit pas moins la démonstration supplémentaire du diktat de sa sœur.

— Et puis-je savoir ce qui te permet de m'imposer ce choix que je trouve par ailleurs fort contestable ?

— Je suis ta sœur, ta sœur jumelle.

— Et ? s'agaça la gendarme.

— Et ça devrait te suffire pour me faire confiance... Maintenant, mange !

PARTIE 1

Abby Le Guen, dimanche 30 août 2015, jour du meurtre de son mari

Elle trébucha sur un liteau qui dépassait au sol d'un tas de chutes de bois et manqua s'étaler de tout son long. Elle se rattrapa *in extremis* en s'appuyant sur l'établi à sa droite et réprima une nausée qui lui brûla la trachée. Pantelante, les yeux injectés de sang, elle jura à haute voix. Le sol autour d'elle vacillait dangereusement et elle dut attendre quelques secondes pour retrouver son équilibre. Elle jeta un œil au fond du garage et repéra les trois fusils de chasse fixés au mur. Elle ne s'était jamais servie d'une arme mais elle avait vu tant de fois Yohann astiquer, armer et désarmer ses fusils avant ses parties de chasse qu'elle se sentait à la hauteur. De toute façon, le taux d'alcool dans son sang, ajouté aux antidépresseurs, lui procurait le sentiment d'invincibilité dont elle avait besoin. Elle fit trois pas en direction des armes. Croisa son reflet dans un grand miroir ovale et poussiéreux, vestige de la vieille salle de bains du second qu'ils avaient refaite huit ans plus tôt. Elle y reconnut à peine son image, dévastée comme dans une tragédie racinienne parvenue à son acmé, juste avant l'instant où l'héroïne bascule. Cette pensée la fit sourire, d'un sourire grinçant. Elle attrapa un des fusils, le retira de sa housse et le cassa. Puis d'un geste fébrile, elle ouvrit un des tiroirs de l'établi – le deuxième en partant du haut – et farfouilla dans le bric-à-brac. Elle repéra la boîte de cartouches, préleva deux munitions et chargea l'arme, comme elle avait vu Yohann le faire. Malgré l'ébriété, elle eut la présence d'esprit de conserver le fusil cassé pour éviter tout accident. Puis elle regagna la sortie, éteignit les plafonniers et referma la porte du hangar.

Dehors, les lueurs de l'aube chassaient déjà la nuit. Le ressac de l'océan lui parvenait, immuable, indifférent à ses tourments, et le vent marin soufflait, chargé d'embruns et de toutes les images du passé qu'elle avait voulu enterrer dans l'oubli. Une vie entière truffée de faux-semblants, de non-dits et d'abominables mensonges. Elle respira à pleins poumons, se gorgea de cet air salin aux relents d'algues et remonta vers le manoir d'un pas incertain mais déterminé. Parvenue à l'entrée de l'aile nord, elle franchit le vestibule, monta les escaliers jusqu'au premier, traversa le grand salon et se figea au pied de l'escalier qui desservait les chambres. Là, elle referma le fusil dans un *clap* sonore et annonciateur d'un drame. Elle allait monter mais un léger vertige la surprit de nouveau et l'obligea à prendre appui au mur. Autour d'elle, les objets ivres se floutèrent et tanguèrent avant de s'immobiliser enfin.

Elle put alors gravir les marches, prenant garde à ne pas trébucher et à ne pas faire de bruit pour ne pas réveiller Yohann. Toute confrontation directe avec lui serait perdue d'avance, elle ne le savait que trop ! Parvenue au deuxième étage, elle avança à pas de loup vers la chambre de son mari. Elle fut soudainement frappée par le calme autour d'elle, le silence parfait et terriblement pesant de ce dimanche matin au manoir. Elle eut alors une pensée éclair sur la déconcertante fragilité des existences, leur vanité, leur vacuité totale, à l'instar de sa vie à elle. Dire qu'il suffisait d'une simple balle pour que tout s'arrêtât. Pour que tout s'arrêtât enfin...

Les yeux larmoyants, elle posa une main fébrile sur la poignée de la porte, respira un grand coup et entra discrètement. La chambre était plongée dans une épaisse pénombre et Abby peina à distinguer le corps de son mari endormi. Elle ouvrit davantage la porte afin que la lumière du couloir éclairât un peu la pièce. Puis elle épaula le fusil, avança lentement de quelques pas pour rapprocher le canon de la touffe de cheveux qui dépassait de la couette. Et lorsqu'elle ne fut plus qu'à une trentaine de centimètres de sa cible, bloqua son souffle.

Durant quelques instants, elle suivit en silence les frémissements de la respiration qui soulevait la couette dans un mouvement régulier.

Et tira.

La détonation ravagea le silence et se propagea en ondes qu'elle continua d'entendre bien après que le bruit eut cessé.

*

Hagarde, constellée de projections de sang et de débris de cervelle, elle fixait le mur du salon où trônait une de ses toiles – sa favorite – qu'elle n'avait jamais envisagé de mettre en vente dans sa galerie. Dans un camaïeu de gris et de blancs, on y voyait l'océan déchaîné, le tumulte prodigieux et fracassant des vagues qui s'explosaient en gerbes sur une jetée.

La grande horloge murale sonna neuf coups. *Comme on sonne le glas*, songea-t-elle. Dans moins de deux heures, Anna arriverait. Et ce serait la fin.

Elle s'extirpa laborieusement de ses songes. Se leva. D'un pas titubant, alla jusqu'à la grande cheminée du salon. Il ne faisait pas froid mais elle alluma la cheminée. Quelques brindilles de bois sec, deux bûchettes et un allume-feu, le tout arrosé de gel inflammable. Elle craqua une allumette et le brasier jaillit immédiatement, dégageant dans l'air l'odeur caractéristique d'alcool concentré. Elle contempla les flammes dansantes, leur robe de bleu et d'or, en écoutant leurs sifflements inquiétants s'élever dans le conduit. Puis elle attrapa les photocopies posées sur la table basse, effleura les mots du bout des yeux – elle en connaissait par cœur l'infâme contenu – et les jeta dans l'âtre. Elle observa les pages se racornir, noircir et s'enflammer avant de s'envoler en petites particules carbonisées. Quand elle fut certaine que l'entièreté de cette abjection avait été engloutie par le feu, elle retourna à la table basse, prit la petite photo en noir et blanc qu'elle sortit de son cadre, s'attarda une dernière fois sur le rire figé de ses enfants, sur celui de Yohann... et sur sa monstrueuse main. Et d'un geste dégoûté, elle la balança dans les braises. Les visages se tordirent sous la chaleur et disparurent bientôt en expirant leurs noires volutes.

Voilà. Elle venait d'effacer toutes les traces de son drame familial. Elle était prête désormais. Elle se rassit sur le canapé. Et attendit sagement qu'Anna arrive et appelle la police.

Éloïse et Manon,
le jour du meurtre de Yohann Le Guen

La mer lui tendait les bras. Bleue. Scintillante sous un soleil lumineux bien que froid. Éloïse sentit monter en elle quelque chose qui ressemblait à de la joie. C'était inattendu et irrépressible. Une joie enfantine, ancestrale à l'échelle de son existence, tapie au fond d'elle depuis ses premiers pas dans le monde. Elle renouait avec une émotion précieuse, presque charnelle, que les années de distance n'avaient pas ensevelie et qui rejaillissait dès la première vision familière. Elle retrouvait sa terre natale et avec elle mille impressions fugaces et pourtant viscérales. D'abord cette lumière, unique, qui semblait teinter le monde comme seuls les peintres savent le faire. Parce que la lumière, ici, donnait du relief aux couleurs. Ensuite, cette odeur marine, persistante, faite d'embruns, de sel et d'algues, et qui réveillait les souvenirs ensommeillés de crêpes au caramel au beurre salé, de moules et poissons à la criée, de virées en bateau, de phares blancs et bleus impétueusement dressés au cœur d'une mer tyrannique qui les rinçait de sa langue insatiable et colérique les soirs d'orage. Enfin, la musique. L'air du ressac sur les rives de sable d'or. Les percussions des vagues contre les roches de granit rose qui dégringolaient vers la mer. Le va-et-vient permanent d'un chant d'eau dont nul ne pouvait se lasser. Éloïse respira l'air, le captura dans ses poumons et scruta cet horizon nimbé d'éclats de lumière pure. Des larmes perlèrent à la commissure de ses yeux. C'étaient ses retrouvailles avec sa terre et elle se demanda comment elle avait pu vivre ailleurs, loin de cette toile émotionnelle et primale qui l'avait initiée au monde. Elle tâta ses poches machinalement, mais ne trouva rien.

— C'est ça que tu cherches ?

Éloïse piocha une cigarette dans le paquet que lui tendait Manon. Elle enfouit son visage sous l'abri du ciré récupéré dans le coffre de la voiture et alluma sa clope à l'abri du vent qui faisait claquer son cœur.

— Ça fait bizarre, hein ? Quand j'ai quitté Paris pour Lannion, je suis directement venue ici. Avec Julie et Maxence. Il fallait que je leur montre cet endroit... cette falaise de granit rose avec la plage en contrebas où on venait pique-niquer...

— Vraiment ?... Alors pourquoi ai-je toujours eu l'impression que j'étais la seule de nous deux à apprécier ? lui retourna Éloïse. Chaque fois qu'on se promenait ici en famille, tu traînais les pieds, tu râlais. Tu n'avais pas l'air vraiment conquise.

— Ado, tu veux dire ?

La gendarme ne masqua pas sa surprise.

— Je ne comprends pas.

— Éloïse, enfin... Une vie a commencé quand on avait douze ans environ, c'est vrai. Mais avant, il y en a eu une autre, bien plus simple et limpide... que tu sembles avoir oubliée.

Éloïse fronça les sourcils alors que lui revenaient en mémoire les images d'un temps lointain. Avant, bien avant l'adolescence. Un temps où sa sœur et elle se comprenaient parfaitement, où elles fouillaient le sable à marée descendante. Le vent humide agrippait leurs cheveux. Le sable collait à leurs bottes. Et elles couraient vers leurs parents, fières et heureuses, pour leur montrer leurs épuisettes remplies de couteaux, de crevettes et de petits crabes. Effectivement oui, il y avait eu une vie avant... Une vague de nostalgie l'électrisa quand elle se remémora ce passé-là, et une question qu'elle ne s'était jamais posée la percuta de plein fouet :

— C'est exact, tu as raison... Mais qu'est-ce qui s'est passé, Manon, pour qu'on bascule tous dans la vie qui a suivi ?

Seul le silence lui répondit. Éloïse tourna finalement la tête vers sa sœur mais celle-ci avait disparu. Elle regarda derrière elle et l'aperçut près de la voiture, les yeux rivés sur son portable ; elle envoyait un texto.

— Faut qu'on y aille, Élo ! lui jeta-t-elle tandis que le vent décoiffait ses mèches châtaines. Julie et Maxence nous attendent de pied ferme, ils se demandent si tu me ressembles tant que ça ! termina Manon en pouffant.

Éloïse fixa cette image précise. Celle de sa sœur, nageant dans son ciré rouge, les cheveux virevoltant inondés de lumière, les yeux mutins, les joues rosées par la fraîcheur, adossée à la voiture, décontractée. Cet instant infime de bonheur sans tache lui rappela avec une féroce acuité que sa sœur avait jadis été son *alter ego*, sa semblable, sa complice de jeu, sa moitié même, puisqu'elles avaient partagé jusqu'au même liquide amniotique.

— On y va ?

La route jusqu'à Lannion fut moins agréable. Avec la redécouverte des paysages connus, l'angoisse d'Éloïse se réveilla pour reprendre ses droits. Chaque virage jusqu'à l'ancienne maison semblait ramener à la surface son lot de mauvais souvenirs. Le visage de Manon ne rayonnait plus. L'enfance était morte et, avec elle, l'insouciance. Des âges plus sombres frayaient désormais leurs galeries dans le terreau de la conscience. Des âges mauvais, douloureux.

— Tu n'es jamais revenue depuis le Noël de 2001 ? demanda Manon.

— Non.

— Papa et maman en ont beaucoup souffert.

Éloïse refusa d'encaisser. Là, c'était au-dessus de ses forces !

— Ça n'avait rien à voir avec eux !

— Justement.

— Quoi, qu'est-ce que tu insinues encore, Manon ?

— Rien, je n'insinue rien. Je dis que justement, si ça n'avait rien à voir avec eux, ta décision de te tenir loin d'eux n'a jamais eu aucun sens.

— Je ne me suis jamais tenue loin d'eux, Manon ! Je me suis tenue loin de toi, c'est différent !

— Vraiment ? lui rétorqua sa sœur avec sarcasme. Je ne suis pas certaine qu'ils aient perçu la subtilité, vois-tu !… De leur vivant, du moins… Maintenant, de là où ils sont, peut-être que c'est autre chose, va savoir.

Éloïse sentit une onde de rage l'électriser. Elle se connaissait : si Manon poursuivait dans cette voie, elle ne répondrait plus de rien.

— Pourquoi aurais-je à me justifier ? cria-t-elle alors qu'elle pensait parler. À me justifier auprès de toi, qui plus est ! Au cas où tu l'aurais oublié, très chère sœur, ce n'est pas moi qui ai pourri la vie de mes parents pendant plus de dix ans ! Alors tes remontrances voilées, tu peux te les mettre où je pense ! s'étrangla-t-elle.

Manon hoqueta sous l'attaque verbale. Indubitablement, Éloïse venait de frapper très fort. Le regard de sa sœur avait viré couleur charbon et luisait comme un trottoir humide. Subitement, Manon pila. Les pneus hurlèrent sur le bitume, la voiture tangua dangereusement, menaçant de faire un tête-à-queue. Mais Manon reprit le contrôle *in extremis* et parvint à se ranger sur le bas-côté. Éloïse, livide, cramponnée aux accoudoirs, fixait la chaussée, les yeux exorbités.

— Bien, lança Manon en tirant le frein à main. Si c'est ce que tu penses, alors ça a le mérite d'être clair... Mais c'est tout de même surprenant cette faculté qu'a l'esprit de sélectionner à sa guise. Parce que pour ma part, j'aurais juré que j'étais totalement seule à accompagner maman durant son agonie à l'hôpital. Et je peux me tromper, bien sûr, mais je crois qu'elle a apprécié que je sois présente pendant les trois longs mois qui ont précédé sa mort.

— Maman était dans le coma ! se défendit Éloïse.

— Et donc ?... C'est tout ce que tu as à dire ?... Maman était peut-être dans le coma, mais maman disait des mots ! Sais-tu combien de fois elle a prononcé ton prénom ?

Éloïse accusa le coup. Sa bouche s'ouvrit mais aucun son n'en sortit.

— J'ai passé trois mois à son chevet, Éloïse. Il ne s'est pas passé un seul jour sans que j'aille la voir à l'hôpital. Et il ne s'est pas passé un jour non plus sans qu'elle prononce ton prénom...

— J'étais à l'école, balbutia Éloïse, sidérée, et... et je n'avais aucun moyen de me libérer... je... j'étais à l'enterrement de papa. Et puis...

Les images refaisaient surface. C'était dix ans plus tôt. Elle avait terminé son droit et venait d'intégrer l'école de gendarmerie. Le téléphone avait sonné et Éloïse avait appris que ses parents avaient eu un très grave accident de la route. Son père n'avait pas survécu, sa mère était entre la vie et la mort. L'annonce avait été brutale, le choc colossal. Éloïse était partie à dix-huit ans et n'était revenue chez elle que pour les trois premières fêtes de Noël. Ensuite, elle s'était toujours arrangée pour éviter les visites. Elle avait fui, fui son passé à perdre haleine.

— Oui, tu es venue à l'enterrement de papa. Et trois mois après, à celui de maman. Entre-temps, *nada*.

— Que me reproches-tu au juste ?

— Rien, Élo, rien du tout. Mais épargne-moi le couplet de la fille parfaite, s'il te plaît.

Abby Le Guen,
28 jours avant le meurtre de son mari

C'était une belle matinée ensoleillée. Les touristes commençaient déjà à affluer et Abby se sentait d'humeur légère. Elle avait passé la soirée de la veille seule au manoir puisque Yohann était en déplacement pour plusieurs jours, colloque médical, lui avait-il dit. Cela faisait bien longtemps qu'elle avait cessé de vérifier l'agenda de son mari, et plus longtemps encore qu'elle avait renoncé à l'accompagner dans ce type de déplacements. Aujourd'hui, elle ne se souciait plus guère des incartades de Monsieur. Et que celles-ci alimentent régulièrement les ragots de l'*upper-class* de la côte ne chatouillait plus son orgueil. Elle concevait sa condition de femme trompée comme l'incontournable ingrédient d'un mariage bourgeois et stable. C'était cynique mais beaucoup plus économique ! Elle s'épargnait ainsi les sempiternels atermoiements des femmes bafouées qui avaient construit leur vie autour des standards du couple parfait et de la famille idéale, et qui espéraient « sauver leur mariage » en payant grassement un coach de vie censé les aider dans une double quête : reconquérir leur infidèle époux et continuer à préserver leur confortable existence des basses contingences matérielles.

En réalité, Abby avait cessé de se battre quand elle avait compris que c'était vain. Yohann était et serait toujours un dragueur patenté. La séduction était chez lui une seconde nature. Après une très longue période de déprime sévère, Abby avait finalement fait le choix de rester, tant l'idée de tout ce qu'elle aurait à affronter en cas de divorce lui paraissait insurmontable. Une bataille contre Yohann par avocats interposés, non merci ! Il l'aurait écrasée comme un insecte parce qu'elle n'était pas faite, elle, du bois des vainqueurs. Elle n'avait ni la hargne ni l'énergie nécessaires à la guerre. Sans parler d'Alicia et Ethan qu'elle aurait définitivement perdus. Ils avaient toujours adoré leur père. C'est donc en toute conscience qu'elle avait opté pour le maintien d'un *statu quo*. L'accord entre Yohann et elle était tacite : elle ne se mêlait pas de ses petites affaires de fesses, lui épargnait les déchirantes scènes de l'épouse humiliée, et lui, de son côté, la laissait dépenser les sommes qu'elle estimait utiles à ce qu'il appelait sa « lubie », à savoir son atelier de peinture. Outre le confort matériel de cet arrangement, Abby jouissait d'une liberté enviable lors des fréquentes absences de Yohann. La veille au soir, elle avait ainsi descendu en toute tranquillité deux bouteilles de Cristal Roederer piquées dans la cave de son mari, en retouchant les aplats de sa marine depuis l'immense terrasse de l'aile nord qui offrait une vue époustouflante sur l'océan.

Abby releva la grille de sa vitrine et entra dans son atelier, sa dernière œuvre sous le bras. À travers la baie vitrée, le soleil jouait sur les reliefs et les couleurs de ses toiles en exposition. L'horloge murale derrière le comptoir indiquait 11 heures. Les premiers clients n'allaient pas tarder. Abby défit avec empressement le papier brun qui protégeait le tableau et jeta un œil circulaire dans la pièce. Elle hésita de longues minutes avant de se décider pour le mur de gauche sur lequel demeuraient trois emplacements vides. Trois toiles vendues le même jour à un amateur d'art chinois de passage à Ploumanac'h un mois plus tôt. L'homme n'avait rien d'un investisseur. Il avait simplement été saisi par la puissance que dégageaient ses peintures – par l'équilibre parfait entre le mouvement et le calme, l'ombre et la lumière, le yin et le yang, d'après ce qu'elle avait compris... La marine prit place entre deux autres très anciennes dont Abby répugnait à se défaire. Sa patte avait évolué depuis ses débuts et elle savait pertinemment que ses premières toiles ne se vendraient jamais. Pourtant, elle les maintenait accrochées dans sa boutique par la force d'un sentiment fait à la fois de tendre attachement et d'hommage. Parce que, dans les périodes de doute et de mélancolie – qui la surprenaient encore régulièrement –, elle pouvait contempler ses œuvres initiales et se rappeler le chemin parcouru depuis la toute première dépression qui l'avait terrassée trente-quatre ans plus tôt et dont elle s'était extirpée à la seule force du pinceau. Elle le savait parfaitement, peindre était sa bouée de sauvetage, son point d'ancrage face aux tumultes ravageurs de l'existence.

Abby accrocha sa toile, recula d'un pas, se rapprocha de nouveau pour corriger la légère inclinaison du tableau et hocha la tête pour elle-même. Ça irait bien comme ça. Le *clong* de la porte d'entrée la sortit de sa rêverie, c'était le postier.

— Bonjour, madame Le Guen, lança l'homme d'un ton enjoué.

— Bonjour, Franck.

— Oh, c'est votre dernière toile ?

Abby se contenta d'acquiescer en souriant.

— Bon, moi, je n'y connais rien, mais honnêtement, j'aime beaucoup !

— Merci, Franck… Mais de grâce, arrêtez avec vos « je n'y connais rien ». Comme je vous l'ai toujours dit, les émotions face à une peinture ne sont pas réservées à une élite de connaisseurs autoproclamés !

Franck approuva comme chaque fois, ce qui ne l'empêcherait pas de recommencer. Abby le savait, c'était ainsi. Dès qu'on parle d'art, les *petites gens* se sentent comme des imposteurs.

— Tenez, voilà le courrier du jour, madame Le Guen. Bonne journée !

Abby regarda l'homme sortir en tirant son cabas puis entreprit de trier son courrier. Factures, magazines, invitations, calendriers d'expositions… Elle s'arrêta sur une enveloppe kraft format demi-A4 au centre de laquelle s'étalait une écriture au feutre noir dont les lettres majuscules avaient été tracées grâce à un pochoir, comme ceux des règles en plastique que les enfants avaient utilisées étant petits. Elle trouva la démarche étrange – presque inquiétante – et décacheta l'enveloppe avec une certaine appréhension. Ses craintes se confirmèrent dès qu'elle ouvrit la feuille pliée en deux et qu'elle découvrit ce même procédé de traçage sur toute la feuille. Elle songea immédiatement aux corbeaux qui découpent des lettres dans les journaux et les collent pour qu'on ne puisse pas étudier leur écriture. Si elle avait des doutes, la lecture du message finit de donner le ton.

INDICE NUMÉRO 1
PAUVRE ABBY,
LE JEU DE PISTE NE FAIT QUE COMMENCER, MAIS SACHE QU'IL TE RÉSERVE PLEIN DE (MAUVAISES) SURPRISES.
POUR COMMENCER, TU TROUVERAS AU FOND DE L'ENVELOPPE DES EXTRAITS CHOISIS D'UN JOURNAL INTIME DONT JE TE LAISSE DEVINER L'AUTEUR. À TOI D'EN ASSEMBLER LES PREMIÈRES PIÈCES.
À TRÈS BIENTÔT SUR LE DOULOUREUX CHEMIN DE LA VÉRITÉ...
L'ŒIL

Abby fixait, incrédule, la lettre de menace, si tant est qu'elle puisse la qualifier ainsi. Une onde nerveuse l'électrisa tandis qu'elle continuait de balayer ces majuscules aux tracés normés, calibrés, dépersonnalisés, donc dépourvus de tout visage humain. Le contenu, quant à lui, transpirait la mauvaiseté, et c'est d'un geste mal assuré qu'elle renversa l'enveloppe pour en faire sortir ce qui y restait. Celui qui se faisait appeler « L'Œil » avait pris soin de découper une photocopie en une dizaine de triangles et de quadrilatères. Abby commença à les assembler et son cœur bondit violemment quand elle vit que l'écriture sur la photocopie était celle d'Alicia, sa fille. Nul doute, elle l'aurait reconnue entre mille, tout y était : la légère inclinaison vers la gauche, le savant mélange entre écriture scripte et écriture liée, la forme anguleuse des « f » et des « g » aux boucles inversées et le coup de fouet sur les barres des « t »... Elle hésita un instant, comme face à un choix sacrilège. « L'Œil » avait mentionné un journal intime et Abby n'était pas mère à violer la vie privée de ses enfants, ni de quiconque d'ailleurs. Elle était à deux doigts de balancer les morceaux à la poubelle quand elle se rappela que « L'Œil » avait parlé de chemin de vérité. Apparemment donc, les morceaux de papier devaient contenir une révélation. Abby se mordilla nerveusement la lèvre inférieure, pesant le pour et le contre. Puis l'idée lui vint qu'Alicia était peut-être en danger et elle se décida. Il lui fallut moins de trente secondes pour assembler les morceaux dans le bon sens, à plat sur le comptoir. Elle parcourut alors le texte écrit par Alicia des années plus tôt et ce qu'elle découvrit la plongea dans un profond malaise.

Alicia pouvait-elle parler de Yohann ? Abby secoua vivement la tête, tant cette hypothèse paraissait invraisemblable. Yohann avait toujours incarné le père adoré, le modèle infaillible d'Ethan et Alicia... Jamais il n'aurait pu... Abby sentit les larmes lui monter aux yeux. N'était-ce pas ce que l'immense majorité des femmes concernées par de tels drames racontent après coup ? Elle tenta de chasser loin d'elle les images de cette connivence si forte entre ses enfants et leur père, les souvenirs de tous ces après-midi de week-end où Yohann s'occupait des petits tandis qu'elle sommeillait sous la couette, en proie à une montée d'angoisse ou à une vague de déprime... Que savait-elle au juste ? De quoi pouvait-elle être certaine ? Mettrait-elle sa main au feu quant à l'innocence de Yohann ? Abby réprima un haut-le-cœur qui lui laissa un arrière-goût d'amertume. En réalité, elle venait de passer trente-quatre ans dans un sous-marin, loin de la surface du réel, bourgeoisement centrée sur son développement personnel, sans la moindre idée du drame d'Alicia. Car c'en était un ! Bien que « L'Œil » n'ait photo-copié qu'une simple page du cahier, la véracité d'un abus sexuel ne faisait aucun doute... Abby se jura dans l'instant de tuer de ses mains l'homme qui avait abusé de sa fille. Et si c'était bien Yohann, comme tout por-tait à le croire, elle ne reculerait pas... À moins qu'il ne s'agisse d'une mystification ? Que cette photocopie soit un faux ? En proie à une agitation grandissante, Abby se décida à replonger dans la lecture de cette unique feuille de cahier qui commençait en plein milieu d'une phrase.

« ... mise mal à l'aise, et que j'ai toujours gardée en mémoire. Je devais avoir onze ans, c'était une fin d'après-midi d'été. Je commençais à avoir des *poupous*, comme papa les appelait à l'époque. Ils pointaient un peu sous mon tee-shirt et le frottement avec le tissu me faisait mal. Alors, je l'ai retiré. On était devant la télé, je m'étais blottie dans ses bras. Les minutes ont filé, puis j'ai senti ses mains qui descendaient lentement de mes épaules sur mes micro-seins.

« Je me souviens de la sensation de la pulpe de ses doigts sur mes tétons. Ça faisait mal et c'était agréable à la fois. Il traçait des petits cercles tout doux sur mon aréole et pinçait de temps en temps la minuscule pointe de mes *poupous*. Je sais qu'à ce moment précis je me suis dit que ce n'était pas normal. Combien de fois

Ethan et moi avions-nous entendu que notre corps nous appartenait et que personne n'avait le droit de le toucher ? "Personne"… est-ce que ça valait aussi pour lui ?

« Je me revois en train de chercher son regard des yeux… Mais il restait obstinément fixé sur la télé, comme si de rien n'était. Rapidement, j'ai senti sa respiration s'accélérer. Ça me faisait peur et ça m'intriguait en même temps. Je ne sais pas combien de temps ça a duré. Je sais juste qu'à la fin, j'avais très mal aux seins mais que je ne voulais pas que ça s'arrête…

« Bref, je crois bien que c'est ce jour-là que j'ai compris que mon corps l'attirait. C'était un peu confus mais j'ai su que quelque chose était en train de changer. Que l'amour entre nous devenait *bizarre.* »

Abby sentit une subite montée de nausée lui brûler la trachée. Elle mélangea rageusement les morceaux qu'elle avait assemblés, comme si ce geste pouvait effacer le cruel témoignage de sa fille. Elle se sentait tout à la fois abasourdie et furieuse. Abasourdie parce que cette révélation tombait dans sa vie comme un météore dévastateur. Furieuse parce que ce météore avait mis presque vingt-cinq ans avant de tomber et qu'elle n'avait rien vu durant tout ce temps. Jamais.

Elle essuya les larmes qui pointaient à l'angle de ses yeux et s'imposa la réflexion. Alicia parlait de ses onze ans et la mère ne se souvenait que vaguement de cette entrée en puberté. De l'hésitation de ce corps qui muait, de cette période transitoire tiraillée entre les rires de l'enfance et le désir de grandir, de s'envoler, de se féminiser. Contrairement à nombre de filles, les perturbations hormonales qui parfois se révèlent ingrates n'avaient pas altéré la grâce et la beauté d'Alicia. Si bien qu'Abby peinait à se rappeler précisément cette période du développement de sa fille. Elle devait l'admettre, pour elle, Alicia avait toujours traversé l'existence avec aisance et détermination. Sa fille – qui tenait avant tout de son père – lui avait toujours semblé taillée dans le diamant. Elle en avait la légèreté, la finesse, l'éclat et la solidité. La lecture du journal intime d'Alicia venait brutalement fissurer cette image statique, lisse et trop parfaite. En réalité, sa fille s'était réfugiée dans ce cahier comme d'autres dans les bras de leur mère. Une culpabilité sans précédent vint gifler Abby. Quelle sorte de mère avait-elle incarnée pour que sa propre fille se confie à une feuille plutôt qu'à elle ? Puis Abby songea que si ce souvenir relatait bien les agissements de Yohann, Alicia devait s'être interdit toute trahison à l'égard de ce père qu'elle adorait.

Dans son écrit, Alicia évoquait les *poupous*, expression enfantine que Yohann utilisait pour ne pas dire le mot seins – trop sexuel pour un père, s'était-elle toujours plu à croire. Alicia parlait également du tee-shirt qu'elle avait ôté d'elle-même. Tout cela respirait l'intimité familiale à plein nez. Primo, aucun de ses enfants ne se serait jamais dénudé devant un inconnu ou une vague connaissance de la famille, encore moins Alicia, dont la pousse des seins commençait ! Deuzio, le canapé, la télévision, le fait de se blottir dans les bras de quelqu'un… renvoyait à un souvenir du quotidien, avec un proche parent. Pour finir, Alicia l'écrivait elle-même : « Combien de fois Ethan et moi avions-nous entendu que notre corps nous appartenait et que personne n'avait le droit de le toucher ? "Personne"…

est-ce que ça valait aussi pour lui ? » Ce *lui* incarnait nécessairement une référence, une autorité pour sa fille.

La violence de ses déductions eut subitement raison de son estomac et Abby partit en courant dans l'arrière-boutique où se trouvaient les toilettes. Elle vomit juste avant d'avoir atteint la cuvette. À moins qu'il ne s'agisse d'une ignoble tentative de manipulation, « L'Œil » venait de lui livrer une révélation abominable : Alicia avait subi des attouchements de son propre père...

Éloïse et Manon,
le jour du meurtre de Yohann Le Guen

La vue de la maison familiale tordit immédiatement les boyaux d'Éloïse qui eut le sentiment de faire, en un claquement de doigts, un véritable bond temporel. Manon avait entrepris quelques travaux de rafraîchissement, en témoignaient la façade proprette de pierres et les contrevents repeints en gris bleuté. Pour autant, c'était bien la même longère isolée, abritée de la route par une travée d'arbres et bordée de l'autre côté par une forêt. Les hortensias faisaient des taches pétulantes le long de la façade mais n'égayaient en rien ce cliché en noir et blanc tout droit surgi du passé. La gendarme sentit ses jambes ramollir. Elle n'avait aucun désir d'aller plus avant dans la remontée du temps et l'idée germa qu'elle pouvait très bien prendre ses quartiers à l'hôtel. Après tout, Manon n'avait rien à dire. Mais la porte d'entrée s'ouvrit avec fracas avant qu'elle ait le temps de formuler ses réserves et une paire d'enfants surexcités apparut sur le seuil.
— Maman ! Maman !

Maxence, l'aîné, fonça vers la voiture, immédiatement talonné par Julie. Les gamins débordaient de l'énergie propre à leur âge, et en quelques secondes un tourbillon de cris de joie et de mouvements envahit l'habitacle.

— Maman ! s'écria Julie de sa voix enfantine. J'ai été sage et je t'ai fait un beau dessin au centre aéré ! Et en plus, j'ai aidé Pilou à faire la tarte aux abricots mais c'est une surprise !

— Et moi, maman, et moi, j'ai gagné au ballon prisonnier ! enchaîna Maxence. En plus, Paul, il a fait un croc-en-jambe à Émilie et elle est tombée ! Et après, elle a pleuré ! Et alors, Paul, il a été puni d'activités par…

— On se calme, mes amours ! protesta Manon en levant les mains. Vous allez me raconter tout ça tranquillement, d'accord ? Mais d'abord, vous dites bonjour à tatie Élo !

Éloïse prit vingt ans en une demi-seconde. *Tatie Élo !*

— Bonjour, tatie Élo ! ânonnèrent les enfants.

— Dis, pourquoi t'as pas les cheveux longs comme ma maman ? s'étonna Julie. Parce que d'abord, maman, elle a dit que vous avez la même tête mais à cause des cheveux, c'est pas vrai…, conclut-elle, visiblement déçue.

— C'est parce que dans la police, les dames, elles ont pas le droit d'avoir les cheveux longs, lui rétorqua Maxence. Hein maman, c'est vrai ?

Manon laissa échapper un petit rire sincère tout en lançant un œil amusé à Éloïse. « Ils sont épuisants », articula-t-elle silencieusement.

— Dis, tatie, c'est vrai que tu es une super-policière ? poursuivit Maxence, les yeux pétillants. Maman, elle a dit que tu étais la meilleure policière de toute la planète !

— Et aussi de toute la galaxie ! surenchérit Julie, qui ne voulait pas être en reste. Et même… et même de toutes les étoiles du ciel… et aussi de l'univers jusqu'à la lune ! acheva-t-elle fièrement dans un grand geste de la main.

Éloïse sourit. Le cœur n'y était pas vraiment mais la spontanéité des enfants la touchait. Une jeune femme d'une vingtaine d'années fit son apparition devant la porte d'entrée et les gratifia d'un sourire. Pour autant, sa nervosité n'échappa pas à la gendarme. Quelle comédie se jouait donc ici ?

— Maxence, Julie, on laisse maman et Éloïse sortir de voiture ! Allez, venez maintenant, on va préparer le goûter, d'accord ? commanda la jeune femme.

Au mot « goûter », les enfants déguerpirent vers la maison.

— Ma parole, ils sont ton portrait craché, commenta Éloïse, stupéfaite.

— Peut-être, mais pour le caractère, ils tiennent tous les deux de Charles.

Tant mieux pour eux. Mais après le coup de la voiture où elles avaient frôlé l'accident, Éloïse garda pour elle le fond de sa pensée.

— Allez viens, je crois qu'ils ont des milliers de choses à raconter et autant de questions à te poser ! reprit Manon en sortant les valises du coffre. J'espère que tes batteries ne sont pas trop à plat !

— Attends, Manon, lança Éloïse. Cette fille, là, Pilou... elle a l'air anxieuse, tu ne trouves pas ?

Une ombre passa sur le visage de sa sœur. Elle laissa échapper un long soupir et son regard dériver vers la forêt.

— Elle m'a envoyé un texto vers 9 heures. Tu dormais... En fait, en ouvrant la porte ce matin, Pilou a trouvé... (Manon s'interrompit, gagnée par l'émotion.)... Elle a trouvé une boîte posée sur le paillasson... Dedans, il y avait les morceaux d'un poupon démantibulé.

— Pourquoi tu ne m'as rien dit ? réagit Éloïse.

— Je comptais t'en parler ce soir, quand les enfants seraient au lit. De toute façon, ça change quoi, qu'on en parle là ou dans quelques heures, hein ? s'énerva Manon dont les yeux commençaient à briller. Je... je n'en peux plus, Éloïse ! Je me sens... tellement...

Mais elle n'acheva pas sa phrase. Elle tremblait désormais comme une feuille au vent et, de gracile, elle devint vulnérable en un instant. Éloïse amorça un vague geste de réconfort qu'elle ne parvint pas à mener au bout. Les effusions, très peu pour elle.

— OK... Je regarderai tout ça ce soir, conclut-elle, les dents serrées.

*

L'odeur ! Était-il possible qu'un lieu ait une odeur à lui ? Qu'il la garde au fil des ans comme si l'empreinte de ses nouveaux habitants n'y changeait rien ? Éloïse se sentit vaciller à peine le seuil franchi. *Ça sent comme chez papa et maman !* Les relents de feu de cheminée incrustés dans la pierre. Les effluves persistants du parquet ciré. Et les senteurs entêtantes du jardin – chèvrefeuille et tilleul-citron – qui perçaient par la fenêtre entrouverte côté cuisine. Sa sidération fut de courte durée.

— T'as vu, tatie ? lui demanda Julie en exhibant fièrement sous son nez une tarte aux abricots.

— Wouah, elle a l'air très réussie ! dit Éloïse en s'efforçant de manifester de l'admiration.

— Dis, tatie, pourquoi t'es triste ?

Éloïse tenta d'encaisser le coup. Mais à dire vrai, elle se sentait comme au bord du précipice. Il y avait trop de choses à gérer d'un seul coup ! Elle venait de passer des semaines entières dans l'isolement le plus total, centrée sur son malheur, tapie dans une pénombre enveloppante, protégée du monde extérieur, de sa rumeur, de ses bruits, de ses crimes... Et du jour au lendemain, elle retrouvait une sœur qu'elle n'avait pas revue depuis des lustres, une maison familiale truffée de souvenirs qu'elle avait chassés le plus loin possible, et elle faisait la connaissance de ses neveu et nièce alors qu'elle n'avait aucune affinité avec les mômes... Et pour couronner le tout, *Super tatie Élo* était censée sauver la vie de tout ce petit monde menacé par on ne savait quel taré ! Une subite montée de panique provoqua vertige et haut-le-cœur. La gendarme s'appuya au mur pour ne pas tomber.

— Oh-oh ! Maman, tatie Élo, elle est malade ! cria la gamine.

Manon rappliqua directement dans l'entrée.

— Non, non, c'est rien, ma puce... C'est juste qu'Éloïse est très fatiguée par le voyage, d'accord ? Allez, rejoins ton frère, j'arrive.

Quand Julie eut disparu, Manon se tourna vers sa sœur :

— Tu veux aller t'allonger un peu ?

Éloïse fit non de la tête. Elle aurait surtout voulu disparaître. À cet instant précis, elle prit conscience avec angoisse que, depuis la mort de Jean-Marc, elle descendait chaque jour une marche de plus vers les Enfers.

*

Avec la soirée qui s'installait, les géraniums exhalaient leur odeur entêtante et la fraîcheur nappait la table d'une fine rosée. Éloïse enfila sa polaire et alluma une cigarette, les yeux rivés sur la crête sombre des arbres qui dentelait un ciel encore mauve. Le repas *de famille* était enfin terminé et Manon était en train de coucher les enfants. Éloïse avait tenté de faire bonne figure. Après tout, ni Maxence ni Julie n'avaient à payer le prix du conflit larvé qui opposait leur mère à sa sœur. Pour autant, elle n'était pas certaine que ses efforts aient payé. Malgré les nombreuses interventions de Manon pour orienter les sujets de conversation, Maxence en revenait toujours au métier d'Éloïse. Le môme de sept ans débordait d'enthousiasme pour les uniformes, il se rêvait pompier ou policier, comme ses camarades. Éloïse n'avait pas pu esquiver le sujet et des masses de souvenirs liés à Jean-Marc étaient douloureusement remontées à la surface. Elle avait donc accueilli avec un réel soulagement l'annonce du coucher des enfants et profitait maintenant du calme et de la pénombre.

Elle terminait sa cigarette, le regard perdu vers la forêt, lorsqu'elle perçut un infime mouvement à l'extrémité de son champ de vision. Elle tourna vivement la tête et entrevit une ombre furtive glissant derrière un bouquet d'arbres près de la balançoire. L'image fut tellement fugace qu'Éloïse se demanda immédiatement si elle n'avait pas rêvé. Elle demeura immobile, tous les sens aux aguets, scrutant l'amas de buissons avec intensité, tentant de percevoir un bruit, les traces d'une présence. Mais absolument rien ne se produisit. Tenaillée par le doute, elle décida d'en avoir le cœur net. Elle quitta les dalles de la terrasse et commença à fouler l'herbe fraîche et humide, l'œil rivé sur le bosquet. Elle approchait lentement, à pas de loup, et n'était plus qu'à une dizaine de mètres quand un craquement sec et puissant venu de la lisière du bois la fit sursauter. Éloïse tourna vivement la tête en plaquant sa main sur sa hanche mais ne rencontra que le vide. Elle avait rendu son arme de service en prenant son congé sans solde... Le cœur battant, elle fouilla attentivement des yeux les ombres de la forêt, du côté opposé, là où s'était produit le craquement. Mais elle ne distinguait rien, la pénombre était trop dense désormais. Pourtant – était-ce le fruit de son imagination ? – la gendarme ne pouvait se défaire du sentiment d'être épiée. Elle en aurait mis sa main au feu, il y avait là, quelque part autour d'elle, une présence tapie qui l'observait. Éloïse hésita. Le bosquet ? Le bois ? Elle se posait encore la question quand une phrase lancée à voix basse lui parvint d'un autre côté du bois. Apparemment, le chuchoteur avait placé ses mains en porte-voix et pris soin de détacher chaque mot. Le message lui hérissa immédiatement la peau : « Barre-toi ! » La tentative d'intimidation réveilla l'instinct de la gendarme qui se rua vers la voix et franchit l'orée du bois. Elle se retrouva alors engloutie par les ombres et se figea au pied d'un arbre, le cœur cognant, pour tendre l'oreille. À sa droite ! Bruits de pas qui détalaient, brindilles écrasées, feuilles froissées. Oui, quelqu'un prenait la fuite ! Galvanisée par la montée d'adrénaline, Éloïse entreprit de poursuivre ces échos, mais les bruits de sa propre course altéraient sa perception. Elle s'arrêta plusieurs fois, tendant l'oreille, pour repérer l'évolution du chuchoteur et rajuster sa trajectoire. Mais ce faisant, elle perdit du terrain. Bientôt, la fuite du persécuteur ne lui parvint plus que par d'infimes bruissements éloignés, à la limite du perceptible. C'était peine perdue, mais Éloïse écumait de rage et refusa de s'arrêter. Le harceleur de sa sœur était là, à quelques dizaines de mètres. Il venait de la menacer. Hors de question de lâcher l'affaire !

Elle continua donc de s'enfoncer dans les bois, slalomant à toute vitesse entre les arbres, fouillant la pénombre des yeux, esquivant au mieux les ramages qui lui fouettaient le visage et les buissons qui griffaient son jean. Coûte que coûte, elle devait regagner du terrain. Sa course désordonnée finit par la désorienter totalement. La lune pâle éclairait à peine la touffeur du bois et son entrelacs menaçant de branchages. Éloïse dut se rendre à l'évidence, elle n'y voyait presque plus rien. Hors d'haleine et perdue, elle finit par s'arrêter. Elle s'adossa à un arbre et relâcha la tension. Son corps, affaibli par le manque d'exercice et les cachets qu'elle prenait depuis plusieurs semaines, tremblait à cause du stress et de l'effort produit. Elle ahanait encore quand un nouveau chuchotement se fraya un chemin entre les arbres et l'électrisa violemment : « Fous le camp ! Dégage ! Sinon… » Le chuchotis s'était nettement durci et Éloïse sentit une onde glaciale courir le long de son échine. Épouvantée, elle balaya du regard la forêt autour d'elle. Quelqu'un était là, tout près. Qui l'observait. Qui se jouait d'elle. Qui la menaçait ouvertement… Elle réalisa d'un coup son excès de bravoure et comprit qu'elle s'était jetée seule dans la gueule du loup. Les yeux écarquillés, l'oreille tendue, la gendarme se baissa lentement pour ramasser une branche morte au sol. Armée de sa matraque de fortune, elle se risqua à faire quelques pas. Ses mains tremblaient et son estomac faisait du yo-yo. Elle ne souhaitait plus qu'une seule chose désormais, se mettre à l'abri. Elle progressa ainsi dans les bois, morte de trouille, redoutant à chaque instant une attaque. Elle n'avait plus aucune idée de l'endroit où elle se trouvait et cherchait les lumières de la longère à travers le rideau d'arbres comme un marin désorienté espère un phare salvateur. Le silence imparfait de la forêt l'enveloppait de sa chape angoissante et chacun de ses pas semblait l'exposer davantage encore à son ennemi invisible en rompant l'équilibre fragile des murmures sylvestres.

Au bout d'un temps qui lui parut terriblement long, Éloïse distingua une faible lueur au travers des branchages. Suivant le cap lumineux, elle se fraya un chemin entre les troncs et finit par apercevoir les contours de la maison de pierre. Le soulagement fut alors chassé par un sentiment d'urgence irrépressible. Malgré elle, ses pas devinrent des enjambées et ses enjambées des foulées. La maison était tout près à présent. Mais des bruits de pas derrière elle la convainquirent qu'on la suivait... Qu'on la pourchassait... Qu'on s'approchait d'elle ! Une terreur irrationnelle lui interdit de se retourner et lui intima de continuer de fuir le plus vite possible. Elle détala alors comme si elle avait la mort aux trousses, les yeux rivés sur la maison de famille. Derrière elle, les bruits de son poursuivant se firent de plus en plus nets, l'homme semblait désormais la talonner... Était-il armé ? Prêt à commettre l'irréparable ? Terrifiée, la gendarme puisa dans ses ultimes ressources pour accélérer sa course. Elle atteignit la lisière, mince frontière entre le bois et le jardin, se propulsa en avant dans un dernier bond nerveux et retrouva enfin le gazon sous ses pieds et une vue dégagée. Une fois extirpée des serres menaçantes de la forêt, elle se retourna, le cœur au bord de l'explosion, les muscles durs comme de la pierre. La vision qui apparut alors derrière elle lui arracha un cri d'épouvante. Une silhouette encapuchonnée se tenait debout, immobile, à deux petits mètres seulement du jardin, et éclairait son visage avec une lampe placée en contre-plongée. Il émanait des traits déformés par le jet de lumière et des yeux braqués vers elle une dangerosité folle et meurtrière. Puis la lumière s'éteignit et la silhouette se fondit dans l'obscurité. Pantelante, la gendarme se laissa tomber sur les genoux et commença à frissonner sous la gangue de sueur glacée qui mordait son corps.

Abby Le Guen,
23 jours avant le meurtre de son mari

Abby se réveilla, en proie à une monstrueuse gueule de bois. Un marteau-piqueur pilonnait l'arrière de son crâne et sa bouche était tellement sèche qu'elle ne parvenait même plus à déglutir. Elle se redressa, hébétée, avec la sensation de tanguer. Il lui fallut quelques secondes pour refaire surface et retrouver ses esprits. Sa première idée claire lui lamina immédiatement le moral : Yohann était certainement un salopard qui avait bousillé la vie de sa fille. Depuis la seconde où L'Œil avait surgi avec son courrier malfaisant, sa propre existence avait basculé dans l'horreur. Abby n'avait réussi à trouver de répit que dans les cachets et l'alcool. Sans ces substances, chaque seconde, chaque respiration était devenue un calvaire, un véritable enfer. La page que lui avait photocopiée L'Œil gangrenait sa conscience. Abby était incapable de démêler le faux du vrai. Le doute procède ainsi : il creuse ses galeries dans le siège de votre pensée et en fragilise chaque fondation avec la même nocivité qu'une certitude dévastatrice. En cinq jours, des dizaines de souvenirs s'étaient invités au grand bal des révélations sans qu'Abby pût maîtriser leur résurgence. Elle n'avait rien convoqué de ces souvenances, non. Celles-ci jaillissaient de manière totalement inattendue, lorsqu'elle coupait un légume dans la cuisine familiale, buvait un verre de vin sur la terrasse surplombant l'océan, ou retouchait au pinceau une de ses marines.

Ainsi, la veille, alors qu'elle coiffait ses cheveux, s'était-elle remémoré sans le vouloir la période où Alicia avait déménagé dans la dépendance initialement destinée à accueillir des amis de passage. Une « étape » dans la vie de sa fille, comme s'était plu à l'appeler Yohann. À l'époque, Yohann et elle s'étaient disputés à de nombreuses reprises sur ce sujet, parfois même devant les enfants. Abby voyait d'un très mauvais œil ce déménagement. Non seulement la maisonnette se trouvait à deux cents mètres du manoir, au cœur de la forêt, mais, en plus, Alicia était encore bien trop jeune pour goûter à ce genre d'indépendance. Abby s'était promis de ne pas fléchir, mais, comme à l'accoutumée, avait fini par baisser les armes face à l'insistance de Yohann. Son époux avait pris fait et cause en faveur d'Alicia qui les suppliait de la laisser emménager là-bas depuis la fête de son quinzième anniversaire. Et lorsque Yohann décidait quelque chose, personne ne pouvait le contrer. De guerre lasse, après des semaines de dispute, Abby avait donné son assentiment. À contrecœur. Et sa fille, sa petite fille de quinze ans avait rejoint la maisonnette, laissant derrière elle un vide rempli d'amertume… Comme Abby remontait ses cheveux en chignon, en se rappelant ce lointain souvenir, une idée nouvelle s'était fait jour, une idée qui l'avait terrifiée :

Alicia avait peut être cherché à fuir un foyer qui devenait hostile. L'énergie qu'elle avait déployée pour obtenir l'aval de ses parents pouvait fort bien faire écho au désespoir qui était alors le sien.

À cette pensée, Abby avait tressailli. Parce que cette idée – si elle était juste – impliquait deux choses abjectes.

La première, que le souvenir relaté par Alicia dans son journal intime n'était pas isolé. Qu'il y avait eu une suite aux attouchements sur le canapé. Que Yohann n'avait pas cessé ses approches déviantes. Peut-être même… peut-être même, avait-il *violé* sa fille ? En tout cas, si Alicia avait bel et bien tenté de se protéger en prenant ses distances dans le cottage, Yohann avait nécessairement commis quelque chose de grave.

La deuxième – Abby avait serré nerveusement ses mains à cette perspective – que le soutien actif de Yohann à ce projet de déménagement n'était peut-être pas aussi *désintéressé* qu'elle l'avait cru à l'époque. Sous couvert de discours sur la confiance et l'émancipation, le parti pris de Yohann pour sa fille ne dissimulait-il pas une ignoble manœuvre ? En défendant bec et ongles la demande d'Alicia, Yohann avait pu anticiper tout l'avantage que présentait cet éloignement. Une maisonnette à l'abri des regards… Un lieu idéal pour satisfaire son attirance perverse sans risquer d'attirer l'attention…

L'ironie de cette version possible de l'histoire était que sa fille aurait alors scellé son funeste sort toute seule : en cherchant à se protéger, elle aurait invité le loup dans la bergerie.

Abby s'assit sur le bord du lit avec la désagréable sensation que son cerveau pulsait contre sa boîte crânienne. Elle se souvenait qu'après avoir formulé cette répugnante hypothèse, elle s'était dirigée dans le salon et avait ouvert une bouteille de Dalmore de vingt-cinq ans d'âge, un whisky hors de prix qu'un fournisseur de la clinique de Yohann lui avait offert un an plus tôt. Elle savait que son mari avait conservé le breuvage intact, préférant le garder pour une belle occasion, et cette dimension sacrilège avait décuplé son élan transgressif. Elle avait encore en tête le premier verre généreux qu'elle avait avalé cul sec pour refouler le trouble qui enflait en elle. Ensuite… ensuite, le trou noir… Yohann avait très bien pu rentrer cette nuit et elle ne l'avait pas entendu. Cela faisait plus de deux semaines qu'elle ne l'avait pas croisé. Un grand classique de leur vie conjugale depuis plusieurs années, depuis que les enfants avaient quitté le nid. Yohann disposait, qui plus est, d'un petit appartement au sein de la clinique. Entre les nuits qu'il passait là-bas et ses horaires lorsqu'il rentrait, il n'était pas rare que les deux époux jouent au chat et à la souris des semaines entières.

Abby se leva. Tituba dangereusement. S'appuya par réflexe sur la commode pour éviter la chute. Et la découvrit. Là, parmi les objets décoratifs qui ornaient le meuble – soliflore en cristal, poterie artisanale fabriquée lors d'un stage d'initiation, boîte à bijoux offerte par les enfants pour une très lointaine fête des Mères, babioles en ivoire –, trônait une petite photo carrée, sous verre, en noir et blanc. Abby fixa l'image, sidérée. Ce cadre était habituellement posé sur le chevet de Yohann. D'aussi loin qu'elle se souvenait, l'image n'avait jamais quitté la chambre de son mari. Qui avait donc placé cette photo ici ? D'une main tremblante, elle attrapa le cliché, l'examinant comme on redécouvre un objet du quotidien, tellement vu qu'il en est devenu invisible. Un détail lui glaça alors les sangs.

Sur le cliché, les enfants étaient assis sur les genoux de Yohann prisonnier de son fauteuil club. Ethan avait six ans et demi puisqu'il venait de faire sa première rentrée des classes : au pied du fauteuil, reposait son cartable neuf avec les tortues Ninja dessus. Alicia avait donc sept ans et demi. Les deux petits se chamaillaient en riant, tandis que Yohann tentait de les garder devant l'objectif pour la photo. Côté gauche, le père maintenait fermement sa prise au niveau du ventre de leur fils. Côté droit, la main de Yohann – prise dans un mouvement ? – flirtait avec la petite culotte d'Alicia. Abby fixait désormais cette grosse main avec horreur. Elle n'avait jamais arrêté son regard sur ce détail, jamais. Et il lui sautait maintenant aux yeux. Yohann avait-il volontairement égaré sa main dans l'entrejambe de la fillette en jupe ? Figer ce mouvement dans l'intemporalité d'un cliché pouvait s'apparenter à une provocation malsaine... ou bien relever d'un mauvais hasard qui aurait pu trahir un penchant inavouable. Abby se rappela que Yohann avait toujours adoré cette photo, au point de la conserver sur sa table de nuit... L'idée l'effleura alors que son mari avait très bien pu jeter son dévolu sur cette image à cause de ce geste... à cause de l'excitation que lui procurait la vue de ce détail... Abby réprima un gémissement. Si elle laissait le moindre son sortir de sa bouche, ce serait un hurlement qui jaillirait. Le cœur au bord des lèvres, la mère de famille s'obligea à scruter le visage de Yohann. Elle s'attarda sur ses yeux. Mais celui-ci était en train de rire aux éclats et son expression à cet instant-là ne laissait rien transparaître de *tordu*... Certes Yohann riait. Mais sa main, elle, se baladait dans l'entrejambe d'Alicia. Est-ce qu'un homme peut détourner une séquence de la vie courante au profit d'un penchant pervers ? Et est-ce qu'une enfant de l'âge d'Alicia sur la photo peut ressentir une intention particulière à ce moment-là ? Abby secoua la tête. Ce n'était pas tant cet instant photographié qui comptait que la somme de tous les instants dérobés à la vigilance des autres, détournés de leur apparente innocence... Ébranlée, les mains posées sur la commode, Abby ferma les yeux et se mordit les lèvres au sang.

Elle laissa filer de longues minutes et s'ordonna de faire le point. La lettre de L'Œil l'avait plongée dans un marasme psychologique sans précédent. Sa capacité de jugement elle-même était altérée... L'idée qu'un tiers invisible puisse ainsi profaner son intimité et celle de ses proches la terrorisait. Une nouvelle fois, elle se demanda comment la photo était passée du chevet de Yohann à sa commode... Et elle songea à Anna, l'employée de maison qui avait pris la suite de Marthe. La jeune femme avait peut-être déplacé le cadre en faisant le ménage ?

Abby rouvrit les yeux. Elle laissa échapper une longue expiration et s'exhorta au calme. L'Œil s'en prenait à elle, à sa famille. Il était mal intentionné. Il avait pu truquer le jeu. Imiter l'écriture d'Alicia pour lui laisser croire des mensonges, distiller le venin du doute dans son existence.

Elle ne pouvait pas, à partir d'une vague photocopie, accuser son époux d'agissements aussi odieux... Elle avait pensé cent fois l'appeler, le mettre en présence de cette feuille et lui demander des explications. Pourtant, elle n'en avait rien fait. Pourquoi ? Redoutait-elle un terrible affrontement avec Yohann, dont elle sortirait terrassée, comme chaque fois ? Ou bien craignait-elle à l'inverse qu'il ne s'effondre et ne lui avoue l'impensable ? La faisant ainsi passer de la condition d'épouse bafouée à celle de mère calamiteuse...

Pour la énième fois depuis la réception de la lettre, Abby eut le sentiment d'être en équilibre précaire sur un fil. Au moindre faux pas, elle pourrait chuter, basculer dans la folie pure. Rejoindre la cohorte inanimée des patients sous neuroleptiques qui hantaient les longs couloirs des hôpitaux psychiatriques. Elle le savait parfaitement, si elle décidait de s'attaquer à Yohann, de le confronter à une accusation d'inceste, elle devrait avoir des preuves irréfutables. Car s'il n'était pas prêt à avouer, son mari ne se laisserait pas malmener, et surtout pas par elle. Yohann avait tout de l'homme fort, respectable et admirable. Intelligence redoutable, archétype du *self-made-man*, père bien-aimé et tout-puissant. Il faisait partie de cette catégorie d'individus dont chaque parcelle de vie était impeccablement contrôlée. Rien ne lui échappait. Il régnait sur son clan, ses affaires, sa clinique, son laboratoire et ses relations. Il régnait sur tout. Ne reculait devant rien. Le parfait *winner* admiré de tous, le gendre idéal, le père modèle.

Abby secoua la tête de dépit. Elle était complètement perdue, ne sachant que croire. Elle n'avait jamais été du côté des gagnants, de ceux qui savent agir, comment agir, quand agir... L'Œil la confrontait à ses propres incapacités... La mère de famille rangea la photo avec la lettre du corbeau dans le tiroir de son secrétaire.

Puis, après avoir resserré contre elle les pans de sa robe de chambre, rejoignit d'un pas hésitant l'escalier qui descendait au salon. Parvenue en bas, elle nota que le ménage avait été fait. Le cadavre de la bouteille de Dalmore avait disparu de la table basse ainsi que le verre, et un bouquet de fleurs fraîches chatoyait au centre du meuble. Une odeur de bois ciré se répandait dans la pièce. Anna était passée par là.

— Bonjour, Madame. Je vous prépare quelque chose ?

La voix de la jeune employée de maison sortit Abby de son hébétude.

— Oui, merci, Anna. Un thé au citron que vous me porterez sur la terrasse nord.

— Quelques viennoiseries peut-être ? Ou du pain grillé ?

— Je n'ai pas faim, merci.

Anna acquiesça d'un léger mouvement de tête et fit un demi-tour rapide. Abby la rattrapa avant qu'elle ne disparaisse :

— Ah, Anna !

— Oui, Madame.

— Avez-vous fait le ménage dans ma chambre, hier ?

La jeune femme s'empourpra immédiatement. Ses yeux noisette se teintèrent d'une sorte de crainte.

— Oui, Madame, comme tous les jours, Madame.

— Et dans celle de mon époux ?

— Bien entendu, Madame.

— Dans ce cas, vous aurez peut-être déplacé le cadre qui siège habituellement sur le chevet de Monsieur ? Pour le poser sur la commode de ma chambre ?

Le regard d'Anna trahit la surprise. Légèrement décontenancée, la jeune gouvernante mit une fraction de seconde de trop à réagir.

— Je… non, Madame, je n'ai rien déplacé.

— Le cadre avec la photo des enfants et de leur père ?

— Non, non, Madame. Comme je vous l'ai dit, je n'ai rien déplacé.

Agacée, Abby se détourna, attrapa ses cigarettes posées sur le guéridon près de la baie vitrée et rejoignit la terrasse. Depuis l'extérieur, elle observa la jeune femme qui filait vers la cuisine. Un joli brin de fille, recrutée deux ans plus tôt par Yohann en personne, parmi la douzaine de candidates que lui avait soumise l'agence. Anna avait-elle – elle n'aurait pas été la première – répondu favorablement aux assiduités de son mari ? Depuis le départ de Marthe qui avait régenté l'organisation du manoir pendant plus de trente ans, Abby avait le sentiment étrange de n'être plus tout à fait chez elle. Anna la crispait. Jolie. Jeune. Nouvelle. Abby demeurait toujours surprise quand elle la voyait surgir dans une pièce. Elle ne s'y faisait pas. Pire, sans rien avoir à lui reprocher, elle ne la sentait pas, cette fille…

Abby fit volte-face et noya ses yeux dans l'océan, d'un bleu irisé par le soleil. Des vagues molles ondulaient avec indolence sous la lumière parfaite du jour, dans le murmure permanent du ressac. Abby se perdit dans sa contemplation, en proie à un doute qui ne la quittait plus depuis cinq jours. L'Œil tentait-il de la manipuler ou disait-il vrai ?

Éloïse et Manon,
le jour du meurtre de Yohann Le Guen

Alertée par le cri de sa sœur, Manon surgit sur la terrasse quelques instants plus tard. Pâle comme un linge, les yeux écarquillés.

— Élo, ça va ? s'écria-t-elle en apercevant sa jumelle à genoux dans l'herbe.

Éloïse se contenta de hocher la tête. L'image effrayante de son poursuivant encapuchonné semblait collée à sa rétine. Ce sale type l'avait coursée dans les bois ! Il avait voulu lui montrer qui faisait la loi. Pour couronner le tout, il avait improvisé cette mise en scène avec la lumière de sa lampe parce qu'il voulait provoquer l'effroi. Les persécuteurs agissent toujours ainsi. Ils dominent grâce à la terreur qu'ils inspirent. Les victimes finissent par perdre confiance en elles, par se sentir exposées et vulnérables dans toutes les situations ordinaires. Elles paniquent et, ce faisant, augmentent l'emprise de leur adversaire. La gendarme avait beau savoir tout cela, elle peinait à évacuer sa peur et sa frustration. L'homme avait obtenu le résultat escompté…

— Qu'est-ce qu'il s'est passé ? s'enquit Manon en approchant.

— Un type m'a poursuivie.

— Quoi ?

La voix de Manon, vrillée par le stress, était montée dans les aigus.

— Mais... comment ça, poursuivie ? Où ?

Éloïse releva la tête et, par réflexe, balaya le bois des yeux. Mais les ombres installées barraient désormais toute vue.

— Dans la forêt, c'est ça ? enchaîna Manon, avec une angoisse palpable.

— Mmm... Rentrons, je vais t'expliquer.

Éloïse tenta de se relever mais vacilla.

— Élo, ça va ?

— Oui, oui... C'est juste...

— Les dizaines de cachets que tu ingurgites, acheva Manon d'un ton réprobateur.

Elle passa son bras sous l'aisselle d'Éloïse et l'aida à se mettre debout. Puis elle la soutint jusqu'à la terrasse en lançant des coups d'œil nerveux autour d'elle. Dès qu'Éloïse eut franchi le seuil de la double porte vitrée, Manon s'empressa de rabattre les volets.

— Ce n'est pas en nous barricadant dans le salon que tu vas réussir à dissuader le taré qui te poursuit, ironisa Éloïse. Au contraire, même...

— Qu'est-ce que tu veux dire par là ? Tu voudrais que je laisse la maison ouverte aux quatre vents, peut-être ?

— Non... je voulais juste souligner que ton empressement et ta nervosité augmentent le sentiment de puissance de ton persécuteur.

Manon lui décocha un regard venimeux. Puis elle leva deux mains impuissantes et, d'une voix glaciale, elle asséna :

— Merci pour ta leçon de psychologie, Éloïse, mais le problème, c'est que je me fous complètement de ce qui fait jouir ce taré, là, dehors ! La seule chose qui m'importe, c'est que tu mettes ce type hors d'état de nuire, et surtout hors d'état de nuire à mes enfants...

— Justement, Manon... Ce qui fait jouir ce taré, pour reprendre ton expression, compte beaucoup, figure-toi. Parce que comprendre la motivation de l'adversaire permet d'éviter pas mal d'écueils.

— Vraiment ? rebondit Manon, sarcastique.

— Oui, vraiment, s'agaça la gendarme. Et l'écueil principal, c'est précisément de réagir comme ce type l'attend. Il cherche à te dominer par la peur, tu comprends ça ?

Manon laissa échapper un soupir de lassitude. Elle s'assit devant la table du salon et attira vers elle un puzzle de Tintin que Maxence avait dû laisser traîner là. Un silence s'installa tandis qu'elle assemblait les pièces machinalement, le regard absent.

— La vérité, Élo, c'est que je suis déjà terrifiée, finit-elle par énoncer dans un souffle. En quelques semaines, ce type a envahi toutes les sphères de mon existence. Il ne se passe pas un jour sans que je redoute une nouvelle menace... Et là, cerise sur le gâteau, tu m'apprends que ce fou se tapit dans les bois qui bordent la maison !

Éloïse prit place à côté de sa sœur et, d'une voix qu'elle voulut rassurante, répondit :

— Je suis là maintenant, Manon, OK ? Il va falloir me faire confiance. Vu sa réaction de tout à l'heure, ce type aime maîtriser la situation. Pour le coincer, il faut le surprendre. Réagir de manière inattendue et ainsi l'obliger à s'exposer, à sortir de ses plans… C'est là qu'il commettra une erreur.

— Formidable…, soupira Manon. Et tu proposes quoi, alors ?

— En premier lieu, j'ai besoin de tout savoir, Manon, absolument tout. Quand et comment les choses ont-elles commencé ? As-tu fait des rencontres ces derniers temps ? Es-tu en conflit avec quelqu'un ? En rivalité ? Quelqu'un a-t-il des intérêts divergents avec toi ?

Manon balaya d'un revers de main les pièces de puzzle et releva la tête. Les yeux fixés sur le mur en face d'elle, elle sembla faire le point quelques secondes, prit une grande respiration et se lança :

— Ça a débuté au mois de juillet. La première semaine de juillet. J'ai commencé à recevoir des coups de fil. Je décrochais mais il n'y avait personne à l'autre bout. Au début, j'ai pensé que c'était un problème de ligne. Puis les appels se sont faits plus fréquents. Ici, sur le fixe. Et sur mon portable, aussi. Assez rapidement, je me suis rendu compte que la connexion durait tant que je ne raccrochais pas. J'ai commencé à me demander qui était derrière ce canular et un soir, alors que je venais de raccrocher après une conversation assez éprouvante avec Charles, le téléphone a sonné de nouveau. J'ai pensé que Charles me rappelait, mais quand j'ai décroché, j'ai vite compris que ce n'était pas lui. J'étais excédée et je me suis énervée. J'ai hurlé… j'ai menacé l'interlocuteur anonyme.

— C'est-à-dire ?

— J'ai dit quelque chose comme : « Mais qui êtes-vous, à la fin ? Que me voulez-vous ? Je vais prévenir la police, ça va être vite vu, vous allez moins faire le malin après ! »

— Et ?

— Et il m'a semblé entendre un rire... Un rire lointain et enfantin. Une sorte de gloussement... Du coup, j'ai pensé que c'étaient des gamins qui s'amusaient.

— Mais ça a continué, n'est-ce pas ?

— Pire que ça. Les appels se sont multipliés... Et ils sont devenus de plus en plus... glauques.

— Glauques ?

— Oui... quand je décrochais, après quelques secondes de silence, je pouvais entendre des rires d'enfants... Ou des chuchotements incompréhensibles, comme quand des mômes parlent à voix basse... Pour finir, il y a aussi eu des pleurs... des pleurs de bébé.

Éloïse fronça les sourcils. Quelque chose la chiffonnait dans ce récit.

— Pas de mots, d'insultes, de menaces ?

— Non, rien de tout ça. Juste ces rires, ces chuchotements ou ces pleurs... Et je t'assure que ça fiche une sacrée trouille. C'est comme... une menace voilée mais bien présente...

— Tu as craint pour Julie et Maxence ?

— Évidemment ! Qui d'autre ?

La gendarme hocha la tête.

— Tu as demandé aux enfants si...

— Oui, à Maxence, la coupa Manon. Disons qu'à sept ans, il comprend plus de choses que Julie.

— Quelles questions lui as-tu posées ?

— S'il s'était fait de nouveaux copains à l'école ou au centre aéré depuis notre emménagement, des copains plus âgés que lui... S'il avait des soucis ou s'il avait remarqué des choses bizarres autour de Julie ou de lui... Ce genre de trucs...
— Et ?
— Rien. Rien de tout ça.
— D'accord... Et de ton côté ?
— Non, rien d'anormal... en dehors bien sûr du crescendo de menaces qui a eu lieu après.
— OK... Je vais me chercher quelque chose à boire, intervint Éloïse en se levant. J'ai vu que tu avais un excellent calva, tu me suis ?
— Avec les cachets que tu avales, je ne jouerais pas trop à ça si j'étais toi.
— Ben justement, tu n'es pas moi.

L'Œil, 22 jours avant
le meurtre de Yohann Le Guen

Penché contre le garde-corps, je fixe le manoir dans la lumière déclinante, sa tourelle qui dépasse fièrement de la forêt. Je sais que le cours limpide des choses s'est arrêté pour les Le Guen, pour Abby plus précisément. La mère hippie chic de cette famille privilégiée. J'ai gardé d'elle une ribambelle d'images qui me semblent aujourd'hui tirées tout droit d'une mauvaise série télé, de celles où les personnages sont des archétypes caricaturaux qui ne font guère rêver que les adolescentes en mal de romantisme. Abby, un verre dans une main, une cigarette dans l'autre, une fesse posée sur la murette de la terrasse nord qui flirte avec l'océan. Abby, respirant une rose, vêtue d'un pull en laine mauve à grosses mailles, dont les manches dégoulinent sur les mains et qui recouvre jusqu'à mi-cuisses son sarouel gris. Abby, les yeux plissés, peignant dans le jardin, un pinceau retenant son précaire chignon de boucles blondes. Je me rends compte aujourd'hui que la mère de famille faisait partie du décor du manoir, comme un personnage secondaire mais qui donne une âme, une empreinte poétique et tragique au décor en question. Elle était une sorte de chimère errant dans son château, de lune sans ciel. Là sans y être. Vaporeuse. Éthérée. D'un autre monde.

Je m'extirpe de mes songes et m'assois sur mon lit. Retour à la réalité. La mécanique de ma vengeance est désormais lancée. Rien ni personne ne pourra l'arrêter. L'ultime revers que j'ai essuyé – quand j'y pense, il me laisse encore en bouche un goût amer – aura eu raison de mes dernières barrières. C'était il y a un an…

Je viens de terminer mon service à l'usine, il est 15 heures. Le soleil trône au centre d'un ciel uniformément bleu, une douce chaleur emplit l'air après trois jours d'un temps globalement maussade, et l'idée de rentrer directement à la ferme retrouver ma mère qui m'attend pour désencombrer la grange me paraît subitement répugnante. Après tout, je trime comme simple agent de maîtrise dans cette sordide usine de conditionnement de poulets, sous les néons criards qui font luire les filets d'un reflet diaphane, et dans l'odeur doucereuse et persistante des déchets et des carcasses rognées qui semble infuser chaque mur de chaque atelier. Je peux m'octroyer un peu de bon temps, ma mère attendra, et la grange aussi.

Je prends la direction de Perros-Guirec avec l'idée de me promener un peu le long de la baie et peut-être même de manger une glace sur la plage, les yeux perdus dans l'océan. Sur la route, je songe que ma mère trouverait la dépense inutile et le plaisir bien futile – surtout pour des gens qui n'ont pas le sou –, et cette simple pensée décuple ma motivation. Je pourrais même opter pour le meilleur glacier de Perros et me gaver jusqu'à l'écœurement avec un cornet dégoulinant de cinq ou six boules !

L'anse est assaillie par les vacanciers heureux de profiter d'une belle journée d'été. Je lorgne discrètement sur les naïades dévêtues en suivant la promenade qui surplombe la plage. Quelques voiles au loin glissent silencieusement sur le dos de l'océan scintillant. Parvenu à la hauteur du glacier, je relève la tête pour traverser. Et c'est là que je la vois. Mon cœur s'arrête. Pour de vrai. Je ressens comme une contraction violente et douloureuse au niveau de la poitrine. Les sons autour de moi se sont brouillés, assourdis, et tout, absolument tout du décor qui m'entoure, rétrécit pour se rassembler sur cette unique focale en face de moi : Manon. Oui, c'est elle ! Il y a comme une houle, un déséquilibre autour de moi et c'est la voix puissante de quelqu'un à mon oreille qui me fait comprendre que je viens de tomber. « Monsieur ? Monsieur, ça va ? » Mon cœur reprend sa course et ma vision s'ajuste. Aidé par le passant, je me relève pour m'asseoir sur la murette qui borde l'avenue longeant la mer. Je remercie l'homme pour le congédier et tente de réprimer les tremblements nerveux qui secouent mon corps. Quinze ans ont couru depuis la dernière fois que je l'ai vue mais elle est restée la même. Je veux dire que ce qui fait son essence n'a pas pris la moindre ride. Cette sorte de sophistication naturelle, de port altier, ainsi que cet étrange détachement dans le regard qui a toujours fait d'elle une fille à part, légèrement lunaire. Je la contemple, effaré, sans voix, je la compare à mes souvenirs, quand surgit un homme qui me semble familier mais que je ne remets pas immédiatement. Posté derrière elle, le type – allure chic et décontractée – place ses mains sur ses yeux en lui murmurant quelque chose. C'est son sourire qui me fait tilt. Il s'agit d'Ethan ! Manon se retourne en riant et lui fait la bise. À la manière qu'ils ont de s'embrasser, de se regarder avec joie et complicité, je comprends qu'ils s'aiment bien, ces deux-là. Et ce constat me fait l'effet d'un uppercut en plein ventre.

Le simple rappel de ces images fait renaître en moi une haine sans contours. Parce que quand je les ai vus tous les deux à Perros-Guirec, ç'a été comme un énième crachat que j'ai reçu en pleine face... Ethan et Manon. Lui, le fils bien né qui dissimulait parfaitement son sentiment de supériorité derrière une façade lisse et proprette. Elle, la belle séductrice dédaigneuse, prête à tout pour le conquérir... Les regarder l'un et l'autre minauder quinze ans après, comme si de rien n'était... C'était purement insoutenable ! Ces gens-là traversaient l'existence avec l'aisance des voiliers sur une mer sans vagues un jour de grand vent ! La rage, de nouveau, m'a torpillé le ventre. Je suis retourné à la ferme, l'âme cisaillée et l'esprit ivre de colère. Je me sentais comme ces chiens galeux, ces clébards miteux et errants à qui l'on flanque des coups de savate pour leur rappeler leur misérable condition. Je me sentais humilié. Je me sentais floué. Moqué. Diminué. C'est à cet instant précis que j'ai pris la décision, ferme, irrévocable, de quitter le clan des rabaissés et de transformer le pauvre clebs en loup. Ce jour-là, tout en vidant la grange, j'ai commencé à élaborer ma vengeance. La vérité allait éclater, j'allais faire payer le prix fort à chacun d'eux, aux Le Guen et à Manon, aussi. Désormais, je serais L'Œil, celui qui sait, distribue les cartes et mène le jeu.

Je suis allongé, les paupières mi-closes. Je songe que si je n'avais pas vu de mes yeux les événements de cette fameuse nuit du 27 juin 1999, je n'aurais jamais cru possible un tel niveau d'abjection et de perfidie. Alors, c'est ainsi ! Certains peuvent s'accommoder du pire sans qu'aucune marque s'imprime sur leur conscience ? Mon père, lui, petit parmi les petits, n'a pas survécu au poids de sa compromission. Moi, je sais qu'il ne s'est pas endormi sur cette ligne droite, il y a un an et demi. Non… le mal qui le rongeait a eu raison de lui, voilà tout. Il a foncé droit sur cet arbre parce qu'il ne supportait plus le défilé incessant des images du passé. Celles-là mêmes qui me hantent depuis seize ans, maintenant. Parce que moi aussi, j'ai tout vu…

Après le coup de fil, je cours à travers bois comme un dératé et je suis sur place quand mon père déboule, avec ses allures de pauvre bougre besogneux – bleu de travail dégueulasse, bottes de caoutchouc crottées, béret vissé sur la tête, la peau rougeaude du mauvais vin qu'il avale tous les jours, le sourire abîmé parce que les soins dentaires, c'est pour les riches. Il rapplique au cottage vu que Monsieur l'a sonné une poignée de minutes plus tôt. Peu importe qu'il soit 9 heures du soir, il n'y a pas d'heure pour qui sert les Le Guen. Entre les buissons, je distingue la tête effarée du paternel, l'affolement dans ses yeux trop petits pour voir grand. Face à lui, il y a Le Guen dressé comme un coq sur ses ergots, l'œil noir et impérial. L'œil de l'homme qui gère les situations critiques. D'un geste brusque, il tend un sac de sport à mon père. « Prenez la voiture de service, Octave, roulez au moins deux cents kilomètres et foutez-moi ça à la poubelle ! » Mon père a le visage déformé par la peur. Certes, il n'a pas fait de grandes études, mais il n'est pas sot, tout de même. Tout ce manège-là n'est guère normal. Tout ce sang sur les mains de Le Guen. Et puis, c'est que ça gigote un peu dans le sac. Mon père hésite. Méfiant. Les questions, silencieusement, se posent dans ses yeux. Moi, j'ai le cœur qui palpite. Parce que ça sent mauvais, cette histoire. « Faites ce que je vous dis, Octave ! Ne posez pas de questions. Moins vous en saurez, mieux ça vaudra pour vous. » Et mon père a le sac dans les mains maintenant. Il ne sait même pas quand il s'en est saisi. S'en est-il saisi, seulement ? Yohann Le Guen s'est déjà retourné, il fait trois pas vers le cottage. Puis, de ce ton ferme et entendu qui scelle les pactes, il ajoute : « Et passez me voir demain à la clinique sur les coups de 15 heures. Nous parlerons des études de votre fils ! »

Le lendemain de ce soir-là, j'ai appris que j'intégrerais une école de commerce en septembre. Ma mère, ignorant tout des dessous de l'affaire – pauvre trimarde écervelée –, est allée chercher un mousseux à l'épicerie Déplanques pour arroser la bonne nouvelle. Nous avons trinqué à la grande mansuétude de Yohann Le Guen, le patron débonnaire qui allait pousser pour moi les portes d'une école et financerait mon cursus. Cadeau !

Ma pauvre mère souriait de toutes ses dents manquantes – « Il y a donc un ange qui veille sur notre famille », ne cessait-elle de répéter – et mon pauvre père avait dans l'œil cette lueur nouvelle qui ne l'a plus quitté par la suite, en témoignent les rares photos où il pose avec ma mère. La lueur de ceux qui ont vendu leur âme au diable. De mon côté, il m'a bien fallu jouer la comédie. Je n'étais pas censé savoir, hein ? Qui plus est, j'avais peur. Que dis-je, j'étais terrorisé ! Mon père, le pauvre hère, risquait la prison s'il se faisait prendre ! Peut-être bien perpète, allez savoir ! On n'avait pas le sou, nous, pour un avocat ! Contrairement au père Le Guen, qui saurait bien se faire défendre, lui, si l'affaire venait à éclater… Condamnés au silence, voilà ce que nous étions…

Je n'ai pas attendu septembre, je n'y suis pas parvenu. J'ai collectionné les gros titres de l'affaire pendant une semaine. Puis les résultats, jusque-là affichés au lycée, sont enfin arrivés par la poste. Mon bac en poche, je suis parti pour Reims avant la mi-juillet. J'avais choisi cette école à la surprise générale et les supplications de ma mère n'y ont rien changé. Je voulais partir. Loin et vite. Oublier ce que j'avais vu. Je ne savais pas encore que la manne de Le Guen, financeur de mes études, serait un poison aussi douloureux. Chaque année d'études, je la devais à l'ignoble contribution de mon père dans un crime innommable. Ma scolarité a été un chemin de croix. J'étais ivre de rage et de désir de revanche. Chaque jour, je me faisais le serment absurde de revenir plus tard au pays avec de l'or plein les mains… Qu'au moins, mon père ne se soit pas fourvoyé pour rien ! J'étais naïf. J'étais sot.

Je ne savais pas encore que la réussite appartient à ceux qui la possèdent déjà, que l'argent ne va qu'aux riches, qu'il faut juste être né du bon côté... Oui, j'ignorais que la revanche dont je rêvais – pour mon père, pour moi – m'était interdite par la misère de mon rang.

Je tire les volets et je referme la fenêtre pour éviter qu'entre la fraîcheur du soir. J'entends les bruits de ma mère, en bas, qui s'affaire. Elle profite de la coupure pub pour vider le lave-vaisselle. Les réclames, elles, résonnent jusqu'à l'étage et je secoue la tête, exaspéré par ce tapage, avant de flanquer trois coups de pied sur le plancher pour qu'elle baisse le son et la mette un peu en veilleuse. Ça fait plus d'un an et demi que je les supporte, elle et sa tronche de victime. Chacun de ses défauts, du plus énorme au plus minuscule, a décuplé de taille. Mais je prends sur moi. Je n'ai guère envie de claquer mon fric dans un appartement. Et, surtout, nulle part ailleurs je n'aurais vue sur la tour du manoir. Et c'est depuis ma chambre d'enfant que je ressens le mieux et le plus fort mon désir de vengeance. Je tire la mallette cachée sous mon lit et j'en sors le cahier rouge d'Alicia qui dormait sagement derrière une pierre descellée de sa chambre. Depuis toutes ces années ! Avec lui, les souvenirs remontent à la surface. La beauté presque insolente de la donzelle dans le plus simple appareil, la frénésie désespérée avec laquelle elle faisait l'amour à tous ses amants, sa fébrilité animale dans chaque coït, sa plongée abyssale et nerveuse dans l'acte de chair... Spectateur discret, adolescent invisible et fasciné, je me demandais d'où lui venait l'énergie violente et ininterrompue qu'elle mettait à se livrer ainsi, comme si sa vie en dépendait. Je ne l'ai comprise qu'à la lecture du cahier rouge, lorsque les mots d'Alicia, précieux, intimes, ces mots que je lui volais secrètement, ont percuté ma rétine. Alicia combattait de toutes ses forces son amour interdit, elle voulait plus que tout au monde se défaire de ce joug malsain et culpabilisant, et elle recherchait ardemment dans les parfums de tous ces autres, dans leur peau, leurs caresses, leur sexe, le point de bascule vers un amour suffisamment fort pour la libérer de cette emprise incestueuse qui la ravageait.

J'ouvre le cahier rouge, les mots d'Alicia et leur violence inouïe me sautent aux yeux et me bouleversent. À défaut de pouvoir compromettre Yohann Le Guen pour ses agissements de la nuit du 27 juin 1999, j'ai largement de quoi m'attaquer à lui avec les confidences d'Alicia. Il me faut juste suffisamment d'habileté pour amener Abby à devenir mon bras armé... Et pour cela, j'ai choisi de distiller le venin de ma fracassante révélation au compte-goutte. Afin que l'esprit d'Abby, palier par palier, doute après doute, intègre l'abjection, l'assimile, et conserve ainsi la lucidité suffisante pour réagir *de la bonne manière*, c'est-à-dire comme moi je l'entends.

Allez, au travail ! Voyons, voyons, ma pauvre Abby, quel infâme passage du journal intime de ta fille vais-je bien pouvoir choisir pour ma prochaine étape ?

Éloïse et Manon,
le jour du meurtre de Yohann Le Guen

Éloïse goûta le calvados. Le fit tourner en bouche. Et claqua la langue d'un air approbateur. Il était excellent. L'odeur de l'alcool qui lui monta au nez réquisitionna immédiatement des images révolues. L'espace d'un instant, elle se revit, ado, rentrant du lycée. Manon avait disparu depuis six jours. Les recherches de la police n'avaient toujours rien donné. Éloïse avait poussé la porte d'entrée. Il flottait dans l'air une odeur inhabituelle de renfermé. En arrivant au salon, elle avait découvert sa mère endormie sur le fauteuil, près du téléphone. Les volets étaient à peine entrebâillés et la clarté ne pénétrait que par la fenêtre de la cuisine. Sur la table du salon, il y avait les vestiges d'un sandwich, deux petits verres et une bouteille. Éloïse avait saisi l'un des verres et l'avait senti. Nul doute, c'était du calvados, du fait maison. Quelqu'un avait dû passer et proposer un petit remontant à sa mère…

— Oho, Élo ! Tu veux la suite ou pas ?

La voix de Manon ramena Éloïse dans l'instant présent, à son grand soulagement. Chaque souvenir de cette époque la renvoyait à son calvaire d'adolescente auquel elle avait mis tant de temps à tourner le dos.

— Je t'écoute.

— On m'a dégonflé trois fois les pneus durant la première quinzaine d'août.

— Dégonflé, pas crevé ? réagit Éloïse. Ça, c'est plutôt malin ! Loi de l'emmerdement maximal sans aucune trace d'acte de malveillance...

Manon approuva d'un vague hochement de tête.

— Et ça s'est passé où, ces épisodes de pneus dégonflés ?

— C'est important ? s'étonna Manon.

— Je veux dire, étais-tu garée ici ou ailleurs ?

— Ailleurs.

— Mmm... donc ce mec suit tes déplacements...

— C'est exactement ce que je me suis dit, figure-toi. Du coup, je suis passée maître dans l'art de conduire tout en surveillant mes rétros.

— Et vu ta tête, je suppose que ça n'a rien donné ?

— Dans le mille...

— OK, et ensuite ?

— J'ai été voir les flics, balança Manon en levant deux sourcils narquois.

Éloïse plongea le nez dans son fond de calva et le descendit d'un trait.

— Qui t'ont fait remplir une main courante, avança-t-elle. Parce qu'il n'y a rien d'autre à faire... C'est typiquement le genre de cas où on est coincé, poursuivit la gendarme, songeuse. Pas d'effraction, pas d'atteinte directe et aucune menace écrite ni trace d'un forfait quelconque. Et pour les pneus à plat, vu que ça s'est passé trois fois en quinze jours, on pense avant tout à une défectuosité…

— Je vois que tu connais bien ton métier, ironisa Manon. Quand on y réfléchit, c'est quand même incroyable ! Un taré se met à t'appeler à n'importe quelle heure du jour ou de la nuit puis s'amuse à dégonfler tes pneus, et la seule réponse que tu obtiens de la part des forces de l'ordre, c'est qu'il n'y a aucune violence caractérisée et qu'on ne peut rien pour toi !

La gendarme se rencogna sur sa chaise.

— Manon, tu n'imagines même pas le nombre d'individus concernés par des menaces ou prétendues telles et pour qui ça ne va jamais chercher plus loin. Et tant mieux, d'ailleurs ! Il y a une différence entre se sentir en danger et être réellement en danger, et…

— Je ne suis pas folle, Élo, si c'est ce que tu sous-entends ! Ce type, là-dehors, tu l'as vu de tes propres yeux !

— Oui, admit Éloïse. C'est vrai… Pour autant, dans les faits, rien ne permet de croire qu'il est prêt à dépasser cette phase d'intimidation.

Éloïse réprima une grimace. Elle parlait comme un livre, pourtant le type qui l'avait prise en chasse et lui avait offert la vision déformée de ses traits avait été clair avec elle. Il lui avait intimé de dégager d'ici et avait ajouté « sinon… ». D'expérience, elle savait que les hommes qui se contentent de faire peur à leur victime sont des péteux. Pas vraiment du genre à courir la nuit en pleine forêt… Pour l'heure cependant, elle préféra garder pour elle ce ressenti. Manon n'avait pas besoin d'être davantage effrayée.

— Et l'oisillon ? Et le jeu du pendu ? Et aujourd'hui, cette foutue poupée démantibulée ? lista Manon avec effroi. Ça devient de plus en plus *trash*, Élo !

— Attends, attends ! C'est quoi, cette histoire d'oisillon et de pendu ?

— L'oisillon, je l'ai trouvé devant la porte d'entrée un soir en rentrant. Bien posé en évidence sur le paillasson. C'était un oisillon mort. Il avait quelques heures tout au plus... J'ai trouvé ça vraiment infâme.

— ... Il était mort de quelle manière ?

— Comment veux-tu que je le sache ?

— Il avait été mutilé ? Il y avait du sang ? Quelque chose qui prouvait qu'il n'était pas mort naturellement ?

— Non ! Il était juste... mort. Et en même temps, s'énerva Manon, un oisillon qui meurt – de mort naturelle ou non – ne se retrouve pas *naturellement* sur ton paillasson !

Éloïse leva les mains pour calmer le jeu.

— C'est bon, Manon, ne le prends pas comme ça. J'essaie juste de me faire une idée du fonctionnement de ce type. D'une certaine manière, il est assez rusé : il crée la peur mais ne laisse jamais de traces de menace.

— Oui, je sais. C'est la même chose avec le pendu.

— Explique.

— Il y a trois jours, j'ai trouvé un dessin qui avait été tracé sur la poussière de mon pare-brise arrière... C'est à ce moment-là que j'ai pris la décision d'aller te chercher, souffla Manon en se levant.

Elle revint un instant plus tard, une feuille à la main.

— Voilà, je l'ai recopié là-dessus.

Éloïse attrapa le papier. Au centre, sous la potence, était dessiné le bonhomme pendu. En dessous, une série de traits et de slashs annonçait les mots et lettres à trouver pour connaître le message. Certains traits étaient surmontés d'une lettre. Sous le message restant à deviner, des lettres avaient été proposées, erronées puisque le bonhomme avait fini par être dessiné en entier.

— G, D, J, B, F et L, lut Manon à voix haute. Voilà, les six lettres non comprises dans le message, chacune d'elles ayant entraîné le dessin du pendu : la tête, le tronc et les quatre membres. En revanche, les E, I, T, F, H, V, P, C, Y, R, S et U sont justes et positionnées sur le message.

— Au final, ça donne : TU, V_S, E_FI _, P_YER, CHERE, _ _ _ _ _

Éloïse jeta un regard morne sur le message.

— Pour le coup, le début est assez simple à interpréter : TU VAS ENFIN PAYER, CHÈRE...

— Exact, approuva Manon.

— Bon, on sait déjà que niveau voyelles, on peut exclure le E, le I, le Y et le U dans le dernier mot. Ça ne doit pas laisser des milliers de combinaisons !

— J'ai déjà réfléchi, alors autant t'économiser cet effort, Élo. Ça laisse MANON.

— Mmm, exact... Reste donc à savoir ce que tu dois payer... sachant que celui qui t'a écrit ça attend depuis longtemps, si l'on en croit le « enfin » du message.

Abby Le Guen,
15 jours avant le meurtre de son mari

Abby ouvrit son atelier sur les coups de midi. Teint terreux. Yeux cernés. Elle s'était gendarmée pour s'arracher à la tentation de passer une nouvelle journée vautrée dans le canapé en sirotant quelques verres de vin blanc frais. Elle était restée quatre jours complets enfermée chez elle, sans aller à l'atelier de Ploumanac'h, dominée par une seule envie : rester cloîtrée loin du monde et de ses agressions. Elle connaissait la spirale de la déprime par cœur et savait que dans les moments de grande vulnérabilité – comme c'était le cas depuis deux semaines –, ses vieux démons ne lui laissaient pas le moindre répit. Ils lui suggéraient de lâcher prise, de cesser ce combat contre elle-même qu'elle ne gagnerait jamais, de *regarder les choses en face* : sa vie était un fiasco, autant en prendre son parti et se laisser tranquillement couler. Les choses ordinaires de l'existence – se laver, s'habiller, se confronter à l'extérieur, aux autres – devenaient un véritable défi. Abby devait mobiliser des forces inouïes pour effectuer ces actes du quotidien. À cette guerre contre l'inertie s'ajoutait celle, plus énergivore encore, contre l'appel de la boisson et des calmants.

D'une main mal assurée, elle releva la grille et ouvrit la porte. Depuis la lettre de L'Œil, elle n'avait mis les pieds à la galerie qu'à deux reprises. Ses toiles – comme autant d'enfants en attente d'adoption – demeuraient sagement alignées, arborant leurs atours de couleurs, mouvements et reliefs. Abby tenta de chasser l'angoissant sentiment de vide qui menaçait de l'engloutir, comme chaque fois qu'elle ouvrait sa galerie sans aucun projet de peinture en cours de réalisation. Depuis deux semaines, elle n'était parvenue à rien. Chaque toile demeurait blanche, ses pinceaux sans inspiration la narguaient depuis leurs pots de verre propres. Elle suspendit les clefs au crochet mural et attrapa celle de sa boîte aux lettres. Comme les deux fois où elle était parvenue à s'extirper de sa léthargie pour venir ici, une terrible appréhension lui noua le ventre. L'Œil lui avait-il écrit de nouveau ? Sa précédente lettre précisait que le pire était à venir, ce qui laissait augurer d'autres missives… Elle releva la tête et se dirigea vers l'extérieur en laissant échapper un long soupir. Elle déverrouilla la boîte, en sortit un bon petit paquet de courrier qui attendait depuis plusieurs jours et referma. Une fois à l'intérieur, elle posa le tout sur le comptoir. Il lui fallut moins de dix secondes pour repérer l'enveloppe de L'Œil. Identique à la précédente : format demi-A4, en papier kraft marron, avec cette écriture noire et calibrée. D'une main nerveuse, elle la décacheta et en sortit le contenu. Ses yeux se fermèrent sous l'effet du stress. Qu'allait-elle encore découvrir ?! Elle resta ainsi immobile plusieurs secondes avant de parvenir à soulever ses paupières. Un nouveau message l'attendait, rédigé comme le premier en lettres capitales, au pochoir.

INDICE NUMÉRO 2

PAUVRE ABBY,

LE JEU DE PISTE QUE TU AS COMMENCÉ À SUIVRE T'A OUVERT UNE PART DE VÉRITÉ. MAIS JE SAIS QUE TU DOUTES ENCORE. PARCE QUE LE DOUTE TE PRÉSERVE, N'EST-CE PAS ?

TU TE RACONTES QUE J'ESSAIE DE TE MANIPULER, QUE TOUT CELA EST FAUX...

VRAIMENT ?

JE TE LAISSE EN JUGER PAR TOI-MÊME. SACHE QUE TU RISQUES D'ÊTRE ÉTONNÉE PAR CERTAINS ASPECTS DES CONFESSIONS DE TA FILLE.

TU CONNAIS LE PRINCIPE...

À TRÈS BIENTÔT SUR LE DOULOUREUX CHEMIN DE LA VÉRITÉ...

L'ŒIL

Abby fut prise de tremblements nerveux. L'Œil semblait lire dans ses pensées et cela la terrifiait. Oui, elle doutait. Bien sûr qu'elle doutait ! Et ce sale corbeau refusait de lui laisser cette bouée, ce sursis salvateur grâce auquel sa vie tenait encore debout. Car à bien y réfléchir, si elle détenait la preuve de la culpabilité de Yohann, elle serait forcée d'agir. Impossible cette fois-ci de fuir, d'ignorer la réalité. Alicia était sa fille ! Elle l'avait mise au monde ! Elle n'était peut-être pas une mère exemplaire mais elle aimait ses enfants. Et jamais elle ne pourrait fermer les yeux sur l'horreur d'un inceste !... Le regard embué, elle renversa l'enveloppe et des figures géométriques de papier s'éparpillèrent sur le comptoir. Cette fois-ci, L'Œil avait découpé des morceaux beaucoup plus petits. Le puzzle serait moins simple à reconstituer. Elle serra les mâchoires : ce salopard se délectait en jouant avec ses nerfs.

C'est grâce à l'écriture d'Alicia qu'elle parvint à assembler les pièces entre elles. Le procédé était assez horrifique car certains mots isolés de leur contexte se formaient par la complémentarité de deux figures et crevaient la peau du réel comme la lame acérée d'un couteau de boucherie. Culotte. Câlins. Fesses. Sexy... Autant de vocables qui laissaient présager le pire... Il lui fallut une bonne dizaine de minutes pour reconstituer la page photocopiée du journal intime. Abby considéra alors l'union précaire des petits bouts de papier et se lança dans le déchiffrage avec angoisse. L'Œil avait choisi à nouveau une page entière du cahier, une seule, qui comme l'autre commençait au milieu d'une phrase.

« ... mes quatorze ans aujourd'hui en famille. Maman avait dû tripler la dose de ses pilules bleues car elle est restée du début à la fin du repas ! Elle a même joué les prolongations après le dessert en s'allongeant sur une chaise longue au bord de la piscine et sans s'endormir, s'il vous plaît ! Wouaw, quel exploit, n'est-ce pas ?! »

Abby se mordit les lèvres pour ne pas s'effondrer. Oui, c'est vrai, à cette époque-là, elle consommait les antidépresseurs comme des bonbons. C'était avant que la peinture ne lui offre une porte de sortie. Cependant, elle n'aurait jamais imaginé qu'Alicia – et Ethan ? – y portent la moindre attention, encore moins qu'ils puissent en souffrir. Ils semblaient tous les deux si pleins de vie, si comblés par leur père. Elle, mère souffreteuse et inaccomplie, s'était toujours sentie de trop. Pièce mal rapportée du puzzle de la famille parfaite.

« Vers 15 heures, le soleil était haut et chaud, j'ai décidé d'essayer le maillot de bain qu'Ethan et papa m'avaient offert. Je dis Ethan et papa, parce que quand maman m'a vue sortir du pool-house, j'ai cru qu'elle allait s'asphyxier ! Trop suggestif, trop sexy. C'est clair, elle n'était pour rien dans le choix du cadeau ! »

Abby ferma un instant les yeux. Elle se souvenait, oui… Après le repas, Alicia avait filé dans le pool-house et, cinq minutes plus tard, avait appelé son père pour qu'il l'aide à agrafer le dos du maillot. Ethan avait quitté la terrasse en bordure de piscine pour rejoindre le manoir et finir ses devoirs, avait-il dit. Quant à elle, elle venait de siffler un troisième calva et se sentait complètement paf. Mais pas suffisamment pour ne pas s'être dit que ce *maillot* était indécent. Beaucoup trop échancré au niveau du corsage et avec un slip ne couvrant pas la moitié des fesses. Elle n'avait pas apprécié, c'est vrai. Et elle l'avait d'ailleurs dit haut et fort le soir même à son époux. Une énième dispute avait suivi, que Yohann avait close en lui assénant : « Maintenant, ça suffit Abby ! Tu ne vas pas en faire toute une histoire ! Ethan m'a dit qu'Alicia adorait ce modèle-là, alors je n'ai pas cherché plus loin. Point final ! » Argument suprême que de s'appuyer sur le petit frère. Et elle, comment avait-elle pu se satisfaire de cette réponse ? C'était qui, l'adulte dans l'histoire ?

« Mais moi, même si ça craint un max, j'ai adoré ce cadeau. J'ai immédiatement compris ce que ça voulait dire... Et, vu la réaction de maman, je me suis même demandé si elle ne nous avait pas *flagués*. Est-ce que de là où elle était, elle l'a vu me dévorer des yeux, mater mes fesses et mes seins ? En y réfléchissant, je pense que non, que sa réaction est due au fait que ce maillot lui a déplu. Comment pourrait-elle se douter de quoi que ce soit ?... En tout cas, moi, je me suis sentie flattée, je me suis sentie femme dans son regard et j'ai su que je pouvais basculer. La vérité, c'est que j'ai de plus en plus envie de lui... Ça me trouble de ressentir ça. Je sais que ce n'est pas normal. Ça fait deux heures que je réfléchis à cette émotion inavouable et à la fois très excitante. Et plus j'y pense, plus je me dis que ça a toujours été comme ça, qu'il y a toujours eu quelque chose de *spécial*, de trop fort dans notre amour. Combien de fois ses regards se sont-ils attardés sur mon corps, même quand je n'étais pas encore formée ? Combien de fois ses câlins m'ont-ils paru très appuyés ? Combien de fois sa main posée sur mes genoux est-elle remontée un peu trop haut, parfois même jusqu'à effleurer ma culotte, faisant naître un incendie au fond de mon ventre ?... Et il y a aussi ce souvenir troublant et honteux, cette scène qui m'avait... »

La page s'arrêtait là. Abby tenta de réguler sa respiration hachée. La suite, c'était sans nul doute la page qu'elle avait reçue la dernière fois. C'était cohérent : « Et il y a aussi ce souvenir troublant et honteux, cette scène qui m'avait... mise mal à l'aise, et que j'ai toujours gardée en mémoire. Je devais avoir onze ans, c'était une fin d'après-midi d'été. Je commençais à avoir des *poupous*, comme papa les appelait à l'époque. »

La mère de famille se détourna du puzzle de mots infâmes qui ornait le comptoir et se laissa choir dans son fauteuil. Yohann avait offert à sa fille – presque une femme – un maillot de bain digne d'une pin-up. Alicia avait appelé son père depuis le pool-house pour qu'il l'aide à agrafer le haut. Par quel tour de force n'avait-elle pas trouvé cela suspect ? Cela faisait bien deux ans qu'Alicia enfilait seule tous les matins son soutien-gorge ! Abby se raisonna : quelle mère pouvait décemment imaginer que sa fille puisse appeler son père pour agrafer un soutien-gorge, non parce qu'elle avait besoin d'aide mais parce qu'elle était prisonnière d'un jeu de séduction vicieux avec lui ? Aucune ! Aucune mère ne pouvait imaginer cela. Elle n'avait rien remarqué parce que sa fille ne montrait aucun signe de détresse. La vérité était peut-être encore pire que celle d'un viol : sa fille avait développé une forme d'attirance sexuelle pour son géniteur ! En étaient-ils tous les deux venus à *basculer*, pour reprendre le mot choisi d'Alicia ?

Abby se sentit perdre pied. Les mots livrés sur la photocopie ne pouvaient être le résultat d'une falsification. Qui, sinon Alicia, avait pu raconter cet anniversaire en famille ? Il s'agissait bel et bien d'un souvenir. Conforme à la réalité... L'Œil avait effectivement sous la main le journal intime de sa fille.

Comment se l'était-il procuré ? Cela restait un mystère.

Éloïse et Manon,
le jour du meurtre de Yohann Le Guen

Manon posa une boîte à chaussures sur la table.

— Et pour finir, ce matin, Pilou a trouvé ça sur le paillasson, expliqua-t-elle.

Éloïse observa la boîte. Pas d'emballage, pas d'envoi postal, difficile d'en remonter la trace. Seule la marque du produit et les mentions sur la boîte pouvaient constituer des indices.

— Tu connais « Pom d'Api » ?

— Oui, c'est une marque pour enfants... Tu n'ouvres pas ? s'étonna Manon.

— Et on a une pastille collée ici qui indique 16, poursuivit Éloïse sans répondre à sa sœur. Le type qui te poursuit a peut-être un enfant...

— 16, c'est une pointure de nouveau-né, pas d'enfant, précisa Manon. Et le type en question a très bien pu ramasser cette boîte dans une poubelle, acheva-t-elle avec véhémence.

— C'est possible, bien sûr... Mais ce serait un sacré hasard, vu que cette boîte est reliée à l'enfance, tout comme les autres indices : jeu du pendu, rires et pleurs d'enfants au téléphone… Donc, j'ai *a priori* tendance à penser que ce n'est pas anodin. (Manon hocha lentement la tête.) Quant au modèle dessiné sur la boîte, on a affaire à des chaussons pour garçon, vu la coupe et les couleurs.

Éloïse poursuivit l'inspection de la boîte sous toutes les coutures. Ne trouvant rien de plus, elle la reposa devant elle.

— Et des magasins qui vendent cette marque, il y en a beaucoup dans le coin ?

— Je n'en ai aucune idée… Mais je pense qu'on peut facilement trouver la réponse en cherchant sur Internet.

La gendarme souleva alors le couvercle et observa le contenu. Comme le lui avait indiqué Manon à leur arrivée, un poupon complètement démantibulé garnissait la boîte. Le pêle-mêle macabre de morceaux de corps reposait sur le papier de soie habituel de protection des chaussures. Éloïse sortit les membres un par un et les examina attentivement. Pas de marque, aucune trace, zéro indice. Elle reconstitua le corps du poupon dont la taille avoisinait une quinzaine de centimètres. Cheveux bruns moulés dans le plastique du crâne, peau blanche, petit appendice à l'entrejambe pour signifier son genre masculin. Elle termina sa fouille en soulevant le papier de soie et découvrit avec surprise un morceau de feuille soigneusement plié en quatre. Elle l'ouvrit. Le morceau devait faire dix centimètres sur dix, guère plus. Il s'agissait d'un bout de page quadrillée. Les lignes et interlignes étaient vierges. Éloïse et Manon échangèrent immédiatement un regard : une légère odeur d'agrume flottait dans l'air.

— Tu penses à ce que je pense ? demanda Éloïse.

Manon hocha nerveusement la tête et fila côté cuisine. Lorsqu'elle revint, elle tenait une bougie allumée dans la main.

— Vas-y, lança-t-elle à sa sœur.

Éloïse approcha le morceau de papier de la flamme et, comme attendu, des lettres rousses rédigées d'une main malhabile – d'imitation enfantine ? – se formèrent avec la chaleur. Le type avait tracé des mots au jus de citron, exactement comme les gamins s'amusaient à le faire pour communiquer des messages secrets. En écho aux pensées d'Éloïse, Manon commenta :

— Ma parole, ce mec est complètement givré ! Alors, qu'est-ce qui est marqué ?

— En fait, il manque une bonne partie de la feuille mais on dirait une comptine, regarde.

Manon attrapa le papier et déchiffra les trois lignes :
Tintamarre, tintamarre, tintamarre, mar, mar,
Martinet, martinet, martinet, né, né,
Nez de bœuf, nez de bœuf, nez de bœuf, bœuf, bœuf

— C'est la comptine des trois petits chats, énonça la mère de famille, la mine sombre. Enfin, la comptine détournée des trois petits chats ! Normalement, c'est *Tintamarre, Marabout, Bout d'ficelle, Selle de ch'val...* Bref, l'extrait écrit ici est...

— Plutôt particulier, acheva Éloïse.

— Et tu veux savoir le pire dans tout ça ? enchaîna Manon la voix tremblante. Maxence et Julie ont appris la vraie comptine au centre aéré cet été même !

Les deux sœurs échangèrent un regard inquiet.

— À quoi il joue ? s'emporta Manon. Qu'est-ce qu'il veut, hein ?

— Calme-toi, Manon. Si tu cèdes à la panique...

— Mais il menace mes enfants, Élo ! Comment veux-tu que je reste calme !

— Pour l'heure, rien ne nous dit qu'il veut s'en prendre aux enfants, tempéra Éloïse. Il peut tout aussi bien t'inviter à remonter dans ton passé.

— À quoi tu penses, Élo ?

— À rien de précis... peut-être quelqu'un que tu as fréquenté, connu, quand tu étais enfant... quelqu'un qui aurait des raisons de t'en vouloir ? Quelqu'un qui dit qu'il va enfin te faire payer...

Un silence lourd s'installa dans la pièce. Manon observait d'un œil furieux le poupon disloqué au centre de la table. L'amas macabre lui fit penser à sa propre vie, à la pagaille qu'elle avait vécue et semée autrefois et à l'énergie qu'elle avait dû puiser au fond d'elle-même pour construire année après année, étape après étape, son équilibre. Charles d'abord, rencontre providentielle et salvatrice. Puis Maxence, quelques années plus tard. Un premier enfant, comme la merveilleuse matérialisation de sa nouvelle vie. Certes, les choses n'étaient pas toujours allées de soi, mais au moins avaient-elles un sens ! Malgré les symptômes de sa maladie, aidée par son mari, elle avait su garder le cap, ordonner sa vie, gérer les crises, les angoisses, le vide. L'arrivée de Julie avait renforcé sa détermination et elle avait campé son rôle de mère et d'épouse avec la ferme conviction d'être là où elle devait être. Absorbée par la conquête d'un équilibre qu'elle savait précaire et soumis à maints aléas, elle n'avait peut-être pas mesuré l'impact autour d'elle, tout près d'elle, du mal qui la rongeait... dans son couple, notamment... Elle repensa à l'exhortation d'Éloïse à l'éclairer sur les motifs de sa *séparation* d'avec Charles et se demanda si elle devait lui donner des explications. Mais la simple idée de dérouler toute cette pelote émotionnelle suffisait à la faire paniquer. Qui plus est, elle ne pouvait aucunement soupçonner Charles d'être mêlé à ce qui lui arrivait. C'était tout bonnement impossible ! En revanche, s'il apprenait que les enfants étaient menacés, il ne tergiverserait pas une seconde. Manon tressaillit. Si elle perdait Maxence et Julie aujourd'hui, elle coulerait à pic comme une pierre.

— Manon ? Tu penses à quelque chose ?

La voix d'Éloïse la sortit brusquement de ses songes. Elle sursauta.

— Manon ?

— Non… Non, je ne vois pas qui pourrait m'en vouloir et s'adonner à ce genre de petit jeu sordide !

Éloïse laissa échapper un soupir. Il ne fallait pas être devin pour comprendre que Manon lui cachait quelque chose…

— Nez de bœuf… ça veut dire quoi ? formula la gendarme à voix haute pour changer de sujet.

— Attends, je cherche… Nez de bœuf… Se dit de quelqu'un d'idiot, de simplet, lut Manon sur son téléphone.

La gendarme secoua la tête en signe d'incompréhension, puis considéra une nouvelle fois le message partiellement griffonné grâce au jeu du pendu : « Tu vas enfin payer, chère Manon. » Le harceleur de sa sœur avait donc fini par laisser percer une menace.

— Tu as pris des photos du jeu du pendu sur ta lunette arrière ?

— Oui, j'y ai pensé, répondit Manon en exhibant son portable. Tu crois que ça peut changer quelque chose pour la police ?

— Disons que c'est un premier élément matériel… Mais honnêtement, ce ne sera vraiment pas suffisant pour ouvrir une instruction…

— C'est ça qui est fou ! s'énerva subitement Manon. Si une instruction était ouverte, la police pourrait remonter la trace des appels anonymes ou prélever des empreintes sur le poupon ! (Manon se leva d'un coup, manquant renverser sa chaise.) Mais non, il faut attendre qu'il y ait agression ! C'est le monde à l'envers !

Le brusque accès de colère de sa sœur ramena Éloïse vingt ans plus tôt, quand l'ensemble de la maisonnée vivait au gré des humeurs de Manon. L'espace d'un instant, elle revit la tête affolée de sa mère face au flot verbal hargneux de sa fille hors d'elle. Combien de crises incontrôlables la famille avait-elle essuyées ?

— … d'accord avec eux, bien sûr ! acheva Manon en montant vraiment le ton.

Éloïse reprit pied dans l'instant présent.

— D'accord avec qui ? Qu'est-ce que tu racontes ? se défendit-elle.

— Avec tes amis de la police ! Avec tous ces prétendus garants de l'ordre qui sont infoutus de me protéger, moi et mes enfants ! lui cracha Manon, les yeux pleins de détresse.

La gendarme voulut répondre mais sa sœur avait déjà tourné les talons. Quelques secondes plus tard, la porte d'entrée claqua. Éloïse quitta sa chaise et s'engouffra dans le couloir. Lorsqu'elle sortit, Manon s'était déjà fondue dans la nuit. Elle hésita à se lancer à sa poursuite, Julie et Maxence étaient au lit. Finalement, elle récupéra la clef, verrouilla la porte derrière elle et rejoignit la route à petites foulées. La colère qu'elle ressentait devant l'attitude irresponsable et infantile de sa sœur le disputait à la peur. Un type l'avait pourchassée dans la forêt une heure plus tôt et rien ne permettait de croire que l'homme ne continuait pas à rôder dans le coin...

— Manon ! appela Éloïse, une fois sur la route. Manon !

La gendarme aperçut sa sœur à une dizaine de mètres, figée au milieu du bitume.

— Manon, s'il te plaît... Il faut rentrer, maintenant. Les enfants sont dans la maison et...

Mais Manon fondit brusquement en larmes. La gendarme, totalement démunie, chercha ses mots mais ne les trouva pas et assista passivement aux sanglots de sa sœur. Après quelques longues secondes, une phrase se fraya un chemin entre les pleurs :

— Éloïse, je me sens tellement seule !... Et j'ai tellement peur !

Éloïse sentit son cœur rétrécir dans sa poitrine. Elle n'aurait pas dit mieux si elle avait dû parler d'elle.

Abby Le Guen,
15 jours avant le meurtre de son mari

Le soleil descendait derrière une crête d'arbres et une lumière orangée, presque chaude, caressait la surface du monde. Les pierres pâles du manoir rosissaient sous le feu de l'astre déclinant et la forêt commençait à fourmiller de sa vie nocturne. Dans une petite heure, les oiseaux de nuit se feraient entendre : hululements, cris, battements d'ailes… Une vie foisonnante et invisible, là, encerclant le domaine.

Abby s'arracha à ses songes et enfonça la clef dans la serrure du cottage niché à la lisière du bois. Elle prit une grande respiration et poussa la porte. Elle n'avait jamais mis les pieds dans l'ancien lieu de vie d'Alicia, comme si le simple fait que sa fille choisisse d'élire domicile ici à ses quinze ans avait marqué une frontière nette entre l'espace familial et l'espace intime d'Alicia. Bien qu'elle fût partie depuis de nombreuses années, cette dépendance, dans l'esprit de tous, était restée « le cottage d'Alicia ». D'ailleurs, celle-ci le réintégrait chaque fois qu'elle venait faire un séjour en Bretagne – *chaque fois…* en réalité, ça se comptait sur les doigts d'une main. Au final, rien n'avait bougé dans le cottage depuis son départ... Mon Dieu, dix-sept ans déjà que sa fille s'était envolée pour l'Angleterre !

En passant le seuil, Abby perçut une légère odeur d'encens, encore présente malgré la désertion du lieu, sans doute imprégnée dans les tissus. Une ribambelle d'images surgit à cause de cette fragrance boisée qui lui chatouillait les narines. Abby revit Alicia à ses quinze ans, superbe jeune fille aux cheveux blonds et bouclés, aux yeux mutins et clairs – savant mélange de bleu et de gris, les mêmes yeux que Yohann –, et à la petite bouche charnue qui lui donnait un air légèrement boudeur. La mère sourit à la résurgence de ces images du passé. Alicia avait toujours eu un caractère vif, tranchant et passionné. Elle s'était très tôt placée dans le sillon de son père qui faisait pour elle figure d'autorité et de modèle indétrônable. Toute petite déjà, elle le dévorait des yeux, l'imitait jusque dans ses mimiques, prenait ses intonations. Ils naviguaient ensemble sur le dériveur de Yohann. Ils jouaient ensemble. Au ballon. À la bataille navale. À cache-cache... Ils riaient ensemble. Très vite, Ethan avait pris le même pli que sa grande sœur, tant et si bien que la famille Le Guen se résumait à ce trio inséparable, débordant d'énergie et de complicité. Abby, elle, avait observé ce petit monde depuis le gouffre de sa dépression. Elle essuyait les remarques acerbes de Yohann, accusait ses regards supérieurs et buvait la tasse malgré tous ses efforts pour demeurer à la surface. Quand Alicia avait emménagé dans le cottage, la dynamique familiale s'était modifiée. Yohann développait sa clinique à ce moment-là et se faisait de plus en plus absent.

De mémoire, c'est justement à cette même époque qu'ils avaient commencé à faire chambre à part...

Ethan, lui, avait semblé s'accommoder du déménagement de sa sœur, mais Abby se rappela qu'il passait beaucoup de temps enfermé dans sa chambre. À cette période, il entrait dans l'adolescence, avec son lot de questions, de bouleversements et de tensions. D'un tempérament plus discret et plus rêveur qu'Alicia, il avait toujours paru moins farouche qu'elle, plus accessible. Pour autant, Abby avait regardé son fils grandir, se métamorphoser, devenir homme sans l'avoir jamais véritablement accompagné dans toutes ces étapes. Une fois encore, la mère de famille avait joué à merveille son rôle de grande absente ! D'ailleurs, Ethan aussi était parti plus tôt que prévu. Il avait préféré suivre sa terminale à Londres, dans un lycée français, loin du manoir, parce qu'il voulait intégrer Oxford ou Cambridge et se donner toutes les chances de réussir. Abby se figea net et frémit. Un nouveau souvenir venait de surgir dans sa mémoire, balayant en un instant l'histoire qu'elle avait choisi de se raconter jusqu'à présent, celle d'un frère qui avait saisi l'opportunité du départ de sa grande sœur à Londres, pour parfaire sa réussite scolaire... Mais comment donc avait-elle pu *oublier* cette discussion ?

Elle pose ses premiers aplats sur la toile. Elle n'est pas certaine de ce qu'elle va réussir à produire mais elle a une idée bien précise des émotions qu'elle souhaite exprimer. Ses gestes sont hésitants et légèrement fébriles, comme chaque fois qu'elle entame une nouvelle toile. C'est une fin d'après-midi d'été et le ciel s'est chargé, annonciateur d'un orage pour la soirée. La lumière, écrasée par le plafond gris, est électrique et sature les couleurs alentour.

— Maman ?

Elle sursaute et tourne la tête. Elle doit trahir un certain agacement à être interrompue dans sa tâche, car Ethan s'empresse de proposer :

— Je peux revenir plus tard, si tu préfères.

Immédiatement, Abby a honte d'elle. Elle chasse en soufflant une mèche de cheveux qui lui barre le visage, s'adosse à la murette de la terrasse nord et tapote à côté d'elle pour inciter son fils à venir s'asseoir. Mais Ethan s'installe dans un des fauteuils du salon d'extérieur.

— Voilà... Je... je voulais te dire que j'ai pris des renseignements sur un lycée français à Londres...

Abby sent son ventre se tordre. Ah, non ! Pas ça ! Déjà, Alicia qui s'en va. Pas son fils, non, ça n'est pas possible !

— C'est un excellent lycée, qui a très bonne réputation. Les frais de scolarité sont élevés mais... papa est d'accord pour les financer.

— Ethan... qu'est-ce que tu es en train de me dire, mon chéri ? réagit-elle avec déjà des trémolos dans la voix.

— Maman, enfin ! S'il te plaît, ne...

Il se lève. Il a l'air tout chagrin. Il ne voulait pas la bousculer, lui faire de mal. Il s'approche d'elle et la serre dans ses bras.

— Maman... Ne sois pas triste... C'est...

Elle respire son odeur, profite de ce contact physique si rare, si précieux et, finalement, s'écarte de lui. Partagée entre la colère devant cette nouvelle perspective d'abandon et la conscience – même confuse – que son fils est devenu grand. Elle retient ses larmes, du moins elle essaie.

— Tu vas partir, toi aussi ? (Sa voix transpire la détresse.)

Face à elle, Ethan baisse les yeux. Il semble mortifié par le chagrin qu'il provoque. Les larmes qu'elle tente de retenir roulent de ses yeux à ses lèvres. C'est plus fort qu'elle. Elle les essuie d'un geste de la main, renifle, et prend une grande respiration. Les mots qui sortent de sa bouche sont à des années-lumière de ce qu'elle est censée lui dire mais, là encore, elle ne peut les retenir :

— Mais... qu'est-ce qui se passe ? Tu... Tu n'es pas bien ici, au manoir ?... Tu as tout ce qu'il te faut, non ?... Et tes amis du lycée ? Et... et moi, tu y as pensé ?

Ethan a un mouvement d'humeur – c'est suffisamment rare chez lui pour être remarqué.

— Je ne sais même pas pourquoi j'essaie de te parler, tu ne comprends jamais rien !

Il tourne les talons et s'apprête à la planter là, comme ça ! Abby se sent bafouée, méprisée et quelque chose qui ressemble à un grand vide est en train de l'aspirer. Alors elle réagit par instinct, parce qu'elle ne peut pas tolérer la violence de cette situation.

— Ethan, s'il te plaît !...

Il se retourne.

— *Tu... tu t'attendais à quoi, hein ? À ce que je saute de joie, peut-être ? lance-t-elle en pleurant.*
— *Non, admet-il, piteux.*
— *Et donc... tu viens de voir ton père... et tu as sa bénédiction, si je comprends bien ? Et moi, je n'ai rien à dire, comme d'habitude ! Mais je compte bien en reparler avec lui, crois-moi !*

Ethan la foudroie du regard. Jamais il ne lui a décoché un œil aussi noir qu'à cet instant. Dents serrées, il lui assène :

— *Non maman ! Inutile d'en parler avec lui, je t'assure ! Et puis, je n'ai aucunement besoin de la bénédiction de papa !... Je lui ai juste demandé de payer mes frais de scolarité, nuance... Maman, ce choix, c'est le mien, achève-t-il en se radoucissant.*
— *Mais... pourquoi... pourquoi ce choix ?*

Ethan laisse échapper un long soupir puis se décide à s'asseoir à côté d'elle, sur la murette. D'un ton calme, il lui déroule toutes les bonnes raisons de s'inscrire dans ce lycée : le perfectionnement de son anglais ; les perspectives d'intégrer une grande université ; les projections d'études supérieures et de travail pour plus tard... Abby l'écoute mais elle se sent comme un boxeur qui encaisse les coups sur le ring. Sans pouvoir se défendre. Le discours de son fils est tellement parfait... Trop parfait ?

— *C'est si soudain, Ethan,* commente-t-elle quand il a fini.

Elle croise son regard, juste avant qu'il ne le baisse. Mais elle a eu le temps de voir les émotions qui le tiraillent. Son fils est tourmenté. Il ne lui dit pas *tout, c'est sûr. Immédiatement, des idées surgissent, des idées de mère. Ethan fuit-il quelque chose ?*

— Ethan... écoute... C'est tellement précipité !... J'ai l'impression que... ça ressemble à une fuite, tout ça... C'est une fuite, n'est-ce pas ?... Mais qu'est-ce que tu fuis, au nom du ciel ?... Tu as fait une bêtise, hein, c'est ça ? Dis-le-moi, mon chéri... Je peux comprendre, tu sais.

Ethan racle les carreaux de ciment avec le bout de sa semelle. Quelque chose refuse de sortir. Une confidence ? Elle lui connaît cet air buté. Il avait onze ans, à l'époque. Avec quelques copains, il avait mis le feu à un vieux pneu de tracteur chez un paysan du coin. Les mômes avaient détalé après leur stupide forfait, mais le voisin, alerté par la fumée, avait rappliqué dare-dare et avait eu le temps d'identifier Ethan. L'homme avait déboulé au manoir en milieu d'après-midi pour les aviser de la bêtise. Le soir, Yohann avait entrepris son fils. Après l'avoir copieusement grondé, il avait voulu connaître le nom de ses complices. Mais rien n'y avait fait. Malgré la pression, malgré les longues heures qu'il avait dû passer consigné dans sa chambre, Ethan était demeuré aussi muet qu'une carpe. Et il affichait exactement ce même air buté qu'elle lui voit aujourd'hui. Elle a beau se douter que c'est peine perdue, elle tente tout de même d'en savoir davantage.

— Ethan ? *le relance-t-elle avec douceur.* Je suis ta mère... Je peux tout entendre, tu sais ?

Il relève enfin la tête, la fixe d'un air résolu et lui prend les mains.

— Maman, écoute bien, d'accord ?... Quoi que tu puisses te dire ou qu'on puisse te dire, retiens bien ceci : ce n'est pas toi que je fuis.

— Hein ? Mais Ethan, de quoi...

— Tu n'as rien à te reprocher, maman, la coupe-t-il. Tu n'y es pour rien...

— Mais qu'est-ce...

— Et puis, je reviendrai au manoir. Promis.

Il lui fait une bise appuyée sur la joue. Elle veut le retenir mais elle le sait, c'est vain.

Voilà... son fils chéri, son second enfant s'en va. Lui aussi. Et le manoir, subitement, lui apparaît gigantesque. Mais pas assez grand pour contenir l'immense vide qui vient de naître en elle. Ethan passe la baie vitrée et s'engouffre dans le grand salon. Elle éclate en sanglots.

⁂

Abby, toujours figée dans l'entrée du cottage, eut besoin de s'adosser au mur. Un vertige menaçait de la faire chuter. Par quel tour de force avait-elle évacué cette conversation ? Les formules sibyllines d'Ethan ? Alicia s'était-elle confiée à son frère ou bien avait-il découvert ce qui se jouait entre elle et son père ? « Tu ne comprends jamais rien ! » lui avait-il lancé. Faisait-il référence au drame incestueux qui lui éclatait aujourd'hui au visage ?

Et que dire de l'insistance d'Ethan à lui affirmer qu'elle n'avait rien à se reprocher ? Qu'il ne la fuyait pas, elle ? N'avait-il pas sous-entendu qu'il fuyait bien quelque chose ou quelqu'un ? Son propre père ? Ce père dont il aurait constaté la monstruosité ? D'ailleurs, cela expliquerait la défiance qu'elle avait relevée dans les propos de son fils qui sortait tout juste du bureau de son père : « Je n'ai aucunement besoin de la bénédiction de papa !... Je lui ai juste demandé de payer mes frais de scolarité, nuance. » Elle n'avait jamais entendu Ethan parler ainsi de son père.

Abby fut certaine qu'elle venait de déterrer un nouveau morceau du puzzle. Le départ précipité de son fils cachait bien un motif qu'il s'était interdit de lui énoncer. Comment peut réagir un gamin de dix-sept ans qui découvre l'existence de sentiments contre-nature entre son père et sa sœur ? Peut-être avait-il promis à Alicia de ne pas la trahir ? Si celle-ci s'était résolue à fuir pour se protéger, Ethan l'avait peut-être suivie pour l'aider ? La soutenir ? Et aussi se protéger de la proximité d'un père qui avait dû passer du modèle héroïque à l'archétype de l'abjection ?

Au final, ses deux enfants étaient partis. Alicia, qui venait d'obtenir son bac, avait partagé son minuscule appartement londonien avec son frère. Et aujourd'hui, tous deux avaient réussi. Ethan avait fait son droit à Oxford, il était devenu courtier et s'était marié six ans et demi plus tôt avec May, joli brin de femme d'origine asiatique qu'il avait rencontrée en Angleterre. Alicia, elle, travaillait dans une grande agence de communication. Mais, contrairement à son frère, elle était toujours célibataire. De ce qu'Abby en savait, elle enchaînait les relations à la petite semaine, incapable de se fixer. Au vu des confessions dans son journal intime, rien d'étonnant... Elle porte un immonde secret qui, sans nul doute, perturbe toute sa vie de femme... Et cela explique aussi certainement qu'elle se tienne si loin du manoir...

Ce soir, Abby avait décidé de venir dans le cottage de sa fille sous le coup d'une irrépressible impulsion. Elle avait besoin de comprendre, de remonter le fil de ces années qui lui avaient échappé et qui avaient dû sceller le sort d'Alicia... Elle voulait s'immerger dans la vie d'adolescente de sa fille, s'imprégner du passé et assembler chaque pièce du puzzle. Depuis la reconstitution de la deuxième photocopie du cahier quelques heures plus tôt, une question – cruciale, abominable – la taraudait. Yohann avait-il osé passer le pas ? L'épisode des attouchements sur le canapé était à lui seul sordide, mais Abby avait le besoin viscéral de savoir si son mari avait profité des sentiments de sa fille à son égard pour commettre l'irréparable.

Un sanglot lui noua subitement la gorge et elle dut inspirer profondément pour ne pas fondre en larmes. Puis, quand elle se sentit d'attaque, elle franchit le petit hall d'entrée où dormaient une console avec un vide-poche et des patères murales. Le couloir distribuait côté gauche un salon avec kitchenette et côté droit une chambre avec salle de bains. Les W-C indépendants se trouvaient au bout du couloir, en face de la porte d'entrée. Abby commença son incursion par le salon.

Lors de son aménagement, Alicia avait obtenu de son père qu'il investisse dans du mobilier neuf. Les vieilleries récupérées çà et là dans le manoir pour équiper le cottage avaient alors été débarrassées et Alicia avait jeté son dévolu sur une ligne de meubles anglais, en bois massif couleur miel, et sur un canapé au tissu écossais disposé face au poêle. Au sol, sur le parquet ciré, trônait un tapis aux tons rouge et ocre qui ajoutaient à l'ambiance *sweet and cosy*. Abby ne savait pas réellement ce qu'elle cherchait. Elle laissa donc son regard balayer la pièce. Puis elle s'approcha de la bibliothèque où s'étalaient tous les grands classiques de la littérature française et anglaise intégrés aux programmes scolaires. Quelques polars écornés s'alignaient sur l'une des étagères. Elle laissa courir ses doigts le long des tranches de livres avant de se détourner. La pièce était propre, rangée, le coin cuisine immaculé, le tout entretenu par l'employée de maison. Abby quittait la pièce quand son regard s'arrêta sur le plaid étendu de guingois sur le canapé. Machinalement, elle tira dessus pour le centrer et découvrit alors les premiers contours d'une tache. Elle souleva le plaid et une large auréole brunâtre apparut, ombrant l'assise pourtant Scotchgard du canapé. Elle leva les yeux vers le plafond, à la recherche d'éventuelles traces de fuite venant du toit, mais ne détecta rien. Vu l'étendue de la tache et ses contours sombres, Alicia avait dû renverser une cafetière entière sur le sofa sans prendre la peine de nettoyer immédiatement les dégâts… C'était surprenant, car Alicia avait toujours été extrêmement *maniaque*. Cette pensée eut l'effet d'une gifle ! Un passage de la vie d'Alicia ressurgit subitement, un passage qu'Abby avait totalement oublié. *Occulté ?* Alicia devait avoir treize ans environ. Elle vivait encore au manoir. Abby avait pris conscience que quelque chose clochait, un matin, en sortant de sa douche.

Elle tend la main vers le paquet de Coton-Tige sur l'étagère et se rend compte qu'il est vide. Pourtant, elle en est certaine – absolument certaine –, elle a demandé à Marthe d'en acheter. Abby finit de se préparer et rejoint la cuisine où Marthe est affairée.

— Vous avez oublié d'acheter des Coton-Tige, Marthe.

La femme baisse la tête, rougit légèrement. Elle est dans l'embarras.

— Que se passe-t-il ?
— C'est que... j'en ai acheté, Madame.

Abby fronce les sourcils.

— Vous les avez rangés où ?
— Au même endroit que d'habitude, Madame.
— Le paquet était vide, Marthe.
— J'en rachèterai, Madame. Tout à l'heure, en allant porter votre robe au pressing.

Abby connaît la vieille employée de maison. Cette manière d'esquiver les questions ne lui ressemble pas.

— Marthe, que se passe-t-il ?

La femme se fige. Empêtrée dans sa gêne, elle tire-bouchonne le torchon qu'elle tient dans ses mains.

— Eh bien ?
— C'est que... peut-être devriez-vous demander à Alicia, Madame.
— Lui demander quoi ?
— Ce qu'elle fait avec les Coton-Tige. *(Sa voix est un murmure à peine audible.)*
— Ce qu'elle fait avec les Coton-Tige ?
— Oui, Madame.

Abby laisse échapper un soupir d'agacement et Marthe se tourne vers la gazinière, espérant se soustraire à l'échange.
— *Marthe ?*
— *Oui, Madame.*
— *Asseyez-vous, s'il vous plaît.*
— *... Bien, Madame.*
Cette tête de mule est raide comme une tige d'acier et ses yeux s'enfoncent si profondément dans le chêne massif de la table qu'elle ferait presque pitié.
— *Je vous écoute.*
— *Je vous demande pardon, Madame ?*
— *Qu'est-ce qu'Alicia fait avec mes Coton-Tige ?*
— *Je... elle se nettoie les oreilles, Madame.*
Abby est au bord de l'explosion ; la prendrait-on pour une imbécile ?! L'employée sent l'électricité dans l'air et s'empresse de prévenir les foudres de sa patronne.
— *Oh, Madame ! Je vous demande pardon... C'est qu'Alicia... se lave les oreilles cinq à six fois par jour... si j'en crois le nombre de Coton-Tige que je vide de sa poubelle tous les matins.*
Abby lève un œil ahuri vers Marthe.
— *Comment ça, cinq ou six fois par jour ?*
L'employée a un mouvement d'épaule comme pour dire : « Ben, oui... comme je vous le dis ! »
Les jours suivants, alertée par la révélation de Marthe, Abby doit se rendre à l'évidence : Alicia a développé ce TOC[1] étrange de se nettoyer les

---

1. Les troubles obsessionnels compulsifs font partie des troubles anxieux et se caractérisent à la fois par des obsessions

oreilles chaque jour et à de nombreuses reprises. Au bout d'une semaine, Abby a récupéré plus de cent cinquante Coton-Tige dans la poubelle de la salle de bains de sa fille ! Effrayée par l'envahissement de ces actes compulsifs, Abby a finalement choisi de s'en ouvrir à Yohann.

Les enfants sont montés dans leurs chambres. Abby pose un sachet en plastique devant Yohann, à côté de son verre de whisky.

— Qu'est-ce que c'est ?
— Ce sont les Coton-Tige qu'Alicia utilise en une semaine.

Yohann lève un œil ahuri vers son épouse. Abby est pour la première fois en position de force. Elle sait, et son mari, lui, n'a rien vu. C'est assez plaisant, et elle laisse filer une bonne poignée de secondes avant de poursuivre :

— Je les ai comptés, il y en a cent cinquante-six, Yohann, tu réalises ? Elle... elle a besoin d'aide, Yohann !... Alicia passe son temps à se nettoyer les oreilles et c'est devenu totalement obsessionnel.

Son mari scrute le paquet, abasourdi. Semble évaluer le nombre effroyable de Coton-Tige amassés devant lui. Et finit par réagir :

— Tu dis qu'elle consomme ça en une semaine ?
— Mmm... Je me suis renseignée et il s'agit d'un TOC. Une sorte de...

---

qui sont des pensées envahissantes générant peurs et angoisses, et des compulsions, à savoir des envies irrépressibles de réaliser des gestes répétitifs ou des actes mentaux comme réciter plusieurs fois une phrase.

— Merci, Abby, mais je sais encore ce que sont les TOC ! la coupe-t-il, agacé. Je suis neurologue et neuropsychiatre, au cas où tu l'aurais oublié !

Puis il se lève, son verre à la main. Mine sombre, sourcils froncés. Abby ne sait pas trop ce qui l'emporte dans sa contrariété, le fait que le malaise de sa fille lui a échappé ou le fait que sa fille ne va pas bien ? Les deux, certainement. Il fait tournoyer le whisky dans le fond de son verre et avale le breuvage cul sec. Puis, sans un regard pour elle, il se dirige vers le téléphone et compose un numéro. Abby suit la scène, elle a repris sa place habituelle de spectatrice...

— Victor ? Bonsoir, c'est Yohann. [...] Comment va Marjorie ? [...] Excellente nouvelle ! Félicite-la pour moi. [...] Oui, oui, Abby va bien. Et les enfants ? [...] Oh, tu connais l'adage, si jeunesse savait, si vieillesse pouvait ! [...] Eh bien, justement... je t'appelais par rapport à Alicia. [...] Non, rien de très grave...

Quand il raccroche, Yohann a obtenu un rendez-vous chez Victor, le lendemain. Victor Duval, psychiatre de renom. Ami du club de voile de Yohann. Un professionnel discret et efficace.

— Et c'est tout ? s'agace alors Abby. Tu emmènes Alicia chez Victor demain et tout va bien ?

Yohann lui jette un regard hostile.

— Que veux-tu dire par là ?

— Que notre fille a des problèmes, Yohann. Voilà ce que je veux dire !

Il soupire, exaspéré. S'empourpre légèrement. Et, avec tout le dédain dont il est capable, évacue la question par la force d'une savante tirade – méthode éprouvée et dont il a le secret.

— Alicia a treize ans, Abby ! Tu ne l'as peut-être pas remarqué, mais elle est en pleine transformation physique et psychique. Ce... ce TOC vient conjurer une angoisse que tous les adolescents connaissent, l'angoisse de métamorphose ! Il n'y a rien d'alarmant là-dedans ! Juste un signal qu'il faut prendre en compte pour ce qu'il est et c'est exactement ce que je fais, d'accord ?... Victor est spécialisé dans les thérapies cognitivo-comportementales et il fera du très bon boulot, je n'en doute pas un instant.

— Mais...

— Stop, Abby ! (Yohann pose son verre avec humeur sur la table basse et se dirige vers l'escalier.) Ne compte pas sur moi pour dramatiser la situation, OK ?... D'ailleurs, si quelqu'un doit consulter dans cette maison, ce n'est pas Alicia ! jette-t-il en sortant.

Il monte deux marches et se retourne pour porter l'estocade finale :

— Maintenant, si tu veux bien, je vais lui parler... Alors, de grâce, reste en dehors de tout ça !

✧✧✧✧

Et c'était exactement ce qu'elle avait fait. Ce qu'elle avait toujours fait, d'ailleurs. Rester en dehors de tout. Abby sentit ses mains trembler. De rage, de honte, d'impuissance. Là, face à cette sombre auréole sur le canapé, elle prenait la mesure du diktat auquel elle s'était toujours soumise... Elle se concentra et convoqua ses souvenirs. Les TOC d'Alicia avaient disparu aussi subitement qu'ils étaient apparus, reléguant ainsi cet épisode des Coton-Tige au fond d'un tiroir caché de sa mémoire. Abby se laissa choir sur le canapé. Les missives de L'Œil faisaient resurgir des souvenirs aux contours anecdotiques mais qui, mis bout à bout, lui racontaient une autre histoire aujourd'hui. Ethan, si sensible, si perspicace, avait appris ce qui se tramait et s'était empressé de fuir ce père à l'amour assassin... Alicia, si forte, si constante, avait pourtant envoyé des appels à l'aide...

Et leur mère n'avait rien vu, n'avait rien entendu...

Éloïse et Manon, dans la nuit suivant le meurtre de Yohann Le Guen

Éloïse émergea difficilement d'un sommeil que les médicaments rendaient lourd. Son réveille-matin lui indiqua qu'il était 4 h 06. La gendarme, complètement ensuquée, réalisa qu'elle était empêtrée dans ses draps, qu'elle transpirait abondamment et qu'elle avait besoin d'air ! Luttant contre la chape de lassitude qui l'engourdissait, elle voulut se défaire du cocon étouffant dont elle était prisonnière. Elle tira sur un pan de drap et sentit une résistance. Agacée, elle se tortilla pour se libérer. En vain. Elle chercha alors à extraire ses mains de l'étau de tissu. Mais le drap sembla se resserrer davantage sur elle. Ses efforts inutiles augmentèrent encore sa sensation d'écrasement et de suffocation et la gendarme sentit l'énervement poindre. Ses cheveux lui collaient au front. Une chaude et désagréable humidité inondait sa nuque et trempait l'oreiller. Et pire que tout, Éloïse se sentait groggy, incapable d'émerger complètement de son état de confusion. Un arrière-goût pâteux d'alcool lui rappela qu'elle avait bu du calvados avant de se coucher. Mais bon sang, elle n'avait pas tombé la bouteille, non plus !

Éloïse en était encore à combattre l'emprise du drap quand des chuchotements et un raclement sec de chaise lui parvinrent de la salle à manger. Alertée par ces bruits alors que la maisonnée était sagement endormie, elle sentit une onde d'adrénaline la gifler violemment et se redressa comme un ressort. En quelques gestes vifs, elle parvint à se débarrasser des draps. Elle rejoignit la porte de sa chambre à grandes enjambées et plaqua son oreille contre le bois. Aucun bruit ne lui parvint. Précautionneusement, elle abaissa alors la poignée et entrouvrit la porte. Elle demeura figée plusieurs secondes, l'œil dans l'entrebâillement et l'oreille tendue. Bientôt, de nouveaux chuchotis se firent entendre. Les poils des bras hérissés et le cœur battant la chamade, elle tenta d'identifier le danger. Plusieurs personnes se trouvaient dans le salon, il y avait donc peu de chances qu'il s'agisse du type de la forêt. En toute rationalité, elle penchait plutôt pour des cambrioleurs... Combien étaient-ils ? Comment étaient-ils entrés sans se faire repérer ? Pouvait-elle espérer les faire fuir en déboulant dans le salon ? Ou mettrait-elle sa sœur et les petits en danger en agissant de la sorte ? Elle tentait d'évaluer la situation quand des pouffements étouffés lui parvinrent. Elle tendit l'oreille et son interprétation fut rapidement confirmée : des rires qui se voulaient discrets, des échanges moqueurs à mi-voix, des chuchotements rythmés évoquant une sorte de récitation... Nul doute, il s'agissait d'enfants ! D'enfants qui s'amusaient en essayant de ne pas faire trop de bruit... Julie et Maxence !... Qui d'autre ?!

Éloïse sentit une vague de soulagement couler en elle. Elle poussa la porte et remonta les quelques mètres de couloir qui la séparaient de la grande pièce à vivre. Dans la pénombre, elle esquiva habilement la petite console sur laquelle sommeillaient un vase et une photo de famille des douze ans des jumelles, puis évita le petit meuble bas à chaussures. Malgré les années de distance, elle avait retrouvé en un instant tous ses repères dans la maison familiale. Le salon s'ouvrait désormais devant elle et les bruits se précisèrent. Apparemment, les deux gamins jouaient sous la longue table de la salle à manger. Ils l'avaient recouverte d'un drap et une petite lumière éclairait leur QG, trahissant leurs jeux en ombres chinoises ! Éloïse tendit la main vers le mur, là où se trouvait l'un des interrupteurs. Elle tâtonna de longues secondes mais ne le trouva pas. Impossible ! L'interrupteur principal était là… Elle s'appliqua alors à balayer lentement la cloison du plat de la main mais ne rencontra que la froideur lisse du plâtre. Comme elle s'obstinait avec nervosité, les bribes des échanges entre Maxence et Julie gagnèrent en intensité et en précision. Éloïse saisit alors quelques mots épars qui lui glacèrent les sangs : « maman… mort… martinet… ». La gendarme sentit son pouls s'accélérer. Qu'était donc ce jeu macabre ? Incapable de trouver ce fichu interrupteur, elle se décida à fondre vers le terrain de jeu des enfants. Dans son élan, elle heurta l'angle de la bibliothèque du bout du pied et laissa échapper un petit cri de douleur. Les ombres derrière le drap se figèrent aussitôt.

— Bon sang, Maxence, Julie, vous avez vu l'heure ?! lança Éloïse en se massant le pied.

— Va-t'en !

— Dégage, sinon...

La hargne dans les deux voix enfantines pétrifia la gendarme. Estomaquée, elle mit quelques secondes à réagir.

— Pardon ?! Mais ça ne va pas la tête ou quoi ?!

Mais les ombres avaient repris leurs jeux et les enfants entonnaient désormais à tue-tête la comptine détournée des trois petits chats en tapant dans leurs mains : *tintamarre, tintamarre, tintamarre, mar-mar, martinet, martinet, martinet, né, né, nez de bœuf, nez de bœuf...*

— Arrêtez ça immédiatement !

Loin de les freiner, l'ordre sembla au contraire les exciter. Les ombres accélérèrent la cadence en claquant des mains dans un rythme frénétique.

— Stop ! hurla Éloïse, hallucinée.

Les deux gamins cessèrent net leur chant et la gendarme fixa d'un œil ahuri l'image arrêtée du spectacle d'ombres chinoises. Une poignée de secondes silencieuses et tendues fila ainsi, puis il sembla à Éloïse que les têtes des enfants se tournaient très lentement vers elle. D'un mouvement trop tranquille, l'une des ombres attrapa quelque chose sur le sol. Et lorsque la lumière projeta l'ombre de la forme saisie, Éloïse manqua défaillir. Un long couteau à la lame courbée venait d'apparaître. Avant même qu'elle ait pu faire quoi que ce soit, la gendarme vit le couteau s'abattre violemment sur la deuxième ombre. Des cris déchirants de douleur s'élevèrent immédiatement et le couteau se planta, se planta et se planta encore dans le corps d'un des enfants tandis que des jets sombres maculaient le drap rétroéclairé. Éloïse parvint à sortir de son hébétude, se rua vers la table et tira le drap d'un geste désespéré. Ce qu'elle découvrit lui fit l'effet d'un uppercut. Ce n'était ni Maxence ni Julie sous la table... Non, c'était Manon et elle quand elles étaient enfants ! Manon, l'œil jubilatoire, le couteau ensanglanté à la main. Et elle, gisant par terre, dégoulinante de sang. La vision lui arracha un incontrôlable cri d'horreur qui se répercuta dans toute la chambre et la réveilla d'un coup.

Toujours hurlante, empêtrée dans les draps humides de sueur, elle comprit qu'elle venait de faire un cauchemar. Elle se laissa retomber sur le matelas, pantelante, les images horrifiques encore collées sur sa rétine. Un instant plus tard, la lumière du couloir s'alluma et Manon surgit dans la chambre :

— Élo, ça va ?

La gendarme se contenta d'émettre un coassement.

— Tu as fait un mauvais rêve ?

— On peut dire ça comme ça, oui.

— Mais tu es brûlante ! s'alarma Manon en aidant Éloïse à s'extirper des draps. Je vais chercher un gant mouillé pour te rafraîchir, ne bouge pas.

Elle revint quelques instants plus tard et commença à passer le linge frais sur le front d'Éloïse. Le contact du tissu froid sur sa peau finit d'éveiller la gendarme.

— M'man ? lança soudain une petite voix inquiète.

Julie se tenait à l'entrée de la chambre, son doudou pendouillant de sa main. Les cris d'Éloïse l'avaient sortie d'un sommeil profond, à en croire ses yeux étrécis et son élocution pâteuse. Manon se leva immédiatement et prit son petit bout dans ses bras.

— Chuuut... Ce n'est rien, murmura-t-elle en lui caressant le front. Tatie Élo a fait un mauvais rêve, c'est tout.

La tête de Julie dodelina avant de se poser sur l'épaule de sa mère.

— Les policiers, ils font aussi des cauchemars ? s'étonna la fillette, sur le point de se rendormir.

— Apparemment oui, murmura Manon, avec tendresse. Allez, ma petite puce, je te ramène au lit maintenant, hein ?... Je reviens, chuchota-t-elle à l'adresse d'Éloïse.

Éloïse regarda sa sœur disparaître en songeant qu'elle ne l'aurait jamais imaginée capable de tant de douceur et de sollicitude. Ses enfants avaient changé quelque chose en elle, c'était certain... Éloïse se leva pour retirer ses draps trempés de sueur. Elle passa rapidement le gant sur son buste, enfila un tee-shirt et un jean et regagna le salon. Elle avait soif et une folle envie de fumer. Après avoir descendu un grand verre d'eau, elle se dirigea vers la baie vitrée pour rejoindre la terrasse. En passant devant la table du salon, elle jeta un œil distrait au puzzle qui montrait Tintin ficelé à une chaise face à un Chinois menaçant de lui couper la tête avec son sabre. *Décidément !* songea-t-elle... L'air extérieur, frais et humide, la revigora, et tout en recrachant ses volutes de fumée elle tenta de chasser les images dérangeantes de son cauchemar. Elle venait tout juste de débarquer ici et déjà d'indomptables angoisses s'invitaient dans ses rêves...

Abby Le Guen,
15 jours avant le meurtre de son mari

Abby sortit du cottage vers 21 heures. La nuit était tombée. Épaisse, inquiétante, troublée par les cris des oiseaux nocturnes. Elle activa les lumières extérieures qui jalonnaient le sentier rejoignant le manoir et suivit le serpent lumineux qui courait dans la végétation. Elle n'avait rien trouvé dans le cottage en dehors de quelques vestiges insignifiants de l'adolescence d'Alicia. Un vieil agenda dans le tiroir du bureau, quelques posters pliés en quatre de Kurt Cobain, du groupe Noir Désir et de la série *Friends*. Dans la salle de bains, une trousse à maquillage et quelques pinces à cheveux. Tout cela lui attestait que sa fille, désormais, n'était plus là et qu'elle faisait sa vie à Londres, loin de Perros-Guirec où son enfance et son adolescence lui avaient été volées par un père monstrueux.

La fraîcheur de la nuit la fit frissonner et elle resserra contre elle les pans de son châle. L'esprit en proie à mille tourments, elle songea à L'Œil. Qui était ce type qui la faisait danser tel un pantin ? Comment avait-il réussi à mettre la main sur le journal d'Alicia ?

Le lui avait-elle confié ? Absurde… On ne confie pas son cahier intime à quelqu'un, ça ne rime à rien. Elle songea alors à la photo de Yohann, celle où sa grosse main s'égarait entre les jambes d'Alicia – mon Dieu, elle n'avait alors que sept ans et demi ! – et se demanda une nouvelle fois comment cette photo avait pu passer du chevet de Yohann à la commode de sa chambre. Anna lui avait assuré qu'elle n'y avait pas touché… Une idée jaillit alors, qui la terrifia. L'Œil était-il entré chez elle ? Était-ce lui qui avait déplacé le cadre ?

Elle sentit une onde glaciale courir le long de son échine. La panique menaçait de s'emparer d'elle. *Non ! Raisonne, Abby !* En dehors de Yohann et elle, seule Anna possédait les clefs du domaine… Bertrand, le jardinier, n'avait de son côté que la clef du cabanon de jardin et celles des garages. Personne n'avait pu pénétrer dans le manoir, elle en fermait chaque soir méticuleusement tous les accès. Parce qu'elle redoutait un cambriolage. Parce qu'elle était souvent seule et qu'elle n'était pas rassurée. Parce qu'elle était une femme et que toutes les femmes agissent comme ça ! Et ces mesures de précaution, elle les prenait chaque soir, bien avant d'être ivre…

Anna était-elle mêlée de près ou de loin à cette histoire ? Yohann avait recruté cette jeune pimbêche qui ne lui inspirait aucune confiance. Elle sillonnait le manoir, le pool-house et le cottage à sa guise. Elle avait hérité du trousseau de Marthe et avait accès à tout… Sans compter que son travail l'autorisait à être n'importe où à n'importe quel moment. Dans la chambre de Yohann. Dans sa propre chambre. Cette sale gamine pouvait bien dire ce qu'elle voulait, elle était la seule à avoir pu déplacer ce fichu cadre !

Ou toi, et tu ne t'en souviens pas... Abby secoua la tête de dépit. Avait-elle elle-même, emportée par sa beuverie, pénétré dans la chambre de son mari et pris cette photo ? Un trou noir lui tenait lieu de mémoire, à cause de la bouteille de Dalmore... Elle ne se souvenait même pas de s'être mise au lit... Une vague de culpabilité remua en elle. Elle avait beau dire, elle ne pouvait accuser Anna sans être certaine de n'avoir pas elle-même déplacé la photo. Or la reprise récente d'alcool combinée aux antidépresseurs constituait un cocktail des plus détonants, elle ne le savait que trop. À peine cette idée lui effleura-t-elle l'esprit que les images refirent surface. *Non, ne pense pas à ça !* Mais c'était trop tard, et Abby revit en un instant la chambre aseptisée que la lumière arrosait à travers les voilages blancs.

Elle cligne des yeux. La lumière abonde et la gêne. Le voile cotonneux qui la sépare du réel s'effiloche, se déchire et s'ouvre brutalement. Et la voilà, qui remonte d'un coup à la surface, sans préavis, sans palier. Elle balbutie mais une atroce douleur dans la gorge coupe son élan. Où est-elle ? Que se passe-t-il ? Pourquoi tout ce blanc ?

— Elle se réveille ! Abby, tu m'entends ? Allez, ouvre les yeux ! Tout va bien maintenant !

Elle connaît cette voix qui lui parvient dans une tonalité brumeuse. Cette voix familière et pourtant déplaisante. Une détresse sans contour s'empare d'elle. C'est Yohann. Il est penché sur elle. Elle sent son souffle contre sa joue. Elle voudrait lui hurler de la laisser tranquille, mais les borborygmes qui sortent de sa gorge produisent l'effet inverse.

— Abby, reste calme ! Chuuuut !... Calme-toi, je suis là. Tout va bien maintenant, tu m'entends ? Tout va bien.

La torpeur qui rendait les choses supportables se dissipe. Abby voit les filaments de son engourdissement se désagréger telles des volutes de fumée.

— Je suis là, Abby, je suis là... Et les petits aussi, hein ! Alicia et Ethan sont juste à côté, dans le couloir, avec Byron...

C'est l'angoisse désormais qui amorce son étreinte, comme une mâchoire se resserrant cran après cran sur la gorge de sa victime.

— Toute la famille est là, près de toi, tu m'entends ?... Tu nous as fait une sacrée peur, tu sais !

Abby cherche à comprendre. Elle ne sait toujours pas ce qui se passe, où elle est, pourquoi son père est à côté – il vit à Cambridge, non ? Il y a toujours vécu – et surtout, pourquoi Yohann lui parle de cette manière compassée qui sonne tellement faux et qui finit de l'accabler. Elle ne se souvient pas !

Un mois entier. Dans la clinique de Yohann. En convalescence. Chaque jour ressemble au précédent. Yohann passe la voir. Lui adresse des sourires encourageants. Prend un ton docte devant ses infirmières. Masque plutôt bien son trouble, donne le change, comme on dit. Mais dans l'intimité du bureau du docteur Le Guen, le masque se fissure et son mari la sonde avec un entêtement et une urgence qui le rendent presque touchant.

Comment pourrait-il faire autrement ? Abby a tenté de se suicider. Et elle ne conserve aucun souvenir du tragique épisode ! Elle ne se souvient de rien. Ni d'avoir descendu un litre de vodka, ni d'avoir ingéré des plaquettes entières de médicaments. C'est Marthe qui l'a trouvée, en milieu de matinée. Affalée sur son lit, inconsciente. L'employée a réagi au quart de tour et lui a sauvé la vie. Les médecins s'accordent à dire qu'à quinze minutes près, c'était fini.

Le problème, c'est qu'Abby a beau chercher dans les méandres de sa mémoire, elle ne se rappelle rien. Trou noir total qu'aucun effort mnésique, qu'aucune des pressantes questions que Yohann lui pose chaque jour depuis quatre semaines ne parviennent à remplir.

Six semaines ont filé. Les médecins ont essayé toutes sortes d'approches, en vain. Abby a même accepté l'hypnose ericksonienne avec le docteur Judith Blase, une consœur de Paris que Yohann a sollicitée. Mais rien n'a refait surface. Ses derniers souvenirs, flous, imprécis, remontent à l'après-midi de la veille du drame. Elle a pris sa voiture pour rouler le long de la côte. Elle ne se sentait pas bien, voulait se changer les idées. Elle est allée jusqu'à Ploumanac'h. S'est garée près de la plage. Puis, d'un pas tranquille, elle a longé la côte de granit rose. Le temps s'est couvert subitement et Abby a fait demi-tour. Il était 16 h 30, il allait pleuvoir et les enfants devaient l'attendre au manoir.

La dernière image qu'elle conserve, c'est celle de la pluie battante lui rinçant les cheveux alors qu'elle se précipite vers sa voiture.

Après, il n'y a rien. Plus rien. Que le vide sidéral jusqu'à son réveil à la clinique où Yohann l'a fait conduire.

À la fin de la septième semaine de convalescence, Abby rentre au manoir. Elle appréhende de retrouver ses enfants, de devoir s'occuper d'eux, de devoir les aimer, mais elle est bien décidée à faire face... Byron, son père, est reparti à Cambridge, rassuré par l'attitude exemplaire de Yohann et certain que sa fille effacera rapidement les stigmates de cette dépression post-partum, car il s'agit bien de cela, n'est-ce pas ?

∗∗∗∗∗

Dans la touffeur de la nuit qui l'enveloppait, le hululement d'une chouette déchira le silence et sortit Abby de ses douloureux souvenirs. Le cœur au bord des lèvres, elle se remit en route vers le manoir, d'un pas pressé, lovée dans son châle. Elle avait pleinement conscience de la gravité de son passage à l'acte. Alicia avait un an et demi, Ethan six mois. Aujourd'hui encore, Abby ressentait une honte et une culpabilité terribles en repensant à cette sombre période de sa vie durant laquelle un mal indescriptible s'était emparé d'elle. Elle se souvenait de cet état fébrile, instable, qui lui faisait douter de tout, et en premier lieu d'elle-même. Elle se souvenait de ces nuits sans sommeil, de son sentiment de vide, de ses montées subites de larmes, des médicaments qu'elle avait commencé à prendre pour combattre l'inexistence. Elle se souvenait de ses craintes qui la martelaient : elle ne serait jamais une bonne mère pour son fils, de la même manière qu'elle ne l'était pas pour Alicia. Elle savait que son fils, en quittant son ventre, avait déjà quitté sa vie et son amour, qu'il idolâtrerait son père à l'instar de sa sœur, et qu'il n'y aurait aucune place pour elle dans cette famille-là... sa propre famille. Une période sinistre, où chaque journée s'apparentait à un calvaire alors que ses deux enfants se tenaient tout près d'elle et qu'elle aurait dû en ressentir une joie immense...

Trente-quatre ans s'étaient écoulés depuis cette funeste tentative de suicide. Et Abby n'avait jamais recouvré la mémoire. Elle avait appris à vivre avec ce vide en elle, avec cette absence de plusieurs heures. Elle savait donc qu'il était possible de ne pas se rappeler. Qu'il lui était possible, à elle, de faire des choses graves – essayer de mourir, par exemple ! – sans en garder le moindre souvenir.

Abby sentit monter le découragement. Elle pouvait bien accuser Anna d'avoir déplacé cette photo de la chambre de Yohann, mais elle n'en aurait jamais la certitude. Pour la simple et bonne raison que le cocktail de molécules et d'alcool qu'elle avait pris la veille avait effacé ses souvenirs. Une fois encore.

L'Œil, 13 jours avant
le meurtre de Yohann Le Guen

L'avantage d'avoir repris mes quartiers dans cette maudite baraque, c'est que je peux de nouveau sillonner à mon gré le manoir, son bois, et surveiller tout ce qui s'y passe, comme lorsque j'étais adolescent. Mes incursions secrètes m'ont – entre autres – permis de récupérer le cahier rouge d'Alicia au cottage. C'était il y a un an.

Je reviens de Perros-Guirec où j'ai vu Manon et Ethan. Je fulmine. Je suis ivre d'une rage froide. Je m'attaque à cette satanée grange que je vide avec une énergie qui impressionne ma mère. Au fond, je rumine mon désir de vengeance, j'essaie de voir par quel bout commencer. Pour Manon, je sais précisément comment m'y prendre pour la faire payer. C'est plutôt simple, au final... Mais pour le père Le Guen, c'est une autre paire de manches... Je commence à entrevoir qu'il me sera difficile de faire la preuve de ses agissements le fameux soir du 27 juin 1999. Tout au moins, sans avancer à découvert. Parce que, bien sûr, je pourrais aller trouver la police et témoigner de ce que j'ai vu. Mais cela signifierait que j'accepte de jeter l'opprobre sur mon défunt père. Sans parler de la tragédie que je ferais alors vivre à ma mère ! Je chasse l'idée aussitôt qu'elle se présente... Il est hors de question que mon nom soit sali, que je sois mis en cause d'une manière ou d'une autre. Le clan Le Guen doit payer sans la moindre retombée pour ma famille... Reste la missive anonyme. Rien ne m'empêche de menacer le père Le Guen, voire de le faire chanter... Mais l'argent n'est pas ma motivation première et ce scénario présente trop de failles. L'homme n'est pas du genre à s'en laisser compter et je pressens qu'une lettre de chantage ne provoquera pas le tsunami que je souhaite. Or, ce que je veux, c'est détruire les Le Guen comme ils ont détruit ma vie et celle de mon père... Et soudain, alors que je hisse un vieux matelas dans la remorque, l'idée s'impose comme une évidence. Je me fige et je réfléchis. Les premiers contours d'un plan se dessinent. Après tout, peu importe la raison pour laquelle Le Guen tombera ! Ce qui compte, c'est qu'il tombe et qu'il entraîne les siens dans sa chute !

C'est tellement excitant que je sens mes jambes faiblir. Bon sang, avec un peu de veine, je tiens la clef de ma vengeance ! Il me faut alors dompter l'irrépressible élan de laisser immédiatement la grange en plan pour filer à travers bois jusqu'au cottage. Je redoute par-dessus tout que le cahier rouge ait disparu. Qu'à la faveur d'un séjour en France, Alicia l'ait finalement récupéré ou s'en soit débarrassé. Je brûle d'envie d'aller vérifier sur-le-champ. Mais je ne peux pas *disparaître, avec ma mère à quelques pas de là, qui arrache les mauvaises herbes en bordure du potager. Finalement, il me faut patienter plusieurs heures, achever ma besogne, porter les encombrants à la déchetterie, puis souper avec la vieille devant le JT de TF1... Et durant tout ce temps qui n'en finit pas de passer, je bous intérieurement de ne pouvoir agir de suite, de devoir contenir la frénésie qui s'est emparée de moi. Car mon scénario prend corps, un scénario aussi perfide que l'âme du père Le Guen. Mais il ne sera possible que si je peux remettre la main sur le cahier rouge d'Alicia... À 21 h 15, l'infâme coucou suisse sort de nouveau de sa niche de bois en poussant son cri strident. Je n'y tiens plus. La vieille s'est installée dans son fauteuil élimé, près de la télé. Elle reprise une jupe sans âge devant un feuilleton absurde. Le son est trop fort. Et la vision même de ma mère rabougrie dans son châle, abrutie par ce défilé d'images absconses, renforce encore mon ardeur de revanche. Je prétexte une petite promenade à la fraîche et je passe la porte. Je traverse le potager, me glisse derrière un bosquet et, certain de n'être pas vu, je soulève le grillage à l'endroit exact où je l'ai découpé des années plus tôt.*

Rapidement, je retrouve mes marques. Une lune claire et haute arrose la terre. J'ai tant et tant frayé dans cette forêt, sillonné ce domaine, hanté ses bois que j'en connais tous les recoins. Et les années qui ont passé n'ont guère modifié la topographie. Le nouvel ouvrier a entretenu les sentiers tracés par mon père et je parviens en quelques minutes aux abords du cottage. Plus loin, à deux cents mètres environ, le manoir dresse fièrement sa vieille carcasse de pierres au-dessus de la frondaison des arbres. Une des ailes est éclairée, les autres baignent dans l'obscurité. Je sors mon trousseau de clefs, celui-là même que j'ai dérobé à ma mère à l'âge de douze ans, et je m'approche du cottage à pas de loup. J'introduis la clef en priant intérieurement pour que la serrure n'ait pas été changée, mais ce n'est pas le cas et la porte s'ouvre. Je suis saisi par la fragrance légère qui plane encore ici, une sorte de mélange chic de mandarine et de cuir qui a traversé les âges. Je n'allume pas, je connais les lieux. J'y suis allé bien des fois, adolescent, pour lire le cahier rouge d'Alicia en son absence. J'y ai découvert son calvaire secret, son combat intime, acharné autant que vain, contre un amour incestueux invincible. Au final, son départ pour l'Angleterre n'aura pas été un choix mais une nécessité...

J'entre dans la chambre. Rien n'a changé. Les objets sont à leur place. Je tire le rideau et la lumière de la lune pénètre par la large fenêtre de la pièce. J'écarte le lit du mur et je m'accroupis. Je me souviens qu'il m'a fallu des mois pour trouver cette cachette. Alicia comptait bien que son secret demeure intact. Je me rappelle parfaitement que lorsque j'ai enfin découvert cet emplacement, j'ai ressenti quelque chose d'ambivalent : la joie du vainqueur mêlée à l'idée du sacrilège. Je savais que je profanais le temple d'Alicia. Je l'avais observée maintes fois en train de coucher sur ce cahier des pages entières de mots que je brûlais de découvrir. Parce qu'il y avait dans son élan d'écriture quelque chose de terriblement urgent, une impulsion animale et douloureuse. Puis lorsque, épuisée, elle refermait son cahier, je la voyais disparaître dans sa chambre, tirer les rideaux et se dérober à mon regard. Il aura fallu que je me tienne tout près de la fenêtre, un soir, pour entendre les pieds du lit riper contre le parquet. À ce moment-là, j'ai compris que j'étais presque au bout de ma quête. Que j'allais rapidement trouver la cache. Et enfin savoir... De fait, je suis parvenu à mes fins deux semaines plus tard. Après quatre fouilles assidues autour du lit. Il aura fallu que j'explore chaque centimètre carré de ce satané mur pour comprendre la manœuvre. Par je ne sais quel tour de force, Alicia avait descellé une des pierres et réussi à la tailler. De sorte qu'il n'en restait qu'une façade épaisse qu'elle sortait et replaçait dans sa loge. Le cahier rouge, lui, sommeillait derrière le leurre... Est-il encore là aujourd'hui ? Il le faut ! Fébrilement, je compte dix pierres de haut et six de côté en partant de la gauche du lit. Du bout des doigts, je parviens à attraper une aspérité. Le temps a coulé et il n'est pas aisé de la faire jouer mais j'y parviens. J'enfonce ma main dans la cache et je sens le contact du cahier contre mes doigts. Mon cœur fait un bond ! Ça y est, je la tiens, ma chance ! Le clan Le Guen va s'effondrer...

Je souris. Je sais que sur ce coup-là, j'ai eu de la chance. Le cahier rouge dormait sagement dans sa prison de pierre depuis seize ans ! Une idée me traverse l'esprit : ce cahier rouge m'attendait, ma vengeance m'attendait... Satisfait, je m'allonge et j'expire bruyamment. Désormais, je ne suis plus ce simple observateur passif que j'étais. Je suis celui qui sait et qui agit.

Je repense à cette photo que j'ai découverte sur le chevet de Yohann Le Guen. J'avais tout mon temps, Abby était partie ouvrir sa galerie de Ploumanac'h et la nouvelle bonniche avait pris la voiture pour aller faire les courses. Allongé sur le lit du maître des lieux, les yeux rivés sur les moulures du plafond, je m'imaginais chez moi. Je goûtais au confort du lit extralarge, au moelleux de la literie, à la douceur sous mes doigts des draps tout propres. Ça me plaisait. J'aurais dû avoir cette vie... Au bout d'un long quart d'heure, j'ai fini par me lever. Et j'ai vu la photo, là, juste sous mes yeux. Un vieux cliché carré en noir et blanc, qui respirait la joie de vivre et qui m'a fait grincer des dents. Je l'ai saisi, ai fixé le jeune père Le Guen et c'est en observant avec dégoût sa pose décontractée – la pose de celui à qui tout réussissait déjà – que j'ai repéré l'élan de sa main. Juste sous mes yeux ! Oui, Yohann Le Guen, dans un mouvement tellement naturel qu'il en était presque invisible, égarait sa main dans l'entrejambe d'Alicia ! Cette découverte était tellement inattendue qu'un petit rire ébahi m'a échappé. Ça alors, c'était plus que je n'en espérais ! Je me suis immédiatement emparé du cliché et j'ai filé dans la chambre d'Abby. Le père Le Guen venait de me faire un joli cadeau, je n'allais pas laisser passer cette opportunité de placer sous les yeux de la mère de famille le geste déplacé du père envers sa fille... sa toute jeune fille ! Dans la chambre d'Abby, j'ai mis un long moment à choisir le nouvel emplacement de la photo. Je voulais qu'elle tombe dessus sans pouvoir être certaine que quelqu'un l'avait placée là sciemment.

Abby doit continuer d'ignorer que je peux entrer chez elle. Parce qu'il est important que je puisse épier le manoir en toute impunité. Si elle pense que L'Œil se promène chez elle, elle paniquera et aura tôt fait de changer les serrures ou de placer des caméras... Non, non, non... Je veux qu'Abby me craigne, certes, mais je ne dois pas devenir sa cible. Sa cible, ce doit être son mari, cet homme qu'elle a cessé d'aimer il y a fort longtemps mais contre lequel elle n'a jamais osé se dresser. Parce que, avant que je ne me mêle de leurs petites histoires de famille, son époux lui était toujours apparu comme un homme intouchable, infiniment supérieur... irréprochable. Un sourire amer étire ma bouche. Ma pauvre Abby ! Tu n'as jamais soupçonné la noirceur d'âme de l'homme avec lequel tu partages ta vie. Si seulement tu avais été là ce soir-là, tu aurais compris. Tu aurais compris et le masque de ce mari et de ce père si parfait serait à jamais tombé...

De là où je me tiens, j'aperçois mon père. Le bonhomme a comme une hésitation. Malgré les paroles de Le Guen sur mon avenir auquel il pourrait bien donner un coup de pouce... Parce que ce qui pend au bout de sa grosse main épaisse est en vie. Même moi, je m'en rends compte. Dans le sac, ça bouge un peu. Les échos de la musique du DJ qui met l'ambiance plus bas, au niveau de la piscine, forment une chape sonore persistante, mais je ne crois pas me tromper en percevant une sorte de lamentation stridente. Je voudrais hurler à mon père de ne pas se faire rouler ! C'est un marché de dupes, papa, voyons ! Réfléchis ! Mais la peur et l'horreur me pétrifient. Je suis incapable du moindre cri, du moindre mouvement. Et j'assiste impuissant au demi-tour du vieux. Passé l'instant où il s'est figé, il semble désormais décidé, à en croire ses pas rapides et lourds vers l'entrée de service à une centaine de mètres. Il va donc obéir ! me dis-je. Et je sens au fond de moi comme une sorte d'ahurissement mêlé de honte. Puis je comprends : mon père s'exécute parce qu'il ne peut pas faire autrement. Ce ne sont pas les maigres profits de la ferme qui font bouillir la marmite. Non, ce sont les salaires versés par les Le Guen. Et je songe qu'en embauchant à la fois mon père et ma mère, la famille Le Guen les tient sous sa coupe. Mes parents sont de la valetaille moderne : des besogneux qui se soumettent parce qu'ils sont financièrement dépendants. Cette idée me percute avec une telle force que j'en tremble littéralement. Il me faut plusieurs longues minutes et des éclats de voix en provenance du cottage pour sortir de ma torpeur. Je m'extrais péniblement de derrière mon buisson et, encore trop choqué pour réaliser les risques que je cours, je me dirige à pas feutrés vers une des fenêtres de derrière – un de mes points de vue préférés pour observer discrètement Alicia. Il s'agit d'un fenestron carré et haut, placé à l'arrière de la maisonnette et donnant sur le salon. Depuis l'extérieur, le point de vue est rendu accessible par une butte à laquelle s'adosse le cottage. De l'intérieur, il faudrait lever la tête bien haut pour me repérer. J'approche mon visage de la lucarne et ce que je vois, là, sous mes yeux, finit de me terrasser. Parce que sur le canapé, encore tremblante des douleurs de l'enfantement, est allongée cette fille qui m'a tant fait rêver. Malgré ses traits marqués, sa peau marbrée de rouge, ses yeux injectés de sang, je la remets immédiatement. Et comme j'ai peine encore à assimiler l'horreur de la situation, j'aperçois Le Guen qui s'approche de sa fille pour lui parler, les mains encore pleines d'un sang qui semble ne pas le tacher... Qui pourrait imaginer à cet instant, que l'homme qui se tient là, aussi placide et imperturbable qu'un bloc de granit, vient tout simplement de se débarrasser d'une engeance non désirée, dont la seule existence aurait suffi à ébranler le clan Le Guen jusque dans ses fondations ?

Éloïse et Manon, le lendemain du meurtre de Yohann Le Guen

Le soleil était déjà haut quand Éloïse s'arracha au refuge d'un sommeil abruti par les barbituriques. Après son cauchemar, la gendarme avait avalé deux gélules de plus pour que ne ressurgissent ni angoisses, ni souvenirs. L'esprit encore légèrement brumeux, elle enfila un tee-shirt et un jean et remonta le couloir jusqu'au salon. La baie vitrée était grande ouverte et laissait entrer la chaleur : ce temps rompait totalement avec la journée globalement venteuse et morose de la veille. Un calme étrange régnait alors que mijotait déjà sur la gazinière une marmite aux effluves appétissants. Éloïse souleva le couvercle et découvrit une piperade que Manon avait dû préparer le matin. Elle huma l'odeur des légumes du Sud et se surprit à sourire avec tendresse. Leur mère, Catalane émigrée en Bretagne après son mariage avec leur père, leur proposait très souvent ce genre de plats le dimanche midi. Parmi les favoris de la famille, la piperade accompagnée d'un riz blanc et d'un simple œuf au plat.

Éloïse reposa le couvercle et se servit un long café noir que Manon avait laissé au chaud, cafetière allumée. Puis elle se dirigea vers la terrasse, une cigarette à la bouche. À peine était-elle sortie que des glapissements lui parvinrent depuis la forêt qui bordait le jardin. Éloïse tourna la tête et repéra Manon en maillot de bain, coiffée d'un chapeau de paille, qui lisait un magazine, allongée sur un transat à l'orée du bois. Maxence et Julie devaient s'amuser sous les arbres, non loin, car les échos de leurs jeux atteignaient la terrasse. Avec la lumière du jour, la forêt lui parut bien moins hostile que lors de sa poursuite de la veille. Pourtant, la vision du visage éclairé en contre-plongée sous sa capuche lui avait bel et bien paru dangereuse, tout comme l'avertissement chuchoté : « Dégage, sinon... »

Éloïse s'installa sur une chaise de jardin et chassa les images menaçantes. Tout en savourant tranquillement son café et sa cigarette, elle laissa son esprit vagabonder. Et immanquablement, elle songea à Jean-Marc. Il hantait chaque seconde de son temps libre... Elle redessina mentalement les contours longilignes et musculeux de sa silhouette – l'image de son compagnon nu comme un ver sous la douche surgit dans un flash – et revit son sourire tendre quand il venait la réveiller le matin. À ces agréables réminiscences, se juxtaposèrent rapidement les images de leur dernière opération, celle qui lui avait coûté la vie... par sa faute à elle... Perdue dans sa rêverie, elle sursauta quand Manon, drapée dans un paréo, surgit tout près d'elle :

— Salut, Élo ! Comment s'est terminée ta nuit ?

Désorientée par cette irruption, la gendarme prit sur elle pour ne pas envoyer paître sa sœur et parvint à s'en tenir à un silence courtois.

— Qu'est-ce qui se passe, sœurette ? Ça ne va pas ?

Manon avait dit cela d'un ton presque étonné, et ce fut la goutte de trop pour Éloïse.

— Quelle idée, bien sûr que ça va ! Ce n'est pas comme si j'avais été poursuivie hier soir par un sale type et que j'avais enterré l'homme de ma vie il y a un mois !

Manon tressaillit, se figea, comme cherchant ses mots. Ses yeux papillonnèrent, puis elle finit par franchir la baie vitrée, ne trouvant visiblement rien d'approprié à répondre. Quelques secondes silencieuses passèrent et la gendarme s'en voulut pour ses manières abruptes. Après tout, en quoi Manon était-elle responsable ? Elle en était à se demander comment renouer le dialogue quand le son de la télévision lui parvint de l'intérieur. Elle prit alors conscience qu'il était déjà 13 heures car le *jingle* du JT se fit entendre. Bon sang, elle avait dormi comme une masse !

Elle but la dernière gorgée de son café froid et rejoignit sa sœur à l'intérieur tandis que le déferlement des gros titres déboulait en fond sonore.

— Tu veux que je mette la table ? demanda-t-elle tandis que Manon s'affairait derrière les fourneaux.

— Oui, merci !

Si sa sœur avait été vexée de sa réplique acide quelques minutes plus tôt, elle n'en montrait rien. Éloïse ouvrit le vaisselier et se figea net, assiettes dans les mains, dès que les mots de la speakerine se frayèrent un chemin dans son esprit.

« ... retour sur le terrible homicide commis à Perros-Guirec. Abby Le Guen, épouse de Yohann Le Guen, a été arrêtée hier en fin de matinée à son domicile. Selon les premières constatations sur place, le corps de Yohann Le Guen a été retrouvé dans son lit au deuxième étage du manoir que le couple habitait depuis trente-cinq ans. La mort aurait été provoquée par un coup de fusil tiré à bout portant à l'arrière du crâne. Yohann Le Guen, neurologue et neuropsychiatre reconnu, dirigeait une clinique de renom située à Perros-Guirec, établissement de pointe dans le sevrage des addictions. Parallèlement, l'homme avait créé et dirigeait depuis 1980 le laboratoire de recherches Biolab spécialisé dans les neurosciences. Les avancées notables de Biolab dans le traitement chimique des syndromes de chocs post-traumatiques lui avaient valu dès 1989 une collaboration étroite avec l'armée pour la prise en charge des soldats envoyés au front. À Perros-Guirec aujourd'hui, la consternation est totale. Collègues et employés se disent atterrés et déplorent unanimement la perte d'un grand homme qui faisait pour tous figure d'exemple et de réussite... »

Éloïse, ébahie, tourna légèrement la tête vers sa sœur qui venait de la rejoindre.

— C'est avec le fils Le...

— Oui ! Ethan, la coupa Manon, les yeux ahuris fixés sur l'écran. C'est dingue, cette histoire !

Éloïse et Manon prirent place côte à côte sur le canapé. La télévision montrait désormais un reporter qui commentait l'état de surprise général face à cet homicide sordide et inattendu. L'homme, planté devant l'entrée de la clinique de Perros-Guirec, balançait des formules remplies de superlatifs. En substance, ce qu'il énonçait était simple : nul ne s'expliquait ce geste irréparable. La prévenue, Abby Le Guen, était à l'heure actuelle interrogée par les policiers chargés de l'enquête et sa déposition mettrait peut-être au jour de nouveaux éléments. Drame familial ? Vengeance ? Folie passagère ?... Les enquêteurs n'excluaient aucune piste. Les heures à venir seraient donc déterminantes pour faire la lumière sur un fait divers retentissant qui ébranlait toute la région. Les deux enfants du couple, Alicia et Ethan Le Guen, avaient interrompu un séjour à Bali pour revenir en urgence. (Une séquence courte et légèrement floue montrait la sœur ainsi que son frère tenant le bras à une jeune femme d'origine asiatique, tous trois marchant à pas rapides dans ce qui semblait être un hall d'aéroport, Alicia levait la main devant son visage en apercevant la caméra.) Pour l'heure, les deux enfants s'étaient refusés à toute déclaration. Suivait le témoignage d'un dénommé Arnaud Lombard, principal collaborateur de Le Guen au sein de Biolab. Le neuropsychiatre se disait bouleversé par la mort d'un confrère et ami et tenait à rendre hommage à l'homme dont la pugnacité, l'esprit aiguisé et visionnaire avaient révolutionné le monde de la recherche en neurosciences. Le reportage s'achevait sur un balayage depuis un hélicoptère du manoir des Le Guen, impressionnante bâtisse de pierre, nichée en surplomb de l'océan le long de la côte et entourée d'hectares de forêt.

Manon et Éloïse échangèrent un regard interloqué. La gendarme se fit la réflexion qu'il était fort étrange pour elle d'être du côté du spectateur, de prendre connaissance d'un fait divers concernant une famille qu'elle identifiait bien et de suivre une enquête au travers du petit écran…

*

Après le déjeuner pris sur la terrasse, Maxence et Julie allèrent jouer au ballon dans le jardin. À table, les deux sœurs avaient soigneusement évité le sujet de conversation qui leur brûlait pourtant les lèvres : le meurtre de Yohann Le Guen. Aussi profitèrent-elles de ce que les enfants s'amusaient pour revenir sur le fait divers.

— Et dire que j'ai revu Ethan il y a un an à peine ! Tu te rends compte ?

— Tu l'as revu ? s'étonna Éloïse.

— Mmm… on s'est croisés par hasard… Qu'est-ce que j'ai pu aimer ce garçon ! Je n'avais vraiment pas les yeux en face des trous, ajouta Manon, songeuse. C'était un vrai égoïste…

Immédiatement, les images du passé ressurgirent dans la tête d'Éloïse. Le nom d'Ethan Le Guen était associé à un épisode – un énième – peu glorieux de l'adolescence de Manon. Celle-ci, après s'être fait renvoyer du lycée public pour absences et manquements répétés à la discipline, avait intégré en milieu d'année de première le seul établissement susceptible de l'accueillir au regard de son pedigree, le lycée privé Saint-Just de Perros-Guirec. Ses parents avaient dû se serrer la ceinture pour s'acquitter du prix exorbitant de la scolarité et c'est dans cet établissement d'élèves de bonne famille que Manon avait rencontré Ethan. Très jolie jeune fille obnubilée par les garçons, Manon s'était totalement entichée du jeune Le Guen et avait entamé une relation avec lui l'été qui avait précédé la rentrée en terminale. Et comme c'était souvent le cas avec Manon, le béguin s'était transformé en passion amoureuse fougueuse et ravageuse qui l'avait une nouvelle fois conduite à un passage à l'acte : depuis ses treize ans, elle multipliait les fugues… À force de lui courir après, leur père avait écumé le département en long, en large et en travers, il en connaissait tous les recoins et savait par cœur la liste des adresses où sa fille pouvait se terrer et celle des individus – plus ou moins recommandables – qui pouvaient le renseigner. Squats, lieux alternatifs, apparts, boîtes, bars à la mode des Côtes-d'Armor n'avaient plus aucun secret pour lui. En moins de douze heures, on le voyait réapparaître accompagné d'une Manon furieuse qui ne s'apaisait qu'à l'issue d'éprouvants épisodes de colère où se mêlaient pleurs, cris, chantage au suicide, claquements de portes et menaces…

Pas cette fois-là. Éloïse se rappelait parfaitement l'angoisse de sa mère quand son père était rentré bredouille de ses recherches. C'était un vendredi de début octobre, quelques semaines seulement après la rentrée des classes. Jean Bouquet avait battu la campagne toute la journée. Le soir venu, il était rentré seul. Avaient suivi une déclaration de fugue chez les flics et une attente interminable qui s'était soldée par un appel inattendu du commissariat de Lannion, le lendemain en début d'après-midi : Manon venait d'être récupérée par la police anglaise suite au signalement d'Alicia Le Guen. La grande sœur d'Ethan, chez qui ce dernier vivait, avait déclaré avoir découvert l'intruse au petit matin. Manon étant mineure, Alicia avait préféré éviter tout ennui en passant un coup de fil à la police.

Après le retour de Manon au domicile familial, Éloïse avait vaguement compris l'affaire. Ethan Le Guen avait quitté le lycée de Saint-Just pour suivre sa terminale dans un établissement français à Londres. Ambitieux et excellent élève, il souhaitait perfectionner son anglais pour intégrer une grande université anglaise après le bac. Incapable de supporter l'éloignement du garçon dont elle était follement amoureuse, Manon était tout bonnement partie le rejoindre et ce n'était pas la Manche qui l'en avait empêchée…

Ce nouvel écart de Manon avait plongé dans l'effroi toute la famille Bouquet. Pourtant, nul ne se doutait alors qu'un épisode de fugue bien plus grave allait se produire quelques mois après…

Éloïse s'extirpa de ses souvenirs. « Tu vas enfin payer, chère Manon »… Difficile d'imaginer qu'Ethan Le Guen ait quelque chose à voir dans la persécution dont Manon faisait l'objet aujourd'hui… Pour autant, la gendarme s'obligea à poser les questions d'usage :

— Ça s'est passé comment vos… retrouvailles ?

— Oh… c'était début juillet, l'an dernier. On avait emménagé quelques jours plus tôt. J'avais déposé Max et Julie au centre aéré et, de mon côté, j'étais allée faire des achats à Lannion. Je suis tombée nez à nez avec lui en sortant d'une boutique. Il était pressé, il avait un rendez-vous. On a échangé quelques mots rapidement. Il vit à Londres et il profitait d'une semaine de vacances chez ses parents au manoir avec sa femme May. Comme nous n'avions pas le temps de discuter, il m'a proposé qu'on se retrouve pour boire un verre à Perros. J'ai accepté.

— Donc, tu l'as revu une seconde fois ?

— Mmm… deux jours plus tard, on a bu un verre et discuté une petite heure.

Éloïse se demanda si elle aurait accepté, elle, de retrouver un ex des bancs du lycée pour aller papoter du bon vieux temps, mais elle préféra s'abstenir de tout commentaire. Si elle souhaitait faire parler Manon, mieux valait y aller doucement.

— Et alors ?

Sa sœur baissa les yeux vers la table et fronça les sourcils, comme cherchant la bonne formulation, puis se redressa et répondit d'une voix suffisante :

— C'était franchement plat et convenu. On s'est rapidement retrouvés à court de conversation. Tu imagines bien qu'on n'allait pas étaler nos vies sur la table comme si on s'était quittés la veille. Du coup, au bout de trois quarts d'heure, j'ai prétexté un rendez-vous et je suis partie. Honnêtement, il avait l'air aussi soulagé que moi !

Éloïse esquissa un sourire d'incompréhension :

— Mais… en même temps, c'était plutôt prévisible, non ?

— Je n'ai jamais dit le contraire.

— Alors pourquoi avoir accepté cette rencontre ?

— Pourquoi l'aurais-je refusée ?

— Parce que, tu l'as dit toi-même, ça s'annonçait chiant à mourir !

— Je n'ai certainement pas dit ça, très chère sœur. J'ai dit « plat et convenu » et non « chiant à mourir ».

Éloïse souffla bruyamment en fusillant Manon des yeux. Mais cette dernière demeura stoïque.

— Manon, de grâce, arrête avec tes joutes verbales ! Dis-moi plutôt ce qui t'a incitée à accepter ce rencard alors que tu te doutais qu'il serait *plat et convenu*.

Manon se cala contre le dossier de sa chaise, croisa lentement les bras devant elle et inclina légèrement la tête sur le côté :

— OK, Élo, puisque tu as besoin d'un dessin... Je suppose que, comme toute adolescente ayant vécu l'affront d'une rupture expéditive et, disons-le, pas très propre de la part d'un garçon follement aimé, j'avais envie de lui montrer que tout allait très bien pour moi aujourd'hui... Ça te va ?

La gendarme demeura interdite durant deux ou trois secondes. Elle n'aurait jamais imaginé que Manon – si irrésistible et au-dessus de tout le monde – puisse être traversée par ce type de considérations.

— Et pour mettre les dernières touches au dessin en question, sache que je me suis fait un malin plaisir de repousser une par une chacune de ses pitoyables assiduités.

— OK ! Donc je traduis : tu lui fais des yeux de biche en tombant sur lui à Lannion. Il te file un rencard, croyant qu'il y a une ouverture. Tu acceptes le rendez-vous. Et le jour J, tu prends tes airs de Sainte Madone effarouchée ! C'est ça ?

— Ça manque d'élégance, dit comme ça, mais c'est exactement ça, oui !

Éloïse et Manon échangèrent spontanément un regard complice et pouffèrent. Le dernier moment de vraie connivence qui avait uni les deux sœurs devait remonter à la nuit des temps et Éloïse sentit son cœur s'emplir de joie.

— Donc ce garçon n'a pas été réglo avec toi, à l'époque ?

— C'est le moins qu'on puisse dire ! J'ai appris qu'il était parti à Londres au moment de la rentrée de septembre. On venait de passer les trois quarts de l'été ensemble, tu te rends compte !

— Il ne savait peut-être pas comment t'annoncer son départ, proposa Éloïse.

— Non... rien à voir, hélas pour moi... Il n'était tout simplement pas amoureux. Ethan tombait toutes les filles qu'il voulait en un claquement de doigts !

— Mais alors, quand tu as débarqué à Londres, il n'était pas au courant ?

— Je voulais « lui faire la surprise », énonça Manon en mimant les guillemets. Tu aurais vu sa tête quand j'ai sonné à la porte ! Moi, je venais de craquer toutes mes maigres économies pour le rejoindre, et lui se tenait là, devant moi, les bras ballants, la mine déconfite et l'air fuyant. La caricature du mec embarrassé... Le pire, c'est que j'ai réussi à lui trouver des excuses !

— Et du coup, ça s'est fini comment ?

— Sa sœur est rentrée peu de temps après mon arrivée. Vu l'atmosphère légèrement électrique, Alicia est allée au pub du coin et nous a laissés, Ethan et moi. On a discuté, picolé un peu et puis, on a passé la nuit ensemble. Le lendemain matin, il y avait les flics anglais devant la porte. Ils m'ont embarquée au poste et j'ai donc supposé qu'Alicia les avait prévenus.

— Je vois... et après cet épisode, tu n'as plus eu de nouvelles d'Ethan ?

— Oh, pire que ça ! Non seulement il ne m'a pas appelée une seule fois, mais en plus, j'ai su après les vacances de Noël qu'Ethan était revenu à Perros-Guirec pour célébrer les fêtes en famille ! Tu crois qu'il m'aurait fait signe ? Il a passé quinze jours au bercail et il est reparti à Londres sans même un coup de fil !

— Certes... Mais quand on y pense, les vacances de Noël, c'est loin d'être le meilleur moment pour...

— Taratata ! Tu sais comment j'ai su qu'il était rentré pour les fêtes ? (Éloïse secoua la tête, amusée.) À la reprise des cours en janvier, par des copains et copines du lycée Saint-Just qui avaient passé le réveillon du premier de l'an au manoir avec lui... Une super fête, s'est-on empressé de me dire !

— Ouch, ça, ça fait mal !

Manon approuva en hochant la tête avant de conclure :

— En conséquence de quoi, j'estime que mon petit revers, l'an dernier, constitue une riposte plus que proportionnée à l'attaque subie, n'est-ce pas, madame la gendarme ?

Éloïse se retint de sourire au trait d'esprit de sa sœur. Ses réflexes professionnels venaient de reprendre le dessus et elle formula à voix haute sa pensée :

— Reste à savoir ce que lui-même pense de ton affront. Réfléchis bien. Ethan pourrait-il être mêlé à ce qui t'arrive ?

Manon regarda sa sœur, complètement sidérée.

— Éloïse, tu n'es pas sérieuse ? Ethan est certes un beau spécimen d'égocentrisme, mais de là à me persécuter pour un revers qui remonte à un an, non...

ça ne tient pas la route... Sans compter qu'il vit à Londres, et que je vois mal comment il pourrait agir !

Éloïse acquiesça de la tête. Cette hypothèse était effectivement scabreuse. Songeuse, la gendarme alluma une cigarette : le mystère restait donc entier quant au persécuteur de Manon...

Abby Le Guen,
12 jours avant le meurtre de son mari

En proie à une terrible envie de boire, Abby avait enfilé ses baskets et sillonnait la campagne. Le grand air l'aiderait sûrement à combattre ses démons… Seize jours. Seize jours sans aucune toile. Les couleurs et les formes se refusaient à elle. Abby avait le sentiment de devenir folle. Tout lui échappait. Elle se réveillait chaque nuit, le souffle court, en sueur. Les images de ses cauchemars mêlaient étrangement la chambre blanche de la clinique, la vision d'une route derrière un pare-brise martelé par une pluie battante et l'obscénité de scènes érotiques entre Alicia et Yohann. Un magma anarchique de visions superposant des bribes de souvenirs et des angoisses, les angoisses que L'Œil avait fait naître… Et maintenant, à cette confusion émotionnelle, s'ajoutaient les reproches cinglants de la veille au soir, lorsque Yohann avait fait son apparition. Une discussion qui lui laissait un arrière-goût terriblement amer…

Dès qu'il la voit, emmitouflée dans sa robe de chambre alors qu'il est à peine 17 heures, Yohann lui jette un regard méprisant. Abby, déjà éméchée, le toise avec froideur.

— Un problème ? lâche-t-elle en levant un sourcil insolent.

— Tu veux dire en dehors du fait que tu es déjà – ou encore – en robe de chambre à 17 heures ? Ou bien que tu sens l'alcool à plein nez ?

— Alicia va bien ?

Yohann marque un arrêt. Interdit par cette question jaillie de nulle part, il tourne la tête vers son épouse et fronce les sourcils. Abby tente d'interpréter l'expression de son mari – a-t-il saisi l'implicite ? –, mais elle ne détecte rien sinon de la surprise.

— Pourquoi tu me demandes ça ?

— Pour savoir.

— Elle... elle va bien, oui. De ce que j'en sais... Pourquoi, il y a un problème ?

Abby se mord la langue pour ne pas lui balancer le fond de sa pensée. Évidemment qu'il y a un problème ! Un gros problème, même... Ce n'est pas tous les jours qu'une mère découvre qu'un père et sa fille se sont aimés – s'aiment ? – d'un amour spécial, non ?

— Non... C'est juste que je n'ai pas eu de nouvelles depuis un moment.

— Normal, Alicia est à Bali depuis le 8 août. À l'heure qu'il est, Ethan et May ont dû la rejoindre. Tu n'as pas oublié, quand même ?

Abby accuse le coup. Oui, elle l'avait oublié... Obnubilée par les événements qui laminent son existence, elle a totalement occulté ce projet de vacances. Les enfants parlent de Bali depuis qu'ils sont adolescents et n'ont pas pris de vrais congés depuis trois ans pour cumuler plusieurs semaines de disponibilité. May, qui se montre toujours enthousiaste pour tout, s'est naturellement greffée à ce vieux projet de voyage.

— Bon sang, Abby, tu avais vraiment oublié, hein ? s'exclame Yohann, stupéfait.

Puis il s'approche du canapé où sa femme se tient, à moitié étendue. D'instinct, Abby se ramasse sur elle-même. Yohann le remarque-t-il ? En tout cas, il n'en montre rien puisqu'il poursuit sans sourciller :

— Depuis quand as-tu repris... tes travers ?

— Mes travers ! s'esclaffe Abby pour se donner une contenance. Qu'en termes élégants ces choses-là sont dites !

— Très spirituel ! Tu vois très bien de quoi je parle !... Dois-je te rappeler jusqu'où tout cela t'a menée par le passé ?

Yohann s'est levé en durcissant le ton. Il la domine désormais de toute sa hauteur. Ses yeux bleu-gris ont rétréci et Abby devine, entre les fentes de ses paupières plissées, une colère non feinte.

— Figure-toi que je n'arrête pas d'y penser, justement ! Depuis quelques jours, je revois la chambre blanche de la clinique, poursuit-elle devant l'air interloqué de son époux, les longues semaines de convalescence et... et par-dessus tout, je vois le vide sidérant qui me tient lieu de mémoire.

Se trompe-t-elle ou vient-elle de voir son mari tressaillir ?

— *Que veux-tu que je te dise, Abby ? rétorque-t-il en se dirigeant vers le bar. J'ai tout essayé, OK ? J'ai même fait appel à mes meilleurs confrères pour te venir en aide !*

— *Surtout consœurs, le provoque-t-elle presque malgré elle.*

Yohann se fige. Elle distingue l'air sidéré qui s'imprime sur son visage tandis que la bouteille de whisky demeure suspendue au-dessus de son verre. Puis il se rembrunit, lève un visage menaçant vers elle et d'une voix blanche, tout en inclinant légèrement la tête sur le côté, murmure :

— *Que sous-entends-tu par là, Abby ?*

À ce moment précis, elle sait qu'elle entre en zone inconnue. Jamais elle n'a reproché à Yohann son infidélité, c'est un sujet tabou. Chacun tient pour acquis qu'il existe un contrat tacite entre eux. Pourtant, loin de faire marche arrière, elle continue sa provocation :

— *Judith Blase, la psychiatre, tu l'as sautée, n'est-ce pas ?*

— *Abby, tu vas trop loin ! Arrête ça immédia...*

— *Elle avait quoi, dix ans de moins que toi ? s'enhardit-elle. C'était une jolie fille... et intelligente avec ça ! D'ailleurs, je me demandais : il y en a eu d'autres avant ? Est-ce que tu les aimes jeunes, Yohann, beaucoup plus jeunes ?*

Son mari bondit de son poste derrière le bar et s'arrête à quelques mètres du canapé, son verre tremblant entre les mains. Il la fusille du regard, furieux, et la pointe du doigt :

— C'est la guerre que tu cherches, Abby ? C'est ça ? Parce que je te préviens, ma belle (Yohann dit toujours ma belle d'un ton suffisant quand il s'agit de l'écraser), si c'est la guerre que tu veux, tu vas l'avoir !

Abby ramène ses genoux sous son menton. Elle n'est pas de taille, elle le comprend immédiatement. Et la voix qui sort de sa bouche ressemble à celle d'une enfant craintive.

— Je voulais juste essayer de parler de...

Elle pense évidemment au journal d'Alicia, à la menace de L'Œil... mais elle n'achève pas sa phrase. L'idée que son mari ait pu vivre quoi que ce soit de tordu avec Alicia lui apparaît subitement inconcevable.

Yohann connaît ses failles. Il sait sa faiblesse par cœur. Il avale une longue rasade de whisky et, d'un ton professoral et narquois, saisit la perche au vol :

— Parler, tu dis ? Eh bien, soit, parlons ! Tu te souviens de la femme que j'ai épousée ? Figure-toi que, moi, je l'ai presque oubliée ! Cette jeune femme souriante et affable, au charme incroyable, aux yeux rieurs ! Cette jeune étudiante pleine de vie, drôle, pétillante, mutine ! Hein !

Jamais Yohann ne lui a balancé ce genre de choses. Le pire est peut-être le temps qu'il prend à bien choisir ses mots, le ton posé mais plein de malice qui soutient sa diatribe. En l'écoutant, aussi pétrifiée que l'accusé à l'heure du verdict, Abby ne peut s'empêcher de se dire qu'il prend un malin plaisir à la rudoyer.

— C'est terrible à dire, Abby, mais... cette étudiante-là, dont j'étais tombé éperdument amoureux, cette jeune femme extraordinaire, pfuittt, elle a disparu, poursuit-il en ouvrant ses paumes sur le vide. À la place, je me suis retrouvé du jour au lendemain avec... avec une espèce de fantôme calamiteux, traînant sa carcasse comme on traîne un boulet !

— Arrête, Yohann, tu deviens méchant !

— Que je m'arrête ? Mais, ma belle, c'est toi qui voulais parler si je ne m'abuse, non ? C'était quoi déjà ton entrée en matière ? « Judith Blase, tu l'as sautée, n'est-ce pas ? »

— Ce n'est pas réellement ça dont je voulais parler, Yohann ! Je...

— Ah oui, exact ! la coupe-t-il avec morgue. Tu voulais savoir s'il y en avait eu avant elle et si je les aimais jeunes, c'est ça ?

— Non, en réa...

— Tu veux me faire passer pour un salaud, ma belle ? OK, drape-toi donc dans ta toute récente dignité et joue-moi le couplet de la femme bafouée ! Vas-y si ça te chante ! Mais avant, fais-moi plaisir, essaie de te poser cette simple question : as-tu jamais imaginé ce que c'était que de vivre avec toi, Abby ? Hein ? Je veux dire tous les jours, depuis trente-six putains d'années ?... De vivre avec une épouse qui a passé la moitié de son mariage à avaler des pilules en s'enivrant ! Tu te représentes ce que c'est que d'avoir une femme qui attente à ses jours alors qu'elle est mère de deux petits enfants ! Et, pour finir, est-ce que tu mesures ce qu'implique de

devoir porter à bout de bras une soûlarde dépressive tout en élevant seul deux enfants !

La hargne a pris le pas sur le sarcasme. Yohann tremble maintenant de la tête aux pieds. Un rictus mauvais lui déforme la bouche tandis qu'il achève son monologue.

— Non, je ne pense pas que tu te rendes compte ! Mais, de grâce, essaie au moins de comprendre ceci : le premier trompé dans notre histoire, c'est moi !

Sur ce, il tourne les talons et disparaît, laissant Abby mortifiée sur le canapé. Une Abby qui se fait subitement horreur.

<p style="text-align:center">~~~~</p>

Les yeux humides au souvenir de cette cuisante humiliation, Abby se rendit compte qu'elle avait pris la direction opposée à l'océan. Elle s'enfonçait dans les terres, longeant le bois qui cerclait le vaste domaine du manoir. Elle hésita un instant à faire demi-tour mais, finalement, cette balade en valait bien une autre ! Elle poursuivit donc sa marche sur un sentier étroit pris entre bois et champs de betteraves. Le soleil, haut dans le ciel, chauffait l'air et l'ombrage des arbres la préservait agréablement. Elle avança tranquillement durant un petit quart d'heure, sillonnant la campagne agricole et luttant de toutes ses forces contre l'appel de la boisson qui la tenaillait. Comme pour conjurer son envie, Abby sortit une bouteille d'eau de son petit sac à dos et avala goulûment plusieurs gorgées.

Lorsqu'elle releva les yeux vers le bout de la sente, elle aperçut, à la faveur d'une trouée dans les arbres, une modeste fermette. Le lieu lui disait vaguement quelque chose... Puis une silhouette apparut, sortant de la maison, et ça lui revint d'un coup en mémoire : c'était la ferme des Brousse. Et la femme maigre et noueuse qui balayait sa courette, c'était Marthe.

Éloïse et Manon, 2 jours après le meurtre de Yohann Le Guen

Éloïse se servit un deuxième café, en essayant d'ignorer les chamailleries de Maxence et Julie qui se poursuivaient dans le couloir. Où les gamins trouvaient-ils l'énergie de sauter partout de bon matin ? Manon, elle, semblait vaccinée contre ces atteintes manifestes à la paix ambiante. Elle affichait une mine impassible en préparant le petit déjeuner.

— Maxence ! Julie ! À table ! cria-t-elle bientôt en direction des chambres. Dépêchez-vous si vous ne voulez pas être en retard… le jour de la rentrée, qui plus est !

Une tornade d'énergie déboula alors dans le salon, sous l'œil ahuri de la gendarme.

— T'as vu, tatie ?! lui lança Maxence en pointant une de ses tennis devant elle. C'est les Avengers ! Des super-héros, précisa-t-il quand Éloïse plissa les yeux d'incompréhension. Ils combattent les méchants comme les policiers, mais eux, ils ont des super-pouvoirs !

— Et moi, j'ai mis mes chaussettes Hello Kitty qui vont avec mon cartable ! s'écria Julie. Elles sont jolies, hein, tatie ?!

Éloïse hocha la tête sans grande conviction.

— On se calme, les enfants ! Vous voyez bien que tatie Élo n'est pas encore réveillée, lança Manon depuis la cuisine américaine. Asseyez-vous maintenant et, de grâce, dans le calme !

— Hé, tatie, tu vas venir voir ma nouvelle école ? demanda Maxence. Parce que, moi, je rentre en CE1 !

— Et moi, je suis en grande section ! s'empressa de brailler Julie avec fierté. Et j'ai même pas peur parce que je suis une grande maintenant !

— N'importe quoi, toi, t'es une minus ! la charria immédiatement Maxence.

— Non, c'est pas vrai, d'abord !... Et puis toi, t'es trop nul ! T'as les boules, t'as les glandes, t'as les crottes de nez qui pendent[1] ! Na !

— Julie, tu ne parles pas comme ça à ton frère, intervint Manon. C'est clair ?

La petite hocha la tête et – quelle idée absurde lui traversa l'esprit ? – poursuivit son mouvement avec exagération dans un rythme endiablé. On aurait dit un métaleux sous ecstasy en plein concert de ACDC.

— Arrête, Julie ! Tu ne vois pas que tu trempes tes cheveux dans ton bol ! s'emporta Manon en levant les yeux au ciel.

Éloïse, totalement vannée après une nouvelle nuit tourmentée, décida d'aller chercher le calme dehors.

---

1. Expression issue du film *La Tour Montparnasse infernale*, devenue une phrase culte des cours de récréation.

Elle attrapa son paquet de cigarettes et fila vers la terrasse, son café fumant à la main. L'air frais du matin la fit frissonner, mais il était hors de question de retourner à l'intérieur avec les deux hooligans qui foutaient le boxon. La gendarme alluma une cigarette et laissa courir ses yeux vers les bois alentour.

En tirant sur sa cigarette, elle essaya de faire le point sur ce qu'elle devait entreprendre pour remonter jusqu'à celui qui menaçait Manon. Mais cette simple idée – devoir réfléchir, poursuivre les criminels, tenir debout, tout simplement – lui sembla immédiatement insurmontable. D'autant qu'elle gardait de sa course de l'avant-veille dans les bois des courbatures dans les jambes et le dos, et mesurait pleinement les premiers effets de son inertie du mois passé. Ses yeux s'embuèrent au souvenir de Jean-Marc. Pourrait-elle jamais reprendre son poste de capitaine ? Trouverait-elle la force de remonter à la surface ? *Sinon quoi, Élo, tu vas poursuivre sur ta lancée et te laisser couler jusqu'à toucher le fond !* se morigéna-t-elle.

— Je coiffe Julie et on y va, Élo ! lança Manon, dans son dos. J'emmène les enfants à l'école, tu as besoin de quelque chose ?
— Cigarettes, s'il te plaît.
— JPS blanches ?
— Oui… Non, attends, Manon, je viens !
— Attifée de la sorte ?!
— J'enfile un jean et un pull pendant que tu finis de préparer les petits.

Manon disparut par la baie vitrée et Éloïse écrasa sa cigarette dans le cendrier avant de rejoindre sa chambre au pas de course. Au final, elle se sentait si vulnérable que la perspective de camper seule dans la maison familiale en attendant le retour de sa sœur lui paraissait plus difficile encore que d'accompagner la tribu dans ses pérégrinations matinales. Dans une série de gestes nerveux, elle enfila jean et chandail. Elle jeta ensuite un œil sur la boîte de pilules posées sur son chevet, hésita puis, d'une main fébrile, se décida à piocher deux antidépresseurs. Pour entamer un sevrage, il lui faudrait bien plus qu'un vague sursaut de conscience...

Elle déboula dans le salon tout en passant son pull. Maxence était plongé dans la lecture d'une BD posée à plat sur la table où trônaient encore les vestiges du petit déjeuner. Effarée, Éloïse contempla les Playmobil au milieu des miettes de tartines, les restes de céréales disséminés autour des bols, les traces de lait chocolaté qui faisaient des auréoles sur la toile cirée, à côté du puzzle de Tintin qui n'avait pas bougé depuis la veille au soir. Et son neveu qui lisait une BD, pas le moins du monde gêné par la pagaille environnante ! Elle entreprit de mettre un peu d'ordre en débarrassant la table.

— Maxence, récupère tes Playmobil et va lire sur le canapé, s'il te plaît !

Le gamin leva un œil distrait vers sa tante et s'installa sur le divan. Depuis le coin cuisine où Éloïse remplissait le lave-vaisselle, elle le relança :

— Tes Playmobil, s'il te plaît, Maxence ! Et pendant que tu y es, range-moi aussi ce puzzle de Tintin !

Elle vit alors Maxence poser sa BD d'un air résigné, ramasser les Playmobil qu'il jeta dans la caisse à jouets, puis retourner s'asseoir sur le canapé.

— Maxence, range aussi ce fichu puzzle, il n'a rien à faire sur la table !

— Mais, il est mêm' pas à moi d'abord !

— Fais ce que te dit tatie Élo ! intima alors Manon qui débarquait dans le salon, Julie sur les talons. Et mets ton manteau, on décolle, on est en retard ! Allez, Max !

Prise dans l'effervescence du départ imminent, Éloïse renonça à passer l'éponge sur la toile cirée et partit se chausser à la va-vite dans sa chambre. En revenant dans le salon, elle scruta la pièce pour trouver la boîte à chaussures contenant le poupon démantibulé, la repéra sur une des étagères, s'en empara, nota au passage que Maxence n'avait pas rangé le puzzle de Tintin – fichu môme ! – et rejoignit la voiture familiale.

*

À 9 h 15, après avoir déposé les enfants à l'école, Manon et Éloïse s'installèrent à la terrasse d'un café du centre-ville de Lannion. Malgré la fraîcheur matinale, la journée s'annonçait radieuse, un ciel sans nuages s'étendait à perte de vue.

— Pfft ! Tu parles d'un marathon ! Je ne sais vraiment pas comment tu fais !

— Je te rappelle que je ne travaille pas, répondit Manon en souriant. Mais pour être honnête, même sans ça, il m'arrive très souvent de me sentir débordée.

— Moi, je n'aurais jamais l'énergie, travail ou non.

Un silence s'installa, alors que Manon semblait réfléchir à ce qu'elle allait dire ou plutôt à la façon dont elle allait le dire. Éloïse la devança d'une voix enrouée :

— Non… ni Jean-Marc ni moi ne voulions d'enfants.

Le serveur arriva à ce moment-là et déposa deux cafés allongés sur la table. Lorsqu'il disparut, Manon lança avec nostalgie :

— J'avais presque oublié.

— Quoi donc ?

— Ben ça... ce miracle de la gémellité ! Cette faculté que nous avons de savoir ce à quoi l'autre pense.

Éloïse demeura interloquée. Parce que oui, Manon n'avait pas tort. Combien de fois, petites, avaient-elles l'une et l'autre expérimenté cette espèce de « don empathique » qui leur permettait de se comprendre sans se parler ? Des centaines, des milliers de fois ?

— Oui, certes... à part qu'une fois passée l'enfance...

— Je sais, Élo. Mais, on ne l'a jamais vraiment perdue. La preuve ! pouffa Manon.

Déconcertée par l'à-propos de sa sœur, Éloïse partit également d'un petit rire. Puis, comme rattrapée par la réalité, la gendarme planta ses yeux dans ceux de son double. En son for intérieur, la même question pointait : comment étaient-elles passées toutes deux de cette complicité si forte de l'enfance à cette distance entre elles, aujourd'hui ?

— Peut-être as-tu raison : notre gémellité permet quelque chose de l'ordre de la communication intuitive... mais, pour autant, on ne se connaît pas, Manon. Je ne sais rien de toi, de ta vie.

— C'est compliqué, avança Manon, la bouche pincée (ce qui, généralement, n'augurait rien de bon). Tu ne peux pas... tu ne peux pas débarquer après quinze ans de silence et me demander de déballer ma vie, comme ça !

— Je te rappelle que c'est toi qui as débarqué après quinze ans de silence et…

— Ne joue pas sur les mots ! Tu vois très bien ce que je veux dire.

Éloïse laissa échapper un long soupir de lassitude. Pourquoi fallait-il qu'elle ait systématiquement tort ? Hein ? Pourquoi Manon devait-elle toujours avoir le dernier mot ?

— Je ne t'attaque pas… Je te demande juste de me laisser du temps, Élo.

— Du temps ?! Mais on ne se retrouve pas dans un contexte classique ! Tu m'as demandé de t'aider, Manon ! Tu m'as dit que tu étais en danger, et tes enfants aussi !

Manon releva la tête et la harponna du regard. La colère le disputait à l'incrédulité.

— Tu m'as toi-même dit que rien ne prouvait que Maxence et Julie étaient visés par cette espèce de taré !

Éloïse leva les mains en signe de reddition.

— Manon, s'il te plaît, écoute-moi ! Si je suis là, c'est que je ne suis pas ton ennemie, d'accord ? Je t'ai effectivement dit que rien ne permettait de croire que ton harceleur voulait s'en prendre à tes enfants, et je le pense. Mais… mais rien ne prouve que j'aie raison.

— Qu'est-ce que…

— Laisse-moi finir, Manon. Ce que tu dois comprendre et accepter, c'est que plus j'en saurai sur ta vie, plus j'aurai de chance de remonter jusqu'au coupable.

— Oh, vraiment ? lui lança Manon avec défiance.

— Oui, vraiment, Manon. Ce type qui joue avec tes nerfs te connaît. Il dit que « tu vas enfin payer ». Lui et toi, vous êtes liés. D'une manière ou d'une autre…

Et tu ne peux pas me demander de t'aider sans baisser la garde, sans me raconter tout ce que j'ignore de toi… Et ça commence quand nous avions treize ans car c'est approximativement à partir de ce moment-là que je n'ai plus rien su de toi, acheva Éloïse d'un ton las.

Abby Le Guen,
12 jours avant le meurtre de son mari

Abby demeura figée quelques secondes, observant à la dérobée celle qui avait travaillé au service de la famille pendant trente-trois ans. Marthe était partie à la retraite, deux ans plus tôt seulement, après une vie entière de labeur couronnée par la mort aussi bête qu'inattendue d'Octave, son mari. Lui-même avait travaillé dur, cumulant les impératifs de sa ferme et sa mission d'homme d'entretien du domaine. Lorsqu'ils s'étaient installés au manoir, Yohann et elle étaient des jeunes mariés. Ils s'étaient rencontrés trois ans plus tôt à Cambridge. Yohann avait quitté sa Bretagne natale, le cœur enflé d'ambition. Il voulait passer son doctorat de neuropsychiatrie à Cambridge et ses parents, de condition plutôt modeste, s'étaient saignés aux quatre veines pour financer le projet de ce fils si talentueux, en comparaison de son frère aîné, Gaëtan. Mais il est vrai que Yohann était tellement doué… Tout, absolument tout lui réussissait…

Il étudiait sur le campus depuis moins de quatre mois quand l'émérite professeur Hudson l'avait repéré parmi le parterre de doctorants. L'homme avait pris le *Frenchy* sous son aile, et un an plus tard Yohann franchissait le pas de la demeure des Hudson à l'occasion d'une soirée de fin d'année. C'est ce soir-là que le professeur avait présenté l'étudiant prometteur à sa fille. Entre eux, il n'y avait pas eu de coup de foudre réciproque : la jeune étudiante en histoire de l'art avait trois ans de moins que Yohann et lui trouvait des airs arrogants – typiquement français. Mais au fil des mois, la cour assidue du *Frenchy* avait eu raison des résistances de la jeune femme qui s'était laissé séduire. Avec la bénédiction du professeur Hudson, Yohann Le Guen avait donc épousé sa fille, Abby Hudson. Trois mois seulement avaient filé avant que celle-ci ne tombe enceinte. Après maintes conversations, Abby s'était finalement rangée aux conseils de Yohann et avait interrompu ses études, au grand dam de ses parents qui n'envisageaient pas ainsi l'avenir de leur fille. Des conflits avaient suivi et Yohann – son doctorat en poche – avait embarqué Abby jusqu'à sa Bretagne natale où ils s'étaient installés.

Entre la langue qu'elle ne connaissait guère et ce déracinement abrupt, Abby avait traversé une période particulièrement difficile. Coincée dans leur appartement de Brest, elle qui n'avait jamais connu que le confort et la facilité avait vécu l'isolement et avait dû s'adapter à une vie où il fallait maîtriser les dépenses. Même si le salaire de Yohann était plus qu'honorable – le jeune neuropsychiatre venait de commencer à l'hôpital –, le simple fait de devoir tenir un budget était totalement étranger à Abby.

Les relations entre Byron Hudson et Yohann Le Guen s'étaient réchauffées six mois plus tard à la faveur de la naissance d'Alicia – qui, soit dit en passant, avait été baptisée du prénom de la mère chérie de Byron. Il fallait passer outre les crispations des uns et des autres, enterrer la hache de guerre, une petite fille venait de naître. Quelques semaines plus tard, Abby accueillit l'installation au manoir comme une réelle bouffée d'air frais. Parallèlement, Yohann avait ouvert sa clinique à Perros-Guirec. Le tout, grâce aux fonds avancés par Byron Hudson en personne.

Abby se rappela avec un brin de nostalgie l'aménagement au manoir, le temps passé à meubler et décorer chaque pièce et le soutien qu'avait constitué Marthe durant cette période. C'est grâce à l'employée de maison qu'Abby s'était véritablement familiarisée avec la langue française et avec son nouvel environnement. Si Marthe n'avait rien d'une enseignante, elle devait néanmoins satisfaire les besoins de sa patronne, et c'est de bonne grâce qu'elle acceptait d'entraîner celle-ci à sa suite : sur les marchés pour les achats courants, sur le port pour le poisson frais, au tabac-presse pour les cigarettes et les journaux, dans les vide-greniers pour chiner… Abby commençait tout juste à prendre ses marques et à s'intégrer quand elle avait appris qu'elle était de nouveau enceinte. Elle avait alors eu le sentiment très net d'être condamnée et réduite à une seule fonction : mettre au monde des enfants ! Elle qui, un an et demi plus tôt, étudiait encore l'histoire de l'art à Cambridge, se retrouvait coupée de sa famille, à tenter d'élever une fillette de six mois – qui, déjà, avait l'air de ne jurer que par son père – tout en préparant l'arrivée d'un nouveau-né, sept mois plus tard...

Abby fronça les sourcils. Ces souvenirs lui faisaient prendre conscience que, malgré le discours acerbe de Yohann la veille, les torts étaient au moins à moitié partagés ! Yohann pouvait bien donner sa version de l'histoire, il n'en demeurait pas moins qu'elle avait dû, elle, interrompre ses études, débarquer en terre étrangère du jour au lendemain et briser l'isolement que généraient la barrière de la langue et la différence des codes relationnels et sociaux. En réalité, l'annonce de sa seconde maternité avait eu lieu dans un contexte où elle se sentait déjà fragilisée, et ce, même si elle avait tenté de toutes ses forces de donner le change.

Mais ces éléments étaient-ils suffisamment graves pour expliquer le cataclysme qui avait suivi ? Après la naissance d'Ethan, la réalité d'Abby s'était complexifiée, certes : entre les plages de sommeil des deux enfants, les changes et les biberons pour Ethan et l'éducation d'Alicia qui était une vraie boule d'énergie, Abby avait parfois du mal à assumer sa nouvelle vie. Elle n'avait pas d'amis et passait le plus clair de son temps au manoir à jongler entre les différents impératifs de journées qui lui paraissaient particulièrement monotones. Yohann venait quant à lui d'ouvrir son laboratoire et de décrocher un gros contrat avec l'armée. Des recherches prometteuses sur un traitement neurologique lié aux chocs post-traumatiques des soldats. Il était en train de confier la gestion de la clinique à un confrère pour se consacrer essentiellement à son labo. Lorsqu'il rentrait au manoir, il était tout à ses enfants – et, mon Dieu ! comment reprocher cela à un père ? Alors, c'est vrai, elle avait souvent eu le sentiment d'être une quantité négligeable et avait eu tendance à déprimer. D'ailleurs, Yohann lui avait prescrit des antidépresseurs deux mois avant le fameux drame... Mais tout de même, que ces difficultés aient pu lui faire attenter à sa vie...

Pourtant, c'est exactement ce qui s'est passé, ma vieille. Yohann te l'a expliqué, en long, en large et en travers, ça s'appelle une dépression post-partum *! Et n'eût été la providentielle intervention de Marthe, tu serais morte il y a trente-quatre ans.*

Abby se rendit subitement compte qu'elle n'avait jamais parlé de cette période éprouvante avec Marthe. Qu'elle ne l'avait jamais remerciée pour son secours. Elle était rentrée au manoir après sept semaines de convalescence, gavée d'antidépresseurs et aussi étrangère au monde que si elle avait été une Martienne. La suite... la suite s'était résumée à une longue série de hauts et de bas situés dans la gamme *down* de l'existence. Et le pire était qu'aujourd'hui elle demeurait totalement incapable de s'expliquer son passage à l'acte, et plus encore de s'en souvenir.

Marthe, les mains sur les hanches, leva les yeux vers le ciel comme si elle scrutait quelque chose au-delà du visible. Puis elle se retourna et rentra dans la bigouden. Abby se décida : puisqu'elle était ici, autant rendre visite à son ancienne employée. Peut-être pourrait-elle, pour la première fois, évoquer ce passé avec Marthe ? D'autant qu'elle n'avait pas eu l'occasion de lui parler depuis la mort d'Octave, alors...

Éloïse et Manon, 2 jours après le meurtre de Yohann Le Guen

Installée sur la terrasse du troquet, Manon touilla longuement sa tasse de café, l'air songeur. Face à elle, Éloïse ne pipait mot. Que pouvait-elle bien dire de plus ? Sa sœur l'avait appelée à la rescousse, la balle était désormais dans son camp. Au bout de plusieurs secondes, Manon releva finalement la tête :

— Écoute, Élo, je ne peux pas, là, à brûle-pourpoint, te balancer plus de vingt ans de vie... Ça n'a pas de sens et, de toute façon, par quel bout veux-tu que je le prenne ?

Éloïse se contenta d'un sourire désabusé. Manon était de loin la personne la plus têtue qu'il lui avait été donné de rencontrer ! En se disant cela, elle se rappela que Jean-Marc lui avait renvoyé exactement la même chose le soir où ils avaient fini par tomber dans les bras l'un de l'autre. Une vague d'émotion enfla en elle sans prévenir et la gendarme s'empressa de chausser ses lunettes de soleil pour dissimuler son trouble.

— Mais... peut-être que tu peux me poser des questions ? Je veux dire, des questions qui te semblent en lien avec ce sale type, précisa Manon.

Éloïse, aux prises avec sa bouffée subite de nostalgie, inspira longuement pour reprendre le contrôle et éviter de fondre en larmes. Elle se laissa un laps de temps et, après un énorme effort, parvint à rassembler ses idées :

— À première vue, celui qui te poursuit fait référence à une vieille histoire puisqu'il te dit dans le jeu du pendu : « Tu vas enfin payer. » De plus, la persécution a commencé avec ton retour en Bretagne. On peut donc envisager que le corbeau fasse référence à quelque chose qui s'est passé ici, il y a longtemps. D'où cette question : est-ce que tu as fait du mal à quelqu'un lorsque nous vivions avec papa et maman ?

Manon plissa les yeux en sondant sa mémoire, mais finit par secouer lentement la tête :

— J'ai peut-être fait souffrir quelqu'un... c'est possible. Je veux dire, sans le faire exprès ou sans m'en rendre compte, qu'en sais-je ?! J'étais jeune et puis... on est tous potentiellement concernés par une question comme ça, non ?

— Bien sûr, Manon... mais je pensais plutôt à une *mauvaise action*, appuya Éloïse, quelque chose d'amoral, de méchant ou de cruel, tu vois ?... À du mal que tu aurais fait *objectivement*, *sciemment*, à quelqu'un.

— ... Non, franchement je ne vois pas...

— OK... alors une question qui ne va pas te plaire, vu tes précédentes réactions, mais qui est vraiment incontournable : que se passe-t-il avec Charles ?

Immédiatement, Manon se raidit sur sa chaise. Sa réponse fusa comme un boulet.

— Charles n'a rien à voir avec toute cette histoire, Éloïse ! Combien de fois faudra-t-il que je te le dise ?!

— Bon sang, tu es infernale, Manon ! Si tu as bien raison sur ce point, pourquoi ne pas me dire clairement de quoi il retourne !

— Mais parce que… (Manon sembla soudain profondément déstabilisée, ses mains se mirent à trembler et ses yeux s'embuèrent.) Parce que… c'est compliqué et… intime, Élo.

— Un, je suis ta sœur, deux, je suis enquêtrice ! C'est d'ailleurs pour ces deux raisons que tu m'as demandé de venir ici ! Et si tu veux que je t'aide, il faut me faire confiance et me dire de quoi il retourne exactement.

— C'est toi qui devrais me faire confiance, protesta Manon, la voix brisée.

— Je suis désolée, mais c'est impossible. Si tu avais vu ce que j'ai vu, entendu ce que j'ai entendu, tu me comprendrais.

— Qu'est-ce que tu insinues, Élo ?

— Manon, ouvre les yeux ! On a tous entendu parler du veuf éploré organisant une marche pour la conjointe qu'il a lui-même assassinée ! Pareil avec des parents ayant tué leur propre enfant ! Combien de faits divers – disparitions, meurtres, harcèlement – s'enracinent dans un drame familial ou conjugal ?… Tiens, regarde Yohann Le Guen ! balança Éloïse en guise d'exemple. Qui aurait pensé qu'Abby Le Guen puisse un jour tuer son mari ?!

Manon détourna le regard. Son visage semblait désormais aussi fermé qu'une porte de prison.

— Manon, relança doucement la gendarme, tu as évoqué un break avec Charles et rien ne nous prouve que ton mari réagisse à cela aussi bien que tu le crois. D'un point de vue strictement rationnel...

— Tu ne me ficheras pas la paix tant que je ne t'aurai pas prouvé que Charles est innocent, n'est-ce pas ?! s'énerva subitement Manon.

— Oui, c'est exact ! Parce que...

— Charles est au Liban ! Ça te va, ça ?... C'est assez clair pour exclure sa culpabilité ? cria Manon, révoltée.

— ... Au... au Liban ?

Un silence épais fondit immédiatement sur les deux sœurs. Éloïse observait Manon d'un œil stupéfait, ne sachant pas comment réagir. Manon, face à elle, posture raide et racée tel un sphinx, fixait un point invisible, loin du monde, loin d'Éloïse. Contre toute attente, elle finit par reprendre d'une voix qu'elle voulait maîtrisée mais qui tremblait légèrement :

— Charles est né en France mais il est d'origine libanaise. Quand je l'ai rencontré, ses parents, Aya et Waël, étaient installés à Paris depuis plus de trente ans. Ils tenaient un très gros commerce d'import-export d'objets précieux. Il y a six ans, ils ont pris leur retraite et... un an plus tard seulement, Waël est décédé. Une rupture d'anévrisme. L'enterrement a eu lieu à Saïda, leur ville d'origine à tous les deux. Aya et Charles ont tout organisé. Après les obsèques, tous les deux sont revenus. Mais Aya n'est restée que six mois à Paris, le temps de régler ses affaires. Elle a vendu la maison familiale et a transféré ses différents avoirs au Liban. Puis elle nous a annoncé qu'elle retournait à Saïda, où vivent ses deux frères. Elle nous a dit qu'elle avait le mal du pays et qu'elle souhaitait finir ses jours là-bas…

Manon fit une courte pause et Éloïse remarqua que les traits de sa sœur se durcissaient à la perspective de ce qu'elle s'apprêtait à dire.

— J'avais été très claire avec Charles. Dès le début, dès notre mariage. Il était hors de question que je mette un pied là-bas et que les enfants que nous aurions y aillent ! martela-t-elle en tapotant son index sur la table. Charles était d'accord ! D'ailleurs, il n'a rien d'un Libanais ! Je veux dire, il est né ici, il a toujours vécu ici…

Manon s'interrompit, comme si elle s'interdisait de formuler à voix haute le fond de sa pensée.

— Mais… il est parti vivre là-bas, c'est ça ? relança Éloïse, en songeant que le patronyme Ezzeddine que portait sa sœur depuis son mariage aurait dû lui mettre la puce à l'oreille.

— Oui… enfin, non, mais en attendant c'est tout comme ! énonça Manon d'un ton glacial. Il n'est pas là le soir pour border les enfants, les aider aux devoirs ou leur lire une histoire ! Et moi, je vis aussi seule que si j'étais veuve ou divorcée !

— Attends, Manon. Sois plus claire, veux-tu… je…

— Il y a dix-huit mois, Charles a reçu un appel de Lounis, le frère aîné d'Aya… Je ne sais pas exactement ce qui s'est dit… Toujours est-il que Charles m'a annoncé qu'il devait se rendre à Saïda pour sa mère.

— Comment ça ?

— Il a demandé un congé sans solde à l'hôpital pour pouvoir rejoindre sa mère au Liban, il venait d'apprendre qu'elle avait un cancer... En fait, aujourd'hui, elle est mourante. La dernière fois que j'ai eu Charles en Facetime, j'ai aperçu Aya derrière lui... elle n'était vraiment plus que l'ombre d'elle-même, conclut Manon d'une voix sombre.

Éloïse s'adossa à sa chaise et croisa les bras sur sa poitrine, songeuse. Finalement, elle choisit de reformuler pour être bien certaine d'avoir compris :

— OK... Donc Charles n'a pas choisi d'aller vivre au Liban... Et, d'après ce que tu me dis sur l'état de santé d'Aya, la situation actuelle touche à sa fin ?

— Dix-sept mois sont passés, tu admettras qu'il était temps !

— Mmm... Et tu en veux à Charles, c'est ça ? s'enquit prudemment la gendarme, sentant sa sœur sur la défensive.

Manon lui décocha un regard hautain.

— Jusqu'à preuve du contraire, Charles est marié avec moi et non avec sa mère. Alors oui, je lui en veux !

— Et tu envisages quoi, maintenant que ce n'est plus qu'une question de jours ou de semaines pour Aya ? La fin de ce « break » ? demanda Éloïse en mimant les guillemets.

— Je n'en sais rien... Honnêtement, je... je n'arrive pas à accepter le choix qu'a fait Charles. Il nous a abandonnés, Élo !

— Mais enfin, Manon... tu ne peux pas...

— Je ne peux pas quoi ?

Éloïse leva immédiatement ses deux mains en signe de reddition. Elle ne voulait pas se disputer avec sa sœur sur un sujet aussi personnel que celui-là.

— Un, les choses avaient été clairement posées dès le début de notre relation, commença à énumérer Manon en dépliant ses doigts. Deux, il y a Julie et Maxence qui ont besoin de leur père. Trois, il y a moi, et je ne vois pas pourquoi j'accepterais de passer après la mère de Charles ! Et pour couronner le tout, cette situation qui devait durer six mois maximum s'éternise depuis dix-sept mois ! Alors oui, le mot « abandonner » est plus qu'approprié pour qualifier l'attitude de Charles.

Manon fixait désormais Éloïse, comme la mettant au défi d'avoir mieux à dire. La gendarme décida de prendre le sujet par un autre bout.

— Et tu en as parlé avec Charles ? Tu lui as fait part de ce que tu viens de me dire ?

— Oui, évidemment ! Il s'est toujours borné à me répondre qu'il était désolé mais que cette situation ne durerait pas éternellement et que nous allions rapidement reprendre le cours de notre vie… En réalité, j'ai eu l'impression que plus le temps filait, moins Charles se sentait capable de laisser sa mère, comme s'il s'était engagé dans une voie à sens unique et qu'il ne pouvait pas faire demi-tour…

— Pourquoi n'a-t-il pas ramené sa mère en France ?

— Il lui en a parlé au bout de quatre mois, quand je lui ai posé un ultimatum.

— Un ultimatum ?

— Oui. Je l'ai averti que je quitterais Paris pour m'installer à Lannion avec les enfants s'il n'était pas revenu avant l'été.

— Mmm, je vois... Et ?

— Charles a proposé à sa mère un rapatriement en France en lui expliquant les difficultés que posait son éloignement. Enfin... c'est ce qu'il m'a dit ! Et Aya a refusé. Elle lui a répondu qu'elle voulait mourir chez elle...

Éloïse hocha la tête, évitant soigneusement certaines questions qui avaient surgi au cours de l'échange. Elle n'était pas à la place de sa sœur et n'avait donc pas à porter de jugement sur sa réaction, mais elle ne pouvait s'empêcher de la trouver encore une fois excessive et peu compréhensive. Après tout, Charles avait composé avec une réalité complexe : fils unique et médecin psychiatre, il avait certainement fait le choix qui lui semblait le plus acceptable au regard de la situation. Et si Charles était un bon père – ce dont la gendarme n'avait aucune raison de douter –, il devait lui aussi en baver depuis tout ce temps...

— Et Charles, avança Éloïse, il la vit comment, cette situation ?

Manon lui lança un regard effaré. Elle ne s'attendait visiblement pas à cette question. Peut-être même ne se l'était-elle jamais posée, songea Éloïse.

— Que veux-tu dire par là ?

— Eh bien... je suppose que pour lui non plus, ce n'est pas facile. Sa mère est en train de mourir, il se trouve loin de sa femme et de ses enfants... J'imagine que cette situation doit être douloureuse pour lui également.

— Non mais je rêve ! Alors, toi aussi, tu es de son côté ?! s'indigna Manon, prête à mordre.

— Attends, attends, Manon ! De quoi tu parles ? Je ne suis d'aucun côté, enfin ! J'essaie juste de…

— Tu vois, c'est exactement pour ça que j'ai décidé de quitter Paris.

— Hein ?!

— Je ne pouvais pas rester à côté de tous nos amis – enfin, les amis de Charles, pour être plus précise. Tu les aurais vus avec leur complaisance hypocrite et leurs beaux discours ! Avec eux, j'avais le sentiment de devoir être en représentation permanente… Il fallait faire bonne figure, gérer la situation et, par-dessus tout, ne surtout pas appeler un chat un chat.

— Je ne te suis pas, là.

— Avoir un mari qui rentre une semaine à chaque période de vacances scolaires, je suis désolée, mais ce n'est pas ce dont nous étions convenus, Charles et moi, et ce n'est certainement pas la vie que je veux ! Je ne vois pas pourquoi j'aurais dû faire semblant de trouver ça normal !

— Personne n'a dit que c'était *normal*, Manon, avança Éloïse en essayant de mettre le plus de tact possible dans sa voix. C'est juste que… que la vie, parfois, incite à faire des choix qui ne sont pas… forcément idéaux.

— Mais je n'ai jamais parlé d'idéal ! s'écria Manon, partagée entre colère et désespoir. J'aurais simplement trouvé normal que Charles demeure aux côtés de sa famille.

Sa famille, c'est aussi sa mère, songea Éloïse. Mais elle ne formula pas sa pensée. Manon était trop à vif. Une vraie boule d'émotions. Et, par expérience, Éloïse savait qu'il était vain de vouloir la raisonner quand elle était dans cet état. Elle avait essuyé tellement de plâtres lorsqu'elles étaient adolescentes, en tentant de forcer les barrages de sa sœur, de *lui faire entendre raison*. Invariablement, leurs discussions finissaient par éclater en violentes disputes. Cela s'était produit tant et tant de fois qu'Éloïse, de guerre lasse, avait jeté l'éponge. Elle s'était éloignée. Jour après jour, elle avait tenu à distance cette sœur si peu accessible aux nuances qui régissent habituellement les relations humaines. Avec Manon, tout semblait disproportionné, absolu, noir ou blanc… Le temps s'était écoulé et, pourtant, la gendarme se retrouvait aujourd'hui dans la même situation d'impuissance à communiquer, à comprendre et à se faire comprendre… Cependant, quelque chose de nouveau était en train d'émerger, une sensation étrange et encore trop diffuse pour qu'Éloïse la nommât mais qui venait d'allumer un voyant dans sa tête – désormais adulte. Manon n'était pas juste une princesse péremptoire et égocentrée à qui tout était dû, comme Éloïse s'était longtemps plu à le croire… En réalité, Manon ne savait pas *faire avec* les autres, *avec* les contrariétés de la vie.

Abby Le Guen,
12 jours avant le meurtre de son mari

Abby s'engagea sur le long chemin défoncé menant à la ferme. Comme elle avançait, l'austérité et l'apparente désolation du lieu lui sautèrent aux yeux. Le décès d'Octave un an et demi plus tôt s'était imprimé partout. Visiblement, Marthe ne parvenait pas à assumer seule la charge de travail. La bâtisse elle-même, découpée au bout du chemin de terre, semblait tout droit surgie d'un conte d'Andersen : elle suintait l'affliction jusque dans ses murs ! Le toit d'ardoises moussues flanchait en son milieu, les murs, grignotés par le salpêtre, grisonnaient sous l'implacable luminosité du ciel, et les boiseries fatiguées perdaient peu à peu leur peinture écaillée et sans éclat.

Marthe dut la voir arriver – tuait-elle le temps derrière la fenêtre ? –, car un rideau du rez-de-chaussée s'écarta, trahissant la silhouette de la propriétaire des lieux. Puis l'ombre disparut et Marthe se matérialisa quelques secondes plus tard sur le seuil de la ferme, une main sur la hanche, l'autre en visière au-dessus des yeux. Elle avait ôté sa veste de travail aux motifs floraux, comme si ce simple artifice pouvait transformer l'image que le visiteur était en droit de se faire de la maîtresse de ces lieux désolants.

Quand Abby fut à portée de voix, elle lança un « Bonjour, Marthe ! » aussi enthousiaste que possible. La bonne femme se contenta d'un hochement de tête signifiant à la fois « Bonjour, madame Le Guen » et « Je vous ai reconnue ». Abby nota la tension mêlée de gêne qui émanait de l'ancienne employée. Jamais elle n'avait eu à recevoir du beau monde chez elle et l'embarras transpirait dans chacun de ses gestes empruntés.

— Je passais par là et je vous ai aperçue… J'ai eu envie de venir vous saluer, se justifia Abby. Je ne vous dérange pas, au moins ? poursuivit-elle devant le mutisme de son hôtesse.

— … Non, non, pensez-vous, Madame ! (Mais la voix était un poil trop aiguë.) C'est juste que… si je m'attendais à votre visite !… Mais je vous en prie, ne restez pas là-dehors, entrez donc, Madame !

Abby s'efforça de sourire pour rassurer son ancienne employée. Elle passa devant et elle se retrouva dans un petit corridor sombre à la tapisserie défraîchie. Une odeur de suie froide avait infiltré les murs et planait dans l'air. Abby suivit l'indication de Marthe et pénétra dans une vaste cuisine – centre névralgique de la ferme, à en croire les courriers posés en tas sur le buffet, le journal du jour ouvert sur la grande table et la télévision fixée au mur à gauche de la cheminée devant laquelle trônaient deux fauteuils élimés.

— Je vous offre quelque chose à boire, Madame ? Thé ? Café ?… Ah oui ! Et il me reste aussi une belle part de tarte aux pommes que j'ai faite hier, s'empressa-t-elle d'ajouter, avec des pommes du verger.

— Merci, Marthe, vous êtes bien aimable, mais un thé suffira.

L'ancienne employée remplit la bouilloire et alluma le gaz. Puis elle alla tout de même chercher le reste de tarte posé sur le buffet et recouvert d'un torchon et le posa sur la table.

— Vous avez bonne mine, Madame.
— Ce doit être la balade au grand air.
— Et les enfants, alors ? Comment vont-ils ?
— Oh, je ne les vois pas souvent, vous savez. Ils ont leurs vies à Londres désormais. Et avec leurs rythmes effrénés, ils ne viennent que rarement. Je suppose que tout cela est bien naturel ! Mais ils vont bien, Marthe, de ce que j'en sais, bien sûr.

Marthe acquiesçait en écoutant son ancienne patronne. Chaque mot provoquait un hochement de tête mécanique. Mais pour qui la connaissait, elle était contente d'avoir des nouvelles. Après tout, les gamins Le Guen, elle les avait vus grandir ! Au final, elle avait passé plus de temps auprès d'eux qu'auprès de son propre fils.

— Évidemment, j'attends le jour béni où Ethan et May m'annonceront la naissance d'un petit-fils ou d'une petite-fille !

Marthe fit un grand oui de la tête avant de se tourner vers la bouilloire d'où commençait à s'échapper un sifflement. Elle s'affaira à la préparation du thé. Léger, avec deux sucres et un nuage de lait pour Madame. Bien infusé et amer pour elle. Elle posa les tasses sur la table et daigna enfin s'asseoir. Silencieuse. Le tic-tac de l'horloge – un coucou d'inspiration Forêt-Noire, en bois sculpté d'un décor sylvestre, avec deux pommes de pin suspendues à des chaînettes – commença à rythmer le vide entre les deux femmes. Finalement, Abby se lança :

— En me promenant, j'ai repensé à… au matin où… où vous m'avez trouvée… et… enfin, ce que j'essaie de dire… c'est que je ne vous ai jamais remerciée, Marthe pour… pour votre intervention et…

L'employée gardait ses yeux fixés sur son thé qui infusait encore, comme si elle avait pu y lire une quelconque révélation. Le temps s'égrena encore au gré du tic-tac et Abby, après une grande inspiration, s'obligea à reprendre d'une voix plus ferme :

— C'est vrai, Marthe… sans vous, je ne serais plus de ce monde.

— Bah, ça ne devait pas être votre heure… et tant mieux ! fit l'employée dans un haussement d'épaules. C'est vrai que vous avez eu une sacrée veine, tout de même… Quand on y pense, ce matin-là, si Monsieur ne m'avait pas commandé au téléphone d'aller vous réveiller… Parce que, bon, ça n'est pas des choses qu'on fait quand on est au service des gens, d'aller les réveiller, hein ?

Abby sentit son sang bouillonner en entendant cette confidence : Yohann était à l'origine de ce sauvetage inespéré !

— J'ignorais que mon mari était intervenu dans l'histoire… Vous savez que je ne me souviens toujours de rien, Marthe ? Cet épisode s'apparente à une page blanche dans ma mémoire.

— Alors… peut-être que c'est mieux comme ça ?

— Je... je ne sais pas... C'est étrange tout de même. Vous trouvez, vous, que c'est mieux ?

— Oh, moi, je ne trouve rien, Madame. Je n'ai pas la connaissance qu'il faut, contrairement à Monsieur !

— Dois-je comprendre que Yohann et vous avez échangé sur cette question ? demanda Abby en essayant de masquer son trouble.

— Oui, Madame. C'est Monsieur qui m'a expliqué que ce trou de mémoire était comme une... (Elle fit un effort visible pour se souvenir.)... « une défense de votre esprit », voilà ! C'est ce qu'a dit Monsieur. Il paraît que ce genre de choses, ça se produit parfois chez des gens pour empêcher les souvenirs douloureux de... de les tournebouler.

— Yohann vous a dit ça ?

Marthe dut sentir la surprise et tourna un œil embarrassé vers Abby.

— Vous savez, Madame, moi, je n'ai fait qu'essayer de tenir mon rôle, commença-t-elle piteusement. Pendant les semaines où vous étiez prise en charge à la clinique, Monsieur m'a confié que vous aviez fait un... (De nouveau, elle chercha un mot, plissa le front, mais ça ne lui revenait pas, alors elle renonça.)... un mot anglais pour dire que vous aviez perdu la mémoire.

— Un *black-out* ?

— Oui, c'est ça, un *black-out* !... Et Monsieur, c'est un grand homme dans sa spécialité, il sait de quoi il parle. Alors quand il m'a dit que cette perte de mémoire était comme une pirouette de votre cerveau pour aller mieux, je l'ai écouté, je n'ai jamais reparlé de ça avec vous pour... pour votre bien...

— Je ne suis pas sûre de vous suivre, Marthe. Yohann vous a demandé de ne pas parler de cet épisode avec moi ?

Marthe approuva d'un hochement de tête, franc et craintif à la fois.

— Oui, Madame. Le risque, si j'en parlais, c'était que ce soit mauvais pour vous... (Elle réfléchit à la manière de préciser son idée.) Que ça vous chamboule la tête, en quelque sorte, vous voyez ? Alors moi, j'ai obéi, Madame.

— D'accord... je comprends... Et vous avez bien fait, la rassura-t-elle parce qu'elle sentait que Marthe était mal à l'aise. Maintenant, trente-quatre ans se sont écoulés et je... Oh, Marthe, je vous le demande en amie, souffla Abby en posant sa main sur l'avant-bras noueux de la vieille dame, racontez-moi comment les choses se sont passées ce jour-là. Je ne supporte plus cette page blanche en moi, j'ai besoin de savoir. Et, spécialiste en neurologie ou pas, je suis certaine que vous pouvez comprendre ça !

La bonne femme tressaillit au contact de cette main douce et fraîche sur sa peau. En plus de trente ans de service au manoir, jamais Mme Le Guen n'avait été aussi familière avec elle. Et quand elle avait dit le mot « amie », Marthe avait intuitivement su que son ancienne patronne était sincère.

— Ma foi, je peux bien vous raconter ce que je sais, Madame... Si c'est ce que vous voulez...

— Je vous remercie, Marthe, vous êtes bien aimable.

Marthe sembla rentrer à l'intérieur d'elle-même, en quête de ses souvenirs lointains. Au bout de quelques secondes, elle commença.

— Ethan devait avoir six mois. Je n'ai pas fait de grandes études mais bon, ça n'était pas nécessaire pour se rendre compte que cette nouvelle naissance tombait plutôt mal... La vie était dure pour vous. (Elle leva un regard compatissant vers Abby.) Vous étiez loin de votre famille et de vos amis anglais, vous parliez à peine le français, et il faut dire la vérité comme elle est, c'était quand même difficile pour vous de vous intégrer dans le coin... Alors, avec l'arrivée du petit en plus de tout ça !... J'ai bien vu que vous vous renfermiez sur vous. J'ai essayé de vous venir en aide mais j'avais l'impression que je ne pouvais pas faire grand-chose.

Abby encouragea l'ancienne employée d'un mouvement de tête, mais tout ça, elle le savait déjà.

— Alors, évidemment, Monsieur, c'était un peu le pilier de la maison. Les petits étaient dingues de lui. (Son visage s'éclaira en prononçant ces mots.) Quand il rentrait le soir, Alicia se dandinait vers lui, folle de joie ! C'était incroyable de les voir si proches... en adoration l'un pour l'autre... Ethan, lui, était encore bébé, mais ça se voyait déjà qu'il aimait son père. Dès que la voix de Monsieur résonnait dans le salon, il remuait les pieds et les bras en babillant !

Abby tenta de dissimuler sa blessure, le récit de Marthe lui perforait le cœur. La relation privilégiée entre Yohann et les enfants était donc bien réelle et bien visible... Quant à l'adoration entre le père et sa fille, à en croire le journal d'Alicia, adolescente, elle avait abouti au fil des ans à des sentiments déviants... Mais pour l'heure, impossible d'aborder un sujet aussi scabreux avec Marthe. Un scandale au grand jour était certainement la dernière chose dont Abby avait besoin... Non, s'il fallait agir, elle le ferait sans que ses enfants soient éclaboussés.

— Je crois que ça aussi, c'était assez difficile pour vous, ajouta Marthe, coupant ainsi Abby dans ses songes. Comme si vous, vous deviez gérer les côtés pénibles toute la journée avec les changes, le bain, l'éducation courante... et que le soir...

— Je n'existais plus, compléta Abby. Pour personne.

Marthe approuva avec un regard désolé. Puis reprit.

— Je lui disais à Octave que vous filiez un mauvais coton... Mais lui, il me répondait comme ça, de ne pas me mêler de ce qui ne me regardait pas. Que c'étaient vos affaires, pas les nôtres. Et puis, il y a eu... ce drame, nomma-t-elle, la voix nouée. Ça a commencé la veille. C'était le mercredi 26 août 1981, je n'oublierai jamais cette date, croyez-moi ! Monsieur est toujours rentré plus tôt les mercredis, il disait qu'il voulait manger avec les enfants au moins une fois par semaine.

Abby abaissa les paupières d'un air entendu. Dès la naissance d'Alicia, Yohann avait posé cette règle et il l'avait toujours respectée. Il possédait cette force de caractère, cette détermination à toute épreuve et, jusqu'à l'envol des enfants, rien ni personne n'avait jamais pu le détourner de cette constance : chaque mercredi, invariablement, il rentrait à 17 heures.

— Ce jour-là, je me rappelle, vous êtes partie vous promener après le repas de midi. « J'ai besoin de m'aérer », vous m'avez dit... Vous avez pris votre voiture et vous êtes partie. À la météo, ils annonçaient de gros orages pour la fin d'après-midi, mais vous deviez être rentrée avant que ça pète. Pour ce que je m'en souviens, l'orage a éclaté bien plus tôt que prévu. En quelques minutes, les nuages se sont ramassés, le ciel a viré mauvais et… d'un coup, bam ! Bon sang, ça n'était pas une petite averse, croyez-moi ! On a eu droit à un vrai rideau de pluie, ça a rincé toute la campagne… On n'y voyait pas à dix mètres !

Abby tenta de réquisitionner des images de l'après-midi en question, mais malgré le récit de Marthe, rien ne refaisait surface. En dehors de la pluie qui constituait son dernier souvenir, pas la moindre résurgence.

— Il pleuvait des cordes depuis au moins une heure quand j'ai aperçu, de la fenêtre de la cuisine, la voiture de Monsieur qui se garait sous l'abri. Il devait être aux alentours de 18 heures. Je suis sûre de moi parce que justement, d'habitude, Monsieur, il arrivait à 17 heures tapantes et ce jour-là, il était en retard. Du coup, vu ce qu'il tombait dehors, je commençais à m'inquiéter… Bref… Quand il s'est garé, j'ai tout de suite compris qu'il se passait quelque chose, à cause du retard et aussi parce que Monsieur, il a tiré le frein à main et il a fait déraper la Saab sur les gravillons. Et ça, ça ne lui ressemblait pas… (Elle secoua la tête machinalement, tout à ses souvenirs.) Et puis, il est sorti de la voiture et il s'est dépêché d'aller côté passager. C'est là que je vous ai vue… C'était bizarre, parce que Monsieur et vous, vous étiez mouillés des pieds à la tête, comme si vous aviez pris le déluge. Trempés jusqu'aux os. Les cheveux qui coulaient sur votre ciré rouge… Et puis, j'ai vu Monsieur qui vous soutenait parce que vous ne teniez pas sur vos jambes. On aurait dit que vous étiez toute tremblante. Là, je me suis dit : « Madame, elle n'est pas dans son état normal. »

Abby écoutait le récit de Marthe, effarée. Dans sa tête, les questions commençaient à se bousculer. Pourquoi était-elle rentrée avec Yohann alors qu'elle était partie toute seule ? Où se trouvait sa voiture ? Avait-elle rejoint Yohann à la clinique, ce jour-là ? Pourquoi Yohann et elle étaient-ils trempés ? Pourquoi titubait-elle ? Et par-dessus tout, pourquoi, malgré les heures passées dans le bureau de la clinique de Yohann à tenter de faire remonter ses souvenirs, ce dernier ne lui avait-il pas raconté tout cela lui-même ?... Marthe interrompit son flot de questions en reprenant :

— Vous avez disparu à l'intérieur du manoir, par la porte de l'aile sud qui donne sous l'abri à voitures. Peu après, j'ai entendu des éclats de voix qui venaient du grand salon. J'étais un peu inquiète et je me suis approchée, mais toutes les portes étaient fermées et je n'ai pas osé frapper... Alors bon, je suis retournée aux préparatifs du repas du soir. Il a dû filer deux ou trois minutes et puis, la discussion a tourné au vinaigre. La voix énervée de Monsieur m'arrivait jusque dans la cuisine... Mais la pluie était tellement forte que c'était impossible de savoir vraiment ce que Monsieur disait. En fait, de ce que j'en ai compris, il y avait un problème avec votre voiture...

— Avec ma voiture ? interrogea Abby, sourcils froncés. Je nous vois mal, Yohann et moi, nous disputer à ce sujet...

— Oh, comme je vous dis, Madame, je ne sais pas exactement de quoi il retournait !... En tout cas, la dispute était en lien avec la voiture, ça, c'est sûr... Il y a une seule chose que j'ai entendue nettement parce que vous avez hurlé...

— Moi ?

— Oui, Madame, comme je vous dis…

— Et quelle était cette phrase ?

— Vous avez hurlé : « Je ne peux pas me taire, Yohann ! Je ne pourrai jamais, tu m'entends ? Jamais ! »

Abby tressaillit. Elle ne conservait absolument aucun souvenir de cette dispute ni même d'avoir crié. Et que ne pouvait-elle taire ? Marthe lui racontait une histoire – son histoire –, mais aucune image ne surgissait à l'évocation de ce récit. La page restait blanche et son angoisse intacte…

— Après ça, ben, y a une porte qui a claqué… Et puis, plus rien… Je n'entendais que la pluie qui tapait sur le toit et sur les vitres, et les grondements de tonnerre. Les minutes ont passé et, comme il n'y avait plus de bruit, je me suis décidée. J'ai frappé à la double porte du grand salon, personne ne m'a répondu. J'ai fini par entrer mais la pièce était vide. Alors je suis allée au salon d'hiver parce que c'était votre endroit préféré quand vous n'aviez pas le moral, mais vous n'y étiez pas. J'allais monter au premier étage quand j'ai vu de la lumière dans le bureau de Monsieur. La porte était entrouverte, alors j'ai toqué. Monsieur m'a ouvert en grand, il avait l'air… (Elle réfléchit, ses sourcils se froncèrent.)… il semblait très nerveux et inquiet à la fois. Il était agité, c'est ça.

— Yohann, agité ?! s'étonna Abby.

— Oui, Madame… Mais quand on y pense, vous veniez de vous disputer très fort, et ça, ça ne vous était jamais arrivé depuis votre installation, expliqua Marthe. Et d'ailleurs, pour ce que je m'en souviens, ça a été la seule fois.

Abby sourit de dépit. Effectivement, malgré toutes les déconvenues de leur mariage, Yohann et elle ne s'étaient jamais disputés... Le silence entre eux avait toujours constitué leur plus solide rempart. Ils n'avaient jamais parlé de toutes *ces choses qui fâchent*. Les accords étaient tacites, les trahisons implicites, les récriminations voilées et les limites à ne pas franchir sous-jacentes. Un véritable carcan de non-dits auquel elle-même avait pleinement souscrit, tant il devient impossible, passé un certain cap, de mettre des mots sur une situation.

— J'ai demandé à Monsieur si ça allait, si je pouvais être utile à quelque chose. Et il m'a répondu de ne pas m'inquiéter. Il a dit comme ça que vous étiez en pleine crise de nerfs... que c'était en lien avec une dépression... (Elle parut gênée, le mot se défilait.) Vous savez, ce qui arrive des fois aux femmes après l'accouchement ?

— Une dépression *post-partum*, je suppose ?

— Oui, c'est ça ! Une dépression *post-partum*, c'est ce que Monsieur a dit. Après, il a ajouté qu'il allait vous donner un petit quelque chose pour vous calmer les nerfs. Il m'a demandé de prendre en charge les petits, même si ça devait me mettre en retard, parce qu'il voulait s'occuper de vous... Et après, il a fini en disant que les choses allaient s'arranger et que je ne devais pas m'en faire.

Marthe laissa échapper un soupir de gravité.

— Au vrai, ni Monsieur ni moi, on n'imaginait ce qui allait arriver dans la nuit.

Abby hocha la tête, confuse. Bien qu'elle n'ait conservé aucun souvenir de ce jour-là, elle concevait une certaine honte de son passage à l'acte. En agissant comme elle l'avait fait, n'avait-elle pas signifié aux siens, à ses propres enfants, qu'elle était prête à les abandonner ?

— Alors bon, je suis montée au second pour jeter un œil aux petits, Monsieur était juste derrière moi dans l'escalier. En passant devant la grande salle de bains du premier, j'ai entendu de l'eau couler. J'ai compris que vous preniez un bain. Monsieur a ouvert la porte pour vous rejoindre et, à ce moment-là, j'ai entendu vos sanglots par-dessus le bruit de l'eau.

Marthe s'interrompit pour boire une gorgée de son thé. Ses yeux fixaient le breuvage avec intensité, un peu comme si tous ses souvenirs se trouvaient là, rassemblés au creux de sa tasse, et qu'elle les regardait défiler.

— J'ai rejoint les enfants au second. Alicia jouait dans sa chambre et Ethan babillait dans son parc, tranquille. (Sa voix se chargea de tendresse.) Il a toujours été calme, Ethan !... J'ai joué avec eux un petit moment et je leur ai donné le bain. Après, on est descendus dans la cuisine. J'ai fait prendre son biberon à Ethan et j'ai fait manger Alicia. En remontant pour mettre les enfants au lit – c'était l'heure du coucher, 19 h 30 –, j'ai vu que la porte de la salle de bains était ouverte et que la pièce était vide. Je me suis dit que vous deviez être dans votre chambre, Monsieur et vous. Mais, en fait, je me trompais...

Un silence menaça de s'installer et Abby relança rapidement :

— Comment ça, ce n'était pas le cas ?

— Eh bien… après le coucher des enfants, je suis redescendue à la cuisine. Dehors, la pluie s'était enfin arrêtée et la nuit commençait à tomber. J'étais en train de mettre la table pour Monsieur et vous, quand j'ai vu un phare sur le long chemin principal qui descend au manoir. J'étais surprise, je me demandais qui pouvait bien venir à cette heure, alors j'ai guetté par la fenêtre. Quand le phare est arrivé en bas du chemin, les lumières automatiques se sont allumées à l'extérieur et j'ai reconnu votre cabriolet. Il y avait un des phares qui était cassé. La voiture a contourné le manoir comme pour se rendre aux garages fermés à l'arrière. De suite, j'ai pensé que Monsieur avait demandé à quelqu'un de ramener votre voiture. Mais cinq minutes plus tard, les lumières extérieures se sont allumées de nouveau et, en fait, j'ai reconnu Monsieur, il revenait des garages à pied. Figurez-vous que j'ai mis quelques secondes à comprendre que c'était lui parce qu'il avait enfilé un jogging, ce qui n'était pas dans ses habitudes.

Abby secoua la tête d'incompréhension et leva une main pour arrêter le récit de Marthe.

— Attendez, Marthe, je ne vous suis pas… Elle se trouvait où, ma voiture ?

— Mais… je ne sais pas, Madame. J'ai juste vu Monsieur la conduire aux garages. De là à vous dire où elle était ! Mais bon, vous croyez que ça a de l'importance ? Pour votre mémoire, je veux dire ?… Quelqu'un l'aura peut-être ramenée devant les grilles de l'entrée du domaine ? avança l'ancienne employée dans un haussement d'épaules.

Abby acquiesça d'un vague hochement de tête. Marthe faisait ce qu'elle pouvait pour l'aider, mais seul Yohann pouvait répondre aux questions en suspens.

— Et ensuite ?

— Pas grand-chose... Monsieur est descendu pour le repas du soir. Il m'a dit merci, que je pouvais partir maintenant, parce qu'il était déjà 20 heures, vous comprenez ?... Et puis, il a dû voir que j'étais inquiète, parce qu'il m'a expliqué de ne pas me faire de mauvais sang, que vous vous étiez endormie. Il a même ajouté qu'il passerait la nuit dans une des chambres d'amis pour ne pas vous réveiller. Alors bon... ça m'a un peu rassurée et je suis partie.

— Et le lendemain, alors ?

— J'ai embauché à 7 h 30, comme tous les jours. Quand je suis arrivée, Monsieur était déjà parti au travail. Le manoir était silencieux, précisa Marthe d'une voix émue, ce qui était assez inhabituel... mais je n'ai vraiment pas imaginé que... J'avais en tête votre crise de nerfs de la veille. Alors, je me suis dit que vous deviez encore vous reposer. (Il y avait dans son intonation l'écho d'une vieille culpabilité). Du coup, je suis allée au second. Là, j'ai vu au passage que Monsieur avait dormi dans la chambre d'amis du haut. J'ai aéré et j'ai refait le lit... Après, j'ai jeté un œil dans la chambre des enfants. Alicia dormait encore, mais Ethan babillait déjà quand je suis entrée. Je lui ai changé la couche et on a dû faire un peu trop de bruit, car Alicia a fini par se réveiller elle aussi. Ensuite, je suis descendue dans la cuisine avec les enfants. J'ai donné son biberon à Ethan pendant qu'Alicia prenait son petit déjeuner. Après, je l'ai laissée regarder un dessin animé. Vers 9 heures, vous n'étiez toujours pas levée. Finalement, j'ai débarbouillé les enfants et je les ai habillés. C'est qu'il fallait que je fasse les courses pour le repas de midi ! Alors bon, je vous ai laissé un mot et je suis partie au marché avec les petits dans la voiture de service. On a dû revenir vers 10 h 30, je pense. En tout cas, quand j'ai poussé la porte du manoir, le téléphone sonnait. J'ai répondu, c'était Monsieur. Il avait l'air inquiet. Il m'a dit que c'était la troisième fois qu'il appelait et que personne ne lui répondait. Je lui ai expliqué pour les courses et c'est là que…

— C'est là que quoi, Marthe ?

— Il m'a parlé durement, je m'en souviens très bien… J'ai eu l'impression d'être une sotte… et Monsieur avait raison, lança-t-elle en baissant piteusement les yeux. Il m'a dit : « Comment ça, Madame n'est pas levée ? Ça ne lui ressemble absolument pas, Marthe ! » Puis, il y a eu un court silence – j'avais l'impression que Monsieur allait m'avaler toute crue – et il m'a ordonné d'aller immédiatement dans votre chambre.

L'ancienne employée cessa de parler. Sans même s'en rendre compte, elle se triturait nerveusement les mains, les yeux fixes et embués. De longues secondes filèrent, rythmées par le tic-tac du coucou au mur.

— Marthe, je sais que ce récit ne doit pas être une partie de plaisir, mais… s'il vous plaît, finissez.

La bonne femme tressaillit. But une gorgée de son thé froid. Inspira et reprit :

— Je me suis précipitée à l'étage et j'ai frappé à votre porte. Rien. J'ai frappé plus fort… très fort, en fait… tout en vous appelant ! Mais vous ne répondiez pas. Au fond de mon ventre, j'ai senti comme une grosse boule. Parce que, en fait, ça n'était pas normal, hein ! Il était arrivé quelque chose. J'ai pensé aux petits qui étaient en bas et aussi, à Monsieur qui venait de me crier... (Marthe leva enfin le regard vers son ex-patronne et Abby y découvrit une terreur sincère.) Je me suis dit : « Mon Dieu ! Madame est morte. »

Ce fut au tour d'Abby de se triturer les doigts. Mortifiée par la honte.

— J'avais tellement peur ! Mais bon, j'ai ouvert la porte et là... je vous ai vue... Oh mon Dieu, vous étiez allongée sur votre lit... et vous ne bougiez pas d'un pouce... Et puis, autour de vous, il y avait tous ces emballages vides de cachets... Mon sang n'a fait qu'un tour ! Je me suis ruée sur vous, je vous ai secouée dans tous les sens, je crois bien que j'ai crié. Mais... mais rien, rien du tout. Vous étiez inconsciente. Alors... alors, j'ai descendu les escaliers en courant et j'ai repris le téléphone avec Monsieur qui attendait à l'autre bout.

Marthe finit sa tasse de thé froid d'un trait en grimaçant et reprit d'un ton las :

— Monsieur s'est occupé de tout. Il a de suite prévenu les secours et il vous a rejointe aux urgences. La journée qui a suivi, je n'en voyais pas le bout... Je crois que ça a été le jour le plus long de toute ma vie... J'avais le cafard, vous savez... un cafard terrible... Ça m'avait fichu un sacré choc de vous avoir retrouvée comme ça... et surtout, je n'arrêtais pas de me dire que si je n'étais pas allée faire les courses avec les enfants, j'aurais pu prendre le premier appel de Monsieur et que ça n'aurait pas été la même chose...

Parce que, bon, je vous aurais trouvée beaucoup plus tôt, vous comprenez ?

— Mais Marthe, vous ne pouviez pas savoir ! la coupa Abby en prenant conscience des affres de son ancienne employée. Et je vous rappelle que je vous dois la vie !

— Oh Madame, c'est gentil de me dire ça, mais... c'est à Monsieur que vous la devez. S'il n'avait pas téléphoné ce matin-là...

Éloïse et Manon, 2 jours après le meurtre de Yohann Le Guen

Les deux sœurs quittèrent le café sur les coups de 10 heures. Connaissant désormais la situation conjugale de sa jumelle, Éloïse ne pouvait s'empêcher de ressentir une certaine honte. Après tout, Manon s'était montrée catégorique quant à l'absence d'implication de son mari dans la persécution dont elle faisait l'objet. Elle lui avait demandé de lui faire confiance. Pourtant, la gendarme s'était entêtée et l'avait poussée dans ses retranchements. Au final, Charles était clairement hors du coup, et Éloïse se retrouvait prise à partie dans une histoire de famille qui n'aurait pas dû la concerner. La détresse sincère de sa sœur, son incapacité à « relativiser », à saisir le dilemme de son époux, l'ébranlaient plus qu'elle ne l'aurait cru. La gendarme avait voulu savoir et le regrettait presque maintenant…

— Tu m'accompagnes au supermarché ? J'ai des courses à faire.

— Non, je vais plutôt essayer de remonter la piste Pom d'Api, expliqua la gendarme en attrapant la boîte posée sur la lunette arrière.

— Élo, tu comptes sérieusement identifier le type qui me pourrit la vie à partir d'une simple boîte à chaussures ?

— Il ne faut négliger aucun indice. Tu sais, le métier d'enquêteur, c'est aussi ça : se coltiner du porte-à-porte, faire des dizaines de recherches qui pour finir seront inutiles, s'arrêter sur chaque détail. Il n'y a que dans les séries télé qu'on voit des flics résoudre une affaire en trois clics sur le Net !

— Bien... c'est comme tu veux. Je te retrouve ici vers midi, ça te va ? On pourrait aller manger ensemble à Paimpol, sur le port, qu'est-ce que tu en dis ?

Éloïse tenta de masquer sa réticence. En l'espace de quelques jours, elle était passée d'une convalescence poussive et solitaire à un statut de chef d'enquête, avec en prime un retour aux sources chargé d'émotions intenses et contradictoires. Là, subitement, face à Manon qui organisait leur journée, elle eut le sentiment violent d'être prise au piège d'une réalité qui lui échappait. Les événements s'enchaînaient, tout allait beaucoup trop vite, et elle se sentait comme un minuscule caillou entraîné par une série de vagues sans fin...

— Cache ta joie !

— Manon... écoute, se défendit Éloïse d'un ton las, ne le prends pas mal, mais j'ai besoin de calmer le jeu. D'être un peu seule... tu comprends ?

— ... Un peu seule ? Voyez-vous ça ! Je pourrais peut-être comprendre, Élo, si je n'étais pas terrorisée à l'idée qu'un taré puisse surgir sans crier gare pour m'agresser – tu sais, le fou harceleur qui menace mes enfants et l'équilibre de mon existence ?!

— Manon, s'il te plaît, écou...

— Non, c'est toi qui vas m'écouter, très chère sœur ! Sans mon intervention, tu serais encore à croupir dans cette maison pour dépressifs, à broyer du noir sans fin et à te gaver de cachets pour éviter de toucher le fond ! Alors, il me semble que tu pourrais faire un petit effort pour me soutenir plutôt que de continuer à me fuir comme si... comme si quoi, d'ailleurs ?

Les digues d'Éloïse cédèrent d'un coup. L'égocentrisme de Manon, son incapacité à prendre en compte la souffrance de l'autre, son ton agressif et suffisant sur fond de culpabilisation dès que ses intérêts étaient en jeu, c'était plus qu'elle ne pouvait en supporter ! Un flot d'insultes hargneuses se bouscula derrière ses lèvres et les poings de la gendarme se serrèrent malgré eux. Les traits déformés par la rage, elle parvint à riposter entre ses maxillaires crispés :

— Fer-me-la-ou-je-t'é-tran-gle !

Elle avait prononcé sa menace en avançant vers sa sœur. Celle-ci, sidérée par la violence à peine contenue d'Éloïse, recula d'un pas, soudain blême. Coincée contre le capot de la voiture, elle ouvrit la bouche pour rétorquer quelque chose mais se ravisa *in extremis*. Éloïse parvint à se recomposer un visage et, d'une voix glaciale, reprit :

— Non, on ne partagera pas un petit tête-à-tête ce midi. Je vais louer une voiture, manière de ne pas t'avoir sur le dos pour mener mon enquête. Je vais identifier ce mec et lui régler son compte. Ensuite, je repartirai, et ce sera comme si je n'étais jamais venue. C'est clair ? D'ici là, ne t'avise surtout pas de me servir ton couplet sur la solidarité familiale. J'ai mal à en crever depuis la mort de Jean-Marc. J'ai mal à en crever et rien ne t'aurait jamais incitée, toi, Manon, à me venir en aide au fin fond de ma maison pour dépressifs – comme tu le dis si bien – si tu n'avais pas eu besoin de moi. Alors, épargne-moi les leçons de morale. Tu n'as jamais été et ne seras jamais une sauveuse, Manon ! Et tu n'es pas le nombril du monde non plus !

Là-dessus, la gendarme fit volte-face, enfonça ses mains dans les poches de son jean et commença à remonter la rue d'un pas vif. Quelques secondes plus tard, elle entendit derrière elle la porte de la voiture claquer, puis le moteur gronder. Le véhicule s'approcha dans son dos et ralentit à sa hauteur. Manon baissa alors la vitre. Du coin de l'œil, Éloïse remarqua que le visage de sa sœur était baigné de larmes. Les mots qu'elle prononça avant d'accélérer lui perforèrent le cœur :

— N'oublie pas que c'est toi, et toi seule, qui es partie il y a quinze ans, Éloïse ! J'ai essayé de respecter ton choix, comme papa et maman... Que pouvait-on faire d'autre de toute façon ? Alors d'accord, je ne suis peut-être pas la sœur idéale, mais la vérité, c'est que tu ne serais pas là si JE ne comptais pas pour toi !

Les yeux embués, la gendarme regarda la voiture disparaître à l'angle de la rue. Elle pouvait bien balancer à Manon toutes les méchancetés du monde, ça ne changerait rien au sentiment de culpabilité qu'elle traînait depuis toutes ces années. Elle n'avait pas été à la hauteur après l'accident de voiture de ses parents. Elle s'était réfugiée dans sa formation comme on s'accroche à une bouée de sauvetage. Elle avait sciemment fermé les yeux sur les longues semaines d'hospitalisation de sa mère, laissant Manon gérer seule la situation. Elle avait cru pouvoir tourner le dos à son passé, mais elle se rendait compte aujourd'hui que sa fuite était un leurre.

Un vertige la surprit et elle s'arrêta de marcher pour s'appuyer à un poteau. Les larmes qu'elle avait toujours su retenir la débordèrent d'un coup. Là. Sans prévenir. Avec une puissance inattendue qui l'empêchait de respirer. Alors, sans qu'elle comprît ce qui se passait, elle se retrouva à genoux sur le trottoir, effondrée… Le ressentiment qu'elle refoulait depuis des années s'insinua jusqu'à son cerveau. Une sorte de hargne limpide et honteuse. En réalité, elle en voulait à ses parents de l'avoir laissée être la jumelle invisible ! Elle refusait de pardonner à sa sœur d'avoir pris tant de place ! Elle était viscéralement jalouse de cet amour si mal partagé ! Elle, l'enfant sans problème, la fille autonome au caractère bien trempé, celle qui s'était frayé seule un chemin d'indépendance, se sentait pleine d'amertume… Elle n'avait rien résolu en construisant sa vie loin des siens. Elle avait simplement tenté de dissimuler sa rancœur derrière une façade de femme forte qui n'avait besoin de personne pour avancer. Seul Jean-Marc l'avait percée à jour et s'était employé pendant deux ans, avec tact et précaution, à abaisser ses défenses. Il lui avait souvent parlé de cette colère si prompte à surgir dans toutes les situations les plus banales et lui avait conseillé d'y réfléchir : « Mais d'où te vient cette colère, Élo ?! » Combien de fois avait-elle eu envie de poser sa tête sur son épaule pour lui parler de sa vie ? Mais elle avait combattu ces élans avec obstination, certaine alors que ressasser le passé ne servait à rien et que la seule chose qui comptait était bel et bien d'avancer, de construire, de projeter ! Et voilà qu'elle se rendait compte en quelques secondes que le passé formait le socle du présent et qu'il existait, même si on s'acharnait à l'ignorer...

De longues minutes passèrent avant que les larmes tarissent tout à fait. Éloïse finit par se relever, meurtrie au plus profond d'elle-même mais consciente de toucher du doigt une vérité intime : la vie lui donnait une occasion de revenir sur ce douloureux passé, sur l'origine de sa colère. Peut-être était-il temps de laisser ses souffrances d'adolescente remonter à la surface et d'essayer de les guérir... En tout cas, c'est ce que Jean-Marc aurait voulu pour elle. « Mais d'où te vient cette colère, Élo ? Tu ne pourras l'apaiser que si tu l'identifies. »

Abby Le Guen,
12 jours avant le meurtre de son mari

Abby quitta la ferme des Brousse vers 17 heures. Avant de partir, elle avait pris des nouvelles de Marthe – comment allait-elle depuis la mort d'Octave ? S'en sortait-elle financièrement ? Elle avait appris presque incidemment que son fils était revenu au pays. D'après ce qu'elle avait compris, il avait quitté Besançon et intégré un poste à responsabilité à l'usine Tercier, à quelques kilomètres de la côte, vers Trégastel. Sur le chemin vers le manoir, Abby tentait de se remémorer les traits de cet adolescent du même âge qu'Ethan mais n'y parvenait pas. Elle se sentait confuse de n'avoir aucun souvenir du fils Brousse, alors même que Marthe avait, de son côté, suivi de près l'éducation de ses propres enfants, s'était souciée de leur bien-être, occupée de leur quotidien, et avait évolué dans leur sillage comme une sorte de mère de substitution. Abby était d'autant plus honteuse de n'avoir conservé aucune image de ce gamin que Yohann avait pris à ses frais une bonne partie du coût de ses études – générosité surprenante pour qui connaissait son mari… Lui, le *self-made-man* parti de rien, l'homme inflexible au discours méritocratique, avait subitement décidé de financer les études du fils Brousse ! Incroyable, tout de même... Abby secoua la tête d'incrédulité en se rappelant le soir où son mari lui avait annoncé la nouvelle.

ЧЯД

Il est 20 heures. Yohann vient de revenir de la clinique. Il entre dans le salon, d'humeur plutôt légère, à en croire ses traits détendus et l'étincelle qui pétille dans ses yeux. Abby en est encore à se demander depuis combien de temps son mari ne lui apparaît plus sous un jour aussi décontracté, quand il se rembrunit :

— Alicia et Ethan ne sont pas avec toi ?

Immédiatement, Abby prend conscience que l'enthousiasme de Yohann tient à la présence des enfants au manoir, revenus quelques jours plus tôt pour fêter le bac d'Ethan.

— Je crois qu'Ethan a dormi dans le pool-house. Quant à Alicia, elle doit être au cottage, puisqu'elle a ses quartiers là-bas.

Si Yohann sent le reproche sous-jacent, il n'en montre rien.

— Je les appelle, fait-il en sortant son portable. Qu'on partage au moins le repas de ce soir ensemble. Qu'a prévu Marthe ?

— Si je me souviens bien, soupe de poissons et...

Mais Yohann ne l'écoute déjà plus, Alicia est à l'autre bout du fil. En entendant la voix de sa fille, Yohann respire la joie. Un an est passé depuis le départ des enfants pour Londres et, si Ethan est revenu aux vacances de Noël, Alicia, elle, a préféré rester là-bas pour bosser ses cours. C'est donc son premier retour au manoir et Yohann est ravi, comme en témoignent les inflexions chargées de tendresse de sa voix. Il raccroche au bout d'une minute après s'être éloigné pour finir son échange et va se servir un verre de whisky.

— Ils seront là d'ici un petit quart d'heure, précise-t-il en s'asseyant dans son fauteuil club. Alicia finit de se préparer.

— Ils se sont levés tard ?

— Oh, d'après ce que j'ai compris, la fête a duré toute la nuit ! Alors oui, j'imagine qu'ils n'ont pas joué les lève-tôt...

— C'est de leur âge... Et puis, vu les résultats d'Ethan au bac, quoi de plus normal que de vouloir en profiter ?

Une lueur de satisfaction éclaire le visage de Yohann. Qu'il s'agisse d'Ethan ou d'Alicia, les enfants Le Guen naviguent dans son sillage ! Abby elle-même est emplie de fierté. Après tout, quel parent ne le serait pas ?

— En parlant de bac, Octave est passé à la clinique cet après-midi.

— Ah bon ? Rien de grave au moins ?

— Non, non... Il... il est venu me taper de l'argent, enfin, manière de parler.

Abby lève un sourcil mi-interrogateur, mi-sceptique. Les Brousse n'ont pas pour habitude de quémander quoi que ce soit.

— Octave s'inquiète pour l'avenir de son fils. Disons que le gamin a la tête plutôt bien pleine

– on se demande d'où il peut tenir ça, hein ?! –, parce que vu les géniteurs !... À moins que le fiston ne soit le fruit d'une engeance adultère !

— *Yohann, enfin !*

— *Oui, c'est vrai, tu as raison, la coupe-t-il, narquois. Quel homme normalement constitué pourrait bien vouloir faire des galipettes avec une femme comme Marthe !*

— *Yohann, s'il te plaît ! Ce n'est pas drôle !*

Mais il doit se trouver spirituel car un sourire carnassier continue d'étirer sa bouche. Il fait claquer sa langue – comme après un bon trait d'esprit – et reprend plus calmement :

— *Bref, quoi qu'il en soit, le fils Brousse aurait des dispositions pour les études.*

— *Et ?*

— *Octave m'a demandé si je pouvais les aider à financer le cursus du gamin. Apparemment, il rêve de faire une école de commerce...*

Yohann laisse filer plusieurs secondes silencieuses. Abby le considère avec étonnement – elle n'en revient toujours pas qu'Octave ait eu cette audace, lui qui se montre habituellement si discret...

— *Ma foi... c'est surprenant venant d'Octave. Et donc... par quel habile subterfuge as-tu évincé sa demande ? le provoque-t-elle avec sarcasme.*

— *J'ai dit oui.*

Abby se fige. Abasourdie.

— *Tu te moques de moi, c'est ça ?*

— *Non, pas du tout. (Yohann observe le whisky qu'il fait tourner dans son verre, une sorte de lueur étrange dans les yeux.) Je lui ai répondu positivement.*

Pourquoi ? lance-t-il avec un soupçon d'agacement. Tu penses que j'aurais dû dire non, c'est ça ?

Ses yeux désormais braqués sur elle respirent la défiance.

— Pas du tout. Je m'étonne juste que tu aies accepté. Ça ne te ressemble pas, c'est tout.

— Enfin, Abby, se défend-il, tu me prends pour le dernier des salopards, dis-le !

Le piège est si grossier qu'il en est presque insultant. Mais Abby refuse d'entrer dans son jeu. Les enfants ne vont pas tarder et ils sont là si rarement qu'elle veut en profiter. Aussi se contente-t-elle d'un silence courtois.

— Quand il est arrivé, je venais juste de recevoir mes derniers résultats comptables. Sais-tu que mon contrat avec l'armée pèse à lui seul plus du tiers de mes dividendes aujourd'hui ?! Quand je pense qu'il y a vingt ans de cela, on me prenait pour un fou !

Abby a envie de tout sauf d'entendre son époux déblatérer sans fin sur les incroyables applications de ses recherches dans le domaine du SPT[1] des militaires. Elle coupe court :

— Tu t'es engagé à lui financer quoi, au juste ?
— Son cursus dans une école supérieure de commerce... Il m'a paru normal de t'en toucher un mot... Après tout, Marthe pourrait vouloir te remercier, alors autant que tu saches exactement de quoi elle te parle.

---

1. Stress post-traumatique : réaction psychologique consécutive à des situations où l'intégrité physique et/ou morale d'une personne a été menacée et/ou atteinte.

— *Bien, c'est entendu... Yohann ? (Il lève les yeux vers elle, prêt à riposter.) Sache que... ça me fait plaisir que tu aies accepté d'aider les Brousse.*

Son mari lui retourne un sourire forcé qui se meurt sitôt qu'il est né. Abby a la nette impression qu'il ne lui dit pas tout, mais elle doit s'en tenir là car déjà s'élèvent les bribes d'une conversation animée entre Alicia et Ethan en bas de l'escalier.

※※※

Dans le jour qui commençait à pâlir sous les feuillages des arbres, Abby se fit la réflexion que même si sa motivation lui avait toujours échappé, cette décision de Yohann était certainement la seule qui l'ait agréablement surprise en trente-six ans de mariage... Quoi qu'il en soit, elle devait se rendre à l'évidence : la personnalité de Yohann était bien plus complexe qu'elle le pensait. Qu'il s'agisse du financement des études du fils Brousse, des appels téléphoniques que Yohann avait passés le matin de son suicide sans jamais lui en parler par la suite, ou encore de l'après-midi qui avait précédé sa tentative de suicide, cet époux qu'elle pensait avoir cerné lui apparaissait désormais sous un jour beaucoup moins limpide. *Un jour suffisamment trouble pour envisager que Yohann possède les réponses aux questions que tu te poses depuis plus de trois décennies autour de ton* black-out *? Ou encore, que ce mari infidèle ait pu entretenir une relation amoureuse avec ta fille ?*

Abby sentit le feu lui monter aux joues. Elle ne pouvait plus demeurer dans le doute, elle devait savoir si les sentiments qui avaient uni Alicia à son père avaient abouti à l'inacceptable... D'une manière ou d'une autre, elle devait percer Yohann à jour. Elle ralentit le pas et commença à réfléchir.

Concernant les éléments qui entouraient sa tentative de suicide – éléments que Yohann avait pris grand soin de lui dissimuler et pour lesquels il avait intimé un silence total à Marthe –, Abby commença à élaborer un plan. Certes, son idée était risquée et demandait encore à être peaufinée, mais elle pouvait être prometteuse si elle parvenait à tenir son rôle correctement.

Pour ce qui concernait la relation entre son mari et sa fille, l'incertitude continuait de planer, ce qui était déjà en soi intolérable. Aucune mère ne devrait avoir le moindre doute sur la nature de la relation unissant un père à sa fille !... Une montée d'émotion violente et inattendue lui zébra le ventre. Abby dut s'arrêter et s'appuya contre un arbre. En réalité, la rage le disputait à la culpabilité : n'avait-elle pas permis toutes ces choses odieuses en acceptant que Yohann lui dame le pion dans tous les aspects de la vie de famille, jusque dans l'éducation des enfants ? Elle attendit de longues secondes que le tumulte en elle s'apaise. Lorsqu'elle reprit sa marche vers le manoir, une résolution froide avait pris corps. Désormais, elle ne redoutait plus la future lettre de L'Œil. Non, elle l'attendait de pied ferme. Elle voulait – *devait ?* – savoir ce qui s'était réellement passé entre Yohann et Alicia. Et s'il advenait que Yohann ait transgressé le tabou ultime de l'inceste, cette fois elle n'hésiterait pas.

Elle se débarrasserait de ce monstre.

L'Œil, 11 jours avant
le meurtre de Yohann Le Guen

Notre chère artiste mélancolique est venue à la maison ! Voyez-vous ça ! J'ai appris la nouvelle hier en rentrant de l'usine. Ma mère avait dans l'œil cette lueur spéciale – celle-là même qui éclairait son visage dans les rares occasions où mon père lui était monté dessus. Elle ne s'est pas départie de son air niais et béat de tout le repas. Une nonne ayant vu le Christ… Il fallait que je sache. La bougresse est secrète, une vraie taiseuse. Alors, après le dîner, j'ai sorti une vieille prune. Un fond de bouteille qui remonte à avant la mort de papa. Cette bourrique avait le cœur guilleret, elle a accepté le verre que je lui ai proposé. Dix minutes plus tard, comme je lui servais une troisième rasade, elle s'est mise à parler. Un vrai pinson. C'est là que j'ai su que *madââââme* Le Guen était passée la voir l'après-midi même. J'ai senti une contraction au fond de mon ventre. Abby se doutait-elle de quelque chose ?! Et si oui, comment ?! J'ai fait parler la vieille. Ça m'a coûté. Parce que je n'avais qu'une envie, lui ficher la gnole en plein milieu du visage. La voir si euphorique parce que son ex-patronne lui avait fait l'honneur d'une visite : pathétique ! J'ai réprimé mon écœurement en écoutant ma pauvre mère s'ébaubir de ce que la Le Guen lui avait dit qu'elle était son amie.

Son *amie* ! Allongé sur mon lit, dans le silence de la maison qui me souffle son haleine de bouillon de poule refroidi aux narines, je serre les poings, en proie à une colère terrible. Je sais que je dois recouvrer mon sang-froid. Que mon plan ne saurait souffrir aucune approximation. Je contiens un hurlement dans ma gorge. J'en veux à la terre entière ! Aux images du passé se superposent celles, plus récentes, de Perros-Guirec, avec Ethan s'approchant de Manon par-derrière, posant sur ses yeux une main facétieuse et murmurant je ne sais quel mot doux à son oreille ! Je revois l'air épanoui de Manon, son sourire mutin comme une obscénité à la face de mon monde. Exactement comme il y a dix-sept ans…

Je fais la plonge au Blue Bird depuis une semaine. Je gagne un peu d'argent de poche pour pouvoir m'acheter des fringues. En septembre, c'est la terminale, dernière ligne droite avant le bac. J'évite de penser à après. Ça me fout le bourdon… Diego, le fils du patron qui a vingt-trois ans et roule en Golf GTI décapotable, passe derrière moi et me met une tape virile sur l'épaule. « Ça va, mon gars ?! » Mais il n'attend pas la réponse et sort par la porte de service qu'il coince avec une brique. La fraîcheur de la nuit pénètre un peu dans la pièce et ça fait un bien fou. La plonge, c'est une véritable étuve ! De dehors, me proviennent le chahut en terrasse et le fond musical qui augmente petit à petit pour inviter les clients à entrer dans la boîte. Je jette un œil à la pendule, 23 h 48. Le restau ne sert plus passé minuit. Je vais bientôt pouvoir souffler. Devant la porte de service entrouverte, j'entends Diego qui discute au téléphone. J'envoie un nouveau bac en machine et je rince le suivant au jet brûlant pour pouvoir enchaîner. Dès que le programme est fini, j'ouvre la machine. Un nuage de buée ardente se plaque immédiatement contre mes vêtements, tandis que la machine me souffle son haleine d'eau de vaisselle chaude en pleine figure. Pas de temps à perdre, je fais glisser le bac propre sur le côté et je positionne le bac que j'ai rincé sous la machine. Je rabats le couvercle, j'appuie sur le bouton et je file porter le bac propre côté cuisine. Je retourne à mon poste, je remplis un nouveau bac avec la vaisselle accumulée sur le plan inox et je commence à le rincer. « C'est fini ! » me lance Antoine, le serveur, en portant un dernier plateau de vaisselle.

À 1 heure du matin, j'ai terminé le job. La vaisselle est rangée, la cuisine est propre, j'ai aidé Marco, le cuistot, à boucler le travail. Rouan, le patron, passe et inspecte les lieux. « C'est OK pour moi, les gars », lance-t-il. Puis il se tourne vers moi. « Tiens, petit, voilà ta paye de la soirée et un jeton pour te rafraîchir au bar. Allez, va, on est samedi soir, tu l'as bien mérité ! » Je murmure un merci en rougissant. Je retire mon tablier et, au lieu de sortir par la porte de service comme d'habitude, je pousse la porte battante qui donne sur la discothèque. Muni de mon précieux jeton, je vais m'asseoir au bar. La boîte est pleine à craquer. Le DJ passe Yakalelo *de* Nomads *et la piste est déjà remplie.*

Je demande un whisky Coca, comme un gars qui vient de commander avant moi. Je goûte, je trouve ça fort. Heureusement qu'il y a le Coca ! Je sirote mon verre tranquillement, en observant les gens autour de moi discrètement. Le Blue Bird, c'est un des lieux les plus branchés de la côte, alors j'en profite. Il y a plein de jeunes de mon âge. Les filles sont en jupe courte ou en short. Maquillées, apprêtées, et certaines sont vraiment très mignonnes... Sur la piste, il y a une blonde très sexy qui se trémousse devant un Black assez balaise. Tout le long du mur, à deux pas de la piste, je repère les tables basses et les banquettes en demi-cercle autour. Il y a Ethan et Alicia Le Guen avec leur parterre d'amis. Sur leur table, s'entassent bouteilles de rhum, de tequila et de whisky. Je jette un regard au tarif des boissons. Je pourrais tout juste me payer une seule de ces bouteilles en bossant une soirée entière !

Je me laisse griser par la musique qui tambourine à mes oreilles et par le verre de whisky Coca. Comme je n'ai encore jamais bu, la tête me tourne légèrement et c'est plutôt agréable, cette sensation de flottement. J'observe autour de moi la jeunesse friquée de la côte et je m'égare dans des rêveries où je suis plein aux as, où les plus belles filles me regardent avec admiration et respect, et où la vie me sourit enfin ! Perdu dans mes songes, je sursaute au contact des mains douces qui se posent sur mon avant-bras. « Désolée, je ne voulais pas te faire peur ! » crie la voix dans mes oreilles pour couvrir le son des basses. Je la regarde. Cette fille est d'une beauté à couper le souffle. Elle a une lueur particulière au fond des yeux, un magnétisme étrange où se mêlent détachement et malice. Une sorte d'invitation qui recule à mesure qu'on y répond. Elle me demande de lui offrir un verre. Mes doigts tremblent quand je sors l'argent chèrement gagné de la poche de mon jean. Je me rends compte à ce moment-là qu'émane de moi une odeur d'eau sale, de sueur âcre et de graisses de cuisine. Je rougis de honte, ce qui provoque chez elle une hilarité exagérée et déplaisante. Je voudrais lui dire d'aller se faire voir, au lieu de quoi je fais signe au barman, me délestant au passage du tiers de mon salaire du soir. Elle s'appelle Manon. Tout en me parlant, elle jette régulièrement des œillades au-dessus de mon épaule, à l'endroit où s'agglutine le groupe de courtisans d'Ethan et Alicia Le Guen, très en vue au lycée privé de Saint-Just, et qui sont aussi les jeunes voisins pour lesquels ma mère et mon père s'échinent depuis deux décennies.

Je m'efforce d'ignorer l'affront du regard de Manon qui se perd au-delà de moi et de faire taire la voix qui m'intime d'enfourcher ma mob, de rentrer sagement à la ferme et d'oublier cette fille qui n'est pas faite pour moi. Mais la voix en moi se brouille et se noie sous la tyrannie d'un désir que je ne maîtrise pas, celui d'une revanche. Un peu comme si l'attitude dédaigneuse de cette Manon venait alimenter en moi une sorte de rage enfouie, une prétention d'être enfin considéré, de faire mes preuves envers et contre tous ! Moins j'existe pour elle, plus j'ai besoin de m'imposer à ses yeux. Parce qu'elle incarne une fenêtre ouverte sur l'univers qui m'est interdit, qui leur est réservé à tous ces autres, l'univers des vies faciles, belles et *légères. Manon hoche vaguement la tête quand je parviens à extirper de ma bouche les balbutiements d'une conversation. Mais je vois bien, à sa manière de porter son attention derrière moi, que je lui suis complètement indifférent. Je suis une vitre que son regard traverse... Trois verres plus tard pour elle – je n'ai toujours pas terminé mon whisky Coca –, mes poches sont aussi vides que l'intérêt qu'elle me porte. Pourtant, lorsque Rouan, le patron, passe à côté de moi en m'adressant un clin d'œil qui semble dire « Wouaw, mon gars, t'as fait bonne pioche ! », je l'arrête et lui demande discrètement s'il me ferait crédit pour finir la soirée. Il me répond en s'esclaffant : « T'es sûr ?! Parce que là, petit, t'as dégoté le genre de fille qui va te faire cracher au bassinet ! Mais si tu veux vraiment te ruiner, moi ça me va, je me récupérerai sur ton salaire ! » Sur quoi, il glisse un mot au serveur.*

Il est presque 4 heures du matin, Manon danse sur la piste, à deux petits mètres de moi. Elle a toujours cet air étrange qui me fascine. De temps en temps, elle s'assure que je ne la quitte pas des yeux, que je la désire toujours autant. Et si nos regards se croisent, elle retourne à son centre d'intérêt derrière moi. Moi, je suis pétri de confusion. Plus je l'observe, plus je la veux. Et plus je sens que je la veux, plus je me fais pitié. Je suis comme un chien galeux au pied de la table d'un roi. Le deuxième verre que je suis en train d'achever ajoute à ma sensation de tournis et de perte de contrôle. Je ne suis plus grisé, je suis ivre d'envie et de hargne à la fois. Manon est de dos désormais, et le léger balancement de ses hanches éveille en moi un violent élan animal. Immédiatement, les images d'Alicia faisant avec les garçons toutes ces choses avec sa bouche, ses mains et son corps tout entier se plaquent à ma rétine. Je revois la pointe dressée de ses seins, la danse indolente de ses fesses sous ses reins cambrés, le flirt de ses cheveux sur la peau de tous ces autres et j'entends aussi les soupirs et les ahanements qui s'accélèrent. Mon sexe durcit subitement dans mon pantalon et me fait mal.

C'est à ce moment précis de gêne et d'inconfort extrême que je sens une présence dans mon dos. Une présence incarnée par un parfum chic aux notes épicées. Depuis mon siège haut, je me dévisse la tête pour regarder derrière moi. Ethan Le Guen se tient juste là, allure décontractée, accoudé au bar, un étrange sourire moqueur aux lèvres. « T'emballe pas, mec, cette fille me kiffe grave depuis des mois, elle n'en a rien à cirer de toi ! » Je ne sais pas exactement ce qui me passe par la tête, par quel tour de force je crois pouvoir me défendre de cette évidence cruelle. Toujours est-il que le chien en moi grogne et veut marquer son territoire. Primitif ? Certainement autant que la gaule qui me flingue l'entrejambe à ce moment-là. « Ah ouais ?! Ben, faudra que tu m'expliques pourquoi elle a passé la soirée entière avec moi, alors ! » Voilà, c'est envoyé, et bien envoyé ! Ethan Le Guen me retourne un regard interloqué – il y a peu de jeunes qui lui tiennent la dragée haute, en fait – puis, passé la surprise, son œil se teinte d'une lueur amusée et défiante. « T'es le fils Brousse, non ? » Je bombe le torse : « Et, donc ? » Il me considère quelques secondes et une lueur de malice passe dans ses yeux. « Tu fais quoi, ici ? » Un instant, j'envisage de lui mentir pour sauver la face. Mais j'y renonce. « Je bosse à la plonge... tout cet été... pourquoi ? » Il pose ostensiblement un billet de deux cents francs sur le bar et commande une Tequila Sunrise. Il tète la boisson par la paille puis daigne reporter son attention sur moi : « OK, mec, je vais te faire la version courte... La nénette à qui t'as offert des coups à boire toute la soirée, en te racontant que sur un malentendu, tu pouvais peut-être conclure, cette fille, elle se fout de toi comme de l'an quarante ! La seule et unique chose qu'elle espère, c'est me rendre jaloux... Maintenant, à toi de voir ! » Le chien en moi se tasse sous l'assaut brutal des mots mais, au lieu d'en rester là et de repartir en geignant, la queue entre les jambes, il se rebiffe et veut filer un coup de croc. « C'est tout ce que t'as trouvé pour sauver tes apparences de tombeur qui s'est fait rembarrer ?! » L'espace d'un instant, je suis triomphant. Je viens de lui coller un énorme uppercut en pleine tronche. J'en oublierais presque mon odeur d'égoutier et les premiers stigmates d'une acné juvénile qui s'annonce coton. J'en oublierais presque ma condition. Ethan Le Guen, mouché par un clébard miteux ! Une poignée de secondes file et ses yeux, étrécis par le revers qu'il vient d'essuyer, se durcissent rapidement. « Tu veux jouer à ça, pauvre mec ?! Apparemment, j'aurais dû te livrer la version longue, ça t'aurait évité de raconter des conneries plus grosses que toi ! me jette-t-il d'une voix méprisante. Cette nana est chaude comme de la braise dès que je la caresse du bout des yeux... Mais, si tu veux bien, je vais arrêter de parler et te le faire en images. Ah et aussi, c'est cool que tu sois là tout l'été... à la plonge, je veux dire... Tu pourras te rincer l'œil quand je la culbuterai sur une banquette de la boîte. Pauvre mec ! »

Il finit son verre de tequila cul sec et s'écarte du bar. Je ne sais pas trop ce que j'espère et si j'espère encore quelque chose, mais sûrement que oui, parce que des zébrures me déchirent le ventre quand il fond sur Manon. Dès qu'il se tient devant elle, l'expression de Manon se modifie. Le vert de ses yeux se charge d'une électricité tout animale, sa danse se fait plus langoureuse et son mouvement d'épaules plus indolent. Ethan Le Guen lui sourit en penchant légèrement la tête sur le côté. Puis il passe derrière elle et me fait face. Il me lance alors un regard provocant avant de se coller contre le dos de Manon. Je jure qu'à cet instant, cette fille qui me semblait si inaccessible devient la poupée docile d'un marionnettiste. Il lui effleure la nuque avec sa bouche et laisse ses mains jouer sur son ventre, sous le tee-shirt un peu court au-dessus de la jupe taille basse. Ce faisant, il lui chuchote des trucs à l'oreille et, à la façon dont elle bascule la tête vers lui en lui offrant sa bouche, je vois qu'elle lui appartient déjà complètement. Puis le bout des doigts d'Ethan glisse sous la ceinture de la jupe et flirte avec le haut du pubis de Manon. Celle-ci semble traverser d'une onde de plaisir et se cambre sous cette caresse qui la met visiblement au supplice. La musique bourdonne dans mes oreilles et le feu me monte aux joues. Je voudrais me lever et partir sur-le-champ, mais mes jambes sont du bois mort. Ethan relève les yeux vers moi, amusé par son tour de force et par le spectacle qu'il me donne à voir. Il passe le bout de sa langue sur la bouche entrouverte de Manon tandis qu'il se déhanche lascivement contre elle. La scène me paraît durer une éternité et pendant tout ce temps Manon garde les yeux clos, la tête basculée en arrière contre l'épaule d'Ethan, soumise et brûlante. Je vois sa gorge offerte, la pointe de ses seins tendus sous le tee-shirt moulant et son corps qui se frotte contre celui d'Ethan. En moi bouillonne la honte de cet affront. J'esquisse un mouvement pour descendre du tabouret et Ethan, qui ne compte pas en rester là, murmure quelque chose à Manon en la faisant tourner face à lui. Celle-ci glousse ostensiblement et, si la jalousie la plus féroce ne me retournait pas le ventre et le cerveau, je me dirais peut-être qu'elle est heureuse. Ses yeux pétillent, son sourire est un éclat de vie pure et son corps tout entier frétille.

Je ramasse mon blouson sur le dossier du tabouret, mes gestes sont empâtés, imprécis, brouillons. Je voudrais disparaître là, immédiatement, rejoindre l'air frais du dehors, m'extirper de cette moiteur humaine abrutie par le son d'une musique tapageuse qui soudain me révulse. Je voudrais être seul. Je voudrais le silence. Je voudrais retrouver mon monde de rêves et de fantasmes. Un monde où Alicia et Manon sont à moi. L'une et l'autre. L'une après l'autre. L'une avec l'autre. Je ramasse sur le sol sale et collant mon blouson qui vient de s'échapper de mes doigts et lorsque je me relève, Manon est en train de passer devant moi, tirée en avant par la main d'Ethan qui fend une grappe de jeunes agglutinés au bar. Nos regards se croisent un instant. Elle se retourne dans son élan et me crie par-dessus la cohue : « Merci pour les verres... euh... c'est quoi ton prénom, déjà ? » Ma bouche s'ouvre pour répondre, mais elle a déjà disparu, engloutie par la marée humaine.

Je regagne la sortie, en jouant des coudes. Sur le parking, la fraîcheur me fait frissonner et ma propre odeur me saute aux narines comme une chaussette sale que l'on me collerait sous le nez. Je laisse filer quelques minutes pour chasser la brume qui brouille mes idées ainsi que les images de Manon qui s'agrippent à ma rétine. Quand je me sens à peu près en état, je vais récupérer ma mobylette garée à l'arrière près des cuisines. C'est une vieille Motobécane AV79 de 1960 que mes parents m'ont offerte il y a trois ans pour que je sois indépendant. Je me souviens de l'excitation que j'ai ressentie en voyant la bâche posée sur l'engin. Et de mon profond dépit quand j'ai tiré dessus et que j'ai découvert la rogne que mon père s'était astreint à faire reluire comme s'il s'était agi d'un bijou de mécanique et de style. Aujourd'hui, en poussant ma mob hors d'âge qui pèse un âne mort, j'observe d'un œil envieux les files de voitures tendance et surboostées et je me sens encore plus minable.

Je fais quelques pas de course pour lancer ma meule puis j'enfourche mon tape-cul et entreprends de pédaler. Moi qui ne bois jamais, je sens mes muscles peiner alors que le guidon zigzague mollement sur la terre battue du parking et que le moteur éructe poussivement. Je mouline le plus fort possible et, enfin, ma pétrolette crachote puis se met à gronder. Je traverse le parking et je suis encore obligé de pédaler pour franchir le léger dénivelé qui rejoint la route. Je suis en train de me lancer sur le bitume qui longe le parking quand je les aperçois tous les deux. Ethan a les mains sur les fesses de Manon et, lorsqu'il me voit passer, il m'adresse un doigt d'honneur.

Une dizaine de minutes plus tard, alors que je parcours la route qui conduit à la ferme, des faisceaux lumineux surgissent derrière moi et j'entends le bruit d'un moteur qui s'approche. La rutilante Yamaha 50 cm³ d'Ethan Le Guen me double en me frôlant. Manon est assise derrière et sa jupe courte gonflée par le vent laisse apparaître ses cuisses fuselées tandis que ses longs cheveux flottent et tourbillonnent derrière elle.

C'est donc à la faveur de mon combat de coqs avec Ethan Le Guen qu'a commencé sa relation avec Manon. Elle a duré tout l'été. Un été entier où moi, m'extirpant des vapeurs de la plonge, j'ai eu tout le loisir de les observer. Ethan a-t-il jamais annoncé à Manon que ce flirt était avorté dans l'œuf parce qu'il s'apprêtait à mettre les voiles pour Londres dès la rentrée de septembre ? Lui a-t-il avoué qu'elle n'avait été pour lui que l'objet de la convoitise d'un autre et que son unique motivation avait consisté à me faire connaître – à moi, le sot qui avait tenté de rivaliser avec lui – son incontestable supériorité ? Lui a-t-il confessé qu'il aimait ailleurs, en dehors d'elle, et qu'elle ne serait jamais pour lui qu'un trophée de plus dans son tableau de chasse ? Je ne l'ai jamais su…

La violence de mes souvenirs est intacte malgré les années qui ont filé. Et mon corps tremble encore de rage et de honte quand je pense à cet été de larbin humilié au Blue Bird. Je m'apaise en respirant lentement. L'idée de ma vengeance me rassérène. Je songe avec délectation au couperet qui s'apprête à tomber sur la tête de Manon… Les semaines ont filé, ça ne devrait plus tarder maintenant. En attendant, je m'amuse un peu avec elle ! Je songe aussi que bientôt, très bientôt, Abby aura commis l'irréparable, m'assurant ainsi le début d'une vengeance totale sur le clan des Le Guen.

Je m'assois sur le bord de mon lit, creusé au milieu et qui me casse le dos, et j'attrape d'une main décidée le cahier rouge d'Alicia. Pour pousser Abby au meurtre, il me faut désormais porter l'estocade finale en choisissant le passage le plus sordide des confessions intimes de sa fille…

Éloïse et Manon, 2 jours après le meurtre de Yohann Le Guen

Éloïse mit le clignotant et s'engagea sur le petit chemin menant à la maison de ses parents. À 18 h 30, elle ne s'étonna pas de trouver la BMW de Manon garée devant la longère. Sa sœur lui avait téléphoné trois fois dans l'après-midi, mais Éloïse avait soigneusement esquivé ses appels. Il n'était pas question pour elle d'entreprendre la moindre conversation au téléphone, surtout après la prise de bec du matin. Éloïse en avait lourd sur le cœur : la violence qui l'avait débordée lui laissait un arrière-goût de gâchis. Ce n'était pas ainsi qu'elle devait et voulait se comporter. Elle tira le frein à main et sortit du véhicule. Moins de dix secondes plus tard, Maxence et Julie déboulèrent de la maison.

— Elle est trop géniale, ta voiture, tatie ! s'enthousiasma Maxence en faisant le cabri autour du véhicule. La même que James Bond !

La gendarme en conçut immédiatement une certaine honte. Au-delà du désir de conduire une sportive, elle avait opté pour la location d'un coupé Audi TT en songeant qu'elle éviterait ainsi de faire le chauffeur pour les gamins, l'habitacle étant beaucoup trop petit.

— Ravie qu'elle te plaise, Max !

— Mais quand même, c'est dommage parce qu'elle est pas rouge ! commenta Julie.

— Parce qu'elle *n'est* pas rouge, la reprit Manon depuis le seuil.

Éloïse fit un signe de la main à sa sœur avant de récupérer la boîte à chaussures contenant le poupon dans le coffre de l'Audi. Puis elle se dirigea vers l'entrée, les enfants sur les talons. En s'approchant de Manon, elle chercha dans ses yeux l'expression de la contrition qu'elle-même ressentait depuis leur dispute, mais elle n'y lut rien d'autre qu'une apparente neutralité.

— Les enfants, je vous ai fait couler un bain ! lança Manon. Allez vous déshabiller !

Les deux chenapans déguerpirent vers leurs chambres sans se faire prier.

— J'ai préparé un thé chaï si tu veux boire quelque chose... Sinon, tu as des dosettes pour un café... ou de la citronnade au frais, ajouta Manon en voyant la grimace de sa sœur. Je mets les petits au bain et j'arrive.

Éloïse passa derrière le bar, côté cuisine, et se servit un grand verre de citronnade. Puis elle traversa le salon et s'installa sur la terrasse, face à la forêt. L'air était doux et une très légère brise faisait frémir les arbres dans un bruissement à peine audible. La gendarme posa un pied sur la table et commença à se détendre. Sa journée n'avait pas été très fructueuse. Après s'être tapé toutes les enseignes de chaussures pour enfants des alentours, elle avait fini par trouver celle qui avait vendu la boîte reçue par Manon. C'était un magasin de Perros-Guirec. La gérante et unique vendeuse, d'un abord plutôt revêche, s'était montrée beaucoup plus coopérative quand Éloïse avait sorti son insigne, abus qu'elle s'était pourtant promis de ne pas commettre, étant donné qu'elle était en disponibilité... Mais aux grands maux, les grands remèdes ! La femme avait ainsi entré le code-barres de la boîte dans sa bécane et avait pu indiquer que la paire de chaussures avait bien été vendue chez elle le 11 juillet. Le paiement avait été effectué en liquide et elle n'avait absolument aucun souvenir de l'acheteur, d'autant que ce modèle pour bébé – produit star de la marque pour l'été – s'était écoulé par dizaines... Au final, Éloïse n'était guère plus avancée. L'homme qui persécutait Manon et sa famille habitait très probablement dans le coin. Mais à part ça...

— Je peux t'apporter le transat qui est dans le garage, si tu veux, lança Manon en la rejoignant sur la terrasse.

— Non, merci. Ça va comme ça.

Sa sœur prit place en face d'elle, un mug de thé fumant à la main.

— Alors, ta journée ?

Éloïse haussa vaguement les épaules avant de fixer Manon droit dans les yeux.

— Écoute, Manon, pour ce matin... je...

— T'inquiète ! Tu étais énervée, et je peux le comprendre. C'est oublié, voulut balayer Manon en baissant les yeux.

Elle ne veut pas en reparler, songea Éloïse. *Est-ce que ça vaut vraiment le coup de remettre ça sur la table ?* Mais malgré cette formidable opportunité de fuir, Éloïse prit son courage à deux mains.

— Non, Manon, non. Ce n'est pas oublié... Ce que j'ai dit... ma colère, mes menaces... Je ne peux pas continuer comme ça, tu comprends ?

— Tu n'as pas l'impression de trop en faire, Élo ? Les disputes, c'est normal... et encore plus entre sœurs !

— Manon, j'étais à deux doigts de te sauter dessus !

— Et tu ne l'as pas fait, OK ? Donc inutile d'en faire toute une histoire... Tu as toujours été sanguine, je le sais et je t'accepte comme tu es.

Éloïse dut prendre une longue respiration pour ne pas réagir au quart de tour. Manon possédait un talent inégalable pour évacuer ce qui la dérangeait et, ce faisant, elle se débrouillait toujours pour se donner le beau rôle. La gendarme décida de ravaler sa fierté pour éviter de lui retourner une réplique bien sentie. Si elle s'engageait sur ce terrain, une nouvelle dispute naîtrait et, encore une fois, elles passeraient à côté du vrai problème.

— Manon, je suis en colère parce que j'ai toujours été invisible aux yeux de papa et maman à cause de toi, de l'attention que tu as toujours monopolisée avec tes frasques incessantes, débita Éloïse d'un trait.

Un silence sidéré suivit sa déclaration. Manon la fixait désormais d'un œil partagé entre ahurissement et défiance. Éloïse venait de jeter un énorme pavé dans la mare et, tout en se sentant libérée d'un poids, elle mesura immédiatement son manque de tact et la violence de ses propos. La réaction de Manon ne se fit pas attendre.

— Je suppose que tu avais besoin de vider ton sac, Élo. Maintenant que c'est chose faite, si tu le permets, je vais aller jeter un œil sur les enfants.

— Manon, s'il te...

— Ça va, c'est bon ! la coupa-t-elle en se levant. J'ai bien entendu ce que tu m'as dit. Et je suis désolée que tu aies vécu les choses comme ça. Mais que veux-tu que je te réponde ? C'est ton ressenti, point final !

Elle franchit la baie vitrée et disparut, laissant sa sœur sur sa faim. Éloïse avait espéré un échange bien différent de celui-là... Elle attendit une dizaine de minutes en finissant sa citronnade, mais Manon ne revint pas. Elle se décida alors à rentrer et rejoignit la salle de bains d'où lui provenaient des glapissements surexcités. Postée devant la porte entrebâillée, elle observa Manon en train de jouer avec ses enfants. Maxence s'était lancé dans le récit d'une histoire abracadabrante avec un canard en plastique qu'il avait appelé Supercan et qui faisait régner l'ordre et la justice dans le cyberespace, mission qui consistait avant toute chose à couler les Little Poneys de sa petite sœur. Julie rugissait tout en essayant vainement de sauver ses figurines de la noyade et Manon, assise sur le rebord de la baignoire, commentait le match en se faisant éclabousser. Ce spectacle attendrissant renvoya Éloïse à sa propre solitude, une profonde tristesse s'empara d'elle. Jean-Marc lui manquait terriblement. Elle voulut tourner les talons, mais mit un léger coup dans la porte qui s'ouvrit.

— Allez les enfants, c'est fini pour ce soir ! Tatie Élo nous attend pour passer à table !

La mère de famille frictionna les cheveux de Julie puis enroula la petite dans une grande serviette. Elle la tendit alors à Éloïse qui n'eut d'autre choix que de prendre sa nièce dans ses bras.

— Allez, jeune fille, on va enfiler ton pyjama ! lança-t-elle en simulant un entrain qu'elle ne ressentait guère.

Elle s'engagea dans le couloir avec Julie dans les bras, qui ne pouvait s'empêcher de gigoter. Un agréable parfum de lait d'amande émanait du petit corps chaud et humide de la gamine, et Éloïse resserra son étreinte. Étrangement, le contact de Julie contre elle lui procura une sorte d'apaisement. Une fois dans la chambre, Éloïse attrapa un pyjama et aida la petite à s'habiller en essayant de ne pas focaliser sur sa ressemblance avec Manon. Même grâce, même lueur vive dans le regard, mêmes expressions mutines... Julie était incontestablement la copie en miniature de sa mère ! Cette pensée en appela une autre et la gendarme se souvint de l'été de leurs sept ans, où elles avaient gagné, dans une fête foraine, deux paires de lunettes de soleil en plastique qui dissimulaient leur différence d'yeux. L'une était rouge, l'autre jaune, et les jumelles avaient passé tout l'été à intervertir leurs lunettes et à se faire passer l'une pour l'autre. Leur père avait fini par les appeler « mes deux petites gouttes d'eau ».

— Tiens, tatie ! intima Julie en tendant un peigne à sa tante. Et fais attention avec les nœuds, d'accord ?

Éloïse s'approcha de la coiffeuse et entreprit de démêler les cheveux de Julie. Tout à sa tâche, elle ne se rendit pas compte que sa nièce l'observait dans le miroir. Mais sa voix innocente la sortit de ses songes :

— Pourquoi t'es triste, tatie ? T'as des soucis ?

La gendarme sursauta et releva la tête. Désemparée, elle donna la réponse qui lui parut la plus simple sur le moment :

— C'est compliqué, tu sais... Disons que ce sont des problèmes de grandes personnes.

— Mmm, je vois, approuva Julie en hochant la tête avec sérieux. C'est comme pour maman... elle dit la même chose... C'est parce que vous êtes jumelles que vous êtes tristes pareil et que vous disez la même chose ?

— Que vous *dites* la même chose, la reprit Éloïse... Parce que ta maman est triste aussi parfois ?

Julie hocha gravement la tête.

— Souvent ? relança la gendarme dont la curiosité était éveillée.

Julie haussa les épaules comme pour dire qu'elle ne savait pas trop. Puis, après une petite seconde de réflexion, elle précisa :

— En vrai, quand maman, elle est triste, eh bé... ça dure longtemps, longtemps... Deux ou trois dodos, conclut-elle avec conviction.

— Vraiment ?

— Oui. Et puis après, *pff !*, la tristesse, elle s'envole.

— Et maman t'a déjà expliqué pourquoi elle était triste ?

Julie secoua négativement la tête.

— Elle dit comme toi, que c'est des histoires de grands... Mais moi, je sais ce qui la rend triste... C'est le vide, chuchota-t-elle sur le ton de la confidence.

Éloïse sentit une onde de frayeur lui parcourir l'échine. Ces mots ne pouvaient appartenir à une enfant de cinq ans !

— Le vide ? Mais... qu'est-ce qui te fait dire ça, Julie ?

— J'ai entendu maman au téléphone. Elle parlait avec papa un soir... Elle lui parlait du vide au-dedans d'elle... Toi aussi, tu as le vide au-dedans de toi ?

Éloïse eut l'impression de prendre une gifle. Oui, c'était exactement ce qu'elle ressentait après la perte de Jean-Marc.

— Oui, admit-elle d'une voix altérée. J'avais un amoureux et il... (Éloïse s'arrêta net, elle ne pouvait évoquer la mort avec une enfant de cinq ans.) Il est... il est parti maintenant.

— Il est parti loin ? Comme papa, pour s'occuper de sa maman ?

— Euh, non... Il est parti loin... très très loin pour... (Et malgré elle, ses yeux se mouillèrent.) En fait, il est allé à un endroit d'où on ne peut pas revenir et... Oh, Julie ! C'est trop compliqué à expliquer...

— Viens, tatie, je vais te faire le câlin du chat ! Maman, elle dit que le câlin du chat, eh bé, il a plein de pouvoirs magiques !

Et à la seconde suivante, Éloïse se retrouva avec Julie lovée dans ses bras en train de ronronner à son oreille. Malgré les cheveux mouillés de l'enfant qui lui glaçaient le cou, la gendarme ressentit de nouveau un étrange réconfort qui la prit totalement par surprise.

Abby Le Guen,
9 jours avant le meurtre de son mari

Assise sur un des canapés du salon, Abby répéta encore une fois son texte. Elle avait passé les trois derniers jours à mettre au point son plan pour extirper à Yohann la vérité sur des événements qui remontaient à plus de trente ans ! S'entendre le formuler ainsi dans sa tête lui donna une nouvelle fois le tournis. Qu'est-ce que son époux pouvait bien lui cacher pour avoir si bien gardé le secret et durant aussi longtemps ?

Elle prit une grande respiration et décida de se jeter à l'eau. D'un geste nerveux, elle attrapa son téléphone et composa le numéro de la clinique. C'était encore le meilleur moyen de joindre son mari, sachant que le portable de Monsieur avait généralement une fâcheuse tendance à bouder ses appels. Le timbre grave et suave d'Andrée, standardiste depuis une quinzaine d'années, résonna à l'autre bout du fil. Abby insuffla dans sa voix ce qu'il fallait d'urgence et d'autorité pour qu'Andrée ne la mette pas en attente. Quelques secondes plus tard, Yohann prit l'appel d'un ton déjà pressé de raccrocher :

— Oui.

— C'est moi, Yohann ! commença Abby avec excitation.

— Oui, Andrée vient de me le dire ! Qu'est-ce qui se passe ? Pourquoi m'appelles-tu à la clinique ?

— Figure-toi que je commence à retrouver la mémoire ! (Un silence – surprise ? inquiétude ? – suivit sa déclaration.) C'est formidable, non ?

— ... La mémoire ?... Mais... Abby... De... de quoi parles-tu ?

Son mari paraissait déjà sur la défensive. Nul doute, il savait parfaitement à quoi elle faisait allusion.

— Mais enfin, Yohann !... Je te parle de mon trou de mémoire, évidemment !

Abby entendit des bruits de l'autre côté de la ligne, Yohann changeait le combiné d'oreille.

— Mais comment ça, tu te rappelles ?!... Je veux dire... qu'est-ce que tu te rappelles ?

Malgré ses efforts pour rester placide, Yohann semblait totalement abasourdi.

— Tout n'est pas encore très clair... Ce sont juste des flashs pour le moment... des images qui remontent à la surface. Mais je suppose que c'est extrêmement encourageant, n'est-ce pas ?

— Des flashs ?... Oui, Abby. Ça... ça pourrait être prometteur, en effet... Mais dis-m'en plus, ma chérie, se radoucit-il. C'est... tellement inattendu...

Ma chérie. Cela devait bien faire quinze ans que Yohann ne s'était pas adressé à elle ainsi. Abby serra les dents.

— C'est un peu comme si une brèche s'était ouverte et que... les souvenirs s'écoulaient dans un goutte-à-goutte, énonça-t-elle comme si elle réfléchissait à haute voix. Pour le moment, je n'ai pas encore toutes les pièces du puzzle mais... ce n'est qu'une question de temps, je le sens, Yohann !

— Bien, je vois... Et... Et donc ? Qu'est-ce qui t'est revenu pour le moment ? questionna-t-il avec une douceur suspecte.

Abby avait envie de lui hurler que lui ne le savait que trop bien, mais elle contint sa colère. Le plan. Elle devait s'en tenir au plan.

— C'est encore confus, mais dans un de mes flashs, je... je suis dans notre salle de bains. Tu me fais couler un bain et moi... moi, je pleure... Je ne sais pas pourquoi mais je pleure...

— Abby, je te rappelle que tu ne te sentais pas bien du tout à cette époque, voulut la raisonner Yohann... Ta dépression *post-partum* gagnait du terrain... Ce souvenir, que tu dis avoir, est certainement lié à cette période un peu floue pour toi.

— Mais il y a d'autres flashs... Ma voiture avec un phare cassé, reprit-elle. Et aussi, c'est étrange, des images me viennent où tu es avec moi... Je suis dans ta voiture et toi, tu conduis... Tu sais, ta Saab de l'époque, celle avec le volant en cuir beige... Et on descend le chemin qui conduit au manoir... Une pluie battante dégouline sur le pare-brise, on n'y voit pas à deux mètres... Et je suis là, assise à côté de toi, trempée des pieds à la tête...

Abby marqua une petite pause pour laisser le temps à Yohann d'assimiler ce qu'elle venait de lui dire. Puis, d'un ton neutre, comme pour l'encourager, elle reprit :

— Yohann, y a-t-il quelque chose que tu ne m'aurais pas raconté ?

— Chérie, mais que vas-tu t'imaginer ? réagit-il d'une voix nouée. Écoute, Abby, ça m'ennuie de te dire ça, mais ton récit est trop imprécis... Ne le prends pas mal, hein ? Mais rien ne prouve que ces souvenirs, comme tu dis, soient ceux de ce jour-là. Tu comprends ?

Abby laissa filer un silence. Elle n'en attendait pas moins de sa part, pourtant l'aplomb de son mari lui fit froid dans le dos. Yohann ne doutait vraiment de rien !

— Si Yohann, ce sont les souvenirs que j'ai perdus, j'en suis certaine ! Évidemment, je ne peux pas te le prouver, mais moi, je sais que j'ai raison. Je sais que ces images me viennent précisément de ce laps de temps que j'ai oublié...

— Abby, écoute-moi...

— Non, c'est toi qui vas m'écouter ! Tu étais avec moi dans les heures qui ont précédé mon... mon passage à l'acte, s'étrangla-t-elle. Je ne sais pas ce que tu me caches ni pourquoi, mais je finirai bien par le savoir. Parce que plus les heures passent, plus les souvenirs remontent à la surface !

— Abby, s'il te plaît, calme-toi ! tempéra nerveusement Yohann. Je... Il faut qu'on se voie, d'accord ? Nous... nous devons parler, toi et moi.

— Je t'écoute.

— Non, Abby, pas comme ça... pas par téléphone...

— Pourquoi ?

— Nom d'un chien, Abby, fais-moi confiance, veux-tu ? Je te dis : pas par téléphone !

Voix impériale. Ton cinglant. Yohann avait visiblement recouvré ses esprits.

— Je serai au manoir à 19 h 30. Demande à Anna d'acheter du pain de seigle, du saumon fumé de chez Pichon et un vin blanc, nous pourrons discuter tranquillement.

— Très bien. À tout à l'heure, conclut Abby avant de raccrocher.

*

Abby en était à son second Martini quand elle entendit un ronronnement de moteur puis le crissement de pneus sur les gravillons du manoir. Elle avait fait dresser la table sur la terrasse nord, face à l'océan qu'elle contemplait sans le voir, songeuse. Le soleil tombait lentement et les vaguelettes iridescentes ondoyaient à perte de vue en léchant la crête des roches. L'approche de la confrontation avec Yohann l'électrisait. Abby avait le sentiment d'être tout près d'une révélation qu'elle n'espérait plus, tout en redoutant ce face-à-face. Yohann lui avait dissimulé un certain nombre de choses et Abby ne pouvait s'empêcher de penser que s'il avait agi ainsi, c'était pour préserver ses propres intérêts… Qu'avait-il donc fait qui nécessitât une telle manœuvre ? Elle repensa encore une fois aux longues semaines qu'elle avait passées à la clinique après sa tentative de suicide. Aux séances journalières avec son neuropsychiatre de mari qui prétendait l'aider à reconstruire ses souvenirs. À Judith Blase, consœur de Yohann, venue exprès de Paris pour sa pratique de l'hypnose ericksonienne… Et pendant tout ce temps,

Yohann connaissait *a minima* une part de la vérité ! En tentant d'assembler ces morceaux épars de puzzle, une idée avait fini par se faire jour, une idée effrayante : Yohann n'avait jamais cherché à lui faire recouvrer la mémoire, il avait au contraire tout mis en œuvre pour s'assurer qu'elle ne se souvienne absolument de rien…

Abby sentit un frisson lui parcourir l'échine lorsque Yohann poussa la porte du grand salon et l'appela.

— J'ai fait mettre la table dehors, répondit-elle en se rapprochant de la porte-fenêtre ouverte.

Yohann lui jeta un regard étrange. Il posa un instant ses yeux sur le verre de Martini mais s'abstint de tout commentaire, se dirigea vers le bar et se servit un whisky. Puis il traversa le grand salon d'un pas qu'elle trouva plus fatigué que de coutume. Lorsqu'il arriva sur la terrasse et s'installa dans un fauteuil, l'impression d'Abby se confirma : Yohann avait perdu de son panache habituel. Ses traits tirés exprimaient une certaine lassitude et tout son corps semblait subitement porter le poids d'un âge qui l'avait jusque-là survolé. Il piocha mécaniquement quelques cacahuètes dans le bol posé sur la table basse, but une gorgée de whisky et se recula dans le fauteuil, en croisant les jambes.

— Alors, comme ça, tu retrouves la mémoire ? lança-t-il.

— Oui. Mes souvenirs sont en train de revenir.

— Voyez-vous ça ! ironisa-t-il d'un ton tout à la fois amusé et dépité. Après trente-quatre années d'un *black-out* total, pffft, les images resurgissent du néant !

Abby redouta un instant que Yohann ait appris sa visite chez Marthe, mais il poursuivit en secouant la tête avec dérision :

— C'est incroyable quand même !... *Tu* es incroyable, Abby ! On peut dire qu'avec toi, la vie n'a rien d'un long fleuve tranquille.

— Qu'est-ce que tu entends par là ?

Yohann balaya la question d'un vague geste de la main.

— Peu importe... Allez, je t'écoute, raconte-moi tout.

— Comme je te l'ai expliqué au téléphone, des images me reviennent. Des images de ce jour-là, précisa-t-elle d'une voix qu'elle voulut ferme.

— Comme ça ? Là ? D'un coup ? Enfin, explique-toi, Abby ! Tu fermes les yeux et hop, les images jaillissent comme par enchantement, c'est ça ?

— Ce sont des réponses que j'attends, pas tes sarcasmes habituels, Yohann !

Son mari leva les mains en guise de reddition.

— OK, si tu le prends comme ça ! Des réponses à quoi, Abby ?

— Tu le sais très bien, Yohann, s'agaça-t-elle avant de vider son Martini d'un trait. Qu'est-ce que je faisais dans ta voiture ce jour-là ? Pourquoi étais-je mouillée jusqu'aux os ? Et ce bain que tu m'as fait prendre alors que j'étais bouleversée ? Que s'est-il passé ? Qu'est-ce que tu as fait ? Parle !

Yohann secoua la tête en expirant bruyamment. Il termina son whisky en silence, le visage impénétrable. Mais Abby n'entendait pas en rester là. Elle extirpa la bouteille de vin blanc de son seau glacé, se servit un verre et pointa un doigt accusateur vers son époux :

— Et au nom du ciel, Yohann, pourquoi m'as-tu dissimulé ces éléments alors même que tu étais censé m'aider à retrouver la mémoire ?! Je te savais retors, mais là, j'ai... j'ai peine à le croire !

— Tu ne sais pas ce que tu dis ! réagit-il en se levant. Tu... tu ne te rends pas compte !

— Je ne me rends pas compte de quoi ?

— Écoute, Abby, ces images que tu réquisitionnes du fin fond de je ne sais où, tu ferais mieux de les chasser. Il est parfois préférable de ne pas savoir ! D'oublier !... L'oubli, ma chérie, est une défense particulièrement efficace, crois-moi.

Yohann s'était approché d'elle en parlant. Son ton était suffisant, résolu, et son regard teinté d'une lueur inquiétante. Abby recula d'un pas et sentit, contre ses fesses, le sommet de la murette de pierres qui bordait la terrasse.

— De grâce, ne me sers pas ce couplet-là, rétorqua-t-elle avec hargne. Que sais-tu de l'oubli, hein ?! Tu en parles mais, jusqu'à preuve du contraire, *mon chéri*, c'est moi qui en souffre ! L'oubli n'est pas thérapeutique, Yohann, il est extrêmement angoissant, tu m'entends ?!

Malgré elle, sa voix s'était brisée sur ces derniers mots. Parce qu'elle venait de s'autoriser à nommer pour la première fois la douleur qu'elle ressentait. L'émotion de sa femme parut déstabiliser Yohann qui recula et se laissa tomber sur une chaise. Les traits altérés, le regard nerveux, il pressa ses doigts sur ses tempes comme pour chasser un début de migraine. Puis il se servit un verre de vin qu'il avala d'un trait. Là, enfin, il se décida :

— Tu as raison, Abby, je ne sais pas ce que c'est que de vivre avec l'oubli... En revanche, tu sais que je travaille depuis des années sur les SPT pour le compte de l'armée. Et, crois-moi, j'ai vu défiler et entendu des cohortes d'anciens soldats... Ces gars-là donneraient n'importe quoi pour oublier ce qu'ils ont vu, ce qu'ils ont fait, ce qu'ils ont subi... Alors je parle peut-être de quelque chose que je ne vis pas, mais je peux t'assurer qu'à en croire ces gars, la mémoire est aussi une prison.

— J'ai suivi certaines de tes conférences, Yohann, ne l'oublie pas. Je connais par cœur ton discours sur la question.

Abby s'assit face à son mari et planta ses yeux dans les siens.

— Mais, que je sache, je n'ai pas fait la guerre et je ne suis pas un de tes patients. Ton discours vaut peut-être pour les SPT, mais t'es-tu seulement demandé s'il valait pour moi ?

— Écoute, Abby, reprit Yohann d'un don docte, un *black-out* constitue une défense, que tu l'admettes ou non. Si ton esprit a décidé de refouler les événements de ce jour-là, c'est que c'est mieux pour toi. Ce mécanisme a une réelle utilité.

— Admettons, Yohann ! Alors pourquoi mes souvenirs refont-ils surface ?

Un silence suivit. Yohann remua sur sa chaise, visiblement mal à l'aise. Abby avait conscience de jouer avec le feu. Après tout, en reprenant le récit de Marthe à son propre compte, ne luttait-elle pas contre un refoulement salvateur, comme le formulait Yohann ? Mais une petite voix en elle lui disait qu'elle devait poursuivre, qu'elle devait savoir. Les dissimulations de Yohann et les révélations de L'Œil avaient sérieusement écorné la confiance qu'elle pouvait porter à son mari. Elle relança :

— Alors ?

— Je suis le premier étonné, admit-il. Ces résurgences d'un passé si lointain sont tellement... inattendues... Ça a commencé quand ?

— Il y a trois jours... au réveil, mentit effrontément Abby. J'ai d'abord pensé qu'il s'agissait des images d'un rêve... mais au lieu de s'estomper, elles se sont imposées et précisées tout au long de la journée... Puis de nouvelles ont surgi... Et ainsi de suite.

Face à elle, Yohann l'écoutait avec une attention non feinte, un intérêt vif qu'elle ne lui connaissait plus du tout lorsqu'elle prenait la parole. Au bout de longues secondes où elle le vit hésiter, il se décida :

— Et... tu avais pris des substances ?

— Mais qu'est-ce que tu sous-entends ? ! Que j'hallucine, c'est ça ?

— Arrête, tu veux, avec tes airs de sainte offusquée ! s'agaça-t-il. Il ne faut pas être devin pour voir que tu n'es plus sobre ! Entre la boisson et les cachets que tu dois ingurgiter comme des bonbons...

— Quel rapport ? Je n'invente rien, tu m'entends !

— Je ne dis pas que tu inventes, Abby ! Je cherche juste à comprendre... J'ai besoin de comprendre ce qui a pu... déclencher ce retour mnésique. Est-ce qu'il existe un élément déclencheur ? Qu'il soit chimique ou émotionnel... As-tu... je ne sais pas, moi, rencontré quelqu'un... ou vécu une scène proche des images qui te sont revenues ces trois derniers jours ?

Abby secoua négativement la tête.

— Et côté médicaments ?

— J'ai du mal à y croire ! Mon Dieu, Yohann, c'est donc la seule chose qui compte pour toi, comprendre l'origine de mes réminiscences mnésiques ?

— Réponds-moi, Abby, s'il te plaît.

Son ton s'était durci. Yohann détestait qu'on lui résiste. Abby opta pour la réponse la moins risquée. Elle ne devait pas lui donner prise sur elle, sinon il aurait tôt fait de lui démontrer qu'elle avait *fabriqué* ses souvenirs de toutes pièces.

— Je n'ai pas repris de cachets.

Elle l'affirma avec un tel aplomb qu'elle s'en étonna elle-même. Paradoxalement, elle ne lut aucun soulagement dans les yeux de son mari mais une sorte d'inquiétude diffuse. Abby se servit un nouveau verre de vin et commença à se préparer un toast de saumon fumé. Elle aurait dû s'en douter, la conversation ne prenait pas la tournure souhaitée. Tout en finissant de beurrer son pain, elle décida de passer à la dernière phase de son plan. Aux grands maux, les grands remèdes.

— Maintenant que j'ai répondu à tes fichues questions, Yohann, si tu me racontais ce que tu sais, *tout* ce que tu sais ?

Son mari lui décocha un regard noir.

— Ce n'est pas une bonne idée, Abby.

— Peut-être, mais c'est la mienne.

— Abby… il ne faut pas.

— Vraiment ? le provoqua-t-elle avec un calme inattendu. Alors écoute bien ceci. Et inutile de te préciser que j'y ai bien réfléchi.

Yohann se tendit sur sa chaise, la menace était à peine voilée.

— Je ne me suis souvenue de rien pendant plus de trente ans. Tout le monde a parlé d'une tentative de suicide liée à une dépression *post-partum* que tu as toi-même diagnostiquée et soignée. À présent, mes souvenirs du jour du drame remontent, des souvenirs dans lesquels tu es bien présent. Pourtant, tu ne m'en as jamais rien dit… Il y a beaucoup trop de zones d'ombre dans cette histoire !… Yohann, tu es un neuropsychiatre renommé, chef de clinique, tu jouis d'une situation plus qu'enviable et certainement très enviée…

— Où veux-tu en venir, Abby ?

— Je me demande bien ce que *Ouest-France* titrerait si je contactais un de leurs journalistes… « Une tentative de suicide bien étrange »… « Un chef de clinique réputé mis en cause par son épouse »…

Yohann demeura quelques secondes stupéfait. Bouche entrouverte, regard incrédule. Sonné. Puis, dans un souffle à peine audible, il lâcha :

— Tu ne ferais pas ça ?

— Tu crois ?… Sache que je n'ai pas trouvé une seule bonne raison de ne pas le faire, Yohann.

— Et… Et les enfants… notre famille, enfin ?

— *Ta* famille, Yohann ! Pour ma part, je suis la génitrice de deux enfants que je connais à peine tant leur père leur a toujours suffi.

— Mais enfin, Abby, qu'est-ce que tu racontes ?

— La vérité. D'ailleurs, je me suis récemment demandé ce qui avait pu les inciter l'un et l'autre à quitter la maison si jeunes. Après tout, vous aviez l'air si proches tous les trois, le provoqua-t-elle.

À ces mots, une lueur fugace traversa le regard de Yohann et Abby fut certaine d'y lire une sorte de peur.

Éloïse et Manon, 3 jours après le meurtre de Yohann Le Guen

Les bruits de la petite famille en ordre de marche pour le départ au CLAE [1] lui parvinrent dans le demi-sommeil qui précède un réveil naturel. Éloïse ouvrit un œil et regarda l'heure affichée sur le cadran : 8 h 40. Bon sang, elle avait dormi dix heures consécutives ! La veille, après le repas du soir durant lequel les enfants avaient raconté leur rentrée des classes en long, en large et en travers, Éloïse avait ressenti le besoin irrépressible de s'isoler dans sa chambre. Elle avait profité d'un appel de Charles juste avant le coucher des enfants pour se retirer. Une demi-heure plus tard, elle avait entendu les pas feutrés de Manon qui s'approchaient de sa chambre. Lorsque sa sœur avait doucement frappé à la porte, Éloïse n'avait pas répondu. La porte s'était alors entrouverte – c'était incroyable, cette propension de Manon à envahir l'espace des autres sans vergogne ! – et Éloïse avait feint de dormir. Il lui avait semblé que sa sœur était restée

---

1. Centre de loisirs associé à l'école.

trop longtemps, figée dans l'entrebâillement, comme envisageant de venir la réveiller... Au final, Manon avait disparu, laissant Éloïse dans le noir, en proie à ses tourments. La gendarme n'avait pu s'empêcher de dérouler une fois de plus les événements qui avaient précédé le décès de Jean-Marc, le ventre noué, suffoquant presque. Alors, d'une main tremblante et moite, elle avait fini par attraper ses pilules et en avait avalé deux, une contre l'angoisse, l'autre contre l'insomnie. La suite se noyait dans une sorte de flottement irréel jusqu'au sommeil qui l'avait engloutie.

Elle resta allongée quelques minutes supplémentaires, à l'affût des odeurs et des bruits familiers qui lui rappelaient les dimanches matin de son enfance, lorsque ses parents se levaient et que la maison s'éveillait lentement dans le cliquetis des couverts que l'on sort du lave-vaisselle et les effluves de café noir mélangés à ceux du lait chaud.

— Rends-le-moi ! cria soudain Maxence d'une voix stridente.

— T'avais qu'à pas jeter ma poupée, d'abord !

— Les enfants, ça suffit ! Vous allez réveiller tatie Élo avec vos cris ! Maxence, va chercher ton sac à dos, on est en retard. Julie, enfile ton gilet, on décolle dans une minute.

Éloïse maugréa dans son lit, aspirant au calme, loin, très loin des criaillements de ses neveu et nièce. Réveillée pour de bon, elle attendit pourtant d'entendre la porte d'entrée se refermer et le ronronnement de la voiture de Manon s'éloigner de la longère. Elle s'assit alors au bord de son lit et enfila culotte et tee-shirt. Lorsqu'elle arriva au salon, il lui sembla qu'une équipe de foot venait de quitter le vestiaire. Jouets et figurines peuplaient la table du salon au milieu des vestiges du petit déjeuner. L'évidence percuta Éloïse : malgré ses efforts, Manon ne parvenait pas à endiguer le flot d'énergie de ses deux enfants. Elle ne travaillait pas mais avait pourtant embauché Pilou pour l'aider à garder les petits et entretenir la maison. Éloïse se rappela que sa sœur avait toujours cumulé le fouillis, que sa chambre ressemblait à un dépotoir et que ses parents avaient passé des dimanches après-midi entiers à exiger de Manon qu'elle la range enfin. Mais sitôt endiguée, la pagaille reprenait le dessus, inexorablement.

Éloïse se servit un café et rejoignit la terrasse pour fumer une cigarette sous la caresse du soleil. Elle entreprit ensuite de remettre de l'ordre et trouva sur la table un mot de Manon rédigé à la hâte : « C'est mercredi, j'emmène les loulous au CLAE, je fais trois courses et je rentre. Je pense être là pour 10 heures. » Éloïse débarrassa la vaisselle sale, jeta les jouets dans la caisse au pied du canapé et secoua la tête, incrédule, en découvrant le puzzle de Tintin sous le torchon qui avait servi la veille de dessous-de-plat. Elle le défit mais ne trouva pas sa boîte, ni au salon, ni dans les chambres des enfants. Dépitée devant le tas de formes éparses, elle repéra soudain un détail au verso d'une des pièces. En plus de la marque permettant de distinguer les éléments de ce puzzle de ceux d'un autre – en l'occurrence, un petit rond vert –, elle décela une tache d'encre, comme celle que laissent les stylos rollers si l'on maintient la mine appuyée un peu trop longtemps. Elle se rendit compte alors que des traits fins, sortes de rayures qu'elle avait prises pour des éléments décoratifs, ornaient le verso de chaque morceau de puzzle. Une idée se fit jour, qui lui glaça les sangs. Elle se précipita jusqu'aux chambres des enfants où elle avait aperçu des sous-main cartonnés sur chacun des bureaux et revint au salon. D'une main fébrile, elle reconstitua alors le puzzle de Tintin sur le sous-main de Julie. Puis elle plaqua le sous-main de Maxence dessus, retourna le sandwich de cartons et enleva le sous-main de Julie. Elle découvrit alors le verso du puzzle assemblé et son cœur fit un bond. Les crayonnages au stylo roller noir formaient une tête de mort. Des orifices nasaux s'écoulaient des gouttes de sang et un sinistre message en stries noires ressortait sous le dessin : « DÉCHET ».

Éloïse sentit son cœur s'accélérer. Ainsi, le persécuteur de sa sœur était entré dans la maison ! Quand ? Comment ? Les questions se bousculaient tandis qu'une onde de peur s'emparait d'elle. L'idée de cet homme s'introduisant dans le cocon familial pour y déposer ce sordide message était tout bonnement intolérable. La phrase de son neveu la veille, lorsqu'elle lui avait demandé de ranger son puzzle, lui revint en mémoire : « Mais, il est mêm' pas à moi d'abord ! » Éloïse songea immédiatement qu'elle aurait dû tiquer quand Maxence lui avait répondu ça !

La gendarme s'assit à table et s'efforça de retrouver son calme. Manon était déjà suffisamment nerveuse et elle ne lui serait d'aucune aide si elle commençait elle aussi à céder à la panique. *Imagine que ça arrive à une personne que tu ne connais pas, dans une maison qui n'est pas la tienne ! Que ferais-tu ?!* Elle se leva d'un bond et alla vers la baie vitrée. Elle observa attentivement la serrure et les contrevents : rien n'avait été forcé. Elle vérifia ensuite l'ensemble des portes et fenêtres de la maison, une à une, consciencieusement, et dut se rendre à l'évidence : le type n'était pas entré par effraction. Deux options étaient possibles : ou bien il avait les clefs, ou bien il avait profité d'un moment où la famille était occupée, comme la veille durant le bain des enfants, pour passer par la baie vitrée ouverte...

Une nouvelle fois, Éloïse s'obligea à retrouver ses instincts de gendarme. Dans la majorité des cas, la persécution était le fait d'un proche. Mais elle le savait désormais, Charles était étranger à cette affaire... *A priori*, le persécuteur n'appartenait pas à la famille. Éloïse attrapa alors le morceau de papier sur lequel Manon lui avait laissé un mot et entreprit de lister les éléments dont elle disposait. Elle traça un trait pour distinguer deux colonnes. Elle intitula la première FAITS et la seconde INTERPRÉTATIONS. Une trentaine de minutes plus tard, elle observa le résultat.

FAITS	INTERPRÉTATIONS
Appels téléphoniques : rires, voix d'enfants	Invitation à retourner vers un événement de l'enfance ?
Pneus dégonflés	Intimidation, rapport de supériorité : *je suis là et je peux agir quand je veux sans me faire prendre. Je te vois, je te suis.*

Oisillon mort sur le paillasson	Oisillon = fragilité, vulnérabilité ? Oisillon = oiseau pas encore adulte… renvoi au statut d'enfant ? Menace voilée envers Maxence et Julie ?
Jeu du pendu : « tu vas enfin payer, Manon »	« enfin » = le temps a coulé. Référence à un événement du passé ? partagé par le harceleur ? « payer » = faute commise par Manon ? Objet du harceleur = la vengeance.
Boîte avec poupon démantibulé + Achat de la boîte à chaussures le 11 juillet à Perros-Guirec. Paiement en espèces	Enfant ? Bébé ? Démantibulé = enfance brisée ? Le harceleur vit certainement dans le coin. Assure ses arrières, ne laisse pas de traces.
Comptine détournée des trois chats : *Tintamarre, Martinet, Nez de bœuf*	Comptine = enfance. Maxence et Julie ? Tintamarre = début de la chanson officielle. Martinet = maltraitance sur enfant ? Nez de bœuf = sot, stupide (quel rapport ?).

Verso puzzle de Tintin, visage de la camarde et insulte « déchet »	Menace de mort ? Manon est-elle un déchet pour le harceleur ? L'homme a pu accéder à la maison : il a les clefs ? Il guette le moment propice ? Si oui, il vit forcément à proximité.
Poursuite dans la forêt	L'homme nous observait et je l'ai surpris. Il vit dans le coin et vient régulièrement observer Manon et ses enfants.

Absorbée par ses réflexions, Éloïse n'entendit pas la porte d'entrée s'ouvrir. La lecture de la colonne « Interprétations » la convainquit que l'homme qui se cachait derrière tout ça était en lien avec l'enfance de Manon et qu'il voulait désormais lui faire payer le prix d'un forfait passé. Et à la question de savoir pourquoi il se mettait à agir maintenant, la gendarme ne put s'empêcher de répondre que le retour aux sources de sa sœur avait réveillé certains fantômes du passé. Elle saisit le stylo pour ajouter ce lien probable de temporalité, quand une voix quasi hystérique derrière elle la fit sursauter :

— Hein ? Qu'est-ce que c'est que cette histoire de puzzle ?

Éloïse découvrit alors sa sœur postée juste derrière elle, le regard vissé à la liste qu'elle venait d'établir. Blême et les yeux exorbités, Manon était totalement bouleversée.

— J'étais persuadée que Maxence l'avait emprunté à la ludothèque, il y est allé tout l'été avec les animateurs du centre aéré. Mais, en fait, non ! C'est ce sale type qui l'a posé chez nous !

— Calme-toi, Manon. Tout va bien, intima la gendarme d'une voix qu'elle voulut rassurante.

— Mais non ! Non ! Tout ne va pas bien du tout !

Ce disant, Manon attrapa la feuille d'un geste affolé et commença à la secouer sous le nez d'Éloïse.

— Il est entré dans la maison, Élo ! C'est toi-même qui l'as écrit !

— Disons que… c'est probable, en effet… puisque j'ai trouvé le message caché au verso du puzzle et… qu'il était posé là, acheva la gendarme en désignant la table.

— Il faut porter plainte ! C'est une violation de domicile, tu m'entends !

— Ce n'est pas si sim…

— Si, c'est simple ! Il… Il n'a pas le droit !

Éloïse, désemparée face à cette violente montée de rage et d'émotions, laissa ses deux mains retomber le long de son corps et rétorqua d'un ton où se mêlaient lassitude et autorité :

— Bon écoute, Manon, maintenant ça suffit… On n'avancera pas d'un pouce tant que tu réagiras comme ça ! Alors voilà ce qu'on va faire : je vais fumer une clope, et toi, de ton côté, tu te poses. Quand tu te sens prête, tu me rejoins dehors et on fait un point… Au calme ! conclut-elle fermement.

Abby Le Guen,
9 jours avant le meurtre de son mari

Abby s'essuya la bouche, but une gorgée de vin et releva les yeux vers Yohann. Son mari n'avait rien avalé. Le regard tourmenté, noyé dans la robe pâle du chablis, il faisait tourner le pied de son verre entre ses doigts. Le silence les séparait, une fois encore. Un silence qu'Abby était bien décidée à rompre. Elle frissonna sous la caresse de l'air et se lova dans son étole de soie. Puis elle alluma une cigarette et relança Yohann :

— Je t'écoute.

Son mari tressaillit légèrement et s'arracha à la contemplation de son verre.

— Et si je te dis que tu le regretteras ?... Que tu m'en voudras après ?... Que tu ne cesseras de dire que tu aurais préféré ne pas savoir cette vérité que tu exiges à présent ?

Abby recracha la fumée de sa cigarette sans le quitter des yeux. La gravité de Yohann commençait à la faire douter. Il n'y avait plus ni morgue ni provocation dans son attitude. Son mari lui semblait soudain nu et sincère. Désemparé. Et s'il disait vrai ? Si elle devait passer le reste de ses jours à regretter de savoir ? Elle songea un instant au précaire équilibre des funambules : un seul faux pas et c'est la chute assurée… Mais elle se força à chasser cette image. Non seulement elle savait que l'oubli ressemblait beaucoup plus à une prison qu'à un refuge, mais elle avait désormais perdu toute confiance en Yohann. Elle opta donc pour une dernière estocade :

— Ta sollicitude me toucherait presque, mais pour être tout à fait franche avec toi, tes propos me confirment une abominable vérité : tu n'as jamais souhaité que je me souvienne de ce qui s'est passé ce jour-là ! Ce qui signifie que tous les soins prodigués à la clinique durant les sept semaines qui ont suivi mon passage à l'acte n'ont jamais – malgré les apparences – visé à me faire retrouver la mémoire. En réalité, tu m'as internée pour vérifier que je ne me souvenais de rien !

Yohann ferma un instant les yeux en expirant bruyamment.

— Tu ne m'as pas seulement caché ce que tu savais, mais tu m'as manipulée ! s'indigna-t-elle. Partant de là, tu ne m'enlèveras pas de l'esprit que mon *black-out* est providentiel. Qu'il te protège de quelque chose. Qu'as-tu fait, Yohann ? Pourquoi nous sommes-nous disputés ce soir-là, pourquoi ai-je crié que je ne pourrais jamais me taire ? À quoi est-ce que je faisais référence ? acheva-t-elle avec hargne.

À ces mots, Yohann tressauta, comme prenant conscience de l'étendue des souvenirs de sa femme. Puis il serra la mâchoire et, d'un ton tranchant, il riposta :

— Tu as tort. Ce n'est pas moi que je protège, Abby, mais toi !

— Et tu comptes me faire avaler ça ? s'étrangla-t-elle. Toi, le monstre d'égoïsme qui n'a jamais pensé qu'à sa petite personne !

L'attaque fouetta son mari qui se redressa sur sa chaise, pointa vers elle un doigt menaçant et cracha d'une voix suffisante :

— Très bien, tu veux jouer à ça ? Parfait ! Alors ouvre grand tes oreilles, ma belle ! Je vais tout te raconter... De toute façon, il y a prescription, ajouta-t-il pour lui-même.

Le cœur d'Abby fit un bond.

— Prescription ?... Mais de quoi parles-tu, Yohann ?

Il ne daigna pas lui répondre. Les yeux dans le vague, il revoyait désormais les images défiler dans sa tête.

— C'était un mercredi. Le 26 août 1981, pour être exact, commença-t-il d'une voix sourde. Je rentrais de la clinique, comme je l'ai toujours fait pour profiter de la fin d'après-midi avec les enfants. Sur la route entre Perros-Guirec et le manoir, un orage a éclaté. Un orage très violent. On n'y voyait pas à dix mètres. Je n'ai pas pu dépasser cinquante de tout le trajet... Vers 17 h 15, je suis enfin parvenu à l'entrée principale de la propriété. Je descendais le chemin en sous-bois, lorsque je suis tombé sur ta voiture, juste après le virage en épingle... J'ai pilé net et il s'en est fallu de peu que j'emboutisse ton véhicule... J'ai klaxonné deux fois... Mais tu n'avançais pas... C'est à ce moment-là que je me suis rendu compte que la portière côté conducteur était entrouverte... J'ai attendu un peu mais tu demeurais invisible... Alors j'ai fini par sortir malgré la pluie battante... J'ai fait quelques pas et... je t'ai vue... Tu étais à genoux par terre, devant ta voiture... Il y avait le faisceau d'un code qui t'aspergeait faiblement, l'autre était cassé et... et la pluie te martelait le corps sans relâche. Tu étais trempée jusqu'aux os... mais tu... tu ne bougeais pas d'un pouce, comme si tu étais déconnectée du moment présent... Je me suis approché et c'est là que... c'est là que je l'ai aperçu...

Abby sentit une onde de peur lui électriser le corps. Yohann marqua un temps d'arrêt. Les yeux toujours lointains, il attrapa son verre d'un geste nerveux et finit son vin cul sec.

— Yohann ? le relança-t-elle avec précaution.

— Tu le tenais dans tes bras comme... comme quand on console un enfant qui pleure... Je ne comprenais pas... je ne voulais pas comprendre... Et puis, j'ai dû me rendre à l'évidence ! La pluie battante... le phare cassé... et ce petit corps inerte que tu serrais contre toi...

— Mais... comment ça, un corps inerte ? balbutia Abby, sidérée.

— J'ai distingué le sang à ce moment-là, je n'y avais pas prêté attention avant... Le sang qui finissait de s'échapper de la tête du petit et qui se mélangeait aux rigoles d'eau imbibant la terre battue du chemin... Je... Oh bon Dieu, Abby, c'était un accident ! Un terrible accident, tu comprends ?

Abby secoua lentement la tête. Stupéfiée.

— Qu'est-ce que tu... comment ça, du sang... et le corps de qui ? parvint-elle à murmurer.

— Je ne le connaissais pas. Nous ne le connaissions pas, Abby ! C'était... c'était un enfant... Et c'était un accident !

— Yohann, es-tu en train de me dire... que j'ai tué un enfant ? demanda-t-elle, un nœud dans la gorge.

Devant la sidération et le désarroi de sa femme, Yohann détourna le regard. D'un ton définitif, il asséna :

— Je t'avais prévenue, Abby. Je t'avais dit que tu regretterais de savoir.

— Yohann, enfin ! Dis-moi que ce n'est pas vrai !

Il se contenta de secouer la tête avec dépit. Abby sentit les larmes embuer ses yeux.

— Yohann, reprit-elle... (Sa voix n'était déjà plus qu'une lamentation.) Tu te rends compte ?... Je suis une meurtrière...

— Ah non ! Tu ne vas pas remettre ça ! explosa-t-il en se levant. Écoute, Abby, écoute-moi bien ! C'était il y a plus de trente ans, tu m'entends ! Et c'était un accident ! Un putain d'accident !

Abby hoqueta. Elle peinait à assimiler l'horrible révélation que venait de lui faire son mari, et lui cherchait déjà à atténuer sa responsabilité ! Mais elle n'eut guère le temps de riposter, Yohann était lancé, il avait passé le cap critique de sa confession et gesticulait maintenant en déversant un discours qu'il avait dû se tenir à lui-même des centaines de fois.

— Qui plus est, ce môme n'avait rien à foutre sur notre propriété. Il était en colonie de vacances, il était placé sous la surveillance d'animateurs ! écuma-t-il. Ces bons à rien n'ont même pas été foutus de garder un œil sur leur groupe ! S'ils avaient fait leur boulot correctement, rien de tout ça ne serait arrivé, Abby ! Rien !... L'enquête a démontré que le petit avait fait une fugue une heure et demie plus tôt ! Une heure et demie, tu te rends compte ! Le tribunal les a condamnés pour défaut de surveillance !

Yohann, écarlate et furibard, marqua un temps d'arrêt et se tourna vers sa femme, attendant qu'elle acquiesce.

— Peut-être, mais c'est MOI qui l'ai tué ! brailla Abby, désespérée. C'est moi !

À ces mots, il se dressa de toute sa hauteur, serra les poings et, d'un bond, la rejoignit. Un rictus mauvais lui barrant le visage, il se figea à quelques centimètres seulement d'Abby, prêt à la frapper. La lueur qui brillait dans ses yeux suintait la folie. Hagarde, Abby se tassa sur elle-même et sentit des larmes rouler sur ses joues. De longues secondes passèrent ainsi. Abby fixait son mari, tétanisée, incapable de la moindre réaction. Finalement, Yohann détourna le regard en s'écartant d'elle.

— De toute façon, c'est fini, Abby. Plus de trente ans ont passé ; donc, même si tu allais te livrer à la police, ça ne changerait rien, lâcha-t-il d'une voix glaçante.

— Yohann... Mais... le garçon... qu'est-ce que... qu'est-ce que... tu en as fait ? pleurnicha-t-elle. Et...

— C'était trop tard !... Quand je suis arrivé, il était mort ! Une hémorragie cérébrale... J'ai fait ce que je devais faire ! Pour te protéger, protéger notre famille ! Alicia avait un an et demi et Ethan, tout juste six mois !

Il se tourna brusquement vers elle pour la prendre à témoin :

— Ça aurait changé quoi que tu ailles te livrer aux flics, hein ? Ça n'aurait pas ramené ce pauvre gamin, Abby ! Et moi, comment aurais-je expliqué aux enfants que leur mère était en prison ?

— En prison ? Mais, tu l'as dit toi-même, Yohann, c'était un accident !

— Un accident sous l'empire de l'alcool et de stupéfiants, Abby ! Tu étais complètement shootée, bordel ! explosa-t-il en faisant de grands gestes avec les bras.

Abby reçut cette dernière révélation comme une gifle. Elle se rappela qu'elle avait effectivement commencé à prendre des cachets à cette époque et qu'il lui arrivait de boire. Parfois. *Souvent, même...* Agitée d'un violent tremblement, elle se mit à hoqueter.

— Je te l'avais dit, Abby ! Tu voulais savoir, maintenant tu sais !

— Yohann, dis-moi ce que tu... ce que tu as fait de l'enfant, parvint-elle à articuler.

Yohann, agacé, se tourna vers elle et caricatura sa voix larmoyante :

— « Qu'est-ce que tu as fait de l'enfant, Yohann ? » Eh bien, quoi... Que crois-tu que j'en aie fait ?! Que je l'ai mangé, peut-être ! cracha-t-il en se frottant la panse.

Il laissa filer quelques secondes pour se calmer. Quand il reprit, sa voix n'était plus qu'un murmure.

— Je l'ai emmené sur une petite route à une quarantaine de kilomètres d'ici. Et je l'ai... déposé dans un fossé... Le corps a été retrouvé deux jours plus tard, je l'ai appris par les journaux. La police a conclu qu'il s'agissait d'un accident et que le chauffard avait pris la fuite... Mais sois contente, souffla-t-il, ironique, le sort m'a bien puni, n'est-ce pas ? Le lendemain, tu passais à deux doigts de la mort avec ta tentative de suicide.

Malgré toute l'horreur de ce récit, Abby ne put s'empêcher de ressentir une sorte d'élan d'affection pour Yohann. Certes, ce qu'il avait fait était ignoble... Mais il l'avait fait pour protéger sa famille. *Et se protéger lui*, protesta une voix inattendue en elle. *Il venait d'ouvrir sa clinique, se battait pour signer son premier contrat avec l'armée, ce contrat qui allait lancer sa carrière. Et tous ces projets n'auraient certainement jamais abouti si sa femme avait été condamnée pour homicide involontaire à cause d'une conduite en état d'ivresse !*

— C'est à cause de cela que nous nous sommes disputés, poursuivit-il d'un ton amer. J'essayais de te persuader qu'il ne fallait pas aller voir la police, que c'était du *suicide* ! J'ai même employé ce mot-là !... Bref, tu m'as dit que tu ne pourrais jamais te taire. Je t'ai implorée, je t'ai suppliée même, au nom de nos enfants... Et tu as fini par céder. Tu étais brisée, complètement détruite... Mais jamais, tu m'entends, jamais je n'ai imaginé que tu en arriverais à...

Yohann s'interrompit et laissa échapper un soupir en se passant la main sur le visage. Puis il vint s'asseoir en face d'elle, se servit ce qui restait de chablis et reprit d'une voix altérée :

— Après notre discussion, je t'ai fait couler un bain avant de te ramener dans notre chambre. Ensuite je suis allé récupérer ta voiture et je l'ai descendue dans notre garage. Quand je suis revenu, tu t'étais endormie. J'ai congédié Marthe et je me suis installé dans la chambre d'amis du second pour éviter de te réveiller.

Mais j'étais dans un tel état de tension que je n'ai pas fermé l'œil de la nuit. Vers 5 heures du matin, je me suis décidé. J'ai pris la Saab avec… avec le petit dans le coffre et j'ai roulé au hasard, sur des routes de campagne jusqu'à trouver un endroit qui… me paraissait convenir. Je me suis arrêté et j'ai déposé le corps. C'était… c'était à proprement parler ignoble mais je n'avais pas d'autre choix… Durant des mois entiers, les images de ce gosse se sont superposées aux images du réel, comme si elles étaient greffées à ma rétine…

Abby tressaillit. Elle imagina son mari, sillonnant la lande, se cabrant devant l'indignité de ce qu'il s'apprêtait à faire, mais ne pouvant reculer. Elle le vit ensuite arrêtant la voiture en bordure d'une route perdue, ouvrant le coffre et attrapant l'enfant… mort. Mort par sa faute à elle. Effectivement, son *black-out* l'avait préservée d'une horreur avec laquelle elle n'aurait jamais pu vivre mais que Yohann avait gérée et supportée durant plus de trente ans.

— Puis je me suis rendu directement à la clinique. La suite, tu la connais. On m'appelait dans la matinée pour m'apprendre que tu venais d'être hospitalisée aux urgences. Tu avais ingurgité tous tes cachets ou presque. Dès que tu as pu quitter les soins intensifs, je t'ai fait rapatrier à la clinique. Et quoi que tu en penses, c'était avant tout pour être près de toi…

Abby venait de se raidir sur sa chaise et dut se mordre les joues pour ne pas protester. Mais Yohann, trop absorbé par son récit, ne s'en aperçut pas. Il reprit une gorgée de vin, comme pour se donner le courage de poursuivre, et acheva d'une voix lasse :

— Alors, OK, quand je me suis rendu compte que tu avais refoulé le souvenir traumatique, j'ai pensé que c'était mieux, c'est vrai ! Oui, ton *black-out* m'est apparu comme providentiel, pour reprendre tes mots ! Et je redoutais que tu ne retrouves la mémoire plus que je n'espérais qu'elle te revienne !… Et alors ? Est-ce que ça fait de moi un salopard, Abby ? Tu aurais trouvé préférable que je te raconte tout ce que ton cerveau avait choisi d'oublier, c'est ça ? Que je te livre comme un paquet de linge sale cette vérité même qui t'avait incitée à mettre fin à tes jours ?

Abby garda le silence. Elle essuya ses larmes et parvint à hocher lentement la tête. Mais au fond d'elle, la petite voix ripostait avec véhémence. *Et dire que tu as réussi à m'émouvoir ! Ton récit était presque parfait, Yohann… Mais tu t'es trompé sur un détail !*

Éloïse et Manon, 3 jours après le meurtre de Yohann Le Guen

Éloïse écrasait sa deuxième cigarette quand sa sœur la rejoignit sur la terrasse. Le regard embué, Manon prenait visiblement sur elle pour ne pas céder à la panique. Elle s'assit sur une chaise, passa ses doigts sous ses yeux pour refouler ses larmes et respira un grand coup :

— Bon, je t'écoute, souffla-t-elle.

— Bien… en premier lieu, sache que j'ai vérifié l'ensemble des portes et des fenêtres de la maison et qu'aucune n'a été forcée. Il n'y a donc pas eu d'effraction et, même si ça te paraît injuste, on ne peut pas porter plainte pour violation de domicile dans la mesure où personne ne peut attester avoir vu un étranger chez toi et que rien ne prouve qu'un étranger est entré.

— Et le puzzle, alors ! réagit Manon. Il était bien posé sur la table, non ?

— Le puzzle, c'est comme tout le reste… Toi et moi savons que c'est ce taré qui l'a fait entrer ici, mais ce ne sont que nos dires, tu comprends ? Après tout, c'est un puzzle d'enfant et il paraîtrait plus logique que ce soit Maxence qui l'ait apporté à la maison... Tu vois ce que je veux dire ?

— Mais il y a le dessin au verso, ça prouve bien quelque chose, non ?

— Ce dessin ne t'est pas adressé. C'est juste... un dessin, de mauvais goût certes, mais il ne profère aucune menace.

— Mais...

— Écoute, Manon, la coupa Éloïse, le type qui s'amuse à te pourrir la vie sait très bien ce qu'il fait. Si tu y tiens vraiment, on peut aller porter plainte et, avec un peu de chance, le policier qui nous recevra acceptera de prendre une main courante. Mais, à supposer que nous y parvenions, il faut être au clair : ça ne nous avancera à rien. Aucune instruction ne sera ouverte à partir des éléments que nous avons.

Les yeux de Manon se mouillèrent immédiatement. Elle jeta un regard tellement désemparé à Éloïse que celle-ci s'en voulut immédiatement pour sa dureté. Elle s'obligea néanmoins à garder son cap.

— J'ai besoin que tu répondes à certaines questions, Manon. Est-ce que tu te sens prête ?

Manon s'essuya les yeux en hochant la tête.

— Bon. En premier lieu, qui possède les clefs de la maison en dehors de toi ?

— Toi, je suppose ?

— Mmm... et qui d'autre ?

— Charles, je pense que j'ai dû lui laisser un double... Et Pilou, évidemment.

— Et c'est tout ? Tu n'as pas confié de clefs à un voisin, à un ami ?

— Non.

— Est-ce que, depuis que tu es arrivée, tu as fait faire des doubles chez un serrurier ?
— Non.
— OK… Pilou, tu l'as rencontrée comment ?
— C'est la nièce des Berton.
— Je les connais ?
— Gérald Berton était un collègue de papa, tu ne te souviens pas ? Il habite à cinq kilomètres d'ici avec sa femme, Françoise.
— Ah, celle qui tenait un commerce de prêt-à-porter à Lannion, c'est ça ?
— Oui, voilà… À la retraite, papa et maman étaient restés assez proches des Berton. Ils se voyaient régulièrement. Françoise a été très présente après l'accident… elle m'a beaucoup aidée pour les obsèques de papa et durant tout le coma de maman, acheva Manon d'une voix nouée.
— Je vois, acquiesça Éloïse en essayant de faire taire sa culpabilité montante. Et Pilou est leur nièce, c'est ça ?
— Oui. Françoise a une sœur plus jeune qui habite également à Lannion. Elle a eu Pilou sur le tard. Quand je suis revenue m'installer ici, les Berton m'ont accueillie avec beaucoup de gentillesse. Je leur ai demandé s'ils ne connaissaient pas quelqu'un pour la garde occasionnelle des enfants et ils m'ont présenté leur nièce. C'est une jeune fille sérieuse, agréable et discrète. Les enfants l'adorent et elle fait très bien son travail. Tu ne penses tout de même pas que Pilou ait quoi que ce soit à voir dans toute cette histoire ?
— Je te l'ai déjà dit, Manon, il ne faut rien exclure *a priori*.

— Elle n'a que vingt ans, Élo, et aucun lien direct avec mon passé ou moi !

— Peut-être, mais je ne la sortirai de la liste des suspects potentiels que lorsque j'aurai des réponses aux questions suivantes : a-t-elle un petit ami ? Entretient-elle une relation avec quelqu'un qui a eu maille à partir avec toi ? A-t-elle fait faire des doubles des clefs ? A-t-elle apporté ce puzzle dans la maison ?... Ce ne serait pas la première fois qu'une personne de confiance serait impliquée dans une affaire de harcèlement ! Et puis, elle peut aussi être instrumentalisée par quelqu'un et mise à contribution sans le savoir.

Malgré son scepticisme, Manon renonça à toute dénégation et se contenta d'approuver d'un hochement de tête. La gendarme en profita pour poursuivre.

— Autre question. As-tu des amis dans le coin ?

— Non, pas vraiment, soupira Manon. Je m'étais inscrite à un club de yoga à mon arrivée et j'avais commencé à sympathiser avec Odile, une des élèves, mais j'ai arrêté les cours... Avec les menaces qui pèsent sur ma vie, je... je n'ai plus l'énergie pour ça.

— Et depuis que tu t'es réinstallée ici, tu n'as croisé aucune personne de ton passé ? À part Ethan Le Guen, je veux dire ?

— Si, bien sûr. J'ai croisé quelques vieilles connaissances. Des anciens du lycée Saint-Just... Mais ça n'a débouché sur rien. On a échangé quelques mots convenus mais rien de plus.

— Et parmi ces rencontres, aucune n'a attiré ton attention ? Par exemple, quelqu'un qui t'aurait paru nerveux, insistant, bizarre, ou intrusif, que sais-je ?

Après quelques instants, Marion secoua négativement la tête.

— Rien qui m'ait marquée, en tout cas.

— Tu y réfléchiras, Manon. Le moindre détail peut avoir son importance... Et as-tu repensé à ma question d'hier ?

— Celle de savoir si j'avais pu faire du mal à quelqu'un ?

— Oui.

— Bien sûr que j'y ai repensé ! Je me suis trituré les méninges toute la journée d'hier mais... mon Dieu, Élo, je suis partie depuis tellement longtemps... Et, tout ce que j'ai laissé derrière moi, ce sont des historiettes d'adolescente !

La gendarme hocha la tête avec compréhension. Elle ne savait que trop la difficulté de répondre à une telle question. En réalité, à moins d'un fait majeur marquant, il est impossible de savoir précisément qui, de notre passé, peut conserver une rancune tenace à notre encontre. Parfois, cette rancune prend racine dans des faits insignifiants à nos yeux, ou dont nous n'avons conservé aucun souvenir...

— Il faut procéder avec méthode. On va essayer de dresser une liste des personnes que tu as recroisées depuis ton arrivée. Une fois que ce sera fait, il faudra mettre en perspective cette liste avec l'ensemble de tes souvenirs : qu'as-tu vécu avec cette personne ? Quelle était la nature de votre relation ? Y a-t-il eu des rivalités amoureuses, amicales, des disputes ou autres ? Tu vois ce que je veux dire ?

— D'accord, ça ne coûte rien d'essayer. Après tout, quelque chose pourrait me revenir en mémoire... Mais tu sais qu'avec certains de mes comportements passés, j'ai pu… j'ai pu oublier des choses.

La gendarme ne releva pas. Elle savait parfaitement à quoi Manon faisait allusion. L'adolescence difficile de sa sœur courait de ses treize ans environ à sa rencontre avec Charles, quand elle en avait dix-neuf. Durant cette période, Manon avait très souvent agi de manière irresponsable avec de grosses prises de risque. Drogues, alcools et autres abus avaient jalonné son existence et ces excès se soldaient parfois par quelques trous de mémoire. Mais aucun cependant n'était comparable à celui de l'année du bac, terminale particulièrement chaotique pour Manon et qui s'était achevée sur une énième fugue. C'était fin juin, à quelques jours seulement des épreuves du repêchage. Manon, qui avait encore toutes ses chances d'obtenir l'examen, s'était volatilisée du jour au lendemain. Lorsqu'elle était rentrée à la maison quinze jours plus tard, encadrée par deux policiers, elle n'était plus que l'ombre d'elle-même. Visiblement, durant sa disparition, elle avait multiplié les conduites à risque et ses souvenirs des deux semaines écoulées s'étaient révélés très altérés : elle était incapable de se rappeler précisément ce qu'elle avait fait, avec qui et encore moins pourquoi elle avait une fois de plus quitté le domicile. De ce qu'en savait Éloïse, sous la pression de leurs parents, Manon avait fini par reprendre une thérapie dès la rentrée de septembre suivant, démarche mille fois entamée et mille fois avortée.

De son côté, dès son bac en poche, Éloïse était partie faire ses études de droit à Rennes. Pour se protéger, pour fuir cette vie de famille désastreuse où elle n'avait plus aucune place. Elle avait alors commencé une nouvelle existence, et son cursus étudiant lui avait procuré une telle bouffée d'oxygène qu'elle avait pris la ferme résolution de laisser derrière elle sœur et parents. Prétextant un job d'étudiante ou des obligations liées à ses études, Éloïse avait réussi à limiter les visites familiales au strict minimum, à savoir deux à trois jours pour Noël. Plus tard, lorsqu'elle avait intégré l'école de gendarmerie, les quelques jours à Noël avaient carrément disparu, laissant place à un vague appel téléphonique mensuel dont la perspective suffisait d'ailleurs à plonger Éloïse dans un profond marasme émotionnel. Elle ne s'y résolvait qu'à l'issue de longues heures de lutte contre elle-même. En réalité, avec la distance et le temps, elle avait développé une colère sans bornes à l'égard de ses parents à qui elle ne trouvait plus la moindre excuse, et un rejet viscéral de sa sœur, petite reine inconséquente et égocentrique qui faisait la pluie et le beau temps sur la vie de famille. Lorsqu'elle avait appris par sa mère que Manon allait *bien mieux maintenant* – maintenant que la jumelle préférée avait mis le grappin sur un médecin plein aux as ? s'était-elle retenue de balancer –, Éloïse n'avait pas cherché à retisser les liens avec ses proches. Cette nouvelle avait peut-être même augmenté son amertume. Non contente de lui avoir volé son adolescence, Manon coulait désormais le parfait amour avec un dénommé Charles, charmant au dire de ses parents, et certainement très doué puisqu'il était parvenu à dompter la cyclothymie de sa sœur…

— Tu m'entends, Élo ?

La gendarme sursauta et sortit de ses songes.

— Désolée, je... je repensais à cet épisode juste avant le bac, raccourcit-elle. Tu n'as jamais comblé tes trous de mémoire autour de cette fugue-là ?

— Trous de mémoire ? railla Manon avec amertume. À ce niveau-là, j'appelle ça des gouffres !

— Je suppose que ça veut dire non ?

— Tu supposes bien, hélas... J'ai fini par retrouver quelques vagues images des heures qui ont précédé mon arrestation par les policiers... mais pour tout le reste, absolument rien.

Éloïse hocha lentement la tête. Elle ne savait pas vraiment quoi dire à Manon. Finalement, elle se leva et alla chercher une feuille et un stylo.

— Je te propose que l'on passe à ce dont tu te souviens plutôt qu'à ce que tu as oublié. Qu'en dis-tu ?

— Oui, il vaut mieux, admit Manon.

— D'abord, on va lister tous les gens que tu as croisés depuis que tu es revenue. Ensuite, on les confrontera aux éléments d'interprétation que j'ai répertoriés dans mon tableau pour voir si l'un des noms peut correspondre.

Abby Le Guen,
8 jours avant le meurtre de son mari

Abby n'avait pas fermé l'œil de la nuit. Le récit de Yohann, la veille au soir, lui avait glacé les sangs. Avait-elle réellement tué un enfant par accident ? À l'horreur de cette hypothèse s'ajoutait celle de sa prétendue acceptation à l'époque de ne pas prévenir immédiatement la police… Elle avait peut-être perdu la mémoire, mais elle savait qui elle était, tout de même ! Et elle ne se voyait pas du tout valider une telle compromission…

Si elle savait que son mari lui avait menti, elle ne connaissait pas pour autant l'étendue de ce mensonge. Marthe lui avait clairement énoncé que *Monsieur* avait téléphoné le matin du drame et qu'il avait même précisé avoir appelé plusieurs fois avant que quelqu'un daigne décrocher… Or Yohann lui avait livré une autre version en lui racontant « qu'on l'avait appelé » pour le prévenir de l'hospitalisation de sa femme. Pourquoi Yohann avait-il omis de parler des appels téléphoniques qu'il avait passés et qui lui avaient sauvé la vie ? Cette question tournait en boucle dans sa tête… Abby était convaincue que ce détail avait son importance. Pour autant, elle peinait à imaginer que Yohann lui ait menti sur toute la ligne. D'abord – en dehors des coups de fil passés le matin du drame –, la version de son mari corroborait le récit de Marthe. Or Yohann ignorait ce qu'avait exactement vu et entendu leur ancienne employée, comme il ignorait la supercherie des prétendus souvenirs remontant peu à peu à la surface. Ensuite, Abby imaginait mal Yohann en train d'inventer une histoire aussi sordide que celle de la mort d'un enfant... *Certes... comme tu n'aurais jamais imaginé que ton mari soit capable d'entretenir des relations incestueuses avec Alicia !* songea-t-elle avec amertume.

Elle se fit violence pour mettre un terme à toute spéculation. Pour ce qui concernait les relations entre Alicia et son père, elle devait attendre la prochaine missive de L'Œil. En revanche, pour cette histoire d'accident, elle pouvait en avoir le cœur net. Elle s'arracha de son lit, malgré la fatigue et le sentiment croissant que chaque nouvelle journée l'enfonçait davantage dans un cauchemar éveillé. Puis elle enfila son peignoir et constata avec dépit que le temps s'annonçait gris et venteux. Vu les nuages qui se profilaient sur l'océan, un orage n'était pas à exclure. Abby descendit les escaliers et déboula dans le salon où Anna s'affairait.

— Bonjour, Madame.

— Bonjour, Anna. Merci de me préparer un grand café, noir et bien serré, s'il vous plaît, et de me le porter dans mon bureau.

— Bien, Madame. Autre chose ? Toasts, œufs brouillés ?

— Mes cigarettes et un cendrier, je vous prie.

Abby fila dans son bureau et s'installa derrière son ordinateur. Dès que celui-ci fut connecté à Internet, elle entra les mots clefs « chauffard, mort, enfant, Côtes-du-Nord, août 1981 ». La machine moulina un peu avant de lui offrir ses résultats. Abby cliqua sur le premier lien, un article du quotidien *Ouest-France* qu'elle parcourut attentivement. « Le meurtrier de Benjamin, 8 ans, court toujours ! » Le récit du journaliste collait avec les éléments que Yohann lui avait racontés la veille. Le corps avait été retrouvé au fond d'un fossé le 28 août 1981 – soit deux jours après l'accident mortel – par un homme qui promenait son chien le long de la petite départementale.

— Oui, entrez ! lança Abby après qu'on eut frappé à la porte.

— Votre petit déjeuner, Madame.

« Petit déjeuner » pour un café-clopes... cette gamine se fiche de moi ! pensa Abby en jetant un regard narquois sur l'employée. Elle attendit qu'Anna quittât la pièce, puis elle but une gorgée de café, alluma une cigarette et reprit sa lecture. Bientôt, elle sentit ses poils se hérisser en découvrant que les enquêteurs avaient relevé des traces de freins sur le bitume à la hauteur de l'endroit où le corps de Benjamin avait été projeté. Cela ne pouvait signifier qu'une chose : Yohann avait volontairement laissé de la gomme sur l'asphalte pour faire croire que l'accident avait eu lieu là-bas. Et pour incroyable que ce fût, ça avait marché ! Abby se fit la réflexion que les techniques d'investigation scientifique étaient bien moins performantes trente-quatre ans plus tôt. Cette grossière mise en scène aurait plus de mal à passer inaperçue aujourd'hui... L'article s'achevait

sur le mystère des circonstances ayant précédé la mort de Benjamin, celui-ci étant accueilli pour les vacances d'été à la colonie Les Pins, située à une quarantaine de kilomètres du lieu de l'accident.

Abby referma l'article et se recula sur son siège en buvant son café. Elle était effarée et apeurée du sang-froid de Yohann. Elle secoua la tête comme pour chasser un mauvais rêve et cliqua sur le lien suivant, bien décidée à faire le tour de ce terrible fait divers.

Après une bonne heure de recherches et de lectures, Abby disposait d'une vue complète sur le drame. Yohann avait dit vrai en affirmant que le directeur de la colonie et les animateurs avaient été poursuivis et condamnés cinq ans après les faits pour défaut de surveillance. Le petit Benjamin avait disparu durant un jeu de plein air, après s'être disputé avec un autre enfant. Le délai entre le moment de sa disparition et le moment où les responsables avaient donné l'alerte, avait été établi à plus d'une heure et demie.

Quant à l'accident mortel, les enquêteurs faisaient face à une question non résolue : ils ne s'expliquaient pas comment Benjamin avait parcouru la distance entre son lieu de disparition et l'endroit de sa mort. Était-il monté dans une voiture ? Si oui, pourquoi l'automobiliste l'aurait-il déposé sur cette petite route de campagne, loin de tout ? Une chose était certaine : Benjamin n'avait pas parcouru seul trente-huit kilomètres... Après quatre ans d'enquête infructueuse, d'autres affaires avaient pris le pas et, d'une urgence à une autre, le dossier avait probablement été remisé au fond d'un tiroir, laissant derrière lui son lot de questions sans réponse et des parents inconsolables. Faute d'éléments nouveaux, la prescription avait couru et le dossier était désormais refermé...

Fébrile, les yeux rougis par la lecture et la nervosité, Abby éteignit l'ordinateur et décida d'aller s'habiller pour prendre l'air. Une promenade le long de l'océan ne pouvait pas lui faire de mal. Malgré les somnifères, ses nuits étaient profondément perturbées et elle restait jusque très tard les yeux grands ouverts, à ressasser son passé, à réquisitionner ses souvenirs pour essayer de comprendre comment sa vie lui avait à ce point échappé, et à tourner en boucle les mêmes idées terrifiantes qui avaient pris corps depuis les missives de L'Œil. Voilà que, désormais, l'histoire de Benjamin s'ajoutait aux révélations précédentes. Un rictus amer au coin de la bouche, elle se demanda combien de temps elle pourrait encore tenir debout sans décompenser. À bien y regarder, sa vie était en train de partir en lambeaux. En moins de trois semaines, elle avait perdu son existence confortable, prévisible et d'une réconfortante vacuité. Elle affrontait désormais un tsunami émotionnel : son mari avait probablement abusé de sa fille, sa fille était possiblement amoureuse de son père et elle-même venait de passer dans la catégorie des meurtrières d'enfant.

La tête lui tourna lorsqu'elle se leva. Elle prit appui sur le bureau, respira lentement et profondément comme son professeur de yoga le lui avait enseigné quelques années auparavant. Le malaise s'estompa au bout de quelques minutes. Elle se dirigea alors vers sa chambre, croisa son reflet dans le grand miroir au bas des marches de l'escalier et manqua crier. À n'en point douter, elle avait pris dix ans en quelques jours. Ses cheveux ébouriffés avaient grisonné malgré la couleur récente, des cernes bleuâtres cocardaient ses yeux et des ridules supplémentaires labouraient le pourtour de sa bouche. Mais ce qui la choqua le plus, ce fut l'image globale qu'elle se renvoya, avec ses épaules affaissées, l'extrême lassitude de sa posture et l'affliction profonde qui suintait par chaque pore de son être. Abby demeura quelques instants figée, contemplant cette image qui ne lui ressemblait déjà plus. Puis, comme anéantie par sa propre vision, elle fit demi-tour, traversa le salon, ouvrit le bar et attrapa la bouteille de Martini rouge. Le pas traînant, elle s'engagea dans les escaliers pour rejoindre sa chambre, laissant derrière elle ses velléités de promenade au grand air.

Éloïse et Manon, 3 jours après le meurtre de Yohann Le Guen

Éloïse alluma machinalement la télé dont elle baissa le son. Le JT n'avait pas encore commencé. Elle reporta alors son attention sur la liste des huit noms dressés par Manon, maigre fruit d'une matinée de travail acharné. Huit personnes qu'elle avait croisées par hasard à Lannion et ses environs depuis qu'elle s'était réinstallée dans le coin. Cinq femmes et trois hommes, tous des anciennes connaissances du collège ou du lycée privé. Le hic, c'est que, selon sa sœur, aucun de ces noms n'était associé à un événement du passé susceptible d'avoir généré de la rancœur.

— Et dans tes connaissances… interlopes ? relança Éloïse.

Manon, occupée à couper un avocat, s'interrompit et leva deux sourcils interrogateurs.

— Lors de tes soirées… si je me souviens bien, papa te récupérait souvent dans des lieux fréquentés par des gens un peu marginaux, non ?

— Tous les types qui avaient deux ans de plus que moi et qui ne travaillaient pas étaient des cas sociaux aux yeux de papa ! se moqua Manon.

Éloïse lui retourna un regard grave :

— Manon, tu ne peux pas évacuer ma question avec cette simple boutade ! Que je sache, tu as fréquenté un certain nombre de personnes peu recommandables. Des consommateurs de drogues, des dealers…

— OK, OK, Élo ! s'agaça Manon. J'ai compris ! Laisse-moi réfléchir, veux-tu ?

La mine contrariée, elle reprit sa découpe. Visiblement, elle répugnait à se replonger dans ces lointains souvenirs. Éloïse prit sur elle pour ne pas la houspiller et lui rappeler ce qu'elle avait déjà dû lui rabâcher toute la matinée : pour remonter jusqu'au harceleur, il fallait déterrer le passé, aussi nauséabond fût-il. Les images du JT apparurent sur l'écran et la gendarme remit le son. La présentatrice énonça les gros titres. Le meurtre de Yohann Le Guen en faisait évidemment partie. D'après la journaliste, Abby Le Guen s'était murée dans le silence durant toute sa garde à vue. Face aux questions des reporters devant la maison d'arrêt de Lannion, son avocat, Mᵉ Rubinstein, s'était fendu d'une déclaration lapidaire qui annonçait déjà la coloration de sa ligne de défense : « Mme Le Guen est encore aujourd'hui en état de choc profond. Son incapacité de répondre aux questions des enquêteurs en constitue la meilleure preuve. J'ai d'ores et déjà soumis une requête d'expertise psychiatrique pour ma cliente qui n'est visiblement pas en pleine possession de ses moyens intellectuels et mentaux. Je n'ai rien d'autre à déclarer pour le moment. »

— Il va plaider la folie passagère, commenta Éloïse à haute voix.

— C'est prêt dans cinq minutes, Élo, on va passer à table.

— Je m'en fume une et j'arrive.

La gendarme éteignit la télé et s'extirpa du canapé pour rejoindre la terrasse. Elle avait à peine allumé sa clope qu'elle entendit le mugissement de moteurs et le hurlement de sirènes qui déchiraient le calme ambiant en se rapprochant à vive allure. À en croire le raffut, les flics avaient lancé la grosse cavalerie ! Elle jeta un œil vers la route en contrebas et distingua deux véhicules blancs avec gyrophares allumés qui avalaient le bitume à toute vitesse. La gendarme ressentit un pincement au cœur tandis qu'un pêle-mêle d'images associées à son métier défilait dans son esprit. Arrestations, poursuites, montées d'adrénaline... autant de souvenirs de terrain qui lui semblaient aujourd'hui particulièrement lointains. À travers le rideau d'arbres qui séparait le jardin de la route, elle visualisa les voitures lancées à vive allure. Puis les choses allèrent très vite. Crissements de la gomme sur l'asphalte. Cliquetis des graviers contre les bas de caisse. Nuage de poussière soulevé par les pneus. Le tout dans la cacophonie de la sirène agressive. Le museau de la voiture de tête s'arrêta à trois mètres de la terrasse. Avant qu'Éloïse ait pu bouger le petit doigt, les portes s'ouvrirent à la volée et quatre flics jaillirent des véhicules.

— Manon Ezzeddine, vous êtes en état d'arrestation pour tentative de meurtre ! beugla un des flics en s'approchant, sa carte de police brandie devant lui.

À l'arrière, les trois autres policiers l'avaient mise en joue pour la dissuader de tout mouvement.

La gendarme, sidérée, leva lentement les mains, sa cigarette fumante toujours coincée entre ses doigts. Dans son dos, elle entendit la baie vitrée coulisser et Manon surgir. Quand celle-ci vit l'armada de policiers, armes aux poings, elle lâcha un petit glapissement de surprise et laissa échapper le saladier qu'elle portait. Il y eut comme un instant figé dans le temps où l'action se déroula au ralenti : le long bruit cristallin du verre sur le carrelage extérieur, la tension montant d'un cran à la vue de la sœur jumelle, la légère crispation des index sur leur gâchette, l'air effaré du flic de tête dont les yeux firent plusieurs allers-retours entre Éloïse et Manon. La gendarme perçut tout cela en une fraction de seconde étrangement étirée. Puis le temps reprit son cours normal.

— Manon Ezzeddine ! Qui est Manon Ezzeddine ?
Manon avança d'un pas.

— On ne bouge pas ! somma le flic en montant sur la terrasse. C'est vous, Manon Ezzeddine ?
Éloïse entendit que sa sœur bredouillait un oui terrorisé.

— Et vous... vous êtes donc la sœur ?... La gendarme, c'est ça ?

Elle se tourna lentement vers le chef qui se tenait à sa gauche et l'affronta du regard. Grand, bien bâti, la quarantaine bien conservée, le flic arborait un air dur que ses yeux clairs surmontés de sourcils bruns et légèrement broussailleux accentuaient.

— Capitaine Éloïse Bouquet, gendarmerie nationale. Je suis effectivement la sœur de Manon Ezzeddine.

— Je ne m'attendais pas à… à ce que vous soyez ici, commenta-t-il, légèrement déstabilisé.

Puis il adressa un signe de la main à ses collègues en couverture, et deux d'entre eux déboulèrent sur la terrasse.

— C'est elle, fit-il en désignant Manon d'un mouvement de tête.

Un des policiers – taille moyenne, la boule à zéro, avec un long bouc tressé enfilé dans une perle – passa sans ménagement les menottes à Manon.

— Hé vous, là, allez-y doucement ! balança Éloïse avec une autorité naturelle qui surprit le gus.

Il jeta un œil incrédule à son supérieur qui lui fit signe d'embarquer la prévenue vers un des véhicules. Comme elle foulait la pelouse, Manon dut commencer à prendre conscience de ce qui se passait et se dévissa le cou pour interpeller sa jumelle :

— Fais quelque chose, Élo ! Ils n'ont pas le droit ! Je n'ai rien fait !

Éloïse, stupéfaite, se tourna vers le chef.

— Mais qu'est-ce que c'est que ces conneries ?! Ça vous manque de jouer aux cow-boys, ou quoi ?

Le flic lui jeta un regard dissuasif.

— Lieutenant Yves Lelevier. Changez de ton avec moi, capitaine Bouquet. Que je sache, nous ne faisons que respecter la procédure.

— En traitant Manon comme une criminelle ? s'indigna la gendarme.

Lelevier lui jeta un regard étrange où passait une lueur d'amusement déplaisante.

— Vous avez entendu le chef d'inculpation, non ?

— Oui, tentative de meurtre... et je peux déjà vous assurer que vous êtes complètement à côté de la plaque.

— Si j'étais vous, capitaine Bouquet, je m'abstiendrais d'assurer quoi que ce soit... Croyez-moi, ajouta-t-il d'un ton grave.

— Yves ! lança une voix depuis la voiture.

Lelevier tourna la tête vers son coéquipier au bouc tressé qui attendait, les bras appuyés sur le montant de la portière passager.

— Je dois y aller, lança-t-il à la gendarme.

— Attendez, lieutenant ! Dites-moi de quoi il retourne, bon sang !

— Tentative de meurtre, comme je l'ai déjà dit.

— Mais sur qui, enfin ?!

— Vous savez très bien que je ne suis pas tenu de vous le communiquer... Votre sœur va entamer sa garde à vue, l'instruction est en cours... Vous n'aurez qu'à parler avec son avocat.

— Écoutez, lieutenant Lelevier, j'ai de bonnes raisons de croire que ma sœur fait l'objet d'une cabale ! Cela fait plusieurs mois qu'un type la menace.

— Pourquoi ne pas être venues nous trouver ?

— Parce que... il n'y a pas d'éléments suffisamment probants. Les menaces sont voilées, insidieuses. Et vous savez comme moi que dans ces situations, tant qu'un délit n'est pas constitué... (Éloïse laissa sa phrase en suspens.) Bref, c'est pour cette raison que je suis ici, pour aider ma sœur.

— De quel genre de menaces s'agit-il ?

— Des appels anonymes, un billet avec une comptine d'enfant détournée, un message sur le pare-brise « Tu vas enfin payer », un oisillon mort, un poupon démantibulé dans une boîte... et un puzzle avec un dessin morbide de tête de mort au verso agrémenté du mot « déchet ».

Lelevier passa nerveusement une main dans ses cheveux. Éloïse aurait juré que le policier venait d'établir un lien dans sa tête. Il lui cachait quelque chose.

— À quoi pensez-vous, lieutenant ?

— À rien... Bon... Admettons que votre sœur soit réellement menacée, capitaine. Qu'est-ce que cela vient faire dans notre enquête, hein ?

— À vous de me le dire ! D'un côté, on a un type qui s'amuse à pourrir la vie de ma sœur depuis deux mois, de l'autre, pfft, vous apparaissez comme par enchantement pour l'arrêter ! Drôle de coïncidence, non ? s'emporta la gendarme. C'est quoi, l'histoire, en fait ? Un type qui est venu déposer plainte en déclarant que ma sœur avait tenté de l'assassiner ?... Et vous prenez sa déclaration pour argent comptant ?

— Croyez-moi, vous n'y êtes pas du tout, la contra Lelevier en secouant la tête. Capitaine, nous possédons une preuve irréfutable de l'implication de votre sœur dans un crime particulièrement sordide.

Le ton péremptoire du policier glaça Éloïse.

— Je vous conseille de lui choisir un bon avocat, elle va vraiment en avoir besoin.

— Vous l'emmenez où ?

— Lannion, commissariat central.

Là-dessus, Lelevier tourna les talons et passa de la terrasse à la pelouse d'un petit bond agile. Il avait fait quelques pas quand il se retourna :

— Et les enfants ? Vos neveu et nièce ? D'après ce qu'on sait, le père est au Liban, c'est ça ? Du coup, vous gérez ou j'appelle les services sociaux ?

Éloïse lui décocha un regard noir.

— Je m'en occupe.

Abby Le Guen,
2 jours avant le meurtre de son mari

Un ciel bas écrasait l'horizon et une lumière intense saturait le décor de son empreinte surréaliste. L'orage approchait. Déjà, de lointains éclairs éblouissaient le magma nuageux au-dessus d'une mer houleuse d'un gris métallique et iridescent. Abby compta machinalement les secondes écoulées entre la lumière des éclairs et les grondements du tonnerre, et déduisit que l'orage avait éclaté à trois kilomètres des côtes. Les embruns portés par un vent tourbillonnant lui mouillaient le visage malgré sa capuche rabattue. Elle ferma les yeux, se laissa griser par la danse cacophonique des vagues qui percutaient les roches en contrebas, creusant chaque jour un peu plus la falaise de granit. Elle aimait ce déferlement puissant, presque animal, de la nature. Cela lui rappelait la relativité des choses humaines perdues dans ce Grand Tout qui précède chacun des vivants et qui leur succédera. Un léger vertige la gagna, un peu comme si son corps réclamait de basculer vers le vide. Une fraction de seconde, son esprit envisagea de lâcher prise. Après tout, ne serait-ce pas cette fin aussi redoutée qu'attendue qui l'appelait ? Et cette fin-là n'en valait-elle pas une autre ? Qu'est-ce qu'une meurtrière d'enfant pouvait bien encore espérer de l'existence ? Y avait-il la moindre rédemption possible pour elle ? Les yeux toujours clos, Abby sentit l'infime basculement de son corps vers l'avant. Son cœur s'emballa légèrement à l'idée de l'envol, de ces fragments de secondes qui séparent la vie de la mort, de la prodigieuse sensation de vitesse avant le néant total. Elle se pencha encore vers l'avant, mais l'image de ses enfants se plaqua subitement à sa rétine, juste avant l'instant fatal de non-retour. Déséquilibrée, elle eut un mouvement réflexe des bras et parvint *in extremis* à résister à la chute.

Elle recula d'un pas incertain, les jambes cotonneuses et le pouls filant. Mon Dieu, il s'en était fallu de peu... Elle serra ses poings et se sermonna, puisant dans les ultimes forces qui lui restaient : elle ne pouvait décemment pas quitter ce monde sans avoir fait la lumière sur le drame d'Alicia. Elle n'avait jamais su la protéger, l'aimer. Elle avait fui sans relâche, prisonnière de son image de femme fragile et futile. Aujourd'hui, il était temps pour elle de prendre ses responsabilités. Yohann rentrerait le lendemain soir d'un énième voyage d'affaires. Il était temps de savoir et d'agir en conséquence.

Une superbe arborescence de zébrures lumineuses électrifia la masse nuageuse, suivie quelques secondes plus tard d'une détonation qui fractura violemment le ciel. Des gouttes de pluie commencèrent à tomber, lourdes comme des pois, hérissant le dos de la mer. Abby s'arracha à ce spectacle aussi magique qu'effrayant et s'engagea sur le sentier côtier pour rejoindre Ploumanac'h. D'un pas rapide, elle sillonna entre les roches de granit rose qui semblaient jetées là comme un jeu d'osselets abandonnés par des dieux gigantesques et, au détour d'un virage en surplomb, elle aperçut la plage du village, avec son îlot oublié sur lequel sommeillait un improbable manoir que la pluie torrentielle rendait fantomatique. Elle finit de dévaler la sente, déboula enfin sur le chemin en dur qui longeait la grève et, rincée et ruisselante, rejoignit au pas de course son atelier au centre du village. Elle se réfugia sous la marquise pour extirper les clefs de son petit sac à dos tandis qu'une grappe de touristes surpris par l'orage couraient vers leurs voitures en poussant des cris.

Abby ouvrit l'atelier, ôta son ciré, ses chaussettes et ses tennis détrempés avant de filer dans l'arrière-boutique où elle frictionna ses cheveux et enfila un pantalon de rechange qui sommeillait là avec quelques affaires depuis des années. Elle nota au passage qu'elle avait perdu pas mal de poids, le vêtement flottait autour d'elle. Elle osa un regard vers le miroir. Les cheveux humides collés sur son visage terne et amaigri, l'œil teinté d'une lueur hystérique, les pieds nus, et attifée de son pantalon trop ample, elle se fit l'effet d'une cinglée désœuvrée, loin, très loin de la dame du monde au charme chic et décontracté qu'elle s'était tant plu à cultiver. Abby singea une courbette devant ce reflet inquiétant tandis qu'une sorte de rire grinçant s'échappait de sa bouche fermée. Puis elle détourna les yeux et prit une grande inspiration. Elle en était certaine, *elle le sentait*, L'Œil lui avait écrit. Une missive l'attendait dans la boîte aux lettres.

Le temps est venu, ma chère, susurra une voix familière au fond d'elle. *Tu vas maintenant assembler les morceaux de papier que ce pervers aura pris grand soin de découper et... et, enfin, tu sauras.* Abby décolla ses pieds du sol avec la même énergie que si elle avait du plomb dans les jambes. Le ventre retourné par la crainte d'une imminente et intolérable révélation, elle traversa la salle d'exposition assombrie par l'orage et rejoignit le pas de porte. La boîte aux lettres s'ouvrit sur un monceau de courrier entassé depuis plusieurs jours, autant de jours qu'elle avait passés enfermée dans son manoir, à fuir très précisément cet instant-là. Elle en était vaguement consciente, depuis plusieurs semaines, son esprit accablé faisait les montagnes russes. Tantôt grisé par une exaltation fiévreuse où elle se sentait déterminée à régler son compte à Yohann et à débarrasser la terre de ce salopard. Tantôt en proie à une déprime caverneuse qui lui intimait de quitter cette vie comme elle y était entrée, en toute insignifiance. La bataille qu'elle se livrait l'amenuisait de jour en jour. Ses rêves de justice pour Alicia le disputaient à son profond dégoût d'elle-même. N'avait-elle pas tué un enfant ? L'alcool dont elle abusait à outrance, couplé aux antidépresseurs, anxiolytiques et barbituriques dont elle se gavait, ajoutait à son état confusionnel. Abby n'était déjà plus que l'ombre d'elle-même.

Elle posa d'une main nerveuse le tas de lettres sur le comptoir, tira le bras télescopique de sa lampe de bureau et l'alluma. La missive de L'Œil lui apparut très rapidement au milieu des autres courriers. Enveloppe papier kraft demi-A4, lettres au feutre noir formées avec un gabarit. Abby nota qu'elle avait été postée quatre jours plus tôt. Elle décacheta l'enveloppe et déversa les morceaux de feuille découpés aux ciseaux ainsi que le message tracé sur un papier à part. Le jeu morbide pouvait donc commencer...

DERNIER INDICE

PAUVRE ABBY,

LE JEU DE PISTE S'ACHÈVE... LES BONNES CHOSES ONT UNE FIN, LES MAUVAISES, AUSSI. RESTE À SAVOIR LAQUELLE...

JE T'OFFRE CE DERNIER MORCEAU D'UN PUZZLE BIEN SORDIDE QUI TÉMOIGNE À LUI SEUL DE LA CRUELLE IMPOSTURE DE TA VIE ET DE TON RANG.

IL TE RESTE DÉSORMAIS À DÉCIDER DE CE QUE TU FERAS DE CETTE RÉVÉLATION. FUIRAS-TU UNE FOIS DE PLUS ? OU TON AMOUR POUR TON ENFANT PRENDRA-T-IL LE DESSUS ?

JE TE LAISSE AVEC TON INSTINCT MATERNEL, SI TANT EST QUE TU EN AIES UN...

AINSI PREND FIN LE CHEMIN DE LA VÉRITÉ... TU N'ENTENDRAS PLUS JAMAIS PARLER DE MOI.

L'ŒIL

Ainsi donc parlait L'Œil, songea Abby alors qu'une grimace amèrement ironique lui déformait la bouche. Cet odieux personnage la révulsait. *Il ne fait que te confronter à tes insuffisances*, cingla une voix âpre surgie du fin fond de son esprit. Abby tressaillit à cette idée. Les dents serrées et l'air presque défiant, elle entreprit de reconstituer l'extrait du journal intime d'Alicia. Des mots crus et violents se détachaient des morceaux comme autant de coups de poignard. Abby comprit rapidement que son travail d'assemblage serait long et fastidieux : pour son dernier envoi, L'Œil avait photocopié plusieurs pages.

*

Page 1 :
« ... que tout a basculé. J'ai pourtant tout essayé pour éviter que ça n'arrive. J'ai déménagé dans le cottage afin d'éloigner de moi cette tentation permanente et amorale. J'ai fui cette proximité volcanique capable d'éveiller en moi des fantasmes et un désir dont la violence n'a d'égale que la certitude absolue qu'on ne saurait succomber à un amour de cette nature. J'ai cherché de tout mon être à tomber amoureuse ailleurs. J'ai tellement baisé que ma mère en serait totalement malade si elle l'apprenait. Ma mère ! Je me souviens qu'il y a deux ans environ, elle m'a entreprise. Avec une maladresse qui porterait presque à sourire si ma vie n'était pas un désastre, ma mère a essayé de me parler des "relations avec les garçons". Elle avait sur le visage cette sorte de candeur des mères qui croient encore à l'innocence de leur fille ! Elle pesait chaque mot pour ne pas me heurter. Et moi, face à tout ce qu'elle ignorait de moi, je me sentais terriblement honteuse et coupable...

C'était la nuit dernière. Je ne dormais pas. J'ai très clairement entendu la clef tourner et la porte s'ouvrir. Immédiatement, j'ai su. N'avais-je d'ailleurs pas enlevé ma propre clef de cette fichue serrure pour lui permettre de franchir ce seuil ? On avait passé le samedi en famille à se détendre autour de la piscine. Comme d'habitude, j'avais repéré son regard qui agrippait mon corps, et comme d'habitude, je n'avais pu m'empêcher de minauder. Ça fait des années que ça dure, des années que je mène et que je perds ce combat silencieux et secret. Lorsque ses yeux se posent sur moi, je brûle littéralement de l'intérieur. Je lui appartiens malgré moi. C'est peut-être interdit mais nous nous aimons. C'est une évidence qui nous crève les yeux et nous consume honteusement... J'avais donc une fois de plus joué avec ses nerfs, en frétillant dans l'eau, en posant lascivement sur le transat en simple bikini... Je l'avais mis au supplice et je le savais très bien.

Page 2 :

« Quand la porte du cottage a grincé, j'ai su que l'heure était venue. Mon cœur palpitait dans ma poitrine. Et mon corps entier brûlait de ce désir irrépressible, ardent, de fusionner avec lui, de fondre ma chair à la sienne. J'aurais voulu avoir la force de le repousser, de lui dire non. Mais je n'ai pas réussi, c'était tout bonnement impossible. Et je jure que le simple effleurement de sa main sur ma peau a provoqué en moi une explosion bouleversante. Il y avait, flottant dans l'air, le parfum d'une électricité passionnelle mêlée à l'odeur familière de son corps et nul ne peut imaginer l'extase que j'ai éprouvée lorsque la pulpe de ses doigts a enfin frôlé mon intimité. J'ai ressenti la moindre de ses hésitations, le trouble palpitant dans chacune de ses caresses, le tremblement moite et vertigineux de ses lèvres sur mon sexe et le goût exquis de la transgression qui transpirait par chaque pore de nos peaux. Cette nuit, j'ai connu la fièvre. Une fièvre sulfureuse, animale – passionnelle et perverse à la fois.

Ce matin, je prends conscience que je croyais être en enfer mais que, en réalité, je n'étais qu'à ses portes. Seule face à mon cahier, je suis deux, l'une emplie d'un bonheur inouï et l'autre ravagée par une détresse profonde. Cet amour est tellement parfait qu'il est irremplaçable et tellement anormal qu'il est inavouable. Je n'ose imaginer les ravages qu'il ferait s'il venait à être révélé au grand jour. C'est toute la famille qui volerait en éclats et je ne parle même pas du déshonneur qui s'abattrait sur le nom des Le Guen... Cette idée me terrifie. Ce qui, hier encore, s'apparentait à un jeu excitant et douloureux s'est cette nuit transformé en une terrible réalité. Ma vie est totalement foutue. Je suis dévorée par un amour incestueux auquel je ne sais pas résister. Existe-t-il une autre issue que celle de la fuite loin du manoir ?

Page 3 :

« Je le sais, je le sens déjà, je porterai toute ma vie le fardeau de ce secret. Les images de cette nuit défilent dans ma tête. Impossibles à effacer. Je suis aussi coupable que lui et je redoute plus que tout au monde que la vérité n'éclate au grand jour. Alors, je m'accroche à ses mots comme un naufragé à une bouée de sauvetage : *Tu as honte ? Tu te sens coupable par rapport à la nuit dernière ? C'est mal ? C'est amoral ? Peut-être, Alicia, mais c'est un acte d'amour... alors, chasse toute autre considération.* Oh, mon père chéri, j'aimerais tant te croire... Alors pourquoi j'ai si mal ? Et pourquoi j'ai si peur ? »

Abby releva les yeux des trois feuilles disposées côte à côte et qu'elle avait mis plus d'une heure à assembler. D'un geste coléreux, elle replia le bras télescopique de sa lampe et se retrouva noyée dans la pénombre. Depuis l'irruption de L'Œil, tout avait concouru à énoncer l'immonde vérité qu'elle venait de découvrir.

Une rage viscérale s'empara de la mère de famille. Son mari était un porc sans morale à l'appétit insatiable ! Non content d'avoir sauté un bon tiers des femmes qu'il avait pu croiser dans sa vie, il avait encore trouvé le moyen d'attirer sa fille entre ses bras dévorateurs. Ébranlée au plus profond d'elle-même, Abby porta son poing dans sa bouche et se mordit au sang tandis qu'un hurlement de haine étouffé se frayait un chemin entre ses doigts meurtris. À la faveur du tressautement lumineux d'un éclair, elle croisa un instant son reflet dans la vitrine et eut le sentiment vertigineux que *Le Cri* de Munch venait de se matérialiser devant ses yeux.

Éloïse, 3 jours après le meurtre de Yohann Le Guen

Éloïse eut un pincement au cœur quand elle vit arriver Julie, les larmes aux yeux et suppliante :
— C'est pas juste !... Pilou, elle dit que je peux pas prendre Lapinou dans ma valise...
— Viens ici, ma chérie, énonça Éloïse d'une voix douce.
La petite traîna les pieds jusqu'à sa tante et s'installa sur ses genoux avec une spontanéité déconcertante. Au même moment, Pilou apparut à l'entrée du salon. La jeune fille affichait une mine totalement décomposée.
— Tu ne pars que pour quelques jours, Julie.
— Oui, mais Lapinou, il vient partout avec moi !
— Julie... Tu as déjà pris Winnie l'Ourson, tous tes Little Poneys, Barbie, ta poupée Ola, ta poupée Johanna, raisonna Pilou de là où elle se tenait.
Julie tourna la tête vers sa nounou. Sourcils froncés, air buté, elle envoya :
— Toi d'abord, je te parle plus !

La gendarme sentit son cœur se fendre. Elle avait tenté de présenter le départ des enfants vers Paris comme une bonne nouvelle : papa les rejoindrait dès le lendemain dans leur maison familiale. Mais les gamins devaient avoir des radars ! Passé la joie de retrouver leur père, l'inquiétude avait pointé et les questions n'avaient pas tardé à fuser : « Et elle est où, maman ? Pourquoi elle ne vient pas avec nous, maman ? » Pour ajouter au stress ambiant, Max et Julie n'avaient effectué qu'un seul jour d'école et n'avaient pas encore pris leurs repères dans leur nouvelle classe. Au final, manquer l'école si tôt après la rentrée les déstabilisait plus que ça ne les réjouissait. Face aux questions des petits, Éloïse avait voulu mentir mais, empêtrée dans ses énonciations, avait finalement demandé à Charles de leur téléphoner. Max et Julie avaient fini par accepter de faire leurs valises. Mais ils sentaient bien que quelque chose clochait et ils rechignaient à la tâche. Même aidés de Pilou, ils protestaient pour un oui ou pour un non.

— Pilou a raison, ma puce, tu ne peux pas emporter tous les jouets de ta chambre. Vous ne partez que quelques jours !

Julie décocha à sa tante un regard aussi outré qu'incrédule.

— OK, OK ! Bon… On va faire un *deal*… Ouh-ouh, Julie, est-ce que tu m'écoutes ?

La petite hocha lentement la tête, mais sa mine trahissait sa méfiance.

— Si je dis d'accord pour Lapinou, est-ce que tu me promets qu'on s'arrête là ?

Le visage de la petite s'éclaira subitement.

— Ouais ! Super ! Merci, tatie !

Éloïse regarda sa nièce repartir en courant dans le couloir. Puis elle releva les yeux vers Pilou :

— Désolée, mais je n'ai pas eu le cœur à...

— Oh, je comprends ! Moi-même, je voudrais pouvoir les rassurer...

La jeune fille marqua une hésitation, puis osa la question qui lui brûlait les lèvres :

— Vous en saurez bientôt davantage pour Manon ?

— Oui... dès que Me Balengier l'aura rencontrée. Les policiers ont nécessairement informé Manon des motifs précis de son arrestation et elle va en parler à son avocat. C'est par lui que nous pourrons comprendre.

— Vous... vous croyez que c'est en lien avec... toutes ces menaces qui ont lieu depuis plusieurs semaines ?

— Je ne sais pas, Pilou... J'aurais tendance à le croire, mais tant que j'ignore ce qui est reproché à Manon, je ne peux pas tirer de conclusion.

Elle jeta un œil à sa montre et ajouta :

— Ça ne devrait plus tarder maintenant. Balengier va appeler d'une minute à l'autre... et, pour être honnête, j'aimerais autant que les petits aient levé le camp au moment où je m'entretiendrai avec lui.

Pilou approuva d'un mouvement de tête et laissa échapper un soupir nerveux.

— Je ferme les valises et on prend la route.

— En tout cas, merci, Pilou, je ne sais pas comment je ferais sans vous, conclut Éloïse.

*

17 h 36. La gendarme regarda la voiture de Manon disparaître sur le chemin rejoignant la route. Pilou et les enfants arriveraient à Paris vers 22 h 30. Charles, quant à lui, avait réservé le premier billet d'avion Beyrouth-Paris et atterrirait le lendemain à 13 heures. Tous deux avaient convenu qu'il valait mieux qu'Éloïse reste en Bretagne pour suivre l'affaire et que lui s'occupe des enfants durant ce laps de temps. Au téléphone, la gendarme avait demandé des nouvelles de l'état de santé de Aya. Charles était d'autant plus bouleversé par les événements à Lannion qu'il savait le décès de sa mère imminent. L'avoir accompagnée durant un an et demi et risquer d'être absent le jour de sa mort, tout cela confinait à l'absurde ! Pour autant, avec l'arrestation de Manon, l'ordre des priorités s'était naturellement inversé. Et c'est sans l'ombre d'une hésitation que Charles avait choisi de rentrer en France. Éloïse le rejoindrait peut-être ce week-end… selon le déroulement de l'affaire.

La sonnerie du téléphone la sortit brutalement de ses songes et la fit sursauter. La gendarme s'éloigna de la fenêtre et attrapa son portable sur la table basse.

— Me Balengier à l'appareil.

La voix du ténor du barreau était grave et tendue. Éloïse comprit immédiatement que Lelevier lui avait dit la vérité : Manon était dans de sales draps.

— Je vous écoute, maître.

— Votre sœur est arrêtée pour tentative d'infanticide.

Éloïse reçut l'annonce comme une gifle. Quelques secondes flottèrent, ahuries, avant qu'elle puisse réagir.

— Infanticide ? Mais ça n'a pas de sens, enfin ! Max et Julie viennent à l'instant de…

— Il ne s'agit pas des enfants légitimes de votre sœur, la coupa Balengier. En fait, l'affaire remonte à seize ans. Vous avez sûrement entendu parler de ce fait divers : un nouveau-né retrouvé dans les poubelles d'un abattoir du Morbihan ?

La gendarme, totalement sidérée, se laissa choir sur le canapé. Son cerveau tentait d'assimiler les informations que lui annonçait l'avocat mais n'y parvenait pas. Tout cela était tellement lunaire ! Elle balbutia donc la première évidence qui lui traversa l'esprit :

— Mais… mais c'est une méprise ! Il y a erreur d'identité, voyons ! Manon n'a jamais eu d'enfant avant Maxence et Julie !

— Sauf votre respect, madame, les policiers disposent d'un test ADN établissant le lien entre ma cliente et le petit Mathis, abandonné dans la nuit du 27 au 28 juin 1999 dans une poubelle.

À cette annonce, Éloïse ouvrit deux grands yeux incrédules.

— C'est impossible, contre-attaqua-t-elle, totalement impossible ! D'où vient cette fameuse preuve ADN, hein ?

— De ma cliente elle-même, soupira l'avocat… Il y a huit semaines, votre sœur a été convoquée au commissariat pour effectuer une comparaison ADN dans le cadre d'une enquête. Comme la loi le prévoit, elle s'est soumise au prélèvement. Les résultats du labo sont arrivés hier.

— Attendez, attendez ! Je ne comprends pas ! Manon ne m'a jamais parlé de cette convocation !

— Certainement parce qu'elle n'y pensait plus...
— Mais... c'est une histoire à dormir debout...
— En fait, les policiers chargés de l'enquête avaient pris soin en 1999 de rentrer dans le FNAEG le profil ADN du petit Mathis. Ils pensaient qu'un jour il y aurait peut-être un rapprochement avec une empreinte génétique ajoutée au fichier. Et ils ont eu raison.
— À la nuance près que les empreintes ADN de Manon n'ont pas été ajoutées au FNAEG, ce sont les enquêteurs qui ont procédé à un prélèvement pour comparaison !... Comment se sont-ils intéressés à Manon ?
— J'ai cru comprendre qu'un dénonciateur anonyme leur avait bien mâché le travail. Mais je n'en sais guère plus pour le moment, les enquêteurs sont demeurés sur la réserve. Quoi qu'il en soit, la procédure a été respectée et la preuve opposée à ma cliente est parfaitement recevable.

La gendarme, bien que sidérée, parvint à rassembler ses esprits et une évidence lui sauta alors aux yeux :
— Recevable, peut-être ! En revanche, cette preuve est lacunaire. Après tout, cet ADN pourrait fort bien être le mien, non ?
— Je ne sais pas trop comment vous dire cela, madame... mais votre réaction me facilite la tâche.
— Je ne vous suis pas.
— En fait... j'y ai pensé avant vous, lui retourna l'avocat d'une voix embarrassée.
— Et donc ?
— Les policiers m'ont opposé les vérifications qu'ils ont effectuées avant de procéder à l'arrestation de ma cliente. Ils ont notamment ressorti une déposition de votre père indiquant la fugue de votre sœur,

alors mineure. La date de sa disparition donnée par votre père est le 27 juin 1999, exactement le jour où le petit Mathis est né. Dans cette déposition, il est indiqué que vous étiez au domicile avec vos deux parents le soir du 27 juin.

— Dans l'absolu, ça ne prouve rien, s'entêta Éloïse.

— En effet... C'est pour cette raison que j'ai demandé que vous soyez examinée par un gynécologue.

— Pardon ? réagit la gendarme.

— Eh bien, d'après les éléments compilés par les policiers, vous n'avez jamais eu d'enfant, n'est-ce pas ?

— C'est exact. Et alors ?

— Un simple examen gynécologique pourra donc confirmer que vous n'avez jamais accouché...

Éloïse accusa le coup. Balengier ne perdait pas le nord. Pour autant, comment lui en vouloir, il était payé pour défendre sa cliente, non ? Il dut lire dans ses pensées car il précisa :

— Surtout, ne vous méprenez pas... je ne fais que mon travail. Après tout, d'un point de vue strictement médicolégal, rien ne...

— Pas de souci, le coupa Éloïse avec une pointe d'agacement, ça réglera définitivement la question. Cela étant dit, maître, permettez-moi d'insister. 1999, c'était l'année du bac ! Je vivais avec ma sœur, bon sang ! Et je peux vous assurer que Manon n'a jamais été enceinte !

Un silence gêné lui répondit.

— Maître ? Allô ?

— Les cas de dissimulation de grossesse... vous avez dû en entendre parler, je suppose ?

— Mais… vous avez vu Manon, que vous a-t-elle dit ?!

Un soupir retentit dans le combiné.

— Ma cliente affirme qu'elle n'a jamais été enceinte en 1999. Et concernant les éléments autour de sa fugue, elle dit ne se souvenir de rien… Un *black-out* total de plusieurs jours, voilà ce dont elle parle.

L'Œil, la veille
du meurtre de Yohann Le Guen

Me voilà rasséréné. J'ai craint qu'Abby ne se soustraie à mon emprise. Ma dernière missive l'attendait sagement depuis plusieurs jours à l'atelier, mais elle ne s'y rendait pas. Comme si elle ne pouvait se résoudre à affronter une vérité immonde qui l'obligerait à agir. J'ai cru devenir fou, mais hier, enfin, elle a quitté son manoir et s'est rendue à Ploumanac'h. Si je ferme les yeux, je revois encore son horreur à la lecture des mots d'Alicia. Dissimulé sous le porche d'une porte cochère en face de l'atelier, je l'ai observée durant plus d'une heure. Elle a perdu de sa superbe, notre charmante châtelaine ! Les mains tremblantes, le corps amaigri flottant dans un vieux pantalon informe et le visage marqué d'une lassitude extrême, elle a assemblé fébrilement les morceaux de papier. De là où je me tenais, je scrutais les expressions de son visage éclairé par la lumière crue de sa lampe. J'ai vu la tension imprimer sa figure à la découverte des mots qu'elle peinait à assembler, j'ai vu sa mâchoire se crisper dès qu'elle a commencé la lecture de la confession de sa fille et ses yeux se remplir de larmes à mesure que l'horreur prenait corps devant elle. J'assistais à son drame intime, pleinement, et je le savourais. Je parie dix contre un qu'elle est prête désormais à commettre l'irréparable. Parce qu'elle n'a que ce choix. Dénoncer son époux en brandissant les extraits du cahier rouge que je lui ai envoyés reviendrait à saccager Alicia. Ne rien faire ou attenter à ses jours – elle n'en serait pas à son premier passage à l'acte – signifierait qu'elle renonce à faire payer Yohann. Or, je le sais pour avoir espionné les Le Guen des années durant, Abby a tant d'amertume sur le cœur, tant de déconvenues cumulées tout au long de ces années de mariage qu'elle ne saurait poser le mouchoir sur un inceste.

Je te connais, Abby. Je sais ta rancœur ainsi que le goût âcre de l'insignifiance. Tu es l'intruse dans ta propre famille. Tu auras donné ton rang et ton argent à l'homme qui t'a réduite à quantité négligeable. Au final, je ne fais que t'offrir ce qui te manque pour t'extraire de ton apathie. Un motif supérieur et non négociable de passer à l'action. Alors, bien sûr, tu paieras le prix fort... Mais n'est-ce pas déjà le prix dont tu t'acquittes depuis si longtemps ?

Un rire moqueur s'échappe de mes lèvres fermées. Je tiens enfin ma vengeance ! Au nom de mon père, ce pauvre bougre sans envergure. Au nom de ma mère, cette imbécile asservie. Au nom de l'adolescent que j'étais et que le père Le Guen a marchandisé sans aucun scrupule, sans la moindre hésitation, à cause d'un petit-fils non désiré et de trop basse engeance qu'il fallait absolument écarter de la parfaite famille bourgeoise.

Cette pensée m'amène à Mathis. C'est ainsi que l'officier d'état civil l'a nommé, trois jours après qu'on l'a extrait des poubelles de l'abattoir et alors qu'il se trouvait encore entre la vie et la mort au sein de l'unité des soins intensifs du service pédiatrique de l'hôpital. L'ensemble des médecins s'accordait à dire que sa survie tenait du miracle. L'enfant était né avec 1,8 gramme d'alcool dans le sang et avait passé approximativement huit heures nu, au fond d'une poubelle, sans aucun apport nutritif. Le père Le Guen devait imaginer que l'enfant mourrait. Je suppose que Mathis a dû se battre. Qu'il réclamait de vivre, malgré l'abomination de sa venue au monde. Et c'est heureux car sa survie constitue aujourd'hui la clef de voûte de ma vengeance. Après quatre années en pouponnière, Mathis a intégré l'IME[1] « Les hirondelles », spécialisé dans l'accompagnement d'enfants présentant un polyhandicap. Sa vie dépend des bons soins des autres : on le nourrit, on le lave, on l'hydrate, on le masse… Les séquelles de l'alcoolisation fœtale se sont révélées majeures et irréversibles. On appelle ça « retard global et massif du développement ». J'ai mieux compris quand je l'ai vu.

Rencontrer Mathis a constitué l'étape la plus compliquée de mon entreprise. L'affaire de l'enfant des poubelles avait fait couler beaucoup d'encre et, après quelques clics sur Internet, j'ai appris par un article de presse du 3 août 1999 que l'enfant, qui avait miraculeusement survécu à son infâme abandon, quittait l'hôpital pour la pouponnière spécialisée « Gai

---

1. Institut médico-éducatif.

pinson » de Vannes où des soins constants et adaptés lui seraient prodigués. J'ai effectué des recherches sur cet établissement et j'ai ainsi découvert qu'il était géré par une association publique nommée AAEAH pour Association d'aide aux enfants et adultes handicapés. Prétextant un possible déménagement de ma sœur, j'ai pris rendez-vous avec l'assistante sociale de la pouponnière. Mon neveu de deux ans et demi, ai-je précisé, présentait un polyhandicap et ma sœur, qui envisageait de quitter Lyon pour Vannes, avait besoin de renseignements sur les structures existant dans le Morbihan. Mme Barreau, fort amène, m'a expliqué la procédure d'admission ainsi qu'une foultitude de détails administratifs que j'ai fait semblant de prendre consciencieusement en notes. Quand je lui ai demandé ce que les enfants devenaient après la pouponnière, elle m'a remis un dépliant de l'AAEAH présentant ses différentes structures et m'a indiqué qu'il était fréquent qu'après leurs quatre ans, les enfants quittent la pouponnière « Gai pinson » pour l'IME « Les hirondelles », dès qu'une place s'y libérait.

La tête pleine de noms d'oiseaux, j'ai remercié Mme Barreau et téléphoné à sa consœur de l'IME. J'ai obtenu un rendez-vous sans trop de peine, bien que l'on m'ait clairement précisé que la liste d'attente pour entrer dans l'établissement était très longue. Je me suis présenté à l'accueil en boitant sur mes béquilles – entorse récente, ai-je menti – avant d'être reçu dans un bureau au premier étage où l'on m'a remis un dossier qu'il faudrait renvoyer complété. Puis on m'a proposé de visiter l'établissement. Encadré par l'assistante sociale, j'ai donc fait le tour des différentes unités d'accueil dont on me déclinait le projet. Dans chacune d'elles, j'ai pris grand soin de me faire présenter chaque enfant, feignant le plus grand intérêt. Je masquais le mieux possible mon effarement face à ces petits êtres déformés par la maladie et les handicaps : corps recroquevillés par la spasticité musculaire, bave coulant des bouches ouvertes, déformation des crânes et des faciès, alimentation par sonde parentérale… une vraie cour des miracles pour le novice que j'étais.

C'est au sein de l'unité pour adolescents que Mathis m'a enfin été présenté. Comme je l'avais fait jusque-là, je me suis penché vers ce jeune qui faisait partie des rares à n'être pas en fauteuil roulant. « Bonjour, Mathis ! » me suis-je efforcé de dire avec un entrain totalement feint. Assis sur un tapis de sol devant une baie vitrée, il mâchouillait consciencieusement un jouet en regardant dehors et ne m'a prêté aucune attention. J'ai observé à la dérobée ce grand corps inachevé et brouillon, peinant à me le représenter comme le fils de Manon et Ethan. « Mince, je crois bien que j'ai oublié mon téléphone dans votre bureau ! » ai-je lancé à l'assistante sociale au moment de quitter l'unité pour adolescents. Elle a eu un regard pour mes béquilles : « Oh, le plus simple serait encore que j'aille vous le chercher, non ? » J'ai acquiescé immédiatement, le regard empreint de gratitude. J'ai observé durant quelques minutes le ballet des aides-soignants et éducateurs affairés et lorsque j'ai été certain qu'on ne me prêtait plus attention, je me suis placé derrière Mathis et j'ai fait mine de regarder par la baie vitrée. Puis, d'un geste rapide, j'ai retiré mon mouchoir de ma poche et arraché quelques cheveux au gamin qui s'est mis immédiatement à crier. Lorsqu'un encadrant est arrivé, alerté par les cris, j'avais repris ma place à côté de la porte d'entrée. J'ai haussé les épaules à destination du personnel qui m'interrogeait du regard. « Il a dû se cogner à la vitre, m'a expliqué le jeune homme, ça lui arrive de temps en temps quand il se balance trop fort… » Ensuite il a réconforté Mathis et est retourné à sa tâche.

Je me surprends à sourire en songeant qu'il aura suffi de quelques misérables cheveux pour faire basculer la vie de Manon. J'ai reçu les résultats il y a neuf semaines, par la poste. La démarche m'a coûté la bagatelle de quatre mille cinq cents dollars. C'est un laboratoire américain – garantissant mon anonymat – qui a procédé aux comparaisons ADN entre les cheveux de Mathis et ceux de Manon que je m'étais procurés sans aucune difficulté en m'introduisant chez elle. C'est dingue ce que les gens ne se méfient pas. La petite famille jouait dans le jardin et il ne m'a fallu qu'une minute pour passer la baie vitrée, me rendre jusqu'à la salle de bains de Manon et récupérer les cheveux sur sa brosse… Détenant la preuve irréfutable de son lien de maternité avec Mathis, j'ai envoyé le tout sous enveloppe au commissariat de Lannion. Avec une lettre pour expliquer à qui appartenaient les deux profils ADN. Je savais que les flics vérifieraient et c'est avec une certaine jubilation que j'ai repéré la présence de Manon au commissariat central grâce au traceur que j'avais placé sur sa voiture. C'était il y a huit semaines environ… Ce n'est plus qu'une question de temps, désormais ! Un temps que je tue en distillant mon venin, en mettant Manon face aux indices de ses abjections passées. J'aime être tapi dans l'ombre et savoir que je lui fais peur. C'est moi, désormais, qui ai pris le pouvoir, moi qui tiens son existence entre mes mains. *Et ta vie basculera, Manon, crois-moi ! Que ta sœur jumelle soit là ou non ! D'ailleurs, que croyais-tu en la faisant venir ? T'extirper de mes griffes ? Sombre idiote... Ton destin est désormais scellé !*

J'imagine déjà les gros titres dans les journaux : « Seize ans après le crime, les enquêteurs remontent jusqu'à la mère infanticide grâce à un dénonciateur anonyme ». Une jubilation inouïe et incontrôlable se répand en moi comme une vague à marée montante. J'en rirais presque tellement c'est bon ! Ah, il est loin l'adolescent mal dégrossi et humilié qui faisait la plonge au Blue Bird ! Il est loin aussi ce jeune étudiant certain de tenir enfin sa chance en intégrant l'ESC de Reims et qui découvrit le malheur de n'être pas bien né... Ma bonne humeur se charge d'une nuance amère au souvenir de ce que j'ai enduré là-bas durant trois ans. Moi, le sans-le-sou, le sans nom, l'intrus face à ces jeunes issus des plus grandes familles et dont l'avenir était déjà tout tracé... J'étais la verrue sur le bout d'un nez, le cheveu dans la soupe, m'attirant quolibets et regards méprisants. Je n'avais pas leurs codes, je n'avais pas leur morgue. Et chaque seconde de chaque jour là-bas me le rappelait. J'ai compris que, diplôme ou non, je ne serais jamais *dans la botte*, comme ils disent à Polytechnique... Les images refont surface, désagréables, humiliantes. Mais, pour la première fois, je ne suis pas celui qui perd !

Je suis celui qui distribue les cartes comme il l'entend.

Je suis le bras vengeur des petits, des laissés-pour-compte.

Je suis à l'aube d'une revanche que je n'en pouvais plus d'attendre.

Je suis L'Œil.

Éloïse, 3 jours après le meurtre de Yohann Le Guen

La gendarme s'arracha au canapé pour aller chercher une bière au frigo. Depuis l'arrestation de Manon en début d'après-midi, elle n'avait fait que parer au plus pressé. Alerter Charles et s'entendre sur la marche à suivre. Réquisitionner l'aide de Pilou afin de mettre les enfants à l'abri. Batailler auprès de Me Balengier pour qu'il se rende disponible très rapidement… Elle était passée d'une urgence à l'autre sans le moindre temps mort. Maintenant que la maison était vide et qu'elle avait eu Balengier au téléphone, le coup de fouet généré par le stress se dissipait, laissant place à l'hébétude et à l'angoisse.

Elle avait le sentiment d'être un fétu de paille au cœur d'un océan démonté. Ballotté d'un côté et de l'autre, sans aucun point d'amarrage. Pour la énième fois, elle tenta d'assimiler la révélation de Balengier : Manon avait accouché le 27 juin 1999 puis s'était débarrassée du nouveau-né avant de disparaître pendant quinze jours… Debout devant le frigo grand ouvert, Éloïse secoua la tête. Cette histoire était tout bonnement ahurissante... Elle attrapa une canette et alla s'installer sur la terrasse. Elle avait beau essayer de *comprendre*, elle ne comprenait pas. Manon avait-elle pu dissimuler sa grossesse, comme le lui avait suggéré Balengier ? Et si oui, pourquoi l'aurait-elle fait ? Ses parents n'avaient jamais été des ayatollahs, bon sang ! Ils auraient admis un avortement ! Ils auraient aidé Manon comme ils l'avaient toujours fait ! Non, non, non... cette histoire de dissimulation ne tenait pas la route... À moins que Manon ne se soit aperçue trop tardivement qu'elle était enceinte ? Si le délai d'IVG était passé, l'adolescente avait pu se sentir piégée, condamnée à assumer un enfant qu'elle n'était pas du tout prête à avoir, et finir par s'enfoncer dans le mensonge... Éloïse fit un effort pour remonter le temps et convoqua les images de cette période adolescente qu'elle avait tout fait pour oublier. Manon n'était pas un modèle de maturité et il ne se passait pas une semaine sans qu'un conflit n'éclate à la maison. Elle se cabrait dès qu'on tentait de lui fixer une limite. Combien de fois s'était-elle échappée de la maison à la suite d'une dispute avec leurs parents ? Combien de convocations chez le principal, d'heures de colle, de renvois ? Puis, passé quinze ans, s'étaient ajoutées les conduites addictives, les fugues de plusieurs jours, les passions amoureuses et tumultueuses... Cette Manon-là agissait avec inconséquence. Avait-elle pu aller jusqu'à dissimuler sa grossesse pour échapper à ses responsabilités ?

Cette hypothèse faisait froid dans le dos. Si elle s'avérait, cela signifiait que Manon avait menti et qu'elle continuait de le faire encore aujourd'hui !

La perte de mémoire qu'elle invoquait pouvait fort bien constituer un refuge providentiel empêchant toute question gênante, c'est plus ou moins ce que Balengier avait laissé entendre… La vision d'un enfant gisant au fond d'une poubelle, au milieu des déchets, s'imposa avec violence dans l'esprit de la gendarme et, avec elle, une corrélation évidente : le mot « déchet » tracé au verso du puzzle de Tintin. La gendarme prit alors conscience que le persécuteur de Manon avait certainement voulu semer des indices concernant ce fait divers sordide. Elle comprit aussi que ce persécuteur et le dénonciateur anonyme dont les flics avaient parlé à Balengier ne faisaient qu'un ! Il y avait donc là, dehors, quelqu'un qui savait que Manon était la mère de Mathis et qui avait décidé de lui faire payer son forfait.

Éloïse commença à assembler posément les pièces du puzzle dont elle disposait.

Pour commencer, les rires enfantins au téléphone, les chuchotements… dont lui avait parlé Manon. Le harceleur avait donné le ton : celui de l'enfance.

Ensuite, l'oisillon mort retrouvé sur le paillasson devant la maison. À la lumière des dernières révélations, l'image se passait de commentaire. Mathis était ce pauvre oisillon tombé du nid et jeté aux ordures par sa propre mère.

Puis, le jeu du pendu avec un message très clair : « Tu vas enfin payer, Manon. » Éloïse s'arrêta plusieurs secondes sur la liste des lettres erronées qui avaient incité sa sœur à déduire que le dernier mot était « Manon » et se rendit compte qu'il pouvait tout aussi bien s'agir de « maman ».

Il y avait également la comptine détournée des trois petits chats. *Tintamarre, martinet, nez de bœuf.* Martinet pour la maltraitance dont Mathis avait fait l'objet. Nez de bœuf pour qualifier cet enfant devenu sévèrement handicapé à cause de l'alcoolisation fœtale.

Et, pour finir, le poupon démantibulé dans une boîte à chaussures de nouveau-né, l'image même de l'enfance saccagée du petit Mathis.

Perdue dans ses songes, Éloïse avala machinalement une gorgée de bière. Le persécuteur de Manon avait distribué les indices comme autant de petits cailloux blancs. Son objectif était d'indiquer à Manon que lui savait ce qu'elle avait fait. Il souhaitait non seulement qu'elle paye mais aussi qu'elle se sente menacée et vulnérable, qu'elle vive la peur d'une dénonciation extérieure. *Il la connaît personnellement*, déduisit la gendarme. Il ne s'était pas contenté de faire en sorte qu'elle soit confondue et arrêtée, non, il avait eu besoin de lui signifier qu'il avait un pouvoir sur elle... Le cerveau de la gendarme moulinait à plein régime. *Un ancien prétendant éconduit ? Un ex-petit ami humilié ? Un impuissant ?* Intuitivement, Éloïse sentait qu'elle touchait du doigt le profil de ce type. Et même si ça ne la rapprochait pas physiquement de lui, elle avait l'impression de se connecter à lui mentalement. Elle avait déjà expérimenté l'importance des profilages dans ses précédentes enquêtes. Certains éléments de personnalité pouvaient aiguiller les enquêteurs... le moment venu.

Tout à ses déductions, elle ne s'aperçut pas immédiatement du déclin du jour et de la lente progression des ombres autour d'elle. Vissée sur sa chaise, les yeux perdus dans le vague, elle essayait d'ordonner le flot de questions qui surgissaient : qui était le père de Mathis ? À l'époque, Manon collectionnait les petits amis. Il y avait eu Ethan Le Guen, bien sûr... mais combien d'autres ? La gendarme secoua la tête de dépit : l'identité du père importait peu car rien ne disait que l'homme avait été informé de sa paternité et encore moins qu'il avait été mêlé à la disparition de l'enfant ! Cette pensée en amena une autre : Manon avait-elle pu agir seule ? Si oui, comment s'était-elle rendue jusque dans le Morbihan le soir de son accouchement ? Avait-elle accouché là-bas, suite à une nouvelle fugue ? Mentait-elle quand elle invoquait sa perte de mémoire ? L'avait-elle fait venir tout en sachant pertinemment ce que son persécuteur lui reprochait ? Et, surtout, comment Manon avait-elle été capable d'une telle monstruosité ?... La gendarme en était là de ses questionnements, quand elle perçut un très léger bruissement provenant de la lisière du bois. Elle eut le réflexe de ne pas relever la tête et s'obligea à observer le fond du jardin par des coups d'œil furtifs. Au troisième regard de biais, elle distingua clairement une silhouette immobile et partiellement dissimulée par le tronc d'un chêne. Son cœur s'affola, pourtant ce fut instinctif : elle décida de savoir qui se cachait derrière ce persécuteur, qui était ce type qui, malgré l'arrestation de Manon, continuait d'espionner la maisonnée.

De la manière la plus naturelle et détachée possible, elle recula sa chaise, étira ses lombaires et rentra à l'intérieur dans le salon dont elle alluma les lumières. Elle laissa la baie vitrée grande ouverte, activa la chaîne hi-fi et monta le son assez haut. Puis, quand elle fut sûre d'être à l'abri des regards, elle s'élança dans le couloir et rejoignit l'ancienne chambre de ses parents que Manon avait investie. Toutes lumières éteintes, elle se faufila jusqu'à la fenêtre donnant à l'opposé du jardin, sur un étroit sentier qui fendait les bois et aboutissait un kilomètre plus loin à une petite chapelle. Elle enjamba prestement la fenêtre et remonta le sentier sur une cinquantaine de mètres avant de bifurquer sur sa gauche à travers la forêt. Elle comptait cueillir le type par-derrière et jouer sur l'effet de surprise pour le maîtriser. S'il ne l'entendait pas venir, il n'aurait aucune chance. D'un pas lent et précautionneux, Éloïse serpenta entre les arbres tout en se rapprochant de la lumière de la maison et se retrouva bientôt à quelques mètres seulement de la silhouette. L'homme était toujours posté derrière le chêne, immobile et aux aguets. La musique qui s'échappait par la baie vitrée suffisait à couvrir les légers bruissements de pas d'Éloïse. Celle-ci continua de s'approcher, le cœur battant fort dans sa poitrine. Malgré les jeux d'ombre qui atténuaient sa vision, elle évalua la situation. Gabarit très moyen pour un homme. Il devait faire sa taille, guère plus, et se révélait un peu plus épais qu'elle. En lieu et place de la capuche, il avait enfilé une casquette. Éloïse combla le vide entre eux par deux petites enjambées silencieuses. Bien campée sur ses appuis, elle prépara mentalement son attaque, puis fondit sur sa proie avec autant d'énergie que si sa vie en dépendait. L'homme ne vit rien venir. Il se retrouva subitement projeté vers l'avant, puis plaqué au sol dans la foulée. Un glapissement de surprise s'échappa de sa bouche, suivi d'un grognement quand le genou d'Éloïse se planta violemment dans ses reins. La casquette vola au passage, libérant une longue toison brune et bouclée, à la grande surprise de la gendarme.

— Non, mais vous êtes folle ou quoi ! brailla alors une voix suraiguë. Lâchez-moi immédiatement !

Éloïse desserra son étreinte et se releva, l'œil effaré. Elle n'avait pas imaginé une seule seconde que le persécuteur de Manon puisse être une femme. Elle recula de deux pas pour garantir sa défense en cas de besoin, et prête à riposter, ordonna :

— Tournez-vous lentement, les mains bien en évidence. Au moindre geste suspect, je vous refais le portrait, c'est compris ?

La femme au sol hocha la tête avant de basculer sur le dos, les mains écartées loin du corps. Lorsque la gendarme découvrit le visage de son ennemie, ses épaules s'affaissèrent et elle laissa retomber ses bras le long de son corps, stupéfaite.

— Non, mais, je rêve ! Qu'est-ce que vous fichez ici ?!

Abby Le Guen,
3 jours après le meurtre de son mari

Léo laissa échapper un soupir bruyant. *Exaspéré*, corrigea-t-elle immédiatement. Il desserra davantage son nœud de cravate et se laissa retomber lourdement contre le dossier de la chaise inconfortable.

— Abby... Je vous le redis une dernière fois... Vous ne pouvez pas continuer à opposer un silence total aux enquêteurs. Sinon, c'est un boulevard que vous leur ouvrez, vous m'entendez ? Un boulevard ! Les policiers vont retourner votre existence et exposer chaque parcelle de votre vie privée au grand jour. La moindre infidélité de Yohann alimentera le terreau d'un mobile dangereux pour vous : celui de la vengeance – froide, réfléchie – d'une femme trompée !

Abby conserva ses yeux rivés sur la table. Impassible. Immobile, en dehors de ses mains qui tremblaient malgré elle à cause du sevrage abrupt que lui imposait sa détention.

— Les prélèvements de poudre sur vos mains... les empreintes sur la crosse du fusil... les débris humains dont vous étiez constellée... tous ces éléments vous désignent comme coupable. Mais ils n'expliquent rien de ce qui s'est passé !

Abby ne sourcilla pas. Léo lui répétait les mêmes choses en boucle depuis trois jours. Elle devait passer devant le juge d'instruction d'ici vingt-quatre heures et son défenseur n'avait rien à se mettre sous la dent.

— J'ai besoin de comprendre ce qui a motivé votre geste, Abby… J'en ai besoin pour vous défendre, vous comprenez ?

Évidemment qu'elle comprenait. Elle avait beau être en cure de désintoxication forcée, elle n'en avait pas pour autant perdu ses facultés intellectuelles. Contrairement d'ailleurs à ce que son ami et avocat martelait à qui voulait l'entendre depuis le début de l'instruction, brandissant le mutisme de sa cliente comme la preuve incontestable de son désordre mental… Il était loin du compte, le pauvre homme ! Mais elle ne pouvait décemment pas lui dire qu'elle avait choisi le silence parce qu'il n'y avait aucune alternative susceptible de protéger Alicia. Elle ne pouvait pas non plus lui expliquer qu'elle était prête à payer le prix fort, dans la mesure où c'était le prix dont elle aurait dû s'acquitter pour la mort du petit Benjamin, trente-quatre ans plus tôt… *Léo est suffisamment embarrassé avec le meurtre de Yohann, tu ne vas pas en plus lui en rajouter un second sur les bras !* ironisa-t-elle pour elle-même.

— … qu'Alicia et Ethan ont le droit de savoir ! s'enhardit l'avocat.

La mention de ses enfants attira l'attention d'Abby. Il y avait une seule chose dont elle souffrait véritablement aujourd'hui, c'était le mal qu'elle faisait à Ethan et Alicia. Un mal pour un bien, se répétait-elle.

— Vos enfants ont besoin de comprendre, Abby. C'est ce qu'ils attendent de moi aussi. Malgré... malgré la *perte* de leur père, ils m'ont engagé pour vous défendre... En réalité, désormais, il ne leur reste que vous !

Abby inclina la tête encore davantage. Il était hors de question de trahir l'émotion que venaient de susciter les propos de Léo. Encore moins de se laisser amadouer... Mais l'homme dut sentir sa détresse car il se rapprocha lentement et, d'une voix douce et encourageante, tenta d'ouvrir la brèche :

— Si vous ne souhaitez pas vous défendre pour vous-même, faites-le au moins pour eux... Vos enfants n'ont jamais eu autant besoin de vous que maintenant, Abby.

Elle sentit les larmes monter et elle se serait giflée pour ça ! Elle n'avait pas le droit ! Elle devait être forte, assumer ses actes sans exposer Alicia à la vindicte populaire... Si elle avait été une meilleure mère, jamais sa fille ne se serait entichée de son père de la sorte ! Et ce, quoi qu'Ethan ait pu lui dire le jour où il lui avait fait part de son intention de partir pour Londres.

— Alors, je vous le redemande, Abby, qu'avez-vous brûlé dans la cheminée ? Quels éléments avez-vous donc fait disparaître ?

Abby parvint à retrouver son calme. La vague émotionnelle retomba et Léo le sentit car il expira de nouveau en se reculant.

— Bien... je vous laisse réfléchir à tout ça. Mais n'oubliez pas que vous n'êtes pas seule dans cette situation. Alicia et Ethan sont touchés de plein fouet par cette tragédie et ils espèrent que vous sortirez du silence dans lequel vous vous murez...

L'homme se leva, rassembla les feuillets qu'il avait posés devant lui et les remisa dans sa sacoche. Puis il jeta un dernier regard à sa cliente et se dirigea vers la porte. Le gardien mit une dizaine de secondes avant de lui ouvrir et de le laisser passer.

Éloïse, 3 jours après le meurtre de Yohann Le Guen

Éloïse lança un regard peu amène à la jeune femme qui se relevait en époussetant son jean.

— Merci beaucoup pour ce plaquage en règle, capitaine Bouquet ! Moi qui rêvais d'être initiée au rugby, c'est chose faite.

— Je ne vous avais pas reconnue... sinon ce sont mes deux genoux que je vous aurais plantés dans les reins, Amanda Kraft[1] !

Les deux femmes se toisèrent silencieusement jusqu'à ce que la journaliste se décide à briser la glace.

— Écoutez, Éloïse, je ne suis pas là en ennemie, d'accord ?

— Oh, voyez-vous ça ! Vous vous planquez à deux pas de ma maison pour m'espionner et vous voudriez que je trouve ça *amical*, peut-être ?

— D'accord, j'admets... Ce n'était pas le meilleur moyen... d'entrer en contact... Mais je n'étais pas

---

1. Amanda Kraft est une journaliste qui apparaît dans *La Fille de Kali* (Marabout, 2016), du même auteur.

certaine que vous accepteriez de m'ouvrir la porte, alors…

— Sur ce point, vous avez raison. Bon, je réitère ma question : que faites-vous ici ? Chez moi ? À plusieurs centaines de kilomètres de Toulouse ?

La journaliste laissa échapper un soupir. Elle semblait hésiter sur la manière de répondre.

— Et si vous m'invitiez à boire un verre ? Que l'on puisse parler dans le calme.

Ce disant, elle désigna de la tête la baie vitrée ouverte de laquelle s'échappaient les vibrations d'une musique tapageuse.

— Non mais je rêve !

— Éloïse, enfin ! s'empressa la journaliste, je suis venue vous proposer mon aide !

— Votre aide ?

— Mon Dieu, Bouquet, vous êtes dans la mouise jusqu'au cou et vous le savez très bien !

Excédée, Éloïse s'approcha d'un pas vif jusqu'à se planter à quelques centimètres de la journaliste. L'œil menaçant, elle empoigna Amanda Kraft par le tee-shirt, ouvrit la bouche pour parler, mais la journaliste la devança :

— Ben, c'est ça, allez-y ! Tapez-moi dessus, encore une fois ! Après tout, c'est vraiment dans cet exercice que vous excellez, n'est-ce pas ?

La provocation cloua Éloïse sur place. Elle n'était pas fière de l'agression dont elle s'était rendue coupable deux ans plus tôt. Elle prit sur elle et desserra son étreinte.

— Dix minutes, Bouquet ! Je vous demande dix minutes, pas plus. Ensuite, vous aviserez.

*

Éloïse offrit une canette de bière fraîche à Amanda et prit place en face d'elle. La journaliste grimaça :
— Vous n'auriez pas un verre, s'il vous plaît ?
— Non.
Amanda secoua la tête de dépit avant de boire une gorgée au goulot.
— Je vous écoute. Dix minutes, pas une seconde de plus.
— Bien... Pour commencer, sachez que je suis vraiment désolée pour votre compagnon. J'imagine ce par quoi vous passez et...
La gendarme se crispa sur sa chaise et lança un regard dissuasif à son interlocutrice. Elle ne comptait pas s'épancher sur sa douleur, qui plus est auprès d'une journaliste.
— Merci, mais j'aimerais autant qu'on change de sujet.
— Je comprends... Bon... je ne sais pas si vous avez suivi la couverture médiatique qui a succédé au démantèlement du cheptel. Toujours est-il que j'ai sorti un gros article assez complet sur cette affaire hors norme. J'ai réussi à rencontrer l'ensemble des protagonistes pour livrer une vision globale aux lecteurs... Il n'y a que vous que je n'ai pas pu...
— Je vous arrête tout de suite : je ne compte pas revenir sur ce dossier, la coupa Éloïse.
— Laissez-moi m'expliquer... Pour être franche, j'espérais effectivement vous convaincre de me parler de votre enquête pour sortir un papier. J'avais envie

de rendre compte du vécu des gendarmes et de la mise en place de la cellule T.E.H.

La journaliste marqua une pause. Face à elle, Éloïse affichait une mine fermée.

— Je savais que vous étiez en convalescence à Mirepoix-sur-Tarn et j'avais bloqué quelques jours dans l'idée de vous rencontrer... C'était compter sans l'espèce de cerbère à l'accueil ! Je me suis présentée plusieurs fois mais elle m'a systématiquement refoulée.

— J'avais été très claire, je ne voulais voir personne. Et certainement pas des journalistes.

— Certes... Et moi, je voulais vraiment sortir ce papier ! Au final, j'étais dans les parages quand votre sœur est arrivée. Alors, forcément, j'ai saisi ma chance.

— Votre chance ?

— Votre départ précipité de la clinique constituait enfin pour moi l'occasion de vous approcher et de vous convaincre d'accepter une interview ! Du coup, je vous ai suivies... Je n'imaginais pas que j'allais me retrouver en Bretagne... Mais, finalement, vu les événements qui sont en train de se produire ici, j'ai plutôt le sentiment d'être au bon endroit au bon moment.

— J'ai du mal à comprendre, rugit la gendarme. Manon est en garde à vue et c'est tout ce que vous trouvez à me dire ?

— Pas la peine de vous énerver, OK ? Je suis journaliste, ne l'oubliez pas ! Alors, oui, entre le meurtre de Yohann Le Guen et l'arrestation de votre sœur aujourd'hui, j'ai quelques sujets plutôt intéressants à me mettre sous la dent.

La gendarme serra les poings pour contenir sa rage. Cette fille n'avait décidément aucun tact !

— Ça va, j'en ai assez entendu ! Maintenant, fichez-moi le camp d'ici, avant que je m'énerve vraiment !

— Six minutes.

— Pardon ?

— Il me reste encore six minutes...

— Non mais, vous vous moquez de moi ou quoi ?

— L'affaire Le Guen sent le soufre à plein nez, Éloïse, réveillez-vous ! J'ai déjà découvert que...

— Mais je me fiche royalement de ce que vous avez pu découvrir ou non sur les Le Guen, Amanda ! s'emporta Éloïse. Ma sœur est dans les locaux de la police au moment où je vous parle, vous comprenez ça ? Alors, Abby Le Guen, à dire vrai, c'est le cadet de mes soucis !

— Mais, nom d'un chien, arrêtez de crier pour un oui ou pour un non ! Il ne vous a jamais traversé l'esprit que les deux affaires pouvaient être liées, Éloïse ?

Interloquée, la gendarme tenta d'évaluer la situation. Amanda Kraft n'était pas le genre de personne à qui on pouvait faire confiance. C'était une arriviste prête à tuer père et mère pour faire un scoop. D'un autre côté, si la journaliste disait vrai et si le meurtre de Le Guen était lié à l'affaire du bébé, Éloïse avait tout intérêt à tendre l'oreille.

— Vous dites que les deux affaires sont liées, je vous écoute, relança-t-elle.

— C'est fort probable, en effet... Oh ça va, pas la peine de vous raidir comme ça ! Je suis sûre de moi, d'accord ? C'est juste que, pour le moment, je n'ai pas encore réussi à les relier formellement.

— Je vois... Et qu'est-ce qui vous rend si sûre de vous, Amanda ?

— Eh bien... revenons à dimanche, le jour de votre arrivée ici. Comme je vous l'ai expliqué tout à l'heure, j'étais à vos trousses. Donc, je m'installe à l'orée du bois, près de la balançoire des gamins... Ben quoi ? Je prenais la température, j'attendais le bon moment pour tenter une approche, ajouta-t-elle en affrontant le regard venimeux que lui décochait la gendarme.

— Mmm... Passons. Et donc ?

— Eh bien, je suis à peine installée que tombe une dépêche de l'AFP sur mon portable. Celle-ci m'apprend l'arrestation de la dénommée Abby Le Guen pour le meurtre de son mari. Le fait divers se passe ici même, à Lannion ! Trois clics sur la Toile et me voilà renseignée sur les Le Guen. En substance, ils forment une famille très en vue de la côte et l'affaire va faire grand bruit. Tu parles d'une opportunité ! Je délaisse ma planque et me rends immédiatement au commissariat de Lannion. La nouvelle s'est déjà répandue comme une traînée de poudre au sein du milieu journalistique. Je campe donc avec mes collègues devant le commissariat, et on attend tous la sortie de Rubinstein, l'avocat d'Abby Le Guen, d'après les infos qui ont fuité. Forcément, je profite de l'attente pour en apprendre un maximum. Je navigue un peu à droite à gauche, je furète, je tends l'oreille.

Éloïse hocha la tête. Elle imaginait parfaitement la journaliste en train de gratter quelques informations comme un chien fourrage la terre pour déterrer une charogne.

— Ça fait plus d'une heure qu'on poireaute quand Rubinstein sort enfin du commissariat. Évidemment, grosse cohue parmi les journalistes. Je suis légèrement déportée et je trébuche. On m'aide à me relever et, à ce moment-là, je repère un type qui se tient un peu à l'écart de la foule, une capuche rabattue sur son visage. Il porte un sweat noir avec un logo sur la poitrine, un grand losange blanc stylisé... La vision est fugace mais distincte.

La gendarme se crispa. Elle commençait à entrevoir où voulait en venir la journaliste.

— Bref, on saute sur Rubinstein qui, au final, se contente d'une déclaration laconique avant de mettre les bouts. Pas vraiment de quoi faire un bon papier. Je traîne dans les cafés alentour remplis de confrères, pour tenter de glaner des informations supplémentaires, puis, vers 20 heures, je décide de lever le camp et je reviens ici... Je reprends mon poste d'observation et là, surprise ! j'assiste en direct à votre course-poursuite dans les bois... Enfin, pour être plus précise, je vous vois partir aux trousses d'un type dans la forêt puis revenir pourchassée.

La gendarme s'empourpra légèrement au rappel du déroulement de cet épisode où, de chasseur, elle était passée proie.

— J'aurais bien aimé vous y voir ! Les menaces de cet homme m'ont fait prendre conscience du danger auquel je m'exposais. J'étais isolée, désorientée, il faisait presque nuit, je n'avais pas mon arme de service et...

— Arrêtez de vous justifier, Éloïse. Pour être franche, j'ai trouvé extrêmement courageux que vous vous lanciez à la poursuite de ce type. Ses menaces m'ont également glacé le sang... Bref, vous l'avez vu comme moi, après vous avoir rabattue jusqu'au jardin, il a allumé sa lampe sous son visage encapuchonné.

— Il voulait m'intimider.

— Tout à fait. Et ce faisant, il ne savait pas que, de la place où je me tenais, il était en train de me donner du grain à moudre. Parce que, grâce au faisceau lumineux de sa lampe, j'ai pu distinguer le haut du grand logo blanc en forme de losange stylisé sur sa poitrine.

Éloïse sentit un léger frisson l'électriser. Cette coïncidence était en effet pour le moins troublante.

— Alors, forcément, après votre course-poursuite héroïque, j'ai commencé à comprendre ! Un homme s'en prenait à votre sœur, ce qui expliquait votre départ précipité de Mirepoix : quoi de plus naturel pour Manon que de demander de l'aide à sa sœur, gendarme ? Or ce même homme se trouvait sur le parvis du commissariat de Lannion, une heure après l'arrestation d'Abby Le Guen, alors même que la nouvelle n'était pas encore sortie aux infos. Étrange, non ?

— Effectivement, c'est étrange... Pour autant, ça reste ténu.

— Vous trouvez ? Quand on ajoute à cela le fait que l'arrestation de votre sœur tient avant tout à un informateur anonyme, moi, je trouve que ça commence à faire beaucoup.

— Mais comment êtes-vous au courant pour le dénonciateur anonyme ? demanda la gendarme, ahurie.

— J'étais à la brasserie La Providence, située en face du commissariat, établissement connu pour être un lieu fréquenté par les flics. J'espérais glaner des informations sur l'affaire Le Guen. Quelle ne fut pas ma surprise quand j'ai reconnu votre sœur qui, menottes aux poignets, gravissait les marches du parvis du commissariat ! Alors, forcément, j'ai attendu. En fin d'après-midi, la rumeur avait traversé la rue jusqu'à La Providence, et le sordide fait divers du bébé des poubelles monopolisait les conversations, reléguant l'affaire Le Guen au second plan ! Bref, il m'a suffi de tendre un peu l'oreille pour entendre parler de ce fameux informateur anonyme...

La gendarme secoua la tête, médusée.

— En revanche, quand j'ai quitté la brasserie, l'identité de votre sœur n'avait pas encore fuité...

— Tant mieux, commenta Éloïse, mais ça ne saurait durer très longtemps... Bon, alors c'est quoi, votre théorie ?

— Ce type qui vous a poursuivie dans les bois est relié aux deux affaires... Se pose donc une question simple : votre sœur est-elle d'une manière ou d'une autre reliée aux Le Guen ?

Éloïse hocha imperceptiblement la tête. Parce que si la journaliste avait raison pour l'homme à la capuche, si les deux affaires avaient bien un lien, alors effectivement – au vu du passé de Manon –, une supposition s'extrayait du magma incompréhensible de cette affaire de bébé : et si Ethan Le Guen était bien le père de l'enfant, comme elle l'avait déjà imaginé ?

Restait à savoir si Éloïse était prête à faire confiance à la journaliste et à s'associer avec elle...

PARTIE 2

Alicia Le Guen, samedi 5 septembre 2015, jour du meurtre de Thierry Brousse

Un vent à décorner les bœufs s'était levé et faisait craquer la forêt. Les arbres geignaient sous l'assaut des bourrasques. Les aiguilles de pin tourbillonnaient, lui picotant le corps, alors que les branches basses lui fouettaient le visage et s'agrippaient à ses cheveux. Autour d'elle, tout n'était plus que furie. Comme si les éléments avaient choisi de se mettre au diapason de son chaos intérieur. Les années en Angleterre avaient filé, stables, étales, régulières avec leurs hauts et leurs bas ordinaires, et elle avait cru être délivrée du terrible fardeau du passé. La page était tournée, comme on dit. Non, franchement, elle n'avait rien vu venir. Comment l'aurait-elle pu, d'ailleurs ? Ce retour fulgurant du passé était d'autant plus violent qu'il lui semblait incongru, inadéquat. Il n'avait plus rien à faire dans son existence. Les secrets n'étaient pas conçus pour être déterrés !

Elle serra les dents, ivre de rage, tout en refermant davantage sa main droite sur la crosse d'un fusil de chasse de son père. Pour qui se prenait-il, ce corbeau de malheur ? Et qu'espérait-il, hein ? Qu'elle se laisse malmener ? Sans riposter ? Sans se défendre ? Sans essayer de préserver ce qu'elle avait mis des années à construire loin des turpitudes du manoir ? L'imbécile ! Elle aurait tôt fait de lui montrer de quel bois elle se chauffait…

Elle perdit l'équilibre lorsqu'une nouvelle rafale la gifla de plein fouet, mais reprit sa marche. Déterminée. Le hurlement du vent à ses oreilles et les craquements sinistres des branches augmentaient encore sa résolution. Elle progressa aussi vite que possible, luttant contre le souffle puissant et instable, et parvint enfin à la lisière du bois, devant le grillage qui délimitait le domaine du manoir. Elle longea la clôture sur une dizaine de mètres et situa rapidement l'ouverture. Les marques au sol témoignaient d'un passage récent. Cela lui confirma ce qu'elle savait déjà… Elle glissa ses doigts dans le grillage et tira vivement dessus avant de se faufiler sur le terrain des Brousse. Une moitié de l'arpent de terre situé au dos de la masure servait de potager, à en croire la terre bêchée et les vestiges de plants de tomate. Elle le contourna et s'élança vers la maison qui semblait vibrer sous la puissance des rafales. Elle longea le flanc droit de la baraque miteuse, puis sa façade, jusqu'à la porte d'entrée. Là, elle hésita une demi-seconde, le poing levé, prête à frapper, mais se ravisa et posa sa main sur la poignée. La porte n'était pas fermée à clef et s'ouvrit sur un petit corridor défraîchi distribuant une pièce de chaque côté et faisant face à un escalier sombre au bois abîmé. Les remugles de cheminée froide et de potage qui semblaient incrustés dans les murs lui soulevèrent l'estomac. Le fusil brandi devant elle, elle jeta un œil à gauche et repéra une grande cuisine qu'arrosait faiblement la lumière grise de cette fin d'après-midi orageuse. Après s'être assurée qu'il n'y avait personne, elle se détourna et pointa son arme dans l'embrasure côté droit. Elle vit alors un salon vieillot et impeccablement rangé, qui semblait figé dans le temps. Tout portait à croire que la pièce ne servait plus guère à ses occupants. Nerveusement, elle fit le point. Ou la maison avait été laissée ouverte, ou ce salopard se trouvait à l'étage… Elle serait bientôt fixée.

Une violente bourrasque secoua la bicoque au moment précis où elle posait un pied sur la première marche de l'escalier. Surprise, elle laissa échapper un petit glapissement. Elle se figea net, tendant l'oreille, mais le tumulte autour d'elle formait une chape qui écrasait tous les autres bruits. Dehors, le vent hurlait comme un fou. Dedans, le bois craquait, les vitres tremblaient et la charpente grinçait. Elle entama son ascension, prudemment, aux aguets, le fusil épaulé, au cas où… Parvenue en haut des marches, elle se retrouva à l'entrée d'un couloir sombre qui distribuait quatre portes. La première à sa gauche était close, elle hésita puis opta pour celle de droite, entrebâillée. Du bout du pied, elle la fit pivoter. Et découvrit un bureau au mobilier minimaliste constitué d'une étagère, d'une table de travail sur tréteaux et d'une chaise. Elle inspecta l'étagère rapidement mais ne repéra qu'une rangée de classeurs administratifs soigneusement étiquetés sur la tranche et quelques objets décoratifs. Dehors, un long grondement de tonnerre résonna et la pluie commença à tomber, cinglant la fenêtre.

Elle retourna dans le couloir, son arme toujours dressée devant elle, et jeta un œil à la pièce suivante. C'était une vieille chambre de garçon, à en croire la tapisserie jaunie aux motifs de petites voitures bleues et rouges. Ici aussi, l'ameublement était sommaire. Une commode, un bureau d'écolier avec ordinateur portable et imprimante laser et un lit une place. Elle s'avança dans la pièce plongée dans la pénombre et son cœur fit un bond ! Sur le lit, reposait une valise grande ouverte dont le contenu avait été éparpillé. Colle, ciseau, règle-gabarit avec lettres, articles de journaux tapissaient l'édredon. Et au milieu, comme l'attendant, le cahier rouge. *Son* cahier rouge. Son unique confident, son seul refuge pour déverser, adolescente, ses secrets les plus intimes. Comment ce salopard avait-il pu mettre la main dessus ?

L'orage, dehors, se déchaînait et des éclairs zébraient désormais la campagne, suivis de coups de tonnerre fracassants qui faisaient sursauter la maison. Elle s'apprêtait à saisir le cahier quand une très légère fragrance de déodorant bon marché l'alerta. Elle se figea un quart de seconde. Il était là, à quelques pas derrière elle, sans nul doute. Elle fit volte-face en épaulant son fusil. Juste à temps, songea-t-elle, parce que la tête du type surgit à quarante centimètres du canon. L'homme ne s'y attendait pas. Il recula vivement en levant les mains.

— Hé, tout doux, hein ? protesta-t-il. Ne fais pas de bêtises avec ce truc, OK ? Tu… tu devrais…

Mais le regard venimeux qu'elle lui lança suffit à le faire taire. Elle l'observa un long moment sans rien dire, jouissant de sa domination. Le fracas du déluge composait un fond sonore inquiétant et l'alternance de pénombre et de lumières vives diffusées par les éclairs au travers de la fenêtre chargeait l'atmosphère d'électricité.

— Tu pensais t'en tirer comme ça ? se décida-t-elle à crier pour couvrir le vacarme. Tu croyais pouvoir t'en prendre à moi sans que je finisse par comprendre qui pouvait bien se cacher derrière des attaques aussi minables ?

Au mot *minables*, l'homme lui décocha un regard mauvais. Elle vit passer au fond de ses yeux une lueur de colère qu'il tenta de masquer en baissant rapidement la tête. Mais elle ne comptait pas en rester là. Depuis plusieurs jours, elle rêvait de cette confrontation. Ce sale type avait violé son intimité, extirpé du passé ses secrets les plus honteux et menaçait de faire voler en éclats toute sa vie.

— Tu sais ce que tu es ? reprit-elle en lui souriant avec mépris. Un gros déchet ! Un raté ! Une raclure ! Un minus qui se parfume avec un déodorant que je n'oserais même pas utiliser pour mes W.-C. !

Sous la salve d'insultes, elle vit l'homme se tendre. Ses poings se crispèrent. Son teint devint rouge. Elle sut qu'elle avait visé juste. Ce type était un frustré, un envieux qui tentait de prendre sa revanche par tous les moyens, même les plus vils. Mais là, face au fusil pointé sur lui, il en était réduit à se taire et à l'écouter.

— Je suis sûre qu'au lit, c'est vachement compliqué pour toi... Tu as des problèmes d'érection, Thierry ?... Laisse-moi deviner, tu ne peux bander qu'en matant les autres, hein, c'est ça ?... Mmm, faudrait peut-être que je rajoute « voyeur impuissant » à ma liste de qualificatifs, non ?

— Tais-toi, sale traînée ! hurla-t-il subitement.

Il tremblait désormais de tout son corps. Ses yeux s'étaient chargés d'une rage folle et effrayante. Un instant, elle sentit qu'il pourrait s'en prendre à elle et se demanda si elle ne devrait pas calmer un peu le jeu. Mais il venait de lui cracher son injure au visage et elle n'était pas du genre à encaisser les coups sans riposter.

— Ferme-la, lavette ! Ou je pourrais bien te loger une balle entre les deux yeux.

L'homme serra les dents mais, visiblement, il était à deux doigts de l'explosion.

— Tu es peut-être parvenu à tes fins avec Manon. Mais je te le dis tout net, tu n'y arriveras pas avec moi… Tu sais ce qui va se passer maintenant, pauvre type ? ajouta-t-elle avec dégoût. Je vais récupérer mon cahier – mon cahier qui m'appartient – et le brûler. *Pfft !* Plus de preuve, plus aucune carte à jouer pour toi. C'est aussi simple que ça.

— Tu ne peux plus t'en tirer, Alicia ! Tu es finie !

Elle partit d'un rire forcé.

— Vraiment ?! Alors pourquoi tu gesticules comme un pauvre clébard qui aurait chopé des puces ?

— Tu ne t'en sortiras pas, je te le jure ! hurla-t-il, le visage déformé par la haine. Tu ne vaux pas mieux que Manon ! Derrière tes grands airs de femme du monde, tu n'es qu'une petite traînée sans aucune morale ! D'une manière ou d'une autre, tu vas payer !

Elle recula d'un pas, effrayée par la hargne viscérale qui débordait de l'homme. Dans un geste réflexe, elle plaça son index sur la détente et prit conscience à cet instant que ses mains tremblaient sensiblement.

— Arrête de bouger ou je tire !

Mais il ne l'entendait plus. Elle le voyait à cette lueur de folie qui luisait dans ses yeux exorbités, des yeux qui la fixaient sans la voir vraiment. Aux tics nerveux qui agitaient son visage livide. Aux soubresauts incontrôlés de son corps. À la moiteur grasse et cireuse qui faisait luire sa figure. Quelque chose de démoniaque avait pris corps chez lui et menaçait à tout moment de lui sauter à la gorge.

Quand il s'avança vers elle en vociférant des mots qu'elle ne comprit pas, la peur en elle prit le contrôle et appuya sur la détente. Elle sentit le recul fulgurant de l'arme contre son épaule et l'écho de la détonation se répercuta longtemps dans sa tête.

Une longue minute passa avant que les hurlements du vent et les braillements tourmentés de l'orage se fraient de nouveau un chemin jusqu'à ses oreilles. Et il lui fallut de longues secondes supplémentaires pour ajuster sa vision sur le pantin désarticulé au sol, un pantin duquel s'échappait une flaque écarlate. C'est à cet instant-là seulement qu'Alicia glissa par terre et laissa échapper un cri d'horreur.

Éloïse et Amanda, 3 jours avant le meurtre de Thierry Brousse

La journaliste attendit plusieurs secondes dans un silence total, à peine rompu par le hululement d'une chouette dans le bois tout proche. Finalement, la gendarme se décida :

— Que me proposez-vous, Amanda ? Que nous fassions équipe... comme si tout ce qui s'était passé entre nous n'avait jamais existé ?

— Et pourquoi pas ? Après tout, si vos intérêts et les miens convergent, pourquoi nous passerions-nous l'une de l'autre ?

— Encore faut-il qu'ils convergent vraiment ! ironisa la gendarme. Quel but poursuivez-vous, exactement ? Je vous connais assez pour savoir que ce qui vous importe, c'est d'occuper le haut de l'affiche.

À ces mots, Amanda eut un sourire triste. Elle surprit la gendarme en se levant et en relevant son tee-shirt au niveau de son dos. Éloïse grimaça en découvrant les marbrures épaisses qui lui tapissaient les reins et une bonne moitié du flanc gauche.

— Vous l'aurez compris, ce sont les vestiges de mon incursion chez Nilin Hartmann [1]. Je ne vous demande pas de me croire sur parole, mais j'espère que vous saurez me donner une chance. Il arrive qu'on apprenne de ses erreurs, vous savez. Depuis deux ans, il ne se passe pas un jour sans que je repense à l'horreur que j'ai vécue... et à Danny, bien sûr.

— Admettons, soupira Éloïse. Alors, répondez-moi franchement. Quel est votre intérêt à m'aider, aujourd'hui ?

La journaliste se rassit et afficha une mine déterminée.

— Certains éléments me laissent penser que l'affaire Abby Le Guen est bien plus complexe qu'il n'y paraît. Je vous expliquerai pourquoi après, si vous souhaitez faire la paire avec moi. Pour ce qui concerne votre sœur, il existe des zones d'ombre importantes, dont celle du type à la capuche. Enfin, comme je vous l'ai dit, je pense que l'affaire de votre sœur et celle des Le Guen sont liées, mais je ne sais pas encore comment... Alors, pour vous répondre franchement, mon objectif est de faire la lumière sur ces deux histoires et de pouvoir sortir un vrai bon papier, un papier digne d'une journaliste d'investigation. Pas un article qui se contenterait de retracer l'évolution de l'enquête officielle.

— Et en quoi vos intérêts et les miens convergeraient-ils ? relança la gendarme.

— Éloïse, avez-vous la moindre idée du déferlement médiatique qui va s'abattre sur vous et votre famille à

---
1. Voir *La Fille de Kali* (Marabout, 2016).

partir de demain ? Essayez un peu d'imaginer les gros titres : « Seize ans plus tard, la police met la main sur la mère ayant jeté son fils à la poubelle ».

La gendarme savait pertinemment que les journaux allaient s'en donner à cœur joie. Elle avait d'ailleurs fait mettre les enfants à l'écart en prévision de ce déferlement.

— Dès l'aube, cette maison va se transformer en terrain de chasse pour les reporters. Vous ne pourrez pas tirer un rideau sans voir surgir un micro. Pour couronner le tout, la sœur de la coupable est capitaine de gendarmerie ! Ça va être la cohue, le lynchage !

Les images télévisées de l'affaire Le Guen surgirent dans l'esprit d'Éloïse. Les reporters agglutinés aux portes du manoir, l'hélicoptère survolant le domaine, les projecteurs braqués sur le frère et la sœur, à peine sortis de l'avion... Éloïse se sentit prise d'un léger vertige.

— L'histoire de l'enfant des poubelles est trop... grave, qualifia la journaliste après une hésitation, pour que vous espériez passer à travers les mailles du filet.

— OK, OK ! C'est bon, j'ai compris ! Et en quoi pourriez-vous changer tout ça ?

— Je ne peux pas changer tout ça, comme vous dites, mais je peux vous proposer une alternative intéressante, pour vous et pour moi.

— Je vous écoute.

— J'ai pris une location, un gîte à quelques kilomètres d'ici. Coupé du monde. Faites vos bagages immédiatement et venez avec moi là-bas. Personne ne saura où vous vous cachez, vous serez à l'abri et vous aurez les coudées beaucoup plus franches pour investiguer. Si vous vous y prenez bien, vous pourrez même vous déplacer incognito, j'ai acheté tout un barda cet après-midi – perruques, lunettes, vêtements... Au pire, dans les endroits trop exposés, je pourrai être vos yeux et agir pour vous...

— Et je suppose qu'en contrepartie, je vous livre tout ce que je sais sur ma sœur... et sur son lien avec les Le Guen ?

La journaliste hocha la tête avant de conclure :

— Honnêtement, c'est du gagnant-gagnant. Mais avant que vous me répondiez, je veux que vous sachiez que si la vérité n'est pas à l'avantage de votre sœur – comme tout porte à le croire aujourd'hui –, je sortirai quand même mon article.

La gendarme garda le silence, soupesant le pour et le contre. Un léger bip retentit et la journaliste sortit son portable. Ses mains pianotèrent sur l'écran tactile et lorsqu'elle releva la tête, son regard était grave. Elle se contenta de montrer son téléphone à Éloïse qui parcourut rapidement le texte. C'était une dépêche de l'AFP : « La police aurait identifié la mère biologique du bébé retrouvé en 1999 dans les poubelles de l'abattoir du groupe Triscalet dans le Morbihan. La prévenue – une dénommée Manon Bouquet, épouse Ezzeddine – est actuellement en garde à vue et interrogée par les policiers de Lannion. »

La gendarme se leva. Fit quelques pas nerveux dans le salon. Sentit la nausée lui brûler la trachée en imaginant la maison familiale prise d'assaut par les journalistes. Et se décida :

— C'est entendu, je fais mon sac et on part. Mais je vous avertis, Amanda, à la moindre entourloupe, je...

— Économisez votre salive, Éloïse, et magnez-vous le train !

Ethan et Alicia Le Guen,
3 jours avant le meurtre de Thierry Brousse

Le visage de Me Rubinstein trahissait la tension. L'affaire concernait un couple dont il était l'ami depuis plus de vingt ans et, qui plus est, un couple du gotha local. Bilan, l'exposition médiatique était maximale. Les journalistes n'en finissaient pas de le harceler. Où qu'il allât – commissariat, maison d'arrêt, manoir –, ils s'y trouvaient, lui offrant une visibilité dont il se serait bien passé, pour une fois...

— Je suis désolé, mais comme je vous l'ai dit au téléphone tout à l'heure... Abby ne veut rien dire. Elle n'a pas prononcé le moindre mot durant toute la garde à vue. *Idem* en tête à tête avec moi.

L'avocat releva les yeux vers la jeune femme face à lui. Avec l'âge, Alicia était devenue d'une beauté insolente. Et son tourment actuel ajoutait encore à son charme. Par-delà une plastique irréprochable, vibrait désormais une âme que la tragédie sublimait.

— Mais c'est insensé, murmura-t-elle. Incompréhensible... Maman n'a jamais eu le moindre accès de colère ni de violence, acheva-t-elle en tournant la tête vers son frère, assis à côté d'elle.

Ethan acquiesça silencieusement en portant son whisky à ses lèvres. Malgré son allure de dandy impeccable et sa posture mondaine – jambes croisées, bras reposant nonchalamment sur l'accoudoir –, le jeune homme avait perdu de sa superbe. À côté de lui, silencieuse et impénétrable, May, son épouse, lui passa une main réconfortante sur le bras.

— Que disent les enquêteurs ? relança Alicia.

— L'absence de mobile les interpelle mais... ils possèdent les preuves irréfutables de la culpabilité de votre mère. Que celle-ci ne donne aucune explication à son geste n'enlève rien au fait qu'elle est coupable.

— Mais... vous pensez que maman a pu agir sous l'empire des médicaments ? Je veux dire, est-ce que les cachets qu'elle ingurgitait ont pu...

— Générer une confusion mentale suffisante pour l'inciter à passer à l'acte ? compléta l'avocat.

— Oui, c'est ça.

Rubinstein descendit le fond de son verre et fit claquer sa langue.

— J'ai demandé l'avis d'un expert. D'après ce qu'on a retrouvé dans sa pharmacie, votre mère consommait plusieurs sortes de molécules : des antidépresseurs, des barbituriques et des anxiolytiques. Prises isolément, ces substances ne sauraient être pathogènes. Reste à savoir s'il en est de même pour le cocktail des trois... Quoi qu'il en soit, il y a eu altération du discernement, cela ne fait aucun doute.

— Elle a été vue par un médecin ?

— Oui, bien sûr. J'ai demandé un examen médical complet dès le début de la garde à vue et obtenu que des prises de sang soient effectuées. Les résultats tomberont dans quelques jours.

— Mais s'il n'y a pas de mobile, ça veut bien dire que notre mère a agi sous le coup de la folie, non ? questionna Ethan.

— C'est ce qui taraude les enquêteurs : après tout, sans aucun mobile, la thèse de la folie est encore la plus crédible... Mais, ne nous emballons pas trop, Ethan. S'il n'y a aucun mobile *apparent*, cela ne signifie pas qu'il n'y en ait pas du tout. Et, croyez-moi, les enquêteurs vont tout retourner ! Jusqu'à trouver quelque chose.

— À quoi pensez-vous, Léo ?

— Eh bien... Vous savez que je suis un ami de vos parents depuis de nombreuses années. Et à ce titre, je suis bien placé pour savoir que rien n'exclut la possibilité que votre mère ait pu concevoir des sentiments... disons des sentiments complexes, voire hostiles, à l'encontre de Yohann. Celui-ci n'était pas à proprement parler un modèle de vertu et...

— Épargnez-nous ce couplet, Léo, le coupa Alicia avec agacement. Papa avait certains... papa était... (Elle se mordilla la lèvre et renonça finalement à finir sa phrase.)... Quoi qu'il en soit, et pour autant que je sache, maman en avait pris son parti.

— C'est exact, papa était loin d'être irréprochable, Alicia et moi le savons parfaitement, ajouta Ethan, les dents serrées. Mais il me paraît totalement farfelu d'imaginer que notre mère aurait subitement pris ombrage d'une situation qui existe depuis des années !

— Je ne dis pas que vous avez tort, mais l'esprit humain est parfois surprenant, vous savez, rétorqua l'avocat. Rien ne nous garantit de manière absolue que votre mère n'ait pas fini par trouver cette situation intolérable.

— Auquel cas, pardonnez mon cynisme, mais il y a le divorce ! fit Alicia, les yeux brillants de colère. Heureusement que toutes les femmes bafouées ne dézinguent pas leur époux !

Après cette sortie, la jeune femme se leva et se dirigea vers la baie vitrée. Dehors, les ombres de la nuit grignotaient les reliefs du grand parc et seule la frondaison des arbres se détachait de la toile sombre du ciel. La jeune femme tourna alors la tête côté océan et se fixa sur la masse indistincte et ténébreuse que formait l'eau. Depuis son retour à Perros-Guirec, les souvenirs remontaient à la surface. Le moindre recoin du manoir lui évoquait une image du passé. Une enfance révolue où elle était encore heureuse et relativement insouciante. Puis, une époque marquée par un lourd secret qui l'avait incitée à fuir. Quoi qu'il en soit, toutes ces réminiscences passées, bonnes ou mauvaises, lui rappelaient un temps où sa mère n'avait pas tué son père d'un coup de fusil à bout portant... Les larmes lui montèrent subitement aux yeux. Elle les essuya et, sans se retourner, les bras refermés sur son buste, elle demanda :

— Et pour le corps de papa ?

— L'autopsie s'est achevée en fin de journée, répondit Rubinstein. La dépouille devrait vous être restituée demain en fin de matinée.

— Je confirme, fit Ethan. Les techniciens des pompes funèbres sont venus tout à l'heure installer une climatisation dans la chambre de papa pour...

Alicia fit un geste de la main signifiant qu'elle avait bien compris l'idée.

— Vous avez pris vos dispositions pour les obsèques ? relança l'avocat.

— L'essentiel est calé, lui répondit Ethan d'un ton morne. Papa connaissait énormément de gens et nous tenons à respecter une veillée mortuaire. Nous pensons qu'il aurait voulu qu'amis et connaissances puissent lui rendre un dernier hommage intime. Les gens pourront donc venir vendredi le visiter et la cérémonie se déroulera samedi, à la chapelle Notre-Dame-de-la-Clarté.

— Mmm... papa adorait cet endroit, enchaîna Alicia, la voix pleine d'émotion. Il n'a jamais été croyant mais il lui arrivait quand même de s'y rendre juste pour... pour faire le vide... Bon Dieu, c'est une histoire de fou ! Mais qu'est-ce qui s'est passé ?

La jeune femme éclata brutalement en sanglots. Ethan se leva alors et fondit sur elle. Il la prit dans ses bras tout en la berçant, mais comme la crise de larmes d'Alicia se prolongeait, Rubinstein finit par se lever. Il serra la main de May, demeurée assise dans le canapé, puis signifia par gestes à Ethan qu'il l'appellerait le lendemain. Le jeune homme hocha la tête et l'avocat s'empressa de laisser la famille à son deuil. Alicia avait parfaitement raison, cette histoire était tragique et, pour qui avait fréquenté les Le Guen, elle était à peine croyable.

Éloïse et Amanda, 2 jours avant le meurtre de Thierry Brousse

Une agréable odeur de café l'extirpa de son demi-sommeil. Éloïse ouvrit les yeux et, l'espace d'un instant, sentit la panique l'envahir. Les lambris de bois autour d'elle, la couette exhalant une odeur fleurie de lessive, la vue sur une charpente de poutrelles nues… tout cela lui était totalement étranger ! Puis les souvenirs se frayèrent un chemin jusqu'à sa conscience et elle se rappela qu'elle avait emménagé la veille dans la location d'Amanda, un chalet rénové et isolé en pleine forêt. Il y avait effectivement peu de chance qu'on vienne la chercher ici…

Le cliquetis de couverts l'incita à se lever malgré son extrême lassitude. Sa nuit avait été chaotique. Les images de sa vie de famille n'avaient cessé de défiler anarchiquement au travers de rêves absurdes qui lui laissaient un arrière-goût de confusion et d'inachevé. Elle en chassa les derniers vestiges et fila dans la salle de bains. Elle en ressortit un quart d'heure plus tard, descendit l'escalier de bois menant au rez-de-chaussée et déboula dans l'unique et vaste pièce rassemblant cuisine, salon et terrasse. La journaliste avait dressé la table sur la terrasse en surplomb de forêt.

— Bonjour, Éloïse... Mmm, vu votre mine chiffonnée, je vais éviter de vous demander si vous avez bien dormi... Je vous sers un café ?

— Volontiers, merci.

La gendarme s'installa et commença à savourer un nectar noir et serré qui finit de la réveiller. Amanda eut la délicatesse de ne pas l'assaillir de ce verbiage envahissant dont sont coutumières certaines personnes dès le saut du lit. Autour d'elles, les chants d'oiseaux et les bruissements des arbres formaient un berceau sonore apaisant. Éloïse se resservit un café et alluma une cigarette. Après deux bouffées, elle brisa le silence :

— Et vous, bien dormi ?

La journaliste releva ses yeux de son téléphone portable.

— Pas vraiment. J'ai passé la moitié de la nuit à préparer notre plan de travail. Mais bon, je me passe facilement de sommeil, donc pas de problème !

Éloïse fronça les sourcils avec perplexité. Amanda quitta alors la terrasse pour le salon, et revint un instant plus tard avec un grand tableau blanc qu'elle posa sur une chaise contre un pan de mur. La gendarme scruta l'ensemble et masqua mal son étonnement. Amanda n'avait pas chômé. Côté gauche du tableau, elle avait rassemblé les éléments autour du meurtre d'Abby Le Guen : quelques articles aimantés complétaient la liste des données et questions que la journaliste avait rédigées au feutre bleu. Le regard d'Éloïse s'arrêta un instant sur une interrogation qu'elle ne comprit pas : « Qu'a brûlé Abby dans la cheminée ? »

Puis glissa en dessous : « Silence durant la GAV, que cache-t-elle ? Protège-t-elle quelqu'un, si oui qui et de quoi ? » Le côté droit du tableau récapitulait les éléments glanés par la journaliste concernant Manon. Certaines questions attendaient une réponse qu'Éloïse connaissait, d'autres ouvraient sur un abîme que la gendarme n'avait jamais sondé... Pour finir, au centre du tableau, entre les deux affaires, la journaliste avait entouré « Homme à la capuche » et tracé deux flèches vers chaque affaire avec une simple question : « Qui et pourquoi ? » Éloïse détacha ses yeux du tableau et se tourna vers Amanda :

— Vous n'avez pas perdu de temps !

— Les événements se précipitent, alors j'essaie de nous faire prendre de l'avance... Prête à examiner tout ça ?

— Ma foi ! se surprit à répondre la gendarme avec un enthousiasme non feint.

Amanda attrapa un feutre bleu et approcha du tableau.

— Commençons par l'affaire Le Guen. Voilà ce que j'ai pu apprendre à la brasserie La Providence, qui porte d'ailleurs très bien son nom, vous allez voir ! Tout d'abord, ce n'est pas une intox, Abby Le Guen n'a pas desserré les dents de toute sa garde à vue. Pas un mot n'est sorti de sa bouche. Elle passe aujourd'hui devant le juge d'instruction pour une première audition... Rien ne laisse augurer un revirement de position.

— Peut-il s'agir d'une stratégie de défense mise en place avec Me Rubinstein ?

— D'après ce que je sais, non.

— Expliquez.

— J'ai graissé la patte à un gardien de la maison d'arrêt où Abby Le Guen a été écrouée. J'ai eu ce type au téléphone après son service hier soir. Il est formel, Rubinstein est sorti de sa dernière visite avec la tête du type qui a un os de poulet coincé en travers de la gorge. Le gardien m'a indiqué que l'avocat avait passé un coup de fil rapide à l'issue de l'entretien avec sa cliente et qu'il avait indiqué à son interlocuteur : « Désolé mais rien n'y fait, elle reste aussi muette qu'une carpe. »

— OK. Admettons. Cela peut alors accréditer la thèse d'un choc profond, d'une confusion mentale ?

— Exact… Ou au contraire révéler la détermination d'Abby à dissimuler quelque chose… Ce qui m'amène au point suivant, enchaîna Amanda en tapotant du bout du stylo la ligne du dessous. Voilà ce que je tiens des flics en charge de l'enquête : lors des constations sur place, les TIC[1] ont noté qu'un petit foyer avait été allumé dans la cheminée et qu'il était encore tiède. Le meurtre a eu lieu le 30 août au matin. Le temps était venteux et gris mais les températures avoisinaient les vingt-deux degrés à 11 heures. Ce détail a donc interpellé les enquêteurs, d'autant qu'un des TIC a pu extraire des copeaux carbonisés de ce qui avait dû être une photo.

— Abby aurait donc fait disparaître quelque chose ? Quelque chose en lien avec son passage à l'acte ?

— Il y a fort à parier, en effet.

— Elle aurait donc un mobile… Auquel cas, *exit* la folie passagère ! On aurait affaire à un assassinat avec préméditation ?

---

1. Techniciens en investigations criminelles.

— Oui, valida la journaliste. Sauf que quelqu'un qui agit avec préméditation a tout le loisir de déguiser son crime pour orienter les enquêteurs dans une mauvaise direction. Or notre Abby attend sagement sans bouger l'arrivée des policiers. Elle se livre à eux, en quelque sorte. Elle semble donc prête à payer pour son crime.

La gendarme approuva d'un hochement de tête.

— Ce qui nous incite à nous poser la question suivante, poursuivit la journaliste : si elle est prête à payer, pourquoi se murer dans le silence et ne pas expliquer son geste ?

— Donc vous pensez que son silence vise à protéger quelqu'un, c'est ça ?

— À ce stade, c'est encore l'hypothèse la plus plausible... Et si tel est le cas, qui protège-t-elle et pourquoi ?

La gendarme se resservit une tasse de café. Son cerveau commençait à turbiner à plein régime, émulation agréable qu'elle avait oubliée. Elle essayait d'associer cette hypothèse avec les éléments connus concernant Manon, mais les pièces ne s'emboîtaient pas. À supposer un instant que les indices qu'avait fait disparaître Abby fussent en lien avec la supposée paternité d'Ethan Le Guen, qu'est-ce que le meurtre de Yohann Le Guen venait faire au milieu de tout cela ? La voix d'Amanda coupa court à ses réflexions.

— En conclusion, il faut donc poursuivre les recherches sur la famille Le Guen. Qui était la victime ? Travail, relations, couple *et cætera*... *Idem* avec Abby et les enfants... J'ai déjà glané un certain nombre d'informations, vous vous en doutez. D'ailleurs, si ça vous intéresse, c'est dans une pochette marquée « Le Guen » sur la table du salon. Par ailleurs, j'ai obtenu un rendez-vous avec Arnaud Lombard, le principal collaborateur de Yohann Le Guen. Je dois le rencontrer dans une petite heure. En revanche, pour ce qui est des enfants Le Guen, tous mes appels sont restés sans suite.

— Mmm, rien d'étonnant, commenta la gendarme. Ils doivent être totalement persécutés par les sollicitations des médias. Et je vois mal Me Rubinstein les inciter à répondre aux questions des journalistes.

— Je sais, mais je vais quand même essayer de trouver le moyen de les approcher... Bon, maintenant, passons à votre sœur. Je vous écoute, Éloïse, invita la journaliste.

— Je vais chercher un document, ne bougez pas.

*

La gendarme cala un aimant sur les déductions qu'elle avait élaborées quand elle cherchait à se faire une idée du type qui menaçait Manon. Puis elle retourna s'asseoir, alluma une cigarette et se lança dans le récit de l'appel à l'aide de sa sœur et de la persécution dont elle faisait l'objet. Bien qu'elle répugnât à entrer dans certains détails de sa vie de famille, elle fut contrainte d'en dire un minimum, notamment sur la nature conflictuelle de sa relation avec Manon. Amanda l'écoutait attentivement tout en prenant des notes. Éloïse acheva son récit sur l'arrestation de sa sœur la veille et sur la découverte ahurissante de son lien de maternité avec l'enfant des poubelles. Lorsqu'elle eut terminé, la journaliste ne put s'empêcher de réagir :

— Et à l'époque, vous n'avez rien remarqué durant toute la grossesse de votre sœur ?! C'est incroyable, cette histoire…

— M° Balengier pense à un cas de dissimulation de grossesse. Mais j'ai peine à le croire, même si, bien sûr, je ne saurais l'exclure.

— Mmm… et un déni de grossesse ?

— Jusqu'au terme ? C'est extrêmement rare… mais c'est envisageable, effectivement.

— Et, d'une certaine manière, ça pourrait expliquer une réaction inappropriée face à un accouchement totalement imprévisible et par conséquent très difficile à intégrer dans la réalité.

— Difficile à intégrer au point que vous puissiez ne pas vous en souvenir du tout ? Que votre cerveau crée comme une déconnexion et oublie ce passage ?

— Attendez voir, vous êtes en train de me dire que votre sœur ne se souvient pas de son accouchement ?

— Oui… La seule et unique chose que Manon ait exprimée auprès de son avocat, c'est un *black-out* total…

— Vous la croyez ?

— Disons que… j'aurais tendance à y apporter un certain crédit.

— Pourquoi ?

— Parce que ça colle avec une énième fugue de ma sœur… Une fugue dont elle est revenue totalement désorientée et avec de graves trous de mémoire…

— Je vous écoute.

La gendarme releva les yeux vers son interlocutrice. Non, elle n'allait pas s'en tirer à si bon compte… Amanda et elle avaient passé un *deal* et elle allait devoir raconter cet épisode du passé, tout au moins ce qu'elle en savait.

— C'était l'année du bac. Le soir du 27 juin 1999.

— La veille du jour où le bébé a été retrouvé dans la poubelle… donc, le jour de l'accouchement.

— C'est exact, admit Éloïse. On avait obtenu les résultats quelques jours plus tôt. J'étais reçue et Manon, elle, était au rattrapage. Comme je vous l'ai expliqué, ma sœur traversait un passage de sa vie assez tumultueux… C'était compliqué pour elle… et pour son entourage, aussi ! Bref, on était à deux semaines des épreuves du repêchage et voilà que Manon se volatilise. On avait l'habitude de ses fugues. Généralement, mon père finissait par lui remettre la main dessus assez rapidement. Dans les vingt-quatre heures, il la ramenait à la maison… Il y avait déjà eu un épisode de fugue plus long qui remontait au mois d'octobre, je vous en reparlerai après… Mais cette fois-là, ça a été la totale. Manon a disparu deux semaines entières. Mes… mes parents étaient fous d'inquiétude, lâcha Éloïse, la voix nouée, alors que les images de sa mère prostrée devant le téléphone refaisaient surface. Au final, on a reçu un appel de la gendarmerie de Nozay, près de Nantes. Ils venaient de vider un squat et avaient retrouvé Manon… Elle avait sa carte d'identité dans la poche de son jean…

— Un squat ? réagit la journaliste.

— Oui, difficile à croire, hein ?… Avec les années, Manon s'était mise à repousser les limites de plus en plus loin… Elle se mettait en danger, enchaînait les soirées… Elle abusait des boissons et des drogues festives. Mais entendons-nous bien, elle portait une attention très soutenue à son image et, dans ses abus divers, elle penchait beaucoup plus du côté des soirées branchées et VIP que du côté punk à chien ! Même si, forcément, elle avait quelques fréquentations peu recommandables : trafiquants, revendeurs... Mais elle faisait affaire avec eux, rien de plus...

— OK. Alors, comment s'est-elle retrouvée dans ce squat ?

— Aucune idée, soupira la gendarme. Manon est rentrée dans un état lamentable... c'était vraiment triste à voir. Je ne sais pas exactement ce qu'elle avait pris comme substances, mais elle n'avait pas dû y aller avec le dos de la cuillère... Son discours était décousu, incohérent, sa conscience du temps altérée, ses souvenirs très confus voire totalement absents. Elle n'a jamais pu nous expliquer comment elle s'était retrouvée là-bas...

Amanda releva les yeux de son calepin, songeuse. Elle attendit quelques secondes avant de formuler sa pensée à haute voix.

— D'où votre question de tout à l'heure sur le refoulement du souvenir de l'accouchement... Le choc a-t-il pu provoquer une sorte d'amnésie ?... Ou dans le cas précis, de décompensation !

— Décompensation ?

— Eh bien, Éloïse... je ne suis pas psy, mais quand même ! Votre sœur disparaît durant quinze jours. Elle est finalement retrouvée par les gendarmes dans un état confusionnel et est incapable de vous raconter ce qui s'est passé...

— L'abus de substances y est certainement pour beaucoup. Mais, justement, mon beau-frère est psychiatre et je lui poserai la question. Nous avons prévu de nous appeler cet après-midi.

— Parfait. Tant que vous y êtes, appelez aussi Me Balengier dans la matinée. Il a accès aux différentes pièces du dossier et ça aiderait d'avoir une copie des éléments concernant la fugue de votre sœur… Puisque vos parents ont sollicité les policiers, il doit y avoir une déclaration et un avis de recherche.

Éloïse fronça les sourcils, interrogative, mais finit par confirmer :

— Ces éléments sont dans le dossier, Me Balengier m'en a parlé hier… Je peux les lui demander si vous pensez que ça peut être utile.

La journaliste hocha la tête, replongea ses yeux dans ses notes, puis s'arrêta en tapotant une inscription du bout de son stylo :

— Revenons-en au harceleur de votre sœur. Ce que vous m'avez décrit est assez stupéfiant !

Elle se leva et écrivit sur le tableau blanc, à côté de la mention « Homme à la capuche » : harceleur, dénonciateur anonyme.

— De quoi ce type se venge-t-il ? questionna-t-elle en parcourant des yeux l'analyse de la gendarme. Quel est son lien avec Manon ?

— Je n'en ai aucune idée.

— Et votre sœur non plus ?

— J'ai eu beau tenter de la questionner dans tous les sens, non.

— OK, soupira la journaliste. Maintenant, passons à la question que je vous ai déjà posée hier soir. Quel lien entre votre sœur et les Le Guen ?

— Ethan… Ethan Le Guen était en première au lycée Saint-Just avec Manon. Tous deux ont eu une relation amoureuse. Et avant que vous me le demandiez, oui, la fenêtre temporelle coïncide. Ethan pourrait être le père de… de l'enfant retrouvé dans une poubelle de l'abattoir.

La journaliste se figea. Éloïse pouvait presque voir la mécanique de son esprit se mettre en branle. La gendarme se fendit alors du récit de la fugue de Manon en Angleterre, début octobre 1998. Quelques secondes filèrent et Amanda finit par relier le prénom Ethan à celui de Manon et écrivit « relation » et « père ? ». Puis elle revint s'asseoir en face d'Éloïse.

— Il y a quelque chose que je ne comprends pas. Le type à la capuche était au courant pour le lien de maternité entre Manon et l'enfant des poubelles. Il s'amuse à semer des cailloux comme le Petit Poucet pour terroriser votre sœur : messages, poupon et j'en passe. OK ?

— Oui.

— Puis il passe à la vitesse supérieure et la dénonce carrément à la police.

— Pas tout à fait, non. J'ai appris par l'avocat de ma sœur que la police l'avait convoquée pour un prélèvement ADN il y a deux mois. J'en déduis que le type a d'abord dénoncé Manon à la police, et qu'ensuite il s'est amusé, si l'on peut dire, à la persécuter.

— Je vois… Donc il a un lien intime avec elle, commenta la journaliste à voix haute. Il n'est pas un redresseur de torts, un justicier, non… Il a besoin de personnaliser son lien avec elle… Peut-être se venge-t-il d'un affront ou d'une vacherie…

— Entièrement d'accord avec vous : cet homme a fait partie de la vie de Manon à un moment ou à un autre et il lui en veut, il se venge. Mais malgré mon insistance, ma sœur ne voit absolument pas qui pourrait lui en vouloir et pourquoi.

La journaliste prit quelques secondes de réflexion, puis relança :

— Revenons à ce que je disais. L'homme à la capuche dénonce Manon aux flics. Il est donc au courant pour cette histoire d'enfant abandonné et il sait que Manon est la mère biologique. Pourquoi ne pas compromettre Ethan Le Guen, également, en déclarant son lien de paternité ?

— Peut-être ignore-t-il ce lien de paternité ? proposa Éloïse… Ou bien, peut-être ne veut-il pas s'en prendre à Ethan ?… Ou nous faisons fausse route et Ethan n'est pas le père ?

Amanda sonda Éloïse du regard :

— Elle était du genre à enchaîner les relations, votre sœur ?

— Pour être honnête, oui… disons qu'elle avait tendance à tomber amoureuse tous les trois matins et que chaque bluette était vécue comme une passion dévorante… Pour autant, avec Ethan, ça a été une relation particulière… J'ai pu en reparler avec elle avant qu'elle soit arrêtée. Elle a vraiment aimé ce garçon. Leur relation a été assez courte puisqu'elle n'a duré qu'un été. Ensuite, Ethan est parti faire sa terminale en Angleterre… Et, un mois après la rentrée de septembre, Manon traversait la Manche pour le rejoindre.

— Ah, c'est l'autre fugue ? Celle que vous avez évoquée tout à l'heure, c'est ça ?

— Oui. D'après ce que Manon m'a dit, Ethan ne l'avait pas informée de son départ, elle a découvert le pot aux roses à la rentrée de septembre.

— Charmant garçon !

— N'est-ce pas ?... Bref, elle a réussi, je ne sais trop comment, à savoir où il logeait à Londres et elle s'y est rendue. Ethan partageait un appartement avec sa sœur, Alicia. Manon a passé une nuit là-bas avant d'être cueillie par les flics au petit matin.

— OK... du coup, rapatriement en France... Et après ?

— Quoi après ?

— Elle est sortie avec un autre garçon ?

Éloïse marqua un temps d'arrêt. La question de la journaliste l'obligeait à réquisitionner des souvenirs lointains qu'elle avait enterrés depuis bien longtemps. Après un gros effort de mémoire, elle finit par déclarer :

— Manon... Manon et moi ne partagions plus grand-chose à l'époque... Je ne peux donc pas vous répondre avec certitude... En revanche, je sais que quand ma sœur était amoureuse, elle avait des comportements qui ne trompaient pas. Elle s'apprêtait plus que d'ordinaire, elle passait des heures au téléphone, elle faisait des crises monstrueuses à mes parents pour sortir le soir... Bref... on savait qu'elle avait une relation... Or si mes souvenirs de cette année de terminale sont bons, Manon est passée par une phase plutôt déprimée... Je me souviens qu'elle se terrait souvent dans sa chambre... qu'elle n'était pas... qu'elle n'était pas heureuse, acheva la gendarme d'une voix nouée.

— Ça va, Éloïse ? s'enquit Amanda.

— Oui... c'est juste que je suis en train de prendre conscience que Manon a souffert et que je l'ai ignorée... J'avais du mal à admettre que ma jumelle puisse être si différente de moi... Pour tout vous dire, je la trouvais futile.

La journaliste hocha la tête et vint s'asseoir face à Éloïse.

— Hey ! On se protège comme on peut, vous savez... Et puis, vous étiez, vous aussi, une ado !

— Mmm, je suppose que vous avez raison, marmonna Éloïse, peu convaincue. Mais, pour en revenir à votre question, les chances qu'Ethan soit le père sont relativement élevées...

Alicia Le Guen, 2 jours avant le meurtre de Thierry Brousse

Après une nouvelle nuit agitée, Alicia avait opté pour un footing salvateur, loin de l'ambiance tendue du manoir. Le corps de son père devait être déposé dans une poignée d'heures – 11 heures du matin, avait dit le gérant des pompes funèbres – et elle souhaitait faire le vide avant cette nouvelle épreuve. Elle emprunta le chemin privé qui descendait vers l'océan, au nez et à la barbe des journalistes qui campaient devant l'entrée principale, et n'interrompit sa course que pour extirper la clef de son sac à dos et ouvrir le petit portillon qui la séparait de la baie. Déjà, la plage immense exhalait son haleine d'algues et de sel. Alicia vissa sa casquette sur son crâne pour se cacher en partie le visage – avec le tapage médiatique, autant ne pas trop s'exposer – et repartit à petites foulées tout en noyant son regard dans l'horizon de plage rocailleuse que la mer à marée basse avait désertée. Hormis un couple de marcheurs cent mètres plus haut et un sexagénaire qui promenait son chien, la baie était déserte à cette heure matinale. Alicia sentit son souffle s'installer et accéléra, comme pour laisser loin derrière elle le pêle-mêle d'images du passé qui l'assaillaient, éveillant de sourdes angoisses et une colère à peine contrôlable. Comment sa mère avait-elle pu commettre une telle abomination ? Une mère – une vraie – n'est pas censée priver ses enfants de leur père ! Au fil des heures, la sidération laissait place à une rage qu'Alicia avait du mal à endiguer. Elle revoyait cette femme que la vie avait gâtée et qui s'était toujours comportée comme une enfant instable et capricieuse. Ses atermoiements existentiels, sa vulnérabilité, son alcoolisme, sa démission permanente face aux affres de la vie… Sa mère avait été la grande absente de la famille Le Guen. Mais à l'époque, peu importait. Parce que l'amour de Yohann était tellement fort, tellement plein, qu'il avait su combler tous les vides.

Alicia s'arracha au spectacle de deux mouettes qui fouillaient les langues de roches émergées et s'engagea sur un sillon sablonneux. Les poings serrés, les yeux braqués loin devant, elle accéléra encore. En elle, la même question, persistante et sans réponse, faisait une incessante ritournelle. Qu'est-ce qui avait bien pu inciter sa mère à commettre un tel acte ? La simple idée qu'Abby ait pu s'engager dans une voie aussi irréversible était inimaginable pour qui avait connu cette femme effacée, mal assurée, si peu déterminée. Non. La seule explication plausible consistait dans le déséquilibre psychique et émotionnel de sa mère. À l'image du message totalement incompréhensible que celle-ci lui avait laissé cinq jours plus tôt alors qu'Alicia profitait pleinement de ses vacances à Bali.

Pour la énième fois depuis qu'était survenu le drame, Alicia tenta de se remémorer les mots précis de sa mère

– ceux, tout au moins, qui étaient compréhensibles dans le flot brouillon et pâteux de son verbiage alcoolisé. Parce que – nul doute – sa mère était ivre ! C'est d'ailleurs cette image insupportable d'une mère vautrée dans son intempérance qui avait incité Alicia à effacer rageusement le message, immédiatement après l'avoir écouté. Entre reniflements, balbutiements et sanglots contenus, il y était question de vérité, de pardon et de honte... et si elle avait bien compris, d'une référence répétée et incompréhensible à un « œil ». Maintenant que l'irréparable avait eu lieu, Alicia regrettait amèrement sa réaction. Aurait-elle pu éviter le passage à l'acte de sa mère ? Aurait-elle pu sauver Yohann ? Le calcul était consternant : sa mère l'avait appelée la veille du meurtre ! Il était précisément 22 h 36 lorsqu'elle avait cherché à la joindre. Abby avait-elle conscience qu'avec le décalage horaire, il était 4 h 36 à Bali ? Probablement pas... En revanche, ce dont Alicia était certaine, c'est qu'il était 3 heures à Lannion lorsqu'elle avait écouté le message et que l'heure du meurtre était estimée à 9 heures du matin environ. Le laps de temps écoulé aurait été amplement suffisant pour agir... Amplement suffisant pour... alerter son père ? Elle avait écarté cette idée aussi vite qu'elle avait surgi. Après tout, Yohann n'avait-il pas assez de tracas et de responsabilités sans encore y ajouter les déboires d'une épouse qui ne se souviendrait probablement de rien, une fois la nuit passée ?... Rappeler sa mère ? La colère avait pris le pas sur l'empathie. Mon Dieu, fallait-il qu'Abby soit égoïste pour laisser ce genre de message à sa fille, justement quand celle-ci profitait enfin d'un voyage programmé de longue date ? Sans parler de ce déficit d'inhibition déplorable qui l'avait autorisée à s'épancher, à éparpiller son ivresse dans cette logorrhée absconse. La jeune femme avait sciemment ignoré cet énième dérapage qui lui renvoyait en plein visage les errances de sa mère... Mais, ce faisant, elle était à des années-lumière de se douter du drame qui se tramait.

Alicia sentit un point de côté poindre et tenta de réguler sa respiration. Les pensées qui la taraudaient l'empêchaient de profiter de sa course. Elle qui espérait faire un peu le vide ressassait encore les mêmes idées noires. Celles-là mêmes qui lui hurlaient que, d'une certaine manière, elle était responsable de la mort de Yohann. Elle aurait pu agir. Elle aurait dû agir... Elle fixa du regard la langue sablonneuse qui s'achevait une centaine de mètres devant elle sur une roche herbue. Elle mit un coup d'accélérateur et termina son footing sur un sprint qui lui arracha un cri de douleur à cause de son point de côté. Le souffle court, le tee-shirt trempé, elle posa ses deux mains sur la pierre en ahanant bruyamment. Quand elle retrouva un rythme cardiaque plus apaisé, elle retourna sur ses pas en marchant. Autour d'elle, la baie formait un paysage âpre de roches striées, cerclées d'amas d'algues noires et gluantes sous le soleil. Dévorée par la culpabilité, la jeune femme sentit qu'elle pourrait s'effondrer, là, d'un coup, et sangloter à gros bouillons. Mais le visage de son père s'imposa dans son esprit. L'homme n'avait jamais été du genre à s'appesantir sur son sort. Son courage, sa détermination, sa force dans l'adversité avaient toujours constitué les pierres angulaires de l'éducation qu'il lui avait donnée. Alicia lui adressa une sorte de prière silencieuse en refoulant ses larmes. Une prière qui disait peu ou prou : « Pardonne-moi, papa, je t'aimais et je t'aime toujours. »

*

De retour sur la promenade en front de mer, Alicia nota que les abords commençaient à se remplir. Vacanciers de septembre et autochtones profitaient du beau temps matinal pour se dégourdir les jambes ou jouir de la vue le long de la baie. Alicia serpentait d'un pas rapide entre les grappes de touristes et les flâneurs solitaires, l'esprit toujours en proie à mille tourments, quand son regard s'arrêta sur la une d'un journal qu'un homme, assis sur un banc, tenait grand ouvert devant lui. Le gros titre la percuta comme une gifle et son sang se glaça immédiatement. Le souffle court, la jeune femme demeura plusieurs secondes interdite. Par quel sinistre sort cela était-il possible ? D'un pas hésitant, elle finit par s'approcher de l'homme assis.

— Excusez-moi, monsieur, je… le journal, vous l'avez acheté où ?

L'homme baissa les bras, révélant un visage rubicond et un œil surpris. L'urgence qui perçait dans la voix de la jeune femme le désarçonna.

— Eh bien… chez un buraliste… pourquoi ?
— Euh oui… mais non, je veux dire…
— Vous vous sentez bien, mademoiselle ?

Alicia, le teint blême, semblait prête à vaciller. L'homme se leva et lui prit gentiment le bras.

— Venez, asseyez-vous… Vous allez l'air toute chose.

— Je vous remercie, mais si je pouvais juste...
— Oui ?
— Lire la première page, s'il vous plaît.
— Oui... oui. Bien sûr, allez-y.

Alicia attrapa le journal d'une main tremblante. Ses yeux écarquillés par l'incrédulité balayèrent une nouvelle fois le titre au-dessus de l'article : « Rebondissement incroyable dans l'affaire du nouveau-né des poubelles : la police arrête la mère seize ans après le drame ! » Puis elle se plongea dans la lecture de l'article. Après un rapide rappel du fait divers, le journaliste expliquait que les policiers de Lannion avaient la veille, en début d'après-midi, procédé à l'interpellation d'une dénommée Manon Ezzedine, après que la correspondance ADN de cette dernière et du nourrisson avait été formellement établie. L'article faisait également allusion à un dénonciateur anonyme qui avait orienté les enquêteurs vers la gardée à vue. Pour le reste, l'enquête suivait son cours et la suspecte était actuellement entendue par les policiers.

Alicia remercia vaguement l'homme à côté d'elle qui la couvait d'un œil inquiet et lui rendit son journal. Puis, sans attendre, elle reprit le chemin du manoir. Son cœur cognait douloureusement, sa vie était en train de tourner au cauchemar ! Pour le moment, les enquêteurs n'avaient pas fait le lien avec sa famille. Pour le moment seulement... Si jamais ils remontaient jusqu'à eux, le nom des Le Guen serait à jamais souillé et tout ce qu'avait construit son père serait ruiné. Alicia tenta d'accélérer le pas, mais l'angoisse qui l'avait saisie était si puissante que ses jambes refusaient de lui obéir. Jamais elle n'aurait imaginé que cet abominable épisode puisse un jour remonter à la surface... Les années avaient coulé, et si elle n'avait jamais oublié cette nuit de juin 1999 – comment aurait-elle pu ? –, elle était parvenue à dompter sa peur et à repousser au fond de sa conscience l'abjection qu'elle s'inspirait. Après tout, ce soir-là, elle n'avait fait que ce qu'elle devait ! Alicia était bien placée pour le savoir, l'amour chasse la honte, l'amour anéantit la peur, l'amour – aussi inacceptable soit-il – domine tout autre sentiment... Et, durant toutes ces années, son amour à elle était demeuré intact. Indestructible... Elle songea à ce qu'elle venait de lire... un dénonciateur anonyme ! Un corbeau !... Mais, bon sang, qui avait pu apprendre ce qui s'était passé ce soir-là ? Et comment ? Et par quelle incroyable malchance les événements éclataient-ils maintenant au grand jour, alors même que sa mère avait assassiné son père et qu'Ethan et elle se trouvaient bloqués à Lannion pour les obsèques et la succession ?

— Ça ne peut pas être une coïncidence ! marmonna-t-elle les dents serrées. Impossible...

Amanda, 2 jours avant
le meurtre de Thierry Brousse

La journaliste gara sa voiture sur le parking en contrebas de la clinique. Un chemin de marches conduisait au pied du grand bâtiment dont la blancheur miroitait sous les dards lumineux du soleil matinal. De là où elle se tenait, le complexe lui apparut dans toute son étendue. Un parc immense cerclait le corps principal de la clinique, et divers petits bâtiments étaient disséminés dans l'enclave de verdure, bordée sur un côté par les falaises dominant l'océan.

Amanda remonta le parking jusqu'à un étroit sentier pavé qui serpentait vers le parc, offrant une vue imprenable sur l'océan. Parvenue en haut, face à un Y, elle laissa passer une golfette électrique et bifurqua sur la droite, suivant le panneau « Biolab ». En suivant le chemin agréablement ombragé, la journaliste prit conscience de l'immensité du parc séparant la clinique du laboratoire. Après plusieurs minutes de marche, elle déboucha enfin au pied d'une bâtisse cubique de béton, d'acier et de verre sablé qui – bien qu'un peu datée – renvoyait encore l'image du modernisme scientifique.

Amanda franchit la porte automatique et traversa un hall blanc aseptisé au centre duquel bruissait une petite cascade d'inspiration zen. Derrière le long comptoir en demi-cercle, se tenait une jeune femme en blouse blanche sur laquelle était épinglé un badge indiquant son prénom.

— Bonjour, j'ai rendez-vous avec Arnaud Lombard.
— Vous êtes ? s'enquit l'hôtesse d'accueil sans se départir d'un sourire de façade.
— Amanda Kraft, journaliste.

La jeune femme décrocha son combiné et annonça l'arrivée de la visiteuse.

— M. Lombard va venir vous chercher dans quelques minutes. Si vous vous voulez bien vous asseoir, énonça l'hôtesse en désignant une banquette ronde près de la fontaine.

Amanda patienta une bonne vingtaine de minutes. Lombard la faisait mariner, rien d'étonnant ! Elle s'était bien gardée de le préciser à Éloïse, mais elle n'avait pas obtenu un rendez-vous avec le numéro deux de Biolab en passant un simple coup de fil... Non. Au téléphone, elle avait dû laisser entendre à Lombard qu'elle n'était pas certaine que sa femme fût au courant de la liaison qu'il entretenait depuis plusieurs mois avec une superbe Asiatique, élément qu'elle avait soutiré à un confrère en faisant le pied de grue devant le commissariat de Lannion après l'arrestation d'Abby Le Guen. Apparemment, tout comme Yohann Le Guen, Lombard avait une fâcheuse tendance à tromper sa femme... Lasse d'attendre, la journaliste se leva et entreprit un petit tour du hall, sous l'œil indifférent de l'hôtesse d'accueil. Elle se dirigea vers un des murs, près de l'entrée, où trônait une série de cadres avec des photos en noir et blanc. Et son intérêt fut rapidement piqué.

Sur la première image, une légende indiquait « Yohann Le Guen et Arnaud Lombard, membres fondateurs, 1980 ». Les deux trentenaires de l'époque posaient debout devant Biolab tout juste sorti de terre, en arborant un sourire fier face à l'objectif qui immortalisait le lancement de leur labo de recherches. Amanda se remémora immédiatement le cliché qu'elle avait compulsé lors de ses recherches sur la Toile et sentit un léger frémissement la parcourir : de mémoire, la photo initiale qu'elle avait téléchargée faisait apparaître trois hommes et non deux, elle en était quasiment certaine. D'une main nerveuse, elle extirpa son portable de son sac et parcourut les documents qu'elle avait enregistrés dans le dossier « Le Guen, Biolab ». Quelques secondes plus tard, elle découvrit le fameux cliché. Bingo ! Un dénommé Étienne Duprez aurait dû en toute logique compléter le tableau. Alors, pourquoi diable avait-on pris soin de recadrer la photo en évinçant ce troisième homme ? La journaliste jeta un œil avide aux cadres suivants sur le mur. D'autres clichés de 1980 immortalisaient certaines séquences d'aménagement du laboratoire, puis, au fil des ans, des soirées de gala pour l'obtention de fonds, ou encore une volée d'articles de presse consacrés aux travaux de recherche entrepris jusqu'à aujourd'hui. Au final, aucune mention ni image de ce troisième membre fondateur... Elle s'interrogeait encore quand une voix derrière elle la fit sursauter :

— Madame Kraft, je suppose ?

La journaliste fit volte-face et se retrouva face à un homme d'environ soixante-cinq ans, bien mis de sa personne. *Un vieux beau*, songea immédiatement Amanda. *Un vieux beau à la limite de la caricature !* Pantalon et chemisette en lin, tous deux d'un blanc immaculé, petit pull en jersey bleu roi jeté sur les épaules et chaussures bateau d'un bleu rappelant le pull. Lombard – teint hâlé, allure sportive, cheveux poivre et sel bouclés – la toisait de ses yeux vert-de-gris avec ce mélange de suffisance et d'agacement propre aux hommes importants et toujours pressés. Amanda le trouva immédiatement horripilant mais lui décocha hypocritement un sourire charmeur et faussement séduit. Si elle voulait lui extirper quelques informations sur le défunt Le Guen, elle devait mettre toutes les chances de son côté ! Devant ce sourire conquis, l'expression de Lombard se radoucit sensiblement : le type aimait plaire.

Arnaud Lombard la guida dans un couloir baigné de lumière qui distribuait les bureaux du rez-de-chaussée. Les pièces du laboratoire devaient être installées dans une autre partie du bâtiment. Amanda fut conduite jusque dans une vaste pièce cossue dont un pan entier de mur consistait en une baie vitrée surplombant l'océan. La vue, depuis le bureau de Lombard, était à couper le souffle ! L'homme l'installa dans l'espace salon meublé d'un grand canapé design en cuir noir, de deux fauteuils assortis et d'une table basse blanc laqué. Il ne lui proposa aucun rafraîchissement, préférant entrer dans le vif du sujet plutôt que de souscrire au protocole d'usage.

— Bien... Madame Kraft, qu'est-ce que je peux faire pour vous ?

Amanda nota qu'il avait déjà regardé sa montre.

— Comme je vous l'ai dit au téléphone, je suis journaliste *free-lance* et je m'intéresse de près au meurtre de votre associé...

Amanda attendit quelques instants, mais l'homme qui était en face d'elle se contenta de se rencogner sur le divan en croisant ses jambes.

— Je souhaiterais me faire une idée plus précise de la personnalité de feu Le Guen... et comme vous avez travaillé à ses côtés pendant plus de trente ans, j'ai pensé que vous pouviez certainement m'éclairer.

Lombard lui jeta un regard excédé.

— Yohann fait la une des journaux depuis ce... fait divers inqualifiable. Son parcours a déjà été décrit en long, en large et en travers. Très honnêtement, je ne vois vraiment pas ce que je pourrais ajouter.

— Certes... les journaux brossent le portrait d'un neuropsychiatre et neurologue admiré. Tout le monde le décrit comme un bâtisseur visionnaire et extrêmement déterminé qui a révolutionné le secteur de la recherche, notamment sur le plan du traitement des chocs post-traumatiques...

— Ce qu'il était, en effet.

— Certes... Mais vous admettrez, monsieur Lombard, que cette description manque cruellement de nuances.

— Que sous-entendez-vous, madame ? réagit immédiatement le sexagénaire d'un ton cassant.

— Je ne sous-entends rien. Je constate : Yohann Le Guen a pris une balle en pleine tête.

— Et ?

— Ça n'arrive pas à monsieur Tout-le-Monde... Aussi admirable qu'ait pu être votre confrère, il y a nécessairement des zones d'ombre dans sa vie... comme il y en a dans la vie de tout un chacun, ajouta la journaliste pour dissiper la tension qui ne cessait de croître.

— Si c'est à la sphère *privée* que vous faites référence, je crains de n'être pas le mieux placé pour vous fournir un éclairage. Yohann était directeur de recherches et, à ce titre, mon supérieur hiérarchique. Il menait le laboratoire de main de maître et j'avais beaucoup de respect pour son travail et son sens aigu des affaires. En dehors de cette dimension professionnelle, Yohann et moi avions peu de contacts... C'était un choix raisonné, entendons-nous bien ! Il est souvent difficile de concilier affects et travail. Aussi, Yohann et moi avions-nous dès le début pris le parti de ne pas tout mélanger.

Discours rodé et maîtrisé. Lombard n'était pas né de la dernière pluie, il ne comptait pas venir sur le terrain scabreux de l'intimité de Le Guen. Amanda décida de changer son fusil d'épaule.

— Je vois... Eh bien, dans ce cas, peut-être consentiriez-vous à me parler de Yohann Le Guen sous un angle plus professionnel ? Quels étaient ses centres d'intérêt ? En quoi consistaient exactement les recherches qu'il dirigeait ?

Lombard se détendit immédiatement. Il retrouvait sa zone de confort.

— Bien... partons du tout début, alors... En fait, Yohann a développé son intérêt pour les SPT en faisant son service militaire.

Amanda haussa les sourcils pour marquer tout à la fois surprise et intérêt.

— Compte tenu de ses études, le service de santé des Armées s'est montré intéressé et Yohann a été affecté à Brest, à l'hôpital d'instruction des Armées Clermont-Tonnerre, établissement spécialisé dans la psychiatrie de l'adulte. Alcoologie, naupathies, traumatismes psychiques... C'est là qu'il a fait une rencontre qui l'a profondément ébranlé. De ce qu'il m'a raconté, un ancien vétéran d'Algérie, particulièrement connu des médecins militaires sur place, multipliait les consultations et les séjours en psychiatrie depuis presque vingt ans. Le type présentait un SPT massif qui s'était peu à peu aggravé avec des conduites d'addiction : médicaments et alcool. Au fil des années, l'état psychique du patient s'était sévèrement dégradé, il présentait des épisodes délirants liés à une schizophrénie galopante. Yohann a reçu ce patient en consultation et pris le relais sur son suivi. Et puis...

Lombard marqua une pause avant de reprendre d'une voix grave :

— Un matin, Yohann a appris que l'homme s'était jeté sous un train.

Amanda grimaça sous l'effet de l'annonce.

— C'est à partir de ce moment-là qu'il s'est mis en tête de travailler sur les SPT. Après son service, il est parti en Angleterre pour faire son doctorat... Il était persuadé qu'une approche neuroscientifique de cette question pouvait être un vecteur de traitement... Et il avait raison !

— C'est-à-dire ?

— Eh bien... commençons par définir les SPT... Les personnes concernées ont été exposées à un choc émotionnel intense et les souvenirs de ce choc s'invitent dans leur conscience de manière obsessionnelle, au point qu'elles ne peuvent plus mener une existence normale. Elles revivent de manière permanente les événements traumatiques. Yohann avait l'habitude de dire : « C'est le film *Un jour sans fin*, version trauma », expliqua Lombard avec une certaine faconde.

— Je crois que je me le représente assez bien.

— Cela établit le lien incontournable entre mémoire et trauma. Pour faire un raccourci grossier, s'il n'y avait pas souvenir du choc, il ne pourrait y avoir de trauma. Et c'est précisément ce lien de causalité qui interpellait Yohann. Sa grande préoccupation était celle-ci : comment faire disparaître la charge émotionnelle liée au souvenir ?

— Durant un instant, j'ai cru que vous alliez me parler de faire disparaître le souvenir lui-même ! le provoqua la journaliste.

Lombard partit immédiatement d'un petit rire sarcastique qui révéla une dentition parfaite.

— Non, comme je vous l'ai dit, l'enjeu est beaucoup plus subtil puisqu'il concerne le lien entre émotions et SPT. Ainsi, dès 1981, Biolab a commencé à tester une formule chimique qui altère progressivement la charge émotionnelle liée au souvenir traumatique. Le patient se souvient, mais les émotions liées au choc sont inhibées, si bien que le récit du souvenir, dans le cadre d'une thérapie comportementale courte, finit par être dissocié de l'émotion qui l'accompagnait initialement.

Or, sans cette charge émotionnelle, le patient n'est plus assailli par le souvenir...

— Je vois, approuva Amanda, impressionnée par les progrès de la science. D'où le contrat passé avec l'armée ?

— Effectivement... Les recherches de Biolab ont très rapidement suscité un vif intérêt de la part de l'armée. Il n'y a qu'à voir : prenez des guerres comme celle du Viêtnam pour les États-Unis ou de l'Algérie pour la France. Il y a eu une explosion du nombre de supports fictionnels, films, livres... qui ont mis en lumière cette question des traumas des vétérans de guerre. Outre les réactions de l'opinion publique, se posaient les questions du suivi thérapeutique des soldats ainsi que celle de leur indemnisation. Des questions qui se chiffrent en millions de dollars...

— J'imagine. Et la guerre en Irak n'a fait que renforcer la pertinence de vos recherches, je suppose ?

— Exactement... Les gouvernements avaient tout à gagner à investir dans les recherches de Biolab.

— Et vous-même, monsieur Lombard, comment avez-vous rencontré Yohann Le Guen ?

Lombard jeta un nouveau regard à sa montre. Il le fit ostensiblement pour signifier que l'entretien – accordé de mauvaise grâce – allait bientôt toucher à sa fin.

— Au service psychiatrique de l'hôpital général de Brest où j'ai travaillé avec Yohann pendant un an avant l'ouverture de la clinique. Son beau-père a débloqué une bonne partie des fonds nécessaires à ce projet... J'ai moi-même investi, mais c'est Yohann qui détenait la majorité des parts.

La journaliste nota que Lombard omettait soigneusement de mentionner Duprez. Elle décida de lancer une perche.

— Et Duprez, dans cette association ?

Le visage de Lombard fut immédiatement traversé par une expression d'embarras qu'il tenta de masquer en toussant.

— Excusez-moi… J'ai un chat dans la gorge…

L'homme se leva et revint une minute plus tard avec un verre d'eau.

— … Duprez est un biochimiste de talent. Il a retiré ses billes au bout d'un an et demi de fonctionnement. Il… Il a rencontré son épouse. Une femme d'origine suédoise. Elle ne voulait pas vivre en France. Duprez l'a suivie… C'est Yohann qui a racheté ses parts… Voilà, vous savez tout ! conclut Lombard en se levant. Je vais devoir vous laisser, il se trouve que je suis attendu.

Amanda se leva également. Elle se fendit d'un remerciement appuyé tout en serrant la main de Lombard qui la raccompagna jusqu'au hall. Quand elle retrouva l'air du parc, la journaliste dégaina son portable et appela Éloïse.

— C'est moi. Je sors de mon rendez-vous avec Lombard, je serai au chalet dans une petite heure. D'ici là, est-ce que vous pourriez faire quelques recherches sur un dénommé Étienne Duprez ? Il faisait partie des associés de la clinique en 1980 et il est parti au bout d'un an et demi. Mon petit doigt me dit que Lombard m'a empapaoutée avec l'explication qu'il m'a donnée !

Alicia Le Guen, 2 jours avant le meurtre de Thierry Brousse

Alicia laissa les vapeurs brûlantes la délasser. Puis, après de longues minutes sous le feu du jet, elle referma d'un coup le robinet d'eau chaude. Le froid mordant lui fouetta immédiatement la peau et la sortit de sa douce léthargie. Elle s'ébroua nerveusement sous le flux glacé qui faisait pulser son sang, jusqu'à sentir un engourdissement douloureux dans ses extrémités. Elle coupa alors l'eau et se frictionna vigoureusement. La peau hérissée et rougie, elle se planta face au miroir, essuya la buée d'un revers de main et entreprit de démêler ses cheveux. Le reflet vaporeux qui lui faisait face – dans ce miroir qui l'avait vue se transformer d'enfant à jeune fille – lui renvoya l'image des années lointaines où elle commençait à se débattre avec ses sentiments ambigus, où l'attrait commençait à se transformer en désir et le désir en amour irrépressible. Elle avait eu beau lutter, tenter de s'éloigner en investissant le cottage, connaître des dizaines de garçons fous de désir pour elle... rien n'y avait fait ! Ses yeux s'arrêtèrent sur la petite tache de naissance rose pâle qui ornait son ventre, entre son nombril et son pubis, et qui avait commencé à la complexer quand elle était entrée dans l'adolescence. Les paroles de son père – elle devait avoir onze ans – lui revinrent alors en mémoire et ses yeux s'embuèrent.

« Mais elle est très jolie, cette petite tache, lui avait-il murmuré en passant un doigt dessus. Laisse-moi te raconter comment cela s'est produit ! Figure-toi que quand les fées se penchèrent sur ton berceau, elles trouvèrent le résultat de leur travail tellement réussi qu'elles ne purent réprimer l'envie de porter un toast ! La plus âgée des fées, qui devait avoir plus d'un million d'années, choisit pour l'occasion un champagne rosé d'un grand cru millésimé. Et lorsqu'elle trinqua joyeusement avec ses acolytes, une larme de champagne éclaboussa ton ventre... La plus jeune des fées en fut fort contrariée. "Voilà donc notre ouvrage rendu imparfait !" s'exclama-t-elle rageusement. "Point du tout, rétorqua la doyenne, je vois ici la marque de notre félicité ! Cette enfant est ainsi à nulle autre comparable : quiconque goûtera cette tache sera à jamais ivre d'amour !" »

Alicia essuya ses larmes en souriant. Elle se rappelait parfaitement la réponse offusquée qu'elle avait retournée à Yohann : « Mais papa ! Je ne suis plus une gamine ! » Et, vexée que son père l'infantilise ainsi, elle avait cru bon de quitter la pièce en claquant la porte. Aujourd'hui, elle repensait à cet épisode avec nostalgie : son père ne pourrait jamais plus lui murmurer quoi que ce soit à l'oreille. La cruauté de la réalité lui cisailla le cœur.

Alicia tamponna ses yeux et quitta la salle d'eau pour regagner sa chambre d'enfant. À peine eut-elle poussé la porte qu'une odeur la fit grimacer. Il y avait dans l'air une puissante fragrance musquée et chimique qui lui fit immédiatement penser à un after-shave ou à un déodorant masculin bon marché. Ethan était-il entré dans sa chambre ? Elle chassa l'idée aussi vite qu'elle était apparue : jamais son frère ne se parfumerait de la sorte !

Une vague inquiétude la gagna. Elle avait laissé sa fenêtre grande ouverte pour aérer la pièce... Un journaliste avait-il pu se faufiler à l'intérieur du domaine et pénétrer dans sa chambre ? Alicia rejoignit la fenêtre en quelques pas et balaya les alentours des yeux. Elle ne repéra aucun mouvement. Rien non plus qui révélât le passage de quelqu'un. Elle ferma néanmoins les ventaux et rabattit les rideaux, avec l'impression dérangeante d'être exposée... observée. Elle fila vers la commode pour attraper ses sous-vêtements, ouvrit le tiroir du haut et c'est là qu'elle la vit. Une enveloppe blanche partiellement recouverte d'une bretelle de soutien-gorge. Avec son prénom marqué en lettres calibrées dessus. Alicia eut l'impression de recevoir une gifle. D'abord parce que son pressentiment était juste : quelqu'un était bien entré pendant qu'elle se douchait. Cette simple idée lui hérissa la peau... Ensuite parce que la vision de cette enveloppe soigneusement glissée entre ses sous-vêtements avait un caractère particulièrement indécent.

D'une main tremblante, elle décacheta l'enveloppe et déplia une page A4 sur laquelle quelqu'un avait écrit avec le même procédé que sur l'enveloppe. Impossible de se faire une idée de l'auteur à partir de l'écriture. Alicia se rendit compte que c'en était d'autant plus inquiétant, un peu comme si cette désincarnation ajoutait au sentiment de menace. Sidérée, elle s'assit sur son lit et parcourut la feuille d'une traite.

TRÈS CHÈRE ALICIA

JE SUIS RAVI DE TE REVOIR DANS LES PARAGES. APRÈS TANT D'ANNÉES... C'EST FOU COMME LE TEMPS FILE ! ON EN OMETTRAIT PRESQUE LES FANTÔMES DU PASSÉ... PRESQUE...

LES LIGNES VERSÉES, LES GRANDS SOIRS DE SOLITUDE... LES CONFESSIONS HONTEUSES QUE L'ON PENSAIT À JAMAIS SECRÈTES... EMMURÉES DANS L'OUBLI...

MAIS LE TEMPS EST FACÉTIEUX ! IL SE RAPPELLE À NOUS OU NOUS RAPPELLE À LUI...

CHÈRE ALICIA, SACHE QUE LA MÉCANIQUE EST LANCÉE. LE GLAIVE DE LA JUSTICE S'EST ABATTU ET S'ABATTRA ENCORE, JUSQU'À CE QUE CHACUN AIT PAYÉ LE LOURD TRIBUT DE SES FAUTES...

À TRÈS BIENTÔT SUR LE CHEMIN DE MA VENGEANCE.

L'ŒIL

Alicia sentit son sang se glacer. Elle relut le message, les oreilles bourdonnantes. Le texte était truffé de sous-entendus ! L'un d'eux la terrifia. Elle devait en avoir le cœur net. Immédiatement. Elle enfila un jean, un tee-shirt et ses sandalettes, glissa l'enveloppe dans la poche de son pantalon et se précipita dans l'escalier. Lorsqu'elle déboula dans le grand salon, elle entrevit May et Ethan prenant leur petit déjeuner sur la terrasse nord qu'Abby affectionnait tant. Alicia prit la direction opposée, ignorant son frère qui l'appelait, et attrapa un trousseau de clefs suspendu au tableau de la cuisine. Puis elle dévala l'escalier qui conduisait dans la cour, contourna l'aile sud du manoir et rejoignit le bois en courant. Dans sa tête, les questions fusaient anarchiquement. Durant son appel décousu, sa mère avait plusieurs fois mentionné un *œil*. Pouvait-il s'agir d'une coïncidence ou Abby avait-elle eu affaire au même corbeau qu'elle ? « Le glaive de la justice *s'est abattu* et s'abattra... », était-il écrit. Celui qui se faisait appeler « L'Œil » avait donc déjà sévi ! Mais, comment ? Et pourquoi ?... Se pouvait-il que la mort de son père fût liée à ce corbeau ?... Et d'abord, qui était ce sale type ? Que lui voulait-il ? Le connaissait-elle ? Il évoquait le passé, les souvenirs et les secrets enfouis... *Pas enfouis, emmurés !* se corrigea-t-elle en augmentant sa cadence. *Emmurés*, c'était le mot que le corbeau avait choisi !

Le souffle court, Alicia parvint enfin devant la porte du cottage. Sa main tremblait et elle perdit quelques secondes avant de parvenir à insérer la clef dans la serrure. Elle poussa enfin la porte et se précipita directement dans la chambre. Confusément, son cerveau détecta l'odeur de l'encens qui imprégnait les lieux de son adolescence, en même temps qu'il analysait la situation et ses probabilités : *Calme-toi, c'est impossible ! Impossible !* ne cessait-il de se défendre. Alicia tira nerveusement le lit et s'empressa de compter les pierres du mur. Sa main se remit à trembler lorsqu'elle fit jouer celle qui dissimulait un renfoncement. Enfin, le leurre céda et elle plongea nerveusement les doigts dans la cavité. Son cœur cogna alors avec violence, il n'y avait que du vide. Elle palpa encore et encore, incrédule, stupéfiée. Puis elle se rendit à l'évidence : son cahier rouge avait disparu !

Ça défiait l'entendement.

C'était incompréhensible.

Pourtant…

L'Œil possédait son journal intime. Et tous les secrets qu'il contenait…

Une onde de terreur l'ébranla. Son carnet d'adolescente était truffé de confidences très personnelles, qu'elle avait pris grand soin de verser à l'abri de tout regard. Ses mots étaient censés lui appartenir, ils ne regardaient personne d'autre qu'elle ! Et voilà que quelqu'un se les était appropriés, lui volant par là même un pan entier de son intimité ! Quelqu'un de malveillant…

Subitement, une terrible hypothèse se fit jour dans l'esprit d'Alicia : l'Œil – que sa mère avait mentionné dans son message téléphonique – avait-il pu se servir des révélations de son cahier pour amener Abby à commettre l'irréparable ? La jeune femme eut le sentiment qu'un nouveau gouffre s'ouvrait sous ses pieds.

Éloïse et Amanda, 2 jours avant le meurtre de Thierry Brousse

Il était midi passé lorsque Amanda revint au chalet. Dans la pièce à vivre vide, l'ordinateur trônait sur la table, ouvert sur les gros titres du jour. Amanda jeta un œil vers la baie vitrée et aperçut Éloïse qui fumait une cigarette sur la terrasse. La mine accablée, elle semblait totalement perdue dans ses pensées.

— Éloïse ?

La gendarme sursauta mais leva à peine les yeux.

— Ça va ?

— Manon fait la une de toutes les feuilles de chou du coin !

— Je vous avais prévenue.

— Bon sang, vous croyez que... vous croyez que ma sœur est coupable ?

— Eh bien... je ne sais pas trop quoi vous dire, répondit la journaliste, mal à l'aise... Les éléments de l'enquête ne plaident pas en sa faveur, en tout cas.

Éloïse secoua la tête. Abasourdie.

— Heureusement que papa et maman ne sont plus là pour voir ça... Je ne sais pas comment ils auraient surmonté une telle épreuve... Moi-même, je ne sais plus du tout ce que je dois croire. Cette histoire est tellement sordide !... Je n'arrive pas à imaginer que Manon ait pu commettre une horreur pareille... Et elle serait venue me demander de l'aide tout en sachant pertinemment de quoi il retournait ? C'est... c'est impensable !... D'un autre côté, il y a cette preuve irréfutable d'ADN, conclut la gendarme d'une voix d'outre-tombe.

— Écoutez, Éloïse, je ne sais pas exactement ce qu'a fait ou non Manon ce soir-là... Mais ce qui est certain, c'est que cette affaire comporte de grosses zones d'ombre... Les faits, tels qu'ils sont livrés aujourd'hui dans les différents médias, sont incomplets.

Voyant que la gendarme ne l'écoutait pas vraiment, Amanda s'installa face à elle.

— Regardez-moi, Éloïse... S'il vous plaît.

Éloïse releva la tête.

— Ce n'est pas le moment de vous effondrer. Vous devez regarder cette affaire avec votre œil d'enquêtrice et non avec celui de sœur !

— Mais comment voulez-vous que j'y parvienne ?! Ça ne se décrète pas !

Amanda laissa échapper un soupir. Une idée s'était formée dans son esprit durant son entretien avec Lombard. Une idée un peu folle, certes... mais depuis l'affaire de la fille de Kali, elle était bien placée pour savoir que la réalité recelait son lot de dingueries ! Pour l'heure, elle ne pouvait partager son hypothèse avec la gendarme. C'était bien trop tôt. Elle ne souhaitait pas orienter Éloïse vers une piste scabreuse et prendre le risque que leur enquête ne soit montée à décharge. Elle opta donc pour une attitude prudente.

— Éloïse, écoutez-moi... S'il existe une explication, si Manon n'est pas coupable, vous êtes la seule personne en mesure de l'aider. Parce que, comme vous le dites si bien, la preuve ADN sonne comme une condamnation, et les flics n'ont aucune raison d'aller chercher plus loin.

— Vous pensez que c'est possible ?! questionna la gendarme.

— Quoi donc ?

— Qu'il existe une explication ?

La journaliste se frotta les yeux en expirant bruyamment.

— Soyez franche, Amanda !

— OK... Puisque vous voulez vraiment le savoir... Je n'exclus pas qu'il y ait une explication. Ça vous va ?

— À quoi pensez-vous ?!

— Négatif. C'est hors de question !

— Mais enfin, Aman...

— Non, Éloïse ! la coupa la journaliste. Faites-moi un peu confiance, voulez-vous. Le seul moyen de démêler le faux du vrai est de rester le plus objectif possible. Et vous le savez parfaitement, se radoucit-elle.

Éloïse hocha la tête. Ça lui coûtait, mais elle devait admettre qu'Amanda avait raison.

— S'il advenait que mes soupçons se confirment, je vous promets que je vous ferai part de mon hypothèse. Mais là, c'est beaucoup trop tôt, croyez-moi.

— Bien.

— OK. Maintenant, nous devons procéder avec méthode et rigueur. Avez-vous joint Balengier pour qu'il nous transmette les dépositions concernant la fugue de votre sœur ?

— Oui. J'ai dû batailler, mais il a accepté de me les faire parvenir. Selon lui, il n'y a pas grand-chose d'intéressant à en sortir. Tenez, conclut-elle en tendant une petite liasse de documents.

— Merci, je regarderai ça plus tard. Bon, et pour ce qui est de Duprez ? relança Amanda.

— J'ai pu le pister sur Google. Ça a été assez facile. Le type est enseignant-chercheur en biochimie à l'université de sciences de Stockholm.

— Parfait. Je vais essayer de le joindre.

— Vous dites qu'il faisait partie des membres fondateurs de Biolab, c'est ça ?

— Exactement. Il est parti un an et demi après la création du laboratoire. Et j'aimerais bien savoir pourquoi... J'ai eu la nette impression que Lombard était mal à l'aise à l'évocation de Duprez.

— Je vois... Et si vous commenciez par me raconter votre entrevue avec Lombard ?

La journaliste acquiesça et se fendit du récit de sa visite. Quand elle eut terminé, la gendarme secoua la tête :

— J'ai le sentiment qu'on fait feu de tout bois... D'un côté, on a Manon avec cette sordide histoire d'enfant abandonné à la naissance... De l'autre, Abby Le Guen qui tue son mari sans motif apparent... Pour couronner le tout, un lien supposé entre ces deux affaires à cause de ce type à capuche que vous avez repéré... Et comme si ça ne suffisait pas, maintenant vous me sortez cette histoire de biochimiste qui a mis les bouts en Suède il y a trente-quatre ans !

Franchement, Amanda, pensez-vous sérieusement que tous ces éléments sont liés ?

La journaliste se fendit d'un sourire narquois.

— Vous avez déjà joué au Meccano, le jeu de construction ?

— Oui, évidemment. Et ?

— Donc vous avez déjà ouvert une boîte de ce jeu. Vis, pattes en fer percées, roues... tous ces éléments sont en vrac au fond du carton et ça ne ressemble qu'à un vague amas de ferraille. Pourtant, en assemblant les éléments de la bonne manière et dans le bon ordre, on construit la tour Eiffel, un camion, une voiture... En fait, c'est exactement ce qu'on est en train de faire avec nos deux affaires.

— À la nuance près que, dans le jeu, on a une notice, première chose, riposta Éloïse avec amertume. Deuxième chose, dois-je vous rappeler que dans la vraie vie, les pattes de fer percées – comme vous dites – sont des gens en chair et en os ?

Amanda leva les mains en signe d'apaisement.

— Ne croyez pas que je prenne les choses à la légère, Éloïse ! Ce que j'essaie de vous dire, c'est que, malgré leur disparité apparente, tous ces éléments finiront par s'assembler pour ne former qu'un tout... Pour le moment, on fait un 360 sur Le Guen et vous savez tout comme moi que c'est indispensable. Plus on en apprendra sur ce monsieur, plus on aura de grain à moudre.

— Oui, je sais, soupira la gendarme... Il n'en demeure pas moins que j'ai le sentiment de patauger dans la semoule...

— Armez-vous de patience, d'accord ?... Moi, je vais explorer les dépositions de la fugue de votre sœur, contacter ce fameux Duprez et poursuivre mes recherches autour de Le Guen et sa famille. De votre côté, essayez d'en apprendre davantage sur votre sœur. Vous l'appelez quand, votre beau-frère ?

— À l'heure qu'il est, il a dû atterrir à Paris. Disons que je pourrai le contacter d'ici deux petites heures.

— Parfait, je nous cuisine quelque chose et on redémarre après manger.

*

Éloïse s'installa en tailleur sur son lit. Elle n'avait jamais eu aucun contact avec son beau-frère, et entamer une relation dans un contexte aussi dramatique n'avait vraiment rien d'aisé. Elle avait donc préféré s'isoler et laisser Amanda poursuivre ses recherches au rez-de-chaussée.

La gendarme regarda la liste de questions qu'elle avait préparées, prit une grande respiration et se jeta à l'eau. Elle n'avait aucune idée de la manière dont Charles la recevrait. Après tout, l'homme avait toutes les raisons du monde de se sentir trahi... Qui plus est, son nom était désormais éclaboussé de la pire manière possible. L'écho de la sonnerie retentit trois fois à son oreille avant que la voix de Charles ne se fasse entendre. Une voix grave et fébrile.

— Bonjour, Éloïse. J'attendais votre appel.

— Bonjour... Je... Comment allez-vous ?

— ... Mal... Mais il serait difficile qu'il en soit autrement, n'est-ce pas ?

— Évidemment. Et les enfants ?

— Pour le moment, ça va. Ils ne savent pas... Pilou n'a allumé la télé que pour leur passer quelques DVD.

— Je vois... Et vous comptez leur expliquer la situation ou... ?

— Ça me paraît prématuré pour le moment... je veux dire, tant qu'on n'en sait pas plus... J'ai eu Me Balengier au téléphone il y a une dizaine de minutes et...

— Et ?

— Selon lui, l'affaire est très mal engagée. Il a demandé un examen gynécologique vous concernant, mais il ne croit pas réellement que vous puissiez être la mère de Mathis, vu les éléments contextuels de juin 1999 associés au *black-out* de Manon sur cette période. À la lumière des dernières révélations, cette amnésie s'apparente pour lui à une issue de secours.

— C'est ce que j'ai cru comprendre quand je l'ai eu hier soir au téléphone.

— De mon côté, je ne sais plus quoi penser, reprit Charles. Manon nie tout en bloc. Elle dit qu'elle n'a jamais eu d'enfant... que cette histoire est insensée, qu'il y a forcément une erreur...

— Et vous n'y croyez pas ?

— Je... je ne sais pas... Cela correspond à une époque très perturbée de la vie de Manon et... comment la croire, quand elle-même énonce qu'elle a oublié certains passages de cette période précise !

Le timbre de son interlocuteur se fissura sur la dernière phrase. L'image d'un homme brisé, pris dans la tourmente avec ses deux enfants et qui ne savait plus à quel saint se vouer, s'imposa à Éloïse et, en cet instant, elle eut une bouffée de pensée haineuse à l'égard de Manon.

— Je comprends, Charles... Je... je suis aussi paumée que vous.

Quelques secondes filèrent durant lesquelles Éloïse entendit son beau-frère déglutir douloureusement entre deux longues expirations. Charles ne s'autorisait pas à pleurer et la gendarme lui en était secrètement reconnaissante. Elle n'avait jamais été très douée pour les paroles de réconfort... Alors qu'elle s'apprêtait à relancer la discussion, la voix mal assurée de Charles résonna à l'autre bout :

— Comment... comment vous êtes-vous retrouvées Manon et vous ? Je veux dire... c'est en lien avec ce qui se passe ?

La gendarme ferma les yeux un instant. Ils allaient entrer dans le vif du sujet... Elle prit une inspiration et essaya d'aller à l'essentiel. Lorsqu'elle eut terminé, il y eut un grand silence.

— Charles ?

— ... Oui... excusez-moi, je... Je suis juste en train de me dire que je n'étais pas là quand Manon était menacée, que... je n'ai pas su être présent pour ma famille quand elle avait besoin de moi, acheva-t-il d'une voix douloureuse.

Éloïse se mordilla les lèvres. La discussion la mettait en difficulté. Elle tenta néanmoins d'apaiser son beau-frère.

— Votre mère aussi, c'est votre famille, Charles.

— Oui... J'ai fait au mieux, mais ce n'était peut-être pas le mieux... J'aurais dû rentrer en France quand elle m'a dit qu'elle allait quitter Paris, ajouta-t-il, rageur. Rien de tout cela ne serait arrivé !

— Ne soyez pas dur avec vous comme ça.

— Les mois à Saïda ont filé... Maman m'apparaissait plus malade et plus faible chaque jour. Et je n'arrêtais pas de me dire que la fin était imminente... que je ne pouvais pas partir et la laisser mourir sans être à ses côtés... À part que cette fin a commencé il y a un an et demi...

Éloïse songea à la colère de Manon. À sa détresse quand elle lui avait parlé de son sentiment d'abandon. Elle s'abstint d'en faire part à Charles, le pauvre n'avait pas besoin d'une louche supplémentaire. La gendarme baissa les yeux et croisa la liste de ses questions. Elle devait désormais se lancer.

— Charles... je... j'essaie de mon côté de mener une contre-enquête. Avec le lien ADN entre Manon et cet enfant abandonné, je crains que la police n'explore pas toutes les pistes envisageables. Du coup... j'ai un certain nombre de questions à vous poser... Est-ce que vous seriez prêt à y répondre ?

— Oui, bien sûr ! Vous avez donc une autre piste que celle de la police ?

— Non, pas pour le moment, admit-elle en grimaçant. Mais je n'exclus pas qu'il y en ait une autre.

Charles, à l'autre bout du fil, sembla accuser le coup. Puis il reprit :

— Je vous écoute, Éloïse.

— Bien... J'ai besoin d'en apprendre un maximum sur Manon... Comme vous le savez, nous nous sommes éloignées après le bac.

— Oui, je suis au courant… Par où voulez-vous que je commence ?

— Eh bien… pourquoi pas par votre rencontre ? La vie de Manon est pour moi une page blanche depuis la mort de nos parents…

— D'accord… En fait, j'ai fait la connaissance de Manon aux urgences pédiatriques de Lannion où je faisais ma spécialisation.

— Aux urgences ?

— Oui… Je faisais partie de l'équipe chargée de son évaluation après sa tentative de suicide.

— Sa tentative de suicide ! s'exclama Éloïse, ahurie.

— Oh… Je… Vous n'étiez pas au courant ? balbutia Charles… Je suis désolé… En fait, je n'ai jamais imaginé que vous puissiez l'ignorer…

La gendarme manqua laisser échapper son portable. Elle avait le sentiment de chuter dans le vide…

Alicia Le Guen, 2 jours avant le meurtre de Thierry Brousse

Alicia frissonna, la climatisation était poussée à fond et elle avait terriblement froid. Elle regardait la dépouille de son père déposée quelques heures plus tôt dans sa chambre. Les thanatopracteurs avaient fait tout leur possible pour rendre ses contours à la figure du défunt, mais Alicia observait cette reconstruction imparfaite qui lui renvoyait l'abjection de la mort de son père. Tout l'arrière du crâne et une bonne partie de la tempe droite avaient été emportés par le tir de fusil de sa mère…

Elle cligna des yeux et une larme roula le long de sa joue. En réalité, malgré tous les artifices et maquillages, le visage de son père semblait remodelé par une mort qui le dévorait déjà. Il n'y avait sur ces traits lisses et immobiles que l'inexpressivité caractéristique des défunts, si bien que la dépouille de son père n'avait déjà plus rien de lui. Elle demeurait assise, depuis une bonne heure, au pied du lit, à fixer le cadavre avec une fascination à la mesure de sa frustration, guettant à chaque instant un infime mouvement de paupière ou de main qui viendrait lui restituer une part de cet homme qu'elle avait aimé. Parce que cette absence absolue de mouvement, de frémissement, de souffle ne constituait que l'intolérable déshumanisation de l'être dont elle se souvenait vivant. Elle devait se rendre à l'évidence : l'enveloppe charnelle vidée du substrat de l'âme n'évoquait en rien cet autre, familier, aimé et aimant...

Elle se leva, le cœur lourd, prit les escaliers vers le second et regagna sa chambre. Pendant tout le temps passé avec son père, L'Œil ne l'avait pas quittée un seul instant. Il hantait ses pensées, s'insinuait dans son esprit, sans relâche ! Et plus elle tentait de faire le point sur la situation, plus la panique menaçait de la terrasser. Comment L'Œil avait-il su pour le cahier et comment avait-il pu trouver cette cachette ? Et comment était-il entré dans le cottage ? Avait-il les clés ? C'était insensé ! Incompréhensible !... En proie à un stress intense, Alicia ressortit le message de la poche de son jean et le relut pour la énième fois. Il y était tout autant question de vengeance que de justice.

Le temps est facétieux ! Il se rappelle à nous ou nous rappelle à lui. Le sous-entendu était subtil mais assez clair : le temps avait rappelé son père. Et son décès faisait partie de l'œuvre de L'Œil, à en croire la menace couchée sur le papier : *la mécanique est lancée. Le glaive de la justice s'est abattu et s'abattra encore, jusqu'à ce que chacun ait payé le lourd tribut de ses fautes.*

De nouveau, les mains d'Alicia se mirent à trembler. Quelqu'un possédait son journal intime ! Et ce cahier n'était ni plus ni moins qu'une porte grande ouverte sur des révélations fracassantes ! Tout y était ! Sa relation incestueuse, ses confessions et le récit de ce fameux soir de juin 1999... Alicia reposa la missive à côté d'elle sur le lit et amorça un léger mouvement de balancier. Elle devait réfléchir, et pour cela, elle devait canaliser la terreur qui prenait corps en elle. Au bout d'une longue minute de ce lent va-et-vient, elle essaya d'assembler ses idées. Il était évident que l'arrestation de Manon était liée aux desseins de L'Œil. D'ailleurs, l'article de journal qu'elle avait parcouru mentionnait un informateur anonyme... Mais qui était l'auteur de cette lettre de menace ? Et de quoi pouvait-il bien se venger ? Alicia songea immédiatement au mal qu'ils avaient fait... Les images du passé ressurgirent avec une netteté qui la glaça. Ça s'était déroulé ici. Dans le cottage. Le soir de la célébration du bac d'Ethan.

ৼৼৼৼ

La musique bat son plein, plus bas dans le domaine, autour de la piscine. Les échos de la fête se répercutent entre les arbres et troublent le calme qui environne habituellement le cottage. Alicia jette un dernier regard au miroir dans sa chambre. Malgré le maquillage, elle a une mine affreuse. La mine de quelqu'un qui manque de sommeil. La mine de quelqu'un que d'obscures préoccupations ne laissent pas en repos. Le retour au manoir, un an après un départ salvateur, est pour elle extrêmement anxiogène. Elle a échappé au Noël en famille mais son petit frère ne lui aurait jamais pardonné de se faire porter pâle aujourd'hui. Il lui a été tout bonnement impossible de se soustraire à ce court séjour durant lequel elle va devoir canaliser ses émois, museler ses désirs, ne pas succomber à ses irrépressibles attraits contre-nature, se gendarmer en permanence pour ne pas trahir ses sentiments. Elle l'a compris à ses dépens l'année précédente : en dépassant le tabou de l'inceste, elle s'est condamnée, elle a donné corps à ce qui jusque-là se soustrayait à l'imaginable, elle a rendu cet amour-là réel en même temps qu'évident, surpassant tout le reste, et par là même impossible à anéantir. Reste pourtant qu'il est inenvisageable que quiconque puisse soupçonner ses sentiments et qu'elle doit donc donner le change, demeurer aux yeux de tous Alicia, jeune fille de bonne famille, convenable sous tous rapports, et qu'elle doit tenir ce rôle coûte que coûte, avant de pouvoir fuir de nouveau en Angleterre... Un nœud à l'estomac, elle tourne le dos à son reflet et file au salon pour récupérer sa pochette et rejoindre les invités. « Bonjour, Alicia ! » Son cœur bondit quand elle entend la voix hargneuse qui surgit dans son dos. Elle fait volte-face et en laisse tomber sa pochette. Dans l'encadrement de la porte du salon, se tient la fille qui a débarqué à Londres neuf mois plus tôt. Ses yeux trahissent un profond ressentiment. « Je venais rendre une petite visite à Ethan ! Comme je n'ai pas eu l'honneur de le croiser durant les vacances de Noël, j'ai pensé qu'il ne fallait pas laisser filer cette occasion ! »

La fille a bu. Ça se voit à la manière qu'elle a de tanguer malgré son appui contre le chambranle. Ça s'entend à son élocution brouillée. Ça transpire *par tous les pores de sa peau. Elle est complètement ivre. D'alcool et de colère.* « *Tu as bu*, *lâche Alicia avec dédain. Et tu n'as rien à faire ici...* » « *Manon, moi c'est Manon !* » *complète la fille avec du fiel dans la voix.* « *Tu n'as rien à faire ici, Manon. Si Ethan ne t'a pas invitée, c'est qu'il a ses raisons !* » *La fille avance d'un pas. Sa démarche est incertaine.* « *Écoute, Manon. Si j'étais toi, je m'arrêterais là et tout de suite ! C'est une propriété pri...* » « *Mais, tu n'es pas moi, OK ? Alors, ferme-la !* » *La fille a hurlé. C'est sorti d'elle aussi violemment qu'une irrépressible éructation. Et la voilà désormais qui avance. Titube, serait plus juste. Les mains crispées contre son ventre. Ses yeux expriment une douleur qu'Alicia peine à identifier.* « *Ton frère est le plus bel enfoiré que la terre ait jamais porté !... Je te jure que je vais le faire payer !* » *Elle s'arrête net et se plie en deux.* « *Oh là là, mais qu'est-ce que j'ai mal !* » *pleurniche-t-elle. Alicia recule. Cette fille est complètement tarée, ma parole.* « *Je l'aimais ! J'étais raide dingue de lui !* » *Alicia se tait. Comment expliquer à cette nana qu'elle n'est qu'un nom sur une longue liste ?*

La fille tente de se redresser, mais se recroqueville immédiatement en laissant échapper une plainte déchirante. « *Hé ! Ça va ?... Qu'est-ce qu'il...* » *Alicia s'interrompt. La fille vient de tomber par terre. Elle bascule sur le dos et révèle alors un visage écarlate, crispé par la souffrance. Ses yeux roulent dans leurs orbites, écarquillés à l'extrême. Des râles et de longs soufflements s'échappent entre ses dents serrées.* « *T'es shootée ou quoi ?!... Oh,*

non, je rêve ! Mais qu'est-ce que tu as pris, hein ?! »
Mais la fille ne l'entend plus. Elle se tortille au sol.
Gémit. Beugle. Ses larmes laissent de longues coulées
de rimmel qui lui labourent les joues. « Aide-moi !
Je suis en train de crever ! » braille subitement la
fille entre deux ahanements. Alicia recule, horrifiée.
La scène est en train de virer au cauchemar et tous
ses voyants sont en alerte rouge. « Oh merde, merde,
merde ! marmonne Alicia, ahurie... Papa ! » Elle se
rue sur son portable et appelle Yohann. « Réponds,
s'te plaît, papa, réponds ! Je t'en supplie ! » Les
sonneries s'enchaînent. Répondeur. Alicia raccroche
et recommence. Ses doigts tremblent de nervosité.
La fille par terre est totalement recroquevillée !
Au fil des secondes, ses plaintes deviennent des cris
et ses cris, des hurlements. De nouveau, les sonneries retentissent. Une. Deux. Trois. « S'te plaît,
p'pa ! » gémit-elle, les yeux vissés sur la douleur
qui remue au sol. « Alicia, ma chérie ? » Le soulagement est aussitôt chassé par une panique qui la
déborde. « Papa ! Papa, je t'en supplie, viens vite au
cottage ! Je... oh mon Dieu, Viens ! » Les cris de la
fille s'élèvent par-dessus sa voix. « Alicia, qu'est-ce
qu'il se passe ? Est-ce que tu vas bien ? » La fille
vient de vomir. Une odeur pestilentielle emplit immédiatement le cottage. « Je vais bien, c'est pas moi !
C'est, c'est, c'est... c'est cette fille ! C'est la fille,
là, celle qui est venue à Londres ! Oh seigneur ! elle
est en train de mourir ! Papa ! Elle... elle vient de
vomir ! Elle... elle... Oh mon Dieu ! Elle saigne,
papa ! Sa robe est pleine de sang ! Viens vite ! »
« J'arrive immédiatement, ma chérie. Reste calme.

Ne panique pas. Prends une serviette et essaie de contenir le saignement, tu m'entends ?... Alicia ? »
« Oui, papa ! Oui, oui... D'accord, d'accord... Je t'attends... Papa... Fais vite, je t'en supplie ! »
Elle raccroche et s'aperçoit à ce moment-là qu'elle pleure. Elle pleure de peur.

Les minutes qui suivent sont hors du temps. Alicia fait des allers-retours entre la salle de bains et le salon. Ses oreilles bourdonnent sous la montée d'adrénaline. Elle répète les consignes de son père, comme un mantra qui la maintient à la surface du réel. Ne panique pas, ne panique pas, ne panique pas, ne panique pas. Les serviettes s'entassent au sol. La fille braille comme un cochon qu'on égorge. Son corps est luisant de sueur et de sang. Papa, viens ! Alicia mouille une serviette et la lui pose sur le front. Mais la fille remue tellement que la serviette rejoint les linges souillés par terre. Mon Dieu, papa ! Et puis, il y a ce liquide étrange, poisseux de sang, qui coule... Qui sort de ses entrailles... Papa, allez ! Et l'odeur du vomi qui infuse chaque parcelle d'air... S'te plaît, papa ! Et les crampes qui lui arrachent des hurlements de plus en plus insoutenables... Papa, qu'est-ce que tu fiches, bordel ? Et la respiration coupée net, saccadée, hachée par les cris, et qui postillonne quand même entre les lèvres serrées de douleur... Papaaaa !

Ça y est, il est là. Nerveux mais maître de lui. Il s'agenouille devant la fille. Lui écarte les paupières et fixe ses yeux. Ouvre sa trousse de médecin. Pose le stéthoscope sur la poitrine de la fille. Palpe son ventre. Recule et observe. Fixe son attention sur la robe. Se rapproche. Soulève impudiquement le tissu léger et descend la culotte de la fille. Lui écarte les jambes. S'approche et regarde. Son œil s'agrandit et l'étincelle jaillit. Il glisse sa main derrière la nuque de la fille, lui relève la tête et d'un ton ferme et posé, lui explique : « Mademoiselle, pas de panique. Inspirez et expirez... Vous êtes simplement en train d'accoucher ! » Puis il se tourne vers sa fille : « Alicia, ma chérie, appelle les secours, veux-tu ? » Alicia est effarée. Elle scrute son père et balbutie : « Mais... mais, enfin, papa... » Son père lui adresse un sourire énigmatique : « Je pense que nous avons là un cas assez exceptionnel de déni de grossesse. » Alicia attrape son téléphone. Elle s'apprête à composer le numéro des urgences quand la voix de la fille s'élève entre deux râles, étrangement teintée de joie. Les yeux humides, elle parle au ciel comme une béate : « Je suis enceinte, Ethan ! Tu te rends compte, mon amour ! Nous allons être parents ! » Yohann Le Guen n'a pas besoin de parler. Alicia repose son téléphone. Leurs regards se frôlent. Et l'air se charge d'une électricité palpable...

≈≈≈≈

Alicia avait revécu cette scène comme on regarde un film. Les souvenirs étaient aussi vifs que si le drame avait eu lieu la veille. Elle s'obligea à chasser loin d'elle les images de ce souvenir et reposa son regard sur la feuille. L'Œil parlait de *fautes*, était-ce à celle-là qu'il faisait référence ? Pourtant, ce soir du 27 juin 1999, il n'y avait que Manon, son père et elle... Non, pas tout à fait. Le père Brousse, aussi, était passé... Mais il s'était sali les mains, et ce faisant, était devenu complice et coupable. Brousse n'avait donc aucun intérêt à parler, d'ailleurs il ne l'avait jamais fait. Et aujourd'hui, il était mort !

Décidément... tout cela n'avait aucun sens... En dehors de l'enfant, personne n'avait de motif de vengeance. Or le môme était lourdement handicapé ! Vu sa tragique condition, il ne pouvait être l'instigateur de cette manœuvre. Alicia secoua la tête de dépit. Cette histoire n'avait ni queue ni tête. Nul ne pouvait savoir ce qui s'était passé dans le secret du cottage !

Sauf celui qui a lu ton journal, se corrigea-t-elle.

Alicia reprit ses balancements : était-il possible que L'Œil ait décidé de s'en prendre aux acteurs de cette tragédie en découvrant ce qu'elle avait confessé sur son cahier ? Un peu comme un chevalier blanc qui s'arrogerait le droit de faire payer les coupables ?... Non, c'était insensé. Il lui aurait suffi d'apporter le cahier à la police or il avait mis au point un stratagème bien plus complexe... *Il a un motif personnel. Il te connaît.* L'idée s'imposa comme une évidence. *Je suis ravi de te revoir dans les parages après tant d'années*, voilà comment il commençait sa lettre ! Et ce n'était pas une erreur de sa part... Non, il voulait lui dire qu'ils étaient liés par un passé commun. Il voulait aussi qu'elle sache qu'il était *dans les parages*, suffisamment proche pour se glisser dans sa chambre, suffisamment proche pour avoir dérobé son journal...

Elle serra les dents sur le gémissement qui s'échappait malgré elle de sa bouche. Non seulement son passé lui revenait en pleine face comme un boomerang, mais elle se faisait l'effet d'une poupée entre les mains d'un marionnettiste. Un type qui savait tout. Qui s'immisçait partout. Qui contrôlait tout. Et qui lui promettait le pire. *L'Œil*.

Et si L'Œil mettait ses menaces à exécution, le nom des Le Guen serait irrémédiablement traîné dans la boue. Tout ça, à cause de cette cinglée de Manon ! Mais qu'est-ce qui lui avait pris de débarquer à Londres ? Rien ne serait arrivé, si cette fille était restée à Lannion…

Éloïse et Amanda, 2 jours avant le meurtre de Thierry Brousse

Amanda ne pipa mot. Elle se contenta de tirer une chaise et d'inviter des yeux Éloïse à s'asseoir. Puis elle fila côté cuisine pour préparer un café. Elle revint cinq minutes plus tard avec son plateau à la main, posa une tasse fumante sous le nez de sa partenaire et s'assit en face d'elle.

— Éloïse ?

La gendarme releva la tête. Ses yeux trahissaient sa détresse.

— Que se passe-t-il ?
— Je n'ai jamais rien vu… jamais…

Puis d'une voix nouée, Éloïse rapporta les propos de Charles, expliquant à Amanda qu'elle n'avait jamais été informée de la tentative de suicide de Manon. Ses parents avaient certainement voulu la préserver. Elle venait de s'installer à Rennes pour ses études, en septembre 1999. Sa sœur, quant à elle, reprenait une terminale, après un bac avorté. Une semaine après la rentrée, Manon avait vidé la pharmacie familiale. C'est sa mère qui l'avait retrouvée au petit matin, inanimée, dans son lit. Chargé de l'évaluation psychologique de la jeune fille, Charles avait alors décelé un TPL, trouble de la personnalité limite.

— Ça non plus, je ne le savais pas ! conclut Éloïse, pleine de remords.

— C'est quoi, ces troubles ?

— La plupart des gens appellent ça *borderline*. En substance, d'après ce que j'ai compris, ça se traduit par une certaine instabilité émotionnelle et affective – comme des montagnes russes, en quelque sorte – qui empêche la personne de maîtriser ses impulsions et de s'inscrire de manière durable et stable dans la relation aux autres. Les gens atteints de TPL ont un sentiment très fort de vide, d'ennui, et une peur panique de l'abandon. Ils sont en grande souffrance sur le plan psychique... Charles m'a expliqué que les comportements que j'ai toujours considérés comme égocentrés ou immatures chez Manon étaient en fait liés à cette maladie : crises de colère incontrôlables, épisodes dépressifs, impulsivité, conduites à risque, comportements sexuels instables, toxicomanie... Apparemment, on décèle mieux ces troubles aujourd'hui. Quand Manon était ado, le dépistage et la prise en charge étaient plus aléatoires.

— OK... Et donc, excusez-moi de le dire ainsi, mais le médecin s'est retrouvé à flirter avec sa patiente, c'est ça ?

— Pas tout à fait. À sa sortie des urgences, Manon a été prise en charge par une équipe mobile et a bénéficié d'un suivi durant toute sa terminale. Elle a pris un traitement chimique pour favoriser la stabilisation de l'humeur, mais elle a aussi et surtout entamé une thérapie adaptée… « Thérapie comportementale dialectique », ce sont les mots de Charles, précisa Éloïse en consultant ses notes.

— D'accord… et alors, ils se sont revus comment ?

— D'après ce que Charles m'a raconté, par hasard, à Lannion, dans un café. Manon était suivie depuis plusieurs mois et elle évoluait bien. Charles m'a dit que lorsqu'il était tombé sur Manon ce soir-là, il avait eu un vrai coup de cœur. Ils ont discuté et le courant est passé… Manon était majeure, lui, jeune diplômé… Bref, leur histoire a commencé comme ça. Charles était bien placé pour savoir que la relation ne serait pas simple tous les jours. Mais il savait aussi qu'il pourrait soutenir Manon dans son chemin de stabilisation. La suite, ben… vous l'imaginez, puisqu'ils se sont mariés et qu'ils ont eu Maxence et Julie.

Amanda avala une gorgée de café en hochant la tête. Puis elle osa la question qui lui brûlait les lèvres :

— Et ces troubles *borderline*… ils peuvent expliquer les trous de mémoire, les oublis de certains événements ?

— Non. Charles est catégorique, ça n'a rien à voir. À l'époque où ils sont entrés en relation, Manon lui a raconté le trou de mémoire particulièrement éprouvant qu'elle avait vécu deux mois avant sa tentative de suicide. Ce qui a pu se passer sur cette quinzaine-là a été mis sur le compte de sa consommation de drogues et d'alcool… mais Charles m'a laissé entendre qu'on ne pouvait pas formellement exclure un épisode psychotique…

— Mmm. Et depuis... est-ce que Manon a eu de nouveaux oublis ? De nouvelles périodes d'absence, comme celle-là ?

— Non. Charles m'a affirmé que Manon était parvenue à trouver un équilibre. Sa maternité a renforcé sa détermination à s'inscrire dans une vie « bordée » avec la poursuite de son travail de pleine conscience pour parvenir à gérer ses émotions et à apaiser ses relations sociales et intimes. Depuis, elle n'a jamais présenté de *black-out*.

— Je vois. Et que pense Charles de cette grossesse ?

Éloïse se massa nerveusement les tempes. Elle avait l'impression que son cerveau était broyé par un étau. Entre les antidépresseurs et barbituriques qu'elle avalait anarchiquement et le choc inhérent aux dernières révélations de Charles, elle se sentait totalement lessivée. Inapte à se focaliser sur l'affaire de sa sœur. Chaque journée, depuis son retour en Bretagne, lui réservait son lot de douloureuses surprises. Qu'allait-elle encore déterrer du passé ? Que croire concernant Manon ? Par quel bout prendre cette histoire sans queue ni tête ?... Pour finir, l'idée qu'Amanda Kraft constituât pour elle son ultime bouée de sauvetage était aussi risible qu'incroyable. Jamais elle n'aurait cru cela possible !

— Qu'est-ce qui vous fait sourire ? s'enquit la journaliste.

— Oh... la simple idée que je sois là, en face de vous, et, pourquoi le cacher, totalement désemparée ?... Submergée, serait plus juste.

La journaliste se contenta d'un hochement de tête. Pas besoin d'un dessin pour saisir l'ironie de cette situation. Il y avait cependant un élément qu'elle n'avait pas vraiment mesuré en se rapprochant du capitaine de gendarmerie : Éloïse Bouquet, telle qu'elle l'avait connue deux années plus tôt, avait laissé la place à une femme fragilisée, dont la combativité s'était considérablement émoussée... Avec le maximum de tact possible, Amanda décida de relancer l'échange.

— Écoutez, Éloïse, j'imagine parfaitement la charge émotionnelle de votre situation : votre sœur s'est fait arrêter hier, elle est accusée de tentative d'infanticide, elle nie avoir jamais eu cet enfant, ou tout au moins affirme ne pas s'en souvenir, et pour couronner le tout, vous apprenez à l'instant qu'elle a attenté à ses jours lorsqu'elle avait dix-huit ans et qu'elle est diagnostiquée *borderline*... N'importe qui fondrait les fusibles, moi la première... Mais, sans vouloir paraître insensible, votre seule et unique alternative à la dépression, c'est de remonter en selle en conduisant une contre-enquête digne de ce nom...

Éloïse releva les yeux vers elle.

— Et aussi dingue que cela puisse vous paraître, c'est moi qui suis là aujourd'hui pour vous empêcher de baisser les bras.

— Arrêtez de me parler comme ça, bon sang, je me fais l'impression d'être un véritable boulet ! lâcha la gendarme entre ses lèvres serrées.

La journaliste réprima un sourire. Éloïse en avait encore sous la pédale ! Et son orgueil était sans aucun doute le chemin le plus court pour accéder à sa pugnacité...

— D'accord, Éloïse ! Alors, reprenons. Que pense Charles de cette grossesse ?

— Il ne croit pas à un cas de dissimulation, contrairement à Me Balengier. Pour lui, Manon n'aurait pas été capable d'un tel subterfuge.

— Donc ?

— Il pense qu'elle a fait un déni de grossesse jusqu'au terme. Mais cela n'explique guère le reste ! Manon a bel et bien accouché le soir du 27 juin 1999. Il faudrait donc que cette naissance ait provoqué un choc tellement violent qu'elle se soit débarrassée du bébé et que son esprit ait refoulé le souvenir de cet épisode.

— C'est envisageable ? Je veux dire d'un point de vue psychiatrique ?

— Eh bien… Charles ne saurait l'exclure. Il existerait des cas d'amnésie traumatique.

— Expliquez-moi.

— Dans le cas de stress post-traumatique, la personne peut être victime d'une amnésie dite dissociative, c'est-à-dire qu'elle est dans l'incapacité de se remémorer l'événement traumatisant.

— Ça ouvre une possibilité… Alors pourquoi je ne vous sens pas plus « emballée » que ça, Éloïse ? observa la journaliste en mimant les guillemets.

— Charles a insisté sur le fait que cette théorie d'amnésie dissociative n'a jamais été prouvée scientifiquement. Selon certains spécialistes, elle relèverait même du folklore psychanalytique… Et ce, d'autant que les personnes souffrant d'un choc post-traumatique présentent généralement le symptôme inverse : ils ne cessent de se rappeler l'événement traumatique.

— Je confirme ! renchérit Amanda en se levant. Comme je vous l'ai dit, c'est exactement ce que m'a expliqué Arnaud Lombard ce matin même à la clinique !

Éloïse suivit des yeux la journaliste qui farfouillait désormais dans ses notes posées à l'autre bout de la grande table du salon.

— C'est moi ou… vous avez presque l'air enthousiaste ? s'enquit la gendarme.

— C'est vous.

Amanda revint s'asseoir face à Éloïse.

— Pendant que vous étiez au téléphone avec votre beau-frère, j'ai essayé de lister l'ensemble des questions que devraient se poser en toute logique les policiers… mais qu'ils s'économiseront peut-être. Il s'agit des interrogations qui surgiraient en cas de reconstitution des faits.

— Je ne suis pas sûre de vous suivre.

— Eh bien, regardez ce schéma, lança Amanda en dépliant une feuille. 18 heures. C'est le dernier moment où vos parents ont aperçu votre sœur le jour du 27 juin 1999, c'est ce qu'ils ont indiqué dans leur déclaration pour fugue. Votre maman a expliqué qu'elle devait aller faire des courses. Elle a toqué à la chambre de votre sœur pour savoir si elle voulait l'accompagner et c'est là qu'elle s'est rendu compte que Manon avait filé. Vous-même, avez-vous vu Manon après 18 heures ce jour-là ?

— Non, répondit Éloïse. Le seul moment où j'ai vu ma sœur, c'était en tout début d'après-midi. Je m'en souviens car je suis partie rejoindre des amis à la plage après le repas de midi. Quand j'ai franchi la porte, une colère... Son père est intervenu, la dispute s'est envenimée, et Jean a consigné Manon dans sa chambre. » La suite, vous la connaissez, votre mère est allée toquer à la chambre de Manon et s'est aperçue qu'elle avait fugué.

— D'accord... et donc ?

La journaliste s'approcha d'Éloïse et entama :

— Primo, d'après la déclaration des gendarmes qui ont retrouvé votre sœur dans le squat quinze jours plus tard, ils ont identifié Manon grâce à une carte d'identité qu'elle avait dans la poche arrière de son jean. Elle disparaît en robe, on la retrouve vêtue d'un jean. Questions : où s'est-elle changée entre-temps ? Était-elle hébergée chez quelqu'un ? Où est passée la robe à coquelicots ?

Éloïse hocha la tête. Amanda avait parfaitement raison : dès lors qu'on procédait avec méthode, les questions sans réponse crevaient les yeux.

— Deusio. Manon est partie du domicile avec son vélo. Où est passé le vélo ?

— Tertio, enchaîna Éloïse en se référant au schéma de la journaliste, comment Manon a-t-elle pu se débarrasser d'un nouveau-né dans une poubelle à côté de Carnac dans le Morbihan, alors qu'elle se trouvait à Lannion quelques heures avant ?

— Tout à fait ! Vous admettrez que, sans voiture, c'est mission impossible !

— C'est vrai... et du coup, vous pensez à quoi ?

— Elle a été « aidée », si l'on peut parler comme ça. Il y a forcément quelqu'un qui l'a conduite à l'abattoir de Carnac.

— Ou qui y a conduit le bébé, en tout cas.

Manon était en train de supplier mes parents pour pouvoir aller réviser chez une copine.

— Le nom de cette fille ?

— Euh... Carine... Non... Caroline, si ma mémoire est bonne ! Caroline...

— Caroline Gombert ?

— C'est ça !

— Ça colle avec ce que vos parents ont affirmé aux policiers. Cette fille a été entendue et, d'après les rapports des flics, Manon est arrivée chez elle vers 14 h 30. Elles ont discuté, bu quelques verres et fumé des joints entre deux plongeons dans la piscine. Puis vers 17 heures, Manon est repartie. Toujours selon Caroline, Manon était à vélo.

— C'est exact. Nous n'avions pas encore le permis.

— Bien... Donc si l'on croit vos parents, Manon est revenue à environ 17 h 15. Elle est allée dans sa chambre, prétextant un mal de crâne. Votre mère l'a entendue prendre une douche une vingtaine de minutes plus tard. Un des flics a demandé à votre mère si elle pouvait décrire la tenue vestimentaire de votre sœur et celle-ci a répondu que Manon portait une robe légère blanche avec des coquelicots imprimés.

— Ah oui, je me souviens de cette robe, Manon l'adorait !

— Votre mère précise dans sa déclaration : « Je suis formelle sur cette tenue car nous nous sommes disputées à ce propos. Manon est venue récupérer sa robe dans la buanderie. C'était une de ses tenues préférées pour aller en soirée. Je lui ai donc rappelé que si elle comptait sortir, c'était hors de question, qu'elle devait réviser pour son bac. Manon a piqué

Amanda approuva d'un hochement de tête.
— Reste donc à savoir qui avait « intérêt » à aider ma sœur à se débarrasser du nouveau-né et pourquoi ? conclut Éloïse, songeuse.

Alicia Le Guen, 2 jours avant le meurtre de Thierry Brousse

Il était 21 heures passées et la température avait chuté dès le début de l'après-midi, à cause d'un ciel nuageux. Avec la proximité de l'océan, l'humidité ajoutait à la fraîcheur ressentie. Alicia enfila un gilet et descendit l'escalier vers le grand salon. Elle trouva May et Ethan qui fixaient les flammes dans la cheminée, lovés l'un contre l'autre sur le canapé. Alicia s'assit dans le fauteuil.

— Tu as vraiment mauvaise mine, lui lança Ethan avec douceur. Tu veux que je te prépare une tisane ?

— Ça ira, merci. C'est… le manque de sommeil…

Ethan lui adressa un regard aussi compatissant qu'inquiet, mais lui aussi accusait le coup. Les événements de ces derniers jours s'imprimaient sur ses traits même si, contrairement à elle, Ethan faisait montre d'une certaine placidité. Il tenait ça de leur père : face à l'adversité, il se montrait souvent moins émotif, plus résolu et plus fiable qu'elle. Malgré le chagrin, la peur ou les contrariétés, il parvenait à garder le cap.

— J'ai... j'ai essayé d'écrire un petit mot... pour les obsèques de papa... Je ne suis pas bien sûr du résultat... Tu voudras y jeter un œil ?

En entendant ce mot, Alicia se crispa imperceptiblement.

— Oui, pas de problème... Je le lirai demain sans faute.

— Tu te sens prête pour le grand défilé ? demanda Ethan.

— Rien qu'avec les connaissances professionnelles de papa, on pourrait remplir Notre-Dame ! Alors, j'imagine que ça va se bousculer au portillon...

— C'est sûr... Papy et mamy de Cambridge m'ont téléphoné, reprit Ethan après une hésitation. Ils souhaiteraient venir à l'enterre...

— Qu'ils aillent se faire voir !

— Alicia, enfin, tu ne peux pas dire ça !

— Réfléchis, Ethan ! Tu imagines un peu les tabloïds ?! « Les parents de la meurtrière se rendent aux obsèques de leur gendre. »

Un silence suivit.

— *It's not my business... but I agree with Alicia*, osa finalement May.

— Tu as raison, May, ça ne te regarde pas, la contra Ethan avec une rudesse involontaire.

La belle Asiatique se contenta d'un haussement d'épaules accompagné d'un regard contrit vers sa belle-sœur.

— De toute manière, on ne peut pas non plus les empêcher de venir s'ils le veulent, reprit Ethan. Au titre de quoi ? On a opté pour une cérémonie publique et tu étais d'accord avec ça.

— Certes… mais je ne les veux pas à côté de nous dans la chapelle. Je… je sais que papy aimait énormément Yohann, mais… mon Dieu, on est déjà assez exposés comme ça, Ethan, tu ne trouves pas ? Ces foutus journalistes continuent de faire le pied de grue devant le manoir, à l'affût de je ne sais quelle info ou photo susceptible d'alimenter les gros titres !

— Ça me stresse autant que toi, Alicia ! Mais que veux-tu… papa était un scientifique brillant et respecté… Quel gâchis, vraiment ! Et quel enfer ! s'emporta-t-il en se frottant les tempes.

— Ouais… c'est à se demander si maman a jamais su faire autre chose que nous pourrir la vie.

Ethan laissa échapper un long soupir, déplia son long corps athlétique et se dirigea vers le bar. Il se servit une longue rasade de whisky. Sous la lumière tamisée de la pièce, ainsi tourné de trois quarts, il ressemblait terriblement à son père. Même allure sportive. Même taille. Même port racé. Ethan était peut-être un peu plus fin… Alicia tressaillit. Yohann lui manquait cruellement.

— May, Alicia, je vous sers quelque chose ?

— Un vieux rhum pour moi, répondit Alicia alors que May faisait non de la tête.

— Pour en revenir à ces histoires de journalistes, les coups de fil n'ont pas arrêté de pleuvoir ces deniers jours… et j'ai pris une décision. J'aurais préféré t'en parler avant… mais Anna m'a dit que tu te reposais cet après-midi et je n'ai pas voulu te déranger… Bref, j'ai pensé que… nous devrions maîtriser l'événement plutôt que le subir.

— Hein ?! De quoi tu parles ?!

— Eh bien… tu te souviens de Christine Tanguy ? Elle était en terminale avec toi à Saint-Just. Ses parents dirigent le cabinet d'affaires Tanguy et associés à Nantes.

— Oui, et ?

— Christine bosse pour une grosse société de consultant en image et de gestion d'événements. Elle a, entre autres choses, d'excellentes relations avec la rédac du magazine *Richesses* à qui on pourrait confier la couverture officielle des obsèques. Bien sûr, c'est Christine qui s'occuperait de tout.

— T'es sérieux, là ?!

— On ne peut plus sérieux, Alicia… Christine est passée vers 17 heures. On s'est mis d'accord. Je préfère de loin qu'elle prenne les rênes, définisse des stratégies de communication efficaces et balance quelques photos choisies avec un article sur lequel on aura un droit de regard – et ce, pour le mag le plus prestigieux de la côte – plutôt que d'affronter les torchons de paparazzis frustrés de n'avoir rien à se mettre sous la dent. Avec un peu de chance, les feuilles de chou aligneront leurs contenus sur celui de *Richesses*.

Alicia secoua la tête de dépit. Ces considérations lui paraissaient révoltantes, mais elle ne le savait que trop, Ethan avait parfaitement raison. La gestion de l'image familiale était primordiale. De gros contrats étaient en jeu chez Biolab et, sans Yohann à la barre, ils ne pouvaient guère plus s'en remettre qu'à Lombard en attendant que la succession soit ouverte. Or Lombard avait toujours fait un excellent second, mais il n'avait rien d'un capitaine ! Alors si de surcroît la presse ternissait l'image des Le Guen…

— Tu as bien fait... Va pour Christine. Elle est comment dans sa partie ?

— J'ai pris quelques renseignements avant de la joindre, elle fait de l'excellent travail.

— Tu m'en vois ravie... avec un peu de chance, on aura enfin le loisir de pleurer papa tranquillement ! conclut-elle avec sarcasme.

Elle descendit son rhum d'un trait et se leva.

— Je vous laisse... je suis crevée... Et demain va encore être une grosse journée avec tous les visiteurs qui vont défiler...

— Alicia, s'il te plaît...

Ethan ne finit pas sa phrase. Il rejoignit sa sœur au pied de l'escalier et la serra dans ses grands bras noueux. Il la berça un long moment en lui caressant les cheveux puis finit par s'écarter :

— On va s'en sortir, hein ? Il faut juste que tu tiennes bon jusqu'à l'enterrement. Ensuite, tu repartiras à Londres avec May... et je mettrai un peu d'ordre dans les affaires de papa avant de vous rejoindre. D'accord ?

— Et pour maman ? murmura Alicia d'une voix sourde.

Ethan baissa les yeux, visiblement mortifié.

— Je... je ne sais pas quoi te dire, Alicia... Laissons Rubinstein faire son boulot et... on verra le moment venu.

Alicia sentit une vague d'émotions monter en elle. Elle n'avait rien dit à Ethan ni même aux enquêteurs du message délirant que lui avait laissé sa mère la veille du meurtre. Comme elle n'avait rien dit de la missive trouvée dans sa commode le matin même. Et pour couronner le tout, elle avait dérobé le journal du jour dans la boîte aux lettres pour éviter qu'Ethan ne tombe sur les gros titres de Manon avec cette affaire de bébé. Elle avait bien conscience qu'il serait tôt ou tard informé, mais une part d'elle, viscérale, animale, lui hurlait de protéger son frère de cette sordide affaire. À l'inverse, une autre part, bouleversée, ne cessait de lui marteler que L'Œil savait tout, qu'elle et son frère étaient en danger et que, à deux, ils seraient peut-être plus forts pour affronter l'infâme corbeau… Peut-être le temps était-il venu pour elle de briser le silence et de se défaire enfin du secret qui lui pesait encore aujourd'hui comme un fardeau beaucoup trop lourd à porter ?

— Alicia, qu'est-ce qui se passe ? Tu as l'air toute… bizarre ?

— … Je… je ne sais pas si je pourrai un jour pardonner à maman d'avoir assassiné papa…, mentit-elle, accablée par la certitude que L'Œil était aussi lié à ce meurtre.

Elle salua May d'un vague geste de la main, puis tourna les talons et commença à gravir les escaliers. Demain… demain, elle y verrait plus clair. Demain, elle déciderait de ce qu'il convenait de faire.

L'Œil, 2 jours avant sa mort

Ma mère, affairée en bas, fait un boucan de tous les diables avec ses casseroles. Depuis la mort de Le Guen et l'arrestation d'Abby, elle semble totalement désemparée. On dirait que *tous ces malheurs*, ça lui arrive à elle ! Quelle sombre idiote ! Comme si elle n'avait pas assez de soucis pour elle-même. Un couvreur nous a annoncé il y a trois jours que nous devions changer la toiture, sous peine de ne pas passer le prochain hiver. Et la voilà *toute tourneboulée*, comme elle dit, parce que ses anciens maîtres sont malmenés par l'existence ! C'est sûr, son ordre des choses doit s'en trouver très bousculé... Pff... Si ce n'était pas ma mère, je crois que je pourrais lui tordre le cou. La bougresse s'est mis en tête qu'elle aurait dû voir venir ce drame, qu'elle aurait dû sentir l'immense détresse d'Abby quand celle-ci était venue lui rendre visite ! Cela fait plusieurs nuits que je l'entends tourner et retourner dans son lit, renifler, larmoyer, soupirer...

Son tourment m'exaspère !
Elle m'exaspère !

Au plus fort de mon irritation, je me vois, déboulant dans sa chambre, pour lui cracher la vérité au visage. Je m'imagine lui balancer que c'est moi, son fils, qui ai provoqué ce drame. Que je l'ai voulu comme je n'ai jamais rien voulu auparavant. Que j'y ai mis toute ma hargne ! Que j'y ai mis toute ma haine ! Et que je nous ai vengés ! Elle. Papa. Et moi ! Et que ce n'est pas fini ! Je lui dirais aussi qu'en pleurant les Le Guen, c'est le sort de son propre mari qu'elle dédaigne ! Que les platanes dans les lignes droites sont plantés pour les malheureux qui veulent abréger leur souffrance... Que mon père, ce misérable paysan asservi, a commis l'horreur sous l'empire de Yohann Le Guen... Que notre famille entière devait être affranchie de son licou. Que ma vengeance est un juste retour des choses. Un prêté pour un rendu. Une mort pour une autre. Un Œil pour un œil... Mais malgré l'ardeur qui me dévore, je me retiens. À chacune de ses lamentations, je hurle dans mon oreiller. Elle ne comprendrait pas, la pauvresse ! Elle est comme ces chevaux de labour auxquels on met des œillères pour qu'ils ne s'affolent pas si d'aventure on les conduit sur un chemin de traverse...

Agacé par les cliquetis de la vaisselle et par l'image que me renvoie ma pauvre mère, je claque la porte de ma chambre avant de me vautrer sur mon lit. Quelques respirations plus tard, je recouvre mon calme et je souris avec satisfaction... Tout se déroule comme prévu et je me sens tout-puissant. Ivre de ce pouvoir que je me suis arrogé. Bon sang, que n'ai-je agi plus tôt ?! Je suis L'Œil, celui qui sait et celui qui venge. Le père Le Guen est mort, il était l'assassin de mon père. Abby est derrière les barreaux, elle lui avait servi de marchepied. Manon connaît enfin l'opprobre public, elle m'avait humilié ce soir-là au Blue Bird. Et tout cela, grâce à l'envoi de quelques photocopies !

Restent Alicia et Ethan, bien sûr… Pour eux, je prépare une chute aussi douloureuse et avilissante que leur existence a été facile et prestigieuse. Et j'aime assez l'idée d'être celui qui anéantit leur vie et leur nom – moi, le fils Brousse, dont les parents ont servi les leurs durant des décennies. Lorsque mon trimard de père pensait m'offrir ma chance en se fourvoyant de la pire manière, il ignorait – comme moi d'ailleurs – qu'il s'agissait là d'un marché de dupes.

Malgré moi, les images affluent. Celles d'un combat perdu d'avance… Celles d'un passé proche où je caressais encore le rêve d'un retour au pays triomphant ! Mais en réalité, mon école de commerce m'a tout juste permis d'accéder à quelques postes de cadre intermédiaire. Chaînon invisible et remplaçable dans le vaste maillage de grands conglomérats économiques. Petit chef de pacotille, sitôt installé, sitôt éjectable. Sans promesse d'évolution réelle et dont la seule et pitoyable ambition consistait à atteindre les objectifs annuels pour toucher une prime minable au regard des marges inouïes dégagées par le groupe. Je me retrouvais vassal, à l'instar de mes parents. Vassal d'une entité sans visage, pris dans la logique absurde du maintien de sa propre place dans un environnement ultraconcurrentiel où chaque nouvel arrivant constituait un danger potentiel, un rival. En réalité, je n'avais pas l'entregent, je n'avais pas de nom, je n'avais pas d'assise. Je n'avais aucun avenir ! Je serre les dents en me rappelant ces années de travail où, conscient de la terrible compromission de mon père qui voulait m'offrir une chance dans la vie, je redoublais d'efforts pour m'extirper de la marée des sous-fifres. En vain…

Le pire, c'est encore les appels de mes parents chaque week-end. Les bougres sont fiers. Sots et enthousiastes de ce qu'ils nomment ma carrière et qu'ils visualisent comme une réussite sociale inespérée. Il est 4 h 30 du matin. Mes yeux sont ouverts depuis des heures, me semble-t-il. Je suis épuisé mais le sommeil me fuit. Me voilà face à mes tourments. Encore. Bientôt, le jour se lèvera et je prendrai mon petit déjeuner en suivant les informations à la radio. Puis je me raserai et je prendrai ma douche, en passant bien le savon partout, sans oublier les interstices digitaux et plantaires. J'enfilerai ce costume trop cher et qui m'étouffe, je ramasserai mon attaché-case et je rejoindrai le cortège sans âme des gens pressés dans les transports en commun. Je regarderai ma montre. Machinalement. Et je redouterai d'être en retard, que les collègues soient déjà installés derrière leur bureau avec leur café fumant posé à côté de leur ordinateur. Durant toute la journée, j'essaierai de paraître décontracté afin de conjurer la dernière évaluation annuelle qui mettait l'accent sur ma supposée « insuffisante gestion du stress susceptible d'affecter mes résultats ». En fin de journée, je bouclerai le dossier « Patterson Industrie » sur lequel je travaille depuis une semaine et je le poserai dans la bannette de Laroche en espérant avoir pris les bonnes options, celles qui me permettront de sortir du lot. Puis je repartirai, fatigué, stressé, la boule au ventre d'avoir vu untel ou untel être invité à l'étage supérieur pour une promotion ou un licenciement...

Mes draps sont moites et j'ai fini de compter au plafond les stries du store vénitien rétroéclairé par les lumières de la rue. Je me lève... Il est exactement 4 h 36. Je tourne un peu en rond en attendant que la cafetière finisse de goutter puis je m'installe devant la télé avec ma tasse à la main. Je zappe et je tombe sur un reportage autour d'une expédition dans l'Arctique. Tout ce blanc immaculé m'apaise. La caméra s'attarde sur un morceau de banquise flanqué en suspension dans le ciel. C'est un mirage et le reporter en dévoile le principe. Ses propos me stupéfient parce que l'analogie avec ma propre situation me frappe. La voix explique qu'un mirage n'est ni une hallucination, ni une illusion d'optique qui toutes deux sont le fruit d'une distorsion mentale. Le mirage, lui, est aussi réel que l'image d'un objet dans un miroir. En fait, la propagation anormale de la lumière, liée aux différences de température, donne simplement l'impression que l'objet observé se trouve à un endroit différent de son emplacement réel... Subitement, je comprends que l'ambition que je poursuis est un mirage. Obnubilé par un reflet, je ne regarde pas dans la bonne direction, et, ce faisant, je m'échine sur un chemin qui ne mène nulle part. En réalité, je suis de cette cohorte conditionnée, en quête d'un Graal qui existe bel et bien dans un autre univers, celui des bien-nés... Je n'accéderai jamais à rien, les dés sont pipés.

Ma prise de conscience a naturellement émoussé ma combativité et l'arrivée d'une jeune pimbêche aux dents longues a eu rapidement raison de mon poste. On m'a remercié. Les mois qui ont suivi ont été pénibles, amers, et ce, d'autant que je cachais la vérité à mes parents. Puis, il y a eu l'appel fatidique de ma mère. Les fêtes de Noël approchaient à grands pas et mon père venait de se tuer contre un arbre. Lorsque ma mère m'a raconté en reniflant les circonstances du drame, j'ai su immédiatement ce qu'il s'était passé. Le décès de mon paternel a été l'élément déclencheur de mon retour au pays. Je frôlais la banqueroute, mes comptes étaient dans le rouge et je ne pouvais plus faire semblant. J'ai donné congé de mon appartement et vendu en urgence mes meubles au plus offrant pour éponger mon découvert. À l'enterrement du vieux, j'ai essuyé l'ultime revers de l'absence des Le Guen. La hargne qui bouillonnait en moi s'est muée en rage froide. J'étais prêt, même si je l'ignorais encore à ce moment-là… Quelques mois plus tard, le destin m'a confronté à Manon et Ethan à Perros-Guirec. Tout le ressentiment que j'avais contenu jusque-là a explosé à cet instant précis. J'ai subitement réalisé que Manon était comme ces papillons irrépressiblement attirés par les lumières criardes et qui finissent par se griller les ailes. J'avais imaginé d'elle autre chose, une repentance peut-être, au regard de cet enfant jeté à la poubelle comme un vulgaire déchet… Après avoir récupéré le cahier d'Alicia, j'ai su toute la vérité sur le drame du 27 juin 1999 et j'aurais évidemment pu changer mon fusil d'épaule. Il était encore temps. Je tenais les Le Guen entre mes mains et c'était là l'essentiel. Mais j'avais cette image collée à la rétine, celle de Manon et Ethan à Perros-Guirec, s'amusant à se séduire, devant le spectateur que j'étais. Exactement comme au Blue Bird, seize ans plus tôt. Après tout, ne s'était-elle pas jouée de moi, la garce ? Ne lui avais-je pas servi d'appât ? Elle aussi méritait mon châtiment. La vengeance est un plat qui se mange froid... elle l'apprendrait à ses dépens. Et j'allais m'amuser avec elle comme elle s'était amusée avec moi. Sans respecter aucune règle. Après que les flics ont prélevé son ADN, j'ai enfin pu m'adonner à mes parties de cache-cache avec elle. Et j'avoue avoir été transporté. J'ai connu l'excitation que procure le pouvoir... J'ai aimé la voir terrorisée. J'ai aimé resserrer sur sa vie mon emprise mentale. J'ai sondé son inquiétude, perçu sa peur, alimenté ses cauchemars... Je n'avais pas imaginé, cependant, qu'elle irait chercher sa sœur. Une gendarme, d'après mes renseignements... Heureusement, le temps a joué en ma faveur ! Et cette partie-là est bel et bien terminée désormais.

Un frisson parcourt mon corps. Parce que j'ai encore des cartes à abattre. Contre les enfants Le Guen. Dieu sait que j'ai tourné et retourné ma vengeance dans ma tête... Une tension dans le bas-ventre m'arrache un gémissement. Oui, je veux qu'ils ressentent l'humiliation et la perte. Je veux qu'ils souffrent. Et je sais parfaitement où je dois frapper pour leur faire encore plus mal... le moment venu.

Ma revanche sera entière, parfaite. Je ne suis plus ce clébard miteux que l'on dédaigne et qui se nourrit piteusement de quelques miettes tombées sous la table. Non, désormais, je suis L'Œil et, dès demain, je m'invite à la table des rois.

Alicia Le Guen,
la veille du meurtre de Thierry Brousse

Depuis les premières lueurs de l'aube, Alicia, allongée sur son lit, ressassait sans fin le message de L'Œil. La veille, elle avait passé l'après-midi dans sa chambre, prétextant être fiévreuse, pour éviter d'affronter son frère. Pour éviter de continuer à lui mentir. À plusieurs reprises, elle s'était retenue d'aller le trouver pour tout lui confesser et soulager enfin sa conscience. Mais chaque fois, la voix de son père l'avait rattrapée, celle-là même qui lui avait imposé le secret. Et elle avait promis. Elle avait scellé un pacte. Un effroyable pacte qu'elle avait respecté quoi qu'il lui en eût coûté. Les années aidant, ainsi que le silence total auquel elle s'était astreinte, elle avait même fini par chasser ce terrible souvenir aux lisières les plus lointaines de sa conscience... Mais avec l'irruption de L'Œil et les menaces qui pesaient désormais sur elle, les images refoulées refaisaient surface, indomptables, terrifiantes...

Elle pose son téléphone d'une main incertaine. Ses yeux demeurent rivés à ceux de son père. La fille est enceinte et Ethan serait le géniteur... Rapidement, elle opère un calcul et finit par hocher imperceptiblement la tête : niveau dates, ça peut correspondre... Son père se relève. Elle le connaît bien, la fureur transpire par chaque pore de sa peau. Pas besoin d'un dessin. Si Ethan se retrouve avec un enfant – ayant pour mère cette fille à moitié folle qui continue de brailler au sol –, sa vie entière sera fichue. Son père se masse les tempes, fait plusieurs pas. Il réfléchit. Elle, elle sent la terreur lui labourer les entrailles. Il n'y a aucune issue ! « Alicia, aide-moi à installer cette jeune fille sur ton canapé ! » Les mots peinent à se frayer un chemin jusqu'à son cerveau et elle doit marquer un temps trop long parce que son père s'agace : « Alicia, ma chérie ! Remue-toi, je t'en prie ! » Elle s'exécute. Ses gestes sont fébriles. La fille semble à l'agonie. Elle ahane bruyamment, les mains plaquées sur son ventre qui n'est pas rond, et chacune de ses plaintes semble augmenter la tension qui pèse dans l'air comme une chape étouffante. Son père lui prend la main et lui intime à voix basse : « Alicia, maintenant, écoute-moi bien, d'accord ? Il faut que tu me fasses confiance... Je sais comment nous sortir de là, tu m'entends ? » Elle fait oui de la tête mais elle n'a qu'une envie : détaler, se soustraire immédiatement à ce qui est en train de se passer, là, sous ses yeux, et qui ressemble à un très mauvais scénario de série B. « File au manoir immédiatement. Fais attention, personne ne doit te voir ! Marthe est en cuisine, elle termine les desserts pour le buffet. Ta mère est fatiguée, elle se repose au premier. Va dans mon bureau, ouvre la petite armoire murale réfrigérée située au-dessus de ma paillasse. À l'intérieur, tu verras une trousse en cuir marron, de la taille d'un portefeuille, guère plus grande. Alicia, tu m'écoutes ? » Oui, oui, elle l'écoute ! Elle l'écoute mais ne comprend pas ce que vient faire cette foutue trousse dans le drame en cours. Elle hoche néanmoins la tête. « Bien... tu prends cette trousse et tu me la rapportes ici le plus vite possible ! Voilà la clef de mon bureau, et maintenant, file ! » Elle hésite, jette un œil sur la fille qui souffre le martyre, ouvre la bouche pour parler, mais son père la devance. « Je m'en occupe, Alicia ! Ne t'inquiète pas pour moi, je sais ce que je fais ! Allez, va me chercher cette trousse ! » Et elle obéit.

Dehors, une gangue tiède et collante se plaque immédiatement sur elle. Elle happe l'air goulûment, pourtant elle a le sentiment de suffoquer. La faute à ses jambes qui courent et courent encore, mues par une volonté qui leur est propre. Elle a évité le chemin qui conduit au manoir. Trop exposé. Trop long. Elle coupe à travers bois. Les arbres défilent. Elle est dans un cauchemar. Elle va se réveiller, n'est-ce pas ?! Tout cela n'est pas vrai. Tout cela ne peut pas être vrai ! Alors pourquoi fonce-t-elle comme si elle avait le diable aux trousses ? L'aile nord du manoir se dresse désormais à une cinquantaine de mètres tel un rempart qui voudrait la dissuader d'aller plus loin. Mais elle ne peut pas fléchir, abandonner Yohann. Il l'attend. Il compte sur elle...

Elle resserre sa main sur la clef et contourne l'aile. Ses poumons sont en feu. Ses jambes dures et douloureuses. Pourtant, elle poursuit sur sa lancée. Elle parvient au pied de l'escalier, hors d'haleine. Elle avale les marches. Se fige net sur la dernière. Tend l'oreille. Les bruits de casseroles lui parviennent depuis la cuisine, Marthe est affairée. Elle en profite pour passer furtivement par le grand salon et rejoindre le bureau de son père. Sa main tremble et elle peine à insérer la clef dans la serrure. Y parvient enfin. Évacue les questions qui se bousculent dans sa tête en appliquant les ordres à la lettre. Elle ouvre la petite armoire réfrigérée, repère la trousse en cuir, s'en saisit et quitte les lieux...

De nouveau, la course à travers bois. De nouveau, le sentiment affolant d'être l'actrice d'une terrible tragédie. Et cette musique qui se propage depuis la piscine, lui rappelant que ce soir, c'est la fête, et qu'Ethan en est le roi ! Elle parvient au cottage, à bout de souffle, à bout de nerfs. S'effondre devant son père qui est en train de faire accoucher la fille. Celle-ci émet des râles primaux, des râles qui viennent du fond de ses tripes. Son visage n'est plus qu'une infâme crispation écarlate. La fille est en plein travail...

Assise sur une chaise, le regard cloué sur un microscopique défaut du parquet, le poing dans la bouche pour juguler l'irruption des sanglots, les jambes battant sans relâche la mesure de son stress, elle attend comme le lui a ordonné son père. Elle se jure et se répète qu'elle n'aura jamais d'enfant. C'est trop de douleurs. Et c'est plein de sang ! Un sang qui se répand et coagule sur les mains et les avant-bras de son père. Un sang qui pue la rouille. Un sang souillé de selles... Et soudain, tout s'arrête. Les braillements de la fille. Les invectives de son père. Un silence poignarde le temps. Elle tourne alors lentement la tête vers la scène hallucinante qui se déroule juste là, à portée d'yeux. Son père vient d'extraire le machin, visqueux et sanguinolent. Le temps s'étire étrangement et bientôt, le cri éraillé d'un bébé déchire le calme assourdissant qui s'était installé. Elle fixe le nouveau-né avec fascination et... se demande si c'est normal, cette disproportion entre les deux bras et ce faciès asymétrique... À moins que ce ne soit un tour de son esprit ? La fatigue ? Le stress ? Un mauvais angle de vue ?... C'est le visage horrifié de son père qui met fin à ses doutes. « Oh mon Dieu ! » s'entend-elle glapir.

❦

— Madame ? Vous m'entendez ?

Alicia sursauta. C'était la voix d'Anna qui s'élevait derrière la porte. De nouveau, l'employée de maison toqua et l'appela.

— Madame Alicia ? Vous êtes là ?

— Oui, oui. Un instant, s'il vous plaît !

Alicia se leva. Fonça à la salle de bains pour se rincer le visage et tamponner ses yeux rougis. Elle se rendit présentable et alla ouvrir la porte. Anna était apparemment dans ses petits souliers.

— Je suis désolée, madame Alicia ! Je ne voulais pas vous déranger... J'ai bien essayé de prendre le message, mais le monsieur à l'autre bout du fil ne voulait rien entendre... Il a tellement insisté ! Et sur un ton vraiment très autoritaire... alors...

— De quoi parlez-vous, Anna ?

— De... d'un certain M. Leuil, expliqua-t-elle en chiffonnant le morceau de papier qu'elle tenait dans la main.

Le sang d'Alicia ne fit qu'un tour. Avait-elle bien compris ?

— *L'Œil* ? M. *L'Œil*, répéta-t-elle bêtement.

— Oui, madame. Il a été très insistant. Il a dit que vous le connaissiez, que vous étiez depuis peu en affaire tous les deux.

— Que voulait-il ? l'interrompit Alicia avec impatience.

— C'est qu'il n'a pas voulu m'en parler, Madame. Je lui ai bien dit que j'étais chargée de prendre les appels et de faire les commissions, mais il m'a répondu que porter les commissions, c'était bon pour les bourriques.

Alicia tenta de masquer sa rage. Non seulement ce sale type s'introduisait dans sa chambre, mais en plus il osait l'appeler à quelques minutes de l'arrivée des visiteurs ! Sa nervosité augmenta d'un cran et elle s'en prit à la pauvre Anna :

— Alors quoi ?!... Ce type appelle et quoi ?! Pas de message ! Et vous venez me chercher pour me dire ça ?! C'est absurde, enfin, Anna !

La jeune femme sembla rétrécir de plusieurs centimètres. Les mains contorsionnées, elle déglutit et répondit d'une voix piteuse :

— Je... Oh, madame Alicia... En fait, M. Leuil va rappeler à 9 h 15 précises et il voudrait... euh non... en fait, pour reprendre ses mots, il *exige* que ce soit vous qui lui répondiez.

Alicia regarda l'heure sur le cadran de sa montre. Il était 8 h 52 ! Ce sale type jouait avec ses nerfs !

— *Fuck !* jura-t-elle. *Fuck, fuck, fuck !*

Anna fixait fébrilement ses souliers, attendant le verdict.

— Il n'a rien dit de plus ? Un motif à cet appel ?

— Non, madame Alicia. Comme je vous l'ai dit...

— Ça va, j'en ai assez entendu.

Alicia réfléchit à toute allure et enchaîna :

— Quelqu'un vous a-t-il entendue parler à L'Œil ?

— Euh... non, Madame... Les premiers visiteurs sont programmés à 9 h 30, donc personne n'est encore arrivé... Et j'étais seule au grand salon quand j'ai pris l'appel.

— Parfait. Vous garderez cela pour vous, c'est clair ?

— Oui, madame Alicia.

— Par ailleurs, combien avons-nous de postes téléphoniques au manoir ?

— ... Je... je vais aller les compter si c'est ce que Madame sou...

— Oh, pour l'amour du ciel, Anna ! D'où puis-je prendre ce fichu appel sans que la moitié de la planète puisse entendre ma conversation ?

L'employée se tritura les méninges et finit par proposer d'une minuscule voix :

— Je suppose que l'endroit le plus préservé... est encore le bureau de feu votre père, Madame.

Alicia sentit une boule monter dans sa gorge. En dehors de son appartement dans le parc de la clinique de Perros-Guirec, le bureau constituait l'espace intime, personnel, de son père au sein du manoir.

Il pouvait y passer des heures, seul, et lorsqu'il s'enfermait, nul ne s'avisait de le déranger.
— Bien. Je suppose que vous avez la clef ?
— Oui, Madame.
— Allez l'ouvrir, s'il vous plaît.
— Bien, Mad...
Mais Alicia avait déjà tourné les talons.

*

Un nœud s'était formé dans son estomac. Que lui voulait ce sale type ? Pourquoi cherchait-il à l'avoir au téléphone ? Que se passerait-il si elle refusait d'entrer dans son jeu ? Alicia faisait les cent pas dans le bureau de son père, avec le sentiment d'être prise en otage. En réalité, elle n'avait aucune marge de manœuvre. Avec les confidences versées dans son journal, L'Œil avait de quoi la faire enfermer ! Sans compter les révélations sur son intimité !... Elle se sentait comme un lapin dans un clapier à quelques minutes du coup de bâton sur la nuque... Pour la énième fois, elle lança un regard machinal à l'horloge murale. 9 h 14. Un pic de stress lui vrilla les boyaux. Le décompte s'égrenait dans son esprit à une allure infernale. Alicia alla s'asseoir derrière le bureau de son père, les yeux fixés sur l'appareil. Terrorisée. Bien qu'elle n'attendît rien d'autre que cette fichue sonnerie de téléphone, elle sursauta quand celle-ci déchira le silence. Elle décrocha mécaniquement. Sa voix nouée et tremblante lui fit l'effet d'une plainte et elle s'en voulut de s'offrir ainsi en pâture à l'appétit de son tortionnaire.
— Allô !... Alicia Le Guen, à l'appareil.

— ... Bonjour, ma petite Alicia.

La voix de L'Œil était malicieuse, presque trop douce. De cette douceur susceptible de basculer dans son contraire en une fraction de seconde. Alicia sentit la chair de poule l'électriser.

— C'est bien, tu es une gentille petite fille, Alicia. Je vois que tu as compris les règles du jeu entre nous... J'ordonne et toi, tu obéis.

Ce type était à vomir ! Son ton, cette manière de la diminuer, son arrogance étaient insupportables ! Elle se mordit les lèvres pour se taire.

— Laisse-moi être très clair désormais, reprit-il d'une voix cassante. Ce téléphone est un portable à carte prépayée. Si tu essaies de remonter jusqu'à moi, tu feras chou blanc... Est-ce que c'est clair ?

— ... Oui.

— Bien... Autre chose : s'il te venait à l'esprit la très mauvaise idée de prévenir la police, tu serais punie. Immédiatement et sans appel ! J'imagine aisément que tu ne souhaites pas que tes sales petits secrets soient révélés au grand jour. Je me trompe, Alicia ?

— ... Non.

— Parfait... Alors, maintenant que nous sommes d'accord, ouvre bien grand tes oreilles. Tu es prête ?

— Oui... je vous écoute. (Sa voix n'était déjà plus qu'un murmure.)

— Je veux un million d'euros.

Un million ?! Alicia sentit immédiatement ses tempes bourdonner. Ce type était complètement fou !

— Mais, je...

— Chuuuut... Ne me mets pas en colère, ma petite Alicia, tu le regretterais, crois-moi. Tes horribles secrets

valent largement un million, et tu le sais très bien...
À moins que tu veuilles finir en prison, bien sûr... et que, par-dessus le marché, je livre quelques extraits bien choisis de ton cahier en pâture aux journalistes.

Un silence terrible suivit cette déclaration. Alicia se savait totalement piégée. Tant que le cahier rouge se trouverait entre les mains de L'Œil, elle serait à sa merci.

— Imaginons que je réussisse à réunir cette somme... qu'est... qu'est-ce qui me dit que vous vous arrêterez là, hein ? réussit-elle à formuler nerveusement.

— Un million, c'est la somme qu'il me faut pour commencer une nouvelle vie, s'agaça L'Œil. Je n'ai pas besoin de plus, crois-moi.

— Un million contre le cahier, lâcha-t-elle précipitamment.

Elle entendit clairement la respiration de L'Œil s'accélérer. Visiblement, il n'appréciait pas qu'elle lui tienne tête.

— Réunis cette somme sur un de tes comptes d'ici lundi.

— C'est trop court, je...

— Lundi, Alicia ! Pas un jour de plus. Débrouille-toi ! Tu as des avoirs suffisants. Ton gentil petit papa n'aurait jamais laissé sa fifille adorée dans le besoin, n'est-ce pas ?... Je reprendrai contact avec toi pour te communiquer les coordonnées bancaires d'un compte *off shore* et tu effectueras un virement. Quand j'aurai la somme, je te rendrai ton cahier.

— J'ai besoin d'une garantie ! osa-t-elle, aux abois.

— Tu veux une garantie, petite garce, je t'en offre une ! Si tu n'obéis pas à mes ordres, j'envoie ta prose aux flics et une copie aux journalistes.

Alicia retint un hurlement de rage. L'Œil la baladait ! Elle n'avait aucun moyen de pression sur lui.

— Alors, elle te plaît, *ma* garantie ? relança-t-il avec un ricanement qui finit de la glacer.

— Vous... vous êtes un menteur ! Ma mère m'a téléphoné la veille du... du meurtre... Elle vous a nommé ! Vous lui avez parlé des confessions de mon cahier, n'est-ce pas ? (Sa voix montait dans les aigus, elle était au bord de l'hystérie.) C'est vous qui êtes derrière la mort de mon père, hein ?! Pareil avec Manon ! Je sais que c'est vous, le dénonciateur anonyme ! Alors, pourquoi je vous croirais ?! Hein, Pourquoi ?

Un soupir se fit entendre.

— Elles m'ont désobéi, voilà tout... Et elles n'auraient jamais dû.

— Qu'est-ce que vous dites ?

— ... Lundi, ma petite Alicia, lundi. Tic-tac, tic-tac, tic-tac... Je te recontacterai.

Puis il raccrocha, la laissant totalement sonnée. Tandis que le signal entrecoupé résonnait sur la ligne, elle sentit que le trop-plein de détresse et d'angoisse commençait à ruisseler sur ses joues. Un terrible engrenage était lancé. Si elle refusait de faire ce qu'il disait, nul doute, L'Œil mettrait ses menaces à exécution. Ne venait-il pas de lui affirmer que sa mère et Manon lui avaient désobéi ? S'il disait vrai, chacune d'elles avait payé le prix fort. Se pouvait-il qu'elle ait une chance de s'en sortir, ou bien L'Œil la manipulait-il ?

Éloïse,
la veille du meurtre de Thierry Brousse

La nuit avait de nouveau été agitée pour Éloïse dont les rêves étaient peuplés d'un pêle-mêle d'images sordides issues des gros titres des journaux et que son imagination distordait et amplifiait sans fin. D'un pas fatigué, la gendarme descendit rejoindre Amanda au salon. Dehors, un crachin gris et dru brouillait la vue sur les bois alentour. On aurait dit que chaque arbre ployait de tristesse sous l'assaut d'un ciel dépressif.

— Café ?

Éloïse approuva d'un hochement de tête en prenant place en face d'Amanda. La journaliste semblait étrangement fraîche dès le saut du lit. Elle avait pour elle des années et des soucis en moins, songea Éloïse. Les deux femmes prirent leur petit déjeuner en silence. Une fois la table débarrassée, la journaliste se décida à passer à l'action.

— Je ne vous demande pas si vous avez bien dormi… vu votre mine.

— Merci, Amanda, pour votre délicatesse.

— Oh mais de rien, c'est un plaisir !

Elles échangèrent un regard amusé.

— On se met en ordre de bataille ? relança la journaliste.

— Allons-y.

Amanda attrapa une feuille dans le fourbi de ses dossiers et la plaça devant Éloïse.

— Voilà ce que je propose. Vous vous chargez de Caroline Gombert. Elle aura davantage confiance si c'est vous, sœur de Manon, qui l'approchez. Hormis vos parents, elle est la dernière personne connue à avoir vu votre sœur le jour de sa disparition. Elles ont passé l'après-midi ensemble. Manon lui a-t-elle confié quelque chose ? Quel était son état d'esprit ? Était-elle préoccupée ? Votre sœur avait mis sa robe préférée ce jour-là, à quelle soirée avait-elle prévu de se rendre ou s'est-elle rendue ? Est-ce que…

— OK pour moi ! la coupa la gendarme. J'ai bien compris, je vous rassure.

— Parfait… De mon côté, j'attends toujours une réponse de ce fameux Duprez. Mais il y a de l'espoir parce que, si j'en crois ma boîte mail, il a ouvert mon courriel ce matin à 8 h 30. Je lui ai laissé mon numéro et demandé de bien vouloir me téléphoner pour une affaire urgente.

— J'ai un peu de mal à comprendre votre logique sur ce coup, mais bon…

— Ce biochimiste a quitté Biolab moins de deux ans seulement après sa création, au moment où les affaires commençaient à décoller. Pourquoi ?

— Lombard vous l'a dit, pour suivre sa femme en Suède.

— C'est ce qu'il m'a dit, oui ! Mais il a menti ! On aurait dit qu'il avait une arête de poisson en travers de la gorge. De plus, Le Guen et Lombard ont pris grand soin de chasser toute référence à sa présence. Pourquoi ?

Éloïse secoua la tête en signe de renoncement.

— OK ! De toute façon, c'est juste un appel... Quoi d'autre de votre côté ?

— Je continue mon 360 sur la famille Le Guen. Côté vie privée cette fois-ci.

— Les enfants Le Guen ont accepté de vous recevoir ? s'étonna la gendarme.

— Absolument pas ! La dénommée Anna – une sorte de gouvernante – filtre tous les appels avec soin. Pire qu'une huître ! Visiblement, je fais partie des déchets que notre Anna préfère laisser à l'extérieur du manoir.

— Et donc ?

— Eh bien, c'est elle qui m'a donné l'idée, figurez-vous. Après une dizaine d'appels infructueux, j'ai songé qu'il y avait probablement eu une autre Anna, avant celle-ci, vu que je situe la voix de notre Anna actuelle aux alentours de la trentaine.

La gendarme écarquilla les yeux. La journaliste était décidément pleine de bon sens ! Il suffisait d'y penser...

— J'ai donc fait quelques recherches sur le Net et je suis tombée sur une feuille de chou locale qui avait consacré plusieurs pages au mariage d'Ethan Le Guen, il y a quelques années. L'article mentionnait qu'une dénommée Marthe Brousse, gouvernante et intendante du manoir, gérait une équipe de quarante-cinq personnes pour la mise en place et le service à table des convives.

— Je vois. Joli coup ! Et cette Marthe Brousse, alors ?

— Je l'ai trouvée dans l'annuaire ! exulta Amanda. Elle fait partie de cette génération ayant encore une ligne fixe en 02 !

— Effectivement... elle ne doit pas être de première jeunesse.

— J'ai *googelisé* l'habitation. Elle crèche à Perros-Guirec, juste à côté du manoir des Le Guen, figurez-vous. Une fermette hors d'âge qui aurait besoin d'un vrai ravalement de façade.

— Mmm... par expérience, croyez-moi, si la façade est à refaire, l'intérieur est à l'avenant ! se moqua Éloïse.

Toutes deux partirent d'un rire plus nerveux que joyeux.

— Et Caroline Gombert, je suppose que vous l'avez *googelisée* elle aussi ? relança Éloïse.

— Tout à fait. Elle est secrétaire de direction dans une boîte de BTP à Lannion. Divorcée, deux enfants. Elle a fait construire une petite maison juste à côté de chez ses parents.

— OK. Alors, je vois parfaitement où c'est. À l'époque, Manon passait la moitié de son temps chez cette fille !

— Oui, mais on est vendredi et votre Caroline Gombert est certainement au travail... si elle n'est pas en vacances. Bref, appelez la boîte où elle bosse avant de vous déplacer, conseilla la journaliste en lui tendant un Post-it sur lequel figuraient le nom et les coordonnées de l'entreprise de BTP.

— Merci, je vais l'appeler... Vous partez maintenant ? s'étonna Éloïse quand elle vit Amanda enfiler son vêtement de pluie.

— Oui. Ce matin, je vais ratisser du côté de mes confrères journalistes plantés devant le manoir des Le Guen, on ne sait jamais ! Et à midi, je compte prendre mon déjeuner à la brasserie La Providence, manière de voir si je peux en apprendre davantage sur le déroulé de l'enquête concernant votre sœur.

— Vous m'en direz tant !

— Allez, je file. On se retrouve ici en fin de journée ?

— Forcément... Je vois mal à quel autre endroit je pourrais aller, commenta Éloïse d'un ton désabusé.

Éloïse,
la veille du meurtre de Thierry Brousse

Éloïse resserra le col de sa veste contre son cou. Le vent s'engouffrait dans la rue comme dans un tuyau et, avec lui, le crachin que vomissait le ciel lui fouettait désagréablement le visage. Elle bifurqua dans une petite rue piétonne, avala les cinquante derniers mètres d'un pas vif et poussa enfin la porte de la crêperie. Les effluves de cuisine la ramenèrent immédiatement trente ans plus tôt, à l'âge où Manon et elle faisaient la guerre à leurs parents pour manger des crêpes à chaque goûter ! Chocolat-banane pour Manon, Suzette pour elle. La gendarme se surprit à sourire à la résurgence de ce souvenir d'enfance.

— Éloïse, je suis là ! lança une voix qui la sortit de ses songes. Je me suis installée en t'attendant.

La gendarme dévisagea un instant la femme qui venait de se lever. Elle ne conservait qu'un souvenir lointain de Caroline Gombert, mais maintenant qu'elle se tenait devant elle, elle la remettait parfaitement. Ni jolie, ni moche. Un poil trop austère, peut-être. Visage oblong émaillé de taches de rousseur, nez légèrement retroussé, yeux noisette. La coiffure, en revanche, modifiait l'impression générale. Les longs cheveux roux avaient laissé place à une coupe courte aux mèches châtain foncé et châtain clair. Avec son tailleur pantalon, ses talons aiguilles et sa coupe moderne, Caroline Gombert collait parfaitement à l'image qu'on pouvait se faire d'une secrétaire de direction. Apprêtée et pincée à la fois.

— Bonjour, Caroline. Merci d'avoir accepté de me rencontrer.

— Mais, je t'en prie…. Je n'aurais décemment pas pu faire autrement… vu la situation.

Éloïse attendit qu'elles aient passé commande avant d'entrer dans le vif du sujet.

— Si j'ai bien compris, tu suis l'affaire ?

— Oui, je lis les journaux. Cette histoire est vraiment… incompréhensible. D'ailleurs, pour être franche avec toi, je m'attendais à être contactée.

— Par moi ?

— Non, par les enquêteurs. Et, ça viendra peut-être. L'enfant est né le jour où Manon a fugué… et je venais de passer l'après-midi avec elle, expliqua-t-elle en baissant la voix. Alors…

— Justement, je suis là pour ça. Pour essayer de reconstituer les événements qui ont précédé cette disparition.

Caroline fronça les sourcils en signe d'incompréhension.

— Manon est tout de même mieux placée que moi pour t'éclairer sur son emploi du temps de ce jour-là.

— Oui, mais Manon ne se souvient de rien. Pas même de son accouchement.

Un silence stupéfait suivit cette déclaration. Visiblement, Caroline ne s'attendait pas à ça.

— Tu es sérieuse ?

— Hélas, oui... Et j'en déduis que tu n'as pas revu Manon après sa fugue ?

— C'est exact... Je venais d'obtenir mon bac... Comme tous les étés, ma mère, mon frère et moi sommes partis dans le Sud-Ouest pour les vacances. On a une maison de famille au Cap-Ferret. Ma mère était institutrice, donc nous passions tous nos étés dans le bassin d'Arcachon. Mon père, lui, se libérait généralement une grosse quinzaine. Bref, on est rentrés fin août et je suis repartie mi-septembre à Rennes pour entamer mes études... Depuis le Cap-Ferret, j'ai reçu l'appel d'une copine de lycée qui m'a informée que Manon avait été retrouvée... Mais à mon retour à Lannion, avec l'aménagement de mon logement étudiant et les démarches à la fac, je t'avoue que je n'ai pas recontacté Manon... Et puis après... tu sais comment c'est... Le temps file et... finalement, on s'est perdues de vue.

— Oui, je comprends... Écoute, Caroline, je vais être claire avec toi... j'ai besoin d'être sûre que tu garderas pour toi nos échanges.

— Sois tranquille sur ce point, la rassura son interlocutrice d'un ton légèrement moqueur... Cette histoire est plutôt sensible et... très honnêtement, si je pouvais ne pas être mêlée à tout ce ramdam médiatique, ça m'irait plutôt bien.

Éloïse hocha la tête en soupirant. Elle ne comprenait que trop la position de l'ancienne amie de sa sœur.

Qui souhaite voir son nom apparaître dans une affaire aussi abjecte ?

— J'entends bien... N'aie aucune crainte pour ce qui concerne notre entrevue, mon enquête est officieuse. J'essaie juste de reconstituer un puzzle dont, au demeurant, il manque pas mal de pièces. Je ne suis pas certaine que les policiers chargés de l'enquête cherchent à faire de même. Après tout, ils tiennent leur coupable.

— C'est vrai alors, cette histoire d'ADN ?

— Hélas, oui.

— C'est dingue ! Manon a passé l'après-midi chez moi, on s'est baignées dans la piscine... Je... je l'ai vue en maillot de bain ! Et...

— Attends un instant ! réagit immédiatement Éloïse. Tu viens de faire tomber en une seconde la théorie de Me Balengier, l'avocat de Manon ! Il pensait à un cas de dissimulation de grossesse mais, si tu dis vrai, il se trompe.

— Je suis formelle, Éloïse, affirma Caroline d'un ton péremptoire. Manon ne cachait rien parce qu'elle n'avait rien à cacher. D'ailleurs depuis que cette affaire est sortie, je n'arrête pas de me repasser les images de l'après-midi en question. Et je sais que je ne confonds pas avec un autre épisode parce que, le lendemain, il y a eu la visite de ton père qui recherchait Manon, puis, deux jours après, celle des policiers. Je leur ai d'ailleurs redit ce que j'avais dit à votre père... Et puis, deux jours plus tard, on partait en famille pour le Cap-Ferret.

La serveuse arriva à ce moment-là et déposa les assiettes sur la table. Éloïse eut le sentiment que la femme la dévisageait un peu trop longtemps. Avait-elle fait le rapprochement avec la photo de Manon qui faisait la une ? La gendarme lui retourna un regard peu amène et la serveuse fila sans demander son reste.

— Justement, que peux-tu me dire exactement sur cet après-midi du 27 juin 1999 ? relança Éloïse.

— Ce que j'ai dit aux policiers. Manon et moi étions seules à la maison. Ma mère bouclait son année scolaire et mon père était au bureau. Quant à Quentin, mon frère, il avait rejoint ses amis pour une partie de foot. Manon et moi, on a profité du beau temps. On s'est installées au bord de la piscine et on a bu quelques verres. Manon a sorti un joint et on a fumé... C'était pas bien méchant ! se défendit Caroline, s'avisant qu'elle parlait à une gendarme.

— Pas la peine de t'inquiéter, je suis assez bien placée pour savoir que ma sœur consommait de la drogue. Et pas que de la marijuana !

— C'est vrai, admit Caroline d'un ton contrit. Pour autant, moi, je ne touchais à rien d'autre. D'ailleurs, ces histoires de drogue, c'était un sujet de dispute récurrent entre Manon et moi... Je trouvais qu'elle abusait. C'était comme si... je ne sais pas... comme si elle avait toujours besoin d'aller plus loin, de rechercher des sensations plus fortes et de prendre des risques inconsidérés. Et même si j'admirais Manon, sur ce plan, je ne la suivais pas.

— Et tu faisais bien, si tu veux mon avis ! Manon se mettait effectivement en danger, admit la gendarme en soupirant... Mais revenons à l'après-midi en question.

— Que te dire de plus ? On a pris du bon temps et puis... Manon est partie vers 17 heures. Avant le retour de ma mère, ça, c'est sûr. Pour ne rien te cacher, mes parents voyaient d'un assez mauvais œil mon amitié avec Manon... Non pas qu'ils ne l'aimaient pas ! Au contraire, ils la trouvaient plutôt attachante. Mais, comment dire... Ils craignaient sûrement que je me laisse entraîner... Tu sais comment sont les parents.

— J'imagine bien, oui. Vu les comportements de Manon, je les comprends d'autant mieux... Mais cet après-midi-là, comment as-tu trouvé ma sœur ? Elle t'a dit quelque chose sur ses projets pour la soirée ? Balaie large, Caroline, tout ce que tu me diras pourrait être utile.

Caroline Gombert mastiqua une bouchée de sa crêpe en réfléchissant à la demande d'Éloïse. Sourcils froncés et bouche pincée, elle se replongeait dans ses souvenirs vieux de seize ans.

— ... Eh bien, pour être franche, je pense que Manon n'était pas au mieux de sa forme. Il y avait eu le départ d'Ethan en Angleterre en début d'année et... même si elle n'en parlait jamais, je crois vraiment qu'elle avait essuyé un revers très douloureux.

— Manon ne se confiait pas à toi ?

— Tu plaisantes ! s'esclaffa froidement Caroline. Manon faisait partie des filles plutôt populaires du lycée. Elle était belle, drôle, et par-dessus tout, elle aimait faire la fête. Beaucoup de jeunes la trouvaient « cool », précisa-t-elle en mimant les guillemets. Je pense qu'ils se trompaient. Et même si, à l'époque, je manquais de maturité et de confiance en moi, je crois que j'avais senti une sorte de faille chez Manon... C'est difficile à expliquer...

— Je sais de quoi tu parles... et tu avais parfaitement raison. Pour autant donc, malgré cette fêlure, Manon ne se confiait pas ? Elle n'avait pas d'amis ?

— Non, Manon ne s'épanchait pas... Elle était très secrète. Pourtant je pense pouvoir dire que j'étais son amie la plus proche. Pour plusieurs raisons, d'ailleurs. Un, je n'étais pas à proprement parler populaire. Manon et moi n'étions donc pas rivales, si je peux m'exprimer ainsi. Deux, j'étais plus raisonnable que Manon, plus sage. Et, malgré tout ce qu'elle donnait à voir, je pense qu'elle recherchait un cadre... une sorte de stabilité qui lui faisait défaut. Ça peut paraître fou, vu ses comportements et son extraversion... mais je pense que c'était le cas. Au final, on se complétait plutôt bien. Elle m'apportait le petit grain de folie dont j'avais besoin et moi, une forme de tempérance dont elle manquait cruellement.

Éloïse acquiesça, la mort dans l'âme. Caroline, sans le savoir, lui renvoyait tout ce qu'elle n'avait pas su voir et sentir à l'époque. Ne s'était-elle pas cantonnée à figer Manon dans une image superficielle, occultant sa souffrance et ses appels à l'aide ?

— Je t'ai blessée, Éloïse ?

— Oh... non, non ! Je... je pensais que je n'avais peut-être pas su lire entre les lignes...

— En même temps, tu étais sa sœur ! Je n'ose imaginer la place et l'énergie que Manon devait prendre au sein de la famille ! balança Caroline comme une évidence.

La gendarme détailla son interlocutrice. Derrière ses airs revêches, se cachait un esprit fin, aiguisé et sensible.

— Mais pour revenir à ce que je disais au début, je crois que Manon souffrait encore de la rupture avec Ethan… À son retour de Londres – c'était aux environs de la Toussaint –, elle m'a raconté une histoire fantasque à laquelle elle était la seule à vouloir croire. C'était son côté licorne et guimauve, je suppose ! Bref, au lieu d'admettre qu'elle venait de se faire plaquer, elle a noyé le poisson en expliquant à qui voulait bien l'entendre qu'elle rejoindrait Ethan après le bac, qu'il l'attendait à Londres… patati patata… Au final, quand il est revenu à Perros-Guirec à Noël, il a organisé une fête de dingue pour le premier de l'an, une fête où la moitié du lycée Saint-Just a été invitée… et pas Manon.

La gendarme hocha la tête pour signifier qu'elle était au courant.

— C'était d'ailleurs plutôt vachard de sa part !

Caroline baissa les yeux, visiblement embarrassée. Elle demeura quelques instants hésitante, puis se décida.

— Écoute, Éloïse, je vais être franche avec toi, d'accord ?

— Oui, bien sûr. Qu'est-ce qui se passe ?

— Eh bien… Manon avait un rapport assez particulier aux garçons. Elle était… excessive. Très excessive. Avec elle, c'était tout ou rien. Ses relations étaient volcaniques, passionnelles… Avant Ethan, elle rencontrait l'homme de sa vie tous les quatre matins ! Ceux qui se retrouvaient malencontreusement pris dans ses filets en bavaient, je te prie de me croire !

— Tu entends quoi par là ?

— Textos incessants, billets doux, déclarations enflammées, mises à l'épreuve, jalousies, chantages…

la panoplie complète des émotions poussées à leur paroxysme ! Et le pire, dans tout ça, c'est qu'une nouvelle rencontre chassait l'autre et que le cycle infernal recommençait...

— Mmm... je vois, approuva Éloïse en repensant à sa conversation de la veille avec Charles. Et avec Ethan, ça ne s'est pas passé comme ça ?

— Non. J'ai le sentiment qu'avec ce garçon, Manon s'est enfoncée dans une espèce de mélasse obsessionnelle... Plus il lui échappait, plus elle lui courait après. Ce que j'essaie de dire, c'est qu'il s'est montré clair avec elle durant toute l'année de première.

— Ils ont pourtant passé l'été qui a suivi ensemble !

— En effet, j'ai su ça à mon retour du Cap-Ferret, à la rentrée en terminale... Mais, pour être honnête, j'en ai été très étonnée, car auparavant Ethan n'avait jamais saisi les perches que Manon lui tendait...

La gendarme, songeuse, eut une moue dubitative. Pourquoi diable ce garçon avait-il fini par céder aux assiduités de Manon, si elle ne l'intéressait pas ? D'autant plus s'il avait le projet de partir à Londres ?

— Personne ne peut affirmer qu'Ethan a manqué de tact ou de transparence avec Manon, résuma Caroline. Peut-être a-t-elle refusé de l'entendre ? Elle en était capable, tu sais ! Bref... nul ne sait – ni toi, ni moi – ce qu'Ethan a dit à Manon quand celle-ci s'est pointée à Londres.

— Ce n'est pas faux...

— Et si Ethan a bien joué franc jeu avec ta sœur à Londres, on peut déduire qu'il ne l'a pas invitée à sa fête du premier de l'an pour être cohérent avec la rupture qu'il avait déjà actée, non ?

Éloïse se retint au dernier moment de rétorquer à Caroline qu'on ne tombait pas enceinte par l'opération du Saint-Esprit – il n'était pas question de prendre le risque d'une rumeur autour d'une paternité, que rien encore ne prouvait... Elle se promit de revenir sur les fréquentations de Manon.

— En revanche, reprit Caroline, une chose est certaine : la reprise en janvier a été terrible pour Manon !... Tu sais, poursuivit-elle après un court silence, être populaire, c'est aussi être exposé. Les filles comme moi, on rêvait toutes de ressembler à Manon. Mais si l'on met de côté les prétendus avantages d'une gloriole somme toute éphémère, le prix à payer est plutôt élevé. Et la rançon de cette popularité, c'est de devoir en permanence encaisser les coups bas, les quolibets, les rumeurs... Manon était admirée et enviée, mais elle était profondément seule et, crois-moi, les jeunes du lycée ne lui faisaient pas de cadeaux !

— Je vois... Et que s'est-il passé en janvier ?

— Manon a fait l'objet de tous les sarcasmes. Ceux qui s'étaient rendus chez Ethan pour le premier de l'an en ont raconté des kilos et des kilos. Manon a encaissé, comme elle a pu. Mais j'ai bien senti qu'elle en bavait. D'ailleurs, sans vouloir dramatiser, j'ai eu l'impression que quelque chose se brisait en elle.

— Qu'est-ce que tu veux dire par là ?

— Eh bien... je crois qu'elle a véritablement vécu son premier grand chagrin d'amour. Et même si elle a continué à faire les quatre cents coups, je la trouvais... plus sombre... Moins enjouée... Elle souffrait, en fait.

Éloïse tenta de se souvenir plus précisément de Manon et, par-delà ses humeurs inconstantes, elle visualisa mieux la morosité de sa jumelle. Les heures passées dans sa chambre. Les rêveries empreintes de mélancolie. Le décrochage scolaire. Et l'hostilité manifeste dès qu'on la contrariait... ce qui arrivait souvent. Éloïse laissa filer quelques secondes supplémentaires et décida qu'il était temps de sonder Caroline sur les relations que Manon avait pu entretenir à l'époque.

— Mais... elle qui avait enchaîné les flirts durant toute son année de première n'a pas eu un nouveau petit ami après le départ d'Ethan ?

— ... Pas que je m'en souvienne, répondit Caroline après une longue réflexion. C'est étrange, hein ? Mais il a bien fallu qu'elle rencontre quelqu'un... vu ce que les médias révèlent aujourd'hui, n'est-ce pas ?

Puis, comme prenant conscience de ce qu'elle venait de dire, Caroline s'empourpra :

— Grand Dieu, Ethan Le Guen serait le père ? C'est ce que tu penses ?

— Non ! Je t'arrête tout de suite, tu fais fausse route, mentit effrontément Éloïse. L'enfant est né prématurément de neuf semaines.

L'ancienne amie de Manon marqua un arrêt. Après un rapide calcul, elle formula à haute voix :

— Ça nous emmène à une conception début décembre 1998... (Elle secoua négativement la tête.) Non... je suis désolée mais je ne vois pas avec qui elle aurait pu sortir à ce moment-là. Cela étant, je suppose que Manon peut te répondre. Elle n'a pas tout oublié quand même ?

— Non, en effet, elle n'a pas tout oublié... Le problème, c'est qu'elle est en garde à vue, et avant son arrestation je n'avais aucune raison de lui poser ces questions-là. Je suis donc obligée de sonder les témoins de l'époque pour essayer de comprendre ce qui a pu se passer.

Caroline hocha gravement la tête. Soudain, un léger bip-bip se fit entendre et la secrétaire jeta un œil à sa montre.

— Désolée, j'avais mis mon alarme. J'ai un rendez-vous de travail dans vingt minutes.

— Oui, oui, je comprends. Juste une dernière question, Caroline.

— Pas de problème, vas-y.

— Tu disais tout à l'heure que Manon n'était pas au mieux de sa forme cet après-midi-là… Tu peux m'en dire plus ? Y avait-il un motif précis à cela ? Ou est-ce…

— C'est vrai, de fil en aiguille, j'ai oublié que je voulais en venir à ça, justement ! la coupa Caroline. Mais attention, ce que je vais te dire est plus une interprétation de ma part qu'un fait en soi, d'accord ? (Éloïse hocha la tête.) En fait, ce fameux après-midi de juin, j'ai trouvé Manon tracassée. Elle était là sans être là… Je voyais bien que son esprit vagabondait. Elle ruminait… Et je me souviens d'avoir immédiatement songé que c'était à cause de la soirée organisée par Ethan Le Guen.

— Tu dis ?

— Au lycée, tout le monde venait d'apprendre qu'Ethan était rentré pour célébrer son baccalauréat. Il se préparait une grande fête au manoir, digne des Le Guen, tu imagines un peu ! Bref, c'était *the place to be* du moment.

La gendarme se raidit, alertée. Elle repensa à la déposition de sa mère concernant la robe de Manon, au fait que sa fille s'apprêtait à sortir...

— Mais, à l'époque, tu en avais parlé aux policiers, de cette fête ?

Caroline la regarda avec un mélange de surprise et d'incompréhension :

— Pourquoi l'aurais-je fait ? Manon n'avait pas reçu de carton d'invitation !

Amanda,
la veille du meurtre de Thierry Brousse

14 h 15. La journaliste avait choisi de ne pas prévenir l'ancienne gouvernante de sa visite. Elle espérait pouvoir la cueillir sur le vif. Elle s'engagea sur le chemin défoncé qui conduisait à la masure de Marthe Brousse, en tentant d'éviter les nids-de-poule. Mais ils étaient tellement nombreux que c'était peine perdue. Plus elle approchait de la fermette, plus le lieu lui semblait désolé. Les murs et les boiseries défraîchis semblaient pleurer de tristesse et le vieux toit d'ardoise se noyait dans le camaïeu de gris du ciel. Quand elle fut suffisamment proche, la journaliste repéra une lumière allumée au rez-de-chaussée. Bonne pioche : Marthe Brousse était bien chez elle.

À peine tira-t-elle le frein à main qu'une silhouette surgit dans l'embrasure de la porte. Un rapide coup d'œil renseigna Amanda sur son interlocutrice : Marthe Brousse avait tout de la femme usée par le labeur. Ses mains épaisses et noueuses lissaient machinalement un tablier attaché autour de sa taille osseuse, et elle se tenait sur le seuil, les épaules légèrement voûtées, arborant un visage méfiant labouré de rides.

— Bonjour, madame ! lança Amanda en sortant de sa voiture.

Et elle réduisit la distance entre elles deux en se fendant d'un sourire qu'elle voulait rassurant. Marthe Brousse se contenta quant à elle d'un vague hochement de tête qui signifiait tout à la fois bonjour, qui êtes-vous, que faites-vous ici.

— Je suis désolée de vous importuner, enchaîna la journaliste en brandissant une carte tricolore qu'elle s'empressa de remiser. Madeleine Chabroussel, lieutenant de police. (Amanda releva immédiatement la légère crispation du visage face à elle.) J'enquête sur l'affaire Le Guen. J'ai préféré venir vous trouver plutôt que de vous convoquer au commissariat.

— Bonjour, madame, murmura Marthe Brousse, visiblement impressionnée. C'est que je n'avais pas prévu de recevoir et...

— Bah ! Ne vous en faites pas pour ça ! la rassura Amanda en s'introduisant dans la maison. On est habitués, vous savez, à aller chez les gens. Je peux m'asseoir ? poursuivit-elle en tirant une chaise dans la cuisine. Je n'en ai pas pour longtemps, ne vous inquiétez pas ! Je souhaite m'entretenir avec vous autour de... (Elle baissa volontairement le ton pour donner à l'échange un caractère plus intime.)... ce sinistre drame.

À ces mots, Marthe Brousse hocha vigoureusement la tête. Son expression trahissait son bouleversement. Amanda se fendit d'un regard exagérément contrit.

— Un meurtre particulièrement violent et difficile à expliquer... Une affaire qui va faire couler de l'encre, croyez-moi !

Marthe Brousse approuva d'un air soucieux. Puis elle sembla réaliser qu'elle accueillait une visiteuse et s'empressa de demander :

— Voulez-vous quelque chose à boire ?

— Oh, c'est que je ne voudrais pas m'imposer.

— C'est avec plaisir, madame.

— Merci. Vous êtes bien aimable. En fait, je ne dirais pas non à un petit café. Avec cette affaire, je ne compte plus les heures de travail.

L'ancienne gouvernante se dirigea vers un angle de la cuisine et commença à s'affairer. Amanda en profita pour détailler discrètement les lieux. L'intérieur était chiche mais propre. En arrêtant ses yeux sur une pendule suisse en bois ouvragé, la journaliste songea que le mauvais goût n'avait pas de frontière.

— Du sucre ?

— Non, je vous remercie.

Marthe Brousse prit place en face d'Amanda. Mains jointes sur la table, tête baissée, elle semblait attendre, comme à la messe. La journaliste trempa ses lèvres dans le café et se lança.

— Madame Brousse, vous avez été au service des Le Guen durant une trentaine d'années et...

— Trente-trois ans, madame, pour être exacte.

— Dites donc, ça fait une sacrée tranche de vie, tout de même ! Vous devez en avoir, des souvenirs... et finalement, la vie des Le Guen, c'est aussi un peu la vôtre, non ?

— Oh oui, madame. Je pense que j'ai passé plus de temps au manoir que dans ma propre demeure, commenta Marthe en souriant. Et Octave aussi, d'ailleurs !

— Votre mari, improvisa la journaliste.

— Oui. Octave est mort il y a un an et demi. Paix à son âme. Il était le jardinier et homme à tout faire du manoir.

— Toutes mes condoléances.

— C'est ainsi, madame. Que voulez-vous… Un stupide accident…

Amanda hocha gravement la tête et relança l'échange, en sortant son carnet de notes et son stylo.

— En somme… vous êtes le dernier témoin neutre susceptible de nous éclairer sur les Le Guen. Que pouvez-vous nous dire sur cette famille ? Était-elle unie ? Y avait-il des conflits ? Quelles étaient les relations entre madame et monsieur ?

Marthe Brousse parut totalement déstabilisée par le flot de questions. Amanda décida alors de diriger l'entretien.

— Pas de panique, on va prendre les choses par le commencement. Comment êtes-vous entrée au service des Le Guen ?

L'ancienne employée commença à dérouler ses souvenirs. Soucieuse de s'acquitter d'une déposition la plus fidèle possible, elle n'épargna aucun détail à la journaliste qui se félicita intérieurement d'avoir employé l'usurpation d'identité pour parvenir à ses fins. Au bout d'une petite heure, Amanda commençait à se faire une idée assez précise du couple Le Guen. D'un côté, Abby, artiste fragile et mélancolique rattrapée par une déprime galopante et des penchants alcooliques.

De l'autre, Yohann, homme à poigne, meneur et terriblement écrasant. N'eût été sa relation fusionnelle à ses enfants, il avait tout du mâle alpha de la meute.

— Je vois... De ce que j'en comprends, la relation du couple Le Guen n'était pas particulièrement équilibrée... Je suppose qu'il devait y avoir beaucoup de disputes entre madame et monsieur ?

— Oh, non, pensez-vous ! M. et Mme Le Guen étaient des gens très convenables !

Amanda fronça les sourcils, sceptique.

— Jamais ? Tous les couples se disputent, c'est normal.

Marthe Brousse plissa le front et une expression de gêne passa sur son visage.

— C'est que... oui... peut-être que c'est arrivé une fois... Il y a très longtemps, pour tout dire. Ethan ne devait pas avoir plus de six mois ! C'est étrange, d'ailleurs, votre question... Figurez-vous que j'ai eu une conversation sur ce sujet précis avec Madame, il y a tout juste une quinzaine de jours.

Amanda sentit poindre l'excitation. Ainsi, Abby Le Guen s'était entretenue avec son ancienne salariée à quelques jours de son passage à l'acte.

— Je vous écoute, madame Brousse, somma-t-elle d'un ton professionnel.

L'ancienne employée se lança dans le récit des faits qui avaient entouré la fameuse soirée dont elle avait récemment reparlé avec Abby Le Guen. Quand elle eut terminé, Amanda la dévisagea avec circonspection.

— Je ne comprends pas bien... En quoi cette dispute vous a-t-elle marquée pour que vous vous en rappeliez si longtemps après ?

— Eh bien... c'est que Madame a essayé de... de se suicider la nuit qui a suivi... Elle a été sauvée *in extremis*... Le problème, de ce qu'on m'a dit, c'est qu'à son réveil, elle ne se souvenait plus de rien.

— Comment ça ?

— Durant l'hospitalisation de Madame, Monsieur m'a expliqué que le cerveau de son épouse avait, en quelque sorte, choisi d'oublier ses souvenirs, vous voyez ? En fait, sûrement que c'était mieux pour son équilibre à elle... (Amanda l'encouragea d'un hochement de tête.) Mais voilà, Madame est venue me trouver il y a quinze jours et elle m'a dit comme ça que c'était terrible pour elle de vivre sans se rappeler ce qu'il s'était passé cette nuit-là et les jours d'après. Elle était comme chamboulée par ça, vous voyez ?... Ça la chiffonnait beaucoup, alors elle m'a demandé de lui raconter ce que je savais. Alors moi, eh bien, je l'ai fait, pour aider Madame.

Amanda sentit un frémissement sous sa peau. Encore un *black-out*... il ne pouvait s'agir d'une coïncidence. Restait cependant à assembler les pièces du puzzle. La journaliste organisa les questions qui se bousculaient dans sa tête. Elle devait profiter de son incursion chez Marthe Brousse pour en apprendre le plus possible.

— Pouvez-vous me répéter la phrase exacte prononcée par Abby Le Guen lors de cette dispute, s'il vous plaît ?

— Oui, bien sûr. Madame a dit : « Je ne peux pas me taire, Yohann ! Je ne pourrai jamais, tu m'entends ? Jamais ! »

La journaliste nota cette phrase sur son carnet. Lorsqu'elle releva la tête, Marthe Brousse la regardait avec une inquiétude non feinte.

— Vous croyez que c'est en lien, toutes ces choses ? Je veux dire, ce tracas d'avoir perdu des souvenirs et puis ce que Madame a fait à Monsieur dimanche dernier ?

— Euh... Il serait prématuré de l'affirmer. Mais à ce stade de l'enquête, nous n'écartons aucune piste.

— Je comprends.

Le téléphone d'Amanda se mit à vibrer à ce moment-là au fond de son sac. Elle l'attrapa et l'éteignit. Elle venait de passer deux heures avec Marthe Brousse, mais elle n'en avait pas fini. Cette femme était une véritable mine d'informations.

— Excusez-moi... Revenons-en à cette fameuse amnésie, cette perte de mémoire, précisa la journaliste. (Marthe Brousse hocha imperceptiblement la tête.) Mme Le Guen a-t-elle retrouvé certains souvenirs en s'entretenant avec vous ?

— Hélas, non. Elle m'a dit que c'était comme si je lui racontais l'histoire de quelqu'un d'autre... Elle avait l'air... vraiment perdue.

— Je vois... Et savez-vous pourquoi il lui était si important de reparler de cela avec vous ? Après tout, elle ne l'avait jamais fait avant...

— Eh bien... en fait, Madame a commencé par dire qu'elle s'excusait parce qu'elle ne m'avait jamais remerciée de lui avoir sauvé la vie ce matin-là.

— C'est donc vous qui l'avez sauvée ? Effectivement, elle vous devait une fière chandelle !

— Oh, pardon de vous dire ça mais… comme j'ai expliqué à Madame, c'est surtout grâce à Monsieur… (Marthe Brousse se signa en finissant sa phrase.)

La journaliste fronça les sourcils.

— Qu'est-ce que M. Le Guen vient faire là-dedans ?

Les yeux de l'ancienne gouvernante se mouillèrent lorsqu'elle raconta les appels répétés de son patron ce matin-là et son mécontentement affiché de ne pas réussir à joindre le manoir. La journaliste releva ce détail troublant : pourquoi Le Guen avait-il multiplié les appels téléphoniques ?

— Savez-vous pourquoi il était si important pour Yohann Le Guen de joindre sa femme ce matin-là ?

— Ma foi, ça ne me regardait pas… On ne demande pas ce genre de choses quand on est au service des gens… Et puis, avec la découverte du corps de Madame, on a eu d'autres chats à fouetter…

Amanda hocha la tête. Sur son carnet, elle nota : « Le Guen multiplie les appels au manoir. Motif ? »

— Simple souci du détail : pourriez-vous dater approximativement cet événement ?

— Pour sûr ! Le jour du suicide de Madame est gravé dans ma mémoire au fer rouge ! C'était exactement le jeudi 27 août 1981.

Amanda s'empressa de griffonner la date et fit rapidement le point. *A priori*, Marthe Brousse lui avait raconté tout ce qu'elle savait sur le couple Le Guen et sur les épisodes intéressants de leur vie à deux. Restait à en apprendre davantage sur les enfants.

— Merci beaucoup… Maintenant, passons à des choses plus générales. Que pouvez-vous me dire aujourd'hui des enfants Le Guen ?

— C'est-à-dire que… je ne les ai vus que très rarement depuis leur départ en Angleterre. Surtout Alicia, ajouta-t-elle.

— Vraiment ?

— La petite est partie à Londres après l'obtention de son baccalauréat. Et Ethan aussi ! Il a fait un très bon lycée français là-bas et il a eu son baccalauréat avec une mention très bien ! Il en avait dans la caboche, vous pouvez me croire ! Il voulait faire de belles études comme son père, confia-t-elle en s'illuminant. Aujourd'hui, il occupe un très haut poste, vous savez, et il s'est marié, aussi, avec une très belle jeune femme d'origine asiatique. May, elle s'appelle.

— Vous semblez avoir une tendresse particulière pour Ethan, ou je me trompe ?

Marthe Brousse s'empourpra légèrement.

— C'est que j'ai passé beaucoup de temps auprès des enfants… Madame était fréquemment souffrante… et il fallait bien s'occuper des petits. Bien sûr, j'ai été aussi présente pour Alicia que pour Ethan… Mais c'est vrai que j'avais un penchant pour lui. (Elle sourit, les yeux vagues, en repensant au passé.) Alicia… elle était tout feu tout flamme, avec un caractère bien trempé. Un vrai petit chef, disait Octave… Elle tenait ça de son père ! Alors bon, c'est surtout elle qui attirait l'attention, vous pensez bien… Ethan, lui, il était plus calme que sa sœur, c'était un garçon doux et plutôt câlin. Il était toujours dans ses rêveries… C'est des questions de tempérament, vous voyez !

— En somme, Alicia était plus extravertie, résuma Amanda.

— Je suppose qu'on peut dire ça comme ça, admit Marthe Brousse dans un haussement d'épaule... Mais, au vrai, contrairement à son frère, Alicia était... (Elle prit un instant de réflexion, cherchant le mot le plus proche de ce qu'elle voulait exprimer.)... Elle était très secrète... Comme si elle faisait la fofolle tout le temps mais qu'elle ne se confiait pas aux autres, vous voyez ? Ethan, lui, j'avais l'impression de mieux le connaître... Alors, c'est vrai, il prenait moins de place. Mais, finalement, il partageait plus de choses avec moi...

Le bruit d'un moteur s'arrêtant devant la maison alerta Marthe Brousse et alluma une flamme craintive dans son regard.

— Ciel, il est déjà 16 heures ! fit-elle en jetant un œil à sa montre. Ça doit être Thierry, mon fils, qui rentre du travail. Il est cadre dans une usine agroalimentaire, annonça-t-elle avec fierté. C'est qu'il a fait une grande école !

— Ah ?

— C'est M. Le Guen qui a payé ses études, figurez-vous. Octave et moi, on n'aurait jamais pu... Et rien que pour ça, j'aurai une reconnaissance éternelle à la famille Le Guen... Mais Thierry, lui, n'aime pas tellement qu'on parle de ça, s'empressa-t-elle d'ajouter à mi-voix. Je crois qu'il a comme une sorte de complexe d'être redevable.

La journaliste n'eut pas le loisir de poursuivre, car un type apparut sur le seuil de la cuisine. Elle découvrit un homme d'environ trente-cinq ans, blond, les yeux noisette, plutôt grand et noueux, vêtu d'un costume d'assez bonne facture – mais qui avait déjà beaucoup vécu. Thierry Brousse arborait une mine hostile et inquisitrice. Figé dans l'entrebâillement, il semblait attendre les présentations.

— Cette dame est de la police, déclara Marthe Brousse d'un ton conciliant.

— Lieutenant Madeleine Chabroussel, enchaîna la journaliste avec un petit signe de tête.

Thierry Brousse fronça les sourcils, sceptique, tout en maintenant sur elle son regard d'aigle. La journaliste vit clairement ses yeux s'étrécir et ses maxillaires se serrer. Le type n'avait rien d'un pigeon, et la petite Twingo neuve qui était garée devant la maison ne ressemblait pas à une voiture de police. La situation risquait fort de tourner au vinaigre si elle persistait dans son mensonge.

— Bien, madame Brousse... je crois que nous avons fait le tour, je ne vais pas vous déranger plus longtemps ! lança Amanda en se redressant. J'ai par ailleurs beaucoup de travail... En tout cas, un grand merci pour votre disponibilité.

La journaliste attrapa son sac, serra la main de son hôtesse qui n'entendait pas grand-chose au duel silencieux en cours, et se dirigea vers la sortie. Elle dut s'arrêter devant Thierry Brousse qui n'avait pas bougé d'un pouce et qui la fusillait du regard.

— Je vous demande pardon, monsieur, mais je voudrais passer.

— Je vous raccompagne, voyons, murmura le type d'une voix glaçante.

Amanda sentit ses poils se hérisser sur ses avant-bras. L'homme dégageait quelque chose d'extrêmement menaçant. La violence palpitait chez lui à fleur de peau. Il s'écarta juste assez pour qu'elle puisse se glisser dans le corridor. Elle perçut au passage les effluves trop forts d'un parfum bon marché mêlés à ceux de sa transpiration. L'homme lui emboîta le pas et, dès qu'elle eut franchi le seuil, elle sentit qu'il l'empoignait fermement. Il lui fit faire un demi-tour et planta ses yeux dans les siens :

— Vous êtes qui ? Qu'est-ce que vous faites ici ? Et épargnez-moi vos mensonges, cette fois-ci, hein !

Une veine bleue palpitait sur sa tempe gauche. Amanda dégagea son bras d'un mouvement vif avant de répondre :

— Hé, calmez-vous, je ne fais rien de mal ! Je suis... je suis journaliste, voilà ! J'essaie de sortir un papier intéressant sur les Le Guen, ni plus ni moins.

Il hocha imperceptiblement la tête et un rictus mauvais lui étira la bouche.

— Barrez-vous. Et ne remettez plus jamais les pieds dans cette bicoque, c'est clair ? Si jamais je vous revois traîner dans les parages, j'appelle la police.

Amanda ouvrit la bouche pour riposter, mais la lueur dans l'œil du type l'arrêta. Elle tourna les talons, s'engouffra dans sa voiture et déguerpit sans demander son reste. Lorsqu'elle fut à distance suffisante, elle vit dans son rétro que Thierry Brousse était demeuré figé sur le pas de la porte. Elle baissa la vitre et sortit sa main, le majeur tendu vers le haut. *Enfoiré de dégénéré !* murmura-t-elle pour elle-même. Puis elle attrapa son portable dans son sac et le ralluma pour voir qui avait cherché à la joindre. L'indicatif téléphonique lui révéla que l'appel venait de l'étranger. Il devait s'agir de Duprez ! Sans attendre, elle écouta le message.

Alicia Le Guen,
la veille du meurtre de Thierry Brousse

17 heures. Alicia éteignit son portable après une bonne demi-heure de conversation avec le conseiller d'une banque du Liechtenstein, où elle avait un compte ouvert depuis sa plus tendre enfance. L'Œil avait raison, son père n'aurait jamais laissé ses enfants dans le besoin. Dès que Biolab avait commencé à dégager des bénéfices substantiels, il avait organisé – avec l'aide d'un conseiller en placements et défiscalisation – la répartition de ses avoirs entre les différents membres de la famille. Les montages auxquels elle n'entendait pas grand-chose étaient légaux et très avantageux... Aujourd'hui, ce compte au Liechtenstein lui était d'une utilité vitale puisqu'il allait lui servir de base pour un transfert de fonds douteux vers un compte *off shore*, sans qu'elle soit inquiétée.

Un million ! Celui qui se faisait appeler L'Œil ne doutait de rien ! Alicia grimaça un sourire amer : en se soumettant à son maître-chanteur, n'était-elle pas en train de lui prouver qu'il avait raison de voir les choses en grand ? Elle tapa rageusement du plat de la main sur sa commode. De toute façon, elle n'avait aucune latitude, aucune marge de manœuvre... Si L'Œil disait vrai – ce dont elle ne pouvait être certaine –, sa propre mère et Manon avaient payé le prix de leur désobéissance... À quoi pouvaient-elles avoir chacune désobéi ? Avait-il également tenté de leur extorquer de l'argent ? Aucune idée... Alicia fit une énième prière secrète pour que la transaction bancaire constitue le terme définitif de ces tractations abjectes. Ce faisant, elle se fustigea : tant que L'Œil ne lui aurait pas restitué son cahier rouge, le chantage pourrait continuer, versement ou non. Mais comment obliger ce type à respecter son engagement ? Quel levier pouvait-elle imaginer pour se garantir ? Les yeux pleins de larmes, elle serra les poings. Si seulement elle pouvait mettre la main sur cet enfoiré, elle le tuerait de ses propres mains !

Alors qu'elle marmonnait une insulte, elle croisa son reflet dans le miroir suspendu au-dessus de sa commode. Elle avait les yeux bouffis et rouges. Son visage s'était creusé et des poches commençaient à marquer le dessous de ses yeux. Visage de circonstance, songea-t-elle avec amertume. L'insoutenable manège de L'Œil au moment même où elle était plongée dans une terrible affliction – son père était mort des mains de sa mère ! – lui apparut d'une cruauté extrême. Elle n'avait pas même le loisir de pleurer Yohann... Elle essuyait de plein fouet les attaques d'un homme insaisissable, et ce, au pire moment de sa vie. Elle se sentait extrêmement vulnérable, en proie à un désarroi qu'elle n'avait jamais connu auparavant. Elle songea à sa mère, à cette espèce de dépression chronique qu'elle avait toujours considérée comme une marque de faiblesse, et eut le sentiment terrifiant de la comprendre. Là, aujourd'hui, elle se sentait comme un funambule pris d'une crise de vertige ! Autour d'elle tout s'effondrait, et un vide abyssal semblait vouloir l'engloutir.

Elle se laissa choir sur son lit. *Qui es-tu, salopard ?* se répéta-t-elle pour la énième fois. *Fais-tu vraiment cela pour l'argent ? Comment as-tu trouvé mon cahier rouge ? Comment t'es-tu introduit dans le cottage ? À quel odieux chantage as-tu soumis ma mère ?...* Me Rubinstein avait téléphoné vers 14 heures pour les informer qu'il avait déposé une requête pour un droit de visite à leur mère. Au téléphone, Ethan n'avait rien rétorqué à Rubinstein, mais Alicia le connaissait suffisamment pour savoir qu'il était révolté. Il ne pouvait s'imaginer rencontrer Abby, celle-là même qui leur avait enlevé leur père et qui ne s'en expliquait pas, celle dont le geste irréparable les plongeait tous deux dans un drame terrible. Alicia comprenait parfaitement la réaction d'Ethan, mais une partie d'elle-même souhaitait rencontrer Abby. Parce qu'il y avait eu ce message sur son répondeur la veille du meurtre. Parce qu'il y avait cette missive de L'Œil qui lui laissait croire qu'il était l'instigateur d'un vaste plan. Et bien qu'elle doutât de sa capacité à rester lucide, voire qu'elle redoutât de sombrer dans une sorte de délire paranoïaque, Alicia ne parvenait pas à s'enlever de l'esprit que le passage à l'acte de sa mère faisait écho aux révélations de son cahier.

On frappa à la porte de sa chambre, et Alicia interrompit l'effroyable ritournelle de questions sans réponse qui passait en boucle dans sa tête.

— Oui.

La porte s'ouvrit timidement.

— Excusez-moi, Madame. Votre frère souhaite savoir si vous vous joindrez à son épouse et lui pour le souper de ce soir ?

Alicia hésita. Elle se sentait terriblement seule et le soutien de son frère lui manquait. Qui mieux que lui pouvait la comprendre ? Qui mieux que lui partageait sa peine et l'horreur de la situation ? D'un autre côté, chaque moment passé avec lui mêlait mensonge et trahison, et elle en concevait une honte profonde... La bataille qu'elle se livrait à elle-même l'épuisait. Elle finit par céder :

— Je descendrai vers 19 h 30.

— Bien, Madame. J'en informe Monsieur immédiatement.

La porte se refermait déjà quand une idée se fit jour dans l'esprit de la jeune femme.

— Anna !

— Oui, Madame.

— Pourriez-vous me donner le listing intégral des personnes qui sont passées aujourd'hui au manoir pour un hommage à papa, s'il vous plaît ?

— Bien entendu, Madame. Souhaitez-vous que je vous l'apporte maintenant ?

— Oui, merci... Ah, Anna ! Qui a établi cette liste et le planning des visites ?

— C'est l'agence où travaille Mme Christine Tanguy, avec l'aide de votre frère, Madame... À ce propos, je me permets de vous rappeler que vous êtes attendue demain matin à 10 heures dans le grand salon pour une photographie de famille et une brève interview. Christine Tanguy a sélectionné les questions et préparé le pitch des réponses.

— Ah oui, marmonna Alicia, les dents serrées... Je vais regarder ça... Pour en revenir au listing, savez-vous si certaines demandes de visite ont été refusées ?

— Je suppose, Madame. C'est qu'il y a eu énormément d'appels et de sollicitations.

— Mmm... eh bien, portez-moi aussi la liste des personnes blackboulées, s'il vous plaît.

— Bien, Madame. Autre chose, Madame ?

— Non merci, Anna... Bien sûr, je compte sur votre discrétion.

L'employée eut un hochement de tête imperceptible.

— Vous pouvez disposer.

La porte se referma. Alicia tenta d'évaluer les chances qu'elle avait de découvrir L'Œil parmi le listing des invités à la veillée mortuaire. Avait-elle raison de supposer que ce sale type puisse avoir l'outrecuidance de vouloir rappliquer dans leur sphère intime ? D'après ce qu'elle avait entendu dire dans les reportages ou films policiers, il était fréquent que les gens malfaisants ressentent le besoin d'être au plus près de leurs victimes. Ils passent inaperçus mais s'arrangent pour rester au cœur du drame dont ils sont responsables... L'assassin zélé aidant les enquêteurs à rechercher le corps de sa proie lors de battues... Le coupable portant assistance à la famille éplorée... Le criminel se rendant à l'enterrement de sa victime... L'Œil était peut-être de cette engeance ! Après tout, n'avait-il pas pris des risques inconsidérés pour déposer sa lettre dans la commode de sa chambre ? Ne jouissait-il pas de laisser entendre qu'il était là, tout près, omniscient et invisible ? N'avait-il pas, lui aussi, envie de se repaître en direct du chagrin qu'il causait ?

Cette idée donna un regain d'énergie à Alicia. Elle faisait peut-être fausse route, mais au moins avait-elle un but, une action à conduire qui lui donnait le sentiment de ne pas se contenter d'attendre que tombe le couperet sans rien tenter. Elle y passerait des heures entières s'il le fallait, mais elle éplucherait le listing de toutes les personnes ayant demandé à être reçues au manoir pour rendre hommage au défunt. Elle l'éplucherait jusqu'au dernier nom !… Au pire, tout cela ne la mènerait à rien, mais qu'avait-elle à perdre, de toute façon ? L'Œil se tenait tout proche… Et il se tapissait peut-être dans l'ombre d'une avantageuse familiarité.

Amanda,
la veille du meurtre de Thierry Brousse

En repartant de chez Marthe Brousse, la journaliste fit une halte à Ploumanac'h. Tant qu'à être dans les Côtes-d'Armor, autant en profiter un peu pour découvrir un des joyaux de la côte. Malgré le temps maussade et venteux, elle flâna dans les rues du petit village et s'arrêta longuement devant l'atelier d'Abby Le Guen. Le lieu était fermé, mais Amanda prit le temps d'observer les marines tourmentées qui ornaient la vitrine principale. Ce n'était pas à proprement parler sa tasse de thé – elle n'avait jamais su apprécier la peinture –, mais elle reconnut à l'artiste un certain talent. Les toiles d'Abby Le Guen dégageaient des émotions puissantes et semblaient prendre vie sous le regard. En songeant que cette femme avait tiré un coup de fusil à bout portant dans le crâne de son mari, la journaliste eut le sentiment qu'il y avait un fossé entre la sensibilité à fleur de peau qui ressortait de ses toiles et le meurtre de sang-froid dont elle s'était rendue coupable. Qu'est-ce qui avait bien pu provoquer ce passage à l'acte ? Abby protégeait-elle quelqu'un, comme la journaliste le pensait, et si oui, qui et de quoi ? Et qui était l'homme à capuche qui paraissait relié à la fois à cette affaire et à celle de Manon ? Quel lien pouvait-il donc avoir avec le meurtre de Yohann Le Guen ? La journaliste songea à son parallèle douteux avec le jeu de Meccano. Éloïse n'avait pas tort, il leur manquait la notice d'assemblage !... Les cloches de l'église sonnèrent 18 heures, la tirant de ses songes. Dans son message, Duprez lui avait expliqué animer un colloque de 16 heures à 18 heures. Il serait donc disponible dans quelques minutes. Elle s'arracha à la contemplation de la vitrine et se dirigea vers le bord de mer où elle avait repéré une brasserie. Une fois installée, elle laissa ses yeux errer dans l'anse que léchaient les vagues. Les rochers disséminés dans la baie formaient des petits îlots à la surface de l'eau. Sur le dos du plus gros d'entre eux trônait un manoir.

À 18 h 15, Amanda sortit son carnet de notes et attendit qu'on lui apporte son café allongé avant de composer le numéro de Duprez. Celui-ci répondit au bout de deux sonneries :

— Duprez à l'appareil.

— Bonjour, monsieur Duprez, Amanda Kraft, journaliste. Vous êtes disponible ? demanda-t-elle, parasitée par un désagréable brouhaha à l'autre bout du fil.

— Oui, c'est bon. J'ai fini mon intervention. Mais ne quittez pas, je vais sortir me mettre à l'écart.

Amanda patienta une longue minute, puis la voix légèrement nasillarde de Duprez retentit de nouveau :

— Allô, madame Kraft, toujours là ?

— Tout à fait. Et je vous entends bien mieux, merci.

— Parfait !... J'ai lu votre mail ce matin et je dois avouer que vous m'avez intrigué ! Si j'ai bien compris, vous vous intéressez à Yohann, c'est ça ?

— En effet, oui... Je suppose que vous avez appris pour son décès ?

— Son meurtre a déjà fait le tour de la communauté scientifique, même ici ! (Sa voix ne marqua aucune consternation.) Mais je vois mal en quoi je pourrais vous éclairer, comme vous me le demandez dans votre mail. Je n'ai pas revu Yohann depuis que j'ai quitté la France fin 1981.

— Disons que je cherche à mieux cerner le parcours de Yohann Le Guen.

— Je vous le redis, je ne suis pas le mieux placé. Notre collaboration date d'il y a trente-cinq ans et, honnêtement, les rapports entre Yohann et moi n'ont jamais été particulièrement... cordiaux.

— Ah bon ?... Vous vous êtes pourtant mis en affaire avec lui au démarrage de Biolab ?

— C'est exact et... ? se pinça Duprez.

— Eh bien... il est étrange de s'associer avec quelqu'un avec qui on ne s'entend pas... c'est tout ce que je voulais dire, se défendit Amanda, déroutée par la tournure de l'échange.

— Je n'ai véritablement découvert Yohann qu'après. C'est par ailleurs assez fréquent : les associations naissent généralement de la convergence d'un intérêt professionnel et d'une capacité de financement.

— Je comprends... Et Arnaud Lombard m'a dit que vous aviez quitté Biolab pour suivre votre épouse, c'est exact ?

— En partie, oui, répondit Duprez d'un ton légèrement sarcastique.

Amanda changea le combiné d'oreille, légèrement agacée par ce type à qui elle ne savait pas comment tirer les vers du nez.

— Mais pas seulement, c'est ça ?

— Et si vous me disiez plutôt où vous voulez en venir, madame Kraft ? Vous me feriez gagner du temps et, qui sait, vous me donneriez peut-être l'envie de vous répondre. Bien sûr, il va sans dire que s'il s'agit pour vous de récolter quelques ragots croustillants sur Le Guen pour alimenter un *fanzine people*, nous pouvons raccrocher immédiatement !

La journaliste, mouchée, se sentit rougir jusqu'aux oreilles. Pour une fois qu'elle ne fonçait pas tête baissée et essayait de garder pour elle une hypothèse plus qu'audacieuse, elle en était pour ses frais !

— OK, puisque vous le demandez, je vais être directe avec vous… L'affaire est très complexe, en réalité, mais disons que… (Elle prit une grande inspiration avant de se lancer dans le vide.)… que j'ai toutes les raisons de croire que feu Le Guen a volontairement, et au moins par deux fois, provoqué une perte de mémoire chez des gens de son entourage.

Un silence de mort suivit sa déclaration. La journaliste crut même que son interlocuteur avait raccroché.

— Allô ? Monsieur Duprez, vous êtes toujours là ?

— … Vous vous rendez compte que ces accusations sont très graves, madame Kraft ? lâcha le chercheur d'une voix glaçante.

— Oui. Pourtant, certains éléments que j'ai découverts me conduisent à cette conclusion.

Un long sifflement médusé résonna dans l'appareil. Puis le scientifique reprit :

— Et qu'est-ce que je viendrais faire là-dedans ?

— Je ne sais pas exactement ! C'est pour cette raison que je vous appelle. J'ai pensé que vous aviez peut-être eu des conflits avec Yohann Le Guen concernant vos recherches à Biolab ? Après tout, votre travail sur les SPT était aussi en lien avec cette question de mémoire... Monsieur Duprez, s'il vous plaît, je...

— Alors vous, on peut dire que vous avez du nez, admit l'homme, admiratif. Pour quel journal travaillez-vous exactement ?

— Je suis à mon compte. Je suis journaliste d'investigation *free-lance*.

— Mmm... écoutez, madame Kraft, voilà ce qu'on va faire : je vais vous livrer le peu que je sais, parce que l'idée que deux personnes aient pu faire les frais des recherches de Biolab me dégoûte au plus haut point. Mais si jamais mon nom devait apparaître dans un de vos articles, pour quelque raison que ce soit, je vous garantis que je vous poursuivrais en diffamation. Me suis-je bien fait comprendre ?

— Tout à fait. Je m'engage à ne jamais vous citer dans aucun de mes papiers.

— Ni explicitement, ni implicitement.

— Vous pouvez compter sur moi.

— Bien... Vous avez trouvé Lombard, si j'ai bien compris ?

— En effet.

— Que vous a-t-il dit ?

— Il m'a expliqué en substance que Biolab avait l'exclusivité du traitement chimique des SPT des soldats et qu'il avait mis au point un traitement permettant de dissocier le souvenir du trauma de sa charge émotionnelle envahissante.

En réaction, un petit rire sardonique se fit entendre.

— C'est effectivement ce que nous ambitionnions en ouvrant Biolab. Le problème est que, si Biolab est parvenu à ce résultat aujourd'hui – ce que je souhaite pour les patients –, il aura fallu *a minima* trente années de recherches...

— Attendez voir ! Lombard m'a dit que Biolab avait commencé à tester ses premières molécules en 1981 environ.

— Premiers tests en septembre 1981 et mise en circulation en février 1982, pour être exact.

Un silence lourd de sous-entendus courut sur la ligne.

— ... C'est pour cette raison que vous êtes parti, c'est ça ?

— Essentiellement, oui. Mais avant que j'aille plus loin dans mes explications, ayez bien en tête que je suis toujours lié par une clause de confidentialité. Je ne peux donc en aucun cas vous communiquer d'informations poussées sur les premiers formulés chimiques issus de notre travail. Ce que je peux vous dire en revanche, c'est que nous en étions aux prémices et que la formule biochimique que nous avions métabolisée était destinée à servir de base de recherches. Les avancées étaient bien trop lacunaires pour que nous diffusions ce traitement.

— Mais on ne commercialise pas un traitement sans autorisation ?

— Je n'ai pas parlé de commercialisation !... Biolab était sous contrat exclusif avec l'armée et les SPT faisaient des ravages, alors... Disons que le premier traitement a été mis en test avec des soldats volontaires.

— Des cobayes ?

— Appelez ça comme ça si vous voulez... Mais, pour être tout à fait transparent, figurez-vous un instant le calvaire que vivent de manière constante les soldats présentant un SPT...

Amanda grimaça, elle ne pouvait qu'imaginer le drame permanent de ces gens. Une odeur, un bruit, un sentiment pouvant à tout moment déclencher la déferlante d'images et d'émotions intolérables qui constituaient le trauma.

— Bien sûr, commenta-t-elle... Mais, du coup... vous, vous étiez d'accord ou non avec cette option ?

— C'est plus complexe que ça, madame Kraft. Disons que j'étais plutôt réfractaire à cette idée, mais Yohann a su me convaincre. Après tout, dans un domaine aussi spécifique que celui de la mémoire autobiographique, il arrive nécessairement un moment où le traitement doit être testé sur des hommes. Dans le cadre d'une procédure expérimentale, nous avons donc testé trois soldats volontaires. Sans entrer dans des détails trop abscons, cette première formule chimique visait à perturber le fonctionnement de l'hippocampe pour empêcher l'encodage du souvenir. Cela supposait une fenêtre d'intervention très courte à l'issue du choc traumatique et l'absence de phase de sommeil profond entre le choc et le traitement, puisque le sommeil joue un rôle consolidateur dans l'encodage des souvenirs, expliqua Duprez.

— Donc, si je vous suis bien, il vous fallait des soldats présentant un SPT auprès desquels vous pouviez intervenir dans une fenêtre de tir extrêmement restreinte... Comment cela a-t-il été possible ?

Duprez laissa échapper un long soupir et lorsqu'il reprit, sa voix était pleine de lassitude.

— Effectivement, madame Kraft, vous avez bien résumé le problème... Mais en termes d'ingéniosité et de contradiction, la Grande Muette n'est pas en reste, croyez-moi !

— C'est-à-dire ?

— Parallèlement à notre programme de recherches, l'armée avait développé un stage dit d'« exposition intensive » d'une durée de trois jours, visant à sélectionner ses futures élites : privation totale de sommeil, restriction sévère d'eau et de nourriture, maltraitances physiques, tortures psychologiques, humiliations en tout genre, exposition à des situations particulièrement choquantes... Certains hauts gradés pensaient ainsi constituer un corps de militaires – la crème de la crème – capables de faire face à des situations extrêmes... Évidemment, certains participants craquaient nerveusement avant la fin de ce stage...

— Ce que vous me dites est abominable.

— Je sais, soupira Duprez... À ma connaissance, ce concept d'« exposition intensive » a couru durant plus de trois ans, de 1980 à 1983, avant d'être abandonné. Il faisait trop de dégâts... Quoi qu'il en soit, vous l'avez deviné, les trois volontaires dont je vous parlais étaient directement issus d'un de ces stages, programmé fin septembre 1981.

— Je vois... et comment l'expérimentation de Biolab s'est-elle soldée ?

— Les trois sujets volontaires sont arrivés de manière échelonnée dans la fenêtre de tir des trois jours que durait le stage. Après traitement, ils ont tous présenté une amnésie rétrograde de leur mémoire épisodique qui pouvait s'étaler sur une durée de plusieurs heures – voire plusieurs jours – avant et après l'administration du traitement. Pour parler vulgairement, nous avions réussi à effacer une poignée de pages de leur existence...

— Mais si Le Guen vous avait convaincu du bien-fondé de ces tests, qu'est-ce qui vous a incité à quitter Biolab, exactement ?

— Deux choses. La première, la volonté farouche de Yohann de protocoliser ce premier traitement. Je n'étais pas d'accord. Nous manquions de recul sur les effets à moyen et long terme de ce sérum, notamment sur les effets psychologiques et psychosomatiques de cette amnésie sur les sujets. De plus, éthiquement, je ne pouvais envisager de protocoliser cette formule qui n'était encore qu'embryonnaire et très éloignée du but recherché.

— Mais Le Guen ne vous a pas écouté...

— Yohann avait pleinement conscience de nos limites... Mais il était fait de ce bois qui consiste à dire que les évolutions scientifiques et médicales nécessitent un travail sur la matière première. En substance, l'intérêt au long cours dominait sur les éventuels dommages individuels.

— Ça fait froid dans le dos, commenta la journaliste.

— Il répétait que la médecine n'aurait jamais connu la moindre avancée significative s'il n'y avait eu des pionniers, des transgresseurs, se procurant des cadavres pour les examiner et les dépecer.

— À la nuance près que ces gens-là étaient morts !

— Exact… et il fut un temps où c'était d'autant plus sacrilège, croyez-moi.

Amanda voulut rétorquer mais rien de pertinent ne lui vint à l'esprit. Finalement, Duprez reprit :

— Je me suis très vite rendu compte que je n'étais pas fait pour la recherche appliquée… Je pouvais enseigner, transmettre, théoriser… mais je n'avais pas ma place dans ce genre de laboratoire.

— Je vois, commenta Amanda en finissant de griffonner sur son carnet… Tout à l'heure, vous avez parlé de deux raisons pour expliquer votre départ de chez Biolab…

— En effet, oui. Mais les deux se rejoignent, vous allez voir… C'est Arnaud Lombard qui nous a présentés, Yohann et moi. Nous avions des intérêts et des compétences convergents et nous nous sommes donc rapidement associés. Le hic, c'est que les relations entre Yohann et moi se sont révélées compliquées… conflictuelles, même. Yohann était d'un tempérament frondeur, exalté et moins… moins *académique* que moi. Il voulait aller vite là où je voulais prendre le temps. Nos approches et nos dynamiques de travail étaient difficilement conciliables. Les relations professionnelles étaient donc tendues.

— Incompatibilité ?

— C'est cela… Cependant, un événement – insignifiant en soi, mais lourd dans le contexte – a alimenté ma décision. C'était environ trois à quatre mois avant mon départ.

— Vous êtes parti quand, exactement ?

— Fin novembre 1981. Le fait que je vais vous raconter s'est déroulé durant l'été qui a précédé. Ma femme était retournée en Suède, retrouver sa famille. Je n'avais donc pas d'horaires à respecter et beaucoup de travail… Un soir où j'avais bossé tard – il devait être 20 h 30 –, je me suis enfin décidé à quitter le labo et, en sortant de l'ascenseur, je suis tombé nez à nez avec Yohann. Je n'ai pas caché ma surprise et Yohann m'a bredouillé qu'il était seul ce soir-là et qu'il voulait en profiter pour mettre un peu d'ordre dans certains dossiers administratifs parce qu'il avait pris du retard. Je l'ai trouvé nerveux, tendu… ce qui tranchait avec son énergie habituelle… J'ai échangé quelques banalités avec lui et je suis rentré chez moi. Le lendemain matin, en arrivant au travail, j'ai repéré la voiture de Yohann sur le parking privatif situé à deux pas du labo et j'en ai déduit qu'il avait dû passer la nuit sur place, dans son appartement de fonction. Bref, je travaillais depuis une petite heure lorsqu'un laborantin chargé de la gestion des stocks est venu me trouver pour m'informer qu'il manquait une dose du sérum que nous devions tester fin septembre sur nos trois premiers sujets.

Amanda sentit son cœur s'emballer. Elle endigua le flot de questions qui commençait déjà à se bousculer dans son esprit et laissa finir Duprez.

— J'ai immédiatement voulu alerter Yohann. Les formules chimiques sur lesquelles nous travaillions à l'époque étaient de puissants psychotropes et des procédures précises existaient, comme dans tout laboratoire, pour éviter les risques de détournement. Mais quand je me suis pointé dans son bureau, Yohann était au téléphone, en proie à une grande agitation. Il m'a fait signe de revenir plus tard. Ce que j'ai fait... mais il venait de partir.

— Que s'était-il passé ?

— J'ai appris que sa femme avait tenté de se suicider dans la nuit.

La journaliste sentit la nervosité monter d'un cran. Certaines pièces du puzzle commençaient à s'emboîter enfin !

— Évidemment, Yohann a passé le plus clair de son temps, dans les semaines qui ont suivi, au chevet de sa femme qu'il avait rapatriée à la clinique. De mon côté, cette histoire de sérum manquant me taraudait mais je n'ai pas voulu manquer de tact et j'ai donc attendu que Yohann reprenne son travail au labo pour lui en parler.

— Et que vous a-t-il dit ?

— Eh bien... (Un petit rire désabusé se fit entendre.) En substance, je me faisais du souci pour rien, il devait s'agir d'une erreur dans l'inventoriage... Nous étions à une semaine des premiers tests du sérum et ce genre de détail était le cadet de ses soucis... S'en est suivie une dispute aussi virulente que stérile et je me souviens d'avoir songé que nous ne pourrions pas continuer à collaborer ensemble très longtemps. En plus de la mésentente, s'ajoutait désormais pour moi une sorte de défiance... Bref, comme je vous l'ai dit précédemment, après les tests, sa décision de mettre en place un protocole et d'élargir le panel test des sujets présentant des SPT a fini de me convaincre de mettre les voiles.

La journaliste hésita sur la manière de clore cet échange et se lança :

— Avez-vous pensé que c'était Le Guen lui-même qui avait subtilisé le sérum ?

— ... Ça m'a effleuré, en effet. Après tout, l'accès aux frigos était particulièrement sécurisé et le nombre de personnes bénéficiant d'un passe très réduit... Mais, après coup, je me suis dit : quel intérêt pour lui ?

— Si je comprends bien, vous ignorez donc que sa femme, Abby, a présenté une amnésie rétrograde à l'issue de sa tentative de suicide ?

Un long silence suivit la déclaration d'Amanda.

— Vous... vous êtes sérieuse ?

— On ne peut plus ! Et j'aurais pensé que vous le sauriez ! Après tout, étant sur place et dans le giron de Le Guen...

— Absolument pas, madame Kraft ! Et l'aurais-je su que j'aurais fait le rapprochement ! Ça n'a pas été le cas... Mais, si vous êtes allée sur place, vous aurez constaté que Biolab est très à l'écart de la clinique. Clinique dans laquelle je n'ai jamais eu, par ailleurs, aucune raison de me rendre, étant donné que je suis biochimiste et non médecin ou psychiatre ou que sais-je encore... Qui plus est, mes liens avec Yohann étant ce qu'ils étaient, il aurait été très incongru que je m'invite au chevet de sa femme... Je me souviens cependant d'avoir signé une carte de soutien que l'administration du laboratoire avait fait passer dans les étages.

— Je vois... Alors sachez qu'Abby Le Guen a tout oublié de sa soirée du 26 août 1981. Elle a attenté à ses jours dans la nuit du 26 au 27 août. Certainement, la nuit même où vous avez croisé Yohann Le Guen dans les couloirs de Biolab, et dans la fenêtre de temps où l'un des sérums a été subtilisé… Et si vous voulez mon avis, le premier cobaye de votre sérum *miracle* n'est ni plus ni moins que Mme Le Guen en personne, conclut-elle avec gravité.

Alicia Le Guen,
la veille du meurtre de Thierry Brousse

Il était 19 h 35 quand Alicia rejoignit sa belle-sœur et son frère dans la salle à manger. Dehors, un ciel venteux et maussade déversait son crachin depuis le début de l'après-midi et l'océan, au loin, se fondait dans le dégradé grisâtre de l'horizon. Ethan avait allumé un petit feu dans la cheminée pour réchauffer l'atmosphère. Entre la grisaille du dehors et les obsèques qui approchaient à grands pas, l'ambiance au manoir était morose…

Alicia s'installa à table et remarqua immédiatement la fébrilité d'Ethan qui pianotait sur son téléphone portable. Celui-ci attendit qu'Anna ait déposé l'entrée sur la table et quitté la pièce pour s'ouvrir à sa sœur :

— Tu sais ce que j'ai appris ? lança-t-il d'une voix blanche.

Alicia redouta d'entendre la suite et ses craintes se confirmèrent dès qu'Ethan reprit la parole.

— Tu te souviens de cette fille, Manon ? Celle avec qui j'avais flirté un été avant qu'on emménage à Londres ?

— ... Euh... possible, oui...
— Mais si ! La fille très jolie qui s'était radinée à Londres avant la Toussaint !
— Ah oui, ça, je m'en souviens.
— D'ailleurs, c'est fou, je l'ai recroisée, il y a un an environ, lors de mon dernier séjour à Perros... Si j'avais su !
— *What ?!* questionna May, intriguée.
— Ben, elle fait la une des journaux depuis hier !... Tu sais, reprit-il en se tournant vers sa sœur, il y a eu ce fait divers assez sordide à l'époque, cette histoire de bébé retrouvé dans un abattoir ?
— Oui, on peut difficilement oublier ce genre d'histoire...
— Eh bien, Manon a été arrêtée... Apparemment, elle est la mère de l'enfant.

Alicia leva ses sourcils en guise d'interrogation. Intérieurement, elle se sentait terriblement mal. Ethan se rapprochait dangereusement d'un secret dont elle devait le protéger...

— Mais comment... comment la police sait-elle qu'elle est la mère ? demanda Alicia, le cœur au bord des lèvres.
— Une histoire d'ADN... C'est Christine qui m'en a parlé avant de partir, il y a une demi-heure, figure-toi. Elle aussi a connu Manon au lycée Saint-Just. Du coup, j'ai lu les gros titres en diagonale.

Un silence s'installa, pesant. Alicia était parfaitement consciente qu'elle était censée s'intéresser au récit de son frère et le commenter, mais elle se sentait complètement incapable de jouer la comédie.

— Tu te rends compte ? C'était juste après les épreuves du bac... D'après ce que Christine m'a dit, personne à Saint-Just ne savait qu'elle était enceinte ! Ça veut dire qu'elle a réussi à cacher sa grossesse à tout le monde pendant des mois !

Ethan affichait une mine ahurie et scandalisée à la fois. Alicia, mortifiée, se contenta de hocher la tête.

— Bon sang, j'hallucine ! J'ai couché avec cette fille !

— Je sais... inutile de me le rappeler, j'étais dans la pièce voisine et, pour mémoire, les murs de notre appart étudiant étaient aussi fins que du papier à cigarette...

— J'ai couché avec une folle furieuse ! poursuivit Ethan, sans relever le sarcasme d'Alicia. Une fille qui a balancé son bébé dans une poubelle ! Tu réalises ?

— Oui, effectivement... c'est...

— Une histoire de malade ! la coupa Ethan. Qui peut faire une chose pareille ? Franchement, il faut être...

— *Totally crazy !* compléta May en affichant une moue écœurée.

Alicia reposa ses couverts et enfouit ses mains sous la table. Elle tremblait comme une feuille, incapable de se maîtriser.

— J'ai toujours su que Manon avait un grain. Mais de là à imaginer une histoire aussi abominable...

Un ange passa. Ethan, les yeux exorbités, cherchait sa sœur du regard.

— *As you are not the father !* ironisa alors May.

Alicia manqua défaillir. À cet instant précis, elle aurait pu sauter au cou de sa belle-sœur. Contre toute attente, Ethan répondit à sa femme avec un calme olympien :

— Aucun risque et heureusement... Mais c'est la première chose à laquelle j'ai pensé, figure-toi, parce que niveau dates, ça pouvait coller.

— *But... What makes you so over you ?* le provoqua May.

— Cette fille faisait une vraie fixette sur moi, à l'époque. J'avais rompu clairement avec elle, et ce, d'autant qu'elle me portait un attachement très fort, mais je ne sais pas... elle agissait comme si elle ne m'entendait pas... En conséquence, May, s'il y avait eu la moindre chance que je sois le père, je l'aurais vue rappliquer avec un test de paternité en bonne et due forme pour me passer la bague au doigt en moins de temps qu'il n'en faut pour le dire...

Alicia suivait l'échange avec un sentiment croissant d'horreur. Elle était en train de s'apercevoir que le récit à haute voix de son frère donnait à ce drame une tangibilité insoutenable. Ce qui jusque-là se régulait dans le fief de sa conscience sans qu'un seul mot ne vienne qualifier les faits, prenait peu à peu corps et vie par la bouche d'Ethan et de May. Et plus les minutes s'écoulaient, plus elle prenait conscience de l'abjection qu'elle inspirait à son frère : il ne le savait pas, mais les sentiments qu'il vouait à Manon lui revenaient à elle... Cette idée la bouleversa totalement. Elle était prête à tout désormais, plutôt que d'avoir à affronter une telle déconsidération. Coûte que coûte – et quelles qu'aient pu être ses erreurs passées –, le secret devait rester à jamais enfoui...

Alicia se leva, elle était livide.

— Désolée mais… je ne me sens pas très bien… Je n'aurais pas dû descendre…

— Attends, Alicia ! Je te raccompagne, lança May en se levant.

Ethan esquissa un mouvement mais se ravisa. Sa sœur n'était visiblement pas bien du tout depuis quelques jours, mais il ne parvenait pas à la faire parler. Alicia semblait même l'éviter, le fuir… et il avait du mal à s'expliquer cette attitude à un moment aussi tragique de leurs vies, alors que l'un et l'autre auraient eu besoin de se soutenir mutuellement. Peut-être May réussirait-elle là où lui échouait ? Il décida donc de les laisser seules et se replongea dans son portable. Sur les réseaux sociaux, tous les anciens de Saint-Just ne parlaient que de cette affaire de bébé des poubelles…

*

May attira Alicia vers le salon d'hiver, en la prenant par le bras. Toutes deux s'installèrent sur le divan face à la baie vitrée. Dehors, le crépuscule commençait à obscurcir le parc et des flaques d'ombre ourlaient les massifs en bordure de terrasse.

— Alicia, que se passe-t-il ? entama May de sa voix douce et grave à la fois.

— En dehors du fait que mon père est mort et que ma mère l'a tué, tu veux dire ? se défendit Alicia avec amertume.

May laissa échapper un long soupir.

— Oui… En dehors de ce drame ! Figure-toi que je sais encore faire la différence entre l'affliction et le tourment, Alicia. Et toi, aujourd'hui, tu es tourmentée.

Interloquée par l'aplomb de sa belle-sœur, Alicia baissa la tête. Ses yeux s'embuèrent immédiatement. Elle avait désormais atrocement honte de ce qu'elle avait fait par le passé. Elle était terrorisée à l'idée du pouvoir de nuisance que détenait L'Œil sur sa vie et celle de sa famille – enfin, ce qu'il en restait. Et par-dessus tout, elle se savait terriblement seule. Elle sentit la fine main de May se glisser dans la sienne.

— Parle-moi, ma bichette. Je te connais trop pour ne pas voir que quelque chose te ronge.

— Je... je ne peux pas, hoqueta Alicia.

May inclina légèrement la tête sur le côté, sourcils froncés et moue songeuse.

— Mais enfin, ma chérie, tu sais que tu peux tout me dire... Je ne comprends pas... Depuis notre arrivée en France, j'ai... j'ai le sentiment que tu passes ton temps à nous fuir, Ethan et moi... Je me fais l'effet d'une potiche que l'on pose sur un angle de canapé, une sorte d'élément décoratif ! Et, crois-moi, je déteste ça !

Une larme roula sur la joue d'Alicia et vint se loger à la commissure de ses lèvres. May l'essuya du bout de l'index d'un geste plein de tendresse.

— Alicia ?

— Je suis désolée, May... Mais je ne peux pas parler.

— Pourquoi ?

— Pour plein de raisons ! Parce que tu es l'épouse d'Ethan, parce que...

— Hein ? Et depuis quand mon statut d'épouse m'empêcherait-il de me comporter en amie ?

Alicia sentit que la conversation pouvait lui échapper et se raidit. Elle retira sa main de l'étreinte de sa belle-sœur et essuya ses yeux avec nervosité.

— Écoute, May… Que ça te plaise ou non, que tu puisses l'admettre ou pas, il y a des choses… des choses qu'on ne peut pas partager… Avec le retour au manoir, certains éléments de mon passé… des souvenirs que j'avais enfouis me reviennent en plein visage. (Sa voix se brisa sur la fin de sa phrase.) Alors oui, c'est dur, extrêmement douloureux… Mais ça m'appartient. À moi et à moi seule ! acheva-t-elle en reniflant.

— Soit, je ne veux pas te forcer la main de toute façon… Mais… je ne peux rien faire ni rien dire pour t'aider ?… Te soulager, même un tout petit peu ?

Alicia planta ses yeux rouges et gonflés dans ceux de May. Celle-ci la regardait avec un mélange de sollicitude et de gravité.

— Tu peux… tu peux me promettre que…

Elle s'interrompit et secoua la tête de dépit.

— Vas-y ! l'encouragea May.

— … que tu resteras mon amie ?

— Mais enfin, Alicia ! Évidemment !

— Quoi qu'il arrive ? Je veux dire… Tu peux promettre que tu m'aimeras toujours même si… même si… tu apprenais des choses qui… feraient de moi une personne horrible ?

May laissa échapper un petit rire désabusé. Puis d'un ton exagérément moqueur, elle lança :

— Mais, ma chérie, je croyais que tu le savais : j'ai toujours détesté les gens lisses et parfaits ! C'est pour ça que je t'aime, parce que tu es une horrible personne !

Alicia sourit en secouant la tête.

— T'es con quand tu veux, tu le sais ?!
— Oh oui ! Et c'est comme ça que tu m'aimes, non ?
— Oui...

May prit Alicia dans ses bras et lui caressa le dos durant de longues secondes. Puis, profitant de cette étreinte, elle lui murmura à l'oreille d'un ton extrêmement sérieux :

— Je ne sais pas ce que tu as vécu ici, ma bichette... Mais sache deux choses. Un, je serai là si tu décides un jour de m'en parler. Deux, quoi que tu me caches, jamais, au grand jamais, je ne te jugerai...

À ces mots, la bonde s'ouvrit davantage et Alicia sentit l'étau se desserrer autour d'elle. Elle ferma les yeux et tenta de se nourrir de ce court moment de répit, un moment volé au chaos de son monde, un moment d'autant plus précieux qu'elle avait envie de croire que c'était possible. Que May demeurerait son amie, même si la vérité venait à éclater, révélant au grand jour ses honteux petits secrets...

L'Œil, la veille de sa mort

Je me penche contre le garde-corps. Comme tous les soirs, depuis mon retour ici. Mes yeux se noient dans la marée d'arbres encerclant le manoir, puis se heurtent à la tourelle, majestueuse, qui se découpe dans le ciel crépusculaire. En moi, mille émotions se bousculent. Parce que mon plan touche à sa fin. L'enterrement du monstre Le Guen a lieu demain et lundi, tout sera fini. La seule chose qui me frustre un peu, c'est qu'il m'aura fallu en premier lieu me débarrasser de Le Guen et que ce fumier n'aura donc pas assisté à la destruction de sa famille… Mais je n'avais pas le choix. La mort de Le Guen – qui en soi est un sacré trophée – constituait la clef de voûte de mon entreprise, l'élément à partir duquel j'allais pouvoir détruire le clan dans son entier, en envoyant Abby en prison et en ramenant les enfants Le Guen ici pour asseoir sur eux ma domination.

Je souris au souvenir de la voix d'Alicia au téléphone. Je souris largement et je dois bientôt me retenir de rire. Chacun des mots d'Alicia transpirait la terreur. Ses souffles mêmes tremblaient. C'était exquis ! J'étais sur le toit du monde, conscient de ma suprématie, tenant

Alicia sous ma coupe. Je me félicite de mon audace ! J'avais besoin de ce contact, de distiller la peur en direct, de sentir les frémissements sous le feu de mes menaces... De me prouver que j'étais bien devenu l'incontestable maître du jeu... Un million d'euros ! J'ai encore du mal à y croire ! Dès que le versement aura eu lieu, j'enverrai les copies du cahier d'Alicia aux médias et l'original aux enquêteurs. Crime avoué... et impardonnable.

La fraîcheur du soir me fait frissonner et je referme la fenêtre. Je m'assois sur le lit et j'entends ma mère au rez-de-chaussée, qui charge le lave-vaisselle. Elle a éteint la télé, ce soir. Cela devrait me réjouir mais ce n'est pas le cas. Parce que, en réalité, elle rumine. Nous nous sommes disputés, j'ai laissé éclater ma colère. Elle m'a tourné autour durant tout le repas – « J'ai préparé mes vêtements pour demain... Ils ont prévu de l'orage, l'enterrement de M. Le Guen aura lieu sous la pluie... Les enfants doivent être bouleversés, les pauvres, quelle tragédie... » – et je savais bien ce qu'elle voulait, la pauvrette ! J'ai feint d'ignorer ses allusions, la colère en moi grondait. Ne pouvait-elle pas se taire, pour une fois ? Ou bien, l'inverse. Ne pouvait-elle pas s'adresser directement à moi, plutôt que de tourner autour du pot de cette manière apeurée et geignarde qui m'exaspère tant ? J'ai bu mon bouillon, les yeux rivés sur les informations du soir, puis j'ai mastiqué ma côte de porc trop cuite et trop sèche en suivant la météo – « Tu vois, je te l'avais bien dit ! On va être trempés ! »... Je crois que c'est à ce moment-là que j'ai explosé. « On ?! » lui ai-je balancé. Je revois encore son œil interloqué et teinté de crainte. Elle s'est essuyé les mains sur son tablier, avec ces gestes nerveux qui sont les siens quand quelque chose est mal engagé. Puis elle a fait mine de s'affairer, dos à moi, devant la gazinière, comme celle qui cherche à éviter l'orage qu'elle vient de provoquer. « On ?! » ai-je répété plus fort. Elle a sursauté et ses épaules se sont voûtées. « Mais tu vas y aller seule à ta saleté d'enterrement ! Et ne compte pas sur moi pour te prêter la voiture ! J'ai à faire ! » Puis, comme elle faisait semblant de ne pas m'entendre, j'ai déversé ma hargne – un vrai torrent d'insultes contre les Le Guen, contre elle et sa vassalité. Elle a hoqueté. C'est nouveau, qu'elle hoquette. Elle a ajouté ça à sa panoplie de réactions, quelques mois après mon arrivée. Quand elle a compris que je n'étais plus le petit garçon policé et silencieux que j'avais toujours été. Quand elle a vu mes poings se serrer de rage. Quand elle a commencé à avoir peur de moi... J'expire bruyamment. Au fond, je ne suis pas très fier d'inspirer de la peur à ma mère. Mais bon sang, elle n'a vraiment rien dans le crâne !

Cette réflexion en amène une autre. Je revois la journaliste qui est venue cet après-midi, se faisant passer pour une enquêtrice de la police. Oui, ma mère est bête à manger du foin ! Il n'y a qu'elle pour avaler pareilles couleuvres ! J'ai immédiatement compris le subterfuge. Assise face à ma mère, cette scribouillarde était comme un enfant devant un monceau de friandises. Il n'y avait qu'à se servir ! Et l'autre, en train de se répandre, l'œil nostalgique, certaine de bien faire et y mettant tout son cœur ! Pathétique... Elle a toujours trop parlé, la vieille... J'ai foutu la jeune garce dehors et, au fond de moi, je sentais la honte – toujours elle – enfler et enfler encore jusqu'à l'insupportable. Oui... Cette honte d'être si mal né. Cette honte apparue très tôt dans ma vie d'enfant, quand je voyais mes parents au garde-à-vous devant les Le Guen, quand j'ai commencé à mesurer qu'il existait bel et bien une frontière invisible qui séparait les nantis des gueux, quand j'ai commencé à corriger dans ma tête les défauts de langage de mes vieux et que je décelais dans les mimiques compassées de leurs interlocuteurs la suffisance de ceux qui savent et qui sont du bon côté. Oui, j'ai ressenti cette même honte, aujourd'hui, à bientôt trente-cinq ans ! Face à cette pimbêche opportuniste qui avait trouvé sa proie providentielle et se repaissait de sa crédulité. Quand elle m'a fait un doigt d'honneur par la fenêtre de sa voiture, je jure que je lui aurais tiré dessus si j'avais eu mon fusil de chasse à portée de main !

J'ai mal aux mâchoires et je m'oblige à souffler pour évacuer la bouffée de haine qui vient de monter en moi. Peu importent tous ces affronts désormais. Parce que ma revanche, je suis en train de la prendre ! Évidemment, je voudrais hurler à la face du monde et à la face de tous ceux qui m'ont méprisé : « Je suis L'Œil ! C'est moi ! Vous m'entendez, maintenant ?! C'est moi ! Moi, Thierry Brousse, le *minus habens*, l'éternel perdant, le transparent, l'inexistant... C'est moi qui détiens le pouvoir, moi qui ai réduit vos vies en cendres, moi qui vous ai tous battus à plate couture ! » Mais je ne peux pas, bien sûr. Je dois me contenter d'une victoire sans nom et sans visage... C'est une grande frustration... J'en viens même à me demander si le moment venu, je ne pourrais pas me faire connaître un peu de mes victimes, si je ne pourrais pas leur envoyer quelques cartes postales du Venezuela où je compte m'installer.

Sur celle d'Alicia, je pourrais écrire « Séjour aux frais de la princesse » ! Cette idée m'arrache un petit rire cruel. En attendant, je me penche et j'attrape sous le lit ma petite valise, celle où je conserve ce qui m'est le plus précieux. Le cahier rouge, mes lettres de menace soigneusement photocopiées, l'original des tests ADN de Mathis et Manon, les photocopies des extraits du cahier d'Alicia...

Étaler tout cela autour de moi, c'est un peu comme sortir mes trophées de leur cachette et admirer la mécanique parfaite d'une vengeance implacable qui touche bientôt à sa fin.

Dans deux jours, je serai riche et respecté, libre comme l'air, et loin de ce trou à rat.

Amanda et Éloïse,
la veille du meurtre de Thierry Brousse

20 h 30. Éloïse tournait en rond comme un lion en cage dans le chalet. Amanda l'avait appelée une heure plus tôt, excitée comme une puce. Malgré son insistance, la journaliste avait refusé de lui en dire davantage. « Tenez-vous prête, Éloïse ! On a déterré un lièvre, un gros lièvre, croyez-moi ! Je passe chez un traiteur et j'arrive ! Ça vous va, chinois ? » C'était tout juste si Éloïse avait eu le temps de placer qu'elle aussi, avait découvert quelque chose d'intéressant. Depuis, elle faisait les cent pas, fumait cigarette sur cigarette en attendant sa coéquipière.

Le bruit d'un moteur la fit se précipiter sur la terrasse d'où elle aperçut la petite Twingo rouge d'Amanda qui remontait le chemin forestier sous un ciel terne et humide. La gendarme frissonna et regagna l'intérieur. Elle allait enfin être fixée ! La journaliste déboula quelques minutes plus tard, chargée de sachets qui exhalaient une odeur caractéristique de nourriture chinoise.

— Salade de nems, bœuf Lok-Lak, crevettes sauce aigre-douce, riz cantonais ! lança-t-elle en entrant. Le tout agrémenté d'un bon bourgueil frais !

— Bon sang, Amanda, ça fait une heure que j'attends !

— De rien, c'est avec plaisir, riposta la journaliste d'un ton pince-sans-rire. Si vous voulez bien mettre le couvert, je file dans ma chambre me mettre à l'aise et j'arrive. Qu'on puisse enfin se raconter nos journées !

La gendarme l'aurait étripée ! Elle prit néanmoins sur elle – ici, elle n'était la supérieure de personne – et dressa la table à la vitesse grand V. Suivirent plusieurs minutes d'attente supplémentaires durant lesquelles elle déboucha le bourgueil et en descendit un verre plein.

— Me voilà !

— J'ai failli attendre...

— Allez, Éloïse, arrêtez de faire votre tête des mauvais jours ! Ce que j'ai à vous révéler devrait considérablement alléger votre fardeau, rétorqua Amanda en se servant un verre.

— Je suis tout ouïe !

— Alors voilà... J'ai toutes les raisons de croire que le *black-out* de votre sœur n'est ni plus ni moins que le résultat des expérimentations scientifiques de feu Le Guen, entama la journaliste avec un air mystérieux sur le visage. Et je pense également que Le Guen n'en était pas à son coup d'essai avec votre sœur.

— Hein ?! Mais enfin, expliquez-moi ! lança Éloïse, complètement sidérée.

Amanda passa le repas à faire le récit le plus détaillé possible de ses échanges de la journée. Éloïse n'en perdit pas une miette. Ses yeux brillaient, à cause du vin certes, mais aussi parce qu'elle commençait à entrevoir un scénario. La référence au jeu de Meccano lui traversa l'esprit, mais autant ne pas s'appesantir sur ce point : elle avait envoyé bouler la journaliste ! Quand Amanda eut terminé, la gendarme se dirigea vers le tableau blanc qu'elle retourna pour écrire sur sa partie vierge. Les réflexes de l'enquêtrice refaisaient surface.

— Bien, donc récapitulons ! L'après-midi avant sa disparition, c'est-à-dire le jour de son accouchement, Manon prend du bon temps chez son amie Caroline. Soit dit en passant, ma rencontre avec cette dernière m'a appris trois éléments essentiels : d'abord, ma sœur a passé l'après-midi en maillot de bain à côté de Caroline. Laquelle est formelle : la physionomie de Manon ne pouvait pas laisser voir qu'elle était enceinte.

— Donc, *exit* la dissimulation ! Manon a fait un véritable déni de grossesse.

— Exact. Après son après-midi chez Caroline, Manon rentre à la maison. S'ensuit une dispute avec mes parents au sujet de sa soirée et Manon s'échappe. Elle a revêtu sa robe la plus seyante, celle avec les coquelicots. Nous nous demandions où elle voulait se rendre, je pense que Caroline m'a donné la réponse : au manoir des Le Guen, où Ethan, revenu d'Angleterre pour l'occasion, avait organisé une fête géante pour célébrer l'obtention de son baccalauréat.

Amanda se redressa, stupéfaite.

— Attendez voir ! Votre sœur serait allée là-bas…

— Elle n'était pas invitée, la coupa Éloïse. D'après Caroline, elle en était d'ailleurs contrariée.

— D'accord… Donc elle part de Lannion à vélo pour se rendre à Perros-Guirec. C'est faisable ?

— Oui ! Nous avalions les kilomètres à l'époque. Il doit y en avoir une dizaine en tout environ.

— Parfait... Alors... votre sœur n'est pas invitée mais décide de se rendre à la soirée, certainement dans l'idée de s'expliquer avec Ethan... ou de le reconquérir.

— Exactement, approuva Éloïse. Et vu l'hypothèse que vous avez établie autour de l'amnésie de Manon, on peut imaginer qu'arrivée au manoir, d'une manière ou d'une autre, elle a affaire au père Le Guen.

— Forcément... Et si celui-ci l'a droguée pour qu'elle oublie les événements de la soirée, on peut déduire qu'il avait un intérêt à cet oubli, OK ?

— Yep ! Et je pense savoir lequel. C'est le troisième élément intéressant que m'a appris Caroline Gombert : Manon n'a pas eu de nouveau flirt après Ethan.

— Donc Ethan serait bien le père de l'enfant... Imaginons un instant la situation : Manon arrive là-bas – elle est en colère, elle a le cœur serré, ses émotions sont à fleur de peau et *tutti quanti*... – et, paf, l'accouchement se déclenche.

— Ça ne colle pas ! ragea Éloïse. C'est une fête, il y a des dizaines d'invités, il y aurait nécessairement eu des témoins et le rapprochement avec la une des journaux du lendemain sur l'enfant retrouvé dans les poubelles aurait été fait...

— Taratata ! Vous y êtes allée, chez les Le Guen ?

— Non, pourquoi ?

— J'y étais moi-même ce matin, figurez-vous... Enfin, pour être plus précise, j'étais devant l'entrée principale avec mes collègues d'infortune. De hautes grilles fermées nous empêchaient tout accès au domaine. Pour la faire courte...

— Mais oui, vous avez raison ! la coupa la gendarme en claquant des doigts. J'ai vu les images du manoir survolé par les hélicoptères à la télé. Il y a des hectares de forêt et le manoir lui-même est gigantesque !

— Exactement. Et je mettrais même ma main au feu qu'il y a des dépendances. On est à des années-lumière de la maison Phénix.

— Un instant ! intervint Éloïse. Un détail de ma conversation avec Caroline me revient. Elle m'a dit en parlant de Manon : « Elle n'avait pas reçu de carton d'invitation. » Ce qui signifie probablement qu'il y avait un filtrage à l'entrée... Après tout, dans les soirées du gotha, c'est comme ça que ça se passe, non ?

— Tout à fait. En conséquence, votre sœur a dû s'introduire dans le domaine par une entrée secondaire ou en escaladant une clôture...

Les duettistes échangèrent un regard chargé tout à la fois d'excitation et de perplexité. Jusqu'à présent, les éléments s'assemblaient, mais à partir de maintenant, elles allaient devoir extrapoler.

— On ne peut pas savoir exactement ce qui s'est passé ensuite, entama Éloïse. En revanche, on sait que le lendemain matin, l'enfant est retrouvé dans une poubelle de Carnac et que Manon a disparu... Elle réapparaît quinze jours après, amnésique et dans un état lamentable...

— Un instant, Éloïse ! Il y a quelque chose que nous pouvons déduire en tout cas. Si Le Guen a fait disparaître le bébé, c'est qu'il a eu le temps de constater le déni de grossesse de votre sœur. Dans le cas contraire, il n'aurait jamais imaginé un tel subterfuge !

— Oui, ça tombe sous le sens, en effet... Avant même que Manon mette au monde l'enfant, il constate le déni. Et ce déni constitue pour lui une formidable opportunité : ni elle, ni personne dans son entourage n'est au courant qu'elle attend un enfant.

— Et d'une manière que nous ignorons, ajouta Amanda, Le Guen est informé que son propre fils est le père... Là, il panique. Hors de question que son fils se retrouve fauché en plein vol par l'arrivée d'un môme.

— Alors même qu'Ethan n'est ni amoureux de Manon, ni prêt à être père. En 1999, Ethan était à peine majeur, conclut la gendarme.

Un ange passa. Les morceaux de puzzle s'emboîtaient et, ce faisant, révélaient un tableau d'une extrême noirceur.

— Tout cela est particulièrement sordide, reprit la journaliste, songeuse... Il y a tout de même une chose qui m'échappe : pourquoi Le Guen ne s'est-il pas contenté de droguer Manon et de la ramener avec son vélo à quelques kilomètres de chez vous ?

Éloïse observa le tableau sur lequel elle avait consigné les différents éléments. Quand son œil s'arrêta sur « robe coquelicots », elle fut frappée par une évidence.

— Je sais ! Imaginons que nous ayons raison...

— Mais nous avons raison !

— D'accord, d'accord ! Bon, écoutez ça : Manon est quelque part chez les Le Guen et elle est prise de contractions, OK ? Yohann Le Guen ne doit pas être loin... on peut même imaginer qu'il aide ma sœur. Après tout, il a fait médecine. Mais peu importe ! Manon perd les eaux et elle... elle accouche, là, comme ça ! Vous imaginez l'état de sa robe ?!

— OK et ?

— S'il se contente de ramener Manon près de chez nous, elle sera retrouvée le lendemain avec du sang sur ses vêtements et...

— Oui ! Vous avez raison, Éloïse ! Il fallait qu'il se passe suffisamment de temps entre l'affaire du bébé des poubelles et le retour de Manon chez vous pour qu'aucun lien ne puisse être établi ! Le Guen a éloigné votre sœur pour brouiller complètement les pistes. Il voulait éviter qu'on fasse la connexion entre le bébé et elle, pour la simple et bonne raison qu'il voulait par-dessus tout empêcher qu'on relie cet enfant à son propre fils !... Et ça a marché ! Quand Manon est retrouvée à plus de deux cents kilomètres d'ici, il s'est déjà passé quinze jours. Elle n'a plus les mêmes vêtements ? Et alors ? Normal qu'elle se soit changée, non ?

— Et comme elle ne se souvient de rien... elle est bien incapable de dire quand et où elle a changé de vêtements. Par ailleurs, je ne suis même pas sûre que mes parents aient prêté attention à ce détail. Ils étaient tellement soulagés de retrouver Manon...

La journaliste lança soudain un regard catastrophé à Éloïse.

— Vous réalisez ce que nous sommes en train de dire ? lança-t-elle d'une voix blanche.

— Je ne vous suis pas...

— Eh bien... si Le Guen voulait être certain de laisser filer un laps de temps suffisant entre l'événement du bébé des poubelles et le retour de Manon chez vous...

Éloïse blêmit en prenant conscience du sous-entendu de la journaliste.

— Vous pensez que… qu'il l'a gardée… séquestrée pendant quinze jours ? C'est ça ?

— C'est fort probable, en tout cas plusieurs jours… Parce que s'il l'avait déposée du côté de Nantes, le soir du 27 juin 1999, il prenait le risque que Manon soit retrouvée immédiatement…

La gendarme fit quelques pas nerveux dans la pièce. Cette hypothèse ajoutait à l'horreur d'un scénario déjà bien sombre et elle tentait d'en examiner les tenants et les aboutissants. Au bout d'une bonne minute, elle brisa le silence d'une voix sourde :

— Vous avez raison, Amanda… Il a séquestré ma sœur et il a pris soin d'elle, de son corps… Car si l'on pousse la logique jusqu'au bout… si Le Guen était bien ce fou capable de fomenter froidement un tel scénario pour protéger sa famille, son nom… alors, il fallait qu'il soit totalement assuré que Manon ne présente aucun traumatisme en lien avec cet accouchement. Afin qu'il lui soit impossible de savoir – ni par l'esprit, ni par le corps – qu'elle avait eu un enfant.

Alicia Le Guen,
la veille du meurtre de Thierry Brousse

Alicia fixait le plafond de la chambre sur lequel une lune claire projetait les ombres déformées des arbres. Elle se sentait et se savait au bord de la rupture. L'Œil était en train de détruire sa vie et détenait aussi le pouvoir de détruire celle d'Ethan. Le bilan était catastrophique : son père était mort, sa mère avait été arrêtée et sa propre existence ne tenait plus qu'au bon vouloir d'un maître-chanteur. Pour ajouter à l'insoutenable, Manon Ezzedine était en garde à vue et son frère la conspuait pour les faits dont elle était accusée. Qu'est-ce que Manon allait révéler aux enquêteurs, maintenant qu'ils l'accusaient d'être la mère de l'enfant des poubelles ? Combien de temps faudrait-il aux policiers pour établir le lien de paternité entre cet enfant et Ethan ? Et que se passerait-il ensuite ? Alicia sentit son estomac se soulever. Elle n'avait presque rien avalé au souper, pourtant, une furieuse envie de vomir l'obligea à se lever. Elle courut jusqu'aux toilettes et régurgita une bile acide qui lui brûla la trachée et lui laissa un goût infect dans la bouche. Puis, sans que rien de précis entraînât cette réaction, elle se sentit submergée par une crise de larmes irrépressible. De longues minutes s'égrenèrent, dans un véritable déferlement de stress et d'angoisse. Alicia implorait mentalement son père de lui venir en aide. Mais seul le silence lui répondait, peuplé des images du passé…

※※※

L'enfant est difforme et le drame en cours paraît s'épaissir à chaque minute. Une horreur en appelle une autre, rien ne semble vouloir mettre un terme à cette escalade… Son père sort une dosette de sa trousse et, calmement, injecte le produit dans le bras de la fille encore tremblante après son accouchement. Que fait-il ? Que va-t-il se passer maintenant ? Alicia bondit de sa chaise. Elle tremble convulsivement et le hurlement qu'elle jugule dans son poing semble vouloir se frayer un chemin malgré elle. C'est une sorte de râle guttural et monocorde qui s'échappe de sa gorge et se mêle aux braillements du bébé que son père vient de placer sur la poitrine de la fille. Il se tourne un instant vers elle : « Ne t'inquiète pas, ma chérie. Elle… elle ne risque rien, d'accord ? Tout va bien. » Puis il se recule et dissèque silencieusement la scène d'un œil distant, analytique. Les secondes passent et Alicia pourrait presque voir les rouages s'articuler dans l'esprit de son père. Soudain, il s'adresse à elle : « Alicia chérie, le sérum que je viens d'injecter à cette fille est totalement… inoffensif… Il va simplement provoquer une perte mnésique irréversible… Demain,

*elle ne se souviendra de rien. Ni plus, ni moins. »
Il la regarde, les yeux humides, semble chercher ses
mots et là, subitement, elle comprend ! « Non, papa !
Non... non ! Je ne veux pas ! Je... Je... » Elle le
fixe, furieuse, cherche des mots qui ne viennent pas.
Alors son père se rapproche d'elle. L'enserre dans
ses bras. L'écrase contre lui en murmurant de longs
« chuuuut, chuuuut... ». Et l'embrasse au hasard,
sur ses cheveux, sur ses yeux qui pleurent, sur ses
joues, sur sa peau marbrée de sillons humides. C'est
fiévreux, animal, instinctif. Puis, il s'écarte d'elle
et, d'une voix grave, lui explique : « Je te laisse le
choix, ma chérie. Mais sache que la mémoire est
le piège de tous nos tourments... Si tu ne souhaites
pas cette piqûre, tu te souviendras. Et tu devras être
forte, très forte, pour garder le silence mais aussi
pour vivre avec. » Elle n'est plus une enfant depuis
longtemps. Elle comprend parfaitement ce que son
père lui dit. Il veut lui offrir un ticket rédempteur,
voilà ce qu'il veut. Un aller-retour pour le pays de
l'oubli, manière d'y laisser les bagages trop lourds.
Et cette pensée la heurte aussi violemment qu'une
gifle... Elle est une Le Guen ! Elle n'est pas une
petite chose fragile ! Elle n'a plus rien de la fillette
que l'on console ! Et l'homme qui se tient devant
elle ne devrait pas pouvoir en douter... Malgré sa
terreur, malgré le poids de la culpabilité, Alicia
lui lance un regard de défiance : « Je saurai vivre
avec. » Est-ce un jeu de son esprit ? Il lui semble
déceler une lueur de fierté dans les yeux de Yohann.
Son cœur enfle : avec lui, elle pourrait conquérir
le monde. Il s'approche et passe sa main sur sa*

joue : « Alicia, ma puce, je t'aime... Je t'aime et je te jure que demain, tout ça sera fini... La seule et unique chose que je te demande, c'est de ne jamais parler de ce qui vient de se passer à quiconque... Personne ne doit savoir. C'est un secret entre toi et moi. » Elle hoche la tête : « Oui, papa... je te le jure. » Son père, de nouveau, l'embrasse. Il y a de l'urgence, de la fièvre dans ses gestes et ses caresses...

Après un long moment, il s'arrache à elle. Son regard est déterminé. Il se saisit du téléphone, compose un numéro et, malgré une certaine nervosité, il demeure implacable : « Octave ? J'ai besoin de vous. Tout de suite... Une... une affaire urgente. Rappliquez au cottage d'Alicia immédiatement, je vous prie. Et passez par l'entrée de service. Soyez discret, mon vieux, je compte sur vous ! » Ensuite, il se tourne vers elle, plein de sollicitude : « Maintenant, ma chérie, tu vas suivre mes instructions à la lettre. Tu vas m'aider à ramasser tous les linges et à ranger un peu. Ensuite, tu iras au manoir, dans ma chambre. Tu prendras une longue douche et tu te feras belle avant de rejoindre les convives, d'accord ?... Je veux que tu restes une heure au moins à la fête, il faut que les invités te voient, tu comprends ?... Lorsque tu décideras de te retirer, ne reviens pas au cottage, va dormir dans le pool-house. Je peux compter sur toi ? Tu vas tenir le choc ? » Alicia approuve avec conviction puis ses yeux balaient anarchiquement la scène terrible derrière son père. « Mais, toi ? » « Octave est en route, il va m'aider, ne t'inquiète pas. Fais-moi confiance, dès demain, tu pourras revenir ici, il n'y paraîtra plus... Allez, aide-moi à ramasser tout ça ! »

※

Alicia tira la chasse et se rinça la bouche. Son père avait dit vrai, le lendemain, il n'y paraissait plus... Après une nuit dans le pool-house, elle avait réintégré le cottage. L'endroit était propre. Il n'y avait plus aucune trace du passage de Manon. Et rien ne pouvait laisser supposer qu'un drame s'y était produit quelques heures auparavant. L'immatérialité rendait le crime irréel et elle en ressentait une sorte de soulagement. Ce n'était que très tard dans la soirée, après avoir partagé le dîner en famille au manoir, qu'elle avait eu son premier contrecoup. En recentrant le plaid qui ornait le canapé, elle avait repéré l'auréole brunâtre sur l'assise. Le nettoyage de son père n'était visiblement pas venu à bout du sang incrusté dans les fibres. Prise d'une répulsion soudaine, Alicia n'avait pu s'empêcher de lessiver la tache avec frénésie. Elle s'était acharnée durant plus d'une heure mais n'était pas parvenue à la faire disparaître. De guerre lasse, elle avait replacé le plaid légèrement de travers, de manière qu'il recouvre la marque sombre. Ses mains tremblaient. Son estomac se contractait. Et les questions avaient commencé à se bousculer à l'orée de sa conscience. Qu'était devenue la fille ? Où était-elle ? Et le bébé difforme ? Une violente montée de panique avait alors menacé de la terrasser. Elle avait besoin de parler, mais elle avait juré le silence ! Elle avait fait un choix et, désormais, elle devait l'assumer... Réflexe d'une adolescence dont elle sortait tout juste, elle avait couru jusque dans la chambre, avait tiré le lit, compté les pierres et extrait le cahier rouge qu'elle n'avait jamais rouvert depuis son départ pour l'Angleterre un an plus tôt et qu'elle n'aurait jamais pensé devoir extirper un jour de son tombeau de pierres. Et là, dans un élan frénétique et salvateur, elle s'était épanchée, gravant sur le papier son ultime confession.

Alicia s'allongea sur son lit et laissa échapper un long soupir de rage. Que n'avait-elle détruit ce fichu journal ! À cette pensée, elle émit un petit rire désabusé. Elle savait parfaitement pourquoi elle ne l'avait pas fait. Ce cahier, c'était un morceau de sa vie, une part d'elle-même. Un pan entier de son combat et de son intimité d'adolescente qu'elle n'avait jamais pu se résoudre à réduire en cendres. Mais aussi un fardeau de confessions inavouables, trop lourdes à porter et qui devaient rester à Perros-Guirec ; à l'endroit où tout s'était passé, au cœur d'un abri inviolable, indécelable... Du moins, l'avait-elle cru jusqu'à aujourd'hui.

Alicia repensa au repas, à la condamnation sans appel de son frère, et sentit de nouveau avec une terrible acuité qu'elle ne saurait affronter son jugement. D'une manière ou d'une autre, elle devait identifier L'Œil et récupérer son cahier rouge !

Fouettée par l'urgence de trouver une issue à son drame, elle ralluma la lumière et se replongea avec fébrilité dans le fastidieux épluchage du listing des visiteurs du jour. Au total, soixante-deux personnes avaient été autorisées à venir au manoir. Le plus souvent, des couples d'amis de leurs parents accompagnés par leurs enfants, généralement de la même génération que celle d'Ethan et elle. Mais il y avait aussi eu de nombreuses connaissances plus lointaines, des médecins, des chercheurs, des contacts professionnels qui avaient souhaité témoigner leur soutien. Alicia avait dû se rendre à l'évidence, elle n'en connaissait pas véritablement la moitié… D'autant que s'y ajoutaient tous ceux qui n'avaient pas obtenu le sésame pour venir, mais qui seraient présents aux obsèques du lendemain. Elle tenta de focaliser son attention sur tous ceux qui lui étaient familiers et la liste était plutôt longue. Après une bonne heure de travail, les noms dansaient devant ses yeux et son esprit s'embrouillait, peinant à sélectionner les identités derrière lesquelles pouvait ou non se cacher L'Œil. Elle finit par sombrer dans un sommeil tourmenté, où noms et visages se mélangeaient sans fin dans une sarabande hostile…

Éloïse et Amanda,
le jour du meurtre de Thierry Brousse

Le week-end s'annonçait morose. Le ciel s'était ramassé en une chape nuageuse qui obstruait toute vue. Depuis la terrasse du chalet, Éloïse, cigarette à la main, tentait de distinguer le pinson dont elle entendait le chant et qui ne devait pas se trouver très loin. Peine perdue… Elle écrasa son mégot et rentra à l'intérieur. Amanda était affairée derrière son ordinateur, les yeux fixés sur l'écran, ses mains voletant sur le clavier. La gendarme eut la vision fugace de Kamel[1], et cette image en appela immédiatement d'autres… Elle revit la cellule T.E.H., les heures frénétiques passées dans ce sous-sol pour démanteler l'immonde trafic qui avait tissé sa toile d'araignée dans le Web profond. La fusillade sanglante sur le parking de L'Envol, le désarroi et la colère des collègues nîmois quand ils avaient perdu leur chef. Les montagnes, majestueuses, dressées devant eux comme

---

1. Kamel est informaticien, il fait partie de l'équipe de gendarmes que dirige Éloïse au sein de la Section de recherches de Toulouse.

un rempart masquant une réalité inimaginable. Et Jean-Marc, son homme, son grand amour, partant sous ses ordres vers le pénitencier... et qui n'en reviendrait pas[1]. Son cœur se serra violemment et Éloïse se sentit chanceler. Elle fit un pas vers le divan et se laissa choir. Elle avait perdu Jean-Marc... et voilà qu'aujourd'hui elle risquait de perdre Manon, cette sœur jumelle qu'elle avait écartée de son existence durant des années et qui avait fait irruption dans sa vie quelques jours plus tôt... Une sœur qu'elle découvrait, qu'elle apprenait à comprendre, et qui – malgré tout ce qu'elle avait pu se raconter à elle-même – lui avait profondément manqué. Une vague d'émotions l'envahit subitement : elle se sentait prête aujourd'hui à rencontrer Manon, à éteindre les brasiers du passé qui ne cessaient de la dévorer, à devenir sans réserves la tatie de deux merveilleux enfants. Les larmes lui montèrent aux yeux, elle n'avait pas droit à l'erreur. Parce que, elle le savait par expérience, la vie donne et la vie reprend, il faut savoir saisir les opportunités du présent. Fouettée par sa prise de conscience, elle se morigéna. Chaque seconde comptait et l'urgence, désormais, était de sortir Manon du guêpier dans lequel Le Guen l'avait entraînée. Il fallait donc faire les bons choix et les faire rapidement. Elle tourna la tête vers Amanda – partenaire providentielle, pied de nez du destin ! – et l'interrompit dans son travail :

— Vous faites quoi ?

— Je commence à écrire un article avec les éléments de notre enquête et, parallèlement, je dresse la liste des questions qui n'ont pas encore de réponses.

---

[1]. Voir *Le Cheptel* (Marabout, 2018 ; Pocket, 2020).

— Je nous lance deux espressos et on se fait un *brainstorming*, ça vous va ?

— Impec !

Éloïse disparut dans la cuisine et revint quelques minutes plus tard, deux tasses à la main.

— Bon, par quoi on commence ?

— Votre sœur ?

— Je vous écoute.

— Question sans réponse numéro un : qui est le type à la capuche ? Quel lien avec votre sœur, quel lien avec les Le Guen ? Quel rôle joue-t-il dans l'affaire Le Guen ?

— Ça fait plusieurs questions ! commenta Éloïse avec malice.

La gendarme trempa ses lèvres dans le breuvage fumant en braquant ses yeux sur le grand tableau blanc qui inventoriait les éléments de l'enquête. Elle se laissa un long temps de réflexion et finit par proposer :

— Oublions un instant le « qui est-il ? » et concentrons-nous sur les éléments susceptibles de nous aider à remonter jusqu'à lui.

— Déroulez !

— Il a dénoncé Manon aux flics avant même de s'amuser à la persécuter. Il savait donc qu'elle était la mère du petit Mathis. Comment ? Cela reste à définir. Ce qui est certain, c'est qu'il a dû fournir des éléments suffisamment sérieux pour que les policiers décident de donner suite à sa dénonciation et effectuent un prélèvement ADN sur ma sœur.

— Comment ça ?

— Eh bien… une déposition en bonne et due forme au commissariat constitue un élément matériel permettant de rouvrir une enquête et, pourquoi pas, d'effectuer une comparaison ADN sur la foi des dires du déposant, OK ?

— Oui. Mais notre type à capuche n'a pas fait ça... Il a préféré rester dans l'ombre et effectuer une dénonciation anonyme.

— Exactement... Et, heureusement, il ne suffit pas de dénoncer anonymement une personne pour que des comparaisons ADN soient effectuées. Il faut apporter un élément, quelque chose de probant... Quand j'ai eu Balengier au téléphone après l'arrestation de Manon, il a dit exactement ceci : « Un dénonciateur anonyme leur a bien mâché le travail. »

— Éloïse, je vois bien que vous avez une idée en tête ! Expliquez-moi, au lieu de tourner autour du pot !

— Considérez ça comme un juste retour des choses, Amanda ! J'ai enduré une longue attente, hier, n'est-ce pas ?... Vous souffrirez bien de patienter quelques minutes à votre tour, non ? balança la gendarme en se levant.

Puis elle attrapa son portable au vol et s'engouffra dans les escaliers, laissant la journaliste sur sa faim. Cinq minutes plus tard, elle refit son apparition. Ses yeux brillaient d'excitation.

— Bingo ! lança-t-elle. Je crois qu'on tient une piste !

— Je vous écoute !

— Je viens d'avoir Balengier, une chance, il a répondu à la première sonnerie... Il a réussi à savoir ce que le dénonciateur anonyme avait envoyé aux policiers. Je vous le donne en mille !

Amanda grimaça, agacée de n'avoir pas la main sur ce coup.

— Il a envoyé les résultats d'une comparaison ADN qu'il avait lui-même fait faire par un laboratoire privé américain.

— Excusez-moi, Éloïse, mais j'ai du mal à comprendre votre exaltation.

— Cela signifie que notre persécuteur s'est débrouillé pour obtenir un échantillon ADN de ma sœur et de Mathis ! Et qui dit échantillon...

— Quoi donc, Éloïse !

— ... dit qu'il a forcément approché le petit Mathis !

La journaliste marqua un instant d'hésitation, puis se frappa le front.

— Mais évidemment ! Ce qui veut dire qu'il s'est rendu là où séjourne Mathis et que des gens l'ont vu ! *Yessss !*... Je devrais pouvoir remonter la trace de Mathis *via* les articles de l'époque, c'est l'affaire d'une heure maxi ! lança la journaliste en se ruant sur son ordinateur.

— Institut médico-éducatif « Gai pinson », 2, rue Jean-Armaing, 56000 Vannes, fit Éloïse en posant un papier sous le nez de sa partenaire. C'est Balengier qui m'a donné l'info. Le tuteur du jeune Mathis s'est mis en lien avec les enquêteurs. Il représente les intérêts de Mathis et compte, à ce titre, se constituer partie civile.

Un silence fila.

— ... Mmm... Ça y est... on lâche les chiens de partout !

— Rien d'étonnant... Balengier m'a également informée qu'il recevait des dizaines d'appels par jour. Des journalistes qui souhaitent m'interviewer...

Apparemment, il y en a des grappes entières qui font le pied de grue devant la maison familiale, à l'heure où je vous parle.

— On va éviter d'allumer la télé, aujourd'hui, lui répondit Amanda d'une voix amicale. Il n'y a rien de plus hargneux qu'un journaliste qui ne trouve pas sa pitance !

— Si c'est vous qui le dites !

Les deux femmes échangèrent un regard amusé. Puis Éloïse relança d'une voix préoccupée :

— Là, on est samedi et l'institut est fermé pour le week-end...

— Ah bon ? Mais où Mathis est-il pris en charge le week-end ?

— Famille d'accueil.

— Mmm... peu de chances que notre harceleur se soit rendu chez la famille d'accueil pour obtenir ses échantillons... Il aura sans doute préféré un environnement plus neutre pour favoriser les chances de passer inaperçu.

— Je pense que vous avez raison.

— Ce qui signifie que nous devons prendre notre mal en patience et attendre lundi que l'institut rouvre ses portes ! fit la journaliste. Ma main au feu que quelqu'un là-bas se souviendra de lui et...

— Amanda, la coupa Éloïse, embarrassée... Je... je ne peux pas me rendre à l'institut lundi, ça m'exposerait trop.

— Qu'à cela ne tienne ! J'irai !

La gendarme laissa échapper un soupir.

— Et vous comptez vous y prendre comment pour faire le tour des professionnels ?

— Je ne sais pas encore, je trouverai !... Pourquoi ? Vous avez une idée ?

Éloïse s'assit en face de la journaliste. Elle ne savait pas trop comment le formuler, mais oui, elle avait bien une idée.

— Hou là ! Qu'est-ce qui se passe ?

— Écoutez, Amanda... ça m'a tarabustée toute la nuit... Je pense que nous devrions maintenant nous rapprocher des policiers chargés de l'enquête et que...

— Mais vous vous rendez compte ! la coupa la journaliste. Ils vont balayer nos déductions d'un simple revers de main ! On est le scrupule dans leur chaussure, là !

— On doit essayer, Amanda, on a suffisamment d'éléments pour les convaincre ! Entre le témoignage de Marthe Brousse et celui de Duprez, on peut semer un doute suffisant dans leur esprit ! Qui plus est, on peut aussi mettre l'accent sur les zones d'ombre : Manon n'a pas pu matériellement agir seule le soir du 27 juin 1999, comme vous l'avez déduit des dépositions de fugue !

Amanda se redressa, agacée. Elle leva les yeux au ciel et laissa échapper un long soupir :

— Imaginons que vous ayez raison, Éloïse, et que les enquêteurs nous écoutent. Qu'est-ce qui va se passer, hein ? Ils reprendront nos avancées à leur propre compte et, nous : *exit*, merci, au revoir !

— Et alors ? Où est le problème ?

— C'est une blague ? s'énerva la journaliste. On a un *deal* vous et moi, je vous le rappelle !

— Et c'est ma sœur qui est en garde à vue, je vous le rappelle aussi ! riposta Éloïse en criant.

Le ton était monté d'un coup et les deux femmes se regardaient désormais en chiens de faïence. Les secondes filèrent puis, d'une voix posée mais ferme, Éloïse reprit :

— Vous n'imaginez pas un instant que je puisse vous laisser mettre en balance la vie de ma sœur avec un de vos fichus papiers, sans réagir ?

— Mon Dieu, Éloïse, vous parlez comme si j'incarnais le mal absolu et que mon papier – pour reprendre votre mot – devait nécessairement se faire au détriment de votre sœur !... Vous avez la mémoire courte, hein ? Qui est venue vous chercher ? Qui a rapproché l'affaire Le Guen de celle de Manon ? Qui a déterré les lièvres qui pourraient permettre à votre sœur d'être lavée des soupçons qui pèsent sur elle ?

— Vous ! Vous ! Et vous, encore ! Ça vous va ?... Mais que je sache, ça ne vous donne pas le droit de décider du sort de Manon !

Amanda secoua la tête d'un air exaspéré. Elle laissa couler plusieurs secondes avant de répondre d'une voix plus calme :

— Baissez d'un ton, Éloïse... Vous êtes en train de me prêter des intentions qui ne sont pas les miennes.

— Donc vous êtes d'accord pour que j'appelle Lelevier ?

— Qui ?

— Le policier en charge de l'enquête.

— Oui, mais pas de suite ! C'est trop tôt... Nous avons encore des pistes à explorer. Nous ne savons rien de ce qui a incité Abby Le Guen à tuer son mari, ni de ce qui lie ce meurtre à l'affaire de Manon. Par ailleurs, nous ne savons rien de ce qui a motivé Yohann

Le Guen à utiliser son sérum sur sa femme, il y a trente-quatre ans... Ce sont autant d'éléments sur lesquels nous devons d'abord investiguer.

— Je suis désolée, Amanda, mais ce qui m'importe avant toute autre considération, c'est de faire sortir Manon de son trou, lui rétorqua la gendarme. J'appellerai Lelevier lundi matin. Ça nous laisse ce week-end pour essayer d'avancer. Ça vous va ?

La journaliste laissa échapper un long soupir de résignation.

— De toute façon, vous ne me laissez pas le choix.

— Non, en effet. Mais pour être tout à fait sincère avec vous, je préférerais ne pas passer en force... Parce que... sans vous, sans votre aide et votre perspicacité, je ne sais pas où j'en serais aujourd'hui... Voilà, le fait est que je vous dois une fière chandelle.

Amanda hocha la tête mais ne put s'empêcher de tourner la situation en dérision :

— Oh, que c'est choupinou ! Alors, c'est le moment où je suis censée vous faire un gros câlin, c'est ça ?

Éloïse releva les yeux, interloquée, et croisa ceux, rieurs, d'Amanda. Elles partirent toutes deux d'un rire franc.

Alicia Le Guen,
le jour du meurtre de Thierry Brousse

Alicia jeta un œil à son reflet dans le miroir. Le noir de ses vêtements ajoutait à la détresse qu'elle dégageait. Sa nuit tourmentée ne lui avait en réalité pas permis de récupérer. Elle se faisait l'effet d'un épouvantail dans la tempête, malmené par les vents mauvais et qui tentait malgré tout de rester debout.

La pendule sonna 10 heures et Alicia se détourna. Elle était attendue dans le grand salon pour l'interview et les photos qui feraient la double page centrale de *Richesses*. Christine Tanguy leur avait prémâché le travail : les questions esquivaient soigneusement le meurtre de leur père, tout en laissant transpirer les difficultés psychiques de leur mère.

Parvenue au salon, elle croisa le regard d'Ethan qui l'attendait. L'inquiétude se lisait sur ses traits et il s'avança vers elle dès qu'il la vit pour la serrer dans ses bras avec tendresse.

— On pourra commencer à souffler un peu ce soir, après la cérémonie..., lui murmura-t-il à l'oreille.

— C'est tout ce que j'espère, se contenta-t-elle de répondre.

Christine Tanguy leur adressa un regard compatissant, tout en les invitant à s'approcher. Une journaliste et un photographe, installés dans un canapé, finissaient leur café en leur jetant des coups d'œil furtifs. Alicia et Ethan rejoignirent May sur le canapé qui leur faisait face. La journaliste se présenta et les remercia de leur accorder une interview dans une période aussi douloureuse. Suivirent les questions déjà préparées auxquelles Ethan et Alicia répondirent tour à tour. May manifesta sa présence et son soutien par des sourires et des gestes de réconfort. Le photographe prenait quant à lui des clichés qui seraient sélectionnés par la suite.

Au bout d'une demi-heure, la journaliste évoqua la relation que les enfants avaient tissée avec leur père. Quelques souvenirs choisis furent racontés avec sincérité : Yohann Le Guen avait véritablement tout du père modèle. Prise d'une inspiration subite, la journaliste se tourna alors vers Christine Tanguy :

— Il pourrait être intéressant de glisser un beau cliché d'Alicia, Ethan et leur père dans la double page, non ?

Christine approuva, et Alicia et Ethan pensèrent immédiatement au cliché que Yohann conservait depuis toujours sur son chevet.

— Ça tombe bien. Papa gardait précieusement une photo fétiche de nous trois, répondit Ethan.

— Je peux aller la chercher si vous voulez, proposa Alicia qui se sentait de plus en plus oppressée par l'évocation des souvenirs d'enfance.

*

Alicia entra dans la chambre de son père et tomba nez à nez avec les employés des pompes funèbres qui étaient en train de refermer le cercueil.

— Désolé, madame, bredouilla le plus âgé des deux. Nous sommes chargés de… de procéder au transfert du corps.

Alicia eut le sentiment de prendre un uppercut en plein estomac.

— Je ne le verrai plus ? articula-t-elle avec effort.

— Si, si, madame. Le cercueil sera ouvert durant la cérémonie, s'empressa-t-on de lui répondre.

Alicia fit un petit signe d'assentiment de la tête et attendit que les hommes disparaissent pour contourner le lit. Elle s'aperçut alors avec surprise que le cliché qu'elle était venue chercher n'y était plus. Elle inspecta la chambre, ouvrit les placards, fouilla la commode… Rien. C'était inouï ! Son père adorait cette photo, il l'avait toujours gardée près de lui. Elle s'élança dans les escaliers et rattrapa les hommes des pompes funèbres, juste avant qu'ils ne quittent le manoir.

— Messieurs ! Vous n'auriez pas pris une photo, par hasard ? Un petit cadre posé sur le chevet ?

— Non, madame… mais vous pourriez peut-être voir ça avec la gouvernante. Elle rangeait la chambre de votre père quand nous sommes arrivés, il y a dix minutes.

— Vous devez avoir raison. Merci.

Alicia regarda le fourgon disparaître sur le chemin et regagna le manoir. Anna était affairée en cuisine pour le repas de midi et le lunch de la fin d'après-midi.

— Dites-moi, Anna, où avez-vous mis la photo que papa conservait sur son chevet, celle où nous étions, Ethan, lui et moi ?

Voyant que l'employée ne répondait pas et semblait brusquement embarrassée, Alicia insista :

— Anna ? Vous voyez de quoi je parle, n'est-ce pas ?

— C'est que... oui, madame Alicia.

— Eh bien ? Que se passe-t-il ?

— Votre mère m'a questionnée sur cette photo... Elle pensait que je l'avais changée de place.

— Et ce n'était pas le cas ?

— Oh non, Madame ! Je... je ne me permettrais pas...

— Pourquoi ma mère pensait-elle que vous l'aviez déplacée ?

— Si j'ai bien compris, cette photo était passée de la chambre de votre père à celle de votre mère. Mais ce n'est pas moi, Madame...

— Qui d'autre ? s'agaça Alicia en levant les mains vers le vide autour d'elles.

Anna rougit immédiatement et Alicia s'en voulut de sa brusquerie. Mais elle n'était vraiment pas d'humeur à s'excuser, aussi relança-t-elle sur un ton radouci :

— Je veux dire, Anna, il n'y avait que vous, mon père et ma mère, ici.

— Certes, Madame. Mais... comment vous dire ?... Madame votre mère, ces derniers temps, semblait vraiment désemparée et... et elle buvait énormément, Madame... et avec tous les cachets qu'elle...

— Vous pensez qu'elle a pu elle-même aller chercher ce cliché et oublier l'avoir fait, c'est ça ?

Anna acquiesça timidement de la tête.

— Génial..., marmonna Alicia, à bout de nerfs. Et puis-je savoir où se trouve cette photo désormais ?

Anna sembla rapetisser d'un coup.

— Anna ?

— Je ne l'ai pas revue depuis, Madame.

— Comment ça ! Elle n'a pas disparu, tout de même !

— C'est que j'ai bien ma petite idée, madame Alicia... mais...

Alicia lança un regard noir à l'employée. Cette fille avait le don de la faire sortir de ses gonds.

— Je vous écoute, enfin !

— Je ne saurais l'affirmer mais... vous savez, quand je suis arrivée le fameux matin où j'ai trouvé Madame votre mère... après qu'elle...

— Oui, Anna, je vois.

— Eh bien... il y avait des choses qui avaient brûlé dans la cheminée et un des messieurs de la police scientifique a dit qu'un des documents brûlés était très certainement une photo... Alors...

Alicia sentit le sol se dérober sous ses pieds et dut s'appuyer contre la table de la cuisine pour ne pas tomber. Si Anna avait raison, sa mère avait détruit la photo préférée de son père ! *Mais pourquoi as-tu fait ça ?* eut-elle envie de hurler. *Pourquoi ? Étais-tu jalouse à ce point ?*

Une subite montée de haine la submergea et elle perdit connaissance dans les bras de l'employée de maison.

Éloïse et Amanda,
le jour du meurtre de Thierry Brousse

Même si elle s'était soldée par un compromis, la prise de bec entre les deux partenaires avait jeté un léger froid et il paraissait peu probable que leur coopération se poursuive au-delà du week-end.

Amanda savait qu'elle n'aurait pas le temps de mener les investigations qu'elle aurait souhaitées pour couvrir l'affaire sous tous ses angles. Elle redoutait que les policiers ne la tiennent à l'écart de l'enquête et ne récupèrent les informations qu'elle avait réussi à glaner, sans autre forme de considération pour elle. Qui plus est, contrairement aux autres journalistes, elle n'était pas du coin, et si les flics n'acceptaient pas de lui laisser la primeur de leurs découvertes, elle aurait tôt fait de se faire damer le pion par ses confrères locaux ! Elle avait donc opté pour la solution la moins risquée, celle d'un premier papier avec des révélations fracassantes sur le possible détournement par feu Le Guen du sérum mis au point par Biolab. Elle était certaine de pouvoir vendre à bon prix son article à un gros quotidien breton et de négocier en plus la couverture exclusive de l'enquête. À défaut de pouvoir faire la lumière sur l'ensemble de cette affaire, elle ferait ce qu'il fallait pour garder le bénéfice de l'avance qu'elle avait prise. Elle allait donc dès à présent passer quelques coups de fil pour engager les tractations.

De son côté, Éloïse rongeait son frein. Les témoignages de l'ancienne employée de maison et de l'ex-associé de Yohann Le Guen confortaient la piste criminelle, et seuls des enquêteurs assermentés pouvaient réellement faire avancer les choses. La gendarme s'imaginait conduire l'enquête : il faudrait recueillir officiellement les témoignages de Caroline Gombert qui attesterait que Manon ne présentait pas de grossesse apparente, de Marthe Brousse sur ce qui s'était passé la veille et le matin du suicide raté d'Abby Le Guen, ainsi que celui de Duprez sur le vol de sérum. Il faudrait bien entendu auditionner Arnaud Lombard – comment s'était-il accommodé de la disparition d'échantillons du sérum ? Savait-il qu'Abby Le Guen avait présenté une amnésie rétrograde après sa tentative de suicide ? Avait-il fermé les yeux sur les agissements de son associé ? Il faudrait également investiguer du côté de l'institut qui accueillait le jeune Mathis – qui lui avait rendu visite ? Comment avait-on pu lui prélever son ADN ? Pouvait-on identifier cet informateur anonyme au rôle plus que trouble et malfaisant ? Et naturellement, il faudrait gratter du côté des Le Guen pour savoir si Ethan était ou non impliqué dans les événements de la soirée du 27 juin 1999, si Yohann Le Guen avait agi seul ou, au contraire, s'il avait reçu de l'aide et de qui. Éloïse procéderait également à la convocation massive des invités présents à la soirée du 27 juin 1999 : quelqu'un avait-il vu quelque chose ? Pour finir, la gendarme imaginait une perquisition dans le vaste domaine des Le Guen. Seize ans étaient passés, certes, mais rien n'excluait de retrouver un élément matériel qui relierait formellement Manon au manoir : le vélo qui s'était volatilisé ? La robe à coquelicots qui avait disparu ? Des traces de sang que Manon aurait laissées sur place ?... Si Éloïse devait une fière chandelle à Amanda, elle était convaincue qu'il fallait désormais mettre Lelevier sur le coup pour faire éclater au grand jour la terrible machination de feu Le Guen.

L'horloge murale sonna 14 heures. Amanda releva la tête de son ordinateur et étira ses lombaires. Son article était quasiment fini. Elle hésitait encore sur le titre car il ne lui semblait pas suffisamment accrocheur... Remettant la question à plus tard, elle se tourna vers Éloïse, occupée à feuilleter des notes de l'enquête :

— Vous avez eu votre beau-frère ?

— Oui. Je l'ai informé que nous tenions une piste sérieuse susceptible de disculper Manon et que lundi devrait amorcer un virage dans l'enquête.

— De toute façon, si les flics sont réticents à vous écouter, mon article fera l'effet d'une bombe et les enquêteurs seront contraints d'examiner nos révélations !

Éloïse approuva d'un hochement de tête, tout en se disant que les policiers verraient sans doute d'un très mauvais œil la prose d'Amanda. Elle-même gardait le souvenir cuisant de ces articles qui avaient fait des ravages lors de l'enquête sur la fille de Kali[1]. Mais sur

---

1. Voir *La Fille de Kali* (Marabout, 2016).

ce coup, l'impétuosité de la journaliste allait lui être d'une grande utilité pour sortir Manon de l'ornière dans laquelle elle était tombée.

— À ce propos, vous l'avez terminé, votre article ? questionna la gendarme.

— Oui... restent deux ou trois détails à peaufiner, mais l'essentiel est fait.

— Bien, alors que diriez-vous de poursuivre nos recherches ?

— Vous pensez à quoi ?

— À l'histoire d'Abby Le Guen, sa tentative de suicide et son *black-out*.

— Compliqué de voir clair là-dedans... Abby Le Guen ne se souvient de rien et Yohann Le Guen est mort en emportant avec lui ses secrets.

— Restent les dires de Marthe Brousse... Je viens de relire vos notes... Et, en gros, voilà ce qui ressort du témoignage de l'ancienne employée : le mercredi 26 août 1981, Abby Le Guen part en début d'après-midi en voiture pour prendre l'air. À cette période de sa vie, elle présente certaines fragilités qui pourraient être liées à une dépression *post-partum*, c'est du moins ce qu'indiquera Yohann Le Guen plus tard à Marthe Brousse. En fin d'après-midi, un violent orage éclate et la gouvernante voit les époux Le Guen revenir ensemble au manoir dans la voiture de Yohann. Il est environ 18 heures. Tous deux sont trempés jusqu'aux os... ce qui signifie qu'ils ont quitté leurs véhicules respectifs.

Amanda hocha la tête, sourcils froncés. Elle attendait de voir où la gendarme voulait en venir.

— Visiblement, Abby n'est pas dans son état normal. Lorsque Yohann lui fait quitter l'habitacle, elle tient à peine sur ses jambes. Effet d'un traitement neuroleptique ? Contrecoup d'un choc ? Les deux ? Impossible à dire pour le moment... Bref, les époux entrent dans le manoir et une dispute éclate, ce qui n'arrive jamais si l'on en croit l'employée. Au cours du différend, Abby crie, je cite : « Je ne peux pas me taire, Yohann ! Je ne pourrai jamais, tu m'entends ? Jamais ! » Cela laisse supposer qu'il s'est passé quelque chose de grave, de répréhensible, et qu'Abby ne souhaite pas le garder pour elle.

— Plus que probable, en effet. D'ailleurs, si Le Guen a bien utilisé son sérum ce soir-là, comme tout porte à le croire, ce n'était pas pour effacer une peccadille de la mémoire de sa femme !

— On est d'accord... Plus tard, alors qu'Abby Le Guen a rejoint sa chambre, l'employée voit le mari aller garer la voiture de son épouse à l'arrière du manoir, dans les garages. Question : la met-il à l'abri des regards ?... L'employée note qu'un phare est cassé... Qu'en déduisez-vous ?

— ... Qu'elle a eu un accrochage ? proposa la journaliste après réflexion.

— Mmm... Un accident... c'est ce que je pense aussi. Et vu que Le Guen est parti à pied et revenu avec le véhicule de sa femme dans un intervalle de temps très restreint, l'accident a forcément eu lieu à proximité du manoir.

— Jusque-là, je vous suis... et donc ?

— On peut légitimement imaginer que Yohann est tombé sur sa femme en rentrant du travail, ce jour-là.

Qu'il s'était passé quelque chose de grave et que Le Guen s'est arrêté, a chargé son épouse, l'a ramenée au manoir et mise hors d'état de nuire avec son lavage de cerveau, si je puis m'exprimer ainsi !... Donc, je vous propose qu'on fasse des recherches sur la Toile autour d'un accident en date du 26 août 1981 du côté de Perros-Guirec... Avec un peu de chance, on trouvera une correspondance qui nous permettra de reconstituer ce qui s'est passé.

Mais Amanda n'écoutait plus, elle avait déjà rapproché son ordinateur portable et commençait à entrer des mots clefs dans le moteur de recherche. Éloïse Bouquet venait de lui donner une excellente idée !

*

Les yeux rivés sur l'écran, Éloïse et Amanda scrutaient les résultats proposés. Après une bonne demi-heure de tâtonnements, la gendarme repéra un intitulé en bas de page qui l'intrigua.

— Amanda, cliquez ici, s'il vous plaît.

La journaliste s'exécuta tout en prenant connaissance du passage ciblé par le moteur de recherche : « ... l'accident mortel du petit Benjamin... » Le lien menait à un article du quotidien *Ouest-France* en date du 29 août 1981, titré : « Le meurtrier de Benjamin, huit ans, court toujours ! » Une lecture en diagonale renseigna les deux femmes sur le fond de cette sinistre affaire. Un enfant, ayant fugué du centre de vacances où il séjournait, avait été retrouvé mort au fond d'un fossé deux jours après sa disparition, par un homme qui promenait son chien le long de la petite départementale.

Le journaliste mettait l'accent sur la longue distance qui séparait le centre de vacances du lieu de l'accident et posait la question qui taraudait les enquêteurs : comment un enfant de huit ans avait-il pu parcourir trente-huit kilomètres à pied, qui plus est, sans avoir été repéré par quiconque ? L'enfant était-il monté dans une voiture ? Avait-il suivi un inconnu ?...

Éloïse et Amanda poursuivirent leurs recherches, en surfant de lien en lien sur le site du journal. Les articles suivants consacrés au drame confirmaient la mort par accident de la route : l'autopsie avait révélé des fractures multiples au niveau des points d'impact, à savoir essentiellement aux tibias et péronés, ainsi qu'un choc à la tête ayant entraîné une commotion cérébrale et un épanchement sanguin mortel. Les traces de freinage sur le lieu où le corps avait été retrouvé, accréditaient la thèse de l'accident. Au fil des semaines, les articles s'espaçaient. Le dernier remontait au 26 août 1982, un an jour pour jour après le drame : les parents du petit Benjamin tentaient de relancer une enquête mal engagée. Après cela, le gamin disparaissait des périodiques.

— Tiens, tiens, est-ce que ça pourrait être ça ? murmura Amanda.

— Fort possible... regardez : l'enfant fugue le 26 août 1981, veille de la tentative de suicide d'Abby Le Guen... Il est retrouvé deux jours plus tard dans un fossé...

— Entre-temps, Abby est avantageusement devenue amnésique...

Amanda tapota quelques mots sur le moteur de recherche et une carte des Côtes-d'Armor s'ouvrit sur l'écran.

— Le hic, c'est que si l'on tente de reconstituer les faits, commenta-t-elle, l'enfant est retrouvé ici... à l'opposé du circuit qu'a emprunté Abby Le Guen ce jour-là puisqu'elle serait allée à Ploumanac'h, *dixit* Marthe Brousse... Et si Yohann Le Guen est tombé sur sa femme en rentrant au manoir, le trajet entre la clinique et le domaine est à des kilomètres de l'endroit où le corps de l'enfant a été retrouvé.

La gendarme se redressa et commença à arpenter la pièce. Subitement, elle s'arrêta et lança :

— D'après les éléments rapportés par Marthe Brousse, Le Guen a récupéré la voiture de sa femme dans une fenêtre de temps très courte, OK ?!

— Oui. Justement, ça ne peut pas...

— Sauf à considérer que le corps a été déplacé !

Amanda ouvrit deux grands yeux horrifiés tout en envisageant cette éventualité.

— Mais oui, c'est forcément ça ! L'article indique que l'enfant a été retrouvé à des kilomètres de son point de départ, ce qui chiffonne les enquêteurs ! Oh merde ! laissa échapper la journaliste... Attendez voir deux secondes ! C'était quoi, le nom de la colo, déjà ?

— Les Pins.

Amanda tapa « colonie Les Pins, Côtes-d'Armor » sur son clavier. Le moteur moulina quelques millisecondes avant d'afficher ses résultats.

— Ça alors, vous êtes assise ?! Le centre de vacances est situé à trois kilomètres de Perros-Guirec, et, pour être plus précise, à un kilomètre et demi du domaine des Le Guen !

— OK ! s'emballa Éloïse. Reprenons depuis le début. Il pleut des cordes, la visibilité est nulle. Abby

Le Guen revient de sa virée à Ploumanac'h. Il est environ 17 heures puisque Le Guen rentre tous les mercredis à cette heure-là. Elle est presque arrivée au manoir quand, *bam*, survient l'accident !

— Abby sort de sa voiture pour porter secours au gamin qu'elle vient de percuter. Et son mari arrive. Il la rejoint. Ce qui explique que Marthe Brousse les ait vus arriver tous les deux, trempés jusqu'aux os !

— Exact... Peut-être que c'est trop tard, proposa Éloïse. Que l'enfant est décédé. Le Guen panique et décide de cacher le corps. Mais sa femme refuse, d'où la dispute... Non, il y a quelque chose qui ne colle pas... Pourquoi Le Guen aurait-il réagi comme ça ?

— Si je peux me permettre, on est à un mois du démarrage des tests de Biolab. Un gros contrat est à la clef... Yohann Le Guen se dit certainement qu'il ne peut pas être exposé à...

— À quoi ? À un accident de la route ! Bon sang, c'est beaucoup moins grave qu'une dissimulation de cadavre.

Les deux partenaires échangèrent un regard circonspect. Effectivement, les motivations de Le Guen étaient incompréhensibles. Le jeu n'en valait pas la chandelle ! Éloïse laissa échapper un soupir rageur et attrapa les notes qu'avait prises la journaliste durant son entretien avec Marthe Brousse. Elle les parcourut en diagonale et un mot l'arrêta : « dépression *post-partum* ». Elle tourna l'idée dans sa tête et fut bientôt frappée par l'évidence.

— Elle avait picolé !
— Pardon ?!

— Mais oui, regardez ! Que sait-on d'Abby Le Guen, hein ? Vous m'avez brossé le portrait d'une femme dépressive qui avait développé des addictions aux drogues et à l'alcool. Et là, dans votre prise de notes, vous avez écrit « dépression *post-partum* » !

La journaliste évalua l'hypothèse de la gendarme et finit par approuver :

— Oui... oui, ça colle ! Yohann Le Guen ne peut pas se payer le luxe d'un scandale avec une affaire d'accident mortel sous l'empire de l'alcool !

— D'autant que, dans ce contexte, sa femme risque la prison ferme. Il y a eu mort d'un enfant !

— Or Abby a tout juste accouché d'Ethan, six mois plus tôt. Et la petite Alicia a un an et demi, ajouta la journaliste.

— Et je ne vous parle même pas des dommages et intérêts que pourrait demander la famille de Benjamin. Les parents d'Abby Le Guen sont pleins aux as... il y aurait de quoi les faire cracher au bassinet...

Un ange passa pendant que les deux femmes se fixaient l'une l'autre avec gravité. Finalement, Amanda énonça :

— CQFD. Autant de « bonnes » raisons pour Le Guen de mettre à l'épreuve le sérum de Biolab. Il joue son dernier va-tout pour éviter la catastrophe d'une autodénonciation de sa femme...

À peine eut-elle fini sa phrase que toutes deux pensèrent à la même chose en même temps :

— Mais alors... Cette tentative de suicide...

Amanda se rua sur ses notes.

— Là, c'est écrit là, noir sur blanc ! C'est Le Guen qui a sauvé sa femme ! Le matin du 27 août, il a appelé trois fois au manoir. Quand il a fini par avoir Marthe Brousse, il l'a envoyée d'urgence dans la chambre de son épouse !

— Parce qu'il savait qu'elle était entre la vie et la mort... Mais... mais pourquoi se prêter à cette mise en scène ? Sans compter les risques pour son épouse... c'est insensé...

— ... Parce qu'il n'a pas le choix : il lui faut donner un contexte à cette perte mnésique ! s'exclama Amanda. Vous imaginez un peu le hic, sinon ? Abby se réveille le 27 août au matin avec une page blanche de vingt-quatre heures dans le cerveau ! Que fait-elle ?

— Elle demande des explications à son entourage, dont Marthe Brousse ! Et, Le Guen le sait, c'est beaucoup trop risqué... En revanche, extirper Abby de son environnement, la garder sept semaines en clinique, tout en expliquant la perte de mémoire par la prise de médicaments, c'est juste...

— Horriblement génial ? proposa Amanda, incrédule... Et si je puis me permettre, particulièrement ressemblant à ce qu'il a fait avec votre sœur des années plus tard : sérum pour créer le *black-out* puis isolement de la victime pour noyer l'événement dans un laps de temps ne permettant pas une reconstitution.

— Mmm... vous avez raison. D'ailleurs, il est fréquent que les criminels en série reproduisent un schéma qui a déjà fonctionné une fois, énonça Éloïse, songeuse. Mais il a tout de même joué de chance avec sa femme ! Après tout, Marthe Brousse aurait très bien pu évoquer les faits dont elle avait été témoin auprès de sa patronne...

— Vous ne l'avez pas rencontrée, Éloïse ! Marthe Brousse a le profil de l'employée modèle, voulant bien faire, obéissante. Yohann Le Guen n'aura eu aucun mal à lui retourner le cerveau avec trois assertions psychologisantes. La bonne femme comprend qu'il ne faut pas revenir sur cet épisode pour le bien de sa patronne. Elle se tait parce qu'elle pense vraiment que c'est dans l'intérêt d'Abby.

— Et l'affaire ressort trente-quatre ans plus tard... à la faveur d'une visite d'Abby Le Guen chez Marthe Brousse ! C'est dingue...

— Oui, c'est dingue, Éloïse ! Et ça fait surtout un sacré mobile ! Si Abby a pigé ce que son mari lui avait fait, elle a très bien pu vouloir se venger...

— En lui tirant dans la tête avec un fusil.

Les deux partenaires échangèrent un regard exalté. Elles venaient certainement de résoudre l'affaire du meurtre de Yohann Le Guen !

Alicia Le Guen,
le jour du meurtre de Thierry Brousse

Il était presque 15 heures lorsqu'une voiture conduite par Gaëtan Le Guen, frère de Yohann, revenu le jour même de Roumanie où il exploitait une scierie, se gara devant la chapelle Notre-Dame-de-la-Clarté. Gaëtan en sortit en premier, suivi de sa femme Virginie, d'Alicia et du couple May et Ethan. Lorsqu'elle aperçut la masse humaine qui s'était agglutinée devant le monument, Alicia sentit poindre la panique et, malgré un ciel bas et gris assorti au jour funeste, elle mit ses lunettes noires.

Bien que les liens entre les deux frères Le Guen se fussent distendus depuis de nombreuses années, Alicia se sentait soulagée de pouvoir s'appuyer sur Gaëtan. L'homme était bâti comme un roc et sa simple présence à ses côtés parvenait à diminuer son appréhension. Depuis trois jours, elle se sentait vulnérable et Gaëtan lui apparaissait comme un point d'ancrage indestructible. Comme s'il venait de lire dans ses pensées, l'homme passa son large bras sous le sien et fit de même avec son neveu. Ainsi encadré, il entreprit de fendre la foule qui s'était encore ramassée autour du parvis en les voyant arriver. Le rassemblement était impressionnant, d'autant qu'en dehors de quelques murmures et raclements de gorge, le silence imprégnait l'atmosphère d'une solennité glaçante. Lorsqu'ils entamèrent la montée des marches, le glas résonna funestement, comme pour inviter les retardataires à presser le pas vers le lieu de communion. Dans le même temps, des flashs d'appareils photo crépitèrent. Les journalistes, désœuvrés depuis quelques jours, comptaient bien ne pas rater l'occasion.

Cachée derrière ses lunettes noires, Alicia s'obligea à scruter l'assemblée. Peut-être L'Œil était-il tapi dans la foule ? Peut-être l'observait-il à l'instant même avec un sourire mauvais ? Peut-être l'homme se délectait-il de la voir souffrir, de lire sa détresse ? Elle aperçut quelques visages connus aux mines de circonstance, mais son niveau de stress était tel qu'une figure en chassait une autre et qu'elle oubliait dans l'instant qui elle venait de situer.

La chapelle bondée lui souffla au visage son haleine de pierres froides et de parfums de fleurs fraîchement coupées. Des centaines de personnes se serraient sur les bancs de bois et contemplaient le Christ sur sa croix qui veillait sur le cercueil ouvert. Des murmures se répandirent, annonçant l'entrée de la famille, et une marée de visages se retourna pour assister au cortège. Alicia, submergée par les émotions, resserra son étreinte sur le bras de Gaëtan et continua d'avancer en fixant le cercueil au fond de l'allée centrale. Elle eut vaguement l'impression que des gens lui faisaient un signe de tête pendant qu'elle avançait mais ne parvint pas à y prêter réellement attention.

Éloïse et Amanda,
le jour du meurtre de Thierry Brousse

La journaliste donna un petit coup d'épaule à une femme qui lui bloquait le passage et réussit à se faufiler jusqu'à l'avant de la foule. Elle s'arrêta et se retourna pour vérifier qu'Éloïse la suivait.

— Bon sang, je me demande bien ce qui m'a pris d'accepter de vous suivre ici, murmura la gendarme entre ses dents.

— Vous n'aimez pas les enterrements ?

— Pourquoi, vous oui ?

— Eh bien, ça dépend, en fait… Si je ne connais pas le mort, ça va.

Éloïse leva les yeux au ciel.

— De toute façon, je vous rappelle qu'on est là pour des motifs professionnels, ajouta la journaliste en montant sur un banc en pierre, duquel elle filma l'assemblée dans un long 360.

— Je croyais que vous étiez journaliste d'investigation, la charria Éloïse en la regardant faire, pas paparazzi !

Amanda ignora la remarque, acheva son film et rangea son portable avant de rejoindre Éloïse.

— C'est exactement ce que je fais, figurez-vous.

— Vraiment, j'aurais juré le contraire !

— Je n'exclus pas que notre homme à capuche soit parmi nous, aujourd'hui. Après tout, il a l'air de suivre de près l'affaire Le Guen puisqu'il campait devant le commissariat de Lannion quand Abby a été arrêtée.

— Je vois… Le pire est que l'idée n'est pas forcément absurde. Il n'est pas rare que ce genre de type, harceleur, persécuteur, s'invite au plus près de ses victimes…

— Exactement ! Du coup, je propose que nous nous séparions. Je vais entrer dans la chapelle pour prendre quelques clichés et films. De votre côté, pourquoi ne sillonneriez-vous pas la foule à l'extérieur ?

— Mmm…, commenta la gendarme, contemplant le ciel d'un œil circonspect.

— Mais non ! L'orage est prévu pour la fin d'après-midi, rassurez-vous.

— OK, va pour un parcours de reconnaissance au milieu de la meute, alors.

— N'oubliez pas. Le type que nous cherchons porte un sweat noir à capuche, avec un logo sur la poitrine, un grand losange blanc stylisé… Si l'une de nous le repère, elle appelle l'autre et… et à ce moment-là, on avise.

Éloïse approuva d'un hochement de tête.

— On se rejoint au cimetière, ça vous va ?

— D'accord… et j'espère qu'il ne pleuvra pas parce que je suis partie sans mon ciré, ronchonna la gendarme.

Mais la cérémonie n'allait pas tarder à commencer et la journaliste tentait déjà de se frayer un chemin entre les personnes regroupées au pied des escaliers et bien décidées à conserver leurs places. Elle ne doutait de rien !

Alicia Le Guen,
le jour du meurtre de Thierry Brousse

La famille Le Guen – ou ce qu'il en restait, les grands-parents paternels étant décédés depuis longtemps et les grands-parents maternels ayant finalement renoncé à venir – prit place au premier rang et la cérémonie commença. Le curé avait préparé un long panégyrique exaltant les qualités du défunt. Suivirent des témoignages d'affection des amis les plus proches, de Gaëtan et d'Ethan. Durant les différents hommages, des photos défilaient sur une grande toile blanche tendue pour l'occasion. La rétrospective d'une existence épanouie et réussie qu'Abby avait outrageusement abrégée. Alicia éclata violemment en sanglots lorsque l'image finale s'afficha. On y voyait son père lors d'une sortie en catamaran – il devait avoir quarante-cinq ans environ, il était superbe. Dressé sportivement à côté du mât, le teint hâlé et les cheveux dans le vent, il scrutait l'horizon avec une longue-vue. La photo renvoyait l'image de ce qu'avait été Yohann Le Guen durant toute sa vie : libre, audacieux et visionnaire.

La procession rejoignit ensuite le cimetière. Alicia, à qui l'air frais avait fait un peu de bien, replaça ses lunettes de soleil et observa la foule amassée dans les allées. Dans ses songes, elle imaginait qu'elle repérerait L'Œil, qu'en croisant son regard, quelque chose en elle se déclencherait… au lieu de quoi, ses yeux papillonnèrent de visage en visage, sans identifier le moindre signe distinctif. Puis vint le moment de la mise en terre. Gaëtan sortit une bombarde de son étui et joua un air triste dont les tonalités celtiques semblèrent vibrer dans tout le cimetière bien après qu'il eut fini.

Ethan et Alicia se placèrent côte à côte devant la tombe et commença alors le défilé des condoléances. Une pression sur la main ou une bise appuyée, un mot, une formule, un simple hochement de tête, une fleur jetée sur le cercueil… Le frère et la sœur firent face comme ils le purent à ce flot ininterrompu. Parmi les personnes qui attendaient leur tour, Alicia repéra alors la bonne vieille Marthe Brousse, « Nanou ». Celle-ci s'était ratatinée depuis la dernière fois qu'elle l'avait vue – mais ça remontait à loin… La jeune femme sentit affluer des souvenirs de tout un pan de vie désormais révolu. Nanou avait été aussi présente dans son parcours que sa propre mère ! Elle l'avait vue grandir, avait joué avec elle des heures entières, lui avait fait faire ses devoirs, avait préparé ses repas… Ethan, toujours plus démonstratif qu'elle, la serra spontanément dans ses bras : Nanou n'évoquait pour les enfants Le Guen que fidélité et chaleur humaine, contrairement à beaucoup de tous ces autres, autour d'eux, qui n'incarnaient rien. Tout en réconfortant Ethan, Marthe prit la main d'Alicia et la lui pressa.

— Oh, mes petits… je suis tellement désolée pour ce grand malheur, murmura l'ancienne employée avec des larmes plein les yeux.

— On ne vous a pas vue hier au manoir, Nanou ? remarqua Ethan en reniflant.

— Non, c'est vrai, monsieur Ethan… Ce n'est pas l'envie de venir saluer Monsieur une dernière fois qui m'a manqué, croyez-moi… Mais je n'ai pas… je n'ai pas voulu vous importuner. Dans ces moments-là, on ne sait jamais trop si…

— Vous plaisantez ? Nanou, enfin !

— C'est que je n'ai pas osé, monsieur Ethan.

— C'est totalement absurde… En plus, nous avons appris pour Octave… Avez-vous reçu notre carte ?

— Oui, j'ai été très touchée, répondit la vieille femme en jetant un œil embarrassé derrière elle parce que la file d'attente était encore longue.

— Nanou, s'il vous plaît, passez nous voir au manoir, proposa Alicia. Il y a un petit lunch pour les proches à partir de 17 h 30 et ça nous ferait vraiment plaisir que vous soyez des nôtres.

— On pourra échanger un petit peu… depuis le temps ! Allez, on compte sur vous, Nanou, ajouta Ethan en baisant le front de la vieille dame.

Amanda et Éloïse,
le jour du meurtre de Thierry Brousse

Le vent commençait à se lever et les rafales giflaient la foule regroupée au cimetière de la Clarté.
— Je vous ai cherchée partout ! marmonna la journaliste en se plaçant à côté d'Éloïse.
— C'est l'avantage qu'il y a à poireauter à l'extérieur. J'ai rejoint le cimetière plus vite que vous ! En revanche, j'ai les pieds gelés…
— J'en déduis que vous n'avez pas repéré notre type à capuche ?
— Vous déduisez bien. Et de votre côté ?
— Une belle cérémonie, honnêtement !
La gendarme braqua un regard exaspéré vers sa partenaire, mais le cœur n'y était pas vraiment et toutes deux finirent par rire sous cape.
— Hé, regardez ! C'est Marthe Brousse, là, en train de parler aux enfants Le Guen.
Éloïse se dévissa le cou et aperçut une dame – difficile de lui donner un âge précis – marquée par le travail et la dureté de la vie. Elle flottait dans une robe noire et un imperméable sombre que le vent plaquait contre

elle. Elle échangea quelques mots avec les enfants et, malgré l'affliction de ces derniers, on voyait bien qu'ils étaient touchés par la présence de l'ancienne employée. Puis elle redescendit l'allée centrale vers la sortie du cimetière. Les bottines que la vieille dame avait chaussées pour l'occasion devaient la faire souffrir car elle boitillait légèrement.

Amanda et Éloïse attendirent que le gros de la foule se soit dispersé avant de quitter le cimetière. En montant dans la voiture de la journaliste, Éloïse commenta, la mine sombre :

— Bon, ben… s'il était là, on l'aura manqué.

— Il faudra quand même visionner les images que j'ai tournées. On ne sait jamais.

Elles démarrèrent et s'engagèrent sur la rue de Pleumeur-la-Clarté. Le temps était en train de tourner à l'orage et, à en croire la masse nuageuse menaçante qui écrasait l'océan en contrebas, il allait y avoir du grain ! La journaliste roula sur une cinquantaine de mètres avant de freiner brusquement. Marthe Brousse, les mains resserrées sur son corps maigre, affrontait les bourrasques au pied d'un arrêt de bus.

— Madame Brousse ! héla-t-elle en baissant la vitre côté passager. Bonjour, vous me remettez ?

— Oh, oui, bonjour ! Vous êtes la dame de la police.

Éloïse coula un regard interloqué vers la journaliste, qui préféra l'ignorer.

— Oui, c'est ça. Vous attendez l'autocar ?

— Oui, mais, apparemment, il est en retard…

— Vous rentrez chez vous ?

— C'est tout comme, je vais au manoir.

— Je peux vous déposer si vous voulez.

— Oh, c'est bien aimable mais je ne voudrais pas vous embêter…

— Pensez donc ! Allez, montez !

La vieille dame se glissa à l'arrière et ne cacha pas son contentement d'être à l'abri :

— Je vous remercie, madame la commissaire, c'est vraiment gentil !

Éloïse se mordit les lèvres pour ne pas éclater de rire tandis qu'Amanda rectifiait :

— Lieutenant, madame Brousse !

— Merci, madame le lieutenant.

— Avec plaisir… Vous étiez aux obsèques de Yohann Le Guen ? questionna la journaliste après un bref silence.

— Oh oui, madame. Comme je vous l'ai dit hier, j'ai passé plus de temps au service de la famille Le Guen que dans ma propre maison. Et puis, à M. Le Guen, Octave et moi, on lui devait beaucoup.

La journaliste approuva d'un hochement de tête. Mais cette idée en entraîna une autre et elle demanda, en jetant un œil dans le rétroviseur :

— Il n'a pas pu venir, votre fils ?

Amanda nota avec curiosité que sa question avait plongé sa passagère dans l'embarras. D'ailleurs, les mains de Marthe trituraient son sac et sa bouche tremblait légèrement, quand elle répondit un peu trop nerveusement :

— C'est que… En fait… C'est qu'il a beaucoup de responsabilités à l'usine, vous savez… Il n'a pas pu se libérer, hélas.

La gendarme et la journaliste échangèrent un regard entendu. Marthe Brousse venait de leur mentir et elle l'avait fait avec tellement de maladresse et de honte qu'il ne fallait pas être très perspicace pour s'en apercevoir.

Le reste du trajet se déroula dans une conversation anodine au sujet de la cérémonie. Marthe Brousse évoqua l'hommage qui lui avait paru plutôt juste mais qui ne rendait tout de même pas la mesure du grand homme qu'avait été Yohann Le Guen. Puis elle parla avec nostalgie du temps révolu de son service au manoir, des joies qu'elle avait partagées avec les enfants. D'ailleurs, ils le lui rendaient bien aujourd'hui en l'invitant au lunch...

Parvenue aux alentours du manoir, Amanda, effarée, constata que des dizaines de voitures stationnaient le long de la route. Certains invités avaient dû se garer dehors et les journalistes n'en avaient pas encore fini avec leurs reportages. Amanda opta pour une petite place sur le bas-côté entre une camionnette de Breizh TV et une Mégane floquée du logo *Richesses*. Marthe Brousse les remercia et se dépêcha de remonter la route qui conduisait au manoir avant que l'orage n'éclate.

— Ça ne vous ennuie pas, Éloïse, si je fais un saut là-bas ?

La gendarme laissa échapper un long soupir exaspéré.

— Bon sang, Amanda !

— Je vais tendre un peu l'oreille. J'en ai pour vingt minutes maxi. Et je vous emmène au restau ce soir pour me faire pardonner, ça vous va ?

Éloïse hocha vaguement la tête :

— Je vais en profiter pour appeler mon beau-frère à Paris et prendre des nouvelles des petits.

La journaliste sortit de la voiture, fit trois pas puis revint en arrière et rouvrit la portière :

— Vous voyez la maison, là ? indiqua-t-elle en montrant du doigt une trouée dans l'alignement d'arbres qui bordait un vaste champ.

La gendarme aperçut une fermette, à cent mètres environ, qui avait presque l'air à l'abandon.

— Oui, et ?

— C'est la baraque des Brousse. Le manoir est juste derrière, on distingue la tourelle au-dessus des arbres. Bref, vous voyez ce que je vois chez les Brousse ?

— Une Peugeot grise garée sur le côté, répondit Éloïse, amusée.

— Ce qui signifie que le fils est bien chez lui !

— En même temps, ni vous ni moi n'y avons cru un seul instant, n'est-ce pas ?

La journaliste hocha la tête.

— Vu l'aigreur du type que j'ai rencontré hier, son absence aux obsèques de Le Guen ne m'étonne pas plus que ça ! Bon, assez tardé, j'y vais ! Je serai revenue avant de prendre la saucée !

Alicia Le Guen,
le jour du meurtre de Thierry Brousse

Alicia tentait de faire bonne figure. Autour du buffet préparé par Anna, les proches de Yohann prenaient quelques rafraîchissements en évoquant les souvenirs du passé. Christine Tanguy avait, là encore, prévu la projection de photos. Pour éviter les polémiques, elles avaient été triées avec soin et aucune d'elles ne montrait Abby. Anna entra bientôt, accompagnant Marthe Brousse. L'ancienne employée, habituée à être de l'autre côté de la barrière, affichait une mine embarrassée au milieu des notables de la côte. Ethan s'avança rapidement à sa rencontre pour l'accueillir. De son côté, Alicia dut échanger durant plusieurs minutes des banalités avec les Hallier, un couple de sexagénaires qu'elle avait croisé à l'occasion de soirées mondaines. Puis elle prit poliment congé et rejoignit son frère qui écoutait leur ancienne nounou en lui tenant la main.

— ... pensent qu'il a dû s'assoupir au volant... Mais il n'a pas souffert, ajouta Marthe, et c'est là l'essentiel.

— Je suis désolé, Nanou... Vous devez vous sentir bien seule, désormais.

— C'est dur mais, heureusement, Thierry est rentré à la maison... ça me fait de la compagnie.

— Ah ! Et comment va-t-il ? demanda Ethan en se servant une limonade.

Alicia remarqua le très léger rictus de son frère. Elle le connaissait par cœur, Ethan devait avoir une dent contre le jeune homme.

— Ça va, ça va ! Il travaille à l'usine Tercier de Trégastel, il est chef, vous savez, monsieur Ethan. Il a des horaires difficiles... et c'est pour ça qu'il n'a pas pu se libérer aujourd'hui ! ajouta-t-elle avec précipitation.

— Ne vous inquiétez pas, Nanou, je ne doute pas que Thierry serait venu, s'il avait pu.

Le ton subtilement sarcastique d'Ethan n'échappa pas à Alicia.

— Mais quel piètre hôte je fais ! Je ne vous ai même pas proposé à boire ! Voulez-vous que j'aille vous chercher quelque chose ?

— Non, monsieur Ethan, c'est très aimable mais ne vous embêtez pas. Je suis trop tourneboulée pour avaler quoi que ce soit... En revanche, j'irais bien aux commodités, ajouta-t-elle en baissant le ton.

— Mais bien sûr. Vous connaissez le chemin, Nanou ! s'amusa gentiment Ethan.

— Mais monsieur Ethan, et vous aussi mademoiselle Alicia, promettez-moi de m'attendre, hein ? Cela fait si longtemps que je n'ai pas eu la joie de vous voir tous les deux... C'est triste tout de même de se dire qu'il faut de telles circonstances pour prendre des nouvelles...

— Oui, je sais... Allez-y, Nanou, on vous attend, promis.

Alicia et Ethan regardèrent l'ancienne employée prendre la direction des toilettes, en boitillant légèrement.

— Elle a pris un sacré coup de vieux, la pauvre.
— Mmm... et la mort d'Octave n'a pas dû l'aider, ajouta Ethan.
— Je me trompe, très cher frère, ou il y a de l'eau dans le gaz avec Thierry ?
— C'est de l'histoire ancienne, mais disons que... je garde le souvenir des insultes qu'il m'a balancées au visage.

Alicia tourna une tête étonnée vers son frère.
— Marthe est au courant ?
— Penses-tu ! Il n'a pas dû s'en vanter !
— Mais qu'est-ce qui s'est passé ?
— Un truc d'adolescent... En lien avec Manon Bouquet !

La simple mention de ce nom réveilla la sourde angoisse qu'Alicia peinait à contenir. Elle tenta de masquer son trouble en relançant la conversation.

— Ben, raconte !
— Si tu veux, mais je te préviens, ça n'est pas très glorieux... Le fils Brousse bossait au Blue Bird, tu te rappelles, la boîte en front de mer, à la sortie de Perros ?
— Oui, évidemment que je m'en souviens ! On y a passé tout notre dernier été avant Londres !
— Donc Thierry travaillait là-bas, comme plongeur, un truc comme ça. Un soir, je le vois au bar avec cette fille... À l'époque, elle me collait toujours aux basques, elle me draguait ouvertement, une vraie sangsue... Bref, ce mec s'entiche d'elle. Et je repère très vite le

petit manège de Manon qui cherchait juste à me rendre jaloux. Ça sautait aux yeux ! Et du coup, de voir ce pauvre garçon en train de se ruiner en lui offrant des verres, ça m'a fait pitié, je te jure ! Je m'approche du bar et je lui dis de laisser tomber, que cette fille essaie en fait d'attirer mon attention. Et je n'ai pas le temps de finir ma phrase qu'il monte sur ses grands chevaux et me traite de tous les noms d'oiseaux possibles.

— … Ethan… ne me dis pas que c'est à cause de ça que tu es sorti avec Manon Bouquet ! réagit Alicia, atterrée.

Son frère lui adressa une mimique piteuse.

— Ben si… C'était nul, c'est sûr… D'autant que je pense que lui en pinçait vraiment pour elle… Mais bon, j'étais jeune, j'avais picolé… En même temps, je te rappelle aussi que je venais de me faire larguer et que j'étais complètement au fond du trou à ce moment-là…

Alicia laissa échapper un soupir mais s'abstint de tout commentaire.

— Tu aurais vu la haine dans ses yeux le soir où je lui ai soufflé Manon, reprit Ethan. S'il avait pu m'étriper, je pense qu'il l'aurait fait… Quand on y pense, c'est plutôt pathétique… La seule et unique fois où j'ai eu affaire au fils de Nanou…

— C'est vrai qu'on ne l'a jamais vraiment connu. Il aidait beaucoup Octave à la ferme et je ne suis pas sûre qu'il ait vraiment profité de sa jeunesse. Marthe en parlait de temps en temps et on a dû le croiser deux ou trois fois… mais rien de plus, en fait.

— C'est peut-être pas plus mal.

— Pourquoi tu dis ça ?

— Eh bien... Tu te souviens de ce que nous répétait tout le temps papa ? répondit Ethan, songeur. Avec son ton professoral ! « Mes chéris, vous êtes des Le Guen, l'imita-t-il. Et ça veut dire que dans votre vie, vous aurez essentiellement affaire à deux catégories de personnes... »

— « Les flatteurs et les envieux ! » ânonna Alicia en souriant. Par expérience, méfiez-vous des uns comme des autres !

Ethan et elle échangèrent un regard amusé et complice.

— Ben, le Thierry en question, si tu veux mon avis, ce n'était pas un flatteur !

— Tu veux dire que c'était un envieux ?

— Selon moi, sans aucun doute ! Et de la pire espèce... un vrai hargneux... le genre de type bien frustré qui passait des soirées entières au Blue Bird à nous mater avec cette lueur revancharde dans l'œil.

Un voyant s'alluma brusquement dans l'esprit d'Alicia. Thierry avait leur âge... Il avait grandi juste à côté... Ses parents avaient travaillé pour sa famille, leur vie entière... Et soudain, les pièces du puzzle commencèrent à s'emboîter.

Lorsqu'elle travaillait chez eux, Marthe avait les clefs de tout le manoir, Thierry avait très bien pu s'en procurer un jeu...

Et Octave, contacté par son père le fameux soir de la fête du bac d'Ethan... Thierry avait peut-être su quelque chose...

Et cette histoire anodine de combats d'ego masculins au Blue Bird ! Thierry avait-il pu en concevoir une sorte de haine ?

Les idées se bousculaient dans la tête d'Alicia. *Un vrai hargneux…* La jeune femme sentit son sang se glacer. L'Œil, c'était lui ! Forcément ! Ça ne pouvait être que lui ! Tout concordait ! Sa famille était liée à la sienne et ce que venait de raconter Ethan le reliait aussi à Manon. Tout collait parfaitement ! Et elle allait en avoir le cœur net très vite…

— Désolée, je… il faut que j'aille aux toilettes, je ne me sens vraiment pas bien ! lança-t-elle à Ethan en s'éloignant en toute hâte.

Éloïse,
le jour du meurtre de Thierry Brousse

Éloïse raccrocha, le cœur lourd. Charles, à Paris, était de plus en plus nerveux – qui ne l'aurait pas été à sa place ? –, et malgré ses efforts pour essayer de le rassurer, elle sentait bien qu'il commençait à perdre pied. Les gros titres faisaient passer Manon pour une folle dans le meilleur des cas, pour une perverse, dans le pire. Ses amis commençaient à le fuir et, la veille, il avait essuyé les insultes de deux voisins de l'immeuble. Le matin même, il avait trouvé un exemplaire de la Bible sur le paillasson. Bref, la vindicte populaire était lancée ! Éloïse songea qu'elle devrait coûte que coûte convaincre Yves Lelevier, le chef d'enquête. Et, au besoin, elle ravalerait son orgueil et demanderait au colonel Prat d'intervenir en sa faveur. Elle savait qu'il l'écouterait et qu'il prendrait en compte ses découvertes. Si l'homme la croyait, elle pourrait compter sur lui, il l'appuierait autant que possible depuis Toulouse.

Elle jeta un nouveau coup d'œil à sa montre. Amanda était partie depuis presque une demi-heure maintenant.

La gendarme soupira. Dehors, le vent soufflait à décorner les bœufs, secouant sans relâche la Twingo. Le ciel ramassé écrasait la lande et commençait à gronder. La pluie n'allait pas tarder, ce n'était qu'une question de minutes. *Ça fera revenir Amanda !* songea Éloïse qui scrutait la route déserte devant elle. Une bonne partie des journalistes avait plié bagage dès les premiers éclairs et il ne restait plus qu'une petite dizaine de véhicules disséminés sur le bas-côté. La gendarme sortit une cigarette et l'alluma. Elle voulut baisser un peu la vitre, mais il lui fallait mettre le contact. Elle se rendit alors compte qu'Amanda avait embarqué les clefs. *La poisse !* songea-t-elle en ouvrant la portière. Elle sortit au grand air et en profita pour se dégourdir un peu les jambes. Les bourrasques qui la faisaient vaciller étaient chargées d'air marin, et cela lui rappela l'arrivée des orages quand elle était enfant. Elle revit son père abrité sous un immense parapluie rouge et jaune, tentant de terminer son barbecue sous une pluie battante. Manon et elle fêtaient leurs huit ans. Elles avaient réclamé des grillades malgré la météo ! La gendarme sourit. Cet anniversaire-là s'était achevé en danse sous la pluie dans le jardin avec leur père, sous les cris désapprobateurs de leur mère !

Elle écrasa sa cigarette et s'étira. Puis elle embrassa la vue devant elle et se figea net. Devant la maison des Brousse, à une petite centaine de mètres, une chevelure blonde tourbillonnait dans le vent, se détachant dans la grisaille ambiante. La silhouette arc-boutée luttait contre les bourrasques et semblait rôder autour de la bâtisse. Un détail inquiétant alerta soudain la gendarme : la silhouette en question venait d'épauler un fusil et entrait dans la maison.

Une montée d'adrénaline fouetta Éloïse. Elle dégaina son portable pour appeler la journaliste. Au bout de quatre sonneries, elle tomba sur le répondeur et laissa un message : « Amanda ! Rappliquez, bordel ! Y a quelqu'un, une fille, je pense, qui vient d'entrer chez les Brousse avec un fusil ! J'y vais, là ! » Éloïse descendit alors le plus rapidement possible le fossé et se rua à travers champs.

Elle tenta un sprint, mais la terre du sol labouré était meuble et, à chaque pas, la gendarme s'embourbait, luttant contre le vent de face qui la balayait sans relâche. Bientôt, des éclairs strièrent les nuages et des grondements terribles firent sursauter le ciel. Une pluie drue et lourde commença à tomber. L'orage, monstrueux, avait éclaté. Certaine qu'une tragédie se profilait, la gendarme mettait toutes ses forces dans sa course. Elle glissa, chuta deux fois, se releva, le jean et les mains pleins de boue. Au bout d'un temps qui lui parut incroyablement long, elle s'extirpa enfin du champ et parvint sur le chemin carrossable, trempée jusqu'aux os. Ses poumons sifflaient et son cœur cognait, mais elle ne fit aucune halte. Autour d'elle, les éléments se déchaînaient avec violence. Lorsqu'elle poussa enfin la porte d'entrée, elle soufflait comme un bœuf. Elle jeta un coup d'œil rapide en bas, mais les pièces étaient vides. Elle monta alors les escaliers en ahanant, les muscles tétanisés par l'effort ; parvenue sur le palier, elle se figea d'un coup. Une détonation venait de retentir, là, tout près, à quelques mètres, dans une des chambres. Une incroyable montée d'adrénaline la traversa et elle se plaqua au mur du couloir pour approcher à couvert. Dans la première pièce elle ne vit rien. Elle passa alors devant l'ouverture et poursuivit jusqu'à la pièce suivante. Elle le sentit immédiatement, c'était là qu'un drame venait de se produire. L'odeur de poudre lui piquait les narines et une autre, qu'elle ne connaissait que trop, commençait à se frayer un chemin : l'odeur du sang. En revanche, elle ne pouvait entendre quoi que ce fût. La baraque craquait sous les rafales et les fracas du tonnerre couvraient tout autre bruit.

Éloïse sentit un filet de sueur glacée descendre le long de son dos. Elle eut une pensée fugace pour Jean-Marc et se décida enfin. Elle s'accroupit, afin de ne pas être à hauteur de tir, et très lentement, tel un félin prêt à bondir, parcourut le dernier mètre qui la séparait de la deuxième porte ouverte. Elle passa la tête durant une fraction de seconde, prête à reprendre sa position à couvert. Mais ce fut inutile.

Un homme était mort – la moitié de sa tête emportée – et son sang coulait sur le plancher. Devant lui, affalée au sol, se trouvait Alicia Le Guen. Ses yeux écarquillés fixaient le cadavre sans comprendre. Puis, d'un coup, son cerveau dut se reconnecter car un hurlement horrifié sortit de sa bouche.

Éloïse s'approcha prudemment, écarta le fusil du bout du pied et, par sécurité, balaya la pièce des yeux. Sur le lit, une valise grande ouverte, un jeu de clefs, des morceaux de photocopies, de la colle, des ciseaux et un cahier à couverture rouge. Posé sur le dossier d'une chaise, devant un petit bureau, se trouvait un sweat à capuche noir flanqué d'un logo en forme de losange blanc au niveau de la poitrine.

Apparemment, et pour des raisons qui restaient à déterminer, Alicia Le Guen avait identifié le persécuteur de Manon... et lui avait réglé son compte...

La gendarme dégaina son portable avec fébrilité et appela la police.

ÉPILOGUES

Lundi 7 septembre 2015,
commissariat de Lannion

Éloïse acheva le récit de la contre-enquête conduite avec Amanda Kraft qui était elle-même entendue dans un bureau voisin. Cela faisait plus de six heures que la gendarme s'expliquait et, en face d'elle, le lieutenant Yves Lelevier affichait une mine fermée. Sa propre enquête était en train de voler en éclats…

— Vous auriez dû nous prévenir au lieu de partir bille en tête sur une affaire de cette ampleur ! Vous vous rendez compte ?

— J'avais prévu de vous contacter aujourd'hui même. Pour rappel, lieutenant, les éléments probants que nous avons récoltés sont tombés vendredi, pas avant. Par ailleurs, j'ai tenté de vous alerter mercredi dernier, au moment de l'interpellation de ma sœur. Je vous ai dit qu'elle faisait l'objet d'une persécution. Évidemment, à ce moment-là, j'étais à des années-lumière de me douter de l'énormité et des ramifications de ce que nous allions découvrir.

On toqua à la porte. Il s'agissait d'un des collègues de Lelevier, le policier au crâne rasé avec un bouc tressé. Il entra et transmit des informations en chuchotant à l'oreille de son chef. Lelevier hocha la tête et l'homme au bouc repartit.

— Le biochimiste, Duprez, vient de nous rappeler. Il confirme vos dires. Il est d'accord pour témoigner et réitérer formellement les propos qu'il a tenus à la journaliste.

Le policier détailla le tableau qui récapitulait les tenants et les aboutissants de l'affaire. Éloïse pouvait lire dans ses pensées. « Un truc de dingue ! » devait-il se dire. Elle-même, d'ailleurs, avait du mal à y croire.

— Il va falloir que nous vérifiions l'ensemble des éléments que vous avez rapportés. Ce qui veut dire une perquisition à organiser au manoir et un sacré paquet de personnes à auditionner ou à finir d'auditionner : Mme Brousse, Caroline Gombert, Ethan Le Guen, May Le Guen, Arnaud Lombard... Et évidemment, Abby Le Guen... À la lumière des éléments que nous avons retrouvés chez Thierry Brousse, je pense que nous détenons maintenant le mobile de son crime.

— C'est en lien avec l'affaire du petit Benjamin, n'est-ce pas ?

Lelevier hésita un instant de trop et Éloïse comprit immédiatement que quelque chose leur avait échappé durant leur contre-enquête.

— Les manœuvres de Le Guen avec son sérum sont encore à prouver. Cela étant, pour être franc avec vous, nous ne pensons pas que les éventuelles découvertes de Mme Le Guen sur ce point ont provoqué le meurtre.

Le policier marqua un temps d'arrêt, se demandant s'il devait aller plus loin.

— Lieutenant Lelevier, vous savez que je n'ai rien à me reprocher...

L'homme se rembrunit.

— Je sais aussi que vous travaillez main dans la main avec une journaliste qui vient de faire les gros titres avec un article sensationnaliste et, au passage, de jeter le discrédit sur l'enquête officielle...

— Que voulez-vous que je vous dise ? J'ai moi-même connu ce genre de déconvenue dans une précédente affaire, lieutenant... Et en même temps, rendons à César ce qui lui revient. Sans la sagacité d'Amanda, il y a fort à parier que cette affaire serait...

— Merci bien, capitaine Bouquet, mais si vous pouviez m'épargner ce refrain...

— Soit... Alors, pour revenir à ce que nous disions, je peux m'abstenir de partager certaines informations avec Amanda Kraft. Cela étant, si je peux me permettre un conseil, le mieux pour vous serait peut-être de vous mettre Amanda dans la poche.

— Pardon ?

— Si elle a un os à ronger, elle le rongera jusqu'au bout ! Alors, autant collaborer et avoir la main sur ce qu'elle diffuse en temps et en heure, plutôt que de l'exclure et de prendre le risque de nouvelles révélations fracassantes...

Lelevier se leva, passa ses doigts dans sa chevelure drue et se gratta le crâne en faisant quelques pas dans la pièce.

— Merci pour vos bons conseils, capitaine ! ironisa-t-il.

— ... Alors, Abby Le Guen ? Vous m'en dites un peu plus ou je vais devoir attendre de lire les journaux ? le taquina la gendarme.

Le lieutenant lui lança un regard où pointait pourtant une lueur amusée :

— Vous lui ressemblez un peu à votre copine, dites-moi ! Vous ne lâchez jamais rien ?

— Il paraît...

— OK... Avant toute chose, sachez qu'Abby Le Guen a été placée en isolement dès samedi soir. Aucun contact extérieur jusqu'à son audition après-demain chez le juge d'instruction. Il faut absolument qu'elle soit préservée de toute révélation concernant le meurtre commis par sa fille...

— J'ai bien compris. Vous pouvez compter sur mon silence.

— Tenez, fit-il en lui tendant des feuillets. Après cette lecture, vous comprendrez vraiment.

— Qu'est-ce que c'est ?

— Le double de missives anonymes que Thierry Brousse a envoyées à Mme Le Guen... Comme beaucoup de corbeaux, ce type n'a pas pu s'empêcher de garder les traces de ses agissements. Passez-moi l'expression, mais ça devait le faire jouir de relire ses lettres... Il devait se trouver génial ! Et par certains côtés, hélas, il l'était... Mais lisez, vous verrez.

Éloïse parcourut les feuillets et ce qu'elle découvrit lui glaça les sangs. Il lui fallut de longues minutes pour mesurer l'enfer par lequel Abby Le Guen avait dû passer. Thierry Brousse, alias L'Œil, n'avait pas ménagé ses effets pour révéler *in fine* à la mère de famille une atroce vérité. Quand elle eut terminé sa lecture, elle releva les yeux, hébétée.

— Mais... mais c'est clairement une incitation au meurtre !

— Mmm..., valida Lelevier. Et maintenant, lisez ça, ajouta-t-il en lui tendant une nouvelle liasse de photocopies.

18 décembre 2007, Londres, appartement d'Alicia et Ethan

— Et faites attention sur le retour ! lança Alicia dans la cage d'escalier.

Puis elle referma la porte à clef et se retourna. May était lovée dans un plaid sur le sofa et sirotait un énième verre de vin.

— Vise un peu le fatras ! marmonna Alicia en désignant le séjour tout retourné. Demain, tu m'aides à ranger tout ça !

— Oui, chef, t'inquiète… Là, je veux juste dormir.

— Commence par poser ce verre, ça sera déjà un bon début !

May lui tira la langue. Une langue couleur bordeaux…

— Beurk, tu verrais ta langue !

— De toute façon, vu le peu qu'elle sert ! ironisa May. Quand tu penses que la dernière…

— Non, non, non ! Je ne veux rien savoir de tes histoires de lesbiennes ! se moqua Alicia en se bouchant les oreilles, faussement outrée.

Elles échangèrent un regard complice et éclatèrent de rire.

— Sérieux, tu ne vas pas laisser ta meilleure amie se saouler seule, le soir de son anniversaire !

Alicia secoua la tête.

— Je suis déjà complètement ivre, ma chérie !

— Ben, c'est pour ça ! Un verre de plus, un verre de moins… Allez, viens ! fit May en tapotant le divan à côté d'elle.

Alicia la rejoignit, tira sur le plaid et se fit une place dans les bras de May, son verre de vin rouge tanguant dangereusement dans sa main libre.

— Allez, vas-y, raconte-moi tout. Ta dernière copine, c'était quoi déjà son nom ? Eva ?

— Maëva !

— Ah oui, Maëva !… En même temps Eva, Maëva… ça va !… Ça va, ça vient, même ! ajouta-t-elle, moqueuse.

— T'es con !

— Bon, et donc, Maëva et toi, c'est fini, c'est ça ?

— Oui… De toute façon, je m'en fous.

— Tu t'en fous ? Laisse-moi rire ! Tu as passé la soirée à cuver ton vin sur le canapé en tirant une tronche de dix pieds de long !

— Mais non… Ça n'est pas ce que tu crois.

— Je ne crois rien, ma chérie. Je vois.

— Tu ne vois rien.

— Hou, là, là !… Ça, c'est la voix de ma May vraiment contrariée.

— Oh, et c'est quoi *la voix de ta May vraiment contrariée* ?

— « Tu ne vois rien », singea Alicia d'une voix exagérément grave.
— Grotesque !

Les deux filles partirent d'un rire sincère. Alicia laissa son regard errer sur la table basse jonchée de verres sales, de cacahuètes et de cendriers pleins à ras bord.

— Tiens, Peter a dû oublier ses clopes ! releva-t-elle. Tu en veux une ?
— Depuis quand est-ce qu'on fume ?
— Depuis que tu me fais des cachotteries.
— Alicia, laisse tomber, va ! Franchement... si j'ouvre ce chapitre, on en a pour la nuit et en plus... en plus... vu notre état d'ébriété, je n'exclus pas que ça se solde par un suicide collectif !
— À ce point, ma bichette ?
— Oui, absolument.

Alicia se dévissa le cou pour observer la mine de son amie. Pour sûr, il y avait un gros souci. Elle se redressa, attrapa une cigarette et l'alluma.

— Sérieux, May. Qu'est-ce qui se passe ?
— Tu es sûre que tu veux savoir ?
— Évidemment ! Je suis ta meilleure amie, enfin !
— OK, tu l'auras voulu... Mais je t'avertis, tu peux sortir les Kleenex.

Alicia tendit le bras vers la commode et attrapa la boîte de mouchoirs.

— C'est bon, on est parées ! Je t'écoute.
— C'est mon père... D'après ma sœur, il est en train d'organiser mon retour au Brunei.
— Quoi ?
— Mmm...

— Mais… pourquoi ?

May laissa échapper un long soupir.

— Parce qu'il est musulman radicalisé, parce qu'il enseigne le Coran à l'école publique de Bandar Seri Begawan, parce que sa fille a atteint l'âge auguste de vingt-sept ans et qu'elle n'est toujours pas mariée alors qu'elle est censée finir son doctorat dans six mois ! Pour toutes ces excellentes raisons, que sais-je, moi ?

— Merde…

— Bon sang, Alicia, tu réalises ! Le régime du sultan est totalitariste ! Ma sœur m'a même dit que Bolkiah travaillait d'arrache-pied pour rétablir la charia[1], tu te rends compte ! Si je rentre là-bas… je vais finir… lapidée !

Alicia alluma une deuxième cigarette. Elles avaient discuté de cette situation des dizaines de fois. Enseigner le Coran dans une des plus grandes écoles du Brunei revenait à avoir un sacré pouvoir et un énorme réseau sur place. Si le père de May ramenait sa fille au pays, celle-ci ne pourrait pas bouger le petit doigt sans que son père le sache. Or May ne pourrait pas faire semblant. Elle aimait les femmes, ne porterait plus jamais aucun voile et ne se soumettrait jamais plus à une loi religieuse, quelle qu'elle fût. Elle avait découvert la liberté, ici, en Angleterre, et n'était pas prête à y renoncer.

— Mais peut-il *vraiment* te forcer à rentrer ?

— Ouvre les yeux, Alicia ! C'est déjà un miracle qu'il ait accepté de financer mon doctorat en Angleterre…

---

1. Le Brunei a rétabli la charia par une loi entrée en vigueur le 30 avril 2014.

Et je peux te dire que ma mère et ma sœur plaident ma cause tous les jours pour ça !

— Mais tu as un titre de séjour !

— Oui ! Pour le moment... J'ai un titre de séjour provisoire parce que je fais des études ici et que mon père m'a dégoté – *via* son réseau – un lointain parent établi à Londres. Ça ne durera pas éternellement. Je ne vais pas pouvoir passer le reste de ma vie avec une épée de Damoclès au-dessus de la tête en courant après des titres de séjour ! Je ne suis rien ici, moi... je n'ai aucun droit ! Je ne suis pas citoyenne britannique !...

— Calme-toi, ma chérie, calme-toi... Il existe forcément une solution !

— Oui, il y en a une, asséna May d'une voix pleine de rage. Il faut que je me marie... ici, en Angleterre, avec un Anglais.

— Mais... May, tu ne peux décemment pas...

— Un mariage blanc... Évidemment... tu te doutes bien que je ne vais pas virer ma cuti, juste pour échapper à cet enfoiré de Bolkiah et à mon père ! ironisa-t-elle entre rire et larmes.

Un long silence suivit les propos de May.

— Tu ne peux pas sérieusement envisager un mariage blanc, reprit Alicia. C'est totalement...

— Quel autre choix j'ai ? la coupa May. Et ne crois pas que cette idée me fasse triper, mais, bon sang, je suis coincée ! cria-t-elle, les yeux embués... Mais c'est sûr qu'en bonne hétéro de base, tu dois avoir du mal à piger ce que c'est que d'aimer des personnes que la loi t'interdit d'aimer !

Alicia encaissa le coup bas sans broncher. Elle mesurait pleinement la détresse de son amie. May se mit à pleurer et, entre deux sanglots, demanda pardon :

— Je suis… oh, je suis désolée, mon Alicia… Je… je n'en pense pas… pas un traître mot…

— Je sais, ma chérie, la rassura Alicia d'une voix douce. Je sais…

Puis elle se rapprocha et lui prit la main.

— En imaginant un seul instant que ce soit possible, ton père n'accepterait jamais, de toute façon.

May essuya ses larmes, renifla et rétorqua d'un ton qu'elle voulait moqueur :

— Ma parole, tu n'as toujours pas compris qui je suis, après tout ce temps ? Alicia, si j'avais la moindre ouverture pour me sortir des griffes de mon père, je m'y glisserais direct… Et avec une bague au doigt, je pourrais enfin lui échapper. Il me renierait, et après ? C'est lui qui me renie, ou c'est moi qui me renie ! D'après toi, je choisis quoi ?

— … Mon Dieu, May, en fait, tu y songes sérieusement ?

— Oui.

— Mais… Mais tu comptes faire comment ? Passer une annonce du genre : « Superbe lesbienne risquant un rapatriement au Brunei cherche homme bien sous tous rapports pour mariage blanc » !

— Je suis passée cet après-midi dans une association LGBT. L'avocat m'a fait comprendre que dans des cas comme le mien, à part le mariage[1], ben

---

1. Le mariage homosexuel n'a été légalisé en Angleterre qu'en 2013.

walou, quoi ! J'ai rencontré une nana sympa là-bas. Elle m'a dit de bien réfléchir et de la recontacter si jamais je me décidais. Elle connaît peut-être un gars prêt à faire semblant.

— Combien ?

— Dix mille livres... par année de mariage.

— Non mais, sérieux ! T'as toujours des profiteurs prêts à se faire de l'argent sur la détresse des autres ! s'énerva Alicia.

May descendit d'un trait son fond de verre :

— Et heureusement qu'ils existent, hein, quand on y pense ? Il me faudra au minimum trois ans de mariage avant de pouvoir monter ce fichu dossier de demande de naturalisation, sans certitude absolue de l'obtenir, soit dit en passant... Ce qui veut dire que pendant trois ans, ce mec que tu fustiges, il devra partager le même toit que moi, faire semblant de m'aimer devant les voisins, les potes, sa famille, et renoncer à épouser toute autre fille qu'il pourrait rencontrer... Et accessoirement, accepter mes petites copines !

Alicia laissa filer de longues secondes en secouant la tête, atterrée et sceptique à la fois.

— Et c'est quoi, ta garantie ? Imagine que le type pète un plomb ? Qu'il te lâche en cours de route ? Qu'il tombe raide dingue d'une nénette et...

— Zéro ! Zéro garantie, Alicia !

Mercredi 9 septembre 2015, bureau de Me Bordes, juge d'instruction

Abby Le Guen entra, encadrée par deux policiers et suivie de Me Rubinstein, son avocat. Le lieutenant Lelevier était présent, assis sur l'une des chaises qui faisaient face au grand bureau du juge. Depuis la prison, elle avait déjà eu écho de certains rebondissements concernant une affaire sordide d'enfant jeté dans une poubelle, une affaire à laquelle Yohann serait mêlé. Elle ne savait rien de tout ce fatras et le juge se leurrait complètement s'il pensait obtenir d'elle un quelconque éclairage.

— Madame Le Guen, asseyez-vous, je vous prie, intima le juge Bordes en désignant un fauteuil.

Elle s'assit. Et attendit.

— Madame Le Guen, je souhaiterais que vous reveniez sur un épisode de votre vie. La date du 26 août 1981 vous dit-elle quelque chose ?

Abby eut l'impression que le sol se dérobait. À quoi jouait le juge ? Pourquoi revenir sur sa tentative de suicide ? Se pouvait-il que les enquêteurs aient découvert quelque chose concernant le petit Benjamin ?

— Madame ?

Abby releva la tête et planta ses yeux dans ceux du juge. Au fond d'elle, une fissure était en train de s'ouvrir. Son sentiment de culpabilité – celui-là même qui la mortifiait depuis les aveux de Yohann – était en train de remonter à la surface. Sa bouche frémit mais aucun son ne parvint à sortir.

— Madame Le Guen, regardez cette photo, s'il vous plaît, relança le juge en plaçant une image juste devant elle.

Ses yeux obéirent, presque malgré elle, et ce qu'elle vit lui fit l'effet d'une violente gifle. Sur le cliché, un enfant d'environ huit ans souriait à l'objectif, les yeux polissons. Il avait une jolie chevelure châtaine, soyeuse, avec une coupe qui rappelait celle des Beatles dans les années 1960. Il lui manquait une incisive et cela ajoutait à son charme d'enfant. Abby sentit la fissure en elle s'agrandir.

— Reconnaissez-vous cet enfant ?

Non. Elle ne le reconnaissait pas. Pas au sens où le juge l'entendait. Mais elle savait qui il était.

— Madame Le Guen, je répète ma question, savez-vous qui est cet enfant ?

— C'est... c'est le petit Benjamin, croassa-t-elle d'une toute petite voix avant de se mettre à pleurer silencieusement.

Lelevier, Rubinstein et Bordes eurent en même temps un mouvement d'excitation. La prévenue venait de prononcer son premier mot ! Ils tenaient enfin un fil et allaient le dérouler, lentement, précautionneusement, pour ne pas le rompre.

— Oui. C'est le jeune Benjamin Levasseur. Il avait huit ans quand son corps a été retrouvé le long de la départementale D79, à quatre kilomètres environ de Saint-Jean-du-Doigt. Le petit Benjamin a été percuté par une voiture.

Le juge laissa filer plusieurs secondes et ajouta d'un ton grave :

— Ses parents n'ont jamais su ce qui était précisément arrivé à leur fils.

À ces mots, Abby s'effondra. Elle imaginait le calvaire des parents, la douleur de la perte et le besoin de savoir le coupable puni.

— C'est moi ! C'est moi qui l'ai tué ! lâcha-t-elle entre deux sanglots.

— Dans ce cas, racontez-nous ce qu'il s'est passé, madame Le Guen. M. et Mme Levasseur ont besoin de réponses. Je suis certain qu'en tant que mère, vous pouvez comprendre ça...

Abby se moucha et hocha la tête. Elle venait d'ouvrir une brèche et les mots qu'elle avait retenus ne demandaient désormais qu'à s'échapper. Elle déversa tout, d'un bloc, respirant à peine entre ses phrases. Sa dépression *post-partum*. Les médicaments et l'alcool. Sa visite récente chez Marthe Brousse. Son amnésie en toile de fond. Sa confrontation avec Yohann. Les aveux de ce dernier qui avait agi pour les protéger, elle et sa famille.

Elle vida son sac et personne ne l'interrompit. Me Rubinstein ne tenta même pas d'intervenir. Sa cliente reprenait forme humaine et son salut était dans sa confession. Après tout, les contours d'un mobile – d'un mobile légitime, recevable – étaient en train de se dessiner. Le meurtre de Yohann Le Guen tenait dans cette terrible révélation : ce dernier avait drogué son épouse pour éviter qu'elle aille se livrer à la police. Les jurés seraient beaucoup plus cléments... D'autant que la tentative de suicide de sa cliente prenait désormais une tournure bien intrigante : Le Guen avait certainement « aidé » sa femme dans cette entreprise... Cette idée, d'ailleurs, le sidéra, lui qui avait côtoyé le couple durant de nombreuses années.

Nuit du mercredi 26 août
au jeudi 27 août 1981

Yohann entra dans la salle de bains et s'assit sur le rebord de la baignoire. Abby s'y était installée et faisait couler l'eau. De violents sanglots l'empêchaient de respirer normalement, elle était en pleine crise de nerfs. Elle était demeurée imperméable à tout ce qu'il pouvait lui dire. Alors... alors, pour la calmer, il lui avait menti en lui promettant qu'il allait appeler la police. Il connaissait des avocats, il la sortirait d'affaire et ensemble, ils affronteraient le tumulte.

Que pouvait-il lui dire d'autre ? Il avait bien senti cette fois-ci qu'elle ne le suivrait pas. Il connaissait bien sa femme, ses fragilités, ses états d'âme... son manque de pragmatisme. La vérité était que, si elle parlait, elle bousillerait sa vie et celle des enfants. Est-ce que deux petits, si jeunes, si vulnérables, pouvaient grandir normalement avec une mère condamnée pour homicide ? Et que deviendrait Biolab si les journaux pointaient du doigt la famille Le Guen ? Son contrat avec l'armée était en passe de se concrétiser. Les premiers tests auraient lieu dans moins d'un mois.

Non, il ne pouvait pas laisser faire Abby ! C'était du suicide ! Un suicide familial et social... Personne n'en sortirait indemne. Et ça ne ramènerait pas ce pauvre gamin à la vie !

Il serra les poings. Il devait empêcher ce désastre, coûte que coûte. Et il avait une idée assez claire, désormais, de ce qu'il devait faire. Le problème, c'était le temps... Il lui fallait une toute petite demi-heure, voire moins... Le labo était à dix minutes en voiture, sept s'il appuyait sur le champignon. Il ne pourrait s'y rendre que lorsque Marthe serait partie. En revanche, il devait absolument redescendre l'auto d'Abby dans les garages avant le départ de l'employée, sinon celle-ci repérerait la voiture accidentée en rentrant chez elle.

Il caressa le visage de sa femme. Elle était inconsolable. Elle ne pourrait jamais se remettre d'un tel drame... Et ce constat finit de le convaincre que sa solution était *la* solution.

— Tiens, lui dit-il en lui tendant un cachet qu'il venait d'aller chercher dans son bureau. C'est un anxiolytique, ça va te détendre avant l'arrivée de la police. Dès que tu seras apaisée, on descendra tous les deux et on appellera Rubinstein pour qu'il vienne nous assister, d'accord ?

Abby hocha la tête et avala le cachet. Elle était dans un tel désordre mental qu'elle ne mesurait même pas l'incongruité de la situation. Qui aurait idée de prendre un bain en attendant l'arrivée de la police ? Il n'y avait guère que son épouse pour manquer de lucidité à ce point. Mais, à cet instant précis, cela l'arrangeait.

Il demeura à ses côtés, lui caressant les cheveux et lui murmurant des paroles apaisantes. Le puissant barbiturique agit rapidement et Abby s'endormit. Parfait. Il la sortit de la baignoire, l'enroula dans une serviette, la porta dans la chambre et la posa sur le lit. Il consulta sa montre : il était 19 h 30. Il disposait d'une fenêtre suffisante avant que le sommeil paradoxal s'installe. Au même moment, il entendit Marthe qui montait au second coucher les enfants. Bon *timing*, songea-t-il.

Il enfila un vieux jogging et des baskets, récupéra les clefs des garages et sortit par la terrasse donnant accès au jardin. La pluie s'était calmée mais le ciel demeurait chargé. Il remonta en courant un des sentiers qui sillonnaient à travers les bois vers l'entrée du manoir. Manqua deux ou trois fois de s'étaler de tout son long en trébuchant sur des racines. Et parvint enfin au coupé sport arrêté sur le chemin carrossable. Il mit le contact et redescendit jusqu'aux garages à l'arrière du bâtiment. Puis il revint dans la cour au pas de course, mais la luminosité avait tellement baissé qu'il déclencha ces fichues lumières automatiques ! C'était le meilleur moyen pour que Marthe le repère... Peu importe, il en ferait son affaire plus tard... Un œil à sa montre lui indiqua qu'il était presque 20 heures.

Il remonta au manoir, s'arrangea pour ne pas tomber nez à nez – fagoté comme il l'était – avec Marthe et regagna la chambre. Abby dormait toujours. Il se changea rapidement et rejoignit l'employée en cuisine. Avant de la congédier, il la rassura et pensa même à lui indiquer qu'il allait dormir dans une chambre d'ami. Ce qui expliquerait après coup, s'il était besoin, qu'il n'avait pas pu se rendre compte de la tentative de suicide de sa femme. Vers 20 h 15, Marthe prit enfin congé.

Il descendit alors en quatrième vitesse jusqu'à la Saab, évita de penser au petit corps enfermé dans le coffre et démarra. Il sortit par l'entrée de service pour éviter d'être vu par Marthe.

Une fois sur la route, il écrasa le champignon jusqu'au laboratoire. En se garant, il remarqua la voiture de Duprez sur le petit parking privatif du labo. Qu'est-ce qu'il faisait encore là à 20 h 25, nom de Dieu ! Avec un peu de chance, il parviendrait à l'éviter. Yohann poussa la porte du laboratoire, traversa le hall au pas de course et tomba nez à nez avec Duprez qui quittait son bureau. Pas de temps à perdre, il échangea quelques phrases, bafouilla une excuse et s'engouffra dans l'ascenseur. Parvenu au second, il fonça aux frigos et récupéra une pipette du sérum dans le stock préparé.

Il refit le trajet en sens inverse, brûla deux feux rouges et rentra au manoir à 20 h 45. Il monta dans la chambre, sortit son sérum et retourna le corps d'Abby pour la piquer à la veine au creux du poplité. C'est à ce moment-là seulement qu'il prit conscience de son état d'extrême tension. Ses mains moites n'arrêtaient pas de trembler et il dut bloquer sa respiration pour parvenir à la piquer proprement. Ensuite, il relâcha la tension et se mit à pleurer silencieusement. Il venait de jouer sa dernière carte et n'avait plus qu'à espérer que ça fonctionne...

À 4 heures du matin, après deux verres de whisky, Yohann Le Guen prit une longue douche. Se rasa. Enfila des vêtements propres et fit un grand tri dans la pharmacie de la salle de bains. Il broya une quinzaine de cachets et mélangea la poudre obtenue avec un grand verre de vodka. Puis il rejoignit la chambre où sommeillait Abby. Il la réveilla en douceur. Elle était groggy, désorientée, et ne chercha pas à comprendre. Elle avala la mixture avant de replonger dans le sommeil. Yohann alla rincer le verre et le ramena sur le chevet. Puis il mit le lit en pagaille et disposa des plaquettes de médicaments autour du corps ainsi que le cadavre de la bouteille de vodka. Il caressa les cheveux de sa femme, l'embrassa sur le coin de la bouche et alla voir Alicia et Ethan au second. Tous deux dormaient à poings fermés. Parfait. Il descendit au grand salon, il était 5 heures du matin. Il prit sa sacoche et monta dans la Saab, priant intérieurement pour que ses enfants n'aient besoin de rien avant l'arrivée de Marthe à 7 h 30.

Il s'éloigna de Perros-Guirec en prenant la direction de Plestin-les-Grèves, puis de Plougasnou. Parvenu à quelques kilomètres de Saint-Jean-du-Doigt, alors que les premières lueurs de l'aube commençaient à éclaircir l'horizon, il écrasa brutalement la pédale de frein, et zigzagua en laissant de la gomme sur le bitume. Il sortit alors de la Saab, vérifia qu'il n'y avait personne, ouvrit le coffre et déposa le môme quelques mètres plus haut dans le fossé. Il fit attention de le placer sur le flanc où les lividités cadavériques avaient commencé à s'imprimer à cause des points d'appui.

Puis il redémarra, fit demi-tour et retourna à la clinique, le cœur au bord des lèvres. *Alea jacta est*, songea-t-il en fixant la langue de bitume que le soleil commençait à éclairer.

Mercredi 9 septembre 2015, bureau de M° Bordes, juge d'instruction

Plus de deux heures venaient de passer. Abby avait fait la lumière sur une affaire vieille de trente-quatre ans. Elle venait également de s'alléger d'un énorme poids et, dans l'instant, elle eut la certitude que ce poids pesait sur elle depuis le jour de l'accident, en dépit de son amnésie. Pouvait-il y avoir une part de son esprit bien cachée qui conservait intact son sentiment de culpabilité ? Sa vie aurait-elle été différente si Yohann lui avait laissé la possibilité d'assumer ses actes ? Pour elle, la réponse était clairement oui…

Le juge Bordes dut lire dans ses pensées, car il lui demanda :

— Comment vous sentez-vous maintenant ?

— Bien mieux.

L'homme hocha la tête. Puis il posa lentement le dossier Levasseur à sa droite et en attrapa un autre marqué Le Guen. Abby se crispa immédiatement. Elle avait dit ce qu'elle avait à dire autour de la tragédie du petit Benjamin… Mais le meurtre de Yohann, c'était son secret à elle. Son acte d'amour pour Alicia. Et elle ne dirait rien !

— Madame Le Guen, entama le juge d'une voix douce en ouvrant le dossier, reconnaissez-vous ceci ?

Il posa devant elle les photocopies que L'Œil lui avait envoyées. La paix qu'elle avait ressentie après sa confession sur le petit Benjamin vola immédiatement en éclats. Elle avait brûlé ces immondices ! Comment le juge pouvait-il avoir ces documents en main ? Son ébranlement fut tel qu'elle en eut la respiration coupée. Aucun mot ne put sortir de sa bouche.

— Nous avons retrouvé ces copies au domicile de celui qui se faisait appeler L'Œil. Tout porte à croire que vous les avez reçues. Je me trompe ?

Hébétée, elle fixait les mots de sa fille qui rapportaient les ignobles agissements de Yohann, la perversion de cet amour père-fille.

— Comment osez-vous ? explosa-t-elle soudain. Jamais, vous m'entendez ? jamais ces choses-là ne devront sortir de ce bureau ! Alicia ne mérite pas ça !

Elle écumait de rage et de désespoir. Alicia n'avait pas à être montrée du doigt, elle avait déjà bien assez souffert !

— Calmez-vous, madame Le Guen… Nous ne sommes pas là pour juger votre fille, croyez-moi… Mais pour essayer de comprendre ce qu'il s'est passé… Je déduis de votre réaction que vous connaissez parfaitement le contenu de ces missives, n'est-ce pas ?

Abby acquiesça nerveusement, gagnée par une indignation qui ne trouvait pas à s'exprimer.

— Quand avez-vous reçu ces lettres de menace, madame Le Guen ?

— Dans le courant du mois d'août. À mon atelier de Ploumanac'h.

Le juge hocha lentement la tête.

— Sont-ce ces mêmes documents que vous avez brûlés dans votre cheminée ?

— Oui. Leur simple vision me dégoûte.

— D'après les techniciens de la police scientifique, vous avez également brûlé une photo. Est-ce exact ?

— Oui.

— De quoi s'agissait-il, madame Le Guen ? Expliquez-moi.

— C'était... c'était une photo que Yohann adorait... Alicia n'était encore qu'une toute petite fille, expliqua-t-elle en fondant en larmes... Une fillette !... Innocente et... innocente et pure !

Me Rubinstein attrapa un Kleenex qu'il fit passer à sa cliente. Apparemment, le temps des révélations n'était pas encore achevé. Abby se moucha, essuya les larmes qui semblaient ne pas vouloir s'arrêter. La bonde était ouverte...

— Je... Mon Dieu !... Il avait sa grosse main qui... qui touchait ma fille ! cria-t-elle, désespérée. Sur une photo de famille ! Et moi, reprit-elle avec effort, et moi... je n'ai jamais rien... vu !... Oh mon Dieu !

L'avocat, qui jetait des regards ahuris vers le juge, se décida à intervenir :

— Mais de quoi s'agit-il, monsieur le juge ? Puis-je voir ces documents ?

Bordes les lui tendit et attendit. Le visage de l'avocat se décomposa au fil des lignes. Il secoua la tête, incrédule, choqué. Il ouvrit la bouche mais la referma aussitôt. Il croisa alors le regard du juge qui semblait chercher ses mots.

— Madame Le Guen... regardez-moi, s'il vous plaît.

Abby releva la tête, complètement désemparée. Le juge serra les lèvres et sortit un cahier à la couverture rouge contenu dans son dossier. Il l'ouvrit au hasard et demanda :

— Madame Le Guen... reconnaissez-vous ce cahier ? Et cette écriture ?

Abby fit oui de la tête en plaquant son mouchoir sur sa bouche.

— C'est... le journal... d'Alicia... C'est elle qui... c'est son écriture...

Le juge Bordes opina du chef, remisa le cahier dans son étui et se résolut à attraper un tas de photocopies.

— Nous avons photocopié le cahier de votre fille, madame Le Guen. Je vous demande de... de bien vouloir lire les deux dernières pages, énonça-t-il d'une voix pleine de compassion.

Extrait du journal intime d'Alicia Le Guen, pages 54 et 55 (sur 55)

Page 54, dernier paragraphe

[…] Ce que nous avons fait est inqualifiable. Si j'en crois papa, Manon ne saura jamais ce qui s'est passé la nuit dernière dans le cottage… Et peut-être est-ce mieux pour elle ?… Je ne sais pas. L'enfant a été retrouvé ce matin tôt. Dans une poubelle d'abattoir. Les gros titres me donnent la nausée. Moi, Alicia, j'ai participé à ça. Et j'ai beau avoir essayé d'effacer la tache de sang sur mon canapé, la vraie tache indélébile est au fond de mon cœur, gravée dans ma mémoire… Une seule chose m'aide à ne pas sombrer : je sais très bien pourquoi j'ai agi comme ça et où j'ai puisé la force d'aller au bout. Je l'ai fait pour Ethan. Par amour pour Ethan. Bien sûr, cela n'efface pas mon terrible sentiment de culpabilité. Loin de là…

Page 55

Je le sais, je le sens déjà, je porterai toute ma vie le fardeau de ce secret. Les images de cette nuit défilent dans ma tête. Impossibles à effacer. Je suis aussi coupable que lui et je redoute plus que tout au monde que la vérité n'éclate au grand jour. Alors, je m'accroche à ses mots comme un naufragé à une bouée de sauvetage : *Tu as honte ? Tu te sens coupable par rapport à la nuit dernière ? C'est mal ? C'est amoral ? Peut-être, Alicia, mais c'est un acte d'amour… alors, chasse toute autre considération.* Oh, mon père chéri, j'aimerais tant te croire… Alors pourquoi j'ai si mal ? Et pourquoi j'ai si peur ?

Jeudi 10 septembre 2015, brasserie La Providence, Lannion

Éloïse triturait sa fricassée de pétoncles du bout de sa fourchette. Elle n'avait pas faim. Pire, la moindre odeur d'aliments lui donnait la nausée. Depuis deux jours, suivant les conseils d'Amanda, elle avait entamé un sevrage médicamenteux. Elle ne dormait quasiment plus et peinait à avaler quoi que ce fût.

— Vous êtes malade ? demanda Lelevier.

— … Disons que j'essaie de me retaper et que c'est loin d'être simple…

Le flic hocha la tête en mastiquant une bouchée de son sauté de porc.

— Je me suis renseigné, vous imaginez bien… J'ai appris pour votre compagnon. Je suis vraiment désolé.

— Merci, marmonna Éloïse.

— Et maintenant, cette affaire avec votre sœur… tout ça doit faire beaucoup.

La gendarme détailla Yves Lelevier. C'était un type plutôt sensible qui tentait de se donner des airs de dur avec la panoplie du *bad boy* : blouson en cuir, jean élimé, barbe de trois jours et tignasse broussailleuse.

— Le colonel Prat m'a appelée hier, relança la gendarme. Il m'a dit qu'il avait eu votre supérieur, le commandant Gravier, et que l'échange avait été plutôt cordial.

— Gravier avait plutôt intérêt à se montrer conciliant. Nous reprenons les résultats d'une enquête qui n'est pas vraiment la nôtre... alors, bon... autant faire profil bas.

— Vous pensez bien que, pour ce qui me concerne, je me fiche royalement de savoir qui récoltera des lauriers ou pas !

Lelevier acquiesça. La gendarme laissa filer quelques secondes et posa la question qui la préoccupait :

— Pour Manon, ça se profile comment ?

— Très favorablement, comme vous pouvez l'imaginer. Le juge devrait prononcer une mise en liberté très rapidement. La déposition d'Alicia Le Guen disculpe votre sœur, donc, partant de là, après les vérifications d'usage, les charges retenues contre elle seront nulles... À terme, il y aura certainement abandon total des poursuites.

— Alicia Le Guen a-t-elle dit pourquoi Brousse s'en était pris à Manon ?

Lelevier hocha la tête et se fendit du récit approximatif de la soirée au Blue Bird. Face à lui, Éloïse affichait une mine ahurie :

— Tout ça pour... une amourette d'adolescents ?

Lelevier approuva d'un air désolé.

— Et vous n'avez pas pu en apprendre davantage sur la quinzaine de jours où elle a disparu après son accouchement ?

— Hélas non, je suis désolé. Alicia Le Guen ne sait pas ce que son père a fait de votre sœur après l'avoir droguée avec son sérum...

Éloïse s'y attendait, mais elle accusa le coup. Les quinze jours où sa sœur s'était volatilisée demeureraient une page blanche, il fallait se faire une raison... Elle avala une gorgée de vin qui lui souleva immédiatement l'estomac. Elle s'empressa de reposer son verre.

— Alicia Le Guen... une énième victime de Thierry Brousse, si j'en crois les assertions de Me Rubinstein ? demanda-t-elle.

— En partie, oui... Quand on y pense, ce Brousse glace les sangs. Il a fait en sorte d'isoler ses proies et les a instrumentalisées à sa guise.

— Sauf que dans le cas d'Alicia Le Guen, ça lui est revenu dessus comme un boomerang !

— Certes... mais c'est quand même elle qui va finir derrière les barreaux. Double chef d'inculpation : complicité de tentative de meurtre sur un mineur de moins de quinze ans et meurtre au premier degré sur la personne de Thierry Brousse.

— Pour le meurtre de Thierry Brousse, vu le contexte, on peut supposer que les jurés seront relativement compréhensifs. Vous imaginez un peu la pression qu'elle a subie ! Entre la mort de son père assassiné par sa mère et les menaces de ce type... n'importe qui à sa place aurait fondu un plomb.

— Je vous rejoins, le défunt ne bénéficiera pas d'une cote de sympathie très élevée auprès des jurés et Alicia Le Guen pourrait tirer son épingle du jeu... En revanche, pour sa participation à la disparition du

jeune Mathis, ce sera une autre paire de manches...
C'était un nouveau-né !

— Oui, c'est abominable, on est tous d'accord. Tant pour Mathis que pour ma sœur... Pourtant, quand on y pense, elle n'avait que dix-neuf ans et elle a agi sous les ordres de son père...

— Mais il n'en demeure pas moins que le crime est odieux et, croyez-moi, l'avocat du jeune Mathis saura le rappeler. Vu que Le Guen n'est plus là pour endosser sa part de responsabilité, je crains fort que sa fille ne paie pour lui. Dans des histoires comme celles-là, les gens réagissent avec leurs tripes.

La gendarme approuva. Le fait divers suscitait déjà des réactions extrêmement violentes dans l'opinion publique et les gens réclamaient que justice soit faite. Éloïse changea de sujet.

— Et cette histoire de chantage à l'argent, vous en pensez quoi ? Parce que, à mes yeux, le mobile de Thierry Brousse n'était pas là. Pour moi, sa vengeance consistait à détruire la famille Le Guen, et Manon aussi, au passage... Vous ne trouvez pas étrange qu'il soit allé sur le terrain de l'argent ?

Lelevier sauça consciencieusement son plat avant de répondre :

— Oui et non. Je pense qu'il s'est vu réussir dans son entreprise et que ça lui est monté à la tête. Il avait grandi aux côtés des Le Guen, il les enviait depuis toujours. Quand il s'est rendu compte que ses manœuvres portaient leurs fruits, qu'il avait le contrôle et qu'il menait le jeu, il s'est dit qu'il pouvait aussi tirer un avantage financier de sa position.

— Deux en un, en quelque sorte ! Vous avez eu le temps de reconstituer son parcours ?

— On a l'essentiel, oui... Et, avec les interrogatoires de Marthe Brousse, je crois qu'on est arrivés à mieux cerner la psychologie de ce type.

Éloïse jeta un œil interrogateur à son interlocuteur.

— Vous saviez, reprit-il, que c'était le père Le Guen qui avait financé les études de Thierry Brousse ?

— Amanda m'a appris ça, oui ! approuva la gendarme. C'est Marthe Brousse qui le lui a dit... Quand on y pense, Yohann Le Guen, débonnaire, c'est difficile à croire !

— Pas vraiment, vous allez comprendre. Nous savons désormais par Alicia Le Guen qu'Octave Brousse, le père de Thierry, a participé à la disparition du bébé. Nous avons même toutes les raisons de croire que c'est lui qui a conduit l'enfant dans le Morbihan, le soir du drame, et qui l'a jeté dans une des poubelles de l'abattoir...

— Vous êtes en train de me dire que sa rémunération pour ce forfait aura été le financement des études de son fils ? (Lelevier approuva en hochant la tête.) C'est terrifiant de voir ce que les gens sont capables de faire pour quelques milliers d'euros !

— Oui... Mais dans le cas qui nous occupe, c'est certainement plus complexe... Octave Brousse était empêtré dans un lien de subordination à Le Guen. N'oubliez pas que c'est ce dernier qui faisait bouillir la marmite des Brousse...

— Pas faux, admit Éloïse.

— En tout cas, le fils Brousse a cultivé une énorme rancœur à l'égard des Le Guen, de leur pouvoir sur sa famille. D'autant que s'il a pu poursuivre les études qu'il voulait, il ne s'en est pas très bien sorti. Il était même au chômage depuis huit mois quand son père est décédé.

— Je vois. Son retour dans la maison familiale avait donc tout d'un échec, songea la gendarme à haute voix. Et avec la proximité du manoir des Le Guen, l'homme a dû ressasser son ressentiment jusqu'à passer à l'acte.

— C'est ce que nous supposons, en effet. Mais Brousse n'est plus là pour le dire. Il y a peut-être eu un événement que nous ne connaissons pas qui a déclenché son passage à l'acte, allez savoir !

Lelevier regarda sa montre et eut une moue étonnée.

— Le temps file à une vitesse !
— Vous devez y aller ?
— Oui, dans cinq minutes... Vous n'avez pas touché à votre assiette, ajouta-t-il, soucieux.
— Je mangerai mieux ce soir.
— J'espère... Parce que à ce rythme...

Le flic laissa filer plusieurs secondes, il avait l'air embarrassé.

— Un problème ? demanda la gendarme.
— Non... C'est juste que... je me demandais... votre sœur, elle va faire comment avec le jeune Mathis ?

Éloïse leva les mains pour signifier qu'elle n'en savait rien.

— Très honnêtement, je n'en ai aucune idée... Mais, c'est forcément un très gros choc pour elle. Me Balengier m'a répété hier que Manon n'avait gardé aucun souvenir de son accouchement... Difficile pour elle de se sentir mère dans ces conditions... S'ajoutent à cela les séquelles de l'alcoolisation fœtale avec le polyhandicap de Mathis... J'imagine à quel point elle doit se sentir responsable.

— Mais elle ne savait pas qu'elle était enceinte.

— Mmm... je ne dis pas le contraire... à part que l'enfant porte pleinement les stigmates de l'existence dissolue que menait Manon à l'époque : alcool, drogues... Et je pense pouvoir dire que cela doit amplement suffire à faire peser sur elle une énorme culpabilité. Comment pourrait-il en être autrement ?

Lelevier hocha la tête.

— Quelle histoire, quand on y pense ! soupira-t-il.

— Oui... et les incidences sont nombreuses... La vie d'Abby Le Guen, gâchée. La vie d'Alicia Le Guen, fichue. Celle de son frère, Ethan, *idem*. Je n'ose même pas imaginer ce par quoi il doit passer aujourd'hui. La vie et l'équilibre familial de ma sœur, anéantis. Et Marthe Brousse, pour finir, qui n'a plus que ses yeux pour pleurer, conclut la gendarme d'un air maussade.

— Oui, on peut dire que Brousse a bien réussi son coup...

— À la racine du mal, il y a tout de même Le Guen, ne l'oublions pas ! Vous imaginez qu'il a, par deux fois, lavé le cerveau des gens !

— Oui, ça paraît démentiel, admit Lelevier. Ça avait si bien marché la première fois avec son épouse qu'il n'a pas dû hésiter un seul instant quand il s'est agi de votre sœur, dix-huit ans plus tard...

— Et au final, par rapport à sa femme et à ses enfants, il ne s'en sort pas trop mal, énonça la gendarme avec acidité. Une mort rapide sans même avoir à assumer ses actes et leurs conséquences pour son entourage !

Le policier acquiesça, songeur. Il avait rarement bouclé une enquête avec un tel sentiment de déconvenue. Parce que si cette affaire levait le voile sur deux faits divers irrésolus – l'accident du petit Benjamin Levasseur et l'histoire du nouveau-né des poubelles –, elle entraînait aussi un sacré paquet de dommages collatéraux. *Toutes les vérités sont-elles bonnes à connaître ?* se demanda-t-il en enfilant son blouson. Éloïse l'imita en passant son blazer.

— Je vous remercie, lieutenant Lelevier, pour vos éclairages. J'avais besoin de certaines réponses. Ça me permettra d'aider ma sœur dès qu'elle sortira.

— Vous ne repartez pas à Toulouse, si je comprends bien ?

— Je... je ne me sens pas prête... J'ai beaucoup trop de choses à régler... pour moi-même et... ici, en Bretagne, avec Manon.

Le flic hocha la tête et serra la main de la gendarme :

— Bon courage, en tout cas !

— Merci, lieutenant.

— Et n'hésitez pas à passer si vous êtes dans le coin. Si je peux être utile à quoi que ce soit...

21 janvier 2008, Londres, appartement d'Alicia et Ethan

Alicia reposa son verre de vin. Et se tut. Elle avait fini. Un ange passa et tous trois se regardèrent, sans trop savoir ce qu'il était censé se passer désormais. May, finalement, se décida. Sa voix était légèrement plus aiguë que d'ordinaire :

— OK... donc... si j'ai bien compris, vous n'êtes pas *vraiment* un couple, en fait ? Enfin ! Si... vous êtes un couple mais... Oh, punaise, Alicia ! Tu te rends compte ? Vous êtes frère et sœur !

— Ma chérie, ça fait quatre ans qu'on se connaît. Si je ne t'avais rien dit, tu ne l'aurais jamais su et ça ne t'aurait donc jamais gênée, n'est-ce pas ?

— Oui... oui, possible ! Et où tu veux en venir, là ?

— On a l'air timbrés, dégénérés ?

— Ben, mes loulous, sans vouloir vous contrarier... euh... maintenant que je suis au courant, comment vous dire ? Je vais peut-être regarder la situation d'un autre œil ! les charria May, d'un ton pince-sans-rire.

— Oh, May ! Atterris deux secondes, tu veux ?! Combien de fois tu as pété les plombs parce qu'on ne te regardait plus de la même manière après ton *coming-out* ! Sérieux, elle n'est pas de toi, cette phrase : « Le meilleur moyen de faire le tri dans les gens, c'est de leur balancer que tu es homo ! Là, au moins, tu es fixée ! » la singea Alicia en prenant une voix rocailleuse.

May se leva d'un bond, survoltée.

— Non, toi, atterris, Alicia ! Tu ne peux pas comparer mon orientation sexuelle et... et...

— Un amour incestueux ?

— Oui, carrément ! C'est ça !

— Tu es pourtant hyper bien placée pour savoir que ton homosexualité est sanctionnée de la peine de mort dans certains pays !

— Mais... Mais..., bafouilla May en levant les bras... Ça n'est pas la même chose ! Vous, c'est hyper... hyper *chelou*, quoi !

— Vas-y, balance ! C'est quoi, ton argument massue ? C'est *contre-nature*, c'est ça ? la provoqua Alicia. C'est une *perversion* ? Autant d'âneries que tu entends depuis ton enfance dès que le thème de l'homosexualité est abordé, non ? Tu m'arrêtes si je me trompe...

May laissa retomber ses bras le long du corps. Les yeux écarquillés, la mâchoire tombante, en fait, elle ne savait plus quoi dire.

— May, écoute-moi. On s'aime. Ça fait peut-être mal aux oreilles mais on s'aime. On s'aime et la loi l'interdit... ça ne te rappelle rien ?

May s'affala sur le divan et se servit un verre de vin. Elle observa tour à tour ses amis et se rendit compte que, finalement, pour elle, ça ne changeait rien.

Elle les avait connus comme un couple, ils s'entendaient à merveille et elle les adorait tous les deux. Et puis, après tout, au nom de quoi pourrait-elle leur cracher au visage ? Alicia n'avait pas tort...

— On s'aime depuis qu'on est enfants, May !

— Misère, si tu ajoutes à ça la pédophilie, comment tu veux que je survive ! se moqua-t-elle.

Tous trois partirent d'un rire nerveux.

— Bon, OK ! OK, j'ai pigé ! lança May en se levant de nouveau. D'accord... Après tout, vous ne faites de mal à personne !... Bon, je ne vous cache pas qu'il va me falloir quelques jours pour assimiler totalement le concept, mais... OK... Et bien sûr, vous pouvez compter sur moi pour fermer ma grande gueule !

Alicia se leva et rejoignit son amie. Elle lui prit la main et planta ses yeux dans les siens :

— Merci, May. J'étais sûre que tu comprendrais.

— Hey tout doux, la tarée ! Je n'ai jamais dit que je comprenais, OK ? plaisanta May. J'ai dit que j'admettais, ça n'est pas la même chose !

Puis elle ouvrit grand ses bras et serra longuement Alicia contre elle.

— Allez... vu que tu n'es définitivement pas homo, je te propose qu'on s'arrête là parce que bon, moi, sur un malentendu, je pourrais imaginer que tu es la femme de ma vie !

— T'es con !

— Oui, je sais... Bon, on fait quoi ? On sable le champagne ? Manière de trinquer à l'incroyable révélation de l'année ?!

— Mmm, c'est une bonne idée, intervint Ethan. Parce que, en plus, dans très peu de temps, on va avoir deux choses à célébrer.

May jeta un coup d'œil inquiet sur le ventre de son amie.

— Ah non, pas ça ! Ethan, Alicia, ne me dites pas que… Vous le savez, ça craint un max les trucs congénitaux, hein ?

— Arrête tes sottises, May ! Il ne s'agit pas de ça, et je te le dis… tu n'es pas près d'être choisie comme marraine !

— Ouf, tu me rassures. Sérieusement, j'ai bien flippé pendant un instant… Regarde-le celui-là avec ses formules sibyllines ! Pff !… Bon, du coup, c'est quoi, la deuxième chose à célébrer ?

Ethan se rapprocha d'Alicia et lui prit la taille. Puis tous deux attrapèrent les mains de May et Alicia annonça :

— À ton mariage, ma chérie ! À ta future naturalisation… et à ta future liberté.

Un silence interloqué suivit. May dévisagea ses amis sans comprendre.

— Admets quand même qu'on ne l'a pas fait exprès mais… tes intérêts et les nôtres convergent sacrément bien, non ? Il y a deux chambres dans cet appartement… dont une qui peut servir pour une colloc, en fait.

— Ça fera une formidable couverture pour Alicia et moi, aux yeux de tout le monde et de nos parents notamment, qui nous cassent les pieds depuis longtemps.

— Et pour toi, c'est une vraie porte de sortie, ma belle, compléta Alicia. Ça fait quatre ans qu'on passe les trois quarts de notre temps ensemble, on devrait pouvoir prolonger le match, non ?

Extrait du journal intime d'Alicia Le Guen, pages 49 à 50 (sur 55)

Page 49

Trois mois. Cela fait trois mois que je nage dans un bonheur inouï avec Ethan. Je ne pensais même pas que l'on puisse vivre un amour aussi fort.

Et pourtant, je viens de lui annoncer mon départ pour l'Angleterre dès la rentrée de septembre. Ce qui revient à dire que je viens de rompre. Je crois que c'est la chose la plus douloureuse que j'ai jamais eu à faire de toute ma vie. Mais je ne vois aucune autre solution. S'il est près de moi, je ne peux pas lui résister. Sa peau, son sourire, ses traits d'esprit, sa sincérité, sa douceur et sa force... je ne retrouverai jamais tout cela dans un même homme. Ce départ est un crève-cœur. Je ne suis même pas certaine d'y survivre... Mais que faire ? Tôt ou tard, quelqu'un nous surprendra ! Mon père ? Ma mère ? Un ami ? Et que se passera-t-il alors ? Jamais nous ne pourrons vivre notre amour librement ! Jamais !

J'ai le cœur en miettes.

Je me sens incomplète, tronquée. Infiniment malheureuse. Saccagée.

Notre séparation n'a pas duré un mois. Renoncer à notre amour est impossible. Inhumain. Au-delà de nos forces…

Ethan va venir avec moi ! On a passé toute la nuit dernière à en parler. Il commence dès demain les démarches pour s'inscrire dans un lycée français de Londres.

J'ai peur. Je suis excitée. J'ai le vertige.

Rien là-bas ne nous obligera à nous cacher. Nous ne serons pas frère et sœur. Nous serons un jeune couple. Nous serons libres ! Ethan a raison : nous n'avons pas demandé à nous aimer ainsi. En quoi est-ce amoral ? Au titre de quoi, devrions-nous renoncer au bonheur ? Nous ne faisons de mal à personne… du moins, si notre amour reste secret, invisible. Je compte les jours qui nous séparent de notre envol. Trente-deux jours ! D'ici là, nous sommes convenus que rien ne devait changer. Lui doit continuer à sortir avec cette fille, Manon. C'est moi qui le lui ai demandé. Nous devons faire comme si de rien n'était. Nous ne devons éveiller aucun soupçon, ni devant nos amis, ni devant nos parents. C'est difficile mais notre délivrance est proche. Alors, coûte que coûte, nous ne changerons pas nos comportements. Nous irons au Blue Bird. Je sortirai avec des garçons. Nous ferons la fête.

Il me tarde de partir. De cesser cette comédie. D'arrêter d'avoir peur, d'avoir honte, de redouter à chaque instant que mon amour pour mon frère se lise sur mon visage ou dans un de mes gestes… Là-bas, je n'aurai plus peur. Là-bas, je n'aurai plus honte.

Ethan Le Guen, 3 août 1998

Ethan frappa à la porte du bureau et attendit, les mains crispées sur le petit dossier qu'il avait préparé. Une poignée de secondes s'égrena avant que la voix chaude et ferme de son père se fasse entendre. Ethan rougit immédiatement, lui qui n'avait pas encore fini de muer, et dont le timbre hésitait maladroitement entre deux octaves. Avec l'âge, l'admiration pour son père évoluait parfois en complexe et il lui était difficile de ne pas se comparer, pour un oui et pour un non, à l'homme de la maison, à ce père idéal, à l'incarnation même d'un modèle de réussite. Ethan poussa la porte et entra.

— Excuse-moi, papa. Je voulais discuter d'un truc avec toi.

— Un truc ?

Tout juste entré, voilà qu'il commettait sa première erreur ! L'approximation verbale faisait horreur à son père, il le savait pourtant !

— Je veux dire... Je voudrais m'entretenir avec toi d'un projet... d'un projet d'avenir.

— Assieds-toi, fiston. Vas-y, je t'écoute, lança Yohann dont la lumière dans l'œil trahissait la curiosité.

— Eh bien...

Ethan respira un grand coup. Il jouait gros, il le savait. Il fallait que ça marche ! Il débita alors sa phrase introductive, il la connaissait par cœur :

— Je... j'ai bien réfléchi et... disons que le départ d'Alicia pour Londres m'a fait prendre conscience que mon tour arriverait bientôt avec l'obtention du bac l'année prochaine.

— Oui, c'est exact, approuva Yohann en s'enfonçant dans son fauteuil, mains croisées sur son ventre.

— Je me suis dit que...

Ethan doutait soudain de la manière d'amener la suite. Il ne savait plus s'il devait formuler sa demande et l'argumenter ensuite, ou argumenter d'abord et conclure sur sa demande.

— Je... je crois que je pourrais peut-être prendre une longueur d'avance, reprit-il piteusement, maximiser mes chances de réussite, en fait... Dans cette perspective, je pense que... Ce que j'essaie de te dire, c'est que, au regard de mes projections professionnelles, et bien que je n'aie encore que dix-sept ans, serait peut-être...

— Ne tourne pas autour du pot, Ethan, je te l'ai déjà dit cent fois : les chemins les plus courts dans une conversation sont encore les moins pénibles pour ton interlocuteur.

Ethan baissa les yeux, légèrement honteux. Depuis quelques mois, la relation avec son père s'était bizarrement chargée de défiance. Il avait le sentiment de ne pas être à la hauteur, de ne jamais suffisamment bien faire. Avec le reste du monde, il se sentait à l'aise, capable de tenir tête, de défendre ses choix. Avec son père, c'était beaucoup plus compliqué. C'était *devenu* compliqué. Comme si la limpidité et l'évidence de sa relation d'enfant s'étaient effacées pour laisser place à quelque chose de plus amer, de plus rugueux. Pourtant, il avait répété mille fois cette scène. Il s'était vu dérouler son argumentaire avec aplomb, exposer sa demande avec l'assurance des Le Guen et emporter, triomphant, sa première victoire contre son père...

— Ethan, mon fils ?... Je t'écoute, relança Yohann. Tu me parlais d'un projet d'avenir ? Qu'en est-il ?

— Je souhaite intégrer un lycée français à Londres pour ma terminale, lança-t-il avec précipitation, tout en déposant le petit dossier sous le nez de son père.

Il l'avait dit ! C'était direct, sans fioritures, conforme aux attentes de son père. Désormais il allait pouvoir expliquer ce qui...

— Un lycée français à Londres ? s'étonna Yohann, coupant son fils dans ses pensées. Saint-Just ne te convient pas ?

Face à cette question, Ethan eut le sentiment que la discussion lui échappait, que son père allait refuser. L'audace de son entreprise lui sauta soudain aux yeux. Il était mineur. Il était déjà parfaitement bilingue. L'excellence de ses résultats à Saint-Just – lycée privé extrêmement bien coté – lui ouvrirait toutes les portes, le moment venu. Rien ne justifiait cette demande, en réalité. Une sorte de panique s'empara de lui et le coupa net dans son élan. Les mains moites et le teint pâle, il sentit ses yeux se mouiller. Malgré lui ! Quelle honte !

— Ethan, regarde-moi, s'il te plaît.

La voix de son père était pétrie de ce savant mélange de bienveillance et d'autorité naturelle qu'il lui connaissait bien. Ethan aurait voulu s'exécuter, mais son corps semblait pétrifié. Il entendit que son père quittait sa chaise de bureau et se rapprochait. Yohann s'assit alors dans un des fauteuils club face à lui et entreprit de feuilleter les éléments qu'il lui avait apportés. Au bout d'un temps qui parut durer une éternité, il laissa échapper un soupir en reposant le dossier d'inscription sur la table basse entre eux.

— Ethan, tu as dix-sept ans, tu es un élève brillant, tu parles parfaitement l'anglais et tu as un bel avenir devant toi. Et tu voudrais que je te laisse partir à Londres, comme ça, sans autre forme d'explication ? Je ne comprends pas, conclut-il en ouvrant les paumes de ses mains vers le ciel.

— Mais… Alicia y va bien, elle !

— Alicia vient d'obtenir son bac ! Elle entreprend des études supérieures !

— On n'a qu'un an d'écart elle et moi et…

— Tu es encore au lycée, Ethan. Qui plus est, Alicia est une fille !

— Et alors ?

— Alors, mon grand, quitte à te vexer… les filles sont plus mûres que les garçons.

Un silence terrible suivit cette assertion. Ethan eut l'impression d'être un petit garçon que son père faisait sauter sur ses cuisses tout en lui apprenant une chansonnette. Un violent sentiment de révolte surgit, d'un coup. Une sorte de revendication instinctive. Une hargne profondément enracinée en lui et avivée par la détresse. Il se leva d'un bond et cria :

— Je ne suis pas un gamin, papa ! Je sais ce que je veux !

— Vraiment ? le titilla son père d'un ton égal.

— Oui, vraiment ! Je... je veux faire ma terminale à Londres !... Je ne veux pas rester ici, tu m'entends ? hurla-t-il, débordé par la menace de voir sa seule issue de secours se refermer sous son nez.

Les mots étaient sortis d'eux-mêmes. Ils exprimaient l'urgence plus que la maturité. Et c'est justement cela qui finit d'alerter Yohann.

— Calme-toi, Ethan. S'il te plaît, assieds-toi. Il faut que nous ayons une discussion. Une vraie...

Ethan s'exécuta, mais la rage le faisait trembler. Celle-là même qui se nourrissait de la perspective d'une séparation d'une année entière avec Alicia. Impossible ! Insupportable !... Un silence se fit, durant lequel Yohann se leva pour se servir dans le minibar. Lorsqu'il revint, à la grande surprise d'Ethan, il posa deux verres sur la table basse.

— C'est un whisky écossais. Un Laphroaig de dix ans d'âge. Un Single Malt tourbé, avec un retour de réglisse et de camphre en bouche. Vas-y, goûte.

Ethan approcha le verre de sa bouche et les puissants arômes fumés de tourbe lui montèrent au nez avant même qu'il ait pu tremper les lèvres dans le breuvage. Il grimaça, mais se résolut néanmoins à en avaler une gorgée, assailli par un désagréable relent de cendres.

— C'est toujours particulier, la première fois... Et puis, on s'habitue et on apprend à apprécier. C'est un chemin, en quelque sorte... Tu vois, Ethan, pour apprécier réellement ces saveurs-là, il faut en avoir goûté d'autres avant, plus accessibles et qui sont autant de paliers, d'étapes, indispensables à l'éducation du palais. Tu me suis ?

Ethan hocha la tête. Il ne voyait pas trop où son père voulait en venir.

— Il en est de même pour la liberté.

Ethan se crispa immédiatement. Alors, voilà ! Par une de ses savantes analogies, son père était en train de le renvoyer dans ses buts !

— Attends, fiston ! Laisse-moi finir, anticipa son père… (Yohann fit tourner le fond de son verre, songeur, puis en but une gorgée en fermant les yeux.) C'est ainsi que je me suis toujours représenté le chemin qui conduirait mes enfants vers le monde. Un battement d'ailes, un autre, et ainsi de suite, jusqu'au grand envol que l'on se figure, à peine sont-ils nés… Mais, en réalité, les parents ne sont jamais vraiment prêts à laisser partir leurs enfants… Et ce sont eux qui finissent par les quitter.

Ethan, silencieux, tendait l'oreille. Se pourrait-il qu'il remporte la partie par un forfait de son père ? Inespéré !

— Pour être franc avec toi, mon fils, je ne suis pas certain que tu sois vraiment prêt à prendre ton envol et ce que tu appelles un projet d'avenir a tout d'une fuite désespérée, désolé de te le dire… Cependant, je pense avoir compris les sentiments qui t'animent et t'incitent aujourd'hui à… à vouloir t'éloigner du manoir, énonça le père en plantant ses yeux clairs et perçants dans ceux de son fils.

Ethan sentit une boule se former au niveau de son estomac. Son père avait toujours fait montre d'une étonnante clairvoyance. Comment Alicia et lui avaient-ils pu s'imaginer un instant se soustraire à l'empire de ce regard acéré ? Sans pouvoir le contrôler, Ethan vira au cramoisi. Il était terrifié par les mots que Yohann s'apprêtait à prononcer. Ce dernier fit claquer sa langue avant de se lever. Il effectua quelques pas silencieux sur l'épaisse moquette, son verre à la main, la mine fermée et songeuse.

— Vois-tu, Ethan, je n'en ai jamais parlé auparavant avec vous, mais je sais ce que vous vivez, Alicia et toi, depuis votre plus tendre enfance... Après tout, ne suis-je pas votre père ? énonça-t-il avec une légère fêlure dans la voix.

Ethan aurait voulu disparaître. S'évaporer, se dissoudre, ne plus être. Il se remit à trembler, sans pouvoir maîtriser cette émotion violente, insupportable, cette honte qui le mortifiait et le pétrifiait dans son fauteuil. Il eut le sentiment qu'un hurlement en lui enflait, qui menaçait de s'échapper hors de contrôle de sa bouche. « Tais-toi ! disait ce hurlement. Tais-toi ou je vais mourir de honte ! »

— ... Et aucun père au monde ne peut souhaiter... que ses propres enfants...

Yohann s'arrêta. Il hésitait, cherchait ses mots, ce qui était très inhabituel.

Ethan sentit les larmes couler sur ses joues. Les yeux rivés sur ses pieds, il était redevenu le petit garçon sans défense face à un père irréprochable, omniscient, capable de déceler tous les mensonges et de mettre au jour les secrets les plus intimes.

— ... J'aurais certainement dû aborder cette question plus tôt avec vous mais... je n'ai pas su comment m'y prendre. Je crois aussi que ça m'arrangeait de ne pas le faire... Quoi qu'il en soit, face à ta réaction, je me rends compte que j'aurais dû avoir le courage de vous parler, il y a bien longtemps... et peut-être, alors, que les choses auraient été différentes aujourd'hui...

Ethan se mit alors à pleurer sans retenue. Des sanglots violents, incontrôlables, qui secouèrent tout son corps. Loin de faire taire son père, cette réaction l'incita à se rapprocher de lui. Il posa une fesse sur l'accoudoir du fauteuil où Ethan se ratatinait et lui passa la main dans le dos. Avec tendresse et précaution.

— Ethan, calme-toi, mon grand... S'il te plaît... Écoute-moi, écoute bien, mon fils... Ta mère... Votre mère... vous aime, malgré toutes ses... ses errances. Je sais que... ce doit être une grande souffrance pour Alicia et toi de... d'assister à ce naufrage permanent et d'avoir le sentiment que vous ne comptez pas assez à ses yeux pour qu'elle se ressaisisse et qu'elle fasse le choix de se soigner une fois pour toutes... Mais cette maladie, Ethan, ce déséquilibre chimique sur le plan neurologique, tu sais... ça n'a rien à voir avec son attachement pour vous...

Les mots se frayèrent un chemin jusqu'à l'esprit d'Ethan. Des mots qui n'avaient fichtrement rien à voir avec les puissants sentiments qu'il tentait de cacher depuis des années, des mots qui n'avaient rien à voir avec son inavouable secret, des mots qui faisaient un petit *ploc* là où lui s'attendait à un immense fracas. Ethan sentit la pression qui lui écrasait la cage thoracique s'alléger et, subitement, l'air s'engouffra dans ses poumons. Il hoqueta et commença à s'apaiser.

— Alors, oui... Je comprends, mon grand, ton irrépressible envie de fuir, au moment même où ta sœur s'éloigne... Je comprends que tu puisses désirer plus que tout ne pas rester seul ici, au manoir, avec pour seule compagnie un père absent les trois quarts de la semaine et une mère... malade, dépressive... Et j'en suis terriblement désolé, Ethan... Parce que j'aurais aimé t'offrir une autre vie, vous offrir à Alicia et toi, une autre vie... Une vie où... votre mère aurait réussi à vous aimer comme vous le méritez...

Son père fit une pause et laissa échapper un long soupir.

— Je ne peux décemment pas exiger que tu restes... dans ce contexte familial à la limite du... pathogène ! s'agaça-t-il, les dents serrées. Si tu souhaites partir aujourd'hui, je ne te retiendrai pas, fiston.

Ethan ressentit une nouvelle montée de honte. Une honte bien moins violente que celle qui l'avait traversé quelques minutes plus tôt. Une honte avec laquelle il se sentait capable de vivre. Il était passé si près du précipice que cette honte-là était presque un soulagement. Oui, il pouvait bien laisser croire à son père qu'il partait pour fuir une mère souffreteuse ou nocive ou Dieu savait quoi encore. C'était une porte de sortie peu glorieuse mais tellement inespérée !

— Merci, papa, parvint-il à formuler.

— Ne me remercie pas. C'est moi qui te demande pardon. J'aurais dû parler avant... avant que mes enfants ne trouvent trop douloureuse cette vie, ici, et qu'ils aient besoin de mettre une mer entre leur maison et leur lieu de vie.

— Tu... tu es en colère ? En colère contre maman, je veux dire ?

Son père attrapa le verre de whisky qu'il avait posé sur la table basse et le descendit d'un trait.

— J'ai toujours voulu la protéger de tout ! Je n'aurais peut-être pas dû... Elle me fait penser à ces gamines capricieuses que rien ne satisfait jamais... Alors, oui, je suis en colère contre elle, je suppose que l'on peut dire ça... Mais ça passera, va ! ajouta-t-il en ébouriffant les cheveux de son fils.

Ethan se leva. Il avait besoin de prendre l'air, d'évacuer son trop-plein d'émotions.

— P'pa... Pour le lycée, je... je te laisse les documents ?

— Oui, je vais regarder ça de plus près.

— Les frais de scolarité sont assez...

— Ce n'est pas un problème, tu le sais, le coupa son père. Demande-toi plutôt comment annoncer la nouvelle à ta mère... Car, malgré toute la responsabilité qu'elle porte dans ta décision, elle vivra ton départ comme une tragédie, crois-moi !

Ethan se contenta de hocher la tête et s'empressa de filer. Quand il referma la porte du bureau derrière lui, il se demanda depuis quand son père avait trouvé juste et opportun de faire jouer le mauvais rôle à leur mère, avant de se rendre compte qu'il en avait certainement toujours été ainsi. Il s'avança dans le grand salon dont les portes-fenêtres étaient ouvertes sur la terrasse nord et rejoignit l'extérieur pour respirer un bon coup. Il la vit alors, avec son sarouel trop ample, un pinceau piqué dans ses cheveux pour maintenir un chignon dont s'échappaient des mèches folles. Il la regarda à la dérobée, avancer et reculer vers sa toile, hésitant encore à poser la première touche de couleur.

Intuitivement, il sut qu'elle cherchait à accrocher la lumière ambiante, celle si éclatante des heures qui précèdent l'orage. Il eut un sourire affectueux, vite effacé par la honte. Sa mère ne méritait pas d'être tenue pour responsable de son départ pour Londres... Elle n'y était pour rien.

— Maman ?

Il la vit sursauter avant de tourner la tête vers lui.

— Je peux revenir plus tard, si tu préfères, proposa-t-il pour ne pas la déranger.

Mais sa mère souffla sur une mèche de cheveux accrochée à ses lèvres et lui sourit avec tendresse. Puis elle s'appuya contre la murette et lui fit signe de venir s'installer à côté d'elle. À cet instant, Ethan eut le sentiment terrible de l'avoir trahie en ne détrompant pas son père. Il n'allait pas maintenant pousser l'hypocrisie jusqu'à se blottir dans ses bras, même s'il en mourait d'envie ! Il décida donc de s'installer dans un des fauteuils du salon d'extérieur.

— Voilà... Je... je voulais te dire que j'ai pris des renseignements sur un lycée français à Londres, entama-t-il d'un ton qu'il voulait ferme... C'est un excellent lycée, qui a très bonne réputation. Les frais de scolarité sont élevés mais... papa est d'accord pour les financer.

— Ethan... qu'est-ce que tu es en train de me dire, mon chéri ?

— Maman, enfin ! réagit Ethan, en se rendant compte que les larmes montaient aux yeux de sa mère. S'il te plaît, ne...

Il se leva, piteux. Il ne voulait pas la voir pleurer ! Il s'approcha d'elle et la serra dans ses bras.

— Maman... Ne sois pas triste... C'est...

Il respira son parfum, profita de ce contact physique si rare, si précieux, mais, finalement, sa mère s'écarta de lui, et se défendit d'une voix qui se fêlait.

— Tu vas partir, toi aussi ?

Il baissa les yeux. Que pouvait-il bien rétorquer ?

— Mais... qu'est-ce qui se passe ? Tu... Tu n'es pas bien ici, au manoir ?... Tu as tout ce qu'il te faut, non ?... Et tes amis du lycée ? Et... et moi, tu y as pensé ?

Ethan reçut cette dernière question comme une immense injustice. Comme ça, c'était lui le mauvais fils ! Mais son père avait mille fois raison ! Où était-elle, elle, quand il aurait eu besoin de ses bras ? Combien de rendez-vous avait-elle manqués, combien d'anniversaires avait-elle boudés, combien de fêtes avait-elle fait capoter en buvant plus que de raison ? Et voilà qu'elle lui brandissait la carte du chantage affectif ! Il ravala *in extremis* les mots durs qui lui brûlaient la langue et s'en tint à une formule désabusée :

— Je ne sais même pas pourquoi j'essaie de te parler, tu ne comprends jamais rien !

Puis il tourna les talons, frustré de ne pas avoir réussi à lui dire ce qu'il voulait.

— Ethan, s'il te plaît !...

La voix de sa mère était une supplication. Le cœur serré, il ne put faire autrement que de s'arrêter.

— Tu... tu t'attendais à quoi, hein ? À ce que je saute de joie, peut-être ?

— Non, admit-il d'un ton contrit.

— Et donc... tu viens de voir ton père... et tu as sa bénédiction, si je comprends bien ? Et moi, je n'ai rien à dire, comme d'habitude ! Mais je compte bien en reparler avec lui !

La colère s'empara subitement de lui. Parce que sa mère avait parfaitement raison ! Et qu'il avait, qui plus est, obtenu l'assentiment de son père en la faisant passer pour une mère indigne. Il se défendit avec d'autant plus d'insolence qu'il se sentait coupable envers elle :

— Non, maman ! Inutile d'en parler avec lui, je t'assure ! Et puis, je n'ai aucunement besoin de la bénédiction de papa !... Je lui ai juste demandé de payer mes frais de scolarité, nuance...

Il laissa filer un instant et conclut, avec douceur :
— Maman, ce choix, c'est le mien.
— Mais... pourquoi... pourquoi ce choix ?

Ethan alla s'asseoir à ses côtés. Il n'avait pas le cœur à faire la guerre à sa mère. Il déroula l'argumentaire qu'il avait travaillé la veille et essaya de se montrer convaincant.

— C'est si soudain, Ethan.

Il baissa les yeux. Là encore, sa mère avait raison. Les événements s'étaient précipités, ni lui ni Alicia n'avaient véritablement anticipé ce qui allait se passer. Lorsqu'elle lui avait abruptement annoncé qu'elle était incapable de continuer à vivre son amour avec lui parce qu'elle était terrorisée, qu'elle redoutait à tout instant qu'ils se fassent surprendre, que ce serait terrible, scandaleux, si les choses éclataient au grand jour, et qu'elle avait décidé de s'éloigner en partant en Angleterre, un véritable gouffre s'était ouvert sous ses pieds. Ethan avait pensé à mourir, des dizaines de fois. Parce que personne, jamais, ne la remplacerait, elle ! Parce que l'amour qu'il vivait avec Alicia était tout simplement parfait, évident, limpide. Le calvaire de la rupture et, pire encore, celui de savoir qu'Alicia allait partir, avait duré un mois entier. Il n'avait jamais vécu loin de sa sœur, et il n'y survivrait pas... Il avait pris le problème dans tous les sens. Il ne pouvait pas la laisser partir, il en crèverait de chagrin ! Il mordait son oreiller de rage tous les soirs à l'idée de ne plus la voir, la frôler, la toucher, à l'idée de devoir museler ses sentiments au nom de la morale, au nom de sa famille... Et un matin, il avait su. Le problème, ça n'était pas eux. Personne n'avait son mot à dire sur la passion dévorante qui les consumait ! Qui pouvait les juger, leur affirmer qu'il était mal de s'aimer ? Il avait alors compris que pour vivre librement leurs sentiments, ils devaient partir tous les deux. Tout simplement.

— Ethan... écoute... C'est tellement précipité !... J'ai l'impression que... ça ressemble à une fuite, tout ça... C'est une fuite, n'est-ce pas ?... Mais qu'est-ce que tu fuis, au nom du ciel ?... Tu as fait une bêtise, hein, c'est ça ? Dis-le-moi, mon chéri... Je peux comprendre, tu sais.

Ethan sentit que sa mère pouvait fort bien se fustiger toute seule ou imaginer le pire. Et son père qui la tenait pour responsable de son désir de partir, risquait fort de lui envoyer quelques piques en ce sens. Il traça un cercle avec le bout de sa semelle sur le sol de la terrasse en réfléchissant à la manière dont il pourrait l'apaiser, l'empêcher de culpabiliser. Il voulait qu'elle entende de sa bouche qu'elle n'était pour rien dans tout cela.

— Ethan ? le relança-t-elle avec douceur. Je suis ta mère... Je peux tout entendre, tu sais ?

Il se décida alors à la rassurer et lui prit les mains :

— Maman, écoute bien, d'accord ?... Quoi que tu puisses te dire ou qu'on puisse te dire, retiens bien ceci : ce n'est pas toi que je fuis, balança-t-il avec maladresse.

— Hein ? Mais Ethan, de quoi...

— Tu n'as rien à te reprocher, maman, la coupa-t-il. Tu n'y es pour rien...

— Mais qu'est-ce...

— Et puis, je reviendrai au manoir. Promis.

Il s'empressa de l'embrasser avant de s'échapper, submergé par l'émotion.

Du 27 juin au 12 juillet 1999,
Yohann Le Guen

27 juin 1999
Le cottage est calme. La fille est sous tranquillisants, installée à l'arrière de la voiture. Alicia a rejoint les convives. Et Octave Brousse a embarqué l'enfant. Un nourrisson porteur du SAF[1], ce qui en dit déjà long sur le mode de vie de cette Manon... Jolie, la gamine. Il comprend ce qu'Ethan a pu lui trouver. Mais, bon sang, les capotes, ça n'est pas fait pour les chiens !

Yohann Le Guen serre les dents. Ça n'est pas passé loin, cette fois encore ! Dans le drame qui est en train de s'achever, il mesure sa chance insolente. Non seulement la gosse a fait un déni de grossesse, mais elle a en plus accouché, ici, ce soir... Au vu des quelques éléments que lui a rapportés Alicia, il s'imagine très bien le facteur déclencheur : la vive émotion de la jeune fille à l'idée de retrouver Ethan.

Yohann Le Guen s'arrache à ses songes, il doit agir vite et efficacement. En premier lieu, finir de nettoyer

---
1. Syndrome d'alcoolisation fœtale.

le cottage. Il réunit dans le gros sac poubelle les linges souillés. Puis il s'attaque au canapé. Malgré le tissu Scotchgard, les épanchements de sang et de selles ont pénétré profondément dans les fibres. Yohann Le Guen, armé d'une éponge et de liquide vaisselle, parvient à enlever l'essentiel de la tache. Il reste néanmoins une auréole légèrement brunâtre. Tant pis. Il place le plaid de manière à la dissimuler. Ensuite, il lave le sol à grande eau javellisée. Passe dans chaque recoin avec la serpillière et remonte jusqu'au couloir où Alicia a laissé quelques traces de pas ensanglantés. Sa montre lui indique qu'il est près de 21 h 30. Dehors, le jour a enfin décliné – satané mois de juin ! – et il peut espérer emprunter la sortie de service sans qu'on le remarque. Il referme le cottage, charge le grand sac poubelle dans son coffre et monte dans sa voiture. La fille, sédatée, n'a pas bougé. Yohann Le Guen sort son portable de sa poche et envoie un sms à son fils : « Salut, mon grand. Une urgence à la clinique mais ne t'inquiète pas, j'arrive. » Puis il démarre et quitte le domaine par la voie de service. Tout au long du trajet qui le rapproche de la clinique, il inventorie le matériel dont il va avoir besoin. Un bras à perfusion et un cathéter pour maintenir la gamine sous sédatif. Une sonde naso-gastrique et du liquide nutritif pour une alimentation et une hydratation en continu. Des couches pour les selles. Des gants jetables pour la toilette. Du fil de suture pour la petite déchirure périnéale qu'il n'a pas pu empêcher. De la Bétadine, des compresses et des désinfectants. Il faudra également qu'il lui achète des vêtements pour le jour de sa sortie, mais pour ça, il dispose de quelques jours devant lui.

Yohann prend plusieurs grandes inspirations. Il faut que ça marche !

Parvenu à la clinique, il évite l'entrée principale surveillée par plusieurs caméras et emprunte – feux éteints et en sens interdit – la sortie des urgences. Il passe devant et poursuit sa route pour rejoindre le chemin officiel serpentant dans le parc. Il doit manœuvrer pour s'engager sur celui-ci dans le sens de la marche et roule ensuite tranquillement jusqu'au fond du parc, derrière Biolab, là où se trouve son appartement de fonction. Il ne croise personne, la clinique et ses alentours sont parfaitement calmes. Parvenu devant la petite bâtisse – un ancien grenier à foin rénové –, il prend la jeune fille dans ses bras et va la déposer dans la petite chambre. Il se déshabille, prend une douche rapide et pioche un de ses costumes dans le dressing. Il ramasse le tas de ses vêtements souillés qu'il fourre dans un nouveau sac poubelle et va le placer avec l'autre dans le coffre de la voiture.

Après avoir refermé son appartement, il se gare à l'arrière de Biolab. Sort les deux sacs poubelles du coffre. Descend au pas de course l'allée bétonnée menant aux sous-sols. Insère son passe dans la porte à ouverture manuelle. Se glisse dans la pénombre des garages où sommeillent les golfettes parfaitement alignées. Traverse tous les sous-sols jusqu'au local marqué « Incinérateur ». Il déverrouille la porte. Tire vers lui la desserte de l'engin et pose dessus les deux sacs poubelles. Puis il actionne la machine. Attend que le voyant vert s'allume. Et appuie dessus. Au travers de la vitre antichaleur, il voit les geysers de feu jaillir des becs et pulvériser les poubelles en quelques secondes. Le tas de cendres rejoint la fosse et Yohann Le Guen éteint l'incinérateur. Il fait alors le chemin en sens inverse jusqu'aux garages à golfettes. Il prend celle qui est la plus proche de la rampe de sortie, rentre le code et démarre. Puis il serpente dans le parc et rejoint le côté ouest de la clinique. Il monte les escaliers d'évacuation d'urgence et s'arrête au second, là où la porte à battant est cassée et ouvrable de l'extérieur. Le long couloir devant lui est éclairé par la lumière tamisée. Tout au fond, il repère le puits de lumière du bureau des infirmières de garde. Yohann Le Guen avance lentement dans le couloir, ses pas chuintent légèrement sur le linoléum. À mi-distance, il situe le local de stockage marqué d'un panonceau « interdiction d'entrer ». Il insère son passe et pénètre dans la pièce. Il en ressort dix minutes plus tard avec l'essentiel de ce dont il a besoin. Il le sait, il sera obligé de revenir d'ici quelques jours pour s'approvisionner, notamment en liquide nutritif et en couches.

*

30 juin 1999

Sa jeune patiente va bien. Les deux petits points de suture effectués avec soin en zone périnéale sont impeccables. Dans quelques jours, on n'y verra plus que du feu ! La sonde naso-gastrique lui a donné un peu de fil à retordre – ce sont les infirmiers qui s'en occupent habituellement ! – mais, après deux tentatives, il a réussi à la poser correctement. Il a réglé le débit au minimum, pour prévenir tout risque de reflux. Les constantes sont bonnes.

Les enfants repartent à Londres demain matin. Alicia a l'air de gérer la situation. Yohann Le Guen est très fier de sa fille dont le tempérament combatif et entier lui a permis de faire les choix opportuns pour préserver sa famille dans une réalité brutale et éprouvante...

*

4 juillet 1999
Il a retiré les points de suture. La cicatrice est à peine visible et disparaîtra totalement sous peu. La dimension la plus pénible de cette *hospitalisation* est que le maintien sous sédatifs profonds nécessite un repositionnement du corps régulier pour éviter points d'appui et escarres. Toutes les deux heures, Yohann Le Guen est contraint de s'absenter du labo pour changer la position de la jeune fille. La nuit, il dort sur place, dans le canapé, et c'est la même musique. C'est la première fois depuis le début de son mariage que Yohann Le Guen passe autant de nuits consécutives hors du manoir, mais Abby ne semble pas s'en formaliser. Les enfants sont repartis à Londres depuis quelques jours et Abby a repris, avec une assiduité qui le sidère, son existence oisive d'artiste incomprise...

*

7 juillet 1999
Yohann Le Guen pose les vêtements neufs sur le corps de la gamine. Oui, ça devrait aller. Il retire les étiquettes et sort devant son appartement. La nuit l'enveloppe alors qu'il piétine le jean, les sous-vêtements

et le tee-shirt, et les traîne au sol dans la poussière et sur l'herbe du parc. Il n'a conservé que les sandalettes que portait la fille à son arrivée au manoir, elles n'ont pas été tachées de sang.

L'enfant des poubelles de Carnac occupe de moins en moins de place dans les journaux télévisés. Aucune piste ne s'ouvre aux enquêteurs. Yohann Le Guen rage intérieurement. Ce gamin aurait dû mourir ! Son existence constitue un risque... infime, certes... mais un risque quand même... Les progrès autour de l'ADN sont spectaculaires et un fichier a même été ouvert, l'année précédente... Il ne manquerait plus qu'un jour, un rapprochement entre cet enfant et Ethan soit établi ! Le Guen serre les dents. De toute manière, c'est trop tard, maintenant. *Alea jacta est*...

*

9 juillet 1999
Le calvaire touche à sa fin. En plus des sédatifs, Yohann Le Guen injecte depuis la veille des drogues récréatives dans la perfusion de la jeune fille : c'est l'accompagnement d'un de ses patients toxicomanes qui lui a donné l'idée. Il va lâcher la gamine dans un squat. Sa perte mnésique n'en sera que plus compréhensible. Le gros avantage à avoir développé des séjours post-cure au sein de la clinique, c'est qu'il a accès à une mine d'informations sur la vie des junkies dans le coin. Il sait qu'il existe une sorte de squat à Nozay, non loin de Nantes. C'est un lieu de rendez-vous pour les toxicos en manque.

*

Nuit du 11 au 12 juillet 1999

La fille sent plutôt mauvais. Ça fait six jours qu'il a arrêté de la laver, se contentant de lui rincer les fesses au moment du change journalier. Les vêtements désormais maculés de saleté sont à la bonne taille et il a peiné à lui enfiler le jean. Après que la dernière perfusion a fini de distiller drogues et alcool dans le sang, il a retiré le cathéter – judicieusement placé au creux du bras. Tout le monde croira à une injection de drogue, si la trace de piqûre venait à être décelée. Il charge la gamine dans la voiture côté passager et démarre. Sur le tableau de bord, l'horloge indique 23 h 25. Yohann Le Guen traverse tous feux éteints le parc et bifurque vers la sortie des urgences pour éviter les caméras. Puis il s'engage sur la route et prend la direction de Nantes. En respectant les limitations – ce qu'il va faire –, il devrait entrer dans Nozay vers 2 heures du matin.

Il est 2 h 26. Yohann Le Guen a tourné un peu avant de trouver le fameux squat. Il est garé à l'arrière de l'ancien entrepôt de textiles, dans une ruelle sordide d'une zone industrielle jouxtant une zone pavillonnaire de seconde classe. Derrière le mur en panneaux de ciment couvert d'affiches défraîchies et de tags obscènes, l'entrepôt semble désert. Mais Le Guen sait que les petits trafiquants effectuent des rondes régulières pour repérer leurs clients. Il sait aussi qu'à l'intérieur de l'entrepôt, les bureaux ont été aménagés en salles de shoot. Il jette un œil à la petite à sa droite, expire un grand coup et se décide.

Il l'a jetée sur son épaule comme un baluchon. Il traverse un terrain vague, le capuchon de son ciré rabattu sur le visage, tous les sens en alerte, paré à réagir en cas de danger. Mais il parvient au pied du bâtiment et il ne s'est rien passé. Quelques bruits étouffés lui parviennent de l'intérieur. De la musique, semble-t-il, et quelques braillements de discussions avinées. Avec précaution, Yohann Le Guen pose la fille à terre et l'adosse au mur de l'entrepôt, à côté d'un touret rongé par les intempéries et gagné par les mauvaises herbes. Puis, il lui tapote le visage. La gamine fronce les sourcils et émet un faible gémissement. Parfait, elle ne devrait pas tarder à se réveiller. Elle est juste complètement shootée et ivre. Il vérifie qu'il n'a rien oublié : quelques acides et un flacon à moitié vide de *poppers* dans la poche arrière droite du jean, et dans l'autre poche, la carte d'identité récupérée dans son petit sac à bandoulière.

Yohann Le Guen scrute les alentours puis retourne sur ses pas, courbé en deux, son ciré l'enveloppant comme un fantôme. Parvenu à sa voiture, il démarre et s'éloigne. À deux rues de là, il repère une cabine téléphonique et s'arrête. Le message qu'il délivre aux flics est simple : il y a du grabuge à l'ancien entrepôt de textiles, il a entendu des cris et – il n'en est pas certain – le bruit d'une détonation. Il ne veut pas d'ennuis, c'est qu'il habite le coin, lui ! conclut-il avant de raccrocher. Yohann Le Guen attend cinq à six minutes avant de détecter les lumières bleutées des gyrophares qui déboulent au fond de la rue. Parfait. Il redémarre et quitte les lieux pour de bon et rassuré. Les flics vont trouver la fille avant qu'il ne puisse lui arriver quoi que ce soit, agression, viol ou pire… Précaution incontournable pour éviter toute enquête sérieuse. La fugueuse – car c'en est une ! n'a-t-elle pas traversé la Manche pour retrouver Ethan quelques mois plus tôt ? – sera vite rendue à ses parents.

Fin de l'histoire.

Vendredi 3 octobre 1998, Londres, appartement d'Alicia et Ethan

On sonne à la porte. Alicia a-t-elle oublié ses clefs ? Ethan va ouvrir et, sidéré, découvre Manon, plantée devant lui. Elle arbore un sourire charmeur et faussement fâché.

— Surprise ! Tu ne me fais pas entrer ?

Il ne sait pas comment réagir. Au fond, il n'est pas très fier, il a filé *à l'anglaise* – c'est le cas de le dire. Il y a eu tellement de choses à organiser pour le départ à Londres, tellement de montagnes russes sur le plan émotionnel ces dernières semaines, qu'il n'a pas eu le courage d'affronter une rupture en direct avec Manon. Il s'est contenté d'un sms. Un message laconique et fuyant : « Manon, je ne peux pas continuer. C'est trop difficile à expliquer, je suis désolé. Tu comprendras à la rentrée. »

Elle est désormais à l'intérieur de l'appartement. Par quel tour de force, il ne le sait pas ! Mais elle est bel et bien dedans, en train de faire un petit tour du minuscule T3.

— Je suppose que c'est ta chambre, là ?

— Manon... oui, mais...

— Franchement, t'aurais pu la décorer un peu plus, quand même ! Tu y vis, au moins ? le raille-t-elle.

— Eh ben, évidemment ! se défend-il en haussant les épaules.

Elle s'approche de lui. Elle a dans les yeux cette étincelle un peu trop brillante, un peu trop débordante, qui l'a toujours mis terriblement mal à l'aise. C'est comme si... cette fille prenait vie dans son regard. Et cela le terrifie.

— Manon, écoute... tu ne peux pas...

— Je ne peux pas quoi ? le coupe-t-elle, impériale. Traverser la Manche pour te retrouver ? Mais tu vois bien que si ! Si, je peux ! Je peux tout, Ethan... pour être près de toi...

Là voilà, séductrice et offensée à la fois, appuyée au chambranle de la porte. Ses yeux s'embuent subitement et elle lui jette un regard désarmant.

— Tu m'as manqué, tu sais ?... Tu n'aurais pas dû partir comme ça... sans explication...

— Je ne savais pas... je ne savais pas par quel bout le prendre et je ne voulais pas te blesser...

— Mais tu m'as blessée, Ethan ! lui jette-t-elle soudain en le foudroyant du regard. Tu t'es dit quoi ? Que je ne pourrais pas vivre une relation à distance, c'est ça ?

La porte s'ouvre à ce moment-là. C'est Alicia qui rentre. La vision de Manon dans le petit couloir distribuant les chambres la cloue sur place, elle aussi. Elle jette un œil interloqué à Ethan qui bafouille :

— Manon vient d'arriver... Elle... elle voulait me faire une surprise.

— C'est plutôt réussi à ce que je vois, se moque-t-elle d'un ton cassant.

Puis elle se tourne vers Manon :

— Tes parents, ils savent que tu es ici ?

Manon lève les sourcils en une moue qui semble vouloir dire : « Non, mais quelle importance ? »

— Je te signale que, moi, je suis majeure. Et te garder ici sans rien dire, ça s'appelle du recel de mineur. Alors, tu es bien gentille, mais comme je ne veux pas d'ennuis, je vais immédiatement prévenir la police... Compris ?

— Pose ce téléphone ! braille Manon, dont la voix a subitement vrillé dans les aigus, et qui joint le geste à la parole en fondant sur Alicia et en lui retirant le combiné des mains.

— Mais tu es complètement givrée, ma parole !

Manon toise désormais Alicia avec une lueur inquiétante au fond des yeux. Elle tremble de colère et semble presque prête à mordre.

— Tu crois quoi ? Que je vais te laisser régenter ma vie, là, comme ça, sans réagir ?... Tu t'arroges le droit de te mêler de mes affaires, mais je ne t'ai rien demandé, Alicia ! Ça marche peut-être avec ton petit frère, mais pas avec moi !

— Pardon ?

— Tu m'as très bien entendue ! Tu es toujours accrochée aux baskets de ton frère ! Laisse-le respirer et fous-nous la paix, un peu !

— Calmez-vous, les filles ! intervient Ethan, dépassé par la tournure des événements.

— C'est elle qui doit se calmer, balance Alicia, ahurie. Pour qui elle se prend, Ethan ?

— Pour sa petite amie ! rage Manon.

Alicia lève les yeux au ciel, exaspérée, et retient *in extremis* les mots qui se bousculent sur ses lèvres. Non, Ethan n'est pas – n'est plus – son petit ami ! Désormais, toute cette mascarade est derrière eux. Mais, elle le sait, elle ne peut mettre un terme définitif à cette bluette à la place de son frère. Elle se tourne vers lui et le foudroie du regard :

— Ethan, les choses sont simples. Je vais sortir, aller manger et boire un verre au pub du coin, manière de vous laisser parler un peu.

Puis elle se tourne vers Manon et ajoute :

— Je suis ici chez moi. Et demain matin, à la première heure, j'appellerai la police, que ça te plaise ou non.

*

Ethan est en colère. Contre Manon qui ne doute décidément de rien ! Contre lui parce qu'il a cédé à cet absurde combat de coqs contre le fils Brousse quelques mois plus tôt. Contre Alicia, aussi et surtout, qui l'a planté là. Contre Alicia, encore, qui a contribué à créer cette situation ingérable ! Il fallait donner le change, ne cessait-elle de lui marteler quand il évoquait auprès d'elle son désir de rompre avec cette fille qui s'attachait beaucoup trop fort, beaucoup trop vite. « Dans quelques semaines, de toute façon, tu seras à Londres avec moi. Il faudra bien qu'elle se fasse à l'idée de votre séparation ! Arrête de te prendre la tête ! » Et il l'avait écoutée... Bilan, Manon se tient devant lui aujourd'hui, superbe et conquérante. Prête à tout pour le séduire…

Ethan lui demande plusieurs fois de venir s'asseoir avec lui pour discuter, mais Manon est un véritable papillon. Elle fait tout pour fuir la conversation qu'elle dit être venue chercher. Elle furète dans le salon, inspecte les tiroirs, pose des dizaines de questions dont elle n'écoute pas les réponses, s'émerveille de l'émancipation à laquelle lui a droit avant tout le monde, file dans la cuisine, en revient avec une bouteille de vodka sortie du frigo. Elle les sert et commence à l'abreuver de récits sur la rentrée à Saint-Just, sur les copains, sur les profs… Ethan en a le tournis, c'est du Manon tout craché, cette fille est raide dingue de lui et il ne sait pas comment s'en défaire sans se comporter en goujat insensible…

Il descend un verre, puis deux et d'autres encore pour se donner du courage. Commence à sentir les effets de l'alcool et se détend imperceptiblement. Une demi-heure plus tard, il gobe même une pastille que Manon lui glisse sur le bout de la langue en riant. Elle s'approche davantage jusqu'à poser sa tête sur ses genoux. Ethan n'est pas insensible à ce visage gracieux, à ce sourire charmeur, à ces yeux verts et pénétrants qui le déshabillent déjà, l'appellent, le happent. Il a une pensée pour Alicia, qu'il aime comme un fou, mais qui – mouchée par Manon – l'a laissé se dépatouiller seul. Bon sang !

La bouteille de vodka est vide désormais. Ethan se sent bien, euphorique et léger. La pression qu'il ressentait sur ses épaules s'est évaporée. Quand Manon roule un joint en lui racontant les déboires de son périple jusqu'à Londres, il se surprend à sourire, puis à rire franchement. La soirée prend des airs de vacances, elle ressemble à l'insouciance de cet été.

Le baiser de Manon le surprend mais ne l'effarouche pas. Au contraire. C'est agréable. Cette fille est magnifique. Elle a un grain mais elle est magnifique. Ethan se laisse aller, ses sensations sont étrangement amplifiées et les doigts de Manon qui pianotent sur sa peau réveillent immédiatement un désir tout animal en lui.

Elle lui prend la main et l'attire vers elle. Ethan ne résiste pas, il se relève du canapé et la suit jusque dans *sa* chambre, la chambre d'amis, en fait...

*

C'est le bruit du camion des éboueurs qui le sort d'un coup d'un sommeil agité. Ethan pose un œil affolé sur le réveille-matin, il est 5 h 12. Il lui faut quelques secondes pour se remémorer sa soirée... et ses dérives. À côté de lui, Manon dort profondément. Dès qu'il la voit, lovée dans les draps, le visage apaisé et presque épanoui, il ressent une honte terrible. Il a fait n'importe quoi ! Il a tellement fait n'importe quoi qu'il a même oublié de mettre un préservatif ! Le b.a.-ba !

Il se glisse hors du lit sur la pointe des pieds et rejoint prestement la chambre voisine. Il trouve Alicia assise sur le lit, adossée au mur, les jambes ramenées contre son buste, le visage fermé et le regard meurtri.

— Je ne t'ai pas entendue rentrer.

— Tu étais trop occupé, lui balance-t-elle froidement.

Un ange passe.

— Alicia... j'ai complètement déconné, bredouille-t-il en s'asseyant à côté d'elle... J'ai bu... j'ai pris des produits et... j'ai perdu le contrôle... Oh bon Dieu, je suis tellement, tellement désolé, Alicia ! Cette nuit, c'est du grand n'importe quoi !

Alicia, inquiète, s'oblige à poser la question qui lui brûle les lèvres :

— Ethan... Est-ce que... tu veux rentrer à Perros ?

— Mais ça ne va pas la tête ou quoi ? Alicia, enfin ! s'énerve-t-il à voix basse.

— Alors pourquoi tu as fait ça ?

Ethan se lève. Fait plusieurs pas nerveux dans la petite chambre en se frottant le crâne. Puis ses bras retombent le long de son corps.

— Parce que je suis le dernier des cons, voilà pourquoi !... Ça te va ?

— Ethan, arrête, je n'ai...

— Écoute, Alicia, je t'avais prévenue, la coupe-t-il. Cette nana est une ensorceleuse... Non, non, laisse tomber, c'est ma faute ! se corrige-t-il. Laisse-moi régler ça une fois pour toutes, tu veux ? Et on en reparlera ce soir, au calme... Ça te va ?

Alicia connaît son frère par cœur. Il est mortifié. Totalement piteux. Rien ne sert d'en remettre une couche. Elle sait pertinemment qu'elle a refusé de l'écouter quand il lui disait qu'il devait rompre. Mais elle était trop stressée à l'idée d'un faux pas juste avant la délivrance d'un départ pour Londres. D'une certaine manière, elle a sa part dans ce qui vient de se passer.

— Tu... tu me pardonneras ?

La voix d'Ethan est à peine audible. Alicia se lève, le rejoint et l'embrasse avec tendresse.

— Oui, Ethan... C'est aussi ma faute si on en est là aujourd'hui. Finis-en très clairement avec elle et on remet les compteurs à zéro.

— Je t'aime, Alicia. Tu es la femme de ma vie.

Alicia se blottit contre Ethan. Loge sa joue au niveau de sa poitrine. Et écoute battre le cœur de son frère. Une petite minute file ainsi, puis Ethan s'écarte doucement.

— Allez, j'y vais. Et connaissant Manon, je sais que ça va être très compliqué...

Résolu, il demande à Alicia de prévenir immédiatement la police de la présence de la fugueuse chez eux puis se dirige dans la chambre d'amis, prend une grande respiration et réveille Manon. Il est temps maintenant d'être extrêmement clair avec elle et d'assumer de lui faire de la peine, car c'est exactement ce qui va se passer. Ethan touche confusément du doigt une réalité du monde adulte. Lui qui n'a encore que dix-sept ans commence à comprendre qu'une coupure nette et franche vaut certainement mieux qu'une longue déchirure, qu'on en cicatrise mieux... C'est une leçon parmi d'autres, un pas sur ce chemin d'autonomie que son père a évoqué cet été avec lui.

Dans la pénombre de la chambre, d'un ton sincèrement contrit, mais qui n'oscille plus entre les graves et les aigus, il se lance dans l'épreuve d'une rupture nette et irréversible.

Mardi 22 septembre 2015,
baie de Morlaix

Maxence et Julie couraient côte à côte sur la plage en essayant vainement de faire décoller un petit cerf-volant en plastique que venait de leur acheter Éloïse dans un magasin, sur la promenade. Non loin des enfants, Charles maniait avec une admirable dextérité son grand cerf-volant aux couleurs vives. Le vent, au rendez-vous ce jour-là, soufflait parfois en petites bourrasques et l'engin chahuté effectuait des embardées, obligeant le père de famille à avancer ou à reculer.

Manon boutonna le gilet qu'elle venait d'enfiler et revint s'asseoir à côté de sa sœur, sur une grande serviette posée sur les rochers.

— Ah, ça fait du bien ! Et toi, tu n'as pas froid ?

Éloïse frissonnait légèrement. Le vent mordait sa peau sous son tee-shirt à manches longues. Mais elle appréciait cette sensation qui augmentait son sentiment d'être vivante, ancrée là, dans l'instant présent. Elle n'avait pas repris les cachets et résistait au manque grâce aux sensations physiques.

— Disons que je ressens bien la fraîcheur et que, pour le moment, ça me va !

— Tu vas choper la crève, voilà tout ! se moqua Manon.

Les deux sœurs échangèrent un regard amusé. Le juge d'instruction avait ordonné la remise en liberté deux jours plus tôt. Manon était sortie de sa préventive amaigrie, nerveuse, mais étrangement égale à elle-même.

— Une crève, ça se soigne plutôt bien, finit par rétorquer Éloïse.

Le sous-entendu n'échappa pas à Manon.

— Certes… et pour le reste, alors, tu te sens comment ?

— Y a des hauts, y a des bas… Globalement, ça va quand même un peu mieux qu'il y a un mois.

— Quand il n'y avait que des bas ? plaisanta Manon.

— Oui, c'est ça.

— … Tu veux me parler de lui ?… De Jean-Marc ?

— Je ne suis pas encore prête, Manon. C'est comme une plaie encore à vif.

— Mmm… je comprends… la plaie à vif, précisa-t-elle. J'ai exactement ressenti ça avant ma tentative de suicide. J'étais trop jeune pour savoir que, forcément, un jour, la plaie se referme et cicatrise.

— J'aimerais en être aussi certaine que toi.

Manon tourna la tête vers Éloïse. Le vent décoiffait sa chevelure et rabattait des mèches sur son visage. Elle fixa sa jumelle et esquissa un sourire en secouant légèrement la tête.

— Quoi ? finit par lui demander Éloïse.

— Je me disais que j'avais passé toute mon adolescence à t'envier tes yeux vairons.
— Tu plaisantes ?
— Absolument pas. J'avais l'impression que... que ça te rendait unique, contrairement à moi...
— Bon alors, confidence pour confidence, je n'ai jamais digéré d'être sortie en second du ventre de maman !
— Sérieusement ? s'esclaffa Manon.
— Mmm... Manon, toujours en tête, voilà ce que je me répétais, moi, quand j'étais ado.

Manon ramena ses talons vers ses fesses et posa son menton sur ses genoux. Elle fixa la mer de longues secondes, silencieuse, laissant monter à elles le chant des vagues entrecoupé par les piaillements des enfants.

— J'ai réfléchi pendant que j'étais en préventive. Je n'avais que ça à faire, de toute façon... Avec le recul, je crois que j'ai compris ce que tu as cherché à me dire quand tu as évoqué la place que je prenais au sein de la famille, ta souffrance à te sentir sans arrêt la dernière roue du carrosse.
— Je n'aurais pas dû te...
— Si, si ! Tu as bien fait, Éloïse... J'ai mal réagi parce que ce n'est pas ainsi que moi, j'avais vécu l'histoire. En fait, à l'époque, j'étais prise dans une spirale d'émotions qui me débordaient et que je ne maîtrisais absolument pas... Je n'avais aucunement conscience de l'impact de mes propres difficultés autour de moi... Et je te demande pardon pour le mal que je t'ai fait.

Éloïse sentit les larmes lui monter aux yeux. Elle avait rêvé que ces mots sortent un jour de la bouche de sa sœur... Et maintenant qu'elle les entendait, elle se sentait totalement submergée par l'émotion, incapable de réagir de manière appropriée.

— Bref... Pour revenir à ta référence à notre ordre de naissance, je me dis que... ce n'est peut-être pas anodin, en effet. D'une certaine manière, il est possible que tu m'aies toujours secondée, Éloïse.

La gendarme tourna une tête interloquée vers Manon.

— Quand j'étais en garde à vue, face à toutes ces monstrueuses accusations, face à cette preuve ADN que ne cessaient de me renvoyer les policiers, tu sais ce que je me disais ?

— Non.

— Je me disais : tiens bon, Manon. Ne t'inquiète pas. Éloïse est là, tout près, et elle, elle va te sortir de là !... Parce que, malgré toutes les années de séparation entre nous, je n'ai jamais douté de ta disposition à me venir en aide. Tu as toujours été plus stable, plus forte, plus ancrée dans la réalité que moi.

Éloïse se mit à trembler. Les propos de sa sœur l'ébranlaient profondément. Elle n'avait jamais pensé sa place de *seconde* comme la place de celle qui protège. Et maintenant que Manon l'énonçait, cette évidence lui sautait aux yeux. Une grosse larme roula sur sa joue, qu'elle s'empressa d'essuyer. Puis ses yeux balayèrent la plage. Charles et les enfants avaient posé les cerfs-volants et jouaient désormais au frisbee.

— Je te dois aussi des excuses, finit par murmurer Éloïse, la voix mal assurée. Je... je t'ai laissée te dépatouiller seule avec le coma de maman... J'étais tellement en colère contre nos parents, je m'étais sentie tellement transparente durant les dernières années à Lannion... que je me suis dit que...

— Que la fifille adorée n'avait qu'à gérer, compléta Manon. C'est ça ?

— Mmm... Et je n'en suis pas très fière aujourd'hui...

Manon se leva et tendit la main à sa sœur.

— Tout ça, c'est derrière, maintenant... Ce qui est fait est fait... Viens, on va marcher un peu.

Éloïse lui emboîta le pas et sourit en sentant les grains de sable lui chatouiller la plante des pieds. Cette sensation la ramena à son enfance, aux souvenirs de pique-nique sur la plage en été, puis au beach-volley des années après... La Bretagne, sa terre natale...

— Vous allez retourner à Paris ? demanda-t-elle.

— Je ne sais pas... On réfléchit... Charles a pris la décision de revenir vivre en France, et heureusement, d'ailleurs !... Pour le reste, rien n'est acté.

— Et par rapport à sa mère ?

— Il ira au Liban une semaine par mois...

— Mmm... Ça va ? Tu gères ?

— Ce n'est pas idéal, mais c'est mieux.

— Wouaw, tu fais des compromis !

— Moque-toi ! Voilà typiquement le genre de situations complexes pour moi. Je dois combattre sans arrêt le sentiment de vide et d'abandon et faire un effort permanent pour rationaliser, border mes émotions, canaliser mon angoisse...

Éloïse hocha la tête mais elle ne savait pas vraiment ce qu'était cette maladie *troubles de la personnalité limite*... Elle espérait avoir quelques discussions avec Charles sur le sujet pour essayer de mieux comprendre, et aussi d'éviter les comportements, les réflexions, les situations qui pouvaient malmener sa sœur. D'ailleurs, une question lui brûlait les lèvres et elle ne savait pas trop comment la poser. Manon lui facilita la tâche :

— Tu as l'air bien songeuse, Élo ?

— Je... pensais à Mathis.

La mine de Manon se ferma instantanément.

— Écoute, Élo, pour moi... c'est extrêmement abstrait. Je n'ai aucun souvenir de cet événement ! Aucun !... Ça n'a pas eu lieu, tu comprends ?

La gendarme ne répondit pas. Mathis était en vie et l'événement avait bien eu lieu...

— Pour le moment, je n'arrive pas à m'approprier cette réalité, reprit Manon, sur la défensive. Personne ne peut espérer que je vais devenir mère d'un coup, comme ça, par magie ! Pour Julie et Maxence, la grossesse puis l'accouchement ont été des étapes, nécessaires, indispensables même, à mon sentiment maternel... Mais là... c'est... c'est comme si je te disais : Éloïse, tu n'as pas été enceinte et tu n'as aucun souvenir d'avoir accouché mais, voilà, tu es la maman d'un enfant qui a aujourd'hui seize ans.

Éloïse hocha la tête. Elle devait bien le reconnaître, Manon était exactement dans cette situation... Qui était-elle pour la juger ou décider de ce qu'il convenait de faire ?

— Et pour Ethan Le Guen, ça doit être le même problème, ajouta Manon. Quand je pense que j'ai eu un fils avec lui ! On m'aurait dit ça à l'époque, j'aurais été la plus heureuse des adolescentes... Maintenant, cette nouvelle a tout d'un cataclysme...

— Tu penses prendre contact avec lui ?

— Avec Ethan Le Guen ? réagit Manon, ahurie. Mon Dieu, non ! À quel titre ?

La gendarme lança un regard intrigué à sa sœur. Manon s'arrêta alors de marcher et expliqua d'une voix tranchante :

— Je ne te demande pas de me comprendre, Élo. Peut-être les choses évolueront-elles, après tout, qui sait... ? Mais les événements du passé qui sont ressortis avec cette affaire sordide, ce sont des épisodes de ma vie dont mon cerveau ne se souvient pas... Tout ça, c'est une tranche d'existence qui appartient à quelqu'un d'autre : ça n'est pas dans ma biographie à moi !... Et je n'ai pas l'intention de reprendre cette histoire à mon compte. En tout cas, c'est ce que je pense à l'heure actuelle.

— Ne te méprends pas sur mes intentions, Manon... Je n'ai absolument aucune idée de ce que je ferais à ta place... Je pense que je serais complètement paumée... Et toi, étrangement, tu as l'air si... si péremptoire !

— Mais je le suis, d'une certaine manière, approuva Manon en se tournant vers la plage. Regarde-les ! Aujourd'hui, j'ai deux merveilleux enfants, un mari que j'aime et une stabilité chèrement acquise. Ça, c'est ma vie à moi ! expliqua-t-elle en se désignant du doigt. Celle que j'ai voulue, que j'ai bâtie et que je veux protéger envers et contre tout.

— Je vois, oui.

— En fait, je suis sûre d'une chose, Élo : je ne mettrai pas en péril ma famille en m'engageant dans une voie que je ne suis pas certaine d'assumer sur le plan psychique.

Éloïse sourit, légèrement médusée. C'était peut-être le côté « tout ou rien » de sa sœur, mais elle devait admettre une chose, Manon avait le sens des priorités.

Elle avait coulé, couche après couche, les fondations de son existence et prenait le parti de préserver ce qui lui tenait lieu de socle. Et après tout, pourquoi pas ?

— Allez, ça suffit, maintenant, tous ces discours ! Viens, Élo, on va jouer au frisbee ! J'ai toujours été meilleure que toi à ce jeu-là ! lui lança Manon en détalant.

— Pardon ?! Alors toi, tu ne perds rien pour attendre !

Imprimé en France par
CPI Brodard & Taupin
en janvier 2025
N° d'impression : 3059593

Pocket – 92 avenue de France, 75013 PARIS

S31085/07

Composition et mise en pages
Nord Compo à Villeneuve-d'Ascq